ANNUIT CŒPTIS
MDCCLXXVI.
NOVUS ORDO SECLORUM

失落的符號

丹·布朗——

DAN BROWN
The Lost Symbol

李建興—譯

獻給布萊絲

致謝

深深感謝我有幸與之共事的三位親密夥伴：我的編輯傑森．考夫曼，我的經紀人海蒂．蘭，還有我的律師麥可．魯戴爾。此外，我要向雙日出版公司、全世界各版本的出版商、當然還有我的讀者們表示莫大的感激。

沒有這麼多貢獻知識與專長的人士慷慨協助，這本小說不可能完成。我向你們所有人表示最深的謝意。

活在這個世上卻不明瞭世界的意義，就像在大圖書館裡遊蕩卻不碰書。

——古諺

事實

一九九一年，有份檔案被鎖進中央情報局局長的保險箱，至今還躺在該處。裡面神祕難解的文字提到了一個古代入口與地下的未知處。檔案裡面還提到這幾個字「就埋在外頭某處」。

本書中的所有組織皆實際存在，包括共濟會、無形學院、中情局保安處、史密森博物館後援中心（SMSC）與知性科學研究院。

書中所有儀式、科學、藝術作品與紀念建築也是眞的。

序幕

聖殿大樓
晚間八點卅三分

怎麼死是祕密。

自古以來，怎麼死就是個謎。

三十四歲的入會者低頭凝視捧在手掌中的骷髏頭。骷髏是空心的，像個碗，注滿血紅色的酒。

喝下去，他告訴自己。**沒什麼好怕的**。

依照傳統，他穿著中世紀異端被送上絞刑台用的儀式長袍展開這段旅程，寬鬆的襯衫敞開，露出蒼白的胸膛，左褲腳捲到膝蓋，右手袖子捲到手肘。脖子上掛著一副沉重的套索——同志們稱作「拖繩索」。但是今晚，他像在場見證的同志一樣，打扮得像個幹部。

環繞他身邊的弟兄們都穿戴著全套的羊皮圍裙、飾帶與白手套。他們頸上掛著的儀式用珠寶在昏暗中如同鬼眼般閃閃發亮。這些人在現實生活中多半位居要職，但是入會者知道他們的世俗地位在這裡毫無意義。這裡人人平等，宣誓的弟兄們共享神祕的聯繫關係。

環顧這些嚇人的傢伙，入會者猜想著外頭誰會相信這些人竟然齊聚一堂……更別說在**這個**地方了。這個房間宛如古代的聖殿……。

然而，事實更加詭異。

我距離白宮只有幾條街。

這座巨大建築位於華盛頓西北區第十六街1733號，是前基督教時代的聖殿——波斯帝國總督莫索洛斯王的聖殿，史上最早的**陵墓**……人死後才會來的地方——的複製品。銅製大門外，有兩座十七噸重的獅身人面像拱護著。內部是由儀式室、大廳、密封地窖、圖書館，及一道藏有兩具屍骸的空心牆壁所構成的華麗迷宮。入會者聽說過這棟建築裡每個房間都有祕密，但他知道沒有比他現在跪著捧骷髏的這個巨大房間更難解的祕密了。

這裡是聖殿室。

這個房間是正方形，像個山洞。挑高達驚人的一百呎，由綠色花崗岩的獨立石柱支撐。周圍環繞著階梯式排列、覆蓋手工製豬皮的暗色俄羅斯胡桃木座椅。西側牆上只有一個三十三呎高的寶座，正對面隱藏著一架管風琴。牆上刻滿了各種古代符號……埃及的、希伯來的、天文學的、煉金術的，還有些無法辨識。

今晚，一連串精準排列的蠟燭照亮了聖殿室。除了微弱燭光，只有一道蒼白月光從天花板上的巨大眼狀孔投射下來，照亮了室內最驚人的特徵——用整塊比利時黑色大理石雕刻磨光的大型祭壇，放在方型房間的正中央。

怎麼死是祕密，入會者提醒自己。

「時候到了，」有人低聲說。

入會者抬眼看著站在他面前的醒目白袍人。**主祭師**。此人年近六十，是位備受愛戴的美國名人，健壯且富可敵國。他頭髮已經灰白，出名的容貌反映出權力與才智過人的生涯。

「宣誓吧，」主祭師說，聲音像飄雪一樣輕柔。「完成你的旅程。」

入會者的旅程，像所有同志一樣，從第一級開始。那一晚，在類似的儀式中，主祭師用絲絨眼罩蒙住他，拿儀式用的匕首頂住他胸口，問道：「你是否願以你的名譽鄭重宣示，不受利益或任何其他卑劣動機影響，自主且自願獻身捍衛這個組織的祕密與權益？」

「我願意，」入會者說謊。

「願你的良心永遠銘記此事，」大師警告他，「如果你洩漏你獲知的祕密，下場只有猝死。」

當時，入會者不覺得恐懼。**他們永遠不會知道我的眞正目的。**

但是今晚，他在聖殿室感到一股不祥的莊嚴肅穆，心中開始回想在過程中聽到的所有嚴厲警告，威脅他如果洩漏即將獲知的古老祕密的可怕後果——**從左耳到右耳的割喉刑……連根拔掉舌頭……剜出內臟燒掉……碎屍萬段拋棄到四面八方……挖出心臟餵野獸——**

「弟兄，」灰眼主祭師把左手放在入會者的肩上說，「念最後的誓詞。」

入會者打起精神迎接旅程的最後一步，調整身體姿勢，注意力轉回手中的骷髏。深紅的酒液在昏暗燭光下看來近似漆黑。室內陷入一片死寂，他感覺到所有見證人都在看他，等他念出最後誓詞加入他們的菁英階級。

他想，**今晚這裡發生了這個組織歷史上前所未見的某種事情。幾世紀以來絕對沒有。**

他知道這就是契機……會帶給他深不可測的力量。他精力充沛，吸口氣大聲說出幾世紀以來全世界無數前輩說過的同一段話。

「若我蓄意或自願違背我的誓言……願我現在喝下的酒化爲致命毒藥。」

他的話迴盪在虛無的空中。

一陣死寂。

入會者穩住雙手，舉起骷髏到嘴邊，嘴唇接觸乾澀的頭骨。他閉上眼睛往嘴巴傾斜骷髏，大口緩慢地喝下酒。直到一滴不剩，他放下骷髏。

有一瞬間，他似乎感到胸口鬱悶，心臟開始狂跳。**天啊，他們發現了！**然後同樣不知不覺間，感覺又消失了。

愉悅的暖意開始流遍他全身。入會者呼一口氣，內心竊笑著抬頭看看毫不起疑、愚昧地讓他進入組織中最機密階級的灰眼男子。

很快你就會失去你最珍惜的一切。

1

艾菲爾鐵塔南塔柱爬升中的電梯裡擠滿了觀光客。擁擠的空間內，一名身穿筆挺西裝的嚴肅商人低頭看看身邊的小男孩。「兒子，你臉色好蒼白。你該留在地面的。」

「我沒事……」小男孩回答，極力壓抑自己的焦慮。「我下一層就出去了。」**我喘不過氣來。**

男士湊近。「我以爲你早就克服這個問題了。」他慈愛地摸摸小孩的臉頰。

小男孩很慚愧讓父親失望，但是耳鳴讓他幾乎聽不見聲音。**我喘不過氣。我得馬上離開這個籠子！**

電梯操作員說了些關於電梯接合活塞跟熟鐵結構的安慰之詞。遙遠的下方，巴黎的街道向四面八方延伸。**快到了**，小男孩告訴自己，引頸仰望卸客平台。**再撐一下**。

「爸，我好像——」

電梯以陡峭角度爬向上層觀景台，電梯井變窄，巨大的支柱收縮變成緊密垂直的隧道。

頭上突然傳來斷斷續續的撞擊回音。電梯晃動，突兀地擺向一側。磨損的鋼纜開始撞擊電梯車廂，像蛇一樣扭動。小男孩伸手想找父親。

「爸！」

兩人驚恐地互看一眼。

電梯地板陡然崩落。

羅柏．蘭登在軟皮座椅上驚跳起來，被這個無意識的白日夢嚇了一跳。他單獨坐在一架Falcon 2000EX型商務專機的寬敞客艙內，此刻正因爲亂流有點顛簸。寂靜中，一組P&W引擎正發出沉穩的低嗚。

「蘭登先生？」頭上的對講機有點雜音，「我們快降落了。」

蘭登坐直身子，把演講筆記塞回他的皮背包裡。他本來正在複習共濟會的符號學。蘭登懷疑，關於亡父的白日夢，跟今天早上接到他的長期導師彼得．所羅門的突然邀請有關。

另一個我絕對不能愧對的人。

這位五十八歲的慈善家、歷史家兼科學家大約從三十年前開始照顧蘭登，在許多方面彌補了蘭登喪父的缺憾。雖然此人出身世家並且富裕，蘭登在所羅門溫和的灰眼中找到了謙抑與溫暖。

窗外的太陽已經隱沒，但蘭登看得見世界最大方尖碑的修長輪廓，像古代日晷的指針高聳在地平線上。這座五百五十五呎高、大理石包覆的方尖碑標示出這個國家的核心。碑的周圍，精緻幾何形狀的街道與紀念建築物向外輻射分布。

即使從空中俯看，華盛頓特區仍散發出幾近神祕的力量。

蘭登深愛這個城市，飛機落地時，他感到更加興奮與期待。飛機滑行到廣大的杜勒斯國際機場內某處私人航站，停了下來。

蘭登收拾東西，向飛行員道謝，從豪華的機艙走下折疊梯。一月的冷空氣讓人精神一振。

吸氣，羅柏，他心想，享受著寬廣的空間。

跑道上瀰漫著一層白霧，蘭登踏上潮溼柏油路的感覺好像踩到了沼澤。

「哈囉！哈囉！」道路對面傳來平板的英國口音，「蘭登教授？」

蘭登抬頭看見一位帶著識別證與資料夾的中年女子快步走來，愉快地向他揮手。女子時髦的羊毛帽底下露出金色鬈髮。「先生，歡迎光臨華盛頓！」

蘭登微笑。「謝謝。」

「我是客服處的潘，」女子熱情洋溢的口氣讓人有點不安，「請跟我來，先生，車子在等您。」

蘭登跟著她跨越跑道，走向被閃耀發亮的私人飛機圍繞的報到航站。**這是有錢名流的計程車招呼站。**

「冒昧請教，教授，」女子靦腆地說，「您是寫過符號與宗教書籍的那個羅柏·蘭登，是吧？」

蘭登遲疑一下然後點頭。

「我就知道！」她眉開眼笑地說，「我們讀書會讀過你關於神聖女性與教會的書！眞是引起不少流言蜚語！你眞喜歡惹麻煩！」

蘭登微笑道，「其實我無意引發流言。」

女子似乎察覺蘭登沒心情討論著作。「抱歉，我太多嘴了。或許您已經很厭煩被認出來……不過要怪您自己。」她戲謔地指指他的衣服，「您的制服洩漏了身分。」

我的制服？蘭登低頭看自己的服裝。他穿著慣例的炭黑色高領毛衣、蘇格蘭絨外套、卡其褲、大學生的懶人皮鞋……平時上課、巡迴演講、拍作者宣傳照與社交活動的標準造型。

女子大笑。「你穿的高領毛衣眞老氣。打領帶看起來會帥一點！」

不可能，蘭登想。**像絞索似的。**

蘭登讀私立貴族高中的時候，規定每週六天要打領帶，雖然校長浪漫地宣稱領帶的由來是古羅馬演說家用來保暖聲帶的絲織領巾，蘭登知道從語源學來看，領帶其實源自一群殘暴的「克羅埃西亞鬼子」傭兵上陣廝殺時戴的打結圍巾。直到今日，現代辦公室戰士仍然戴著這種古老戰服，想要在日常業務會議上恫嚇他們的對手。

「多謝建議，」蘭登乾笑一聲說，「以後我會考慮。」

謝天謝地，有個看起來很專業的黑西裝男子走出停在航站附近的流線型林肯轎車，豎起一根手指。

「蘭登先生？我是租車公司的查爾斯。」他打開乘客車門，「晚安，先生。歡迎光臨華盛頓。」

蘭登給潘小費感謝她的熱誠，爬進裝潢豪奢的車內。司機說明了空調系統、瓶裝水與一籃熱鬆餅的位置。幾秒鐘後，蘭登已經在私人連絡道上疾馳。**原來有錢人是這麼過日子的。**

司機迅速駛上快速道路，查看乘客名單之後打了個簡短電話。「這裡是外環道租車公司，」司機用專業語氣說，「我奉命在乘客落地之後回報。」他暫停一下。「對，先生。您的客人蘭登先生已經到了，我會在晚上七點之前送他到國會大廈。不客氣，先生。」他掛斷。

蘭登不禁微笑。**眞是鉅細靡遺。**彼得．所羅門對細節的重視是他的重大優點之一，讓他可以駕輕就熟管理自己的龐大權力。**當然，銀行裡的幾十億存款也不無小補。**

蘭登躺進皮椅閉上眼睛，機場的噪音在背後消失。美國首都就在半小時車程外，他慶幸有獨處時間整理自己的思緒。今天的一切發生得太快，蘭登現在才開始認眞猜想今晚不知會有什麼奇遇。

眞是神祕兮兮的抵達，蘭登想，期待著答案揭曉。

國會大廈十哩外，一個孤獨的身影正急忙準備著迎接羅柏．蘭登到來。

2

自稱馬拉克（Mal'akh，希伯來文「天使」之意）的人把針尖刺進他光溜溜的頭皮上，隨著尖銳的工具進出肉體而愉悅地嘆氣。這種電動裝置的輕微低鳴眞會讓人上癮……如同深深滑入他皮膚散發顏料的針頭。

我是一幅傑作。

刺青的目的向來不是美觀。眞正的目的是**改變**。從西元前兩千年努比亞教士的疤痕，到古羅馬西芭莉女神教派的陪祭刺青，或現代毛利人的紋身圖案，人類在自己身上刺青，是奉獻自己的身體，將身體當作祭祀品的一部分，忍受裝飾時的皮肉疼痛，藉此改頭換面。雖然《利未記》第十九章二十八節（註：不可爲死人用刀劃身，也不可在身上刺花紋。我是耶和華。）有不祥的勸誡，禁止人們在肉體上做記號，刺青至今仍是全球數百萬人共享的一種成長儀式——從清爽的青少年到嚴重的毒蟲與郊區的主婦皆有。

皮膚刺青的行爲也是一種力量轉變的宣示，向全世界宣布：**我能控制自己的肉體**。從肉體轉變衍生而來的迷人控制感讓成千上萬的人迷上了改變肉身的行爲……整形手術、穿洞、健身與類固醇……甚至暴飲暴食與變性。**人的靈魂都渴望主宰自己的肉體**。

馬拉克的老爺鐘響了一聲，他抬頭看看。晚上六點半。他放下工具，把日式絲袍包在自己六呎三吋的裸體上，大步走過通道。這座巨大別墅裡的空氣瀰漫著刺青顏料與用來消毒針頭用的蜜蠟蠟燭的刺鼻香氣。高大的年輕人沿著走道，經過幾件無價的義大利古董——皮拉內西的蝕雕，薩佛納羅拉的折疊椅，布加里尼的銀製油燈。

他經過落地窗時瞄了外面一眼，欣賞遠方典雅的天際線。美國國會大廈發亮的圓頂在黑暗的冬日天空中散發出莊嚴的魅力。

就藏在那裡，他想。**就埋在外頭某處**。

很少人知道它存在……更少人知道它的驚人力量或別出心裁的藏匿方式。直到今日，它仍是這個國家最大的機密。那些知道眞相的人把它藏在符號、傳說與比喻的遮蔽之後。

現在他們對我敞開了大門，馬拉克想。

三週前，在一群美國最有權勢者見證的陰暗儀式中，馬拉克升上了第三十三級，世界殘存最古老祕密結社的最高階級。雖然升級了，同志們什麼也沒跟他說。他們不會說，他心裡有數。不是這樣運作的。核心之內還有核心……組織之內還有組織。即使馬拉克等上許多年，也未必能贏得他們的完全信任。

幸好，他不需要他們的信任來取得他們最深的祕密。

我的晉級果然有了回報。

現在他興奮地迎接未來，漫步到他的臥室。整個家裡，喇叭輕聲播放著罕見的閹伶演唱威爾第安魂曲〈永恆之光〉的錄音——令人回想起前世。馬拉克按下遙控器播出轟隆作響的〈最後審判日〉。然後他在震耳欲聾的定音鼓與平行五度伴奏下輕快地走上大理石樓梯，長袍隨著健壯雙腿的動作飄揚。

跑步時，他的腸胃咕嚕作響表示抗議。馬拉克已經禁食了兩天，只喝水，根據古代的方式讓身體準備就緒。**你的飢餓將在黎明前得到滿足**，他提醒自己。**還有你的痛苦**。

馬拉克進入宛如神殿的臥室，鎖上背後的門。他走向著裝區，暫停，感覺自己被拉向巨大的金框鏡子。他無法抗拒，轉身面向自己的倒影。緩慢地，彷彿拆開貴重的禮物，馬拉克解開長袍露出裸體。景象令他驚歎。

我是一幅傑作。

他魁梧的身體刮得光滑無毛。他低頭先看看雙腳，上面刺著老鷹的鱗皮與利爪。往上，健壯的雙腿刺青像雕切的石柱——左腿螺旋狀、右腿垂直的條紋，象徵古代以色列所羅門王豎立在耶路撒冷聖殿門廊前的兩根銅柱。雅金（Jachin）和波阿斯（Boaz）。他的胯下與腹部構成一個拱門雕飾，上面強壯的胸膛裝飾著雙頭鳳凰——每個頭都是側面，眼睛就在馬拉克的乳頭位置。他的肩膀、頸項、臉部與光頭像精緻掛毯，完全覆蓋著各種古代的符號與符咒。

我是件聖物……不斷進化的偶像。

十八個小時前，有個凡人見過馬拉克裸體。那人驚恐地大喊，「天啊，你是魔鬼！」

「如果你這麼認定的話。」馬拉克回答，像古人一樣清楚天使與魔鬼是相同的——可以互換的典型——只差站在哪一邊罷了：在戰鬥中打敗敵人的守護天使，自然會被敵人視爲魔鬼惡煞。

馬拉克低頭，斜眼看看頭頂上。在冠冕狀的光暈中央，有一小塊無刺青的蒼白頭皮在發亮。這塊細心守護的畫布是他身上僅剩的原始皮膚。這塊神聖空白一直耐心地等待……今晚就要填滿它。雖然馬拉克還沒拿到用來完成這幅傑作的材料，他知道時候快到了。

倒影讓他心情大好，他已經感覺到精力旺盛。他拉上長袍走到窗口，再次眺望面前的神祕城市。**它就埋在外面某處。**

馬拉克的心思重回到眼前的任務，到梳妝台前小心地上妝，掩蓋臉上、頭上與脖子的刺青直到完全消失。然後穿上爲了今晚精心準備的特製衣服與其他配件。完成之後，他檢視鏡中的身影，滿意之餘，伸手摸摸光滑的頭皮露出微笑。

就在外面，他想，**今晚，有個人會幫我找到它。**

馬拉克走出家門時，已經準備好迎接即將震撼國會大廈的事件。他花了好久時間安排今晚的每一個步驟。

終於，他的最後一顆卒子也放到棋盤上了。

3

羅柏·蘭登正忙著複習他的提示卡，忽然發現座位下轎車輪胎與路面的低鳴改變了聲調。蘭登抬頭，驚訝地發現自己的位置。

已經到紀念大橋了？

他放下卡片，凝視窗外波多馬克河平靜的水面迅速掠過。河面上飄著濃霧。這個地區被謔稱霧谷，為何獲選建立國家的首都似乎讓人猜不透。新大陸有這麼多地方，開國元勳們卻選了個河畔溼地來安置他們烏托邦社會的基石。

蘭登向左看潮汐湖對岸，傑佛遜紀念堂的優雅圓弧輪廓——很多人形容這是美國版的萬神殿。車子正前方，林肯紀念堂儉樸肅穆地浮現，直角線條令人聯想起雅典的帕德嫩神廟。又經過了一段路，蘭登才看見市中心——他在空中看過的同一根尖塔。它的建築靈感來源遠遠早於羅馬與希臘的時代。

美國版的埃及方尖碑。

一柱擎天的華盛頓紀念碑從正前方逼近，在夜空中被照亮，像船艦的雄偉主桅。從蘭登的斜角度看去，今晚的紀念碑好像根不著地般……在陰鬱的空中傾斜，猶如是在翻騰的海面上。蘭登也有類似的不安穩感。他完全沒想到要跑來華府。**我今早起床還指望在家裡清靜度過週日……現在卻到了距美國首都幾分鐘車程外**。

今天清晨四點四十五分，蘭登跳進波平如鏡、四下無人的哈佛游泳池裡，照例想游個五十趟展開一天的生活。他的身材不像大學時代當國家水球代表隊隊員那麼好，但還算是苗條健康，以四十幾歲而言挺不錯了。現在的差別是越來越難維持。

蘭登大約六點回到家，開始晨間例事，研磨蘇門答臘咖啡豆、欣賞瀰漫廚房的異國香氣。但是今天早上，他驚訝地發現語音信箱的紅燈在閃爍。**誰會在禮拜天早上六點打電話來？**他按下按鈕聽了留言。

「早安，蘭登教授。非常抱歉這麼早打擾您。」禮貌的聲音聽得出有點遲疑，帶點南方口音。「鄙人是安東尼．傑巴特，彼得．所羅門的執行助理。所羅門先生告訴我您一向起得早……他今天早上急著想聯絡您。您接到這個訊息之後，可否麻煩您直接打給彼得？您或許不知道他新的私人專線，號碼是202-329-5746。」

蘭登突然有點擔心他的老朋友。彼得．所羅門無疑教養極佳又客氣，除非出了大問題，絕對不像是週日一大早打電話那種人。

蘭登丟下磨了一半的咖啡，趕到書房去回電。

希望他沒事。

彼得．所羅門是朋友、導師，雖然只比蘭登大十二歲，自從兩人在普林斯頓大學初次見面之後，也是代理父親的角色。當時念大二的蘭登奉命去聽這位知名年輕歷史學家兼慈善家的晚間客座演講。所羅門的熱情充滿感染力，呈現令人炫目的符號學與典型歷史的景象，啓發了蘭登後來對符號的終身志向。但是並非彼得．所羅門的才智，而是他灰眼睛裡的謙虛給了蘭登勇氣寫下致謝函。大二的小夥子作夢也想不到美國最富有、最迷人的年輕知識分子之一彼得會回信。但是他回信了，從此展開一段眞正可喜的友誼。

這位知名學者沉靜的言行下隱藏著豪門權勢，彼得．所羅門出身巨富所羅門家族，全國各地的大學跟大樓都掛著他們的名號。像歐洲的羅斯柴爾德家族一樣，所羅門這個姓氏總是帶著美式貴族與成功的神祕色彩。彼得很年輕時就在父喪之後繼承家業，現在五十八歲了，生平擔任過不少位高權重的職務。目前他是史密森機構的首腦。蘭登偶爾會取笑彼得，說他純正血統的唯一污點是二流大學學歷——耶魯。

蘭登走進書房，驚訝地發現也已經收到彼得的傳眞。

彼得・所羅門
祕書室
史密森機構

早安，羅柏。
我必須立刻跟你談。
今天早上請盡快來電 202-329-5746。

彼得

蘭登立刻撥號，坐在手工雕刻的橡木書桌前等著線路接通。

「彼得・所羅門辦公室，」熟悉的助理聲音接聽，「我是安東尼。有何貴幹？」

「喂，我是羅柏・蘭登。稍早你有留言給我——」

「喔，蘭登教授！」年輕人似乎鬆了口氣。「謝謝你這麼快回電。所羅門先生急著跟您說話。容我通知他您在線上。等一下好嗎？」

「沒問題。」

蘭登等待所羅門接聽時，低頭看著史密森機構信紙抬頭上彼得的名字，不禁微笑。所羅門家族的懶惰蟲不多。彼得的祖先中有許多商場富豪、具影響力的政治人物與傑出的科學家，其中某些人甚至是倫敦皇家學會的成員。所羅門唯一仍在世的親人，妹妹凱薩琳，顯然繼承了科學基因，因爲她現在是所謂知性科學（Noetic Science）這個新領域的翹楚。

我根本聽不懂，蘭登心想，他愉快地回想去年凱薩琳曾經在她哥哥家裡派對上，試著向他說明知性科學卻失敗。蘭登仔細聽完之後回答，「聽起來比較像魔法而非科學。」

凱薩琳戲謔地眨眼。「羅柏，這兩者比你想像的更接近。」

所羅門的助理回到了線上。「抱歉，所羅門先生在電話會議無法脫身。今天早上有點手忙腳亂。」

「沒關係，我可以晚點再打來。」

「其實，如果您不介意的話，他叫我告訴您他找您的理由。」

「請說。」

助理深吸一口氣。「您或許知道，教授，史密森的董事會每年都會在華盛頓這邊辦私人活動，感謝最慷慨的贊助人。全國很多文化精英會參加。」

蘭登知道自己的帳戶餘額還差幾個零才有資格算是文化精英，但他猜想或許所羅門想要破例邀請他。

「今年依照慣例，」助理又說，「晚宴之前要有一場主題演說。我們很幸運訂到了國家雕像廳當作場地。」

整個首都的最佳場地，蘭登想起在那座宏偉半圓形大廳參加過的一場政治演說。很難忘記五百張折疊椅排成完美的弧形，周圍有三十八座真人比例的雕像，況且那裡曾經是國家的眾議院議場。

「問題是，」對方說，「我們的主講人生病，剛剛通知我們她無法上台了。」他尷尬地暫停。「所以我們必須趕緊找人頂替。所羅門先生希望您能考慮接手。」

蘭登愣了一下。「我？」他完全沒想到是這麼回事。「我想彼得可以找到遠比我更適合的人選。」

「您是所羅門先生的首選，教授，而且您太謙虛了。本機構的貴賓一定會喜歡您的演說，所羅門先生覺得或許您可以演講幾年前在『讀書頻道』的那場演說。這樣就不用再準備。他說您有談到我國首都建築物的象徵意義——聽起來非常適合我們的場地。」

蘭登不太確定。「如果我沒記錯，那場演說的重點是在建築物的共濟會淵源而非——」

「正是！您也知道，所羅門先生是共濟會員，他很多專業朋友也會參加。我相信他們會很喜歡聽您談這個題目。」

我承認會很容易。蘭登保存了生平做過每場演講的筆記。「我想我可以考慮一下。活動在哪一天？」

助理清清喉嚨，突然聽起來有點彆扭。「呃，其實，先生，就是今晚。」

蘭登大笑起來。「今晚？」

「所以今天早上才會亂成一團。史密森機構陷入出糗的危機……」助理的口氣變急了。「所羅門先生已經準備好派私人飛機到波士頓接您。航程只有一小時，您在午夜之前就可以回到家。您知道波士頓洛根機場的私人航站在哪裡嗎？」

「我知道，」蘭登不情願地承認。**難怪彼得總是心想事成**。

「太好了！您可不可以在……五點鐘跟飛機會合？」

「我好像沒什麼選擇餘地了，是吧？」蘭登苦笑。

「先生，我只是想讓老闆開心一下。」

彼得就是有這種魅力。蘭登考慮半晌，沒有別的辦法了。「好吧，告訴他我會去。」

「好極了！」助理歡呼，聽起來如釋重負。他給了蘭登飛機編號跟其他相關細節。

蘭登掛斷電話時，不禁猜想彼得．所羅門有沒有被拒絕過。

蘭登回去磨咖啡豆，往機器裡又加了一點豆子。**這個早上需要多一點咖啡因**，他想，今天可有得忙了。

4

國會大廈威嚴地聳立在國家廣場的東端，當年城市設計人皮耶·朗法（註：Pierre L'Enfant，一七五四—一八二五年，法裔美籍建築師）形容爲「等待一棟紀念建築的底座」的一片高地上。國會大廈占地長度超過七百五十呎、寬度三百五十呎，樓地板面積超過十六英畝，包括了多達五百四十一個房間。精心設計的新古典建築風格呼應著古羅馬的富麗堂皇，他們的理想啓發了美國先賢在新共和國建立的法律與文化。

進入國會大廈的遊客專用新安檢站位於新完成的地下遊客中心，能眺望國會圓頂的一面巨大玻璃天窗之下。新來的警衛阿方索·努涅茲小心打量走近檢查站的男遊客。此人頂著大光頭，在大廳晃來晃去講完電話才走進建築物。他右手掛在吊袋上，走路有點跛，穿著破舊的陸海軍通用外套，加上光頭，讓努涅茲猜想他是軍人。在美軍服役的人是華府的主要客源之一。

「晚安，先生。」努涅茲按照安全規定，向單獨進入的男遊客搭訕說。

「哈囉，」遊客說，左右看看四下無人的入口，「今晚眞安靜。」

「職業美式足球季後賽，」努涅茲回答，「今晚大家都在家裡看紅人隊。」其實努涅茲也很想看，但這是他上班第一個月，抽籤運氣不太好。「請把金屬物品放在盤子裡。」

遊客用正常的那隻手摸索著掏空上衣口袋，努涅茲小心盯著他。人性很容易忽略受傷跟殘障人士，但是努涅茲受的訓練克服了這個本能。

努涅茲等著遊客從口袋掏出常見的零錢、鑰匙、兩支手機。「扭傷了？」努涅茲打量傷者的手臂問道，手臂似乎包著厚重的紗布。

光頭男點點頭。「上星期在冰上滑倒了。現在還痛得要命。」

「很遺憾。請直走。」

遊客跛腳走過偵測門，機器發出警報聲。

遊客皺眉。「我就擔心這樣。我繃帶裡面戴著戒指，因爲手指腫得拿不下來，醫生只好一起包起來。」

「沒關係，」努涅茲說，「我用手持偵測器。」

努涅茲用手持金屬偵測棒掃過遊客包裹的手。如同預期，偵測到的唯一金屬物是在此人受傷的右食指上有一大塊。努涅茲慢慢用偵測棒滑過此人吊袋與手指的每一吋。他知道上司或許正在屋裡保全中心的閉路電視上監視他，努涅茲需要這份工作。**永遠慎重爲妙**。他小心地把偵測棒伸到男子的吊袋內側。

遊客痛得皺眉。

「抱歉。」

「沒關係，」男子說，「這年頭還是小心一點比較好。」

「說得對。」努涅茲喜歡這傢伙。怪的是，這件事關係重大。人性本能是美國對抗恐怖主義的最前線。事實證明，人類的直覺比世界上任何電子設備更能準確偵測危險——如同某本保全參考書形容，**恐懼的天賦**。

此時，努涅茲的本能感覺不到任何讓他恐懼的理由。現在兩人站得很近，他發現唯一奇怪的是，這個看似強悍的傢伙臉上似乎塗了某種防曬乳或遮斑膏。**管他的，沒有人喜歡在冬天臉色蒼白**。

「沒事了，」努涅茲完成掃描，收起偵測棒說。

「謝謝。」男子開始從盤子裡收拾他的東西。

這時努涅茲發現兩根手指從他的繃帶裡露出來、上面都有刺青。食指尖端是皇冠形象，拇指尖端則是星星。**最近似乎人人都有刺青**，努涅茲想，不過刺在指尖好像會很痛吧。「刺這些東西很痛嗎？」

男子低頭看看指尖，乾笑一聲。「沒有想像的那麼痛。」

「真好運，」努涅茲說，「我就覺得很痛。我在新兵訓練營的時候，刺了一個在背後當紀念。」

「美人魚嗎？」光頭男笑道。

「是啊，」他尷尬地說，「年輕人都會犯這種錯。」

「我懂你的意思，」光頭男說，「我年輕時也犯過大錯。現在我每天早上醒來都見到她。」

兩人大笑，男子緩步走開。

小孩把戲，馬拉克走過努涅茲身邊爬上電扶梯時心想。通過入口比預料的簡單。馬拉克故意駝背墊肚子遮蔽了真正的體型，臉上手上的化妝也掩蓋了全身的刺青。不過最天才的還是吊袋，掩護了他夾帶進去的重要物品。

世上只有一個人能幫我找到目標，這是給他的禮物。

5

全世界規模最大、科技最先進的博物館也是世界最大的機密之一。收藏品數量超過俄羅斯冬宮、梵蒂岡博物館與紐約大都會博物館加起來……雖然館藏驚人，很少民眾能受邀進入戒備森嚴的牆內。

博物館位於華府外圍的銀丘路4210號，巨大鋸齒狀結構由五個互相連接的館區構成，每個都大過足球場。建築的青藍色金屬外觀一點也搭不上館內的怪異——宛如六十萬平方呎的異世界，包括「死亡區」、「水世界」與超過十二哩長的展示櫃。

今晚，科學家凱薩琳．所羅門開著白色Volvo轎車來到大門安檢站，感覺有點不安。

警衛微笑道，「所羅門小姐，不愛看足球啊？」他把電視機裡紅人隊賽前表演的音量關小。

凱薩琳擠出僵硬的微笑，「是週日晚上。」

「喔，對了，妳要開會。」

「他來了沒？」她焦慮地問。

他看看自己的資料夾。「進出紀錄上沒看到他。」

「我來早了，」凱薩琳友善地揮揮手，繼續駛過曲折的聯絡道，來到狹小的兩層式停車場內慣例的停車位。她收拾好東西，在照後鏡迅速自我檢查一遍——基於習慣而非虛榮。

凱薩琳．所羅門幸運擁有祖先遺傳的彈性地中海肌膚，即使五十歲了，仍是光滑的橄欖膚色。她幾乎沒化妝，濃密黑髮未經梳整直接披散。像哥哥彼得一樣，同樣的灰眼睛與纖細的貴族的優雅。

你們倆像雙胞胎似的，很多人這麼說。

凱薩琳七歲時，他們倆的父親罹患癌症去世，她對父親沒什麼印象。比她大八歲的哥哥當時也只有十五歲，別人做夢也想不到他這麼早開始學習擔任所羅門家的家長。不過一如預期，彼得以尊嚴與毅力不辱家門扮演了這個角色。直到現在，他還是跟童年時期一樣照顧凱薩琳。

雖然哥哥偶爾催促，而她也不乏追求者，但凱薩琳一直沒有結婚。科學成爲她的人生伴侶，她的工作比任何男人使盡全力更能提供她滿足感與興奮感。凱薩琳毫無遺憾。

她選擇的領域——知性科學——在她初次接觸時幾乎沒沒無聞，但是近年來開始出現了理解人類心智力量的新契機。

我們尚未開發的潛能眞的很驚人。

凱薩琳關於知性科學的兩本著作幫她建立了這個奇異領域的領導地位，但她最近的新發現一旦發表，保證會讓知性科學成爲全世界的主流話題。

然而今晚，她一點兒也沒想到科學。今天稍早，她聽到了關於哥哥的惱人消息。**我還是不敢相信。**她整個下午沒有空想別的事。

一陣毛毛雨飄落在擋風玻璃上，凱薩琳趕緊拿起東西準備下車進入室內。當她正要踏出車子時，手機鈴聲響起。

她看看來電顯示，深吸一口氣。

她把頭髮撥到耳後，坐進車內接電話。

六哩外，馬拉克正走過國會大廈的走廊，手機貼在耳旁。他耐心等候對方接聽。

終於，出現了女人的聲音。「喂？」

「我們必須再碰面，」馬拉克說。

漫長的沉默。「沒事吧？」

「我有新消息，」馬拉克說。

「告訴我。」

馬拉克深呼吸一下。「令兄認爲藏在華盛頓的東西……？」

「怎樣？」

「可以找得到。」

凱薩琳．所羅門語氣很驚訝。「你是說——這是眞的？」

馬拉克露出微笑。「有時候傳說能夠流傳好幾百年……是有理由的。」

6

「確定只能開到這裡嗎?」司機停在第一街，距離國會大廈還有四分之一哩，羅柏．蘭登突然感到一陣焦慮。

「恐怕是，」司機回答，「國土安全部規定。任何車輛都不准再靠近地標建築。很抱歉，先生。」

蘭登看錶，赫然發現已經六點五十了。國家廣場附近的一處工地耽擱了時間，而他的演講十分鐘後就要開始。

「天氣變了，」司機跳下車，幫蘭登打開車門說，「您最好走快一點。」蘭登伸手到皮夾掏小費，但是司機作勢婉拒。「您的主人已經在費用加上一筆慷慨的小費了。」

不愧是彼得。蘭登心想，一面收拾東西。「好吧，多謝你了。」

蘭登走到通往新「地下」遊客入口的優雅拱形廣場頂端時，天上已經開始飄雨了。

國會遊客中心是個耗資龐大的爭議性計畫。這個地下空間號稱足以匹敵迪士尼樂園的地下城市，據說有五十多萬平方呎的展覽、餐廳與會議廳空間。

蘭登一直想來看看，但是沒想到要走這麼遠。天空隨時可能降下大雨，他開始慢跑，懶人鞋在濕水泥上幾乎毫無摩擦力。**我的打扮是來演講，可不是在雨中下坡衝刺四百碼！**

他跑到底下時已經喘得上氣不接下氣。蘭登走過旋轉門，在門廳暫停片刻調整呼吸，撥掉雨水。同時，抬起眼睛看看面前新完工的空間。

好吧，我服了。

國會遊客中心一點也不像他預料的。因爲空間在地下，蘭登有點擔心怎麼穿越。童年意外曾經讓他在井底困了一夜，蘭登現在的生活極力迴避密閉空間。不過這個地下空間有點……通風。明亮。寬廣。天花板是一大片玻璃加上一系列顯眼的照明裝置，在珍珠色的內部裝潢上投射一種柔光。

通常蘭登會在此花上一整個小時欣賞建築，但是離上場只剩五分鐘了，他低頭衝過大廳往安檢站跟電梯跑去。放鬆，他告訴自己。**彼得知道你在路上。活動沒有你就不會開始。**

安檢站的西班牙裔年輕警衛跟他閒聊，等著蘭登掏空口袋，脫下老爺手錶。

「米老鼠嗎？」警衛似乎有點想笑。

蘭登點頭，早就習慣了。收藏版米老鼠手錶是父母在他九歲生日時送的禮物。「我戴這錶是提醒自己放慢腳步，凡事別太嚴肅。」

「我看是沒效，」警衛微笑說，「你看起來好像很匆忙。」

蘭登微笑，把背包塞進X光機。「雕像廳該往哪邊走？」

警衛指著電扶梯方向。「你會看到路標。」

「多謝。」蘭登從輸送帶抓起背包繼續趕路。

電扶梯上升時，蘭登深呼吸努力整理思緒。他透過淋雨的玻璃天花板眺望頭上燈火通明的國會圓頂雄姿。真是令人驚嘆的建築。自由女神像高踞離地將近三百呎的屋頂上，像鬼魅的衛兵眺望著霧濛濛的黑夜遠方。蘭登總覺得很諷刺，當年把這座十九呎半銅像一片一片吊上基座的工人正是奴隸——高中歷史教學大綱很少提到這個國會祕辛。

其實，這一整棟建築宛如奇聞軼事的寶庫，包括害亨利．威爾遜副總統死於肺炎的「殺人浴缸」，許多遊客常發現的一道樓梯上的血跡，還有一九三〇年工人發現約翰．洛根（註：John Alexander Logan，一八二六—一八六年）將軍的死馬標本的密封地下室。

但是流傳最久的傳說莫過於有十三個鬼魂徘徊在這棟建築裡。城市設計師皮耶・朗法的鬼魂經常在走道上被看見，催討逾期了兩百年的帳款。一名工程中從國會圓頂上摔死的工人鬼魂也被看見端著一盤工具在迴廊上。當然，最有名的幽靈據稱已無數次出現在國會地下室——某隻遊蕩在狹窄走道與隔間迷宮之中的短命黑貓。

蘭登離開電扶梯，再次看錶。三分鐘。他匆匆走過寬敞通道，跟著路標趕往雕像廳，在腦中排演開場白。蘭登必須承認彼得的助理說得對，這場演講主題最適合知名共濟會員在華府主辦的晚間活動。

華府與共濟會有很深的淵源早已不是祕密。喬治・華盛頓親自用共濟會儀式主持了這棟大樓的奠基。這個城市是由高階共濟會員構思與設計——喬治・華盛頓、班・富蘭克林、皮耶・朗法——用共濟會符號、建築與藝術裝飾新首都的奇人異士。

當然，大家從這些符號解讀出各種瘋狂的念頭。

很多陰謀論者宣稱共濟會的開國元勳在華府到處隱藏了強大的祕密，市區街道排列也藏有符號訊息。蘭登從來不聽。對共濟會的誤解太氾濫了，連受過高等教育的哈佛學生似乎也對這個祕密結社抱持過度扭曲的看法。

去年，有個表情瘋狂的大一新生拿著網頁列印稿衝進蘭登的教室。那是華府街道平面圖，某些路段上了顏色構成各種形狀——惡魔的五芒星，共濟會的圓規與矩尺，巴弗麥特（註：Baphomet，傳說中羊頭人身的惡魔，額頭有五芒星，兩角間有火把，長女性乳房，腹部是赫密斯的蛇杖）的頭——顯然證明了設計華府的共濟會員涉及某種黑暗神祕的陰謀。

「眞好玩，」蘭登說，「但是毫無可信度。如果你在地圖上畫出夠多交叉的線條，一定會發現各種形狀。」

「可是這不可能是巧合！」那小子大叫。

蘭登耐心地告訴這名學生，同樣的形狀在底特律街道地圖上也畫得出來。

學生似乎非常失望。

「不要洩氣，」蘭登說，「華府確實有些不可思議的祕密……只是不在這地圖上。」

年輕人抬頭，「祕密？比如說？」

「每年春天我會教一門叫做玄祕符號的課。我常提到華府，你該選那門課的。」

「玄祕符號！」新生又興奮起來，「所以華盛頓還是有惡魔符號！」

蘭登微笑道，「抱歉，不過玄祕（occult）這個字雖然令人聯想到魔鬼崇拜，其實原意是『隱藏』或『晦澀難解』。在宗教迫害的年代，違反基督教義的知識都必須隱藏或搞得很難懂，教會因爲感覺受威脅，把任何『玄祕』的事物重新定義爲邪惡，這個偏見流傳至今。」

「喔。」小子垂頭喪氣。

不過那年春天，蘭登在哈佛跟五百個鬧哄哄的學生擠進空曠老舊、木板凳軋軋作響的大講堂桑德斯劇場，發現那個新生坐在最前排。

「大家早安，」蘭登在寬廣的講台上大喊。他打開幻燈片投影機，背後出現一幅圖像。「等你們坐好之後，有多少人認得圖中這棟建築？」

「美國國會大廈！」幾十個聲音不約而同回答。「在華盛頓特區！」

「對，那個圓頂裡面有九百萬磅的鐵架。對一八五〇年代的建築構想來說是無可匹敵的壯舉。」

「太屌了！」有人大喊。

蘭登翻翻白眼，眞希望有人禁止這個字。「好吧，有多少人去過華盛頓？」

零零落落地舉手。

「這麼少？」蘭登假裝驚訝，「那你們有多少人去過羅馬、巴黎、馬德里或倫敦？」

幾乎每個人都舉手。

照例。美國大學生的成長儀式之一，就是在體驗嚴苛的現實生活之前拿著歐洲火車票去過暑假。「似乎你們很多人去過歐洲卻沒去過自己的首都。你們猜是什麼原因？」

「歐洲沒有飲酒年齡限制！」後排有人大喊。

蘭登微笑。「你們誰甩過飲酒年齡限制啦？」

哄堂大笑。

當天是開學日，學生比平常多花了點時間靜下心來，不安地在木凳座位上扭來扭去。蘭登很喜歡在這裡上課，因爲他只要聽學生座位發出的噪音多寡就知道他們專心的程度。

「說眞的，」蘭登說，「華府有些全世界最棒的建築、藝術跟符號。爲什麼參觀自己的首都之前就急著出國？」

「古老的東西比較酷，」有人回答。

「所謂古老的東西，」蘭登釐清說，「我猜你們是指城堡、墓穴、神殿之類的東西？」

大家不約而同地點頭。

「好。那麼如果我說華盛頓特區每種上述的東西都有呢？城堡、墓穴、金字塔、神殿……應有盡有。」

軋聲減少了。

「各位朋友，」蘭登降低音量，走到講台前方說，「在接下來的一小時，你們會發現我們國家充滿了祕密與隱藏歷史。跟歐洲一樣，最祕密的東西全都隨處可見。」

木凳軋聲完全消失。

逮到你們了。

蘭登調弱燈光，叫出第二張幻燈片。「誰能告訴我喬治．華盛頓在幹什麼？」

圖中是一幅知名壁畫，描繪華盛頓穿著全套共濟會服飾站在古怪的裝置前面——巨大的三腳架支撐著繩索與滑輪系統，吊著一大塊石頭。周圍站著一群打扮整齊的觀眾。

「吊起那塊大石頭？」有人猜測。

蘭登沒說話，希望盡量有學生出聲更正。

「其實，」另一個學生說，「我想華盛頓是在放下那塊石頭。他穿著共濟會服裝。我看過共濟會奠基儀式的圖片。儀式中總是用那種三腳架玩意放下第一塊石頭。」

「很好，」蘭登說，「壁畫描繪的是我們國父在一七九三年九月十八日，十一點十五分到十二點半之間，用三腳架與滑輪安放國會大廈的第一塊基石。」蘭登暫停，掃視全班。「有沒有人能告訴我那個日期與時辰的意義？」

一片寂靜。

「如果我說這個時辰是三個知名共濟會員選的呢——喬治．華盛頓、班哲明．富蘭克林，以及華府主設計師皮耶．朗法？」

仍然寂靜。

「其實很簡單，基石選在那個日期跟時辰安放，主要理由是，象徵吉利的龍頭（Caput Draconis）剛好在處女座。」

眾人交換怪異的表情。

「等等，」有人說，「你是說……占星學？」

「正是，雖然跟我們現代認知的占星學有些不同。」

有人舉手。「你是說我們的開國元勳也信占星學？」

蘭登笑了。「信得很。如果我說華盛頓特區的建築比全世界任何其他城市具有更多占星符號呢——黃道十二宮、星座圖、根據占星日期跟時辰舉行奠基儀式？我國憲法的起草人超過半數是共濟會員，一群堅信星辰與命運互相影響的人，在規劃新世界時密切注意星象的人。」

「就算是國會奠基典禮時龍頭剛好在處女座好了——誰在乎啊？不會只是碰巧嗎？」

「如果建構聯邦三權分立的建築——國會大廈、白宮與華盛頓紀念碑——奠基儀式都刻意選在不同年份的同樣星象狀態下舉行，那就眞是不得了的巧合了。」

蘭登看著目瞪口呆的全班學生。有人開始低頭作筆記。

後面有人舉手。「他們爲什麼那樣做？」

蘭登乾笑一聲。「這個問題的答案可以講上一個學期。如果你好奇，應該選我的神祕主義課程。老實說，我不認爲你們的情感上已經準備好接受答案。」

「什麼？」學生大叫，「試試看！」

蘭登假裝考慮然後搖搖頭，逗逗他們。「抱歉，我辦不到。你們有些只是新生。我怕會造成你們太過震撼。」

「說嘛！」每個人都喊了。

蘭登聳肩。「或許你們該加入共濟會或東方之星（註：全名Order of the Eastern Star，會員女性親友亦可參加，一八五〇年創立，標誌是五芒星），直接從源頭學習。」

「我們進不去，」一個年輕人反駁，「共濟會好像超級祕密組織！」

「超級祕密？眞的？」蘭登想起好友彼得．所羅門驕傲地戴在右手的共濟會大戒指，「那共濟會員爲什麼戴著顯眼的戒指、領帶夾或別針？共濟會會所爲何公然標示？他們的聚會時間爲什麼登在報紙上？」

蘭登向所有困惑的臉孔微笑。「朋友們，共濟會不是祕密結社……而是擁有祕密的社團。」

「都一樣嘛，」有人低聲說。

「是嗎？」蘭登質疑，「你認爲可口可樂公司算是祕密結社嗎？」

「當然不是，」學生回答。

「那麼，如果你找上總公司索取經典可樂的配方呢？」

「他們絕不會告訴你。」

「正是。想要知道可口可樂最大的祕密，你必須加入公司，工作很多年，證明你值得信賴，最後升到公司高層，才可能得知這些資訊。然後你必須宣誓保密。」

「所以你是說共濟會像企業一樣？」

「只有嚴格階級制度跟非常嚴守祕密這兩點很像。」

「我叔叔是共濟會會員，」一個小女生開口，「我嬸嬸很不高興，因爲他死都不肯跟她說。她說共濟會是某種怪異宗教。」

「這是常見的誤解。」

「它不是宗教嗎？」

「來做個屬性測試吧，」蘭登說，「這裡有誰選修了維斯朋教授的比較宗教課？」

幾位學生舉手。

「好，請告訴我，構成宗教意識形態的三大要素是什麼？」

「ABC，」一個女生發言，「承諾，相信，皈依。」（Assure，Believe，Convert）

「沒錯，」蘭登說，「宗教承諾救贖，宗教相信明確的神學理論，而且非信徒必須皈依。」他暫停一下，「但是共濟會一項也沒有。共濟會不保證救贖，他們沒有特定的神學理論，也不要求眾人皈依。事實上在共濟會的會所裡是禁止討論宗教的。」

「所以……共濟會是反宗教的？」

「剛好相反。成爲共濟會員的要件之一就是你必須相信有神明。共濟會的精神跟組織性宗教的差別在於，共濟會對神明沒有精確定義或名稱。他們不用上帝、阿拉、佛陀或耶穌這類明確的神學身分，而是神靈或宇宙的偉大建築師等等比較概括的詞彙。這樣不同宗教的共濟會員才能共聚一堂。」

「聽起來有點牽強，」有人說。

「或者應該說，心胸開闊得讓人耳目一新？」蘭登說，「在這個年頭，不同的文化為了誰對神的定義比較好而互相殘殺，我們可以說，共濟會包容與開放的傳統值得稱讚。」蘭登在講台上踱步。「而且，共濟會歡迎所有種族、膚色、宗教的人加入，提供毫無歧視的精神結盟。」

「毫無歧視？」校內的女性中心會員之一站起來，「蘭登教授，有多少女人獲准加入共濟會？」

蘭登舉起雙手投降，「說得好。共濟會有它的根源，傳統上，是指歐洲的石匠公會，所以是男性組織。幾百年前，有人說早在一七〇三年，稱作東方之星的女性分支就成立了。他們有超過一百萬會員。」

「然而，」女生說，「共濟會是個很有權勢的組織，女性被排除在外。」

蘭登已經不清楚共濟會的**權勢有多大了**，他也不想去探查；對現代共濟會的認知，有人說只是一群喜歡玩扮裝的溫和老頭……有人說是主宰世界的權力者地下組織。事實無疑就在兩端之間。

「蘭登教授，」後排一個鬈髮男生說，「如果共濟會不是祕密結社，不是企業，也不是宗教，那又是什麼？」

「呃，如果你去問共濟會員，他會提供以下定義：共濟會是個道德系統，隱藏在各種比喻之下，用符號裝飾。」

「聽起來像是『恐怖邪教』的委婉說法。」

「你說**恐怖**嗎？」

「當然是了！」學生站起來說，「我聽說過他們躲在祕密建築裡做的事！詭異的燭光儀式，有棺材、絞索，還用骷髏喝葡萄酒。這還不恐怖嗎！」

蘭登環顧全班。「還有別人覺得很恐怖嗎？」

「有！」大家都說。

蘭登假裝傷心地嘆氣。「眞糟糕。如果這樣就覺得恐怖，那你們就不會想加入我的教派了。」

講堂裡一片死寂。來自婦女中心的女生顯得有點不安。「你是邪教徒？」

蘭登點頭，低聲鬼鬼祟祟說，「別說出去，但是在異教太陽神拉（Ra，或稱爲雷）的節日，我會跪在古代刑具前面，吃下象徵血肉的儀式祭品。」

全班嚇壞了。

蘭登聳肩道，「如果你們有人想加入，星期天到學校教堂來，跪在十字架前面，領聖餐。」

仍然鴉雀無聲。

蘭登眨眨眼。「心胸開放一點，小朋友。我們都害怕不了解的事情。」

鐘鳴聲開始迴盪在國會的走廊上。

七點了。

羅柏．蘭登跑了起來。**還說什麼風光出場咧**。經過連接參眾兩院的走廊時，他發現了國家雕像廳的入口，直接跑過去。

接近門口時他放慢腳步假裝若無其事，深呼吸幾下，扣好西裝鈕釦，稍微抬起下巴，在最後一聲鐘響繞過轉角。

上場了。

羅柏．蘭登教授漫步進入國家雕像廳，抬頭親切地微笑。瞬間之後，他的笑容消失，猛然停下腳步。

一定出了什麼大問題。

7

凱薩琳・所羅門在寒冷的雨中匆匆走過停車場，暗自後悔只穿了喀什米爾毛衣跟牛仔褲。接近建築物大門時，巨大的空氣過濾機吼得更大聲了。她聽而不聞，耳中仍迴響著剛才接的電話。

令兄認為藏在華盛頓的東西……可以找得到。

凱薩琳覺得幾乎無法置信。她跟來電者還有很多事要討論，同意今天晚上再說。

來到大門，她感到像平時進入這棟大樓同樣的興奮。沒人知道就是這個地方。

門上的招牌寫著：

史密森博物館後援中心

（SMSC）

雖然國家廣場上有十幾座大型博物館，史密森機構的收藏多到每次只能展出其中的二％。其餘九十八％的收藏必須保管在某處，而這個某處……就在這裡。

可想而知，這棟建築是五花八門多到驚人的人工作品之家——大型佛像、手抄本、新幾內亞的毒鏢、鑲嵌珠寶的刀子、鯨骨做的小舟。室內同樣令人讚嘆的還有自然界的珍寶——蛇頸龍的骨架、無價的各種隕石、巨烏賊，甚至有老羅斯福總統去非洲遊獵帶回來的幾顆大象骷髏。

但上述都不是三年前史密森機構祕書長彼得・所羅門介紹妹妹來到SMSC的理由。他帶她來這裡不是為了「**觀看**」科學奇蹟，而是要「**創造**」它。凱薩琳一直都在努力中。

建築內部深處，最偏僻角落的黑暗中，有個與眾不同的小型實驗室。凱薩琳最近在知性科學領域的突破對每個領域都有影響──從物理、歷史、哲學到宗教。**很快一切都會改變**，她想。

凱薩琳進入大廳，櫃檯警衛迅速藏起他的收音機，扯掉耳機。「所羅門小姐！」他露出大大的微笑。「紅人隊比賽？」

他羞愧地臉紅。「還沒開打。」

她微笑說：「我不會告狀。」她走到金屬探測門前掏空口袋，把手腕的金色卡蒂亞手錶脫下，照例感到有點哀傷。這只錶是媽媽送她的十八歲生日禮物。自從母親慘死之後已經過了將近十年……就死在凱薩琳的懷中。

「對了，所羅門小姐，」警衛開玩笑低聲說，「妳會不會告訴任何人妳在裡頭幹什麼？」

她抬頭說：「總有一天，凱爾，但不是今晚。」

「說嘛，」他追問，「祕密博物館裡的……祕密實驗室？妳一定在做很酷的研究。」

何止是酷。凱薩琳邊想邊收東西。事實是，凱薩琳研究的科學先進得不再像是科學。

8

羅柏・蘭登愣在國家雕像廳的門口，仔細看著眼前驚人的景象。這個房間正如印象中的樣子——仿古希臘劇場風格的均勻半圓形，優雅的砂岩跟義大利灰泥弧形牆壁，裝飾著斑駁的角礫岩柱子，其間空格擺設了國家的雕像收藏——三十八位美國偉人的真人比例雕像排列成半圓形，面向黑白兩色的大理石地磚。

跟蘭登上次來聽演講的時候一模一樣。

除了一件事。

今晚，室內沒人。

沒有椅子，沒有聽眾，沒有彼得・所羅門。只有三五個遊客隨意地逛來逛去，毫不在意蘭登誇張地走進來。**彼得是說圓形大廳嗎？**他看看通往圓形大廳的南側走廊，裡面也只有少數遊客晃來晃去。

鐘聲的回音消逝。這下蘭登真的遲到了。

他匆匆回到走廊，發現一個解說員。「抱歉，請問史密森機構今晚的活動演講在哪裡舉辦？」

解說員猶豫一下。「我不確定，先生。什麼時候開始？」

「就是現在！」

對方搖搖頭。「我沒聽說今晚史密森學會要辦活動——至少不在這裡。」

蘭登大惑不解，又趕回到房間中央，環顧整個空間。**所羅門是在開什麼玩笑嗎？**蘭登無法想像。他掏出手機與今天早上那張傳真，撥了彼得的號碼。

他的手機花了點時間才在巨大的建築物裡找到訊號，終於開始響了。

熟悉的南方口音接聽。「彼得・所羅門辦公室，我是安東尼。請問有何貴幹？」

「安東尼！」蘭登鬆了口氣說，「眞高興你還在。我是羅柏・蘭登。演講的事似乎有哪裡搞錯了。我就站在雕像廳裡，可是沒人在。演講是不是換地方了？」

「我想沒有，先生，我看看。」助理暫停片刻，「您跟所羅門先生直接確認過了嗎？」

蘭登迷糊了。「沒有，我是跟你確認的，安東尼。就在今天早上！」

「是，我記得。」對方沉默片刻，「教授，您眞是有點粗心大意，不是嗎？」

蘭登提高警覺。「你說什麼？」

「想想看……」對方說，「你接到傳眞要求你打一個號碼，你打了。你跟一個自稱彼得・所羅門助理的陌生人講話。然後你就自願搭上私人飛機到華盛頓，鑽進等候中的車子。這麼說對吧？」

蘭登感覺一股寒意流過全身。「你到底是誰？彼得在哪裡？」

「彼得・所羅門恐怕不知道你今天來到華盛頓。」對方的南方口音消失，聲音轉變成低沉、悅耳的低語。「蘭登先生，你在這裡，是因爲我要你來。」

9

雕像廳裡，羅柏．蘭登捏著手機貼在耳邊，繞小圈踱步。「你到底是誰？」

男子的回答是絲綢般平滑的低語。「不用緊張，教授。你被召來這裡是有原因的。」

「召喚？」蘭登感覺自己像是籠中鳥。「應該是綁架吧！」

「不盡然，」男子的聲音平靜得出奇。「如果我想對你不利，現在你早就死在轎車裡了。」他停頓片刻，「我的意圖絕對純正，我可以保證。我只是想要給你一個邀請。」

免了。自從這幾年他在歐洲的經歷以後，意外的名聲讓蘭登吸引了不少神經病，現在這個人已經玩得太過火了。「聽著，我不知道這到底是怎麼回事，但是我要掛斷了——」

「不好吧，」男子說，「如果你想要拯救彼得．所羅門的靈魂，機會之窗可是非常小的。」

蘭登倒抽一口氣。「你說什麼？」

「我想你聽見了。」

這個人說出彼得名字的口吻讓蘭登渾身發毛。「你說彼得怎麼樣了？」

「此刻，我知道他最深的祕密。所羅門先生是我的客人，我很有說服力的。」

這太離譜了。「彼得不在你手上。」

「我接聽了他的私人電話。你應該心裡有數。」

「我會報警。」

「不需要，」男子說，「當局很快就會加入你。」

這個瘋子在說什麼？蘭登的口氣變強硬。「如果你抓了彼得，現在就叫他接電話。」

「恕難從命。所羅門先生困在某個不幸的地方。」男子停頓一下，「他在煉獄（Araf）。」

「**哪裡？**」蘭登發現自己捏電話捏得太緊，手指開始發麻了。

「煉獄？哈米斯塔干（註：Hamistagan，祆教典籍記載，生前不善也不惡的亡魂所在的中性區域或狀態）？但丁寫完傳奇的《神曲．地獄篇》之後立刻寫到的主題？」

男子的宗教與文學詞彙讓蘭登更加確信了他是在跟瘋子打交道。《神曲第二部．煉獄篇》。蘭登很熟悉。菲利浦．艾塞特高中的畢業生沒有人能逃過但丁荼毒。「你是說你認為彼得．所羅門在……**煉獄**裡？」

「你們基督徒用的字眼太粗糙，但是沒錯，所羅門先生就在**過渡區**。」

此人的話在蘭登耳中徘徊不去。「你是說彼得……死了？」

「不盡然，還沒。」

「不盡然？」蘭登大喊，聲音在大廳裡尖銳地迴盪。有一家子觀光客盯著他。他別過頭降低音量。「死亡通常是黑白分明的事！」

「真令我驚訝，教授。我以為你對生死的神祕會有更深入的了解。有個介於中間的世界——目前彼得．所羅門就在裡面飄蕩。他可以回到你的世界，或是繼續到下一個……依你現在的行動而定。」

蘭登努力消化理解。「你想要我怎樣？」

「很簡單。你曾經接觸到某些相當古老的東西。今晚，你要跟我分享。」

「我完全聽不懂你在說什麼。」

「不懂？你假裝不了解交付給你的古代祕密？」

蘭登心情陡然一沉，猜到了大概是怎麼回事。**古代祕密**。他絕口不提幾年前在巴黎的經歷，但是聖杯狂熱者密切注意媒體報導，有人捕風捉影，認為現在蘭登隱瞞了關於聖杯的祕密資訊——甚至地點也是。

「聽著，」蘭登說，「如果是關於聖杯，我可以保證我知道的不會多過——」

「不要侮辱我的智慧，蘭登先生。」男子生氣了，「我對微不足道的聖杯或人類對歷史正確版本的可悲辯論沒有興趣。信仰語義學的流行論點我也不在乎。那些問題只有死後才能獲得解答。」

嚴肅的措詞令蘭登不解。「那你到底想幹什麼？」

男子停頓了幾秒。「你或許知道，這座城市裡有個古代的入口。」

古代入口？

「今晚，教授，你要幫我解開它。我聯絡你是你的榮幸——這是畢生難逢的邀請。只有你被選上。」

你一定是瘋了。「很抱歉，不過你選錯了，」蘭登說，「我一點也不曉得什麼古代入口。」

「你不懂，教授。不是我選擇你的……是彼得．所羅門。」

「什麼？」蘭登回答，聲音像是耳語。

「所羅門先生告訴過我怎麼找到入口，也向我坦承世界上只有一個人能打開它。他說這個人就是你。」

「如果彼得這麼說，他是弄錯了……或者說謊。」

「我不認為。他承認這件事的時候狀況非常虛弱，而我寧可相信他。」

蘭登暴怒。「我警告你，如果你傷了彼得一根寒毛——」

「現在已經太遲了，」男子愉快的口氣說，「我已經從彼得．所羅門那兒拿到了我需要的東西。不過為了他好，我建議你提供我想要的東西。時間非常重要……對你們兩人都是。我建議你找到入口解開它。彼得會指出方向。」

彼得？「你不是說彼得在『煉獄』裡嗎？」

「如上，實下。」男子說。

蘭登感到加深的寒意。這個怪異的回答是古代隱修教派諺語，宣示一種天堂與俗世之間有實質聯繫的信仰。如上，實下。蘭登打量這個大房間，猜想著今晚怎麼會突然變得如此失控。「聽著，我不知道怎麼找什麼古代入口。我要報警了。」

「你還沒想通是嗎？你爲什麼被選上？」

「不懂，」蘭登說。

「你會懂的，」他竊笑著回答，「隨時。」

線路掛斷了。

蘭登驚恐地呆站了一會，想要釐清剛才發生的事。

突然，在遠處，他聽見了意外的聲音。

從圓形大廳傳過來的。

有人在尖叫。

10

羅柏・蘭登這輩子進過國會圓形大廳好幾次，但從未全力狂奔。他通過北側門時，看見一群遊客聚集在房間中央。有個小男孩在尖叫，父母正在安撫他。其餘人聚集在旁邊，幾個警衛正在極力維持秩序。

「他從吊袋裡拉出來，」有人驚恐地說，「就把它丟在那邊！」

蘭登走近，這才看見造成騷動的東西。確實，地上的東西很奇怪，但是未必保證會引發尖叫。

地上的物品蘭登看過很多次了。哈佛藝術系就有很多——雕塑家與畫家用來描繪人體最複雜結構的真實比例塑膠模型，怪的是，那不是人臉而是人手。**有人把假手丟在圓形大廳？**

假人的手，有些人稱作handequin，有手指關節，讓藝術家可以擺出任何想要的姿勢，自大幼稚的大學生經常讓它豎起中指。但是這隻假手被擺成拇指與食指指向天花板的姿勢。

不過蘭登再靠近，發現這隻假手不尋常，塑膠表皮不像大多數那麼平滑，而是有斑點與輕微皺紋，看起來幾乎……

像真的皮膚。

蘭登突然停步。

他看見血跡了。**我的天啊！**

腕部的傷口似乎被叉在木板底座上以便豎立。一陣噁心衝上全身。蘭登緩緩靠近，無法呼吸，看見食指與拇指尖端裝飾著小刺青。不過刺青並未吸引蘭登的注意力，他的眼光立刻移到無名指上熟悉的金戒指。

不會吧。

蘭登退後。他發現看到的是彼得·所羅門被砍下的右手，只覺一陣天旋地轉。

11

彼得怎麼沒接電話？凱薩琳．所羅門掛斷手機時猜想著。**他在哪裡？**

三年來，彼得總是第一個趕來參加每週日晚上七點的例行會議。這是他們家庭的私人儀式，展開新的一週之前聯絡感情的方式，彼得也能了解凱薩琳在實驗室的進展。

他從不遲到的，她想，**而且一定會接電話。**更糟的是，凱薩琳還沒確定等他來到之後要說什麼。**我該怎麼開口問他我今天發現的事？**

她的腳步聲規律地沿著宛如脊椎貫穿整個中心、俗稱「大街」的水泥走廊響起，這條走廊連接建築物裡的五大儲藏區。頭上四十呎處，橘色通風管系統如同建築的心跳在震動著——幾千立方呎的濾淨空氣流動的脈搏聲。

通常在走到實驗室的四分之一哩途中，建築的呼吸聲會讓凱薩琳感覺很安心。但是今晚，脈搏聲讓她緊張。她今天所得知關於兄長的事會令任何人不安，因爲彼得是她在世上的唯一親人，凱薩琳一想到他可能有祕密瞞著她更是擔心。

據她所知，他只瞞過她一件事……藏在這條走道末端的美好祕密。三年前，哥哥陪凱薩琳走過這條走廊，介紹她參觀史密森博物館後援中心，驕傲地炫耀大樓裡比較罕見的物品——火星隕石 ALH-84001，座牛（註：Sitting Bull，一八三一—一九〇年，達科塔州原住民蘇族酋長）的手寫象形文字日記，收藏當年查爾斯．達爾文親手採集標本的蠟封罐子。

他們走過一扇附小窗的沉重房門，凱薩琳瞥見裡面的東西驚叫起來，「那是什麼東西？」

哥哥竊笑著繼續走，「第三館區。稱作水世界。很罕見的景象吧？」

應該說很嚇人。凱薩琳匆忙跟上他。這棟大樓簡直像異星球。

「其實我想讓妳看的東西在第五館區。」哥哥說，帶著她走過似乎沒有盡頭的走廊。「那是我們最新加蓋的。原本用來保管國立自然歷史博物館地下室的收藏品。那些東西預定五年內要搬走，到時候第五館區就空了。」

凱薩琳看看他，「空了？那我們幹嘛去看？」

哥哥的灰眼睛閃現熟悉的頑皮。「我碰巧想到既然沒人要用這個空間，或許妳可以用。」

「我？」

「當然。我想妳或許需要個專用的實驗空間——可以眞正**做此**多年來妳研發的理論實驗的設施。」

凱薩琳震驚地盯著哥哥。「可是，彼得，那些實驗只是理論！幾乎不可能眞正執行。」

「沒有什麼不可能的，凱薩琳，這座大樓最適合妳了。博物館後援中心不僅是個寶庫，也是世界最先進的科學研究設施之一。我們經常拿收藏品來用最佳的量化科技檢驗。妳可能需要的所有設備都在這裡隨便妳用。」

「彼得，進行這些實驗所需的技術——」

「已經準備好了。」他開心地微笑，「實驗室已經蓋好了。」

凱薩琳愣住了。

哥哥指著漫長的走廊末端。「我們現在就去看。」

凱薩琳說不出話來。「你……爲我蓋了實驗室？」

「這是我的工作。史密森機構成立宗旨是促進科學發展。身爲祕書長，我必須克盡職責。我相信妳提議的實驗有潛力拓展科學的疆界到達未知的領域。」彼得停下來嚴肅看著她的眼睛，「無論妳是不是我妹妹，我都覺得有義務支持這項研究。妳的概念很好。世人應該看看會有什麼進展。」

「彼得，我不能──」

「好啦，放輕鬆……是我自己出錢，而且第五區現在又沒人用。等妳做完了實驗，就搬出去。何況，第五區有些特殊設施很適合妳的工作。」

凱薩琳無法想像巨大空曠的一整個館區可能對她的研究有什麼幫助，但她想很快就會知道了。他們走到一扇鋼鐵門之前，上面有粗體鏤刻字：

第五區

她哥哥把鑰匙卡塞入一道縫裡，一面電子鍵盤亮起來。他舉起手指要輸入密碼，但是暫停一下，抬起眉毛露出童年常見的頑皮表情。「妳確定準備好了？」

她點點頭。不愧是老哥，永遠有表演欲。

「退後一點，」彼得按下按鍵。

鋼鐵門嘶嘶作響打開了。

門檻之後只有一片漆黑……沉悶的空虛。空洞的呻吟聲似乎在深處迴盪。凱薩琳感覺一股冷空氣撲面而來。好像俯瞰晚間的大峽谷。

「想像一個停得下好幾架空中巴士的空曠停機坪，」她哥哥說，「大概就知道有多大了。」

凱薩琳不禁後退一步。

「館區本身太大無法保溫，但是妳的實驗室是隔熱的煤渣磚造房間，大致是正方體，位於館區最深的角落，以求最大隔離效果。」

凱薩琳試著想像。**盒子裡的盒子。**她努力凝視黑暗中，但什麼也看不見。「有多遠？」

「挺遠的……這裡塞得下一座足球場。不過我得警告妳，這段路有點令人發毛。這裡特別陰暗。」

凱薩琳看看左右角落，「沒有電燈開關嗎？」

「第五館區的電路還沒安裝好。」

「可是……這樣實驗室怎麼運作？」

他眨眨眼。「氫燃料電池。」

凱薩琳目瞪口呆。「你在說笑吧？」

「這些乾淨能源足以供應一座小鎮。妳的實驗室可以完全隔絕大樓內的電波。而且，整個館區外面包覆了抗攝影薄膜，保護收藏品不受太陽輻射影響。基本上，這個館區是個低耗能、低污染的密閉環境。」

凱薩琳開始了解第五區的優點了。因爲她的許多工作重點是量化先前未知的力場，她的實驗必須在隔離外界輻射或「雜訊」的位置進行，包括像附近人們產生的「腦波」或「念力」這麼微小的干擾。因此，大學校園或醫院實驗室不能用，但是博物館後援中心的無人館區眞是再適合不過了。

「我們進去看看。」她哥哥笑著踏入廣大的黑暗中，「跟我來。」

凱薩琳在門口猶豫。**在完全黑暗中走一百多碼？**她想提議拿手電筒，但是哥哥已經消失在黑暗中。

「彼得？」她叫道。

「要有信心，」他回答，聲音已經模糊了。「相信我，妳會找到路的。」

他在開玩笑吧？凱薩琳提心吊膽地跨過門檻走了幾呎，努力想在黑暗中看東西。**我什麼也看不見！**背後的鋼鐵門突然嘶一聲用力關上，讓她陷入完全黑暗中。一點亮光也沒有。「彼得?!」

一陣死寂。

相信我，妳會找到路的。

她試探著盲目緩步前進。**要有信心？**凱薩琳連面前的手都看不見了。她向前直走，但是幾秒鐘內就迷路了。**我在往哪邊走？**

那是三年前的事了。

現在，凱薩琳走到同一扇厚重的鋼鐵門前，發現自從那晚以來她的進展不少。她的實驗室，暱稱「方塊」，成了她的家，第五館區深處的聖地。正如兄長預料，那晚她找到了路穿過黑暗，還有往後的每一天——歸功於她哥哥讓她自行發現的一個巧妙簡易導引系統。

更重要的是，哥哥的其他預言也實現了：凱薩琳的實驗達成了驚人的成果，尤其最近半年來，這些突破將會改變整個思考模式。凱薩琳跟哥哥說好絕對保密，直到比較全面地了解其後果再說。但是總有一天，凱薩琳知道她會發表某些人類史上最革命性的科學啟示。

祕密博物館裡的祕密實驗室，她想，一面把鑰匙卡片塞進第五館區的門。鍵盤亮起，凱薩琳輸入她的密碼。

鋼鐵門嘶一聲打開。

熟悉的空洞呻吟聲伴隨著同樣的撲面寒氣。照例，凱薩琳的脈搏開始加快。

世界最奇怪的通勤。

凱薩琳堅定地走進去，踏入黑暗前看看手錶。不過今晚，不祥的預感揮之不去。**彼得到底在哪裡？**

12

國會警察局長川特．安德遜監督整個國會大廈的維安工作十幾年了。虎背熊腰，五官輪廓陽剛，紅髮，習慣理成大平頭，帶給他一種軍事權威的氣息。腰上佩著顯眼的手槍，警告那些笨到膽敢質疑他權威的人。

安德遜大多數時間待在國會地下室的高科技監視中心，調派手下的大批警察。他在此監督一群技術人員，他們負責監看螢幕、電腦數據跟用來聯絡下屬安全人員的電話系統。

今晚特別平靜，安德遜非常高興。他一直想要偷閒用辦公室裡的平面電視看看紅人隊的比賽。剛開球不久，他的對講機就響了。

「老大？」

安德遜嘆了口氣，眼睛盯著電視，按下按鈕。「是我。」

「圓形大廳有些騷動。幾個警員已經趕到了，但是我想你最好看一看。」

「知道了。」安德遜走到安控中心——一組擠滿電腦螢幕的精簡先進設備，「什麼狀況？」

技師把數位影片轉接到他的螢幕上。「圓形大廳東側看台攝影機。二十秒前。」他播放影片。

安德遜站在技師背後一起看。

今天圓形大廳人很少，只有幾名遊客。安德遜老練的眼睛立刻注意到一個移動特別快的男子。大光頭，綠色陸軍外套，受傷的手臂掛在吊袋上，有點跛，駝背姿勢，正在講手機。

光頭男子的腳步聲在監聽器裡清脆地回響，突然，他走到大廳正中央，暫停一下，掛斷電話，跪下來好像在綁鞋帶。不過他從吊袋裡拉出某種東西，放在地上。然後他站起來跛著腳迅速走向東側出口。

安德遜打量男子留在地上的怪物體。**什麼東西？**大約八吋高，垂直站立。安德遜彎腰靠近螢幕瞇起眼睛。**不可能吧！**

光頭男匆匆離開，從東側門廊消失，附近有個小男孩說，「媽咪，那個人掉了東西。」男孩走向那個物體，突然僵住。愣了好一會兒，他指著怪物體大聲尖叫起來。

局長立刻轉身衝向門口，邊跑邊下令。「呼叫所有人！找到這個掛吊袋的光頭佬拘留他！**快點！**」

他衝出安全中心，三步併一步衝上磨損的樓梯。監視器顯示這個吊袋光頭男從東側離開圓形大廳。所以離開大樓的最短路線是經過東西走廊，就在面前。

我可以攔住他。

安德遜爬到樓梯頂端繞過轉角，掃描眼前的安靜通道。一對老夫婦手牽手在遠處漫步。附近有個穿藍色運動衣的金髮遊客正在看導覽手冊，研究眾議院議場外的馬賽克天花板。

「抱歉，先生！」安德遜大喊跑向他，「你有沒有看見一個手臂掛在吊袋裡的光頭男子？」

對方困惑地從書裡抬頭望著他。

「掛吊袋的光頭男！」安德遜強勢地重複。「有沒有看到？」

遊客遲疑一下，緊張地望著走道的東端。「呃……有，」他說，「我想他剛跑過我身邊……往那邊的樓梯去了。」他指著通道遠處。

安德遜掏出對講機大喊，「所有人注意！嫌犯正前往東南出口。包圍他！」他收起對講機，從槍套拔出配槍，奔向出口。

三十秒後，國會大廈東側一處安靜的出口，穿藍衣的金髮壯碩男子踏進潮濕的夜晚空氣中。他微笑著，享受夜晚的清涼。

變形。

實在太容易了。

不久前他跛著腳穿著軍服外套跑出圓形大廳。躲到陰暗死角後，他脫下外套，露出穿在裡面的藍色衣服。丟棄外套之前，他從口袋掏出金色假髮戴到頭上。然後他站直身子，從上衣掏出細長的華盛頓導覽手冊，腳步優雅又冷靜地走出來。

變形。這是我的天賦。

馬拉克走向等候中的禮車，不再駝背，抬頭挺胸，露出六呎三吋的眞正身高。他深吸一口氣，讓冷風充滿他的肺。他感覺胸口上刺青鳳凰的翅膀大大張開。

但願他們知道我的能耐，他想，望著整座城市。**今晚我的變形即將完成。**

馬拉克在國會大廈裡巧妙地出牌，完全遵照古代的禮節。**古代的邀請函已經送出去了。**如果蘭登還沒搞清楚他今晚在此的角色，也很快就會知道。

13

對羅柏·蘭登來說，國會圓形大廳好像聖彼得大教堂，永遠有令他驚訝的地方。數據上而言，他知道這個房間大到輕輕鬆鬆裝得下直立的自由女神像，但不知何故圓形大廳總是比他預期的更大更空洞，彷彿空中有鬼魂似的。但是今晚，此地只有混亂。

國會警察封鎖了圓形大廳，同時盡力把恐慌的遊客趕離那隻手。小男孩還在哭。強光閃了一下，有遊客在拍那隻手的照片，幾名警衛立刻抓住那個人，取走他的照相機、把他帶走。混亂中，蘭登感覺自己恍惚地向前走，穿過人群，慢慢靠近那隻手。

彼得·所羅門被砍下的右手直立著，腕部斷面固定在一個小木座的尖刺上。其中三指握拳，拇指與食指伸直，向上指著高聳的圓頂。

「大家退後！」一名警察大喊。

蘭登已經靠近到看得見乾掉的血跡，從手腕流下來凝固在木座上。**死後的傷口不會流血……意思是彼得還活著**。蘭登不知道該放心還是反胃。**彼得的手被活生生砍下來？**膽汁衝上他的喉嚨。他想起先前這位密友無數次伸出手來跟他握手或是親切擁抱。

有幾秒鐘，蘭登腦中一片空白，像沒有對準頻道的電視機只出現雜訊。第一個浮現的清晰影像令他完全想不到。

皇冠……與星星。

蘭登蹲下來，打量彼得的拇指與食指尖端。**刺青？**真不可思議，犯案的怪物似乎在彼得的指尖刺了小圖案。

拇指上——是皇冠，而食指上——是星星。

不可能吧。蘭登心裡立刻想起這兩個符號，把這個駭人的景象放大成幾乎超越俗世的東西。這兩個符號在歷史上一起出現過很多次，總是在同樣的地方——指尖上。這是古代世界最受渴望、最祕密的符號之一。

玄祕之手。

這個符號最近已經很罕見了，但是在歷史上象徵著強烈的行動召喚。蘭登努力想理解面前這個詭異的作品。**有人用彼得的手製作了玄祕之手**？無法想像。傳統上，這個符號都雕在石頭、木頭上或畫成圖案。蘭登從未聽說過用眞人肢體做出玄祕之手。這種想法太噁心了。

「先生？」蘭登背後的警衛說，「請退後。」

蘭登充耳不聞。**還有其他刺青**。雖然看不見折起的三根手指指尖，蘭登知道那上面一定各有獨特的記號。傳統就是這樣。總共五個符號。幾千年來，玄祕之手的指尖符號從未改變……手的象徵意義也是。

這隻手代表……邀請。

蘭登想起誘騙他來這裡的人說過的話，突然渾身發涼。**教授，今晚你會收到畢生難逢的邀請**。在古代，玄祕之手其實是世上最受渴望的邀請。收到這個符號是一種加入精英團體的神聖召喚——據說守護著亙古至今祕密智慧的人。這份邀請不僅是天大的榮幸，也表示有大師認爲你夠資格知道隱藏的智慧。主人**向受邀者伸出的手**。

「先生，」警衛伸手搭蘭登的肩膀說，「請你立刻退後。」

「我知道這是什麼意思，」蘭登說，「我可以幫你們。」

「退後！」警衛說。

「我朋友遇上了麻煩。我們必須——」

蘭登感覺一對強壯的手臂扶起他，拉他遠離那隻手。他沒有反抗……重心不穩無法抗議。

正式邀請已經發出來了。有人召喚蘭登來解開一個神祕入口，揭露古代謎團與隱密知識的世界。

但是這太瘋狂了。

瘋子的幻覺。

14

馬拉克的加長型禮車緩緩駛離國會大廈，往東沿著獨立大道移動。人行道上一對年輕男女專注地窺探深色的後車窗，希望瞄到什麼VIP。

我在前面啊，馬拉克想，露出微笑。

馬拉克喜歡單獨駕駛這輛大車的權力感。他其餘的五輛車都無法提供今晚所需——隱私的保障。絕對隱私。這個城市的禮車享有某種不成文的豁免權。像有輪子的大使館。在國會大廈附近執勤的警察永遠不確定可能失手攔下什麼搭車的大人物，所以大多數人乾脆選擇別碰運氣。

馬拉克越過安那科斯提亞河進入馬里蘭州，感覺到自己越來越接近凱薩琳，被命運的重力拉扯前進。**今晚我被召喚到第二件任務……我也沒想到的任務**。昨晚，彼得·所羅門說出了他最後一件祕密，馬拉克因而得知凱薩琳·所羅門施行奇蹟的祕密實驗室存在——馬拉克知道這些驚人的突破如果公諸於世，將會改變全世界。

她的工作會揭開所有事物的眞正本質。

幾百年來世界上「最聰明的頭腦」都忽視了古代科學，斥爲無知的迷信，卻用自以爲是的懷疑論與炫目的新科技自我武裝——這些工具只會帶他們更遠離眞相。**每個世代的突破都被下一代的科技證明爲錯誤**。如此不斷循環。人類學到越多，越體會到自己的無知。

幾千年來，人類在黑暗中遊蕩……但是如今，如同預言，改變即將到來。在歷史上盲目地跌跌撞撞之後，人類來到了一個交叉路口。此刻很早之前就被料到了，古代文獻、原始曆法、甚至星象本身都預言過。日期很明確，而且即將來臨。前奏將是知識的大爆發……清澈的閃光照亮黑暗，給人類最後一次機會逃離深淵，走上智慧的道路。

我要來遮蔽這個光芒，馬拉克心想。**這是我的角色**。

命運讓他連上彼得與凱薩琳．所羅門。凱薩琳在ＳＭＳＣ所達成的突破有可能打開新思潮的水閘，引發一場新的文藝復興。凱薩琳的啓示，如果公布，會成爲某種觸媒，啓發人類重新發現失落的知識、帶給人類超乎想像的力量。

凱薩琳的命運是點亮火炬。

而我的命運是撲滅它。

15

一片漆黑中，凱薩琳．所羅門摸索尋找實驗室的外門。找到之後，她推開鑲鉛的門匆匆進入小玄關。穿過黑暗的路程只花了九十秒，但是她心臟狂跳。經過了三年，你一定以爲我習慣了。凱薩琳每次逃離第五區的黑暗踏入這個乾淨明亮的空間，總會感覺如釋重負。

「方塊」是個巨大的無窗盒子。內牆與天花板每一吋都覆蓋了堅硬的鈦塗佈鉛纖維網子，像是建在水泥牆裡的大籠子。霧面樹脂玻璃分隔板把空間劃分成不同區域——實驗室、控制室、機械室、浴廁，還有小型研究用圖書室。

凱薩琳快步走進實驗室裡。明亮單調的工作區內先進測量設備閃閃發亮：一對電子腦部X光顯影機，一部飛秒光頻梳，一部磁性光學陷阱，以及量子不定電子雜訊儀，一般簡稱爲隨機事件產生器（REGs）。

知性科學雖然用上了尖端科技，所發現的仍然比這些冰冷的高科技儀器神祕多了。宛如魔法與神話的東西隨著驚人的新資料注入迅速變成現實，全體支撐了知性科學的基本概念——人類心智從未被觸及的潛能。

整體假設很簡單：我們的智識與精神能力才剛開發一點皮毛而已。

在加州知性科學研究院（IONS）與普林斯頓特異功能研究所（PEAR）等設施的實驗已經明確證明，人類思想如果夠專注，有能力影響與改變物理質量。他們的實驗並非「折彎湯匙」這類江湖把戲，而是相當嚴格控制的研究，全都產生同樣非凡的結果：無論我們知不知情，我們的思想其實會與物質世界互動，影響改變到次原子範圍。

精神凌駕物質。

二○○一年，可怕的九一一事件之後，知性科學的領域發生大躍進。四名科學家發現當驚嚇的全世界同時專注於單一悲劇共同的哀傷，全世界三十七部隨機事件產生器的輸出突然變得比較規律。不知何故，共同體驗的統一，幾百萬個想法的融合，影響了這些機器的隨機功能，組織了輸出值，從混亂中出現秩序。

這個驚人的發現似乎呼應了古代對「宇宙意識」的精神信仰——人類意志的廣大統合能夠實質上與物質互動。最近，集體冥想與禱告的研究顯示在隨機事件產生器也有類似的結果，鼓勵了一種說法，如同知性作家琳恩．麥塔格形容，**人類意識是超出**肉體局限的物質……高度秩序化的能量能夠改變物質世界。凱薩琳很迷麥塔格的書《念力的祕密》，還有網站上的全球性研究——theintentionexperiment.com——旨在發現人類意志如何能影響世界。有些其他先進的文獻也吸引了凱薩琳的興趣。

從這個基礎上，凱薩琳．所羅門的研究繼續挖掘，證明「集中思想」幾乎可以影響**任何東西**——植物的成長率、魚在盆裡游動的方向、培養皿中細胞分裂的方式、不同自動化系統的同步化，與人體中的化學反應。連新形成的固體結晶構造也會因個人意志而變化；凱薩琳把關愛的想法注入一杯水而在凍結後創造出完美對稱的冰結晶。奇妙的是，逆命題也是真的：當她發出負面、污染的想法到水中，冰結晶就是混亂破碎的形式。

人類思想真的可以改變物質世界。

凱薩琳的實驗越來越大膽，結果也變得越來越驚人。她在實驗室的工作毫無疑問地證明「精神凌駕物質」不只是新浪潮運動的自我提升教條。心智有能力改變物質本身的狀態，而且更重要的是，心智有能力鼓勵物質世界往特定方向移動。

我們是自身宇宙的主宰。

在次原子的層面，凱薩琳發現粒子本身會只依照她觀察的意願而存在又消失。從某方面而言，她觀察粒子的**願望**……足以讓粒子顯現。海森伯格（量子力學學者，諾貝爾物理獎得主。）幾十年前就暗示過這個現象，現在它成了知性科學的基本原理。用琳恩．麥塔格的話來說：「生物的意識不知何故會把某些事物的**可能性**變成眞實。創造我們的宇宙最關鍵的要素就是觀察它的意識。」

然而，凱薩琳的工作最驚人的方面，是發現心智影響物質世界的能力可以藉由練習而**加強**。意志是**學習來的**技能。就像冥想，控制「思想」的眞正能力需要練習。更重要的……某些人天生比別人擅長這件事。在歷史上，曾有極少數人變成眞正的大師。

這就是現代科學與古代玄學之間遺失的環節。

凱薩琳是從哥哥彼得那兒學到的，現在，她的心思回到他身上，她感覺更加憂心。她走到附設圖書室瞄一下。沒人在。

這個圖書室是個小閱覽室——兩把Morris椅子、一張木桌、兩座立燈，整面牆的紅木書架收納了大約五百本書。凱薩琳與彼得把他們最喜愛的書堆在這裡，主題從粒子物理到古代玄學不等。他們的藏書累積成折衷的新舊融合體……最尖端與歷史性的東西。凱薩琳的書多半叫做《量子意識》、《新物理》、《神經科學原理》之類。她哥哥的書比較古老深奧，例如《祕密之書》（*Kybalion*），《光明篇》（*Zohar*），《物理之舞》，還有大英博物館的蘇美人石碑譯本。

「我們科學的未來關鍵，」她哥哥常說，「就藏在過去之中。」畢生身爲歷史、科學與玄學的學者，彼得是第一個鼓勵凱薩琳在讀大學時，在科學課程之外選修古代隱修哲學的。她才十九歲彼得就激發她對現代科學與古代玄學之間關聯的興趣。

「告訴我，凱特，」哥哥在她讀耶魯大二回家過暑假的時候問到，「艾利斯最近看了什麼理論物理的書？」

凱薩琳站在家族豐富的圖書館裡，背誦她被要求的讀書清單。

「了不起，」哥哥回答，「愛因斯坦、波耳（Bohr，丹麥物理學家）跟霍金都是現代的天才。但是妳有讀一些古書嗎？」

凱薩琳抓抓頭。「你是說像……牛頓？」

他微笑。「更古老。」彼得二十七歲就在學術界闖出名號，他跟凱薩琳都習慣了這種玩笑式的知識考驗。

比牛頓還久？凱薩琳腦中浮現托勒密、畢達哥拉斯、赫密斯・特利斯美吉斯忒斯（Hermes Trismegistus）這些遙遠的名號。**現在已經沒人看他們的書了**。

哥哥伸出手指掃過書架上一長排龜裂皮革裝訂、積了灰塵的舊書。「古人的科學智慧很驚人的……現代物理**最近**剛開始體會到這一點。」

「彼得，」她說，「你跟我說過埃及人在牛頓之前很久就懂得槓桿跟滑輪，早期煉金術士成果跟現代化學不相上下，那又如何？**現代物理**處理的是古人無法想像的概念。」

「比如說？」

「呃……**糾纏理論**（註：entanglement theory，指兩個或多個量子系統之間存在非古典的強力關聯）就是一例！」次原子研究已經明確證實所有物質都是互相連結的……糾纏成一團網絡……某種共通的合一。「你的意思是說古人沒事就討論**糾纏理論**？」

「肯定是！」彼得撥開眼前的黑髮劉海說，「糾纏論是原始信仰的核心。名稱從有始以來就存在了……法身（Dharmakaya），道，大梵天。事實上，人類最早的精神修練的就是追尋自己的因緣，察知自己跟所有事物的互動。他們一直希望跟宇宙『合一』……達到『天人合一』的狀態。」她哥哥抬起眉毛。「直到現在，猶太人跟基督徒還在尋求『救贖』……只是我們大多數都忘了尋求的其實是『合一』。」

凱薩琳嘆氣，她忘了跟這麼嫻熟歷史的人爭論有多困難。「好吧，不過你是一概而論。我指的是明確的物理。」

「那就明確吧。」他銳利的眼神挑戰她。

「OK，像極性這樣簡單的東西——次原子領域的陽性／陰性平衡。顯然，古人並不了解——」

「等等！」哥哥拿出一本老舊的大書，大聲放在圖書室的桌上。「現代所謂的極性不過是兩千多年前印度教的黑天在《薄伽梵歌》描述過的『雙重世界』。這裡有其他十幾本書，包括《祕密之書》，都談過二元系統與大自然中的反動力。」

凱薩琳有些懷疑。「好吧，但如果我們談現代發現的次原子學——例如海森伯格的測不準原理……」

「那就必須看這個，」彼得走過書架拉出另一本書說，「稱作《奧義書》的印度教吠檀多經典。」他把書重重丟在前一本上面。「海森伯格跟薛丁格（量子力學學者，諾貝爾物理獎得主。）都讀過這本書，聲稱幫助了他們架構某些理論。」

對決持續了幾分鐘，桌上的舊書越堆越高。凱薩琳終於舉雙手投降。「好啦！你有道理，但是我想研究最尖端的理論物理。科學的未來！我真的懷疑黑天或毗耶娑跟超弦理論或多次元宇宙論模型有多少關係。」

「妳說得對。沒什麼關係。」他哥哥暫停，面露微笑。「如果妳是說超弦理論的話……」他又走到書架去了。「那應該是指這本書。」他拉出一大本皮面精裝書丟在桌上。「中世紀阿拉米語（註：古代通行於西南亞的文字系統之一，現代敘利亞語和阿拉伯語的起源）的十三世紀譯本。」

「十三世紀就有超弦理論?!」凱薩琳不敢相信。「少來了！」

超弦理論是嶄新的宇宙論模型。根據最新的科學觀察，暗示多次元宇宙不只由三次元構成……而是十次元，像震動的弦一樣互相影響，類似共鳴的小提琴弦。

凱薩琳等著哥哥翻開書，查閱考究印刷的目錄，再翻到開頭不久的一頁。「妳看看。」他指著一頁褪色的文字跟圖形。

凱薩琳聽話地研讀此頁。老式翻譯非常難以閱讀，但是令她大吃一驚，文字與繪圖顯然描述了跟現代超弦理論同樣的宇宙——如弦共鳴的十次元宇宙。她繼續看下去，突然驚呼後退。「我的天，它甚至描述了其中六個次元如何糾纏並且同步表現?!」她驚訝地退一步。「這是什麼書?!」

哥哥張嘴笑笑。「我希望妳改天能看看的書。」他翻回書名頁，上面精緻地印了幾個字。

光明篇全書。

雖然凱薩琳從未讀過《光明篇》，她知道這是早期猶太玄學的基礎文獻，據說曾經重要到只限最博學的教士能夠閱讀。

凱薩琳打量這本書。「你是說早期玄學家就知道他們的宇宙有十次元?」

「當然。」他指著頁面上十個圓圈互相交織、稱作生命之樹的插圖。「顯然，術語很深奧，但是物理學非常先進。」

凱薩琳不知該如何回應。「可是……爲什麼沒有更多人研究這個?」

她哥哥微笑，「他們**會的**。」

「我不懂。」

「凱薩琳，我們生在一個美好的時代。改變即將來臨。人類正處在新時代的門檻，他們會把眼光轉回自然與古老的方式……回到《光明篇》等等全世界的古籍裡面的概念。強大的眞理自有一股重力，終究會把人拉回它身上。總有一天現代科學家會熱中研究古人的智慧……那時人類就會逐漸找到重大難題的答案。」

那天晚上，凱薩琳急切地開始閱讀哥哥的古書，很快發現他說得沒錯。**古人擁有深奧的科學智慧**。現代科學與其說「發現」，不如說是「重新發現」。人類似乎曾經掌握宇宙的眞正本質……但是放手……然後遺忘了。

現代物理可以幫我們想起來！這個探索成爲凱薩琳的畢生使命——利用先進科學重新發現古人失落的智慧。她的動機不只是追求學識。檯面下她堅信世人需要這份理解……比以往更迫切。

在實驗室後方，凱薩琳看見哥哥的白實驗袍掛在她的旁邊。她本能地掏出電話查看簡訊。什麼也沒有。她腦海中響起一個聲音。**令兄認爲藏在華盛頓的東西……可以找得到。有時候傳說能夠長久流傳……是有理由的。**

「不，」凱薩琳大聲說。「不可能是眞的。」

有時傳說——就只是傳說罷了。

16

安全主管川特．安德遜衝回國會圓形大廳，對部屬的失敗大發雷霆。一名手下剛剛在靠近東側門廊的死角發現了吊袋跟軍服外套。

那該死的傢伙大搖大擺跑掉了！

安德遜已經指派手下開始過濾戶外錄影，但是有任何發現之前，這傢伙已經走遠了。

安德遜進入圓形大廳檢查損害，看見狀況已經盡量控制到最低限度了。圓形大廳的四個入口關上，安全人員祭出低調地控制人群的方法——絲絨圍欄，負責道歉的警衛，還有寫著「清潔中　暫停開放」的告示牌。十幾個目擊者都被趕到房間東側集中，警衛收走大家的手機跟相機；安德遜最不想要的就是有人把手機照片寄給CNN。

被拘留的目擊者之一，穿花呢運動外套的高大黑髮男子，想要離開遊客群去跟局長講話。此人正在跟警衛激辯。

「我待會再跟他談，」安德遜向警衛喊，「現在，請把每個人留在大廳直到我們搞清楚這件事。」

安德遜的目光轉向直立在房間中央的那隻手。**上帝垂鑒**。他十五年來負責國會大廈維安細節，見過的怪事不少。但從來不像這次。

鑑識員最好快點來，把這玩意弄出我的大樓。

安德遜走近，看見沾血的手腕被固定在木座上讓手直立。**木頭與血肉**，他想。**金屬探測器看不見**。唯一的金屬是個金戒指，安德遜猜想應該被檢查過，或是被嫌犯從死人的手指上，當作是自己的戒指而輕鬆拔下。

安德遜蹲下來檢查這隻手。看起來像是六十歲左右男性的手。戒指上有個精緻的戳記：一隻雙頭鳥跟數字33。安德遜認不出來。眞正吸引他注意的是拇指與食指指尖的小刺青。

該死的怪物秀。

「老大？」一名警衛匆匆過來，遞出電話。「你的私人電話。總機剛剛轉過來的。」

安德遜不可思議地看著他。「我正在忙呢，」他怒道。

警衛臉色發白。他遮住麥克風低聲說。「是中情局。」

安德遜愣了一下。**中情局已經知道了?!**

「是他們的保安處。」

安德遜僵住了。**他媽的。**他不安地看看警衛手裡的電話。

在華府的廣大情報機構網中，中情局的保安處好像是百慕達三角洲——內行人極力迴避的神祕又詭譎的區域。彷彿自毀機制，中情局成立保安處只有一個奇怪目的——監視中情局本身。保安處就像權勢龐大的督察部門，監視所有中情局員工的違法行爲：例如挪用公款、出賣機密、竊取機密科技、非法刑求手段。

他們監視全國的間諜。

保安處擁有任何國家安全事務的絕對調查權，權力無所不及。安德遜猜不透他們爲何對國會這個事件有興趣，或怎麼會這麼快知道。話說回來，保安處據說到處都有眼線。據安德遜所知，他們有美國國會維安攝影機的直接連線。這個事件完全不符保安處的管轄範圍，不過安德遜覺得這通電話的時機似乎太巧了，絕對是跟這隻斷手有關。

「老大？」警衛拿電話的樣子彷彿拿著燙手山芋。「你最好立刻接電話。是……」他停下來用嘴型作出兩個音節。「佐—藤。」

安德遜瞇起眼瞪他。你一定在開玩笑。他感覺手心開始冒汗。**佐藤親自處理這件事？**

保安處的太上皇——井上·佐藤（註：此處同英美姓氏慣例，井上為名，佐藤為姓。）處長——是情報圈的傳奇。珍珠港事件後不久，她出生在加州曼贊納的日裔集中營裡，是個從未忘記戰爭可怕與軍事情報不足之風險的強悍生存者。現在爬上了美國情報界最機密最掌權的職位之一，佐藤證明自己是個毫無妥協的愛國者，也是所有反對者的可怕敵人。這位處長鮮少露面卻廣受敬畏，像海妖一樣漫遊中情局大海中每個角落，只在吞噬獵物時浮出水面。

安德遜只當面見過佐藤一次，凝視那對冰冷黑眼珠的回憶已經足以讓他對這次電話交談提心吊膽。

安德遜接過電話湊到嘴邊。「佐藤處長，」他盡量裝出友善的口吻說，「我是安德遜局長。請問有何貴——」

「我需要馬上跟你們大樓裡的某個人通話。」處長的聲音無庸置疑——像沙子刮過黑板。喉癌手術讓佐藤留下了令人極度緊張的聲調與脖子上的猙獰疤痕。「我想請你立刻幫我找到他。」

就這樣？妳要我呼叫某人？安德遜突然升起希望，或許這通電話的時機純屬巧合。「您要找哪位？」

「他叫做羅柏·蘭登。我想他就在你們大樓裡。」

蘭登？這名字好像有點耳熟，但是安德遜想不起來。他猜想著佐藤知不知道斷手的事情。「現在我在圓形大廳，」安德遜說，「這裡有些觀光客……等一下。」他放下電話向遊客群喊話，「各位，這裡有沒有姓蘭登的？」

短暫沉默後，遊客群裡一個低沉的聲音回答。「有。我是羅柏·蘭登。」

佐藤什麼都知道。安德遜歪著脖子，想看清楚是誰在說話。

稍早想要跟他說話的男子走出人群。他看起來心神不寧……但是有點眼熟。

安德遜舉起電話到嘴邊。「是，蘭登先生在這裡。」

「叫他來聽，」佐藤沙啞地說。

安德遜鬆了口氣。**找他總比找我好**。「稍候。」他揮手叫蘭登過來。蘭登走近時，安德遜突然想起這個名字為什麼這麼耳熟。**我看過這傢伙的報導。他來這裡幹什麼？**

蘭登雖然有六呎高又健壯，跟安德遜想像中在梵蒂岡逃過爆炸又在巴黎逃過追捕而聞名的冷酷硬漢形象完全不搭。**這傢伙逃過法國警察追捕……還穿著懶人鞋？**他看來比較像安德遜預期會在長春藤名校圖書館的爐邊讀杜斯妥也夫斯基的人。

「蘭登先生？」安德遜走過去跟他會合說，「我是安德遜局長，負責這裡的維安。有電話找你。」

「找我？」蘭登的藍眼睛顯得焦慮又懷疑。

安德遜遞出電話。「是中情局的保安處。」

「從來沒聽過。」

安德遜幸災樂禍地微笑。「呃，先生，**他們聽說過你**。」

蘭登接起電話。「喂？」

「羅柏．蘭登？」佐藤處長嚴厲的聲音從聽筒爆出，大聲到安德遜都聽見了。

「我就是？」蘭登回答。

安德遜上前想聽佐藤說什麼。

「我是井上．佐藤處長，蘭登先生。我正在處理一個危機，我想你有可以幫助我的資訊。」

蘭登似乎樂觀起來。「是關於彼得．所羅門嗎？你知道他在哪裡?!」

彼得．所羅門？安德遜完全摸不著頭緒。

「教授，」佐藤回答，「現在由我來發問。」

「彼得·所羅門碰上大麻煩了，」蘭登大喊，「有個瘋子剛剛——」

「對不起，」佐藤打斷他說。

安德遜畏縮了一下。**眞不聰明**。打斷中情局高階官員發問是只有老百姓會犯的錯。我以爲蘭登應該很聰明的。

「仔細聽清楚，」佐藤說。「在我們講話的同時，這個國家正面臨危機。我聽說你有能夠幫我們解決的資訊。現在，我問你。你知道什麼？」

蘭登一臉茫然。「處長，我完全聽不懂你在說什麼。我只在乎找到彼得然後——」

「不知道？」佐藤追問。

安德遜知道蘭登動怒了。教授的口氣變得比較攻擊性。「不，長官。一點該死的靈感也沒有。」安德遜皺眉。**錯，錯，錯**。羅柏·蘭登剛犯了個昂貴的錯誤，得罪佐藤處長。

不可思議地，安德遜發現已經太遲了。佐藤處長赫然出現在圓形大廳對面，快步走近蘭登背後，讓他嚇了一跳。佐藤就在大樓裡！安德遜屏住呼吸準備應變。蘭登這下慘了。

處長陰暗的身影靠近，電話貼著耳朵，黑眼睛像雷射鎖定蘭登背後。

蘭登抓著警察局長的電話，對處長施壓感到越來越挫折。「很抱歉，長官，」蘭登簡潔地說，「可是我不會讀心術。你想要我做什麼？」

「我想要你做什麼？」處長沙啞的聲音透過蘭登的電話傳出，刺耳又空洞，像喉嚨發炎的垂死病人。

對方說話時，蘭登感覺肩膀被拍了一下。他轉身，眼光被吸引向下……直接看到一個嬌小日本女人的臉。她表情凶惡，皮膚有斑點，頭髮稀薄，菸燻黃牙，一道嚇人的白色疤痕水平橫過她的喉嚨。女子扭曲的手拿著手機貼在耳朵，她開口時，蘭登從自己的手機聽見熟悉的刺耳聲。

「我想要你做什麼，教授？」她冷靜地關掉電話瞪著他，「首先，你不用稱呼我『長官』。」

蘭登僵硬地盯著她。「女士，我……道歉。線路好像有雜訊——」

「線路沒問題，教授，」她說，「我對鬼扯的容忍度很低。」

17

井上・佐藤處長是個可怕的狠角色——個性像強烈風暴、身高僅僅四呎十吋的女人。她骨瘦如柴，粗糙的五官加上稱作白斑症的皮膚病徵，讓她的皮膚像長苔蘚的廉價花崗岩一樣斑駁。皺巴巴的藍色褲裝像寬鬆布袋掛在她清瘦的骨架上，無領上衣根本遮不住脖子上的疤。同事曾經透露佐藤對服裝儀容唯一默認的似乎是拔掉她濃密的鬍子。

十幾年來，井上・佐藤領導中情局的保安處。她的ＩＱ高到破表，直覺銳利得令人不寒而慄，因此自信心強到令無法達成不可能任務的人聞風喪膽。即使惡性喉癌末期的診斷也無法把她從職位上拉下來。抗癌花了她一個月病假，切除一半喉嚨，體重掉了三分之一，但是她像沒事似的回到崗位上。井上佐藤似乎是金剛不壞之身。

羅柏・蘭登懷疑自己或許不是第一個講電話誤認佐藤是男人的，但是處長仍然用不悅的黑眼睛瞪著他。

「我再次道歉，女士，」蘭登說，「我現在還搞不清楚狀況——有個自稱抓了彼得・所羅門的人騙我今晚到華府來。」他從口袋掏出傳真紙。「這是他稍早傳來的。我記下了載我前來的那架飛機的編號，或許妳可以打給航管局追查——」

佐藤伸出嬌小的手拿走那張紙，看也不看就塞進口袋裡。「教授，是我主持這項調查，除非你告訴我我想知道的事情，我建議你沒事少開口。」

佐藤轉身面對警察局長。

「安德遜局長，」她說，靠得很近用烏黑小眼睛抬頭盯著他，「你能不能告訴我這裡到底在搞什麼東西？東大門的警衛告訴我你在地上發現了一隻人手。是眞的嗎？」

安德遜退到一旁露出地板中央的物體。「是，女士，就在幾分鐘前。」

她看看那隻手，彷彿只是一件亂放的衣物。「我打來的時候怎麼沒告訴我？」

「我……我以爲妳知道了。」

「**別跟我撒謊**。」

安德遜在她凝視下洩了氣，但聲音仍然很自信。「女士，狀況都在掌握中。」

「我很懷疑，」佐藤同樣自信地說。

「鑑識組正在路上。做這件事的人可能留下了指紋。」

佐藤看起來很懷疑。「我想聰明到能夠帶著斷手混過你們安檢站的人，或許也聰明到不會留下指紋。」

「或許吧，但是我有責任調查清楚。」

「其實，我要暫時解除你的職務。我接管了。」

安德遜愣住了。「這不是保安處的管轄範圍吧？」

「當然是。這是國家安全問題。」

彼得的手？蘭登猜想，茫然看著他們交談。**國家安全？**蘭登察覺他自己急著找到彼得的目標與佐藤不同。保安處長似乎另有關注。

安德遜也顯得很困惑。「國家安全？恕我直言，女士──」

「如果我沒記錯，」她插嘴，「我比你高階。我建議你奉命行事，而且不要懷疑。」

安德遜點頭嚥一下口水。「那麼我們是不是至少該採個指紋以確認那是彼得．所羅門的手？」

「我可以證明，」蘭登說，覺得有種欲嘔的確定感。「我認得他的戒指……跟他的手。」他暫停片刻。

「不過刺青是新的。最近才有別人刺上去。」

「你說什麼？」佐藤抵達之後第一次顯得緊張，「那隻手有刺青？」

蘭登點頭。「拇指有個皇冠。食指有個星星。」

佐藤掏出眼鏡往斷手走去，像鯊魚繞著它打轉。

「還有，」蘭登說，「雖然妳看不見另外三根手指，我確定指尖上一定也有刺青。」

佐藤似乎對這句話很有興趣，向安德遜示意。「局長，能不能請你幫我們看看其餘的指尖？」

安德遜在斷手旁邊蹲下，小心不去碰到。他臉頰貼近地板從彎曲的指尖下方查看。「他說對了，女士。所有指尖都有刺青，只是我看不清楚是什麼——」

「太陽、燈籠跟鑰匙，」蘭登肯定地說。

佐藤轉身面對蘭登，眼神嘉許。「你怎麼會知道？」

蘭登回看她。「人手的圖像，像這樣在指尖做記號，是個古老的符號。稱作『玄祕之手』。」

安德遜突然站起來。「這玩意還有名字？」

蘭登點頭。「那是古代世界最祕密的符號之一。」

佐藤抬起頭。「那我想請問，它怎麼會跑到美國國會裡面？」

蘭登眞希望從這惡夢中醒來。「傳統上，女士，是用來當作邀請。」

「邀請……做什麼？」她追問。

蘭登低頭看著朋友斷手上的符號。「幾百年來，玄祕之手是一種神祕的召喚。基本上，是邀請去接受祕密知識——只有少數精英知道的封閉知識。」

佐藤雙手抱胸，抬頭用烏亮的眼睛看他。「嗯，教授，雖然你宣稱不曉得爲什麼在這裡……目前爲止你表現得還不錯。」

18

凱薩琳．所羅門穿上實驗白袍開始日常的抵達儀式——哥哥戲稱是她的「巡視」。

就像緊張的父母巡視睡覺的嬰兒，凱薩琳探頭進入機械室。氫燃料電池運轉得很平穩，備用槽都安全地躺在架子上。

凱薩琳繼續走到資料儲存室。照例，多餘的兩個備份投影機安全地在保溫箱中低鳴。**我的所有研究成果**，她想，凝視三吋厚的強化玻璃內。這些投影資料儲存裝置不像電冰箱似的舊型，看起來比較像簡潔的音響設備，每台都放在圓柱底座上。

實驗室裡的兩台投影機是同步的——當作備份以保護她相同的成果副本。大多數備份程序鼓勵在**另外的地方**準備次要備份系統以防地震、火災或竊盜，但凱薩琳跟哥哥同意保密是最優先；這些資料一旦離開大樓存到異地伺服器上，他們就無法確定能保密了。

她很滿意一切運作良好，回頭走過通道。但是繞過轉角時，她看見對面實驗室有意外的東西。**怎麼回事？**所有設備都閃著柔和的光線。她連忙進去查看，驚訝地看到從控制室的樹脂玻璃牆後散發出光線。

他來了。凱薩琳衝過實驗室，來到控制室門口拉開門。「彼得！」她跑進去說。坐在控制室終端機前的胖女孩跳起來。「我的天啊！凱薩琳！妳嚇了我一跳！」

崔許．鄧恩——世界上唯一獲准進入此地的外人——是凱薩琳的群組系統分析師，週末很少加班。這個二十六歲的紅髮女子是資料模型的天才，簽過近乎KGB的保密合約。今晚，她顯然正在分析控制室電漿螢幕牆上的資料——一面巨大的平面顯示器，看起來像是航太總署的任務管制設備。

「抱歉，」崔許說，「我不知道妳也來了。我正想在妳跟妳哥哥抵達之前趕快做完。」

「妳有跟他說到話嗎？他遲到了又沒接電話。」

崔許搖搖頭。「我敢說他還在學怎麼用妳送她的新iPhone。」

凱薩琳喜歡崔許的風趣，而崔許在場讓她想到一個主意。「其實，我很高興今晚妳在。如果妳不介意，或許可以幫我做件事？」

「無論什麼事，肯定比橄欖球有趣。」

凱薩琳深呼吸一下，鎮定心情。「我不知道該怎麼解釋，但是今天稍早，我聽到一件奇怪的事……」

崔許．鄧恩不知道凱薩琳．所羅門聽到什麼事，但她顯然很緊張。老闆通常冷靜的灰眼睛變得焦慮，而且進房間之後把頭髮往耳後撥了三次——崔許稱之為緊張的「徵兆」。傑出的科學家。但是玩牌一定輸。

「對我來說，」凱薩琳說，「這個故事好像小說……一個古老傳說。可是……」她暫停片刻，又把一撮頭髮往耳後撥。

「可是？」

凱薩琳嘆氣。「可是我今天聽一個可靠消息來源說傳說是真的。」

「是喔……」她到底想幹什麼？

「我想跟我哥哥談一談，但是突然想到或許妳可以先幫我調查一下。我想知道這個傳說是否在歷史上其他時代被證實過。」

「所有的歷史嗎？」

凱薩琳點頭。「世上任何地方，任何語言，任何時代。」

奇怪的要求，崔許心想，**不過還是做得到**。十年前，這根本是不可能的任務。但是現在，有了網路，World Wide Web，還有世界各大型圖書館與博物館持續數位化，凱薩琳的目標用相對簡單的搜尋引擎加上翻譯模組與慎選關鍵字就能達成。

「沒問題，」崔許說。實驗室的參考書有很多含有古文，所以崔許經常奉命撰寫專精的光學文字辨識翻譯模組來把晦澀的語言轉成英文字。她一定是世上唯一寫過舊弗里西語（註：西北歐地區方言），梅克語（Maek，朝鮮半島東北部已絕跡的方言）與阿卡德語（Akkadian，美索不達米亞地區已滅亡的閃族語）光學文字辨識翻譯模組的群組系統分析師。

程式能幫上忙，但是建立有效搜尋網的訣竅全靠選對關鍵字。**獨特但不過度設限的字**。

凱薩琳希望比崔許快一步，已經在一張紙上寫了可能的關鍵字。凱薩琳寫了幾個然後暫停，思索片刻，又寫了幾個。「OK，」她終於說，把紙條交給崔許。

崔許細看搜尋串清單，瞪大眼睛。**凱薩琳在調查什麼瘋狂的傳說呀？**「妳要我搜尋所有這些關鍵詞？」其中一個字崔許根本不認識。那是英文嗎？「妳真的以爲我們可以在哪個地方發現所有這些字？一字不差？」

「我想試試看。」

崔許想說**不可能**，但是這裡禁止說這個字。凱薩琳認爲這在經常把先入爲主的謬誤轉變成確認事實的領域是很危險的心態。崔許．鄧恩非常懷疑這次關鍵詞的搜尋會不會有結果。

「多久會有結果？」凱薩琳問。

「幾分鐘寫程式並且啓動。然後，或許十五分鐘直到搜尋完畢。」

「這麼快？」凱薩琳大受鼓舞。

崔許點頭。傳統搜尋引擎通常需要一整天才能掃過整個網路宇宙，找到新文件，消化內容，加到可搜尋的資料庫裡。但是崔許不會寫出這麼遜的程式。

「我會寫個叫做**代理傀儡**的程式，」崔許解釋，「不太合法，但是很快。基本上，這個程式會下令別人的搜尋引擎做我們的工作。大多數資料庫有內建搜尋功能——圖書館、博物館、大學、政府。所以我寫了尋找別人搜尋引擎的程式，輸入妳的關鍵字，要求它們搜尋。這樣，我們就擁有幾千個搜尋引擎協同工作的能力。」

凱薩琳看起來很佩服。「平行處理。」

某種群組系統。「有結果我再通知妳。」

「多謝了，崔許。」凱薩琳拍拍她的背走向門口，「我會在圖書室裡。」

崔許坐下來寫程式。撰寫搜尋程式遠低於她的技能水準，但是崔許．鄧恩不在乎。她願意爲凱薩琳．所羅門做任何事。有時崔許還是不敢相信在此工作的好運。

你辛苦夠久了，寶貝。

一年多前，崔許辭掉了在高科技產業當螺絲釘的群組系統分析師工作。閒暇時，她接案寫程式也寫了產業部落格——「電腦群組系統分析的未來應用程式」——只是她懷疑有多少人看。某天晚上她的電話響起。

「崔許．鄧恩嗎？」一個女人的聲音禮貌地問。

「是，請問哪裡找？」

「我是凱薩琳．所羅門。」

崔許差點當場昏倒。**凱薩琳．所羅門**？「我剛看過妳的書——《知性科學：通往古代智慧的現代門戶》——我在自己的部落格寫了評論！」

「對，我知道，」女子優雅地回答，「所以我才打來。」

當然了，崔許想，我眞笨。**即使傑出科學家也會用Google找自己的資料**。

「我很喜歡妳的部落格，」凱薩琳告訴她，「我不知道群組系統模型已經進展到這麼快了。」

「是啊，女士，」崔許崇拜地說，「資料模型是有強大應用的爆炸性科技。」

幾分鐘內，兩個女人聊到崔許在群組系統的工作內容，討論她對大量資料的分析、模型、預測流動經驗。

「顯然，妳的書比我深奧多了，」崔許說，「但是讓我足以看出跟群組系統工作的關聯。」

「妳的部落格說妳認為群組系統模型可以**改變**研究知性科學的方式？」

「一定會。我認為群組系統可以把知性科學變成眞正的科學。」

「**眞正的科學？**」凱薩琳語氣有點不悅。「跟什麼比較……？」

完蛋，講錯話了。「呃，我是說知性科學比較……深奧。」

凱薩琳大笑。「放輕鬆，我開玩笑的。常有人這麼說。」

我想也是，崔許想。即使加州的知性科學研究所也用晦澀深奧的語言描述這個領域，定義它是研究人類「對超越普通感官與理性能力的知識之直接與立即的處理」。

Noetic這個字，崔許學過，來自古希臘文nous——大致翻譯成「內在知識」或「直覺意識」。

「我對妳的群組系統工作有興趣，」凱薩琳說，「還有它如何跟我的研究計畫相關。妳願意見面嗎？我想要向妳請教。」

凱薩琳·所羅門向我請教？感覺好像莎拉波娃向人請教打網球。

翌日一輛白色Volvo停在崔許家的車道上，一位苗條迷人、穿藍色牛仔褲的女士下車。崔許立刻自慚形穢。**這下可好**，她嘆道。**聰明有錢又苗條——我還要相信上帝是公正的？**但凱薩琳謙虛的氣息立刻讓崔許放下心。

兩人坐到崔許的寬敞後陽台，俯瞰一片壯觀的土地。

「妳家眞不錯，」凱薩琳說。

「謝謝。我大學時很幸運，賣了一些撰寫的軟體。」

「與群組系統有關的？」

「應該算是那個的前身。911事件後，政府攔截並分析大量的資料——民間e-mail、手機對話、傳眞、簡訊、網站——尋找跟恐怖分子通訊有關的關鍵字。所以我寫了個軟體讓他們用別的方式處理資料……從裡面抽出附加的情報產品。」她微笑道。「基本上，我的軟體讓他們測量美國的體溫。」

「妳說什麼？」

崔許大笑。「對，聽起來很扯，我知道。我的意思是它計算全國的**情緒狀態**。提供某種共通意識的指數，可以這麼說。」崔許解釋了利用全國通訊的資料庫，可以如何根據特定關鍵字與情緒指標的「發生密度」評估國家的**心情**。開心的時候有開心的語言，緊張的時候亦然。例如在恐怖攻擊事件中，政府可以用資料庫測量國人的心理轉變，針對事件的情緒衝擊提供總統更好的建議。

「眞有意思，」凱薩琳摸摸下巴說，「所以基本上妳是檢視大量的個人……把他們當作單一有機體。」

「正是。**群組系統**。由零件總和定義的單一個體。例如人體，由幾百萬個細胞組成，每個都有不同屬性跟目的，但是運作上是單一個體。」

凱薩琳認同地點頭。「像是鳥群或魚群集體行動。我們稱作趨同或糾纏。」

崔許察覺她的名人訪客開始了解群組系統程式在知性科學領域的潛力了。「我的軟體，」崔許解釋，「設計來協助政府機構對大規模危機更加妥善評估與反應——傳染疾病、全國性災難、恐怖主義，諸如此類。」她暫停一下。「當然，還是有潛力可以用在其他方向……或許描繪全國心態並預測全國大選的結果，或是股市開盤後的走勢。」

「聽起來很強。」

崔許指著她的大房子。「政府也這麼想。」

凱薩琳的灰眼看著她。「崔許，我可以請問妳工作上的道德兩難嗎？」

「什麼意思？」

「我是說妳創造了一個可能被輕易濫用的軟體。擁有它的人可以接觸並非人人可知的強大資訊。妳寫的時候沒有任何猶豫嗎？」

崔許眨都不眨眼。「絕對沒有。我的軟體跟……飛行模擬程式沒什麼不同。有人拿來讓未開發國家訓練飛行員，有人拿來練習開客機撞摩天大樓。知識只是工具，就像所有工具，結果全看使用的人。」

凱薩琳向後躺，顯得很佩服。「容我問妳一個假設性問題。」

崔許突然察覺他們的對話變成求職面談了。

凱薩琳伸手從地上抓起一小撮沙子，舉起來讓崔許看到。「我忽然想到，」她說，「妳的群組系統工作基本上可以讓你計算出整座沙灘的重量……每次秤一粒沙。」

「是，大致上沒錯。」

「妳也知道，這一小粒沙子有質量。非常微小，不過仍然是質量。」

崔許點頭。

「因爲這粒沙子有質量，所以它會發出引力。同樣微小到感覺不到，但是存在。」

「對。」

「那麼，」凱薩琳說，「如果我們拿幾兆粒這種沙子讓它們互相吸引而形成……比方說，月球，那麼它們的加起來的引力足以移動整個海洋，在我們整個地球上反覆造成潮汐。」

崔許不知道她想說什麼，但還是挺有興趣。

「所以我們作個假設，」凱薩琳丟掉沙子說，「如果我告訴妳一個思想……妳心裡浮現的任何小念頭……眞的有質量呢？如果我說思想是眞實的東西，可以測量的實體，具有可以測量的質量呢？當然，質量很微小，但還是質量。這有什麼暗示？」

「假設性來說？呃，最明顯的暗示是……如果思想有質量，那麼思想就有引力可以把東西拉過來。」

凱薩琳微笑。「妳眞行。再進一步說。如果很多人開始專注於同樣的思想會怎樣？發生的同樣思想開始凝聚成一個，這個思想的累積質量越來越大。所以，引力也越來越大。」

「OK。」

「意思是……如果有夠多人開始想同一件事，那麼這個想法的引力就很可觀……散發出眞正的力量。」

凱薩琳眨眼。「在我們的物質世界裡發生可以測量的效果。」

19

井上．佐藤處長抱胸站著，眼睛懷疑地盯著蘭登回想剛聽到的話。「他說他要你解開一個古代入口？**那我該怎麼辦**，教授？」

蘭登心虛地聳肩。他又感覺作嘔，盡力不去看朋友的斷手。「他就是這麼說的。古代入口……藏在這棟建築裡某處。我告訴他我不知道什麼入口。」

「他為什麼認為**你**能找到？」

「顯然他瘋了，」**他說彼得會指引方向**。蘭登低頭看看彼得伸直的手指，又被兇手的變態文字遊戲搞得反胃。**彼得會指引方向**。蘭登已經適應看著手指示意方向的上方圓頂。入口？在上面？**真是瘋了**。

「打電話給我的人，」蘭登告訴佐藤，「是唯一知道我今晚會來國會的人，所以無論誰通知**妳**今晚我在這裡，那就是嫌犯。我建議——」

「我從哪裡得到資訊與你無關，」佐藤插嘴，聲音變尖銳。「目前我的第一優先是跟這個人合作，而我有消息暗示**你**是唯一可以讓他達到目的的人。」

「**我的**第一優先是找到我朋友，」蘭登沮喪地回答。

佐藤深吸一口氣，顯然耐心快要耗光了。「如果我們想找到所羅門先生，只有一條路走，教授——跟這個似乎知道他下落的人合作。」佐藤看看她的錶。「我們時間有限。我可以保證，盡快遵從此人的要求很有必要。」

「怎麼說？」蘭登不敢置信地問，「找到古代入口打開它？根本沒有入口，佐藤處長。這傢伙是瘋子。」

佐藤走近，距蘭登不到一呎。「容我直言……你所謂的瘋子今天早上已經巧妙地玩弄了兩個相當聰明的人。」她直視蘭登然後看看安德遜。「在我這一行，你會學到瘋狂跟天才只有一線之隔。我們最好別小看這個人爲妙。」

「他把人手砍下來啊！」

「我的意思正是如此。缺乏決心或遲疑的人不太可能這麼做。更重要的，教授，此人顯然認爲你能幫他。他大老遠把你騙來華盛頓——這麼做一定有理由。」

「他說認爲我能解開這個『入口』的唯一理由是彼得告訴他我可以，」蘭登反駁。

「如果不是眞的，彼得．所羅門爲何這麼說？」

「我確定彼得沒說過這種話。如果有，也是被脅迫的。他搞糊塗了……或是害怕。」

「對。這叫做偵訊刑求，相當有效。所以所羅門先生更可能說了實話。」佐藤的口氣好像對這技巧有些親身經驗。「他有沒有說明彼得爲什麼認爲只有你能解開？」

蘭登搖頭。

「教授，如果傳聞沒錯，你跟彼得．所羅門對這類東西有共同的興趣——祕密、歷史軼事、玄學等等。在你跟彼得討論中，他從未提起任何關於華盛頓特區的祕密入口？」蘭登眞不敢相信會被中情局高階官員問這個問題。「我確定。彼得跟我會談一些相當深奧的事情，但是相信我，如果他告訴我有個古代入口藏在任何地方，我會叫他去看醫生。尤其是通往古代玄祕的。」

她抬起頭。「什麼？這個人明確告訴你這個入口通往哪裡？」

「對，但他不說我也知道。」蘭登指著那隻手，「玄祕之手是通過神祕門戶獲得古老祕密知識的正式邀請——稱作古代玄祕的強大智慧……或是歷代的失落智慧。」

「所以你聽說過他認爲藏在這裡的祕密。」

「很多歷史學家都聽過。」

「那你怎麼能說入口不存在？」

「恕我直言，女士，我們都聽說過青春之泉與香格里拉，但是不表示它們存在。」

安德遜的對講機發出巨響打斷了他們。

「老大？」對講機的聲音說。

安德遜從皮帶上抓起對講機。「我是安德遜。」

「長官，我們完成了現場搜索。沒有人符合描述。有沒有進一步指示，長官？」

安德遜瞄一下佐藤，顯然預料會挨罵，但是佐藤處長似乎不感興趣。安德遜離開蘭登與佐藤，小聲向對講機說話。

佐藤堅定的注意力仍在蘭登身上。「你是說他認為藏在華盛頓的祕密……是幻想？」

蘭登點頭。「很古老的神話。其實古代玄祕的祕密早在基督教之前。好幾千年歷史了。」

「但是**還沒**失傳？」

「就像很多同樣不太可能的信仰。」蘭登經常提醒學生大多數現代宗教包括了禁不起科學檢驗的故事：從摩西分開紅海……到約瑟夫．史密斯用魔法眼鏡從紐約州北部發現的一些金頁片上翻譯了《摩門經》。**一個概念被廣泛接受並無法證明它的眞實性**。

「我懂了。所以這些古代玄祕……到底是什麼東西？」

蘭登嘆氣。**妳有幾個禮拜時間嗎**？「簡單說，古代玄祕是指一種很久以前累積的祕密知識。這種知識的有趣特點之一是，據稱能讓知情者擁有潛伏在人心深處的強大能力。受啓發而擁有這個知識的聖賢宣誓對世人保密，因為對凡夫俗子而言太強太危險了。」

「怎樣的危險？」

「這個資訊被隱瞞的理由就像不讓小孩拿火柴一樣。在正確的人手中，火可以提供照明……但在錯誤的人手中，火可能有高度毀滅性。」

佐藤摘下眼鏡打量他。「告訴我，教授，你相信這種強大資訊眞的存在嗎？」

蘭登不知該如何回答。古代玄祕向來是他學術生涯最大的矛盾。世界上幾乎所有神祕傳統都圍繞著這個概念，有種玄妙的知識能賦予人類近乎神明的神祕力量：塔羅牌跟《易經》給人預見未來的能力；煉金術透過傳說中的賢者之石讓人長生不死；威卡教（註：Wicca，現代巫術宗教，一九五一年由英國人傑洛・加德納創立，盛行北美地區）讓高級巫師下強力咒語。說都說不完。

身爲學者，蘭登不能否認這些傳統的歷史記載——大量的文件、器物與藝術作品，沒錯，顯然暗示古人有種只透過隱喻、神話與符號分享的強大智慧，確保只有受過適當啓發的人可以擁有其力量。然而，身爲務實的懷疑論者，蘭登仍然不相信。

「就說我抱懷疑態度吧，」他告訴佐藤，「我在現實世界從未看過任何能證明古代玄祕不只是傳說的東西——只是不斷重複的神話原型罷了。我認爲如果人類有可能獲得神奇力量，一定會留下證據。話說回來，到目前，歷史並未顯示任何人有超自然力量。」

佐藤抬起眉毛。「你說的不完全對。」

蘭登遲疑一下，發現對許多虔誠者而言，確實有很多肉身神明的先例，最有名的就是耶穌。「顯然，」他說，「很多受過教育的人相信這種賦予能力的智慧眞的存在，但我還沒被說服。」

「彼得．所羅門也是那些人之一嗎？」佐藤問，瞥向地上的斷手。

蘭登不敢再看那隻手。「彼得出身的世家向來對所有古老跟神祕的事物有熱情。」

「意思是yes囉？」佐藤問。

「我可以保證即使彼得相信古代玄祕是眞的，也不會相信透過藏在華府的某種入口就能取得。他了解隱喻符號學，抓他的人顯然不懂。」

佐藤點頭。「所以你認爲這個入口只是**比喻**。」

「當然，」蘭登說，「只是理論。這是很常見的隱喻——人必須通過神祕的入口才能獲得啓發。入口跟門戶經常是代表轉變的成長儀式象徵。尋找**實體**的入口就像試圖找到實體的天堂之門。」

佐藤似乎思索了一下。「但是聽起來好像抓走所羅門先生的人相信你能解開實體的入口。」

蘭登嘆氣。「他犯了跟許多狂熱分子相同的錯誤——把隱喻跟字面現實混淆了。」同樣地，早期煉金術士千辛萬苦也無法把鉛變黃金，因爲不懂點石成金只是利用人類眞實潛能的隱喻——把一個愚魯無知的靈魂變得聰明進步。

佐藤指著那隻手。「如果這個人要你幫他找出某種入口，何不直接**告訴**你怎麼找？爲什麼搞得這麼誇張？爲什麼給你一隻刺青的手？」

蘭登問過自己同樣的問題，答案令人不安。「呃，除了精神狀態不穩定之外，此人似乎也受過高等教育。這隻手證明他很熟悉玄學與它的祕密符碼。更別提這個房間的歷史了。」

「我聽不懂。」

「今晚他做的每件事都完全符合古代的規矩。傳統上，玄祕之手是很神聖的邀請，所以必須放在神聖的地方。」

佐藤瞇起雙眼。「這是美國國會大廈的圓形大廳，教授，不是什麼古代祕密的神廟。」

「其實，女士，」蘭登說，「我認識的很多歷史學家不同意妳的看法。」

此時，在城市的另一處，崔許．鄧恩坐在方塊裡的電漿螢幕牆前。她寫好了搜尋程式，輸入凱薩琳給她的五個關鍵詞。

眞是白費工夫。

她不抱希望啓動了程式，高效率地進行全球性的記憶配對遊戲。以炫目的速度，關鍵詞正在跟全世界的文本比對……尋找完全符合的東西。

崔許忍不住猜想這是怎麼回事，但是她已經習慣了，跟著所羅門兄妹工作就永遠搞不清楚事情的全貌。

20

羅柏．蘭登焦急地偷瞄一下手錶：晚上七點五十八分。米老鼠微笑的臉孔也無法鼓舞他。**我必須找到彼得。我們在浪費時間。**

佐藤暫時走開去打電話，現在又回到蘭登身邊。「教授，我是不是耽誤你了？」

「沒有，女士，」蘭登拉下袖子遮這手錶說，「我只是非常擔心彼得。」

「我能理解，但是我敢說你能幫彼得的最佳方式就是幫我了解兇手的心態。」

蘭登不太確定，但是他知道除非保安處長得到她想要的資訊，否則哪裡也去不了。

「剛才，」佐藤說，「你暗示這座圓形大廳對古代玄祕的概念而言是個聖地？」

「對，女士。」

「解釋看看。」

蘭登知道必須長話短說。他教了一整個學期華盛頓特區的神祕象徵意義，光是這棟大樓裡就有幾乎講不完的神祕指涉。

美國有不為人知的過去。

每次蘭登上課談美國的符號學，他的學生總會失望地學到我國開國元勳的真正意圖跟許多現代政客宣稱的毫無關係。

原先安排的美國命運已經失落在歷史中。

創立這個首都的開國元勳起先稱呼它「羅馬」。他們把河流取名台伯河，建立起古典首都的萬神殿與神廟，全部用歷史上偉大眾神的形象裝飾——阿波羅、米涅娃、維納斯、赫利歐斯、瓦肯、朱彼特。在市中心，如同許多古代大城市，前輩們豎立了向古人永恆致敬的象徵——埃及方尖碑。這座碑甚至大過開羅或亞歷山卓的碑，拔地而起五五五呎，超過三十層樓高，對借用其名來命名此城的先賢，表達感謝與紀念之意。

華盛頓。

現在，經過了幾百年，雖然美國已經政教分離，這座國家出資的圓形大廳仍然閃爍著古代宗教符號。圓形大廳裡有十幾位神祇——超過原版的羅馬萬神殿。當然，羅馬萬神殿已經在西元六〇九年改建成基督教風格了……但是這一座從未改裝；眞實歷史的遺跡仍然殘留在眾目睽睽之下。

「您或許知道，」蘭登說，「這座圓形大廳原本是用來紀念古羅馬最受尊崇的玄學神殿之一，維斯塔神廟。」

「是指聖火貞女（vestal virgins）嗎？」佐藤很懷疑羅馬聖火的處女守護者跟美國國會大廈有什麼關係。

「羅馬的維斯塔神廟，」蘭登說，「是圓形的，地上有開洞，啓蒙的聖火從洞裡冒出來，由一群處女守護，她們的職責是確保火焰永不熄滅。」

佐藤聳肩。「這個大廳是圓形沒錯，但是我沒看到地上有開洞。」

「現在沒有了，但是曾有許多年，這個房間中央有個大洞，就是彼得的手現在的位置。」蘭登指著地板。「其實，現在地上還看得見當年防止人掉進去的圍欄痕跡。」

「什麼？」佐藤追問，仔細看地板。「我從來沒聽說過。」

「他好像說對了。」安德遜指出曾經是柱子的一圈鐵塊，「我看過這些東西，但是一直不懂爲什麼會在那裡。」

不只你不懂，蘭登想，想像著每天包括知名議員的幾千個人漫步走過圓形大廳中央，卻不知道換成從前，他們可能掉進國會的地下室——圓形大廳底下的一層。

「地板上的洞，」蘭登告訴他們，「後來被蓋上了，但是有好一陣子，造訪圓形大廳的人還能夠俯瞰在下方燃燒的火焰。」

佐藤轉身。「火焰？在美國國會裡？」

「其實比較像大火把——就在我們正下方的地窖裡永恆燃燒的火焰。原本應該透過地板的洞看得見，讓這像是現代版的維斯塔神廟。這棟大樓甚至有自己的聖火貞女——有個叫地窖守護者的聯邦僱員——成功地讓火焰燃燒了五十年，直到政治、宗教與煙害逼得大家改變主意。」

安德遜與佐藤顯得很驚訝。

現在，火焰燃燒處的唯一痕跡是鑲在地下室地板上的四角星形羅盤——象徵美國的永恆之火曾經照亮新大陸的四面八方。

「所以，教授，」佐藤說，「你認為把彼得的手留在地上的人**知道**這一切？」

「顯然是。而且不僅如此。這個房間裡到處是反映出古代玄祕信仰的符號。」

「祕密智慧，」佐藤擺明用諷刺的語氣說，「讓人獲得神明力量的知識？」

「對，女士。」

「這一點也不符合我國的基督教精神。」

「似乎如此，不過是真的。這個從人到神的轉變稱作神化（apotheosis）。無論妳知不知道，這個主題——從人到神的轉變——是這座圓形大廳象徵意義的核心要素。」

「神化？」安德遜恍然大悟地轉身。

「對。」**安德遜在這裡工作，他知道**。「神化的字面意義是『崇高的轉變』——從人變成神。源自古希臘文：apo是『轉變』，theos是『神』。」

安德遜很著迷。「神化的意思是『變成神』？我都不曉得呢。」

「你們在說什麼？」佐藤追問。

「女士，」蘭登說，「這棟大樓裡最大的一幅畫稱作《華盛頓的神化》。顯然是描繪喬治・華盛頓變成神。」

佐藤表情很懷疑。「我從來沒見過這種東西。」

「其實，我確定妳有。」蘭登伸出食指，指向正上方。「就在妳頭頂上。」

21

《華盛頓的神化》——佔據國會圓形大廳的天幕、面積四、六六四平方呎的壁畫——由康斯坦堤諾·布魯米迪（Constantino Brumidi）完成於一八六五年。

布魯米迪號稱「國會的米開朗基羅」，像米開朗基羅主宰西斯汀教堂一樣主宰了國會圓形大廳，在室內最高的畫布——天花板上繪製壁畫。布魯米迪像米開朗基羅，在梵蒂岡畫過一些生平傑作。但是布魯米迪在一八五二年移民美國，放棄上帝最大的神殿而追求新神殿——美國國會，現在此地仍收藏了他的許多作品——從布魯米迪走廊的錯視畫到副總統辦公室的絨布天花板。但是大多數歷史學家認爲飄浮在國會圓形大廳頂上的巨大圖像才是布魯米迪的代表作。

羅柏·蘭登抬頭凝視覆蓋天花板的巨大壁畫。他通常喜歡欣賞學生們對詭異圖案的驚訝反應，但是此刻他只覺得陷入尚待瞭解的夢魘中。

佐藤處長站在他身邊雙手扠腰，皺眉看著遙遠的天花板。蘭登知道她的反應就像許多人初次停下來細看這幅國家核心的繪畫時一樣。

完全無法理解。

不只是妳，蘭登想。對大多數人，《華盛頓的神化》看得越久越顯奇怪。「中央那是喬治·華盛頓，」蘭登指著上空一八○呎的圓頂中央說，「如你所見，他穿著白袍，十三個少女隨侍，坐在凡人頭頂上的雲朵升天。這是他神化的一刻……轉變成一個神。」

佐藤與安德遜不發一語。

「旁邊，」蘭登繼續說，「妳可以看到一連串怪異、時代謬誤的人形：古代眾神把先進知識交給我們的開國元勳。智慧女神米涅娃把技術啓發交給我國最偉大的發明家——班・富蘭克林、羅柏・富爾頓（一八〇七年製造汽船）、山繆・摩斯。」蘭登逐一指出他們。「那邊是火神瓦肯幫我們建造蒸汽機。旁邊是海神尼普頓示範如何鋪設跨大西洋電纜。旁邊是收穫女神喜瑞斯，也是穀物（cereal）的字源；她坐在McCormick收割機上，這項農業突破讓我國成爲世界產糧大國。這幅畫相當明白地描繪開國元勳從眾神處接受了偉大的智慧。」他低下頭，看著佐藤。「知識就是力量，正確的知識能讓人創造奇蹟，幾乎像神一樣。」

佐藤的目光回到蘭登身上，揉揉脖子。「鋪設電話纜線距離神明還有一大截吧。」

「對現代人或許如此，」蘭登回答，「但是如果喬治・華盛頓知道我們已經變成有能力跨海彼此交談、超音速飛行、登陸月球的種族，他會以爲我們變成神了，可以做出奇蹟般的事情。」他暫停一下。「借用未來學家亞瑟・克拉克的話，『任何夠先進的科技都跟魔法差不多』。」

佐藤嘟起嘴唇，陷入深思。她看看地上的手，又跟著食指的方向看看上方的圓頂。「教授，他告訴你『彼得會指引方向』。對吧？」

「對，女士，可是——」

「局長，」佐藤說，轉身不理蘭登，「你能不能讓我們靠近一點看那幅畫？」

安德遜點頭。「圓頂內側有個維修走道。」蘭登仰望上方壁畫底下那圈小欄杆，感覺身體有點僵硬。

「沒必要上去那邊。」他曾經受某位參議員伉儷之邀，上去過那條罕有人跡的走道，嚇人的高度跟危險的走道讓他幾乎暈倒。

「沒必要？」佐藤追問，「教授，有人認爲這個房間裡有個入口能讓他變成神；有幅天花板壁畫描繪了一個人轉變成神；還有隻斷手直接指向壁畫。一切似乎都在催促我們上去。」

「其實，」安德遜插嘴，抬頭仰望，「知道的人不多，但是圓頂上有個六角形鑲板可以像入口似的打開，可以透過它往下看然後——」

「等一下，」蘭登說，「你離題了。這個人尋找的入口是**比喻的**入口——不存在的門戶。當他說，『彼得會指引方向』，這是隱喻的語言。這個手指姿勢——拇指**跟**食指向上——是古代玄祕的知名符號，全世界的古代藝術品到處都有出現。這個手勢也出現在李奧納多·達文西的最有名的三幅密碼傑作裡——《最後的晚餐》、《賢士來朝》、《施洗者約翰》。這是人類與上帝的神祕聯繫的象徵。」如上，實下。這瘋子的怪異措詞現在顯得有點道理了。

「我從來沒看過，」佐藤說。

那就看ESPN（娛樂與體育節目電視網）**啊**，蘭登想，他一向很喜歡看職業球員達陣或擊出全壘打之後指向天空感謝上帝。不曉得有多少人知道這是前基督時代感謝天上崇高力量的玄學傳統，這個動作，在短暫的片刻，讓他們變成了可以創造奇蹟的神。

「不知道有沒有用，」蘭登說，「彼得的手並不是出現在這圓形大廳裡的首例。」

佐藤看他的表情好像他瘋了。「你說什麼？」

蘭登指著她的黑莓機。「Google 一下『喬治　華盛頓　宙斯』。」

佐藤懷疑地開始輸入。安德遜靠近她，從她背後專心地看。

蘭登說，「這座圓形大廳裡曾經放了一尊喬治·華盛頓裸胸的巨大雕像……被描繪成神。姿勢就像宙斯坐在萬神殿裡一樣，裸胸，左手持劍，右手伸出拇指與食指。」

佐藤顯然找到了網路圖像，因爲安德遜震驚地盯著她的黑莓機。「等等，**那是**喬治·華盛頓？」

「對，」蘭登說，「被描繪成宙斯。」

「看他的手，」安德遜仍然從佐藤背後盯著說，「他的右手姿勢就像所羅門先生一樣。」

我就說嘛，蘭登想，彼得的手不是第一個出現在這房間裡的。何瑞修．格林諾（Horatio Greenough）的裸體華盛頓雕像初次在圓形大廳揭幕時，很多人戲稱華盛頓一定是在伸手急著找衣服。但是隨著美國的宗教觀念改變，玩笑變成了爭議，後來雕像被移走，丟到東花園一座小屋裡。目前，它收藏在史密森機構的美國歷史博物館，看到它的人一點也不知道那是舊時代的最後痕跡之一，當年國父以神的姿態俯瞰美國國會……就像宙斯俯瞰萬神殿。

佐藤開始用黑莓機撥號，顯然認爲這是跟屬下聯絡的空檔。「查到什麼了？」她耐心地聽，「我知道了……」她直視蘭登，再看看彼得的手。「你確定？」她又聽了一會兒。「好，謝謝。」她掛斷電話轉身面向蘭登。「我的支援小組做了研究，確認你所謂的玄祕之手確實存在，還有你說的：五個指尖記號——星星、太陽、鑰匙、皇冠、燈籠——還有這隻手確實是古代邀請學習祕密智慧的符號。」

「我眞高興，」蘭登說。

「先別急，」她不客氣地回答，「除非你把隱瞞的事告訴我，否則我們似乎是遇到死巷了。」

「女士？」

佐藤走近他。「我們繞了一大圈，教授。你說的都是我可以從自己屬下那兒知道的事。所以我再問一次。你今晚爲什麼被帶來這裡？你有什麼特別？什麼事只有你知道？」

「我們不是說過了嗎，」蘭登反擊，「我根本不知道這傢伙爲什麼咬定我！」

蘭登很想追問佐藤怎麼會知道他今晚在國會，但是這點也說過了。**佐藤不會說的。**「如果我知道下一步，」他說，「我會告訴妳。但是我不知道。傳統上玄祕之手是老師指向學生。然後經過不久，會出現一組指示……前往神廟的方向、指點你的老師名字——**總有點東西！**可是這傢伙只留給我們五個刺青！幾乎——」蘭登突然住口。

佐藤看看他，「怎麼了？」

蘭登的目光回到斷手上。**五個刺青**。他現在發現自己說的未必完全正確了。

「教授？」佐藤追問。

蘭登緩緩靠近噁心的斷手。**彼得會指引方向**。「剛才，我忽然想到或許這傢伙留了什麼物體握在彼得手掌裡——地圖、信函或什麼指示。」

「沒有，」安德遜說。「你也看到了，那三根手指沒有握緊。」

「說得對，」蘭登說。「可是我又想到……」他蹲下，試著查看手指下方彼得手掌上隱藏的部分。「或許不是寫在紙上。」

「用刺的？」安德遜說。

蘭登點頭。

「手掌上有看到什麼嗎？」佐藤問。

蘭登蹲得更低，想窺探虛握的手指內側。「角度太偏了。我看不——」

「喔，我的天啊，」佐藤走過來說，「把這該死的玩意打開！」

安德遜攔住她。「女士！我們最好等鑑識人員來了再動——」

「我需要答案，」佐藤擠過他身邊說。她蹲下來，擠開蘭登。

蘭登站起來不敢置信地看著佐藤從口袋掏出筆來，小心伸進彎曲的三根手指中間。然後，她一根一根撥開手指直到手掌完全張開，看得清楚。

她抬頭看看蘭登，臉上出現一抹微笑。「教授，你又說對了。」

22

凱薩琳．所羅門在圖書室裡踱步，拉起實驗袍袖子看錶。她不是習慣等待的女人，但是此刻她感覺全世界彷彿暫停了。她在等崔許的搜尋結果，等哥哥的消息，還有，等待引起這個麻煩狀況的男人回電。

眞希望他沒有告訴我，她心想。通常凱薩琳結識新朋友非常小心，雖然她今天下午剛認識這個人，他幾分鐘內就贏得了她**毫無保留**的信任。

今天下午凱薩琳照例在家享受週日午後閱讀科學雜誌的樂趣，他打了電話來。

「所羅門小姐？」一個異常輕柔的聲音說，「鄙人是克里斯多夫．艾巴頓醫師。可否跟您談一下令兄的事？」

「抱歉，您是哪位？」她問道。**還有你怎麼知道我的私人手機號碼？**

「艾巴頓醫師？」

凱薩琳不認得這個名字。

對方清清喉嚨，彷彿狀況有點尷尬。「我向您道歉，所羅門小姐。我以爲令兄跟您提過我的事。我是他的醫師。您的手機號碼在他的緊急聯絡欄上。」

凱薩琳的心跳停了一下。**緊急聯絡人**？「出什麼事了嗎？」

「不……我想沒有，」對方說，「令兄今天早上錯過了約好的診療，我打他任何號碼都聯絡不上。他從來沒有錯過診療又不打電話通知，我只是有點擔心。我不知道該不該打給妳，但是——」

「不，不，請勿介意，多謝您費心。」凱薩琳還在回想這個醫師的名字，「我從昨天上午就沒跟哥哥講過話了，他或許只是忘了開手機。」凱薩琳最近送了他一支新iPhone，他還沒有時間弄清楚怎麼用。

「你說你是他的**醫師**？」她問道。**彼得有病瞞著我嗎？**

一陣沉重的靜默。「我很抱歉，但是我打給妳顯然犯了個嚴重的專業錯誤。令兄告訴我您知道他在看醫師，但現在我看似乎不然。」

我哥哥對醫師說謊？這下凱薩琳更加擔心了。「他生病了嗎？」

「對不起，所羅門小姐，醫病保密條款禁止我跟您討論他的狀況，我承認他是我的病人已經說太多了。我要掛斷了，但是如果您今天聯絡上他，請轉告他回電讓我知道他沒事。」

「等等！」凱薩琳說。「請告訴我彼得出了什麼事！」

艾巴頓醫師嘆氣，似乎對自己的錯誤很不高興。「所羅門小姐，我知道您很擔心，我不怪妳。我確定令兄沒事。他昨天還來過我辦公室。」

「昨天？他安排今天又去看？聽起來很緊急。」

對方又嘆口氣。「我建議我們多給他一點時間再──」

「我現在就去你的辦公室，」凱薩琳走向門口說，「你在哪裡？」

一陣沉默。

「艾巴頓醫師？」凱薩琳說，「我可以查得到你的地址，或者你乾脆一點告訴我。無論如何，我都會過去。」

醫師猶豫一下。「如果我見妳，所羅門小姐，能否請妳對令兄保密，直到我有機會解釋我的錯誤？」

「沒問題。」

「謝謝。我的辦公室在卡洛拉瑪高地。」他給了她地址。

二十分鐘後，凱薩琳．所羅門駛過卡洛拉瑪高地的高雅街道。她打過哥哥的所有號碼都沒人接。她不太擔心哥哥的行蹤，但是知道他偷偷看醫師的消息……令人不安。

凱薩琳終於找到地址，抬頭困惑地看著這棟房子。**這是醫師的辦公室？**

眼前的華麗豪宅有鑄鐵的保全圍牆，電子監視器，佔地寬敞。她減速確認地址時，一支監視器轉向她，大門自動打開。凱薩琳忐忑地開上車道，停在一座六個車位的車庫跟加長禮車旁邊。

這傢伙是哪種醫師啊？

她下車時，豪宅前門打開，一個優雅的身影飄出來停在門口。他很英俊，非常高大，比她想像的年輕。即使如此，他散發出老人的成熟與儀態。他穿的黑西裝跟領帶完美無瑕，帽子下露出濃密整齊的金髮。

「所羅門小姐，我是克里斯多夫‧艾巴頓醫師，」他說，聲音像喘氣的耳語。兩人握手時，他的皮膚摸起來保養得很光滑。

「凱薩琳‧所羅門，」她說，努力不去看他異常光滑的古銅色皮膚。**他化了妝嗎？**

凱薩琳踏入房子布置精美的玄關時越來越不安。背景傳來古典音樂，好像有焚香的氣味。「這裡眞漂亮，」她說，「只是我以爲這裡應該像……辦公室。」

「我很幸運能在家工作。」男子帶她走進客廳，裡面的壁爐正在燃燒。「請不用拘束。我剛在泡茶。我去端出來，然後再談。」他晃進廚房消失了。

凱薩琳‧所羅門沒有坐下。她早已學會相信強大的女性直覺，這個地方讓她起雞皮疙瘩。她看不到任何像是印象中醫師辦公室的東西。這個布滿古董的客廳牆上掛了古典繪畫，主要是陌生的神話主題。她停在一大幅描繪三女神（註：Three Graces，出自希臘神話，俗稱眞善美女神）的畫前，她們的裸體罕見地用鮮豔的顏色詮釋。

「那是麥可‧帕克斯（註：Michael Parkes，美國奇幻畫家）的油畫眞蹟。」艾巴頓醫師突然出現在她旁邊，捧著熱騰騰的茶。「我們坐壁爐邊吧？」他帶她到客廳請她坐下。「妳不必緊張。」

「我沒有緊張，」凱薩琳說得太快了。

他對她安撫地微笑。「其實，我的行業知道人們何時會緊張。」

「你說什麼？」

「我是執業的心理醫師，所羅門小姐。這是我的專業。我診療令兄快滿一年了。我是他的治療師。」

凱薩琳盯著他。**我哥在做心理治療？**

「病患通常選擇保密，」男子說，「我打電話給妳是錯了，雖然以我的立場，令兄確實誤導了我。」

「我……我不知道。」

「如果讓妳緊張我很抱歉，」他有點不好意思地說，「我發現剛才見面時妳在打量我的臉，沒錯，我化了妝。」他害羞地摸摸自己臉頰，「我有皮膚病，我寧可掩飾。通常妻子幫我化妝，但她不在時，我必須依賴自己的笨手笨腳。」

凱薩琳點頭，尷尬得說不出話。

「這些漂亮的頭髮……」他摸摸茂盛的金髮，「是假髮。我的皮膚病也影響了頭皮毛囊，頭髮都棄船逃走了。」他聳肩。「恐怕我的罪孽之一就是虛榮。」

「**我**眞是失禮，」凱薩琳說。

「一點也不。」艾巴頓醫師的微笑令人消除疑慮，「我們開始吧？或許喝點茶？」

他們坐到壁爐前，艾巴頓倒茶。「令兄在我們治療時習慣要我泡茶。他說所羅門家族都愛喝茶。」

「家族傳統，」凱薩琳說，「請不用加糖。」

他們喝茶閒聊了幾分鐘，但是凱薩琳急著知道她兄長的狀況。「我哥哥爲什麼來找你？」她問。**爲什麼沒告訴我？**顯然，彼得這一生承受了超過公平額度的悲劇——很小就失去父親，然後，在不到五年內，送走自己的獨子與母親。即使如此，彼得總是有辦法調適。

艾巴頓醫師啜口茶。「令兄來找我是因爲相信我。我們的交情超過普通醫病關係。」他指著壁爐附近一張裱框文件。看起來像文憑，但是凱薩琳發現上面有雙頭鳳凰。

「你是共濟會會員？」**最高階**，不折不扣。

「彼得跟我也算是某種兄弟。」

「你一定做了什麼重要的事才受邀加入第三十三級。」

「不盡然，」他說，「我有家族財產，而且捐了很多給共濟會的慈善活動。」

凱薩琳現在發現爲什麼哥哥相信這個年輕醫師了。**家裡有錢的共濟會會員，又對慈善與古代神話有興趣？**

艾巴頓醫師跟哥哥的共通點比她起初想像的還多。

「我問我哥哥爲什麼來找你，」她說，「意思不是他爲什麼選擇你。我是說，他爲什麼尋求心理醫師協助？」

艾巴頓醫師微笑。「對，我知道。我是想要禮貌地迴避這個問題。我眞的不該談論這件事。」他停頓一下。「雖然我必須說我很疑惑令兄爲什麼瞞著妳，因爲這跟妳的研究很有直接關係。」

「我的研究？」凱薩琳毫無戒心地說。**我哥談到我的研究？**

「最近，令兄來找我尋求專業意見，關於妳在實驗中所達成突破的心理衝擊。」

凱薩琳差點被茶嗆到。「眞的？我眞……驚訝，」她勉強說。**彼得在想什麼？他把我的工作告訴心理醫師？！**他們的保密協議包括決不跟任何人討論凱薩琳的工作內容。況且，保密是她哥哥的主意。

「妳一定知道，所羅門小姐，令兄非常在意如果妳的研究發表了會發生什麼事。他預見全世界的哲學可能發生大改變……他來問我可能的衍生後果……從**心理學**的觀點。」

「我懂了，」凱薩琳說，茶杯有點顫抖。

「我們討論的問題很有挑戰性：如果生命的大祕密終於被解開，人類處境會如何？當那些我們視爲信**仰而接納的**……突然間被證明是**事實**會如何？或者被反證爲**迷思**？人可能主張有些問題最好不要追究。」

凱薩琳不敢相信自己聽到的，但是她控制自己的情緒。「希望你別介意，艾巴頓醫師，但我寧可不討論我工作的細節。近期我沒有任何發表的計畫。現階段，我的發現會安全地繼續鎖在實驗室裡。」

「有意思。」艾巴頓躺回他的椅子上，沉思片刻。「無論如何，我請令兄今天回來，因爲昨天他有點**崩潰**。如果發生這種事，我希望讓病人——」

「崩潰？」凱薩琳的心臟猛跳，「是精神崩潰嗎？」她無法想像哥哥爲了任何事精神崩潰。

艾巴頓友善地伸出手。「拜託，我知道我讓妳不高興了。很抱歉。基於這些尷尬的狀況，我能理解妳自認有權獲得答案。」

「無論我有沒有權利，」凱薩琳說，「我哥哥是我僅有的家人。沒有人比我了解他，所以如果你告訴我到底出了什麼事，或許我能幫你。我們都想要同樣的目標——對彼得最好的安排。」

艾巴頓醫師沉默了半晌然後緩緩點頭，似乎認爲凱薩琳有道理。他終於開口。「事先聲明，所羅門小姐，如果我決定告訴妳這些資訊，唯一理由是我認爲妳的意見或許能幫我協助令兄。」

「當然。」

艾巴頓向前傾，手肘放在膝上。「所羅門小姐，自我負責治療令兄以來，我察覺他有很深的罪惡感糾結。我從來沒有細問，因爲那不是他來找我的理由。但是昨天，爲了某些原因，我終於問了他。」艾巴頓注視她的眼睛。「令兄打開心防，相當戲劇化又出乎預料。他告訴我一些意想不到的事……包括令堂去世當晚發生的一切。」

聖誕夜——將近十年前。她死在我懷裡。

「他告訴我令堂在府上被闖入搶劫時遭到殺害？一個男子闖入尋找他認爲被令兄藏匿的東西？」

「沒錯。」

艾巴頓的眼神在打量她。「令兄說他射殺了那個人？」

「對。」

艾巴頓摸摸下巴。「妳還記得侵入者在府上找什麼嗎？」

凱薩琳試了十年都無法拋棄這個記憶。「是，他的要求非常明確。很不幸，我們沒人知道他在說什麼。他的要求對我們沒有任何意義。」

「呃，令兄聽得懂。」

「什麼？」凱薩琳坐起來。

「至少根據他昨天跟我說的，彼得很清楚侵入者在找什麼。但是令兄不想交出去，所以他假裝不懂。」

「太荒謬了。彼得不可能知道那個人想要什麼。他的要求毫無意義！」

「有意思。」艾巴頓醫師暫停下來做筆記，「但是我已經說過，彼得告訴我他確實知道。令兄認爲如果他配合侵入者，或許令堂現在還活著。這個決定是他所有罪惡感的來源。」

凱薩琳搖頭。「太瘋狂了……」

艾巴頓有點困擾地駝起背。「所羅門小姐，這眞是有用的回饋。因爲我擔心，令兄似乎有點脫離現實。我必須承認，我擔心這次就是。所以我請他今天再來。這些妄想劇情如果涉及創傷記憶的話並不罕見。」

凱薩琳又搖頭。「彼得一點也不像妄想的人，艾巴頓醫師。」

「我同意，除非……」

「除非什麼？」

「除非他的攻擊事件回憶只是個開始……他告訴我的長篇誇張故事的一小段。」

凱薩琳在座位上向前傾。「彼得告訴你什麼？」

艾巴頓憂鬱地微笑。「所羅門小姐，容我請教。令兄是否曾經跟妳談論過他認爲藏在華盛頓特區……或他自認保護一批重大寶藏的角色……或失落的古代智慧？」

凱薩琳的下巴差點掉下來。「你在胡說些什麼？」

艾巴頓醫師長嘆一聲。「我要告訴妳的事有點嚇人，凱薩琳。」他暫停下來與她四目交投。「但是如果妳能告訴我**任何**妳知道的線索，會非常有幫助。」他伸手拿杯子。「再來點茶嗎？」

23

又一個刺青。

蘭登焦慮地蹲在彼得張開的手掌旁，檢視藏在僵硬彎曲手指下方的七個小符號。

「似乎是數字，」蘭登驚訝地說，「只是我不認得。」

「前面的是羅馬數字，」安德遜說。

「呃，我看不是，」蘭登糾正說，「羅馬數字沒有I-I-I-X這種寫法。應該會寫成V-I-I。」

「其餘部分呢？」佐藤問。

「我不確定。看起來像阿拉伯數字885。」

「阿拉伯？」安德遜問，「看起來就是普通數字吧。」

「我們的普通數字就是阿拉伯字。」蘭登早已習慣爲學生澄清這一點，他甚至準備了一堂課講述早期中東文化的科學成就，其中一項就是我們的現代數字系統，它比起羅馬數字的優點包括「位置計數法」跟發明了零這個數字。當然，蘭登總結時總會提到阿拉伯文化也發明了al-kuhl這個字——哈佛新鮮人最愛的飲料——就是酒（alcohol）。

蘭登檢查這個刺青，有點迷惑。「我甚至不確定那是885。直線寫法看起來不尋常。或許不是數字。」

「那會是什麼？」佐藤問。

「我不確定。整個刺青看起來很像……北歐符文。」

「什麼意思？」佐藤問。

「符文字母都是由直線組成的。他們的字母稱作runes，經常被刻在石頭上，因爲曲線太難雕刻了。」

「如果這是符文，」佐藤說，「意義是什麼？」

蘭登搖頭。他的專長範圍只到最基礎的符文字母──北歐古字母〔註：Futhark，由起首六個字母f、u、p(th)、a(o)、r、k(c)而得名〕──西元三世紀條頓人的系統，這不是北歐古字母。「老實說，我甚至不確定這是符文。妳必須去問專家。有好幾十種不同的形式──哈爾辛格（Halsinge）、曼島（Manx）、『點狀』史圖格納（Stungnar）──」

「彼得．所羅門是共濟會員，不是嗎？」

蘭登愣了一下。「對，但是跟這個有什麼關係？」他站起來，面對嬌小的佐藤。

「問你啊。你剛才說符文字母用來刻石頭，據我了解最初的共濟會員就是石匠。我提起這個只是因爲我叫我們部門研究了玄祕之手跟彼得．所羅門的關聯，他們只搜尋到一個特定鏈結。」她暫停，像在強調這個發現的重要性。「共濟會（石匠的雙關語）。」

蘭登嘆氣，忍不住想告訴佐藤他經常訓學生的話：「**Google**」不等於「研究」。在這個大量、全球性關鍵字搜尋的年代，似乎每件事情都混在一起了。世界變成了一個龐大糾纏的資訊網絡，密度越來越大。

蘭登保持耐心的語氣。「我不驚訝共濟會出現在妳手下的搜尋結果。共濟會是彼得．所羅門與無數神祕主題的明顯關聯。」

「對，」佐藤說，「所以我很驚訝今晚你還沒提起共濟會。畢竟，你一直在談少數圈內人守護的祕密智慧。聽起來很像共濟會，不是嗎？」

「確實……而且也很像玫瑰十字會、喀巴拉教派、光明教派，還有很多其他神祕團體。」

「但是彼得．所羅門是共濟會員——非常高階的會員。共濟會似乎會很在意我們是否談到祕密。天曉得共濟會多愛護他們的祕密。」

蘭登聽得出她語氣中的猜疑，他不想攪和。「如果妳想知道關於共濟會的事，最好是去問會員。」

「其實，」佐藤說，「我寧可問我信得過的人。」

蘭登認爲這句話既無知又失禮。「我鄭重澄清，女士，整套共濟會的哲學就建立在誠實與正直上。共濟會員堪稱是世界上最值得信賴的人。」

「我見過強力的反證。」

蘭登隨著時間流逝越來越不喜歡佐藤處長。他花了許多年撰寫共濟會隱喻圖像與符號的豐富傳統，知道共濟會向來是世上最常被不公平污衊與誤解的組織。他們經常被指控從崇拜魔鬼到陰謀統治世界等等，即使如此也秉持不回應批評的政策，讓他們更容易成爲標靶。

「姑且不論，」佐藤尖銳的語氣說，「我們又陷入瓶頸了，蘭登先生。我感覺不是你遺漏了什麼……就是你隱瞞了什麼。我們的對手說彼得．所羅門特別選了你。」她冷冷地盯著蘭登。「我想我們最好到中情局總部去繼續談。或許我們在那邊會比較順利。」

佐藤的威脅一點也嚇不倒蘭登。她剛說中了他心中的疑惑。**彼得．所羅門選了你。**這句話，加上提到共濟會，讓蘭登有怪異的靈感。他低頭看看彼得手指上的共濟會戒指。這戒指是彼得最重視的寶物之一——刻有雙頭鳳凰的所羅門家族傳家之寶——共濟會智慧的終極神祕符號。黃金在燈光下發亮，激發了意外的回憶。

蘭登驚叫，想起抓彼得的人詭異的低語：**你還沒有想通，是吧？你爲什麼被選上？**

在駭人的一瞬間，蘭登的思路聚焦，驅散了迷霧。

霎時，蘭登在此的目的變得清清楚楚。

十哩外，馬拉克在蘇特蘭林蔭大道向南行駛，感覺身旁座位明顯地震動。是彼得．所羅門的iPhone，眞是個好用的工具。來電顯示圖像呈現出一個黑色長髮的中年美女照片。

來電顯示──凱薩琳．所羅門

馬拉克微笑，不理會這通電話。**命運把我拉得更近了**。

今天下午他引誘凱薩琳．所羅門到他家只有一個理由──打聽她是否有能夠幫他的資訊……或許是家族祕密，能讓馬拉克找到他想要的東西。

但是顯然，凱薩琳的哥哥沒有告訴她這些年來他在守護的東西。

即使如此，馬拉克還是從凱薩琳那兒問出了別的事。**讓她今天可以多活幾個小時**。凱薩琳幫他證實了所有研究成果都在一個地方，安全地鎖在她的實驗室裡。

我必須摧毀它。

凱薩琳的研究即將打開理解的新門戶，即使只打開了一道縫，別人就會跟進。那麼改變一切只是遲早的問題。**我不能讓它發生。世界必須保持現狀……漂浮在無知的黑暗中**。

iPhone響了一聲，顯示凱薩琳有語音留言。馬拉克將留言叫出來聽。

「彼得，又是我。」凱薩琳的聲音似乎很擔憂。「你在哪裡？我還在想我跟艾巴頓醫師的對話……我很擔心。你沒事吧？請回電。我在實驗室。」

語音留言結束。

馬拉克微笑。**凱薩琳應該少擔心哥哥，多顧好自己**。他離開蘇特蘭林蔭大道轉到銀丘路。不到一哩路之後，他在黑暗中找到SMSC模糊的輪廓，就在他右邊路旁的樹林裡。整個館區圍繞著高大的鐵絲網圍牆。

安全的地方？馬拉克暗自竊笑。**我認識會幫我開門的人。**

24

頓悟像一道波浪砸在蘭登頭上。

我知道我爲什麼在這裡了。

蘭登站在圓形大廳中央，突然很想轉身逃走……遠離彼得的手、閃亮的金戒指、佐藤與安德遜懷疑的眼神。但是他一動也不動站著，用力抓緊肩上的皮背包。**我得趕快離開這裡。**

他咬緊下巴，回憶開始重播幾年前在劍橋那個寒冷的早上。

當時是早晨六點，蘭登在哈佛游泳池完成晨間例事之後照例走進教室。跨過門檻時聞到熟悉的粉筆灰與空調蒸汽味道。他往書桌走兩步，突然停住。

有個人影已經在等他了——有著鷹勾鼻、威嚴灰眼珠的優雅紳士。

「彼得？」蘭登目瞪口呆。

彼得．所羅門的微笑在昏暗教室中閃了一下。「早安，羅柏。看到我很驚訝嗎？」他的語氣柔和，但很有威嚴。

蘭登匆忙上前跟老朋友親切握手。「耶魯的貴族七早八早跑來哈佛校園幹什麼啊？」

「潛入敵後的祕密任務，」所羅門笑道。他指著蘭登的腰圍。「游泳眞的有效。你的體格還不錯。」

「只是想讓你感覺老了，」蘭登逗他說，「眞高興見到你，彼得。什麼事？」

「短程出差，」對方回答，環顧空曠無人的教室。「很抱歉這樣突然打擾你，羅柏，但是我時間不多。我有事必須當面問你……請你幫忙。」

這倒是第一次。蘭登猜想區區一個大學教授能幫這種天之驕子做什麼。「什麼都行，」他回答，很高興有機會爲恩人做點事，尤其彼得的幸福人生也夾雜了許多不幸。

所羅門壓低音量。「我希望你能考慮幫我保管個東西。」

蘭登翻翻白眼。「希望不是赫丘力士。」蘭登有一次答應在所羅門出門期間照顧所羅門家一百五十磅重的獒犬赫丘力士。這隻狗一到蘭登家裡，顯然開始想念家裡牠最愛的皮革磨牙玩具，在蘭登的書房裡找了個好用的替代品——一六〇〇年代原版羊皮紙手工抄寫、彩繪裝飾的《聖經》。「壞狗狗」似乎還不足以形容。

「你知道的，我還在尋找替代品賠你，」所羅門靦腆地笑說。

「算了吧。我很高興赫丘力士至少有點宗教品味。」

所羅門苦笑，但似乎心不在焉。「羅柏，我來找你是希望你幫我看管一個對我很有價值的東西。我很久以前繼承來的，但我不放心再把它放在家裡或辦公室。」

蘭登立刻感覺不安。任何「很有價值」的東西在彼得．所羅門的世界裡一定是價值連城。「怎麼不用保險箱？」你家不是有美國半數銀行的股權嗎？

「那要找銀行員工簽文件；我寧可找信任的朋友。而且我知道你會保密。」所羅門從口袋掏出一個小包裹，交給蘭登。

從這麼戲劇性的開場，蘭登原本預期是更驚人的東西。包裹是個方塊狀小盒子，約三吋立方，包著褪色的棕色包裝紙用細繩綁住。從沉重的重量跟尺寸看來，內容物一定是岩石或金屬。就這樣？蘭登拿在手上翻來覆去，發現細繩的一側被小心包上壓紋的蠟封，像古代的詔書。封印上有隻雙頭鳳凰，胸口裝飾了數字33——共濟會最高階級的傳統符號。

「說眞的，彼得，」蘭登歪嘴苦笑說，「你是共濟會支部的主祭師，不是教宗。竟然用戒指封印包裹？」

所羅門低頭看看金戒指乾笑一聲。「封這個包裹的人不是我，羅柏。是我的曾祖父。將近一百年前。」

蘭登猛抬頭。「什麼?!」

所羅門伸出無名指。「這個共濟會戒指是他的。然後傳給我祖父，再到我父親……終於到我手上。」

蘭登舉起包裹。「你的曾祖父一個**世紀**前封起來，從此沒有打開過？」

「沒錯。」

「可是……爲什麼？」

所羅門微笑。「因爲時機未到。」

蘭登盯著他。「**什麼**時機？」

「羅柏，我知道聽起來很奇怪，但是你知道得越少越好。把這包裹放到安全的地方，請別告訴任何人我交給你了。」

蘭登凝視老友的眼中有沒有開玩笑的跡象。所羅門一向喜歡誇張，蘭登懷疑他是不是被耍了。「彼得，你確定這不是讓我以爲被託付了某種共濟會的古代機密，讓我好奇想要加入的計策？」

「共濟會不招募會員的，羅柏，你很清楚。況且，你跟我說過你寧可不加入。」

這倒沒錯。蘭登非常尊重共濟會的哲學跟符號，但他決定永遠不要加入；保密的誓言會禁止他跟學生討論。蘇格拉底也爲了同樣的理由拒絕正式加入依洛西亞祕教〔註：Eleusinian Mysteries，古希臘的一種神祕教派，西元前十七世紀在雅典附近的依洛西亞（Eleusia）盛行〕。

蘭登看看這個神祕小盒子跟蠟封，忍不住問。「爲什麼不委託給共濟會裡的弟兄？」

「這麼說吧，我直覺認爲藏在**外界**會比較安全。請別被這個包裹的尺寸騙了。如果家父告訴我的沒錯，它具有強大的力量。」他停頓一下。「像某種護身符吧。」

他剛說護身符嗎？定義上，護身符是具有神力的物體。傳統上，護身符用來招好運、辟邪或輔助古代儀式。「彼得，你一定知道從中世紀以後護身符就退流行了吧？」

彼得耐心地伸手拍蘭登的肩。「我知道很怪，羅柏。我認識你很久了，你的懷疑心是身爲學者的最大優點之一。但也是你的缺點。我對你的了解足以知道你不是我能說服改變的人……只能信任你。所以如果我說這個護身符很強，請你相信我。我聽說它能讓持有人從混亂中創造秩序。」

蘭登目瞪口呆。「混亂中創造秩序」的概念是共濟會的主要理想之一。**Ordo ab chao**（Order and chaos）。即使如此，宣稱護身符能賦予任何神力未免太荒謬了，更別說什麼混亂中創造秩序的力量。

「這個護身符，」所羅門又說，「萬一所託非人將會十分危險，不幸的是，我有理由相信某些極具權勢的人想從我手上搶走。」蘭登從來沒見過他這麼嚴肅的眼神。「我希望你幫我保管一陣子。你能做到嗎？」

那天晚上，蘭登帶著包裹獨坐在廚房桌邊，拚命想像裡面會是什麼東西。最後，他只能歸因於彼得向來古怪，把它鎖進書房牆上的保險箱裡，到後來根本忘了這回事。

直到……今天早上。

那個南方口音的人打來的電話。

「喔，教授，我差點忘了！」助理講完蘭登到華盛頓的行程安排細節之後又說，「所羅門先生還有另一個要求。」

「什麼？」蘭登回答，心裡已經開始想他答應的演講內容。

「所羅門先生留了字條轉告你。」對方開始結巴地宣讀，彷彿很難辨識彼得的字跡。「『請交代羅柏……帶著……多年前我交給他的密封小包裹。』」助理暫停一下。「您有印象嗎？」

蘭登驚訝地想起這段期間一直躺在他保險箱裡的小盒子。「呃，有。我懂彼得的意思。」

「您可以帶來嗎？」

「當然。告訴彼得我會帶著。」

「太好了。」助理聽起來很高興，「祝您今晚演講愉快。一路平安。」

離家之前，蘭登依照要求從保險箱深處拿出包裹放進背包裡。

如今他站在美國國會裡，感覺只有一件事確定。彼得．所羅門如果知道蘭登辜負囑託，一定嚇壞了。

25

天啊，凱薩琳說對了。向來如此。

崔許・鄧恩驚訝地盯著搜尋程式的結果顯示在面前的電漿螢幕上。她根本不指望會有任何結果，但是事實上，她看到十幾筆資料，而且還在增加中。

其中一筆看起來特別有希望。

崔許轉身往圖書室方向大喊。「凱薩琳？我想妳最好過來看看！」

崔許已經兩年沒跑過這種搜尋程式了，今晚的結果讓她大吃一驚。**幾年前，這種研究根本辦不到**。但是現在，全世界可搜尋的數位資料數量似乎爆炸到任何東西都找得到的程度。怪的是，其中一個關鍵字崔許從來沒聽過……連這個都搜尋到了。

凱薩琳衝進控制室的門。「找到什麼了？」

「有幾個很像。」崔許指著電漿螢幕牆。「這些文件每個都含有你的所有關鍵詞。」

凱薩琳把頭髮撥到耳後，查看一覽表。

「在妳太興奮之前，」崔許補充，「我敢說大多數文件不是你想找的。那是我們所謂的黑洞。看看檔案大小。大得嚇人。那都是幾百萬封e-mail、大型完整版百科全書、運作多年的全球留言板，諸如此類的壓縮存檔。根據大小與內容分歧性，這些檔案含有太多潛在關鍵字，能吸引靠近的任何搜尋引擎。」

凱薩琳指著靠近最上面的一筆。「**這個**怎麼樣？」

崔許微笑。凱薩琳領先一步，發現了表格裡唯一體積較小的檔案。

「好眼力。對，那是我們目前唯一有希望的發現。其實，**這個檔案小到可能只有一兩頁。**」

「打開吧。」凱薩琳的語氣很緊張。

崔許無法想像單頁的檔案含有凱薩琳提供的所有怪異關鍵字。然而，當她點擊打開檔案，關鍵字都在……清清楚楚，很容易在文章裡找到。

凱薩琳走近，緊盯著螢幕牆。「這個檔案……**簡略過？**」

崔許點頭。「這就是數位化文本的世界。」

自動簡略已經成為提供數位化檔案的標準程序。所謂簡略是指伺服器允許用戶搜尋整個文本，但是只透露一小部分的作法——像是電影預告片——只有關鍵字前後的文字。伺服器省略龐大的大多數文本，避免侵犯著作權並且告訴用戶一個引起興趣的訊息：**我有你在找的資訊，但如果你要其餘的部分，必須花錢向我買。**

「如你所見，」崔許捲動大量省略的頁面說，「這個文件含有你的所有關鍵詞。」

凱薩琳抬頭默默盯著畫面。

崔許等了她一下，再捲回頁面最上方。每個凱薩琳的關鍵詞都加底線變大寫，伴隨著一小段預告文字——出現在關鍵字前後的兩三個字。

崔許無法想像這個檔案談論的是什麼。**況且「分割密碼」**（symbolon）**又是什麼玩意？**

凱薩琳急切地上前靠近螢幕。「這個檔案從哪裡來的？誰寫的？」

崔許已經動手在查了。「等我一下。我正在追蹤來源。」

「我必須知道是誰寫的，」凱薩琳重複，聲音很僵硬。「我必須看到其餘部分。」

「我正在試，」崔許說，很驚訝凱薩琳的語氣異常。

[redacted] 地下的祕密地點 [redacted] ... [redacted]

[redacted] 在華盛頓特區的某處，

座標 [redacted] ... [redacted]

[redacted] 發現古代入口，通往

[redacted] ... [redacted]

[redacted] 警告該金字塔具有危險的 [redacted] ... [redacted] 解讀雕刻的分割密碼

以解開 [redacted]

怪的是，檔案位置沒有顯示爲一般的網址，而是數字的ＩＰ位址。「我沒辦法解開這個ＩＰ，」崔許說，「網域名稱出不來。等等。」她拉出終端機視窗。「我來跑個路徑追蹤程式。」

崔許輸入一串指令，呼叫她的控制室機器跟儲存此文件的機器之間所有「跳接點」。

「正在追蹤，」她執行指令之後說。

追蹤程式非常快，一長串網路裝置幾乎立即顯示在螢幕牆上。崔許掃描向下……向下……透過路由器跟開關的路徑，她的機器連接到……

怎麼搞的？她的程式在達到該文件的伺服器之前停住。不知何故，她的呼叫碰到一個裝置吞噬了它而非回答。「我的追蹤程式好像被擋住了，」崔許說。**這怎麼可能**？

「再跑一次。」

崔許發出另一次搜尋程式，得到同樣的結果。「不行。死巷。這個檔案好像在無法追蹤的伺服器上。」她看看死巷之前的最後幾個跳接點。「不過我可以告訴妳，它位於華盛頓地區。」

「妳開玩笑吧。」

「這不奇怪，」崔許說。「這種程式以地理位置螺旋向外搜尋，意思是排在前面的結果一定是本地的。況且，妳有個關鍵字就是『華盛頓特區』。」

「用身分搜尋如何？」凱薩琳催促。「可以知道誰擁有這個網域嗎？」

有點取巧，但是個好主意。崔許移到「身分」資料庫，搜尋這個IP，希望這串神祕號碼能符合某個實際網域名稱。她的挫折感被逐漸升高的好奇心壓倒。**這是誰的檔案**？「身分」結果很快顯示出來，沒有符合的，崔許舉雙手投降。「這個IP位址好像不存在。我完全查不到它的資料。」

「顯然這個IP存在。我們剛找到了儲存在那兒的文件！」

沒錯。但是擁有這個檔案的人顯然不想透露他的身分。「我不知道該怎麼說。系統追蹤不是我的專長，除非妳能找到駭客幫忙，我沒轍了。」

「妳有認識人嗎？」

崔許轉身盯著老闆。「凱薩琳，我開玩笑的。這可不是什麼好主意。」

「但是可以這麼做？」她看看手錶。

「呃，對……經常有。技術上而言相當容易。」

「妳認識誰？」

「駭客嗎？」崔許緊張地笑笑，「我上一個工作的半數同事。」

「有信得過的人？」

她是認真的？崔許看得出凱薩琳非常認真。「呃，有啊，」她匆忙說。「我知道有個人可以找。他是我們的系統安全專家——超級電腦阿宅。他想跟我交往，結果很慘，不過他是個好人，我會信任他。而且，他能私下接案。」

「他能保密嗎？」

「他是駭客，當然能保密。那是他的工作。可是我想他至少要一千塊錢才願意幫——」

「打給他。如果進度夠快就給他雙倍。」

崔許不知道哪種比較彆扭——幫凱薩琳．所羅門僱駭客……還是打給或許仍然不相信紅髮胖妹系統分析師竟然會拒絕他追求的男人。「妳確定要嗎？」

「用圖書室的電話，」凱薩琳說。「可以隱藏號碼。記得不要說我的名字。」

「知道。」崔許走向門口，但是聽到凱薩琳的iPhone響起時停下來。幸運的話，傳來的簡訊或許可以讓崔許暫緩執行這個討厭的任務。她等著凱薩琳從實驗袍口袋掏出手機看看螢幕。

凱薩琳．所羅門看到iPhone上的名字，感覺如釋重負。

終於來了。

彼得．所羅門

「是我哥傳的簡訊，」她看看崔許說。

崔許充滿期望。「或許我們該問他一聲……再打給駭客？」

凱薩琳看看螢幕牆上的省略文件，想起艾巴頓醫師說的話。令兄認為藏在華盛頓的東西……可以找得到。凱薩琳不知道該相信什麼，而這個文件代表的資訊跟彼得顯然很執迷的離譜念頭有關。

凱薩琳搖搖頭。「我要知道誰寫的還有存在哪裡。打電話吧。」

崔許皺眉走出門外。

無論這個文件是否能解釋她哥哥告訴艾巴頓醫師的祕密，至少今天解決了一件事。她哥哥終於學會了用凱薩琳送他的iPhone簡訊功能。

「通知媒體，」凱薩琳在崔許背後喊，「偉大的彼得．所羅門剛才發出了生平第一則簡訊。」

史密森博物館後援中心對街的商店街停車場裡，馬拉克站在他的禮車旁，伸懶腰等著他知道會來的電話。雨已經停了，冬夜的月亮開始從烏雲後探出頭來。同一個月亮在三個月前的晉升儀式上也透過聖殿大樓的眼形孔照在馬拉克身上。

今晚的世界看起來不一樣。

他等候時，腸胃又叫了起來。為期兩天的禁食雖然不愉快，但對他的準備非常重要。這是古代的規矩。很快所有肉體的不適都會無關緊要了。

馬拉克站在寒冷的夜風中，竊笑著發現命運很諷刺地把他帶到一所小教堂前方。這裡，夾在牙醫診所與小型超市之間，是個小型的聖地。

天主的殿堂。

馬拉克凝視櫥窗，上面展示著教堂的一段教義宣示：我們相信耶穌基督是聖靈感孕，藉童貞女馬利亞所生；祂是完全的神，也是完全的人。

馬拉克微笑。**對，耶穌確實兩者皆是——半人半神——但是處女所生並非神性的先決條件。根本不是那麼回事。**

手機鈴聲打破寂靜，令他脈搏加快。現在響的是馬拉克**自己的電話**——昨天買的廉價可拋式手機。來電ＩＤ顯示就是他在等的電話。

本地電話，馬拉克笑了，眺望銀丘路對面昏暗月光下、樹梢上的鋸齒狀屋頂輪廓。馬拉克掀開他的手機。

「我是艾巴頓醫師，」他用低沉聲音說。

「我是凱薩琳，」女性聲音說，「終於有我哥哥的消息了。」

「喔，那我就放心了。他還好吧？」

「他正要過來我的實驗室，」凱薩琳說。「其實，他提議你也過來。」

「什麼？」馬拉克假裝猶豫。「在妳的……實驗室？」

「他一定很信任你。他從不邀請**任何人**去那裡的。」

「我猜他或許以為拜訪能有助於我們討論，但是我覺得好像打擾了。」

「如果**我哥**說歡迎你，那就是了。況且他說他有很多話要告訴我們，我想要弄清楚到底是怎麼回事。」

「那好吧。你的實驗室**在哪裡**？」

「在史密森博物館後援中心。你知道在哪裡嗎？」

「不知道，」馬拉克說，盯著停車場對面的建築群。「我現在在車上，我有導航系統。地址是什麼？」

「銀丘路4210號。」

「OK，等等。我在輸入。」馬拉克等了十秒然後說，「啊，好消息，我好像比我想的還接近。GPS導航顯示我在大約十分鐘車程外。」

「太好了。我會通知大門警衛，告訴他們你要過來。」

「謝謝。」

「待會見。」

馬拉克收起可拋式手機，看看博物館後援中心方向。**我邀請自己會失禮嗎？**他微笑著又掏出彼得．所羅門的iPhone欣賞他幾分鐘前傳給凱薩琳的簡訊。

> 收到妳的留言。沒事。今天很忙。忘了跟艾巴頓醫師的約會。抱歉沒有早點提起他。說來話長。正在前往實驗室。如果可以，請艾巴頓醫師來會合。我完全信任他，有很多話要告訴你們兩個。
>
> ——彼得

毫不意外，彼得的iPhone又顯示有凱薩琳傳來的回覆。

> 彼得，恭喜學會用簡訊！你沒事我就放心了。我跟A醫師談過，他也會過來。待會見！
>
> ——k

馬拉克抓著所羅門的iPhone，蹲到禮車旁把手機塞在前輪與路面之間。這支電話幫了馬拉克大忙……但是該毀屍滅跡了。他爬上駕駛座，打檔，緩緩前進直到聽見iPhone的尖銳破裂聲。

馬拉克停住車子，眺望遠處後援中心的輪廓。**十分鐘。**彼得．所羅門的廣大倉庫保存了三千多萬件寶物，但馬拉克今晚到此只爲了抹消兩件最有價值的。

凱薩琳．所羅門的所有研究。
還有她本人。

26

「蘭登教授？」佐藤說，「你的表情好像見到鬼了。你還好吧？」

蘭登調整肩上背包的位置，用一隻手護住，彷彿這樣可以隱瞞他帶著的方塊包裹。他感覺自己臉色蒼白。「我……只是擔心彼得。」

佐藤抬起頭，斜眼打量他。

蘭登突然擔心佐藤今晚的介入可能跟所羅門託付他的小包裹有關。彼得警告過蘭登：**權勢龐大的人想要搶走它**。所託非人會很危險。蘭登無法想像中情局為什麼想要一個裝護身符的小盒子……甚至護身符是什麼。**Ordo ab chao**（混亂中創造秩序）？

佐藤走近，黑眼珠刺探著。「我猜你應該想到什麼了？」

蘭登感覺滿身大汗。「不，不算是。」

「你在想什麼？」

「我只是……」蘭登遲疑，不知道該說什麼。他不打算透露包裹在他的背包裡，但如果佐藤帶他到中情局，他的包包一定會在進門時被搜查。「其實……」他謊稱，「我對彼得手上的數字有另一個想法。」

佐藤面無表情。「哦？」她看看安德遜，他剛招呼完終於趕到的鑑識小組之後回來。

蘭登猛吞口水蹲在斷手旁，猜想著該掰些什麼來告訴他們。**你是老師，羅柏——隨機應變啊！**他再看看七個小符號，希望有什麼靈感。

沒有。一片空白。

蘭登憑鮮明的回憶掃描腦中的符號百科全書，只找到一個可行的論點。一開始就有想到過，但是似乎不太像。然而現在，他必須爭取時間思考。

「呃，」他開口，「符號學者解讀符號跟密碼時發現走錯路的第一個線索，就是開始混用多種符號語言。例如，我告訴你們那是羅馬跟阿拉伯數字，這個分析很爛，因爲我用了兩種符號系統。羅馬跟北歐符文也是一樣。」

佐藤雙手抱胸揚起眉毛像是在說，「繼續說。」

「通常，溝通是用一種語言進行，不會混用多種，所以符號學者看任何文本的第一個任務就是找出適用全部文本的單一符號系統。」

「而你現在想出來了？」

「呃，對……也不對。」蘭登處理旋轉對稱的雙向圖經驗告訴他，有時候符號從不同角度看有不同意義。現在的狀況，他發現確實有個用單一語言觀看七個符號的方式。「如果我們稍微調整一下這隻手，語言就能一致。」眞詭異，蘭登正要做的調整似乎是抓走彼得的人說出古代煉金術士格言時早已建議的。如上，實下。

蘭登伸手去拿彼得的手固定住的木底座，感覺一陣寒意。他輕輕把底座上下反轉，讓彼得伸出的手指指向下方。手掌上的符號立刻變了樣子。

「從這個角度，」蘭登說，「X-I-I-I變成合理的羅馬數字——13。而且，其餘字母可以解讀成羅馬字母——ＳＢＢ。」蘭登猜想這樣解讀只會引起茫然的聳肩，但是安德遜的表情立刻變了。

「ＳＢＢ？」局長追問。

佐藤轉向安德遜。「如果我沒記錯，聽起來像是在國會大廈裡很熟悉的編號系統。」

安德遜臉色蒼白。「沒錯。」

佐藤陰沉地微笑向安德遜點頭。「局長，請跟我來。我想私下談談。」

佐藤處長帶著安德遜局長走出蘭登的聽力範圍，蘭登狼狽地呆站著。**這到底是怎麼回事？ＳＢＢＸＩＩＩ又是什麼？**

安德遜局長猜想今晚還能變得多奇怪。**那隻手是說ＳＢＢ13？**他很驚訝有外界的人聽說過ＳＢＢ……更別說ＳＢＢ13。彼得．所羅門的食指似乎不像表面上往上指……而是指向相反的下方。

佐藤處長帶安德遜到湯瑪斯．傑佛遜銅像附近一個安靜角落。「局長，」她說，「我想你很清楚ＳＢＢ13在哪裡？」

「當然。」

「你知道裡面是什麼嗎？」

「不，要看了才知道。我想已經幾十年沒人用了吧。」

「嗯，請你把它打開。」

安德遜不喜歡在自己的地盤上被命令該怎麼做。「女士，可能有點問題。我必須先看看任務輪值表。你也知道，大多數低樓層是私人辦公室或儲藏室，關於私人空間的安全規定是——」

「你給我打開ＳＢＢ13，」佐藤說，「否則我叫保安處派人帶衝門鎚過來。」

安德遜盯著她半晌，掏出對講機，舉到嘴邊。「我是安德遜。我需要人幫我打開ＳＢＢ。叫人五分鐘後在那邊跟我會合。」

回答的聲音有點疑惑。「老大，你是說ＳＢＢ嗎？」

「沒錯。ＳＢＢ。立刻派人去。我還需要手電筒。」他收起對講機。安德遜的心臟狂跳，佐藤走近他，聲音壓得更低。

「局長，時間寶貴，」她低聲說，「我需要你盡快帶我們下去SBB13。」

「是，女士。」

「我還需要別的東西。」

除了非法入侵以外嗎？安德遜沒有立場抗議，但是他也注意到佐藤在彼得的手出現在圓形大廳幾分鐘內就來了，而且她利用狀況要求進入美國國會的私人區域。今晚她似乎佔盡先機，幾乎是主導了事態發展。

佐藤指指房間對面的教授。「蘭登肩膀上那個絨呢背包。」

安德遜瞄一眼。「怎麼樣？」

「我猜你的屬下在蘭登進來時用X光檢查過了？」

「當然。所有包包都要掃描過。」

「我要看X光記錄。我要知道他背包裡是什麼東西。」

安德遜看看蘭登整晚不離身的背包。「可是……直接問他不是比較快嗎？」

「我的要求有哪裡聽不懂？」

安德遜再次掏出對講機交代她的要求。佐藤給安德遜她的黑莓機信箱，要求他的手下找到之後盡快把X光片數位檔e-mail給她。安德遜不甘願地照辦。

鑑識組正在幫國會警察收拾斷手，但佐藤命令他們直接送交給她在蘭利總部的手下。安德遜已經懶得抗議了。他擋不住這輛嬌小的日本壓路機。

「還有我要那只戒指，」佐藤交代鑑識人員。

技師長似乎想要質疑她，但是打消念頭。他從彼得手上摘下金戒指，放進透明的樣本袋，交給佐藤。

她塞進外套口袋，轉身面向蘭登。

「我們該走了，教授。帶著你的東西。」

「要去哪裡？」蘭登回答。

「跟著安德遜先生就對了。」

是啊，安德遜想，**跟緊一點**。SBB是國會內部很少人去的區域。要去的話，他們必須經過埋在地窖下面由小房間與狹窄通道組成的廣大迷宮。亞伯拉罕·林肯的么兒泰德曾經在裡面迷路，差點喪命。

安德遜開始懷疑如果佐藤爲所欲爲的話，羅柏·蘭登可能遭遇同樣的命運。

27

系統安全專家馬克．佐班尼斯向來以多工能力自豪。此刻，他正拿著電視遙控器、無線電話、筆記電腦、PDA與一大碗Pirate's Booty速食餐坐在沙發床上。一眼看著靜音的紅人隊比賽，一眼看著筆電，佐班尼斯正在用藍芽耳機跟一年多沒聯絡的女子講話。

只有崔許．鄧恩會在季後賽的晚上打電話來。

他的老同事再次被確認缺乏社交技巧，選了紅人隊比賽的最佳時機來跟他聊天請求幫忙。簡短的寒暄敘舊表示她多麼想念他的冷笑話之後，崔許表明來意：她想要解開一個隱藏IP位址，或許是華府地區的保密伺服器。這部伺服器含有一個小文字檔，她想要看看……或者至少，知道那是誰的檔案。

人找對了，時機不對，他告訴她。於是崔許祭出她最強的阿宅馬屁台詞，大半是真的，佐班尼斯不知不覺間，已經把一串怪異的IP位址輸入他的電腦裡了。

佐班尼斯看看數字立刻覺得不對勁。「崔許，這個IP的格式很奇怪。撰寫用的語言根本還沒公開上市。或許是政府情報或軍方單位。」

「軍方？」崔許大笑。「相信我，我剛從這個伺服器拉出一個修訂過的檔案，跟軍方**無關**。」佐班尼斯叫出他的終端視窗嘗試追蹤路徑。「妳說妳的追蹤程式掛掉了？」

「是啊。兩次。同樣的接點。」

「我的也是。」他叫出診斷探測程式執行。「這個IP有什麼特別的？」

「我跑了個授權程式，搜尋引擎碰到這個IP找出一個簡略過的文件。我需要看其餘內容。我願意付錢跟他們買，但我找不到是誰的ＩＰ或怎麼連絡。」

佐班尼斯看著螢幕皺眉。「妳確定嗎？我在跑診斷程式，這個防火牆編碼看起來……非同小可。」

「所以你才能領高薪啊。」

佐班尼斯考慮一下。他們願意出大錢請他做這麼容易的事。「我問妳，崔許。妳幹嘛這麼著急？」

崔許猶豫。「我在幫朋友的忙。」

「一定是很特別的朋友。」

「她確實是。」

佐班尼斯笑笑不說話。**我就知道**。

「聽著，」崔許有點不耐煩地說，「你到底能不能解開這個ＩＰ？行或不行？」

「呃，我可以。而且，我知道妳在耍我。」

「要花多少時間？」

「不太久，」他邊打字邊說，「我應該能在十分鐘左右潛入他們網路的機器。進去之後知道那是什麼東西，我再回妳電話。」

「感激不盡。對了，最近還好嗎？」

現在才問？「崔許，拜託，妳在季後賽晚上打來，現在又想聊天？到底要不要我駭這個ＩＰ？」

「謝了，馬克。我很感激。我等你回電。」

「十五分鐘。」佐班尼斯掛斷，抓起他的晚餐，打開球賽的聲音。

女人啊。

28

他們要帶我去哪裡？

蘭登匆匆跟著安德遜與佐藤進入國會深處，每向下一步就感覺心跳加快。他們已經開始穿過圓形大廳西側門廊，走下大理石階梯然後折返穿過一道寬敞大門來到圓形大廳正下方的聞名空間。

國會地窖。

這裡空氣比較凝重，蘭登已經開始感到幽閉恐懼症。地窖的低矮天花板與柔和的向上照明強調出四十根用來支撐正上方大片石質地板的粗大希臘式柱子。**放鬆，羅柏**。

「這邊，」安德遜說，迅速走向左方穿過寬敞的圓形空間。

幸好，這個地窖裡沒有屍體。裡面只有幾座雕像，一座國會模型，一個低矮儲存區放了國葬時擺棺材用的木製靈柩台。眾人匆匆走過，對永恆之火曾經燃燒處、大理石地板中央的四角星羅盤看都不看一眼。

安德遜似乎很趕，佐藤又埋頭玩她的黑莓機。蘭登聽說，手機訊號在國會大廈每個角落都會加強，以支撐這裡每天進行的幾百通政府電話。

對角跨越地窖之後，一行人進入一個陰暗的門廳，開始穿過迴旋狀的走道與死巷。紛雜的通道邊有編號的門，每道門都有個識別號碼。蘭登蜿蜒前進時看著門上。

S154……S153……S152……

他不知道這些門後面是什麼，但是至少有件事似乎很明顯——彼得．所羅門的掌心刺青的意義。

SBB13似乎是美國國會大廈深處某一扇門的編號。

「這些門是什麼?」蘭登問,抓緊背包靠著胸口,猜想所羅門的小包裹跟編號SBB13的門有什麼關係。

「辦公室跟儲藏室,」安德遜說,「私人辦公室跟儲藏室,」他回頭看看佐藤補充說。

佐藤連頭抬也不抬。

「看起來很小,」蘭登說。

「大多數是榮譽性的小房間,但仍然是華府最貴重的不動產之一。這是原版國會的核心,舊參議院議場就在我們頭上兩層樓。」

「SBB13呢?」蘭登問,「是誰的辦公室?」

「沒人。SBB是私人儲藏區,我必須說,我不懂爲什麼——」

「安德遜局長,」佐藤看著手機沒抬頭打斷他,「只管帶我們去就是了,拜託。」

安德遜閉上嘴巴帶他們默默前進,穿過感覺像是迷你倉庫設施又像史詩迷宮的綜合體。幾乎每面牆上都有路標指向前後,顯然是在這個通道網絡中試圖指引特定區塊方位。

S142到S152……

ST1到ST70……

H1到H166與HT1到HT67……

蘭登懷疑自己能否單獨找到路離開這裡。這裡簡直是迷宮。以他的理解,辦公室編號開頭不是S就是H,代表位在參議院或眾議院那一側。標示ST跟HT的顯然是在安德遜所謂的庭園樓層。

還是沒有SBB的標誌。

終於他們來到一道沉重的鋼鐵門前,門上有鑰匙卡辨讀機。

SB層

蘭登感覺目的地快要到了。

安德遜伸手拿出鑰匙卡但是遲疑，對佐藤的命令很不安。

「局長，」佐藤催促，「我們時間不多。」

安德遜勉強插入鑰匙卡。鋼鐵門開啓。他推開門，眾人進入裡面的玄關。沉重的門在他們背後關上。

蘭登不知道該預期看見什麼，但絕對不是眼前的景象。

他盯著一道下降的階梯。「又是下樓？」他愣了一下說，「地窖底下還有一層？」

「對，」安德遜說，「ＳＢ表示『參議院地下室』。」

蘭登哼一聲。這下可好了。

29

警衛一小時以來只看見一對車頭燈蜿蜒駛上史密森博物館後援中心的樹林聯外道路。職責所在，他調低手提電視的音量，把零食藏在櫃檯底下。**時機真不巧**。紅人隊正要完成開場攻勢，他不想錯過。

車子駛近，警衛看看面前資料夾上的名單。

克里斯多夫．艾巴頓醫師。

凱薩琳．所羅門剛打來通知警衛有訪客即將抵達。警衛不知道這醫師是何方神聖，但他顯然混得很不錯；他坐著黑色加長型禮車上門。修長光鮮的車子緩緩停在警衛亭旁邊，駕駛座的染色車窗無聲地打開。

「晚安，」司機脫帽說。他是個健壯的光頭男子。正在聽收音機的球賽轉播。「我載克里斯多夫．艾巴頓醫師來見凱薩琳．所羅門小姐。」

警衛點頭。「請出示證件。」

司機顯得很驚訝。「對不起，所羅門小姐沒有事先通知嗎？」

警衛點頭，偷瞄一下電視。「我還是必須看過並登記訪客證件。抱歉，這是規定。我需要看醫師的證件。」

「沒問題。」司機在座位上向後轉，低聲透過分隔窗講話。同時，警衛又偷瞄一下球賽。紅人隊剛解散隊形，他希望下次攻勢之前趕快讓這輛車通過。

司機轉身回來遞出顯然剛從阻隔窗接來的證件。

警衛拿來迅速在機器上掃描一下。華府駕照顯示是卡洛拉瑪高地的克里斯多夫．艾巴頓。相片是個英俊金髮紳士穿著藍色運動衣，打領帶，口袋有緞子飾巾。**哪有人帶著飾巾去考駕照的？**

電視傳出模糊的歡呼聲，警衛轉身剛好看到一名紅人隊球員在球門區跳舞，手指指著天上。「我沒看到，」警衛抱怨，回到車窗邊。

「行了，」他把證件還給司機說，「你可以進去。」

禮車駛過，警衛繼續看電視，指望會有重播。

馬拉克開車駛過蜿蜒的道路，忍不住微笑。彼得·所羅門的祕密博物館太容易滲透了。更棒的是，今晚是二十四小時內第二次馬拉克潛入所羅門的私人空間。昨晚，類似的造訪發生在所羅門的家。

雖然彼得·所羅門在波多馬克河邊有豪華農莊，但他大多數時間住在城裡Dorchester Arms大樓的閣樓公寓裡。他的大樓就像大多數包租給富豪的地方，宛如銅牆鐵壁。高牆圍繞。警衛把守。訪客登記。安全的地下停車場。

馬拉克就開著這輛禮車到大樓的警衛室，脫下司機帽露出光頭，宣稱「我載了克里斯多夫·艾巴頓醫師。他是彼得·所羅門先生邀請的客人。」馬拉克的語氣像在介紹約克公爵。

警衛看看登記表再看看艾巴頓的證件。「是，所羅門先生在等艾巴頓醫師。」他按鈕打開大門。「所羅門先生在閣樓公寓裡。請客人用右邊最後面那部電梯。那是直達的。」

「謝謝。」馬拉克觸帽致意，開車通過。

他駛入車庫深處，搜尋保全監視器。什麼也沒有。顯然住在這裡的人不是很愛車也不喜歡被監視。

馬拉克停在靠近電梯的陰暗角落，放下司機艙跟乘客艙的分隔窗，爬過窗口到車子後面。進去之後，他脫掉司機帽戴上金色假髮。整理外套與領帶，照鏡子確認化妝沒有糊掉。馬拉克不想冒任何風險。今晚不行。

我等了這麼久絕對不容失敗。

幾秒鐘後，馬拉克踏入私人電梯。往頂樓的途中又靜又穩。門打開時，他看見一個高雅的私人玄關。主人已經在等了。

「艾巴頓醫師，歡迎。」

馬拉克看著對方聞名的灰眼睛，感覺心跳加快。「所羅門先生，謝謝你抽空見我。」

「請叫我彼得。」兩人握手。馬拉克握住老人手掌時，看見所羅門手上的共濟會金戒指……同一隻手曾經握槍指著馬拉克。來自馬拉克遙遠過去的聲音在低語。**如果你扣扳機，我會永遠陰魂不散。**

「請進，」所羅門說，示意馬拉克進入高雅的客廳，寬大的窗戶外可以看見壯觀的華盛頓天際線。

「是泡茶的味道嗎？」馬拉克進門時問。

所羅門非常佩服。「我父母總是泡茶待客。我繼承了這個家族傳統。」他帶馬拉克進入客廳，茶已經放在壁爐前等候了。「加奶精跟糖嗎？」

「不用，謝謝。」

所羅門又顯得佩服。「純粹主義者。」他幫兩人各倒了一杯茶。「你說你需要跟我討論性質敏感、只能私下談的事。」

「謝謝。感謝你撥空。」

「你跟我現在是共濟會弟兄。我們有聯繫。說說看我能幫你什麼。」

「首先，我想要謝謝你幾個月前讓我榮升三十三級。這對我意義重大。」

「我很高興，但是你要知道這不是我個人決定，而是最高委員會投票表決的。」

「當然。」馬拉克懷疑彼得．所羅門或許投了反對票，但是在共濟會內，就像其他事情，有錢能使鬼推磨。馬拉克在自己的分會達到三十二級之後，只等了一個月就以總會所名義捐了幾百萬美元作慈善。自動自發的無私行爲，如馬拉克預料，足以讓他迅速受邀進入精英的三十三級。**但是我什麼祕密都沒聽到。**

雖然自古以來謠傳——「第三十三級沒有祕密」——馬拉克並未聽到任何新東西，沒有跟他的目標相關的。但他從不指望被告知。共濟會的核心還有更小的核心……馬拉克幾年內，甚至永遠不會見到。他不在乎。他能晉升就夠了。在聖殿室裡發生了特殊的事，讓馬拉克擁有凌駕全體的力量。**我不再遵照你們的遊戲規則。**

「你一定知道，」馬拉克啜口茶說，「我們很多年前見過。」

所羅門表情驚訝。「眞的？我不記得。」

「相當久以前了。」**而且克里斯多夫·艾巴頓不是我的眞名。**

「很抱歉。我一定是老糊塗了。我是怎麼認識你的？」

馬拉克最後一次向他在世上最痛恨的人微笑。「你不記得，眞是不幸。」

馬拉克動作俐落地從口袋掏出一個小裝置向外伸出，用力戳進對方胸膛。藍色光線閃動，電擊器放電的銳利嘶聲，一百萬伏特電力流過彼得·所羅門體內時發出的痛苦驚呼。他瞪大眼睛，癱倒在椅子上。馬拉克站起來，睥睨對方，像準備吃掉受傷獵物的獅子一樣流口水。

所羅門在喘氣，非常吃力。

馬拉克在獵物眼中看到恐懼，猜想著有多少人看過偉大的彼得·所羅門畏縮。馬拉克慢慢欣賞這個場面幾秒鐘。他喝口茶，等著對方喘過氣來。

所羅門抽搐，想要講話。「爲……爲什麼？」他終於說。

「你想呢？」馬拉克反問。

所羅門看起來眞的不知道。「你要……錢？」

錢？馬拉克大笑再喝口茶。「我捐了幾百萬給共濟會；我不需要錢財。」**我要的是智慧，他卻以爲我**

要錢。

「那……你想要什麼？」

「你擁有一個祕密。今晚你要跟我分享。」

所羅門勉力抬起頭直視馬拉克的眼睛。「我……不懂。」

「別說謊了！」馬拉克大喊，走近到癱瘓老人幾吋距離內。「我知道華盛頓這裡藏了什麼。」

所羅門的灰眼露出反抗之色。「我不知道你在說什麼！」

馬拉克再喝口茶，把杯子放到杯墊上。「十年前你也對我說過這句話，就在你母親去世那一晚。」

所羅門雙眼圓睜。「你……？」

「她不必死的。如果你乖乖交出我想要的……」

老人扭曲的臉孔出現驚恐的領悟……以及懷疑。

「我警告過你，」馬拉克說，「如果你扣扳機，我會永遠陰魂不散。」

「可是你已經——」

馬拉克衝上前，用力把電擊器再次戳向所羅門胸口。另一道藍色閃光，所羅門完全動彈不得。

馬拉克把電擊器收回口袋，冷靜地喝完他的茶。喝完之後，他用押花亞麻餐巾擦擦嘴唇，低頭看看他的獵物。「我們走吧？」

所羅門一動也不動，但是瞪大眼睛望著他。

馬拉克俯身靠近老人耳邊低語。「我要帶你去一個只有眞相的地方。」

馬拉克不再說話，把餐巾揉成一團塞進所羅門嘴裡。然後他扛起癱瘓的老人走向私人電梯。出門時，他從茶几撿起所羅門的 iPhone 跟鑰匙。

今晚你要告訴我所有的祕密，馬拉克想。包括多年前你爲什麼不顧我的死活。

30

SB樓層。

參議院地下室。

隨著匆忙向下的每一步，羅柏·蘭登的幽閉恐懼症益發嚴重。他們深入這棟建築的原始地基，空氣變得混濁，似乎沒有通風系統。這裡的牆上不規則交雜著石材與黃磚。

佐藤處長邊走邊在黑莓機上打字。蘭登從她的警戒態度看出猜忌，但是很快他也有同樣的感覺。佐藤還是沒透露她怎麼知道蘭登今晚在此。**國家安全事務？**他很難理解古代玄學跟國家安全會有任何關係。話說回來，他對眼前一切狀況也很難理解。

彼得·所羅門託我保管一個護身符……有個瘋子騙我把它帶來國會，要我用它解開一個神祕入口……可能在一個稱作SBB13的房間裡。

眞是令人費解。

眾人前進時，蘭登想要擺脫心中彼得那隻斷手被刺青改造成玄祕之手的可怕景象。可怕景象伴隨著彼得的聲音：**羅柏，古代玄祕孕育了許多神話……但不表示它本身是虛構的。**

雖然畢生鑽研神祕符號與歷史，蘭登在智識上總是相當抗拒古代玄祕的概念與宣稱讓人神化的強力承諾。

無可否認，歷史紀錄上有毋庸置疑的證據顯示祕密智慧被代代相傳，似乎出自古埃及的神祕學派。這份知識在地下流傳，文藝復興時期在歐洲重新浮現，根據大多數說法，在當地被託付給一個精英科學家團體，位於歐洲頂尖的科學智庫——倫敦的皇家學會裡，俗稱爲無形學院。

這個隱形的「學院」迅速成爲全世界最聰明人士的腦力中心——包括以撒克．牛頓，法蘭西斯．培根，羅柏．波以耳甚至班哲明．富蘭克林。如今，現代「夥伴」的名單一樣驚人——愛因斯坦、霍金、波耳與攝西爾斯（註：Anders Celsius，一七〇一—四四年，發明攝氏溫標的瑞典天文學家）。這些天才都讓人類的理解有了大躍進，據某些人說，這些進展都是接觸到隱藏在無形學院內部的古代智慧而達成。蘭登懷疑此說眞僞，不過確實有異常大量的「神祕成果」在這個圈子裡發生。

一九三六年發現的牛頓祕密文件震撼世界，顯示牛頓非常熱中研究古代煉金術與玄學知識。牛頓的私人文件包括一封親手寫給羅柏．波以耳的信，信中威脅波以耳必須對他們學到的神祕知識保持「高度沉默」。「萬一外流，」牛頓寫道，「必定對世界造成重大傷害。」

這句怪異警告的意義至今仍有爭議。

「教授，」佐藤突然從黑莓機抬起頭說，「雖然你堅稱不知道今晚爲什麼在這裡，或許你可以幫我們了解一下彼得．所羅門的戒指意義。」

「我可以試試，」蘭登重新集中精神說。

她拿出樣本袋交給蘭登。「說明他戒指上的符號。」

眾人走過荒廢的走道時，蘭登檢視這只熟悉的戒指。正面的形象是隻雙頭鳳凰抓著標示ORDO AB CHAO的橫幅，胸口鑲著數字33。「雙頭鳳凰加上數字33是共濟會最高階級的徽章。」技術上而言，這個崇高的階級只存在於蘇格蘭禮拜會。然而，共濟會的習俗與階級是個複雜的系統，蘭登今晚不想對佐藤詳述。「基本上，三十三級是保留給一小撮高階會員的精英榮譽。所有階級都可以靠在前一個階級表現良好而升上去，但是晉升第三十三級受到管制。只能靠被動受邀。」

「所以你知道彼得．所羅門是這個核心精英圈子的成員？」

「當然。入會不是什麼祕密。」

「他是他們的最高階官員？」

「目前是。彼得領導第三十三級最高委員會，那是蘇格蘭禮拜會在美國的最高主管機構。」蘭登向來喜歡參觀他們的總部——聖殿大樓——符號裝飾足以媲美蘇格蘭羅絲琳教堂的經典傑作。

「教授，你有沒有發現戒環上面的刻字？內容是『在三十三級沒有祕密』。」

蘭登點頭。「那是共濟會傳說的常見主題。」

「我猜意思是，如果會員升到這個最高階級，就可以得知某種特殊祕密？」

「對，傳說是如此，但未必是事實。向來有陰謀論臆測這個共濟會最高階級內部少數人可以得知某種大祕密。我猜想，事實或許沒這麼戲劇化。」

彼得．所羅門經常開玩笑暗示共濟會有貴重祕密存在，但是蘭登向來把它當作哄騙他加入的調皮花招。很不幸，今晚的事件一點也不像玩笑，彼得請求蘭登保護背包裡那個密封包裹的嚴肅神情也不像。

蘭登哀憐地看看放了彼得金戒指的塑膠袋。「處長，」他問道，「妳介意讓我保管這個嗎？」

她看看他。「爲什麼？」

「這對彼得很有價值，我想在今晚還給他。」

她的表情很懷疑。「希望你有這個機會。」

「謝謝。」蘭登把它收進口袋。

「另一個問題，」他們快步深入迷宮時佐藤又說，「我的手下說交叉比對『三十三級』與『入口』跟共濟會時，找到幾百筆跟『金字塔』有關的資料？」

「那也不足爲怪，」蘭登說，「埃及的金字塔建造者是現代石匠的前身，而且金字塔與埃及主題在共濟會符號中非常普遍。」

「象徵什麼？」

「金字塔基本上代表啓蒙。這種建築物象徵古代人類脫離地平面向天空、向金色太陽，以及最終向至高的知識來源發展的能力。」

她等了一下。「沒別的了？」

沒別的了?! 蘭登剛描述了史上最高貴的符號之一。**人類透過這種結構可以自我提升到神的領域。**

「據我的手下轉述，」她說，「今晚似乎有更多的關連性。他們告訴我有個流行傳說是關於華盛頓特區的一座特殊金字塔——跟共濟會與古代玄祕有特定關係的金字塔？」

蘭登聽懂她指的是什麼了，他希望在浪費更多時間之前破除這個觀念。「這個傳說我很熟，處長，但那純粹是幻想。共濟會金字塔是華府最古老的迷思之一，或許是源自美國國璽上的金字塔。」

「你剛才怎麼不說？」

蘭登聳肩。「因爲毫無事實根據。我說過了，那是迷思。跟共濟會有關的眾多傳說當中之一。」

「但是**這個**迷思跟古代玄祕直接有關？」

「是啊，其他例子有很多。古代玄祕是歷史上無數傳說的基礎——關於聖殿騎士團、玫瑰十字會、光明會、西班牙神祕教派等祕密組織守護強大智慧的故事——講都講不完。**全部基礎都是古代玄祕**……而共濟會金字塔只是一例。」

「我懂了，」佐藤說，「這個傳說到底說些什麼？」

蘭登考慮了幾步路才回答，「呃，我不是陰謀論的專家，但我學過神話，大多數版本是這麼說的：古代玄祕——歷代失落的智慧——向來被視爲人類最神聖的寶藏，就像其他寶藏一樣，受到謹慎保護。了解其眞正力量的明智聖賢們學會了敬畏它的可怕潛力。他們知道如果這份祕密知識落入俗人手中，可能有毀滅性的結果；我們先前說過，強力工具可以用來行善或作惡。所以，爲了保護古代玄祕，以及人類福祉，古代修習者組成了祕密社團。在社團內，他們只跟受過適當啓發的人分享智慧，口耳相傳。許多人認為回顧歷史仍可見到那些人的痕跡……在魔法師、魔術師與治療師的故事中。」

「共濟會金字塔呢？」佐藤問，「又有什麼關聯？」

「呃，」蘭登說，加快腳步跟上他們，「這是歷史跟迷思混淆不清的地方。據某些說法，十六世紀的歐洲，幾乎所有祕密結社都絕跡，多半是被日漸盛行的宗教迫害潮流撲滅。據說，共濟會成為唯一倖存的古代玄祕守護者。可想而知，他們害怕如果改天他們的組織也滅亡，古代玄祕會永遠失傳。」

「那**金字塔**呢？」佐藤又追問。

蘭登正要說到。「共濟會金字塔的傳說很簡單。是說共濟會為了負起幫子孫保護偉大智慧的責任，決定把它藏在一個大要塞裡面。」蘭登努力回想這個故事，「我要再次強調這全是迷思，但是據說，共濟會把他們的祕密智慧從舊世界運送到新世界——就是美國——他們希望能逃過宗教暴政的土地。他們在此建造了一座無法滲透的要塞——隱密的**金字塔**——用來保護古代玄祕，直到全人類都準備好處理這個知識所傳遞的強大力量。根據迷思，共濟會在他們的大金字塔頂上放了閃亮的純金頂石，象徵裡面的珍貴寶藏——能讓人類發揮全部潛能的古老智慧。也就是神化。」

「故事眞精采，」佐藤說。

「是啊。讓共濟會變成各種瘋狂傳說的受害者。」

「顯然你不相信這座金字塔存在。」

「當然不信，」蘭登回答，「沒有任何證據顯示共濟會的開國元勳在美國蓋過任何金字塔，更別說在華府了。金字塔很難隱藏的，尤其是大到能容納歷代所有的失落智慧。」

蘭登記得，傳說從未解釋清楚共濟會金字塔裡面究竟是**什麼**——是古代文本、玄學作品、科學啓示或更加神祕的東西——但是傳說宣稱裡面的珍貴資訊經過精心編碼……所以只有最聰明的人能看懂。

「總之，」蘭登說，「這個故事屬於我們符號學者稱作『原型混合』的類型——混合了其他古典傳說，從流行神話借用許多元素，只可能是**虛構**……而非歷史事實。」

蘭登教學生原型混合的時候，會舉童話故事爲例，代代相傳並且日漸誇大，大量互相引用，進化成具備相同符號元素的同質性道德故事——純潔少女，英俊王子，堅固堡壘與強大的巫師。藉著童話故事，「善VS.惡」的原始抗衡灌輸到小孩子心中：梅林對抗摩根（註：Morgan le Fay，古英國傳說中亞瑟王的妖女妹妹），聖喬治對抗惡龍，大衛對抗哥利亞，白雪公主對抗巫婆，甚至路克天行者對抗達斯．維德。

佐藤抓抓頭，兩人繞過轉角跟著安德遜走下一小段階梯。「請告訴我。如果我沒記錯，金字塔曾經被視爲神祕入口，讓去世的法老王可以升天爲神，是吧？」

「沒錯。」

佐藤愣了一下抓住蘭登的手臂，用驚訝與懷疑的表情抬頭瞪他。「你是說抓彼得．所羅門的人叫你找出隱藏入口，你卻根本沒想到他是指這個傳說中的共濟會金字塔？」

「不管怎麼說，共濟會金字塔都是童話故事。純屬幻想。」

佐藤走近他，蘭登聞到她呼吸的菸味。「我了解你的立場，教授，但是爲了我的調查，很難忽略這層關聯。通往祕密知識的入口？在我聽起來，這很像抓彼得．所羅門的人宣稱只有你能解開的東西。」

「呃，我很難相信——」

「你相信什麼不重要。無論你怎麼想，你必須承認**這傢伙**可能以爲共濟會金字塔是眞的。」

「那個人是瘋子！他可能也相信SBB13是通往收藏所有古人失落智慧的巨大地底金字塔入口！」

佐藤停步不動，眼神惱火。「我今晚面對的危機可不是童話故事，教授。我可以保證，非常嚴重。」

一陣冰冷的沉默。

「女士？」安德遜終於指著十呎外的另一道安全門說，「我們快到了，如果妳要繼續的話。」

佐藤的眼光離開蘭登，示意安德遜繼續前進。

兩人跟著局長通過門檻，進入一條狹窄走道。蘭登環顧左右。你一定是在開玩笑。

他站在生平僅見最長的走道裡。

31

崔許．鄧恩走出方塊的明亮燈光進入空虛的黑暗中，感到熟悉的腎上腺分泌緊張感。博物館後援中心大門警衛剛剛來電通知凱薩琳的訪客艾巴頓醫師已經抵達，需要人帶他到第五區。崔許自願去帶他，多半出於好奇。凱薩琳很少提到即將上門的訪客，崔許很感興趣。此人顯然深受彼得．所羅門信賴；所羅門兄妹從不請人進方塊的。這是第一次。

希望他能適應這段路，崔許穿過黑暗時心想。她可不想讓凱薩琳的貴賓發現必須如何抵達實驗室而驚慌失措。**第一次總是最恐怖**。

崔許的第一次大約在一年前。她接受了凱薩琳僱用，簽了保密協定，跟凱薩琳來到後援中心看看實驗室。兩個女人走過漫長的「大街」，來到標示POD5的鋼鐵門。雖然凱薩琳警告過她實驗室位置偏遠，崔許並沒料到門打開之後的景象。

一片**虛空**。

凱薩琳跨過門檻，走了幾呎進入漆黑之中，示意崔許跟上。「相信我。妳不會迷路的。」

崔許想像自己徘徊在伸手不見五指、體育館大小的空間，光想到就冒冷汗。

「我們有導引系統幫妳找路。」凱薩琳指著地板，「非常低科技。」

崔許瞇眼透過黑暗看著粗糙的水泥地面。花了點時間才看見，但是有條狹窄的長條地毯鋪成一直線。地毯像車道延伸，消失在黑暗中。

「用你的腳感覺，」凱薩琳說，轉身走掉。「跟在我背後就行了。」

凱薩琳消失在黑暗中，崔許壓抑恐懼跟上去。**眞是瘋了！**她只沿著地毯走了幾步，第五區的門在她背後關上，阻斷了最後的微光。崔許脈搏加快，全部注意力集中在腳下的地毯觸感。她又走了幾步，感覺右腳邊踩到硬水泥地。驚訝之於她本能地修正向左，雙腳又回到軟地毯上。

凱薩琳的聲音出現在前方的黑暗中，內容幾乎完全被這個死寂的深淵吞沒。「人體眞神奇，」她說，「如果妳剝奪一種感官，其餘的幾乎會立即接管。現在，妳雙腳的神經正在自我『調整』變得比較敏感。」

還好，崔許想，再次修正路線。

他們默默走了似乎很久很久。「還有多遠？」崔許終於問道。

「大概到一半了。」凱薩琳的聲音聽起來更遠了。

崔許加快腳步，盡力保持鎮靜，但是無盡的黑暗感覺像要吞噬她。**我連眼前一公釐都看不見！**「凱薩琳？妳怎麼知道什麼時候該停？」

「妳很快就會知道了，」凱薩琳說。

那是一年前，現在，今晚，崔許又在虛空中，朝著反方向，出去大廳迎接老闆的客人。腳下地毯質感突然改變，警告她距離出口只有三碼了。熱情棒球迷彼得．所羅門稱之爲**警告區**（註：warning track，棒球場全壘打牆前的紅土區，用來警告球員快到牆邊了）。崔許停下來，掏出鑰匙卡，在黑暗的牆上摸索直到找到突出的讀卡槽，插入卡片。

門嘶一聲打開。

崔許瞇眼走進明亮的後援中心走道。

我又……過關了。

崔許走過無人的走廊，想著在機密網路發現的那個怪異的簡略檔案。古代入口？**地下祕密地點？**她不知道馬克．佐班尼斯是否成功找出了那個神祕檔案的位址。

控制室裡，凱薩琳面對螢幕牆發出的柔光，抬頭看著剛發現的神祕檔案。她圈出了她的關鍵詞，越來越確定這個檔案指的就是她哥哥顯然告訴艾巴頓醫師的同一個流行傳說。

……地下的祕密地點……

……在華盛頓特區的某處，座標……

……發現古代入口，通往……

……警告該金字塔具有危險的……

……解讀雕刻的分割密碼以解開……

我必須看到檔案其餘的部分，凱薩琳想。

她又盯了一會兒，再關掉螢幕牆的電源。凱薩琳習慣關掉這個費電的螢幕以免浪費燃料電池的液態氫存量。

她看著關鍵詞緩緩淡去，變成小白點，停留在螢幕中央，最終完全消失。

她轉身走回辦公室。艾巴頓醫師馬上就到了，她要好好歡迎他。

32

「快到了，」安德遜說，帶領蘭登與佐藤走過似乎沒有盡頭、貫穿整個國會東側地基的走廊。「在林肯時代，這條路是泥土地，一大堆老鼠。」

蘭登很慶幸地面鋪上了磁磚；他不太喜歡老鼠。三人繼續前進，腳步在細長走廊裡激起一種詭異，不均勻的回音。走廊兩旁排列著門，有的關閉有的虛掩。這個樓層很多房間看起來荒廢多年。蘭登發現門上的號碼在遞減，過一會兒，似乎用完了。

SB4……SB3……SB2……SB1……

他們繼續通過一扇無標記的門，但號碼又開始遞增，安德遜停下來。

HB1……HB2……

「抱歉，」安德遜說，「過頭了。我很少下來這麼深的地方。」

一行人退後幾碼來到一扇舊鐵門，蘭登現在才發現它在走廊的中點——分隔參議院地下室（SB）與眾議院地下室（HB）。原來，這扇門其實有標示，但是刻字褪色了，幾乎看不出來。

SBB

「就是這裡，」安德遜說，「鑰匙隨時會送來。」

佐藤皺眉看看錶。

蘭登打量SBB標示問安德遜，「這個空間位在中央，爲什麼算在**參議院**那邊？」

安德遜表情疑惑。「什麼意思？」

「上面寫SBB，開頭是S，不是H。」

安德遜搖頭。「SBB的S不是指參議院。是──」

「老大？」一名警衛在遠處喊。他在走廊上慢跑過來，遞出鑰匙。

「抱歉，長官，花了些時間。我們找不到SBB主鑰匙。這是備用箱裡的備份。」

「原版的不見了？」安德遜驚訝地說。

「恐怕是，」警衛喘著氣回答，「這裡已經很久沒人下來了。」

安德遜接下鑰匙。「SBB13沒有備份鑰匙？」

「抱歉，目前我們找不到SBB任何房間的鑰匙。麥唐納正在找。」警衛掏出對講機講話。「老鮑？我在局長這裡。SBB13的鑰匙有沒有新發現？」

警衛對講機發出雜音，一個聲音回答，「呃，有吧。真奇怪。我看不到電腦化之後的紀錄，但是紙本紀錄簿上顯示SBB所有儲藏室在廿幾年前就清空廢棄了。現在列為未使用空間。」他停頓一下。「除了SBB13以外。」

安德遜搶走對講機。「我是局長。除了SBB13以外是什麼意思？」

「呃，長官，」聲音回答，「我這裡有個手寫註記標明SBB13是『私人用』。很久以前了，不過是建築師親自寫的。」

建築師這個稱謂，蘭登知道，不是指設計國會的人，而是管理的人。此人類似大樓經理人，被任命國會建築師的人要負責包括維護、修繕、保全、人員聘僱與分派辦公室等大小事務。

「怪的是……」對講機上的聲音說，「建築師的註記顯示這個『私人空間』保留給彼得．所羅門。」

蘭登、佐藤與安德遜驚訝地互看。

「我在猜，長官，」聲音繼續說，「所羅門先生有SBB主鑰匙跟SBB13的鑰匙。」

蘭登不敢相信自己的耳朵。**彼得在國會地下室有私人房間？**他早就知道彼得．所羅門有祕密，但是即使蘭登也很驚訝。

「知道了，」安德遜明顯不悅地說，「我們就是希望進入SBB13，所以繼續找備份鑰匙吧。」

「是，長官。我們也在找你要的數位畫面——」

「謝謝，」安德遜按下通話鍵打斷他，「就這樣了。找到就把那個檔案發到佐藤處長的黑莓機。」

「了解，長官。」對講機聲音切斷。

安德遜把對講機還給面前的警衛。

警衛掏出一張影印藍圖交給局長。「長官，SBB在灰色區，我們用X標出了哪個房間是SBB13，所以應該不難找。這個區域相當小。」

安德遜謝過警衛，注意力轉到藍圖，年輕人匆匆走掉。蘭登看看圖，驚訝地發現美國國會地下的怪迷宮竟然有這麼多小房間。

安德遜研究了一下藍圖，點點頭，把它塞進口袋。他轉向標示SBB的門，舉起鑰匙，猶豫一下，似乎有些不安。蘭登也有同樣的顧慮；他不知道這扇門後是什麼，但他確定所羅門無論在此藏了什麼東西，都是希望保密。**非常保密**。

佐藤清清喉嚨，安德遜聽懂了。局長深呼吸一下，插入鑰匙，試著轉動。鑰匙沒動。有一瞬間，蘭登眞希望鑰匙拿錯了。不過第二次嘗試時，門鎖動了，安德遜推開門。

沉重的門軋軋向外打開，潮濕空氣衝向走廊。

蘭登往黑暗中窺探，什麼也看不到。

「教授，」安德遜回頭看蘭登說，同時盲目摸索電燈開關。「回答你剛才問的，SBB的S不是指參

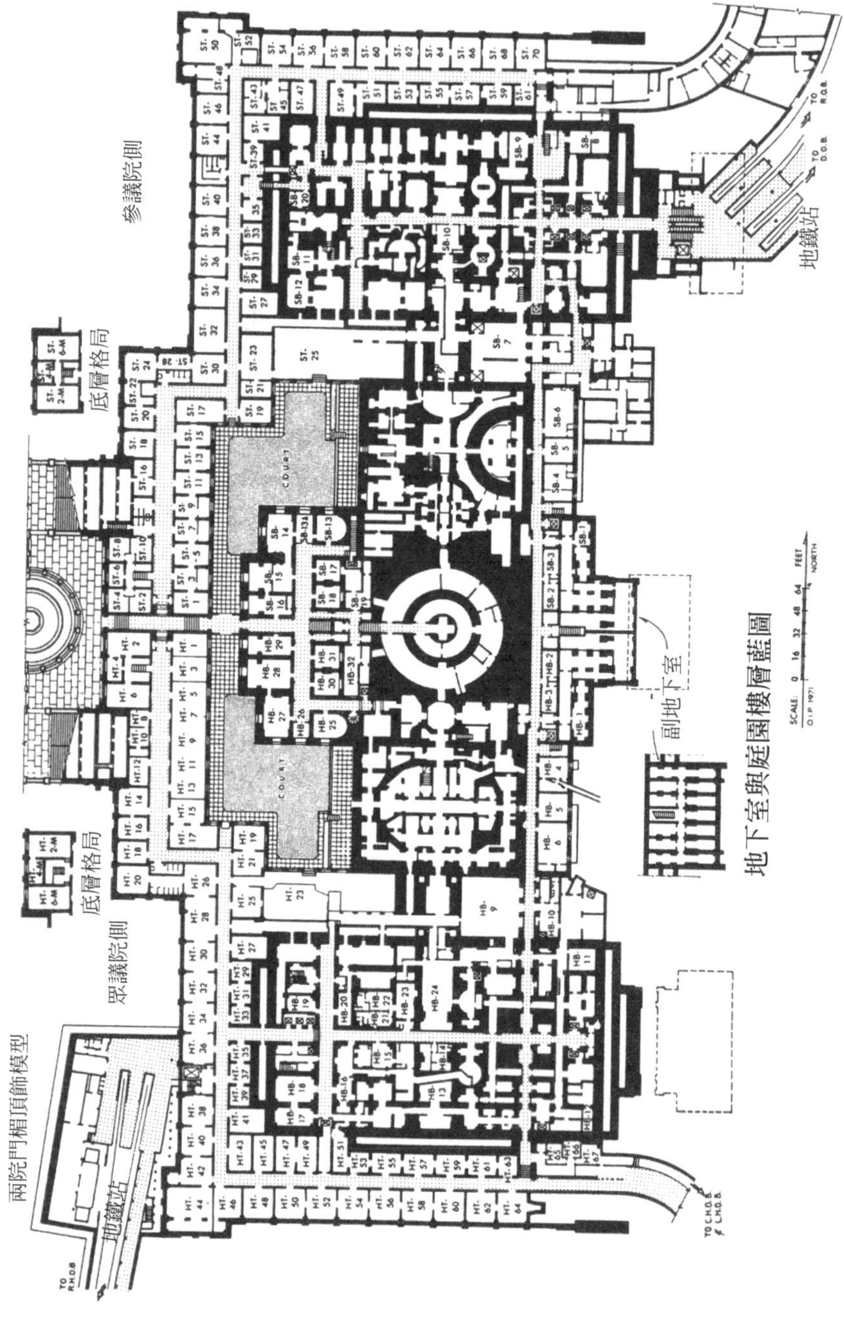

地下室與庭園樓層藍圖

議院。是指sub。」

「Sub？」蘭登疑惑地問。

安德遜點頭打開門內的開關。有顆燈泡照亮了一道出奇陡峭、向下深入黑暗的樓梯。「SBB是國會的副地下室。」

33

系統安全專家馬克．佐班尼斯深深窩在沙發床上，對著筆電螢幕上的資訊悶悶不樂。

這算哪門子的位址？

他最強的駭客工具完全無法侵入該檔案或解開崔許的神祕ＩＰ位址。十分鐘過去了，佐班尼斯的程式還在徒勞地試圖突破系統防火牆。沒什麼希望滲透進去。**難怪他們付我這麼多錢**。他正想換別的工具跟方法，電話鈴聲響起。

崔許，天啊，我不是說我會回電嗎。他關掉橄欖球賽的音量，接起電話。「喂？」

「是馬克．佐班尼斯嗎？」一個男子問，「住在華盛頓金斯頓路３５７號？」

佐班尼斯聽見背景有其他模糊的對話聲。**在季後賽中打推銷電話？他們瘋了嗎？**「我猜猜看，我贏得了一週澳洲旅遊？」

「不，」回答的聲音毫無幽默之意，「這裡是中央情報局的系統安全部。我們想知道你爲什麼企圖駭入我們的機密資料庫？」

國會大廈的超級地下室上方三層樓，遊客中心寬敞的空間裡，警衛努涅茲依照每晚此時的慣例鎖上大門。他回頭走過廣闊的大理石地板，想起那個穿陸軍外套有刺青的男子。

是**我放他進來的**。努涅茲不知道明天會不會丟掉飯碗。

他走向電梯，門外突發的拍打聲讓他回頭。他瞇眼看大門，發現外面有個黑人老頭，用手掌拍打玻璃想要進來。

努涅茲搖頭指著自己的手錶。

男子又拍門站到有燈光的地方。他穿著整齊的藍西裝，灰色短髮。努涅茲脈搏加快。**我操**。雖然有距離，努涅茲還是認出了這個人。他匆匆回到大門打開門鎖。「很抱歉，長官。請進。」

華倫．貝拉米——國會建築師——踏進門檻，禮貌地點頭謝謝努涅茲。貝拉米苗條敏捷，腰桿直挺，銳利的目光散發出完全控制環境者的自信。二十五年來，貝拉米一直擔任美國國會的總管。

「長官，有什麼事嗎？」努涅茲問。

「有，謝謝。」貝拉米的發音字正腔圓。身爲東北部長春藤名校畢業生，他的發音精準到接近英國腔。「我剛聽說你這裡今晚出事了。」他看起來很關心。

「是，長官。就是——」

「安德遜局長在哪裡？」

「在樓下跟中情局保安處的佐藤處長一起。」

貝拉米擔憂地睜大眼睛。「中情局來了？」

「是，長官。佐藤處長在事件後幾乎立刻趕到。」

「爲什麼？」貝拉米追問。

努涅茲聳肩。**我總不能問她吧**？

貝拉米直接走向電梯。「他們在哪裡？」

「他們剛到低樓層去了。」努涅茲匆忙跟上他。

貝拉米回頭關切地看他。「下樓？爲什麼？」

「我不清楚——只是從對講機聽到。」

貝拉米走得更快。「馬上帶我去找他們。」

「是，長官。」

兩人快步走過廣場，努涅茲瞥見貝拉米手指上有個金色大戒指。

努涅茲掏出對講機。「容我通知局長您要下去。」

「不。」貝拉米眼露凶光，「我希望不要通知。」

努涅茲今晚犯了個大錯，但是忘記通知安德遜局長建築師來了肯定會砸飯碗。「長官？」他不安地說，「我想安德遜局長會希望——」

「你知道安德遜先生是我雇用的吧？」貝拉米說。

努涅茲點頭。

「那我想他會希望你聽我的。」

34

崔許·鄧恩走進博物館後援中心大廳，驚訝地抬頭。在此等候的客人一點也不像平時上門的書呆子，穿著土氣的學究——那些人類學、海洋學、地質學跟其他科學領域的。剛好相反，艾巴頓醫師穿著訂做西裝看起來幾乎像貴族。他很高，身材壯碩，膚色健康，金髮梳得一絲不苟，讓崔許以爲他比較習慣奢侈品而非實驗室。

「我猜您是艾巴頓醫師？」崔許伸出手說。

男子臉色不太確定，但還是握住崔許豐滿的手。「很抱歉。您哪位？」

「崔許·鄧恩，」她回答，「我是凱薩琳的助手。她叫我帶您到她的實驗室。」

「喔，我懂了。」男子微笑道，「幸會幸會，崔許。抱歉我似乎有點混淆。我以爲凱薩琳今晚單獨在這裡。」他指著走道說，「看妳的了。請帶路。」

雖然男子迅速恢復鎮定，崔許看見他眼中閃現失望之色。她現在懷疑先前凱薩琳對艾巴頓醫師之事保密的動機。**或許剛開始交往？**凱薩琳從不討論她的社交生活，但是她的訪客迷人又體面，即使比凱薩琳年輕，顯然來自她那種有錢有勢的階級。然而，無論艾巴頓醫師如何想像今晚的造訪，崔許在場似乎不符他的計畫。

在大廳的安檢站，警衛迅速摘下耳機，崔許聽見紅人隊比賽的鼓譟聲。警衛讓艾巴頓醫師接受慣例的金屬探測檢查，戴上訪客證。

「誰領先了？」艾巴頓醫師親切地說，同時掏出口袋裡的手機、鑰匙與打火機。

「紅人領先三分，」警衛說，似乎急著回去看電視。「比賽很精采。」

「所羅門先生很快會到，」崔許告訴警衛，「他來了請你轉告他到後面實驗室好嗎？」

「知道了。」警衛在他們走過時感激地眨眼，「多謝提醒。我會假裝很忙。」

崔許的話不僅是要幫警衛，也是提醒艾巴頓醫師崔許不是今晚唯一介入他跟凱薩琳的人。

「您是怎麼認識凱薩琳的？」崔許抬頭瞄著神祕客人問。

艾巴頓醫師笑笑。「喔，說來話長。我們一起做些研究。」

了解，崔許想。**不關我的事**。

「這座設施眞了不起，」艾巴頓說，走過寬敞通道時左顧右盼。

「我待在這裡的時間不多。」

他的輕柔語氣隨著腳步越加溫和，崔許發現他積極地觀察環境。在走廊的明亮燈光下，她也發現他臉上像是化了妝。**眞怪**。然而，他們走過無人通道時，崔許向他大略介紹後援中心的宗旨與功能，包括各種館區與內容。

客人看起來很佩服。「這個地方好像收藏了不少無價之寶。我還以爲會戒備森嚴呢。」

「不需要，」崔許說，指著天花板上一排監視鏡頭。「這裡的保全已經自動化。這條走廊的每吋地方都有全年無休錄影，而走廊是整個設施的脊椎。沒有鑰匙卡跟密碼不可能進入兩側任何房間。」

「攝影機的有效利用。」

「老天保佑，我們從未遭過小偷。話說回來，這不是一般人想搶的博物館——黑市對絕種花卉、伊努特獨木舟或巨烏賊標本需求不多。」

艾巴頓醫師笑笑。「我想妳說得對。」

「我們最大的安全威脅是老鼠跟害蟲。」崔許解釋這棟建築如何冷凍所有垃圾與廢料預防蟲害，還仰賴一種稱作「死區」的建築功能——雙層牆之間的空心區域，像套子一樣包圍住整棟建築。

「不可思議，」艾巴頓說，「那，凱薩琳跟彼得的實驗室在哪裡？」

「第五區，」崔許說，「在這條走廊的最盡頭。」

艾巴頓突然停步，向右轉看著一扇小窗。「天啊！妳看**那個**！」

崔許大笑。「對，那是第三區。他們俗稱爲水世界。」

「水世界？」艾巴頓臉貼著玻璃說。

「裡面有超過三千加侖的液態酒精。我剛才不是提過巨烏賊標本嗎？」

「就是那個?!」艾巴頓醫師暫時從窗口轉頭，睜大雙眼。「好大啊！」

「雌性的巨烏賊，」崔許說，「超過四十呎長。」

艾巴頓醫師顯然看得趣味盎然，似乎無法移開目光。有一瞬間，這個大男人讓崔許聯想起寵物店櫥窗前的小男孩，渴望進去看看小狗。五秒後，他還是渴望地盯著窗口。

「好吧，好吧，」崔許終於笑說，插入鑰匙卡輸入密碼。「進來。我讓你看烏賊。」

馬拉克踏入燈光昏暗的第三區，環顧牆上尋找監視器。凱薩琳的小胖妹助手開始嘰哩呱啦介紹房裡的各個標本。馬拉克充耳不聞。他對巨烏賊毫無興趣。他只想利用這個黑暗隱密的空間解決一個意外的問題。

35

通往國會副地下室的木頭樓梯像蘭登走過的其他樓梯一樣又陡又淺。他的呼吸急促，胸口鬱悶。這裡的空氣又冷又濕，蘭登忍不住想起幾年前在梵蒂岡地下墓穴走過的類似樓梯。**亡者之城**。

前方，安德遜拿著手電筒帶路。蘭登後方，佐藤緊跟著，細小的雙手偶爾推推蘭登的背。**我已經盡快了**。蘭登深吸口氣，努力忽視兩旁緊迫的牆壁。他的肩膀在這樓梯上幾乎動彈不得，背包摩擦著牆面。

「或許你該把背包留在上面，」佐藤在他背後說。

「我沒事，」蘭登回答，一點也不想讓它離開視線之外。他想著彼得的小包裹，無法想像它跟美國國會的副地下室會有什麼關係。

「還有幾步，」安德遜說，「快到了。」

三人走入黑暗中，離開了樓梯間燈泡的照明範圍。蘭登走下樓梯的最後一階，感覺得到腳下的地面是泥土。**地心之旅**。佐藤走在他背後。

安德遜舉起手電筒，查看環境。副地下室不像地下室，倒像一條跟樓梯垂直的超窄走道。安德遜左右探照，蘭登看見這條走道只有大約五十呎長，兩側排列著小木門。木門互相緊鄰，裡面的空間不可能超過十呎寬。

出租保管室融合了多米提拉地下墓窟（Catacombs of Domatilla），安德遜查看藍圖時蘭登心想。描繪副地下室那一小塊打了個X顯示SBB13的位置。蘭登忍不住想到它的格局就像十四座墳墓的陵墓——七個墓穴相對排列——只省略其中一個當作他們走下來的樓梯空間。**總共十三個**。

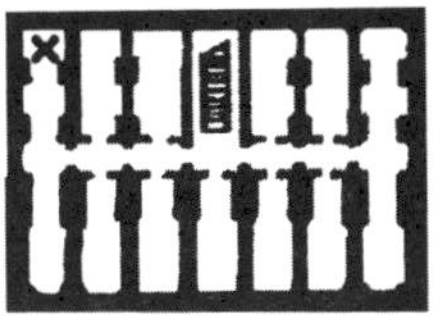

他懷疑美國的「十三」陰謀論者如果知道剛好有十三個儲藏室躲在美國國會地下，一定會相約造訪。有人認爲美國國璽上有十三顆星、十三支箭、十三階金字塔、十三條盾牌條紋、十三片橄欖葉、十三顆橄欖、標語annuit coeptis（拉丁文，天佑吾儕基業）有十三個字母、e pluribus unum（拉丁文，合眾爲一）也有十三個字母，不勝枚舉，非常可疑。

「看來確實沒人用，」安德遜說，照著他們正前方的房間。厚重的木門敞開著。光束照亮了一個狹小的石室——大約十呎寬卅呎深——像條死巷。室內只有兩個腐朽的舊木箱跟揉皺的包裝紙。

安德遜照亮裝在門上的銅牌。牌子上布滿銅鏽，但是字跡仍可辨識：

SBB IV

「SBB4號，」安德遜說。

「哪個是SBB13？」佐藤問，地下的冷空氣讓她嘴邊微微冒煙。

安德遜把光束轉向走道南端。「在那邊。」

蘭登看看狹窄走道打個冷顫，雖然寒冷卻有點冒汗。

他們走過排列的門，所有房間看起來都一樣，房門虛掩，顯然廢棄已久。三人來到走道末端，安德遜轉向右邊，抬高光束窺探SBB13號房。但是光束被一扇木門擋住。

不像其他房間，SBB13的門關著。

最後這扇門看來跟其餘的沒兩樣——厚重的鉸鍊，鐵製門把，布滿綠鏽。牌子上的七個字母跟樓上彼得的手掌相同。

SBB XIII

拜託門是鎖上的，蘭登想。

佐藤毫不猶豫地說。「開開看。」

局長有點不安，但還是伸手抓住沉重的門把往前推。門把文風不動。他用燈光照亮，有個老式厚重的鎖面跟鑰匙孔。

「試試主鑰匙，」佐藤說。

安德遜拿出樓上入口的主鑰匙，但是根本插不進去。

「如果我沒記錯，」佐藤語帶諷刺說，「安全人員不是應該有通往大樓每個角落的鑰匙以防萬一嗎？」

安德遜嘆氣，回頭看佐藤。「女士，我的人正在找備用鑰匙，但是——」

「射擊門鎖，」她說，歪頭示意握把下面的門鎖。

蘭登脈搏加快。

安德遜清清喉嚨，非常不安。「女士，我在等備用鑰匙的消息。我不確定應不應該開槍強行闖入——」

「或許因為妨礙中情局調查入獄會讓你比較安心？」

安德遜顯得不敢置信。半晌之後，他不情願地把手電筒交給佐藤，打開槍套。

「等等！」蘭登說，再也無法袖手旁觀。「想想看。彼得寧願犧牲右手也不願透露藏在這扇門後的東西。妳確定我們該這麼做嗎？打開這扇門基本上就是向恐怖分子屈服。」

「你想救回彼得．所羅門嗎？」佐藤問。

「當然，可是——」

「那我建議你照嫌犯的要求去做。」

「解開古代入口？妳認爲這就是入口？」

佐藤把光線照在蘭登臉上。「教授，我不知道這到底是什麼玩意。無論是儲藏室或是古代金字塔的祕密入口，我都要打開它。說得夠清楚了嗎？」

蘭登瞇起眼，終於點點頭。

佐藤移開光束重新照著門上的古董鎖。「局長？請動手。」

安德遜對計畫仍然無法苟同，非常非常緩慢地拔出手槍，懷疑地盯著槍。

「喔，我的天！」佐藤伸出嬌小的手，搶走他的槍。她把手電筒塞進他空出來的手裡。「給我照亮了。」

她用受過嚴格訓練者的自信握住槍，俐落地打開保險，拉上槍膛，瞄準門鎖。

「等等！」蘭登大喊，但是太遲了。

槍聲響了三次。

蘭登的耳膜感覺像炸掉了。**她瘋了嗎**?!狹小空間裡的槍聲簡直震耳欲聾。

安德遜也很震撼，拿手電筒照著門的手有點發抖。

門鎖結構被打得稀爛，周圍的木頭完全碎裂。鎖開了，門變成虛掩狀態。

佐藤伸出手槍用槍口頂著門，推了一下。門板完全打開。

蘭登窺視裡面，但是太暗什麼也看不見。**那是什麼味道？**黑暗中傳出一股異常、腐臭的氣味。

安德遜踏進門內照亮地板，小心沿著泥土地面搜尋。這個房間跟別的一樣是狹長的空間。牆壁是粗糙的石頭，讓房間感覺像古代牢房。**不過這個味道……**

「這裡什麼也沒有，」安德遜說，移動光束照射房間深處的地面。終於，光束到達地面盡頭，他抬起來照亮最遠端的牆面。

「我的天……！」安德遜大叫。

每個人看到都嚇退一步。

蘭登不敢置信地盯著房間最深處。

駭人至極，有東西在回看著他。

36

「那是什麼……？」安德遜在SBB13的門口差點握不住手電筒，退後一步。

蘭登跟佐藤也一樣，她是今晚第一次顯得驚訝。

佐藤舉槍瞄準後牆，示意安德遜再照亮一遍。安德遜抬高光線。光束照到對面時已經變暗，但已足以照亮一個鬼魅般的蒼白臉孔輪廓，從空洞的眼窩回看著他們。

人頭骷髏。

骷髏放在一個靠牆的破爛木桌上。旁邊有兩根腿骨，還有各種其他物品精心排列成神廟似的形式——古董沙漏、長頸燒瓶、蠟燭、兩碟白粉與一張紙。桌旁有把嚇人的長柄鐮刀靠牆擺著，弧形刀鋒如同熟悉的死神道具。

佐藤走進房裡。「嗯，看起來……彼得．所羅門的祕密比我想像的多。」

安德遜點頭，跟著她緩步進入。「這才叫名副其實的櫃裡的骨骸（英文諺語，指見不得人的隱私）。」他舉起手電筒觀察空房間的其餘部分。「這種**味道**？」他皺起鼻子說，「是什麼？」

「硫磺，」蘭登在他們背後回答。「桌上應該有兩個碟子。右邊的放鹽，左邊的放硫磺。」

佐藤懷疑地轉身。「你怎麼會知道?!」

「因爲，女士，全世界到處都有像這樣的房間。」

副地下室上方一層樓，國會警衛努涅茲陪同國會建築師華倫．貝拉米走過貫穿東側地下室的長廊。努涅茲敢發誓他剛聽見這裡有三聲地下傳出的模糊槍響。**怎麼可能**。

「副地下室的門開著，」貝拉米說，瞇眼看著走道遠處一扇虛掩的門。

今晚眞是邪門，努涅茲心想。**沒有人會跑到裡面去**。「我很樂意下去看看怎麼回事，」他說，伸手拿對講機。

「回去幹活吧，」貝拉米說，「這裡沒你的事了。」

努涅茲不安地說。「你確定？」

華倫．貝拉米停下來，堅定地拍拍努涅茲的肩。「小子，我在這裡工作了二十五年。我想我可以認得路。」

37

馬拉克這輩子見過不少詭異空間，但是很少比得上第三區的這個異世界。**水世界**。這個巨大的房間看起來像是瘋狂科學家接收了一家大賣場，把每條走道每個貨架都擺上各種大小形狀的標本罐。這裡的燈光像攝影暗房，從架子下方散發出一片迷濛紅色的「安全光」，向上滲透照亮裝滿酒精的容器。化學防腐劑的藥味令人作嘔。

「這個館區收容了兩萬多個物種，」胖妹說，「魚類、齧齒類、哺乳類、爬蟲類。」

「我想都是**死的**吧？」馬拉克假裝緊張問道。

胖妹大笑。「對啊，對啊。死得很徹底。我承認，我剛來上班時至少有半年不敢走進這裡。」

馬拉克可以理解。他看的每個地方都有死動物的標本罐——蠑螈、水母、老鼠、甲蟲、鳥類，還有其他認不出來的東西。彷彿這些收藏品還不夠可怕，保護這些畏光標本免於長期燈光照射的朦朧紅光讓訪客感覺像站在巨大水族館裡，無生命的動物不知何故聚集在一起從陰影中窺視。

「那是腔棘魚，」胖妹指著一個裝著馬拉克生平看過最醜魚類的大樹脂玻璃箱說，「原本公認跟恐龍一起滅絕了，但是這隻幾年前在非洲外海被抓到，捐給我們史密森學會。」

算你們好運，馬拉克想，根本沒在聽。他忙著搜尋牆上的監視器，只看見一個——對準門口——可想而知，門口或許是唯一的進出口。

「這裡就是你想看的……」她帶他到從窗口看見的大水槽說，「我們最長的標本。」她像競賽節目主持人介紹新車似地伸手掃過這醜惡的動物。「巨烏賊。」

烏賊水槽看起來像好幾個玻璃電話亭橫放著焊接起來。在延長透明的樹脂玻璃棺材裡漂浮著蒼白、不定型到令人作嘔的形狀。馬拉克低頭凝視它膨脹囊狀的頭與籃球大小的眼睛。「幾乎讓腔棘魚顯得好看了，」他說。

「等你看它打上燈光就知道。」

崔許掀開大水槽的蓋子。她伸手進去打開水平線上方的開關，酒精味瀰漫開來。沿著水槽底部一串螢光燈閃爍著亮起來。大王魷魚現在閃爍著光芒——巨大的頭附著在一大團滑溜腐敗的觸手與銳利的吸盤上。

她開始說明巨烏賊可以如何在戰鬥中打敗抹香鯨。

馬拉克只聽見空洞的嘮叨。

時機到了。

崔許．鄧恩在第三區總覺得不太自在，但是剛才浮現的寒意不一樣。本能。原始。

她不想理會，但是越來越嚴重，纏著她不放。雖然崔許察覺不出焦慮的來源，她的本能顯然在告訴她該離開了。

「總之，這就是巨烏賊，」她伸手進水槽關掉展示燈說，「或許我們該回去凱薩琳的——」

一個巨大手掌摀住她的嘴，把她的頭向後壓。同時一隻強壯的手臂抱住她軀體，把她固定在堅硬的箱子上。在一瞬間，崔許嚇呆了。

恐懼感隨之而來。

男子摸索她胸口，抓住鑰匙卡用力扯下。繩子繃得她後頸劇痛然後斷掉。鑰匙卡掉在她腳邊的地上。

她掙扎著想要逃開，但是敵不過大男人的力氣。她想尖叫，但他的手緊壓著她的嘴。他俯身湊近她耳邊，低聲說，「我把手放開後，不准叫，懂了嗎？」

她猛點頭，肺部缺氧刺痛。**我喘不過來了！**

男子把手放開，崔許驚叫一聲，深呼吸。

「放開我！」她喘著氣說，「你到底在幹什麼？」

「告訴我識別密碼，」男子說。

崔許完全搞不清楚。**凱薩琳！救命啊！這個人是誰**?!「警衛會看見你！」她說，心裡很清楚監視器拍不到他們。**況且也沒人在看。**

「妳的密碼，」男子重複，「搭配鑰匙卡用的。」

冰冷的恐懼在體內擴散，崔許猛然轉身，掙脫一條手臂，回頭抓男子的眼睛。她的手指碰到他的肌膚刮過臉頰。抓痕處露出四條黑暗的裂縫。她發現他皮膚上的黑條紋不是血。這個人化了妝，被她刮掉了，露出藏在底下的刺青。

這個怪物是誰?!

男子以驚人的蠻力把她轉身舉起來，推她到烏賊水槽開口上，臉孔靠近酒精。氣味讓她鼻孔灼痛。

「密碼是幾號？」他又問。

她眼睛刺痛，只看見烏賊的蒼白屍體浮現在面前。

「告訴我，」他壓她的臉更靠近液面說，「幾號？」

她的喉嚨也痛起來了。「○—八—○—四！」她含糊地說，幾乎無法呼吸。「放開我！○八○四！」

「如果妳說謊，」他說，更往下壓，她的頭髮掉進酒精裡。

「我沒騙你！」她咳嗽說，「八月四日！是我的生日！」

「謝謝，崔許。」

他強壯的雙手把她的頭夾得更緊，一陣壓迫性蠻力撞倒她，讓她的臉浸入水槽裡。刺痛燒灼著她的雙眼。男子用力下壓，她整個頭浸入酒精裡。崔許感到臉頰壓到烏賊的頭部。

她鼓起全身力氣，激烈反抗，向後仰身，想要抬起頭離開水槽。但是強壯的雙手動也不動。

我得呼吸！

她仍然浸泡著，努力閉緊眼睛嘴巴。她胸口發痛，同時壓抑吸氣的強烈慾望。不！不行！但是崔許的本能反應終於壓過了她。

她張開嘴，肺部急速擴張，想要吸入身體急需的氧氣。刺痛的感官中，一波酒精灌進她嘴裡。藥水衝入她喉嚨進入肺部，崔許感到一陣從來無法想像的劇痛。所幸，只持續幾秒鐘她就喪失了知覺。

馬拉克站在水槽旁，調整呼吸同時評估損傷。

死去的女子攤在水槽邊上，臉還泡在酒精裡。馬拉克看著她，想起他唯一殺過的另一個女人。伊莎貝爾．所羅門。

很久以前。另一個人生。

馬拉克低頭看著女子鬆軟的屍體。他抓住她豐滿的臀部抬起，用腿撐起來，舉起她向前推，直到她滑過水槽邊緣。崔許．鄧恩頭下腳上滑入酒精裡。身體的其餘部分跟著濺起水花。漣漪漸漸退去，女子軟綿綿地漂浮在大烏賊上方。她的衣物越來越重，她開始下沉，滑入黑暗中。崔許．鄧恩的屍體一寸一寸落在大烏賊身上。

馬拉克擦擦雙手闔上水槽蓋子，封住水槽。

水世界多了個新標本。

他從地上撿起崔許的鑰匙卡收進口袋裡：0804。

馬拉克在大廳剛看見崔許時，認爲她是障礙。然後他發現她的鑰匙卡跟密碼是他的保險。如果凱薩琳的資料儲存室像彼得暗示的一樣安全，馬拉克預料說服凱薩琳幫他打開可能有點困難。**我現在有自己的鑰匙了。**他很高興地發現不必再浪費時間威脅凱薩琳屈服。

馬拉克站直身子，看見窗戶上自己的倒影，發現化妝嚴重受損。反正不重要了。等到凱薩琳拼湊出一切，已經來不及了。

38

「這是共濟會的房間？」佐藤追問，從骷髏處轉身盯著黑暗中的蘭登。

蘭登冷靜地點頭。「這叫做沉思室。這種房間設計成寒冷樸素的地方，讓共濟會員可以反省自己的生命。冥想著無可避免的死亡，會員藉以獲得生命短暫的寶貴領悟。」

佐藤看看周圍駭人的空間，顯然不太相信。「這個房間算是冥想室？」

「基本上，是。這些房間總是佈置了同樣的符號——骷髏與交叉的骨頭、鐮刀、沙漏、硫磺、鹽、白紙、蠟燭，諸如此類。死亡的符號啓發共濟會員思索如何善用他們在世的時間。」

「看來像是死神的神廟，」安德遜說。

用意正是如此。「我的大多數符號學學生起初也有同樣的反應。」蘭登經常指定他們閱讀貝瑞尼亞克（Daniel Beresniak）的《共濟會的符號》，書中有許多沉思室的漂亮照片。

「你的學生，」佐藤追問，「不覺得共濟會用骷髏跟鐮刀冥想很令人不安嗎？」

「不會超過基督徒在被釘死的人腳下祈禱，或印度教徒在四隻手的象頭神Ganesh面前念經。誤解一個文化的符號經常是偏見的根源。」

佐藤轉身，顯然沒心情上課。她走向擺設的桌子。安德遜想用手電筒照亮她的路，但是光線已經開始減弱。他拍拍手電筒底部讓它變亮一點。

三人深入狹窄的空間，蘭登的鼻孔裡充滿刺鼻硫磺味。副地下室很濕，空氣中的水分激化了碟子裡的硫磺。佐藤來到桌邊低頭盯著骷髏與伴隨道具。安德遜跟著她，盡力用減弱的手電筒光束照亮桌面。

佐藤檢視桌上每件東西，然後扠腰嘆氣。「這些垃圾是什麼東西？」

蘭登知道，這房間裡的物品都是小心挑選佈置的。「變形的象徵，」他告訴她，忐忑地緩步上前到桌邊加入他們。「骷髏，又稱caput mortuum，代表人類透過腐壞的最終變形；提醒我們終有一天要脫離肉身。硫磺與鹽是煉金術促進變形的催化劑。沙漏代表時間的變形能力。」他指著沒點火的蠟燭。「這個蠟燭代表原始之火與人類從無知的沉睡中覺醒——藉由照明而轉變。」

「那個呢……？」佐藤指著角落問。

安德遜轉動漸弱的光束照到靠在牆上的大鐮刀。

「不是死亡的象徵，跟多數人想的不同，」蘭登說，「鐮刀其實象徵大自然改變一切的滋養力——收割大自然的恩賜。」

佐藤與安德遜陷入沉默，顯然正在評估詭異的環境。

蘭登只想趕快離開這個地方。「我知道這個房間或許感覺很罕見，」他告訴他們，「但是沒什麼好看的；其實很普通。很多共濟會會所都有像這樣的房間。」

「可是這裡不是共濟會會所！」安德遜說，「這是美國國會，我想知道這個房間怎麼會跑到我的大樓裡。」

「有時共濟會員會在辦公室或住家準備這樣的房間當作冥想空間。這並不罕見。」蘭登認識波士頓有個心臟外科醫師把辦公室的一個櫃子改裝成共濟會沉思室，以便在進手術房之前思考生命的短暫。

佐藤顯得很困擾。「你是說彼得．所羅門來這裡思考死亡？」

「我無法確定，」蘭登誠懇地說，「或許他布置用來當作在這棟大樓裡工作的共濟會弟兄的聖地，給他們逃離世俗混亂的心靈庇護……讓擁有權力的議員作出影響國人的決定之前深思一番。」

「真是高尚情操啊，」佐藤諷刺地說，「但我覺得美國人民或許無法苟同他們的領袖在放鐮刀與骷髏的櫥櫃裡禱告。」

呃，他們不用擔心，蘭登想，如果更多領袖在開戰之前花點時間思考最終的傷亡，想像這個世界會多麼不一樣。

佐藤嘟著嘴小心觀察房間的四個角落。「除了人骨跟化學物品之外，這裡一定有別的東西，教授。有人從劍橋府上大老遠把你接來查看這個房間。」

蘭登抓緊身上的背包，還是想不出他帶來的包裹跟這個房間有什麼關聯。「女士，很抱歉，但是我看不出這裡有什麼異常的。」蘭登希望現在他們終於可以辦正事尋找彼得了。

安德遜的燈光再次閃爍，佐藤轉向他，她的脾氣開始不耐煩。「天啊，連問都不會問？」她伸手到口袋掏出打火機。拇指壓過打火石，伸出火焰點燃桌上唯一的蠟燭。燭芯劈啪作響然後著火，散發出陰森森的光線照亮整個小房間。細長的影子出現在石壁上。火焰逐漸變亮，三人眼前浮現一個意外的景象。

「看！」安德遜指著說。

在燭光中，他們看見一個褪色的塗鴉——七個大寫字母寫在牆上。

VITRIOL

「這個字眞奇怪，」佐藤說，燭光在字母上映出一個嚇人的骷髏輪廓。

「其實這是頭字語，」蘭登說，「寫在這種房間的牆壁上，代表共濟會冥想的箴言：Visita interiora terrae, rectificando invenies occultum lapidem。」

佐藤瞄他一下，幾乎有點佩服了。「意思是？」

「探訪土地內部，調整之後，你會發現隱藏之石。」

佐藤眼神變嚴肅。「隱藏之石跟隱藏金字塔有沒有關聯？」

蘭登聳肩，不想鼓勵這種類比。「喜歡幻想華盛頓有隱藏金字塔的人會告訴你occultum lapidem指的是石頭金字塔，對。其餘的會告訴你那是指賢者之石——煉金術士認為可以讓人長生不死或點石成金的物質。也有人宣稱那是指至聖所（Holy of Holies），在大神殿核心的隱藏石室。有人說那是基督徒形容聖彼得的祕密教誨——磐石（註：the Rock，典出《馬太福音》第六章。）。每個密教傳統對『石頭』各有不同解釋，但是一致相信occultum lapidem是力量與啓發的來源。」

安德遜清清喉嚨。「所羅門有沒有可能騙了這傢伙？或許他告訴他這下面有些東西……其實沒有。」

蘭登想的也差不多。

燭火無預警地閃爍，彷彿被風吹過。黯淡了片刻之後復原，又燃燒得很明亮。

「怪了，」安德遜說，「該不會有人關了樓上的門吧。」他走出房間到黑暗的走道上。「喂？」

蘭登沒注意他離開。他的目光突然被吸引到內側牆上。**剛才怎麼回事？**

「你看到沒有？」佐藤問，同樣警覺地盯著牆壁。

蘭登點頭，脈搏加快。**我剛看到什麼？**

稍後，牆壁似乎閃爍了一下，好像一波能量傳導過去。

安德遜走回房內。「外面沒人。」他進來時，牆壁又閃了一下。「我操！」他退後一步驚叫。

三人默默站了許久，不約而同盯著牆壁。蘭登發現他們看到的是什麼，又感到一陣涼意。他試探地伸出手，直到指尖碰觸牆面。「這不是牆壁，」他說。

安德遜與佐藤走近，專心注視。

「是帆布，」蘭登說。

「可是它會波動，」佐藤迅速地說。

對，非常奇怪的方式。蘭登更仔細檢查牆面。帆布上的光澤折射燭光的方式很驚人，因爲帆布剛才波動退後……向後飄動穿過了牆面。

蘭登非常緩慢地伸出手指，把帆布向後壓。他驚訝地縮回手來。有個洞口！

「把它拉開，」佐藤下令。

蘭登的心臟狂跳。他向上伸手抓住帆布邊緣，緩緩拉向旁邊。他不敢置信地盯著後面的東西。我的天。

佐藤與安德遜也驚訝地呆站著，看著牆上的洞口。

佐藤終於說，「看來我們找到金字塔了。」

39

羅柏・蘭登盯著房間牆上的洞口。藏在帆布背面的牆上挖出了一個正方形缺口。這個洞口約三呎寬，似乎是拆掉一些磚塊挖出來的。在黑暗中，有一瞬間，蘭登以為那是通往另一個房間的窗戶。現在他發現不是。

洞口只挖進牆壁幾呎就到底了。這個缺口像是匆忙挖出的壁櫥，讓蘭登想起博物館設計用來放置小雕像的凹陷。果然，這個洞口展示了一個小東西。

那是大約九吋高的一塊花崗岩雕刻品。表面優雅光滑，四個磨亮的表面反映出燭光。

蘭登想不出這東西是做什麼用的。**石頭金字塔？**

「從你的驚訝表情看來，」佐藤似乎滿意地說，「我猜這個東西不是沉思室的**標準配備**？」

蘭登搖搖頭。

「那你或許想要重新評估先前關於共濟會金字塔藏在華盛頓的傳說的看法？」她的口氣幾乎是在嘲笑。

「處長，」蘭登立刻回答，「這個小金字塔不是共濟會金字塔。」

「所以我們發現一個金字塔藏在美國國會中心屬於共濟會領袖的密室裡純屬巧合？」

蘭登揉揉眼睛想要整理思路。「女士，這個金字塔一點也不符合傳說。共濟會金字塔通常被描繪得很大，頂端是純金做的。」

沉且蘭登知道，這個小金字塔頂端是平的，根本算不上金字塔。沒有尖頂，那就是另一個符號，稱作未完成金字塔，用來提醒我們人類要發揮完全潛能向來是個漸進的過程。雖然很少人懂，這個符號卻是世界上印刷最多的符號。**超過兩百億張**。每張流通中的一元美鈔上面，未完成金字塔耐心地等候發光的頂石，頂石漂浮在上空象徵美國尚未完成的使命與未竟的工作，國家與個人層面皆然。

「拿出來，」佐藤指著金字塔對安德遜說，「我要仔細看看。」她開始在桌上騰出空間，毫不在意地把骷髏跟骨頭推到旁邊。

蘭登開始感覺他們像是盜墓賊，褻瀆了私人的神殿。

安德遜經過蘭登，伸手進洞口，大手夾住金字塔兩側。但是這個怪角度無法拿起來，他把金字塔推向自己，碰一聲放在木桌上。他退後讓出空間給佐藤。

處長把蠟燭湊近金字塔，研究它光滑的表面。她嬌小的手指慢慢摸過，檢查平面頂端的每一吋，然後到側面。她伸手到背面摸索，似乎失望地皺眉。「教授，剛才你說共濟會金字塔是用來保護祕密資訊的。」

「傳說如此，沒錯。」

「所以，假設性而言，如果抓彼得的人認爲**這是**共濟會金字塔，就是相信裡面含有強大的資訊。」

蘭登不悅地點頭。「對，但是即使被他找到了，他或許也看不懂。根據傳說，金字塔的內容有編碼，所以無法**解讀**……除非是最有資格的人。」

「再說一遍？」

蘭登雖然逐漸不耐煩，還是平心靜氣地回答。「神話寶藏**總是**要經過資格的考驗。妳或許記得石中劍的傳說，除了亞瑟之外誰也拔不出那把劍，他的心靈已經準備好支配劍的強大力量。共濟會金字塔也是基於同樣的概念。**眼前的**例子，資訊就是寶藏，據說是用編碼語言寫的——失落的神祕語言——只有夠格的人看得懂。」

佐藤嘴上浮現一抹微笑。「或許因此今晚你才被叫到這裡來。」

「什麼？」

佐藤冷靜地原地旋轉金字塔，轉動１８０度。金字塔的第四面被燭光照亮。

羅柏．蘭登驚訝地盯著它。

「看起來，」佐藤說，「有人認爲你夠資格。」

40

崔許怎麼去了這麼久？

凱薩琳．所羅門又看看錶。她忘了警告艾巴頓醫師到實驗室的路途有點怪異，但她無法想像黑暗會耽擱他們這麼久。**他們早就該到了。**

凱薩琳走到出口推開鑲鉛大門，盯著外面的黑暗。她傾聽了一會兒，什麼也沒聽見。

「崔許？」她大喊，聲音被黑暗吞噬。

一片死寂。

她困惑地關上門，掏出手機打給櫃檯。「我是凱薩琳。崔許在那邊嗎？」

「沒有，女士，」大廳警衛說，「她跟您的客人大概十分鐘前就進去了。」

「真的？我看他們好像還沒進第五區。」

「等等。我查一下。」凱薩琳聽見警衛敲擊電腦鍵盤聲。「您說對了。根據鄧恩小姐的鑰匙卡記錄，她還沒打開第五區的門。最後一筆紀錄是大約八分鐘前……在第三區。我猜她在途中帶妳的客人順便參觀。」

凱薩琳皺眉。**當然了。**這個消息有點怪，但至少她知道崔許不會在第三區待太久。**那裡的氣味太恐怖了。**「謝謝。我哥哥來了嗎？」

「不，女士，還沒。」

「謝謝。」

凱薩琳掛斷，感覺一陣意外的戰慄。不安的感覺讓她愣了一下，但只是片刻。先前她踏進艾巴頓醫師的家裡也有這種不安。尷尬的是，那一次她的女性直覺失靈了。嚴重失誤。

沒事的，凱薩琳告訴自己。

41

羅柏·蘭登研究這個石頭金字塔。**這怎麼可能**。

「古代編碼語言，」佐藤頭也不抬地說，「說說看，這算不算？」在金字塔剛露出來的一面，十六個字母精確地雕刻在平滑的石頭上。

蘭登身邊的安德遜目瞪口呆，呼應著蘭登的震驚。局長的表情好像看到某種外星人的鍵盤。

「教授？」佐藤說，「我猜你看得懂？」

蘭登轉身。「妳爲什麼這麼說？」

「因爲你**被帶來**這裡，教授。你是被選上的。這些刻字似乎是某種密碼，根據你的名聲，我認爲顯然你是被帶來這裡解碼的。」

蘭登必須承認，在羅馬與巴黎的經歷之後，他收到越來越多請求協助解開某些歷史懸案密碼的信

——費斯托斯圓盤（Phaistos Disk），朵拉貝拉密碼（Dorabella CIPher），神祕的伏尼契手稿（Voynich Manuscript）。

佐藤用手指撫摸刻字。「你能告訴我這些圖像的意思嗎？」

那不是圖像，蘭登暗忖。**那是符號**。他立刻認出這種語言——是十七世紀的編碼語言。蘭登很清楚怎麼破解。「女士，」他遲疑地說，「這個金字塔是彼得的私有財產。」

「不管是不是私有，如果這個密碼是你被帶來華盛頓的理由，我想你沒有選擇餘地。我要知道它說什麼。」

佐藤的黑莓機大響一聲，她從口袋拿出來，研究了半天傳來的訊息。蘭登很訝異國會大廈的內部無線網路在這麼地下都收得到訊號。

佐藤哼一聲抬起眉毛，神情怪異地看看蘭登。

「安德遜局長？」她轉向他說，「可以借一步說話嗎？」處長示意安德遜跟她走，兩人躲到黑暗的走道上，讓蘭登單獨留在彼得沉思室的閃爍燭光裡。

安德遜局長不曉得今晚還要折騰多久。**我的圓形大廳裡有斷手？我的地下室有死神神廟？石頭金字塔上有神祕刻字？**總之，紅人隊比賽已經不重要了。

他跟著佐藤走進黑暗的走道，安德遜打開手電筒。光束變弱但是聊勝於無。佐藤帶他走了幾碼，脫離蘭登視線。

「你看看，」她低聲說，把手機交給安德遜。

安德遜接來瞇眼看著發亮的螢幕。上面是黑白影像——安德遜要求傳給佐藤的蘭登的背包X光掃描圖。依照原理，密度最高的物體顯示爲最亮的白色。在蘭登的包包裡，有件物品特別醒目。顯然密度極高，像珠寶似的在其他物品的混濁中發亮。形狀絕對不會錯。

他整晚帶著這玩意？安德遜驚訝地看看佐藤。「蘭登為什麼沒提起？」

「問得好，」佐藤低聲說。

「這形狀……不可能是巧合。」

「嗯，」佐藤語氣憤怒地說，「我想不是。」

走廊上模糊的衣物窸窣聲吸引了安德遜的注意力。他大吃一驚，用手電筒照著漆黑的走道。虛弱的光束只照出無人的走道與兩旁打開的門。

「喂？」安德遜說，「有人在嗎？」

寂靜無聲。

佐藤狐疑地看他，顯然什麼也沒聽見。

安德遜又聽了一會兒然後放棄。**我得趕快離開這裡**。

蘭登獨自在燭光石室中，用手指撫摸雕刻鮮明的的金字塔刻字痕跡。他很好奇這個訊息說什麼，但是他不打算繼續侵犯彼得·所羅門的隱私。**況且那個神經病爲什麼會在乎這個小金字塔？**

「我們有個問題，教授，」佐藤的聲音在他背後大聲宣告，「我剛收到一個新資訊，我受夠你的謊話了。」

蘭登轉身看見處長走進來，拿著黑莓機怒氣沖沖。蘭登嚇退一步，看看安德遜求救，但是局長守著房門，表情一點也不同情。佐藤來到蘭登面前，把手機舉到他臉上。

蘭登狼狽地看螢幕，上面顯示一個顚倒的黑白照片，像是模糊的底片。照片看來像一團雜物，其中一件很亮。雖然歪斜又失焦，最亮的物體顯然是個尖銳的小金字塔。

小金字塔？蘭登看看佐藤。「這是什麼？」

這個問題似乎讓佐藤更生氣。「你還在跟我裝蒜?」

蘭登也發火了。「我沒有假裝什麼!我這輩子沒看過這個東西!」

「胡說!」佐藤發飆,聲音撕裂混濁的空氣,「你整晚都帶在背包裡!」

「我——」蘭登突然停住。他的目光緩緩移到肩上的背包。再看看黑莓機。**天啊……那個包裹**。他再仔細看看影像。他懂了。混濁的方塊,包圍著金字塔。蘭登赫然發現,他看的是背包……還有彼得的神祕方塊包裹的X光片。那方塊其實是個空心盒子……小金字塔。

蘭登張嘴想說話,但是無言以對。突來的靈感像青天霹靂,他感覺無法呼吸。

簡單。純粹。強烈。

我的天。他又看看桌上的無頭金字塔。頂端是平的——小方形區——似乎等候著最後一塊的空白……讓它從未完成金字塔轉變成眞正的金字塔。

蘭登發現他攜帶的小金字塔根本不是金字塔。**那是頂石**。在這瞬間,他知道爲什麼只有他能解開這個金字塔的祕密了。

我持有最後一塊。

它確實是……護身符。

當彼得告訴蘭登這個包裹裝了**護身符**,蘭登大笑。現在他發現老朋友說得對。這一小塊頂石**是**個護身符,但不是有魔力那種……而是更古老。早在**護身符**連結上魔法涵義之前,它有另一個意思——「完成」。源自希臘文telesma,意爲「完成」,護身符是指完成另一個事物讓它完整的任何物體或概念。**完成的要素**。符號上而言,頂石就是終極的護身符,把未完成金字塔轉變成完美的象徵。

蘭登感覺到詭異的巧合迫使他接受一個奇異的眞相:除了尺寸之外,彼得的沉思室裡這個石頭金字塔似乎正在自我變形,一點一滴,成爲隱約類似傳說中共濟會金字塔的東西。

從頂石在X光片的亮度判斷，蘭登懷疑它是金屬……高密度的金屬。無論是否純金，他沒辦法知道，他也不會失去理智。**這個金字塔太小了。密碼太容易解讀。而且……天啊，那只是傳說而已！**

佐藤盯著他。「以聰明人而言，教授，你今晚犯了個大錯。竟然對情報官員說謊？蓄意妨礙中情局調查？」

「我可以解釋，如果妳聽我說。」

「你可以到中情局總部去解釋。至於現在，我要拘捕你。」

蘭登全身僵硬。「妳不是認眞的吧。」

「非常認眞。我很明白跟你說過今晚的事態嚴重，你卻選擇不合作。我強烈建議你開始考慮解釋這個金字塔刻字的意義，因爲等我們到了中情局……」她拿起手機拍下金字塔刻字的特寫照片。「我的分析師已經比你搶先起步了。」

蘭登張嘴想抗議，但佐藤已經轉向門口的安德遜。「局長，」她說，「把石頭金字塔放進蘭登的背包帶著。我負責押解蘭登先生到拘留所。可以借用你的槍嗎？」

安德遜面無表情地走進房間，解開肩上的槍套。他把槍交給佐藤，她立刻用來指著蘭登。

蘭登像看戲似的發呆。**這太離譜了。**

安德遜走向蘭登取下他肩上的背包，拿向木桌放在椅子上。他拉開拉鍊，掰開袋口，從桌上拿起沉重的石頭金字塔放進裡面，跟蘭登的筆記本與小包裹在一起。

走道上突然發出窸窣腳步聲。門口出現一個男子的身影，衝進房裡迅速逼近安德遜背後。局長沒看見他進來。一瞬間，陌生人放低肩膀猛撞安德遜背部。局長向前仆倒，頭撞在石洞的邊緣。他重重癱倒在桌子上，壓得骨頭與道具滿天飛。沙漏砸爛在地上。蠟燭也翻倒在地，還在燃燒。

佐藤在混亂中轉身舉起槍，但是闖入者抓了根腿骨揮出來，打中她的肩膀。佐藤吃痛喊了一聲往後跌倒，武器脫手。來人踢開槍枝，轉向蘭登。此人又高又瘦，是個蘭登素昧平生的優雅黑人。

「拿著金字塔！」男子命令他，「跟我來！」

42

帶著蘭登穿過國會地下迷宮的黑人男子顯然位高權重。除了熟悉穿過所有走廊與密室的路，這個優雅陌生人還帶著似乎能打開途中每扇門的一串鑰匙。

蘭登跟著，迅速跑上一段陌生的階梯。此時，他感覺背包皮帶深深嵌入肩膀。石頭金字塔重得蘭登擔心背帶會斷掉。

過去幾分鐘完全不合邏輯，蘭登發現自己只能靠本能行動。直覺告訴他相信這個陌生人。除了救蘭登逃離佐藤逮捕，此人還冒險保護彼得．所羅門的神祕金字塔。**無論金字塔是什麼**。雖然他的動機不明，蘭登瞥見他的手上有個不言可喻的金光——共濟會戒指——雙頭鳳凰與數字33。此人和彼得．所羅門不只是好友。他們是最高階的共濟會弟兄。

蘭登跟著他爬上樓梯，進入另一條走廊，再經過一扇無標示的門進入維修走道。他們跑過貨箱與垃圾袋，突然轉向通過一扇維修門進入一個完全意外的世界——好像豪華電影院。老者帶路走上側面走道從正門出來，進入一個明亮寬敞的中庭。蘭登發現這裡是他今晚稍早經過的遊客中心。

不幸的是，有個國會警察也在。

他們來到警察面前，三人都停下腳步，面面相覷。蘭登認出這個年輕西裔警員就是今晚稍早看守X光機的。

「努涅茲警員，」黑人男子說，「閉嘴。跟我來。」

警衛有點不安，但是毫不質疑地服從。

這傢伙是誰啊？

三人匆忙走向遊客中心的東南角，來到一個小門廳跟幾個用橘色錐形路障擋住的厚重門。門上貼著紙膠帶，顯然是要阻隔這個遊客中心的灰塵或任何動靜。男子伸手撕掉門上的膠帶，然後翻找鑰匙串同時跟警衛說話。「我們的朋友安德遜局長在副地下室。可能受傷了。你最好去看看他。」

「是，長官。」努涅茲顯得困惑又緊張。

「最重要的，你沒有看見我們。」男子找到一把鑰匙，從鑰匙圈摘下來，用來轉動厚重的門鎖。他拉開鋼門把鑰匙丟給警衛。「我們走了之後鎖上門。盡量把膠帶貼回去。收好鑰匙什麼也別說。不管是誰，包括局長。聽清楚沒有，努涅茲警員？」

警衛看看鑰匙，彷彿被託付了什麼貴重珠寶。「很清楚，長官。」

男子匆匆通過門，蘭登跟上。警衛隨後鎖上門鎖，蘭登聽見他重新貼上膠帶的聲音。

「蘭登教授，」男子說，兩人快步走過顯然在施工中的現代化走廊。「鄙人是華倫．貝拉米。彼得．所羅門是我的好朋友。」

蘭登驚訝地看看這個威嚴的男士。**你就是華倫．貝拉米？**蘭登從未見過國會建築師，但是當然聽過這個名號。

「彼得對你非常推崇，」貝拉米說，「很遺憾我們在這麼糟糕的情境下認識。」

「彼得碰上大麻煩了。他的手……」

「我知道。」貝拉米冷靜地說，「恐怕這還不是最糟的。」

他們走到有燈光的段落尾端，走廊突然左轉。其餘的段落無論通到哪裡，都是一片漆黑。

「等等，」貝拉米說，走進附近的配電室，從裡面冒出一堆重型的橘色延長線，經過他們面前延伸到黑暗的走廊裡。蘭登等著貝拉米在裡面東摸西摸。建築師一定是找到了送電到延長線的開關，前方的路段忽然亮起了燈光。

蘭登只能目瞪口呆。

華盛頓特區很像羅馬，是個充滿祕密通道與地道的城市。眼前的通道讓蘭登想起連接梵蒂岡與聖天使堡的祕道。又長，又暗，又窄。跟那邊不同的是，這條通道很現代化而且尚未完成。施工區又細又長，似乎在遠端收縮成一個點。唯一的照明是一串斷斷續續的施工燈泡，似乎只強調出隧道的驚人長度。

貝拉米已經走進去了。「跟著我。小心腳下。」

蘭登不知不覺跟著貝拉米，猜想著這條隧道究竟通到哪裡。

同一時刻，馬拉克踏出第三館區，快步走過博物館後援中心無人的走廊前往第五區。他緊抓著崔許的鑰匙卡喃喃自語，「〇八〇四。」

他心裡在想別的事情。馬拉克剛收到來自國會大廈的緊急訊息。**我的聯絡人遭遇了意外的困難**。不過，消息還是令人鼓舞：羅柏・蘭登現在握有了金字塔跟頂石。雖然發展不如預期，重要因素都到位了。彷彿是命運本身主導了今晚的事件，確保馬拉克的勝利。

43

蘭登匆匆跟著華倫·貝拉米敏捷的腳步，一語不發走過漫長的隧道。目前，國會建築師似乎忙著拉開佐藤跟這個石頭金字塔的距離，而非向蘭登解釋出了什麼事。蘭登漸漸了解到幕後發生的遠超出他的想像。

中情局？國會建築師？兩個三十三級共濟會員？

蘭登手機的刺耳聲音打破了沉默。他從外套掏出手機，懷疑地接聽。「喂？」說話的是個怪異又熟悉的低語。「教授，我聽說你有了意外的同伴。」

蘭登感覺全身冰冷。「彼得到底在哪裡?!」他問道，聲音在密閉的隧道裡迴盪。身邊的華倫·貝拉米瞄一眼，似乎很擔憂，示意蘭登繼續走。

「別擔心，」對方說，「我說過，彼得在安全的地方。」

「天啊，你砍了他的手！他需要送醫！」

「他需要神父，」男子回答，「但是你能救他。如果你照我的話做，彼得會活下來。我向你保證。」

「瘋子的話對我沒有意義。」

「瘋子？教授，你一定理解今晚我附加的古代典故含意。玄祕之手帶你找到了入口——承諾揭開古代智慧的金字塔。我知道目前在你手上。」

「你認爲這是共濟會金字塔？」蘭登追問，「這只是塊石頭。」

對方沉默了一陣子。「蘭登先生，你太聰明不會裝傻。你很清楚你今晚發現的是什麼。石頭金字塔……由高階共濟會員……藏在華盛頓特區核心？」

「你在追逐**迷思**！無論彼得告訴你什麼，都是出於恐懼。共濟會金字塔的傳說是虛構。共濟會從來沒有建造任何金字塔保護祕密智慧。即使他們有，**這個**金字塔也太小，不可能是你想的那樣。」

男子乾笑。「我看彼得對你透露的極少。不過，蘭登先生，無論你接不接受你持有的是什麼東西，你**還是**得聽我的。我很清楚你手上的金字塔有密碼刻字。你**要**幫我解開它。唯有解開之後，我才會把彼得．所羅門還給你。」

「不管你相信這些刻字透露了什麼，」蘭登說，「都不會是古代玄祕。」

「當然不是，」他回答，「玄祕太過龐大，不會寫在小金字塔的側面上。」

這個回答讓蘭登措手不及。「但如果刻字**不是**古代玄祕，那這金字塔就**不是**共濟會金字塔。傳說講得很清楚，共濟會金字塔是用來保護古代玄祕的。」

男子用不屑的語氣說。「蘭登先生，共濟會金字塔**是**用來保存古代玄祕，但有個轉折你顯然還沒有抓到。彼得從未跟你說過嗎？共濟會金字塔的力量不在於顯現玄祕本身……而是透露埋藏的祕密**地點**。」

蘭登愣了一下。

「解開刻字，」聲音繼續說，「它會告訴你人類最大寶藏的藏匿地點。」他大笑。「彼得並非把**寶藏**本身交給你，教授。」

蘭登在隧道中突然停步。「等等。你說這金字塔是……**地圖**？」

貝拉米也停了下來，表情既震驚又緊張。顯然，來電者剛剛擊中了敏感神經。**金字塔就是地圖**。

「這個地圖，」對方低聲說，「或金字塔，或入口，隨便你怎麼稱呼……在很久以前製作，用來確保古代玄祕的藏匿地點永遠不會被遺忘……永遠不會在歷史上失落。」

「十六個符號的方陣看起來不太像地圖。」

「外表會騙人的，教授。但是無妨，惟獨你有能力閱讀那些刻字。」

「你錯了，」蘭登反駁，想起那些簡單的密碼。「任何人都可以解開這些密碼。它不是很複雜。」

「我懷疑金字塔不只是好看而已。況且，只有你握有頂石。」

蘭登想起背包裡的小小頂石。**從混亂中創造秩序**？他已經不知道該相信什麼了，但是背包裡的石頭金字塔似乎隨著時間流逝越來越沉重。

馬拉克把手機貼在耳上，欣賞線路彼端蘭登焦慮喘氣的聲音。「現在，我有事要處理，教授，你也是。解開地圖之後盡快打給我。我們一起到藏匿地點進行交換。彼得的命……換歷史上所有的智慧。」

「我**什麼**也不幹，」蘭登宣稱，「除非你提出彼得還活著的證據。」

「我建議你別試探我。你只是大機器裡的小齒輪。如果你抗命，或企圖找到我，彼得**就**死定了。我敢發誓。」

「據我所知，彼得**已經**死了。」

「他活得好好的，教授，但是亟需你的幫助。」

「你到底在找什麼？」蘭登對電話大喊。

馬拉克暫停片刻才回答。「很多人追尋過古代玄祕，辯論它的力量眞假。今晚，我會證明玄祕是眞的。」

蘭登沉默。

「我建議你立刻開始解地圖，」馬拉克說，「我今天就需要這個資訊。」

「今天?!現在已經九點多了！」

「正是。**Tempus fugit**（拉丁文，光陰似箭）。」

44

紐約編輯約拿·福克曼聽到電話響時正要關掉他曼哈頓辦公室的燈。這麼晚了他不打算接——直到他瞥見來電顯示。**應該是好消息**，他想，伸手拿起話筒。

「我們還有出你的書嗎？」福克曼半開玩笑地問。

「約拿！」羅柏·蘭登聽起來很焦慮，「幸好你還在。我需要你幫忙。」

福克曼精神一振。「你有稿子可以讓我看了，羅柏？」終於？

「不，我需要查資料。去年，我不是介紹你認識一個叫凱薩琳·所羅門的科學家，彼得·所羅門的妹妹？」

福克曼皺眉。**沒有稿子**。

「她在找人出版知性科學的書？還記得嗎？」

福克曼翻翻白眼。「當然。我記得。多謝你介紹了。她不只拒絕讓我看研究結果，也不想在未來某個神奇日期之前出版任何東西。」

「約拿，聽我說，我沒時間。我需要凱薩琳的電話號碼。馬上。你有沒有？」

「我得警告你……這樣太粗魯了。她是美女沒錯，但是你不能這樣討好她——」

「這不是開玩笑，約拿，我需要她的號碼。」

「好吧……等等。」福克曼跟蘭登已有多年交情，福克曼知道什麼時候蘭登是認真的。約拿在搜尋視窗輸入凱薩琳·所羅門的名字，開始掃描公司的e-mail伺服器。

「我正在找，」福克曼說，「無論結果如何，打給她的時候，最好別在哈佛游泳池打。聽起來好像在精神病院裡。」

「我不在游泳池。我在美國國會的地下隧道裡。」

福克曼從蘭登的聲音察覺他不是開玩笑。這傢伙是怎麼搞的？「羅柏，你爲什麼不能待在家裡寫稿？」

他的電腦發出聲音。「OK，等等……有了。」他捲動一串舊e-mail存檔。「我好像只有她的手機。」

「沒問題。」

福克曼給了他號碼。

「謝了，約拿，」蘭登感激地說，「我欠你一份情。」

「你欠我一本書稿，羅柏。你知不知道已經拖了多久──」

線路切斷了。

福克曼盯著話筒搖頭。要是出版商沒有作者的話就輕鬆多了。

45

凱薩琳・所羅門看見來電顯示時愣了一下。她以為這通電話是崔許打來解釋她跟克里斯多夫・艾巴頓為何耽擱了這麼久。但是打來的不是崔許。

差得遠了。

凱薩琳嘴上露出靦腆的微笑。**今晚未免太奇怪了吧**？她掀開手機。

「別說話，」她開玩笑說，「單身書呆子要找單身的知性科學家？」

「凱薩琳！」羅柏・蘭登的低沉聲音說，「謝天謝地妳沒事。」

「我當然沒事，」她疑惑地回答，「只是自從去年夏天彼得家的派對之後你就沒打來過。」

「今晚發生了一些事。聽我說。」他平時和緩的語氣現在有點刺耳，「很抱歉必須告訴妳……但是彼得碰上大麻煩了。」

凱薩琳的笑容消失。「你在說什麼？」

「彼得……」蘭登猶豫著斟酌措詞，「我不知道該怎麼說，可是他……**被抓了**。我不確定是誰怎麼做的，但是——」

「被抓？」凱薩琳追問，「羅柏，你嚇到我了。被抓到……哪裡？」

「當成人質。」蘭登的聲音激動到有些沙啞，「一定是昨天或今天稍早發生的。」

「不好笑，」她生氣地說，「我哥哥**沒事**。我十五分鐘前剛跟他聯絡過！」

「真的?!」蘭登很驚訝。

「對！他剛發簡訊給我說他要來實驗室。」

「**發簡訊**給妳……」蘭登念念有詞，「但是妳沒有眞的聽到他**聲音**？」

「沒有，但是——」

「聽我說。妳收到的簡訊**不**是妳哥發的。有人拿了彼得的手機。他很危險。他騙我今晚到華盛頓來。」

「騙你？你在胡說什麼啊！」

「我知道，很抱歉。」蘭登似乎反常地心不在焉，「凱薩琳，我認為妳可能也有危險。」

凱薩琳．所羅門確定蘭登不會拿這種事來開玩笑，但是他的語氣好像發瘋了。「我沒事，」她說，「我關在很安全的大樓裡！」

「念彼得的簡訊給我聽。**拜託**。」

凱薩琳疑惑地叫出簡訊念給蘭登，念到最後提及艾巴頓醫師時有點發冷。「『如果可以的話，請艾巴頓醫師一起過來。我完全信任他……』」

「我的天啊……」蘭登的聲音充滿恐懼，「妳邀請這個人進來？」

「對！我的助手剛到櫃檯去接他。他們隨時會回來——」

「凱薩琳，快離開！」蘭登大叫，「趕快！」

在後援中心另一端，警衛室裡，電話鈴聲大作，淹沒了紅人隊球賽。警衛不甘願地再次拔下耳機。

「櫃檯，」他回答，「我是凱爾。」

「凱爾，是凱薩琳．所羅門！」她的聲音很焦慮，上氣不接下氣。

「女士，令兄還沒——」

「崔許在哪裡?!」她追問，「你從監視器看得到她嗎？」

警衛滑動椅子去看監視器。「她還沒回到方塊？」

「沒有！」凱薩琳緊張地大聲說。

警衛發現凱薩琳．所羅門氣喘吁吁，像在跑步。**後面到底出了什麼事？**

警衛迅速操作搖桿，快轉篩檢數位影像。

「OK，等等，回轉重播……我看到崔許跟妳的客人離開大廳……他們走過大街……快轉前進……嗯，他們到了水世界……崔許用鑰匙卡開了門……兩個人都進去了……快轉……呃，一分鐘前他們出了水世界……前往……」他抬起頭，放慢重播速度。「等一下。眞奇怪。」

「怎樣？」

「那個先生單獨走出水世界。」

「崔許還在裡面？」

「對，看起來是。我看到妳的客人……他自己在走廊上。」

「崔許**在哪裡**？」凱薩琳更加驚慌了。

「我在監視器畫面看不到她，」他回答，口氣有點焦慮。他又看看螢幕，發現那個人的袖子似乎濕了……濕到手肘部位。**他在水世界做了什麼？**警衛看到此人在走道上開始鎮定地往第五區走，手上拿的東西好像是……鑰匙卡。

警衛感覺後頸汗毛直豎。「所羅門小姐，我們麻煩大了。」

今晚對凱薩琳．所羅門來說有許多第一次。

兩年來，她從未在第五區的黑暗中用過手機。也從未全力狂奔通過這段黑暗。但是此刻，凱薩琳的手機貼在耳邊同時沿著無盡的地毯盲目奔跑。每當感覺有一腳超出地毯，她退回修正到中央，在黑暗中繼續奔跑。

「他在哪裡？」凱薩琳喘著氣問警衛。

「正在找，」警衛回答，「快轉……有了，他在走廊上……往第五區移動……」

凱薩琳更用力跑，希望趕到出口以免被困在這裡。「他離第五區入口還有多遠？」

警衛暫停片刻。「女士，妳誤會了。我還在快轉。這是錄影重播。都是已經發生的事。」他頓一下。「等等，我看看門限進出紀錄螢幕。」他過了一下之後說，「女士，鄧恩小姐的鑰匙卡顯示他大約一分鐘前就進了第五區。」

凱薩琳猛踩煞車，在黑暗中央停下來。「他已經進了第五區？」她低聲對手機說。

警衛正在狂按鍵盤。「對，看起來他進去了……九十秒之前。」

凱薩琳全身僵硬。她屏住呼吸。身邊的黑暗感覺突然活了起來。

他跟我都在這裡面。

瞬間，凱薩琳發現室內唯一的亮光來自她的手機，照亮了她的側臉。「派人來，」她對警衛低聲說，「你到第三區去救崔許。」她靜靜地闔上手機，滅掉光線。

她周圍一片漆黑。

她文風不動站著，盡力小聲呼吸。幾秒鐘後，前方的黑暗中傳來刺鼻的酒精味。氣味越來越濃。她感覺有人在，就在前面幾呎的地毯上。沉寂中，凱薩琳的心跳聲似乎大到洩漏了行蹤。她靜靜地脫掉鞋子，緩步向左，橫移離開地毯。腳底的水泥感覺好冷。她又走了一步完全離開地毯。

她的一根腳趾響了一聲。

在寂靜中聽起來像槍聲。

僅僅幾碼外，黑暗中一陣衣物窸窣聲突然逼近她。凱薩琳太晚起跑，一隻強壯的手臂抓住她，在黑暗中摸索，雙手奮力企圖接近。她轉身時一隻鉗子似的手抓到她的長袍，把她向後扯，拉她靠近。

凱薩琳雙臂向後，滑出長袍脫身。突然，雖然不清楚哪邊是出口，但是凱薩琳．所羅門在無盡的黑暗深淵中盲目狂奔起來。

46

雖然擁有號稱「全世界最美麗的房間」，但國會圖書館最出名的不在令人屏息的華麗，而是龐大的藏書量。書架長度超過五百哩——可以從華盛頓連到波士頓——輕鬆穩居世界最大圖書館的寶座。而且它還在不斷擴張，每天超過一萬冊。

早期這裡收藏湯瑪斯·傑佛遜關於科學與哲學的私人藏書，象徵著美國矢志傳播知識的承諾。它是華盛頓最早有電燈的建築物之一，名副其實像在新大陸的黑暗中發亮的燈塔。

顧名思義，國會圖書館成立宗旨是服務國會，尊貴的議員們就在對街的國會大廈工作。圖書館與國會的深厚淵源最近更因爲建造實體連結而加深——獨立大道底下有條長隧道連接了兩棟大樓。

今晚在這條昏暗的隧道裡，羅柏·蘭登跟著華倫·貝拉米穿過施工區，努力壓抑對凱薩琳越來越深的憂慮。**這個瘋子在她的實驗室裡?!**蘭登根本不敢想像爲什麼。打手機去警告她的時候，蘭登在掛斷之前告訴凱薩琳到哪裡會合。**這條該死的隧道還有多長啊?**他開始頭痛，互相交織的許多想法在腦中亂竄：凱薩琳，彼得，共濟會，貝拉米，金字塔，古代預言……還有地圖。

蘭登搖頭擺脫它，繼續前進。**貝拉米會給我答案。**

兩人終於來到通道盡頭，貝拉米帶領蘭登穿過一組還在施工的雙層門。發現這道門無法上鎖之後，貝拉米臨機應變，從施工用具中抓了個鋁梯虛倚在門上。然後在上面放了個鐵桶。如果有人打開這扇門，桶子會大聲掉到地板上。

預警系統就這樣?蘭登打量那個桶子，希望貝拉米對他們今晚的安全有比較周詳的計畫。一切發生得太快，蘭登現在才開始想到跟貝拉米逃走的後果。**我是中情局的逃犯**。

貝拉米帶路繞過一個轉角，兩人爬上一道用橘色路障錐擋住的寬樓梯。蘭登的背包讓他爬不快。「石頭金字塔，」他說，「我還是不懂——」

「晚點再說，」貝拉米打斷他，「我們要在燈光下檢查。我知道一個安全地方。」

蘭登懷疑對一個剛剛肢體攻擊中情局保安處長的人而言，有沒有所謂安全的地方。

兩人爬上階梯，進入一條義大利大理石、灰泥跟金箔裝飾的寬敞走道。沿路排列了八對雕像——全是描繪智慧女神米涅娃。貝拉米繼續前進，帶著蘭登往東，穿過圓頂拱門，進入一個華麗的空間。

即使在昏暗的夜間照明下，圖書館大廳仍然散發出華麗的歐洲宮殿那種古典威嚴。頭頂七十五呎處，彩繪玻璃天窗在裝飾著稀有「鋁葉」的方格狀燈具之間閃亮——鋁曾經被視為比黃金更貴重的金屬（註：因為鋁要用電鍍法收集，當時電力非常稀少）。下方，宏偉的一圈成對柱子裝飾著二樓露台，兩條氣派的弧形樓梯，樓梯兩端扶手柱子上的大型女性銅像高舉著啟蒙之火。

為了呈現現代啟蒙的主題又保留文藝復興建築的裝飾性，樓梯扶手欄杆上雕刻了類似丘比特、巴洛克風格的男童天使，卻描繪成現代科學家。**天使造型的電工拿著電話？天使昆蟲學家拿著標本箱？**蘭登懷疑貝里尼會作何感想。

「我們到這邊說話，」貝拉米說，帶著蘭登經過全館兩本最貴重藏書的防彈展示櫃——一四五〇年代手抄本《緬茲大聖經》（Giant Bible of Mainz），還有美國唯一的《古騰堡聖經》，全世界僅存三冊的羊皮紙精裝本。呼應主題，圓頂天花板上是約翰・懷特・亞歷山大（John White Alexander）繪製的六幅《書的進化》。

貝拉米大步直接走向東走廊牆邊中央偏後方一座高雅的雙併門。蘭登知道門後是什麼房間，但它似乎不太適合講話。姑且不論在充滿「請保持肅靜」標語的地方談話多麼反諷，這個房間實在不像是「安全地方」。此地位於圖書館十字形格局的正中央，算是整棟大樓的心臟。藏在這裡好像闖入大教堂之後躲在祭壇裡。

不過，貝拉米開了門鎖，踏入黑暗的室內摸索開關。他打開開關，美國最偉大的建築傑作之一似乎憑空浮現出來。

聞名的閱覽室宛如感官的饗宴。中央一個巨大的八角形高聳一百六十呎，八個側面裝飾了巧克力色的田納西大理石，乳白色的席耶納大理石，與蘋果紅的阿爾及利亞大理石。因爲從八個角度照明，沒有任何陰影，製造出房間本身在發亮的效果。

「有人說這是全華盛頓最驚人的房間，」貝拉米說，催促蘭登進去。

或許是全世界吧，蘭登跨過門檻時心想。照例，他的目光先朝上看到高聳的中央柱環，幾條精緻複雜的鑲板沿著圓頂彎曲到上層露台。圍繞房間的十六座「人像」銅像從欄杆處俯瞰。下方，一條驚人的拱門走廊構成了下層露台。底下的地面樓層，三圈同心圓的拋光木頭書桌從中央巨大的八角形借書櫃檯向外輻射。

蘭登的注意力回到貝拉米，他正在打開閱覽室的雙併門。「我們不是該**躲藏**嗎？」蘭登疑惑地說。

「如果有人進來，」貝拉米說，「我希望能聽見。」

「他們不就馬上發現我們在這裡了？」

「無論我們躲**哪裡**，他們都會找到。但如果有人在大樓裡包圍我們，你會很慶幸我選了這個房間。」

蘭登不懂爲什麼，但貝拉米顯然並不打算討論。他已經走向房間中央，選了一張無人的書桌，拉出兩張椅子，打開閱讀燈。他指著蘭登的包包。

「好啦，教授，我們來仔細看看。」

蘭登不想冒險讓大塊花崗岩刮到光滑的桌面，抬起整個背包放在桌上拉開拉鍊，拉下兩側露出裡面的金字塔。華倫．貝拉米調整閱讀燈仔細研究金字塔，用手指撫摸奇特的刻字。

「我猜你認得這種語言？」貝拉米問。

「當然，」蘭登看著十六個符號回答。

這種編碼語言俗稱共濟會密碼，在早期共濟會弟兄之間用於私人通訊。編碼方法很久以前就爲了一個簡單理由廢棄不用——太容易破解了。蘭登的高等符號學研討會大多數學生能在五分鐘左右破解。蘭登如果用紙筆，可以在一分鐘內辦到。

這種古老編碼方式出了名的脆弱，透露出兩個矛盾。首先，宣稱蘭登是世上唯一能破解的人太荒謬了。其次，佐藤暗示共濟會密碼是國家安全問題，就像暗示我們的核武發射密碼是用零食附贈的解碼玩具編寫一樣離譜。蘭登仍然不太願意相信。**這個金字塔是地圖？指向歷代失落的智慧？**

「羅柏，」貝拉米口氣凝重地說，「佐藤處長有沒有透露她爲何這麼有興趣？」

蘭登搖頭。「沒有明講。她一直說這是國家安全問題。我猜她在說謊。」

「或許吧，」貝拉米揉揉脖子後面說。他似乎很不安。「但是有個更恐怖的可能性。」他轉身看著蘭登的眼睛。「佐藤處長可能發現了這個金字塔的眞正潛力。」

47

杳沒凱薩琳．所羅門的黑暗似乎深不可測。

逃出熟悉的地毯安全區之後，她盲目地摸索前進，伸出的雙手只摸到虛無的空間，同時蹣跚深入偏僻的空洞中。穿絲襪的雙腳下，無盡延伸的冰冷水泥感覺像結冰的湖面……她必須逃離這個凶險的環境。

酒精味不見了，她停下來在黑暗中等待。她靜止站著傾聽，命令自己的心臟別跳這麼大聲。她後面的沉重腳步聲似乎也停了。**我擺脫他了？**凱薩琳閉上眼睛試著想像自己的位置。**我剛才往哪個方向跑？門在哪裡？**想不出來。她太慌亂了，出口可能在任何地方。

凱薩琳聽說過，恐懼是刺激物，強化心智的思考能力。但是現在，恐懼讓她的心智變成驚慌與迷惑的亂流。**即使找到出口，我也出不去。**她的鑰匙卡在脫掉長袍的時候弄丟了。她唯一的希望是自己宛如大海中的針——三萬平方呎裡面的一個點。雖然有強烈慾望想逃，凱薩琳的理性分析告訴她做出唯一合理的對策——不要妄動。**保持靜止，別發出聲音。**警衛正在路上，而且不知何故，攻擊她的人有強烈酒精味。**如果他靠太近，我會發現。**

凱薩琳默默肅立，不斷想著蘭登說的話。**妳哥哥……被抓了。**她感覺手臂上有一滴冷汗流下來，流向她手中緊握的手機。這是她忘了考慮的風險。如果電話響了，會暴露她的位置，但是不掀開電話點亮螢幕又無法關機。

放下電話……離遠一點。

但是太遲了。右方傳來酒精氣味。越來越濃。凱薩琳努力保持冷靜，克制拔腿狂奔的本能。謹慎緩慢地，她向左跨一步。顯然她模糊的衣物摩擦聲被對方聽見了。她聽見他衝過來，酒精味瀰漫，一隻強壯的手抓住她肩頭。她甩開，驚恐至極。數學機率全部拋到腦後，凱薩琳開始盲目地奔跑。她猛向左轉改變方向，衝入虛無之中。

牆壁突然冒了出來。

凱薩琳猛撞一下，肺裡空氣都壓出來了。手臂與肩膀一片疼痛，但她勉強站穩腳步。撞牆的斜角度讓她免於承受全部衝擊，但是於事無補。回音到處飄散。**他知道我在哪裡**。她痛得彎下腰，轉頭盯著黑暗的館區，感覺他也在回望著她。

改變位置。快！

一面掙扎著調整呼吸，她沿著牆壁移動，一路上靜靜用左手摸索突出的鋼鐵鉚釘。**貼著牆壁。在被他逼入角落之前偷偷經過他**。凱薩琳的右手仍然緊握著手機，準備必要時當作武器丟出去。

接下來的聲音讓凱薩琳毫無準備——正前方清楚的衣物窸窣聲……就在牆邊。她楞住了，完全僵硬，停止呼吸。**他怎麼可能已經到牆邊了？**她感到模糊的呼氣，帶著酒精臭味。**他沿著牆向我過來了！**

凱薩琳退後幾步。然後她靜靜轉向一百八十度，開始沿著牆壁反方向移動。走了二十呎左右，不可能的事發生了。她的正前方沿著牆邊，再次聽見衣物窸窣聲。接著是同樣的酒精氣味。凱薩琳．所羅門嚇呆了。

天啊，他無所不在！

赤膊的馬拉克凝視著黑暗。

袖子上的酒精氣味原本證明是個負擔，但被他轉變成爲助力，脫下上衣用來協助包圍獵物。他把外套扔在右邊牆腳，聽見凱薩琳停下來改變方向。現在，馬拉克把襯衫往左丟，又聽見她停步。他成功地建立她不敢越過的地點，把凱薩琳圍堵在牆邊。

他在寂靜中豎起耳朵等著。**她只有一個方向能走——直接走向我。**不過，馬拉克什麼也聽不見。不是凱薩琳嚇得癱瘓了，就是她決定靜止不動等救兵進來。**無論如何她輸定了。**短時間內沒有人會進來；馬拉克用非常原始但有效的方法破壞了外面的鍵盤。使用崔許的卡片之後，他在插卡槽塞入一枚硬幣阻止其他人開鎖，除非先拆開整個鎖排除故障。

妳跟我落單了，凱薩琳……要耗多久都沒關係。

馬拉克默默緩步前進，聆聽任何動靜。凱薩琳．所羅門今晚要死在兄長博物館的黑暗中。報應的下場。馬拉克很期待把凱薩琳的死訊告訴她哥哥。老頭的痛苦就是他等待已久的復仇。

突然在黑暗中，馬拉克大吃一驚，他看見遠處有小光亮，發現凱薩琳犯了個判斷上的致命錯誤。**她在打電話求救?!**剛點亮的電子螢幕飄浮在腰部高度，大約二十碼前方，像黑暗大海中的燈塔。馬拉克原本準備等凱薩琳出來，現在不用了。

馬拉克立即行動，衝向漂浮的光亮，心想必須在她打完電話之前抓到她。他幾秒內就到了，伸出雙臂在手機亮光的兩側向前衝，準備抓住她。

馬拉克的手指撞到堅硬的牆壁，向後折到差點斷掉。接著他的頭撞上一根鋼柱。他痛得大叫蜷縮在牆邊。他咒罵著站起來，到腰部高度，水平地走向凱薩琳．所羅門放置掀開的手機之處。

凱薩琳又跑起來，這次不在乎她的手摸過館內固定間隔的金屬鉚釘上發出的噪音。快跑！如果沿著牆一路繞行，她知道遲早會摸到出口。

警衛跑哪裡去了？

間隔均勻的鉚釘持續出現，她左手摸著牆壁，右手向前伸出保護自己。**什麼時候才到角落？**牆壁似乎沒有盡頭，但是鉚釘的節奏突然中斷。她的左手有好幾步摸不到東西，然後又出現鉚釘。凱薩琳急忙停下來退後，在平滑的金屬面上摸索。**這裡爲什麼沒有鉚釘？**

她聽見敵人在背後大聲蹣跚前進，沿著牆往她的方向摸索。但是，另一個聲音讓凱薩琳更害怕——遠處警衛用手電筒規律敲擊大門的聲音。

警衛進不來？

這個想法雖然可怕，敲擊的位置——右邊斜前方——讓凱薩琳找到了方向。現在她可以分辨自己的位置了。腦中視覺印象也讓她發現了意外之事。她知道牆上的平面是什麼了。

每個館區都設有標本裝卸門——讓大型標本進出用的巨大可動式牆壁。像飛機庫一樣，這種門很巨大，凱薩琳作夢也沒想過必須打開它。不過目前，這似乎是她唯一的希望。

這能打得開嗎？

凱薩琳在黑暗中盲目摸索門板，直到發現大型金屬握把。她抓緊，全身重量向後倒，試著拉開門。沒有動靜。她再試一次。文風不動。

她聽見敵人迅速接近，靠她的呻吟聲導向。**卸貨門鎖住了！**慌亂之下，她在門上到處亂摸，靠觸感尋找任何門閂或握把。她突然摸到感覺像垂直柱狀的東西。他沿著往下摸到地板，蹲下，發現它插入水泥地上的洞。**是安全栓！**她站起來，抓住柱子，用雙腿撐起來，把柱子抬離洞內。

他快到了！

凱薩琳摸索握把，找到了，用盡全力往後拉。巨大的門板似乎微微動了一下，一線銀色月光滲入館區。凱薩琳再拉一遍。戶外的光線變寬了。**再開一點！**她又拉最後一次，感覺敵人就在幾呎外。

凱薩琳跳向光線，側身擠過縫隙。黑暗中出現一隻手抓住她，想把她拉回裡面。她擠過縫隙，後面有隻強壯裸露的手臂上覆蓋著刺青的鱗片。嚇人的手臂像憤怒的蛇一樣扭動想抓住她。

凱薩琳轉身沿著第五館區漫長蒼白的外牆奔跑。包圍整座史密森博物館後援中心的碎石地面割破了她的絲襪，但她往大門繼續跑。夜色陰暗，但是瞳孔因爲館內的黑暗完全放大，她看得很清楚——幾乎像在白晝。後方，沉重的卸貨門張開，她聽見厚重的腳步聲加速追過來。聲音快得不可思議。

我不可能比他先跑到大門。她知道她的Volvo車比較近，但還是太遠。**我跑不到的**。

凱薩琳驚覺她還有最後一招。

靠近第五區角落時，她聽見他的腳步聲在黑暗中迅速逼近。**就是現在**。凱薩琳沒有繞過轉角，突然向左轉，**離開**大樓，跑上草地。同時她緊閉雙眼，雙手蓋在臉上，完全盲目地穿過草坪。

第五區周圍動態偵測觸動的保全照明大亮，瞬間把夜晚變成白晝。凱薩琳聽見背後痛苦的慘叫，兩千五百萬燭光的強烈光線刺入敵人完全擴張的瞳孔。她聽見他在碎石地上跌倒。

凱薩琳仍然緊閉雙眼，在開闊草坪上前進。感覺距離大樓跟燈光夠遠之後，她睜開眼睛，修正方向，在黑暗中狂奔。

她的車鑰匙就在平時藏匿的地方，儀表板中央。她上氣不接下氣，顫抖的手抓了鑰匙發動汽車。引擎怒吼，車頭燈亮起，照亮了嚇人的景象。

有個可怕的人影跑向她。

凱薩琳愣了一下。

車頭燈照亮的是個光頭赤膊的怪獸，皮膚佈滿刺青鱗片、符號與文字。他咆哮著跑向光線，舉起雙手擋在眼前，像是穴居動物初次見到陽光。她摸索排檔桿，但是他已經到了，手肘猛力擊破車窗，安全玻璃碎片灑了她一身。

巨大的鱗片手臂伸進車窗內，半盲地摸索，尋找她的脖子。她快速倒車，但是對方掐住她喉嚨，用無法想像的力氣捏緊。她轉頭試圖掙脫，瞬間正對著他的臉。三條深色條紋，像指甲刮痕，刮破臉上化妝露出底下的刺青。他的眼神狂野又凶暴。

「我十年前就該殺了妳，」他怒吼道，「在我殺妳母親的那個晚上。」

聽了他的話，凱薩琳陷入驚駭的回憶：那野蠻的眼神——她見過。**是他**。如果不是被掐住脖子，她一定會尖叫。

她猛踩油門，車子後退，扯動車邊的他，幾乎被捏斷脖子。車子尖叫著傾斜，凱薩琳感覺脖子幾乎被他的體重拉斷。突然三根樹枝刮過車子側面，掃過車窗，重量感不見了。

車子衝過樹叢駛上高層停車場，凱薩琳踩煞車。下方，半裸男子掙扎起身，盯著她的車頭燈。他冷靜得嚇人，舉起佈滿刺青的手臂直指著她。

凱薩琳只覺強烈的恐懼與憎惡流遍全身，轉動方向盤踩下油門。幾秒鐘後，她搖搖晃晃地駛上了銀丘路。

48

在混亂的當下，國會警察努涅茲毫無選擇只能協助國會建築師與羅柏．蘭登逃走。但是現在回到地下室的警察總部，努涅茲感到暴風雨即將來襲。

川特．安德遜局長手拿冰袋敷著頭，另一名警員正在治療佐藤的瘀傷。兩人跟監看小組站在一起，過濾重播的數位檔案企圖找出蘭登與貝拉米。

「清查每個走道跟出口的檔案，」佐藤下令，「我要知道他們去了哪裡！」

努涅茲越看越緊張。他知道遲早他們會找到那段影片發現眞相。**我幫他們跑了**。更糟的是中情局派來的四人小組就在附近，準備追捕蘭登和貝拉米。這些傢伙一點也不像國會警察。他們是正經八百的軍人……黑迷彩服、夜視鏡、看起來很科幻的手槍。

努涅茲感覺快要吐了。他下定決心，偷偷向安德遜局長打手勢。「老大，有空嗎？」

「什麼事？」安德遜跟著努涅茲來到走廊。

「老大，我闖大禍了，」努涅茲滿頭大汗說，「很抱歉，我會辭職。」**反正你聽完就會開除我**。

「你說什麼？」

努涅茲猛嚥口水。「剛才，我在遊客中心看見蘭登跟貝拉米建築師走出大樓。」

「什麼?!」安德遜咆哮，「你怎麼不早說?!」

「建築師叫我什麼也別說。」

「他媽的，你是我的手下啊！」安德遜的聲音在走廊上激盪。「貝拉米推我的頭去撞牆，看清楚！」

努涅茲把建築師給他的鑰匙交給安德遜。

「這是啥？」安德遜問。

「通往獨立大道的地下新隧道的鑰匙。貝拉米建築師的。他們從那邊逃走了。」

安德遜一語不發，低頭盯著鑰匙。

佐藤探頭出來走廊，眼神狐疑。「出了什麼事？」

努涅茲臉色蒼白。安德遜還拿著鑰匙，佐藤顯然看見了。可怕的小女人走過來，努涅茲盡力臨機應變，希望保護他的上司。「我在副地下室地上發現一支鑰匙。我在問安德遜局長有沒有見過。」

佐藤停下，打量鑰匙。「局長認得嗎？」

努涅茲偷瞄安德遜，他顯然正在斟酌說詞。終於，局長搖搖頭。「一時認不出來。我得查查——」

「不用麻煩了，」佐藤說，「這支鑰匙屬於遊客中心的隧道。」

「眞的？」安德遜說，「妳怎麼知道？」

「我們剛找到了監視畫面。這位努涅茲警員幫助蘭登跟貝拉米逃走然後鎖上隧道門。鑰匙是貝拉米給他的。」

安德遜生氣地轉向努涅茲。「是眞的嗎?!」

努涅茲猛點頭，配合著演戲。「很抱歉，長官。建築師叫我別告訴任何人！」

「我才不甩建築師跟你說什麼！」安德遜大吼，「我要求——」

「閉嘴，川特，」佐藤發怒了，「你們兩個眞不會說謊。等接受中情局偵訊時再扯吧。」她從安德遜手裡拿走隧道鑰匙。「這裡沒你的事了。」

49

羅柏·蘭登掛斷手機，越來越擔憂。**凱薩琳爲什麼不接電話？**凱薩琳答應過平安離開實驗室之後盡快打給他，到這裡來見他，但是一直沒有動靜。

貝拉米坐在蘭登身邊。他也剛打完電話，給一個宣稱能提供他們庇護所——安全藏匿處的人。不幸的是，此人也沒接電話，於是貝拉米緊急留言，請他立刻打蘭登的手機。

「我會繼續試，」他對蘭登說，「但是目前，我們只能自求多福。我們必須討論處理這個金字塔的計畫。」

金字塔。對蘭登而言，閱覽室的壯觀背景視而不見，現在他的世界只看得見眼前的東西——石頭金字塔，裝了頂石的密封包裹，從黑暗中冒出來、拯救他逃離中情局偵訊的一個優雅黑人。

蘭登以爲國會建築師好歹清醒一點，但是目前看來華倫·貝拉米比宣稱彼得在煉獄的瘋子好不了多少。貝拉米堅持這個石頭金字塔其實就是傳說中的共濟會金字塔。**古代地圖？指引我們找到強大的智慧？**

「貝拉米先生，」蘭登禮貌地說，「認爲有某種古老智慧能賦予人類強大的力量……我實在無法苟同。」

貝拉米的眼神失望又誠懇，讓蘭登的懷疑論更加尷尬。「唉，教授，我猜你可能會這麼想，不過我不應該驚訝。你是局外人看不清。有些共濟會的事情被你當作迷思，因爲你沒有經過適當啓發與準備去理解它。」

蘭登又感覺被看扁了。**我不是奧狄修斯的船員，但我確定獨眼巨人是迷思。**「貝拉米先生，即使傳說是眞的……**這個**金字塔不可能是共濟會金字塔。」

「不是？」貝拉米用手指撫摸石頭上的共濟會密碼。「我倒覺得它完全符合描述。具有閃亮金屬頂石的石頭金字塔，根據佐藤的X光片，就是彼得託付給你的東西。」貝拉米拿起小方塊包裹，在手裡掂重量。

「這個石頭金字塔還不到一呎高，」蘭登反駁，「我聽過的每個故事版本都描述共濟會金字塔很巨大。」

貝拉米顯然預料到這個論點。「如你所知，傳說指稱金字塔高聳到上帝可以親自伸手觸摸到。」

「正是。」

「我了解你的爲難，教授。不過，古代玄祕與共濟會哲學都主張人人具有神性。象徵上而言，你可以宣稱一個開悟的人可以觸及的任何東西……就可以被上帝觸及。」

蘭登絲毫不受文字遊戲影響。

「連《聖經》也同意，」貝拉米說，「〈創世紀〉說的，如果我們接受『上帝以自己的形象造人』，那我們也必須接受它的暗示——人類並不比神遜色。〈路加福音〉第十七章二十節說，『神的國就在你們心裡』。」

「很抱歉，但是我認識的基督徒都不會自認等同於上帝。」

「當然不會，」貝拉米強化語氣說，「因爲大多數基督徒兩面討好。他們想要驕傲地宣稱自己信仰《聖經》，又選擇忽視那些認爲太難或太麻煩難以相信的部分。」

蘭登沒有回應。

「總之，」貝拉米說，「共濟會金字塔的古老描述都說它高到足以被上帝觸摸……長久以來造成了對它大小的誤解。想當然耳，你們這些學者堅持金字塔只是個傳說，沒有人去找它。」

蘭登低頭看著金字塔。「很抱歉讓你失望了，」他說，「我向來認爲共濟會金字塔是迷思。」

「石匠製作的地圖刻在石頭上，你不認爲十分恰當嗎？縱觀歷史，我們最重要的教誨向來是刻在石頭上——包括上帝給摩西的石碑——規範人類行爲的十誡。」

「我懂，不過這件事向來被稱作共濟會金字塔的傳說。傳說這個字眼就暗示它不是眞的。」

「嗯，傳說。」貝拉米乾笑一下，「恐怕你遭遇到跟摩西一樣的問題了。」

「你說什麼？」

貝拉米幾乎竊笑著在座位上轉身，抬頭看第二層露台，上面十六尊銅像正在俯瞰他們。「你有看到摩西嗎？」

蘭登抬頭看著館內著名的摩西雕像。「有。」

「他長了角。」

「我知道。」

「你知道他爲什麼有角嗎？」

如同大多數老師，蘭登不喜歡聽課。上頭的摩西長角的理由跟其他成千個基督教的摩西形象一樣——〈出埃及記〉的翻譯錯誤。原版希伯來文形容摩西「karan 'ohr panav」——「臉上皮膚像光束一樣發亮」——但是羅馬天主教會製作官方拉丁文《聖經》譯本時，譯者誤解了摩西的描述，譯成「cornuta esset facies sua」，意思是「他的臉上有角」。從此以後，畫家跟雕塑家擔心若不忠於〈福音書〉會遭懲罰，開始描繪摩西長角。

「很單純的錯誤，」蘭登回答，「聖傑洛姆在西元四百年左右誤譯了。」

貝拉米表情佩服。「正是。誤譯了。結果呢……可憐的摩西在歷史上一路被扭曲。」

說「扭曲」算是客氣了。蘭登小時候，在羅馬的聖彼得鐐銬教堂看見中心裝飾——米開朗基羅那尊惡魔般的「長角的摩西」，被嚇壞了。

「我提起長角的摩西，」貝拉米又說，「是在說明光是一個字被誤解就可能改寫歷史。」

你是多此一舉，蘭登想，幾年前他在巴黎已經親自學過這一課了。SanGreal：聖杯。SangReal：皇家血脈。

「至於共濟會金字塔，」貝拉米繼續說，「大家聽到私下流傳的『傳說』，觀念就卡住了。共濟會金字塔的傳說聽起來像迷思。但是legend這個字是指別的意思。它被誤解了。就像talisman這個字。」他微笑道，「語言有時候很擅長隱匿眞相。」

「這倒是，不過還是無法說服我。」

「羅柏，共濟會金字塔是**地圖**。如同每張地圖，它有個legend（**圖例、說明**）——教你怎麼閱讀的關鍵。」貝拉米拿起方塊包裹。「你還不懂嗎？這個頂石就是金字塔的說明。這個關鍵告訴你如何閱讀世界上最強大的聖物……解開人類最大寶藏——歷代失落的智慧藏匿地點的地圖。」

蘭登沉默不語。

「我謙卑地主張，」貝拉米說，「你所謂高聳的共濟會金字塔只是**這個**……不起眼的石頭，它的黃金頂石高度足以讓上帝觸及。高到受過啓發的人可以彎腰摸到它。」

兩人沉默了幾秒鐘。

蘭登低頭看金字塔時感到一陣意外的興奮，有了全新的觀點。他的目光又移到共濟會密碼。「可是這個密碼……似乎太……」

「簡單？」

蘭登點頭。「幾乎任何人都能解開。」

貝拉米微笑拿出紙筆遞給蘭登。「或許你可以教教我？」

蘭登不太放心閱讀密碼，但是目前情況危急，對彼得的信任似乎只是小小的背叛。況且，無論刻字說什麼，他無法想像能透露任何東西的藏匿地點……更別說是史上最大的寶藏了。

蘭登接過貝拉米的鉛筆，敲敲下巴研究密碼。密碼簡單到他不太需要紙筆。不過，他要確保自己沒看錯，於是照例動筆寫下共濟會密碼最常見的解碼表。表格包括四個方陣——兩個正體，兩個加點——依序填入字母。現在每個字母位於特殊形狀的「包圍」或「圍欄」中。每個字母的**圍欄**形狀就是替代的**符號**。

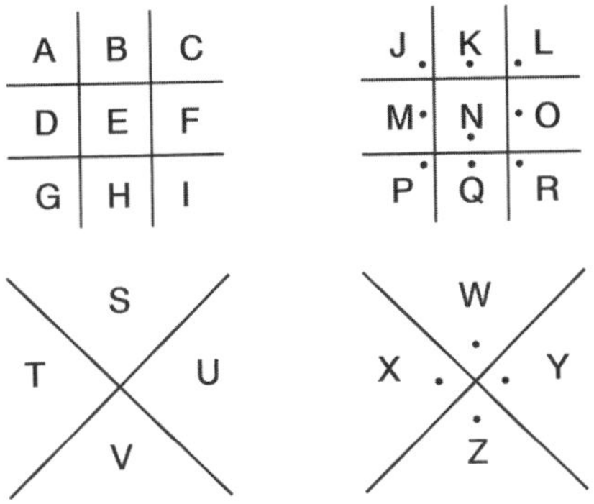

太簡單了，簡直是嬰兒級。

蘭登檢查一下他的字跡。確定解碼表正確之後，他的注意力轉向金字塔上的刻字。要解讀，只需找到解碼表上的相同形狀，寫下對應字母即可。

金字塔上第一個字母像是向下箭頭或聖杯。蘭登很快找到解碼表上聖杯狀的地方。在四個方陣中的左下方，包圍的字母是S。

蘭登寫下S。

下一個符號是缺了右側的加點方形。解碼表上的對應字母是O。

他寫下O。

第三個符號是單純方格，對應的是E。

蘭登寫下E。

SOE……

他繼續寫，加快速度直到全部解完。蘭登低頭看著完成的翻譯，發出疑惑的嘆息。**還是沒有什麼突破。**

貝拉米隱約露出微笑。「你知道的，教授，古代玄祕只保留給眞正受啓發的人。」

「是喔，」蘭登皺眉說。顯然我不夠格。

50

維吉尼亞州蘭利的中情局總部深處地下辦公室裡，同樣十六個字的共濟會密碼在高解析電腦螢幕上發亮。保安處資深分析師諾拉·凱伊獨自坐著研究十分鐘前上司井上·佐藤處長e-mail傳來的圖形。

這是在開玩笑嗎？諾拉當然知道不是；佐藤處長毫無幽默感，今晚的事件也不是能開玩笑的。諾拉在中情局最高督察機構的高權限讓她對權力的黑暗面大開眼界。但是這二十四小時以來諾拉看到的，永遠改變了她對權力人士隱私的印象。

「是，處長，」諾拉把話筒夾在肩上，跟佐藤說話。「刻字確實是共濟會密碼。不過，明碼沒有意義。似乎是隨機字母的方陣。」

她低頭看著解碼。

S	O	E	U
A	T	U	N
C	S	A	S
V	U	N	J

「一定有什麼意義，」佐藤堅持。

「除非有我沒發現的第二層編碼。」

「猜猜看?」佐藤問。

「這是棋盤狀方陣，我可以試試平常的維瓊內爾加密法（註：一五八六年法國外交官Blaise de Vigenere所發明的）、格柵法、格架圖，諸如此類——但是不保證，尤其這只是緩衝層的話。」

「盡量就是了。要趕快。X光片呢?」

諾拉旋轉椅子到第二個系統，顯示著某個背包的標準安檢X光片。佐藤要求辨識方塊狀盒子裡的小金字塔是什麼。通常兩吋大的物體不會構成國家安全問題，除非是濃縮鈽。這個不是。材料是幾乎同樣驚人的東西。

「影像密度分析很明確，」諾拉說，「每立方公分十九點三公克。是純金。非常非常貴重。」

「還有別的嗎?」

「呃，有。密度掃描發現金字塔表面有微小的不規則。黃金上面似乎有刻字。」

「眞的?」佐藤似乎抱著希望，「刻了什麼?」

「現在還看不出來。刻字很模糊。我正試著用濾鏡提高解析度，不過X光片的解析度原本就不高。」

「OK，繼續試。有發現再通知我。」

「是，女士。」

「還有，諾拉，」佐藤的口吻突然變嚴厲。「這二十四小時來妳所知道的一切，石頭金字塔的圖像跟黃金頂石都是最高機密等級。妳不能諮詢任何人。只能直接跟我報告。我要確定妳了解。」

「當然，女士。」

「很好。保持聯絡。」佐藤掛斷。

諾拉揉揉眼睛，睡眼惺忪地看看她的電腦螢幕。她已經三十六小時沒睡，而且非常清楚在危機落幕之前休想闔眼了。

不管是什麼事情。

國會遊客中心裡，四個黑衣中情局外勤專家站在隧道入口，像急著狩獵的狗群飢渴地窺探昏暗的隧道。

佐藤講完電話之後走過來。「各位，」她拿著建築師的鑰匙說，「任務參數都清楚了嗎？」

「確定，」領隊回答，「有兩個目標。第一是刻字的石頭金字塔，大約一呎高。其次是小方塊狀包裹，大約兩吋高。兩者最近的下落是在羅柏·蘭登的背包裡。」

「正確，」佐藤說，「這兩件東西必須盡快完整取回。有什麼疑問嗎？」

「是否准許使用武力？」

佐藤肩上被貝拉米用骨頭打到的地方還在發痛。「我說過，最重要的是取回這些東西。」

「了解。」四名男子轉身進入黑暗的隧道中。

佐藤點根菸，看著他們消失。

51

凱薩琳·所羅門開車向來謹慎，但現在她把Volvo催到九十幾哩，沿著蘇特蘭林蔭大道盲目地逃竄。顫抖的腳踩住油門整整一哩路才逐漸擺脫恐慌。她發現自己無法控制的顫抖不只是因爲害怕。

我好冷。

冬夜的寒風從破掉的車窗灌進來，像極地的風蹂躪她的身體。沒穿鞋的雙腳麻木了，她彎腰伸手去拿放在乘客座的備用鞋。這時，她感覺喉嚨的瘀青發出刺痛，剛才被粗壯的手掐住的地方。

砸破她車窗的男子一點也不像凱薩琳認識的金髮紳士克里斯多夫·艾巴頓醫師。他的濃密頭髮跟古銅色光滑肌膚不見了。他的光頭、裸胸與化妝遮蓋的臉孔其實是嚇人的刺青大雜燴。

她又聽見他的聲音，在破窗外呼嘯的風聲中向她低語。**凱薩琳，我十年前就該殺了妳……在我殺妳母親的那個晚上。**

凱薩琳發抖，心中毫無疑問。就是他。她從未忘記他惡毒暴戾的眼神。她也從未忘記兄長射殺這個人的槍聲，讓他從懸崖掉落下方冰凍的河裡，跌破冰層再也沒有浮上來。調查人員找了幾個星期，一直沒發現屍體，終於判斷他被急流沖到切薩皮克灣去了。

他們錯了，她現在發現。**他還活著。**

而且他回來了。

凱薩琳在往事潮湧中苦惱不已。已經過了快十年了。聖誕節。凱薩琳、彼得跟他們的母親——全家人——團圓在波多馬克的寬敞石砌豪宅裡，周圍有兩百英畝森林圍繞，還有私人河川流過。

依照傳統，他們的母親在廚房忙碌，興高采烈地爲子女料理節慶菜餚。即使七十五歲了，伊莎貝爾．所羅門的手藝毫無退步，今晚烤鹿肉、防風根肉湯與蒜香馬鈴薯泥令人垂涎的香味瀰漫整棟房子。母親準備大餐時，凱薩琳跟哥哥在溫室閒晃，討論凱薩琳最近的興趣——稱作知性科學的新領域。現代粒子物理與古代玄學的奇異融合，深深吸引了凱薩琳的想像力。

物理融合哲學。

凱薩琳告訴彼得一些她構思的實驗，從他的眼神看得出他是眞的感興趣。凱薩琳尤其高興今年聖誕節能讓兄長有些正面的思考，因爲這個假日也是可怕悲劇的痛苦記憶。

彼得的兒子，柴克瑞。

凱薩琳姪子的二十一歲生日也是他最後一次的生日。全家經歷了一場噩夢，她的哥哥似乎最近才終於學會再次歡笑。

柴克瑞比較晚熟，軟弱又彆扭，是個叛逆的憤怒青少年。雖然自小深受呵護栽培，這孩子似乎決心擺脫所羅門的「家業」。他被踢出貴族預校，與「名流」縱情玩樂，拒絕父母拚命試圖給他的穩定與關愛導引。

他傷了彼得的心。

柴克瑞十八歲生日不久前，凱薩琳與母親、哥哥坐下來，聽他們爭論是否撤銷柴克瑞的繼承權直到他成熟一點。所羅門繼承權是幾百年來的家族傳統——每個所羅門家的小孩在十八歲生日都會獲贈一大筆家族財富。所羅門家族認爲在人生**起點**而非終點時繼承財富比較有幫助。況且，把大筆所羅門家財富交給積極的年輕後代，向來是擴張家族財富的關鍵。

但是那次，凱薩琳的母親主張交給彼得的不肖子這麼多錢太危險了。彼得不同意。「所羅門繼承權，」她哥哥說，「是不能打破的家族傳統。這筆錢可能迫使柴克瑞比較負責一點。」

很可惜，她哥哥錯了。

柴克瑞一拿到錢就離家出走，什麼東西也沒帶就消失了。幾個月後他出現在八卦小報上：花花公子靠信託基金在歐洲紙醉金迷。

小報幸災樂禍地描述柴克瑞放蕩糜爛的生活。遊艇上狂歡派對與舞廳酒醉昏迷的照片已經讓所羅門家族難以接受，但是這個任性小孩的消息從悲慘變成駭人，某天報紙報導柴克瑞在東歐因爲攜帶古柯鹼闖關被捕：百萬富翁所羅門在土耳其入獄。

他們得知，那所監獄叫做索甘利克——位於伊斯坦堡郊外卡塔爾區，嚴酷的F級拘留中心。彼得．所羅門擔心愛子的安危，飛到土耳其去營救。凱薩琳慌亂的兄長空手而歸，連面會柴克瑞都不獲准。唯一正面的消息是所羅門在美國國務院神通廣大的聯絡人正在努力讓他盡快被引渡。

但是兩天後，彼得接到一通可怕的國際電話。隔天早上，新聞標題寫著：所羅門繼承人在獄中遭謀殺。

獄中照片駭人聽聞，媒體無情地全部公開，新聞甚至炒作到所羅門家私人葬禮之後許久。彼得的妻子一直不原諒他無法救出柴克瑞，六個月後兩人離婚。從此彼得孤家寡人。

好幾年後凱薩琳、彼得與母親伊莎貝爾才默默團聚過聖誕節。家族傷痛仍未平復，幸好年復一年逐漸淡去。現在他們的母親準備著傳統大餐，廚房裡又響起愉快的鍋碗瓢盆碰撞聲。外頭的溫室裡，彼得與凱薩琳正在享受烤白乳酪與輕鬆的假日閒聊。

意想不到的聲音突然出現。

「嗨，所羅門家族，」背後一個輕柔的聲音說。

凱薩琳與兄長驚訝地轉身，看見一個虎背熊腰的人走進溫室。

他戴著黑色滑雪面罩遮住眼睛之外的臉孔，目露凶光。

彼得立刻站起來。「你是誰?!怎麼進來的?!」

「我在獄中認識你們的小孩柴克瑞。他告訴我鑰匙藏在哪裡。」陌生人舉起一把舊鑰匙，像野獸般獰笑。「在我把他打死之前。」

彼得目瞪口呆。

一把手槍出現，瞄準彼得的胸口。「坐下。」

彼得跌回椅子上。

男子走進溫室內，凱薩琳僵住了。他面罩後的眼睛像狂犬病野獸一樣凶暴。

「嘿！」彼得大喊，似乎想要警告廚房裡的母親。「不管你是誰，想要什麼就拿去，快點離開！」

男子舉槍到彼得的胸前。「你們以爲我要什麼？」

「要多少錢直說，」所羅門說，「我們屋裡沒有現金，但是我可以——」

怪人大笑。「別小看我。我來不是爲了錢。今晚我來取回柴克瑞其餘的繼承物。」他笑道。「他告訴我金字塔的事。」

金字塔？凱薩琳又驚又疑。**什麼金字塔**？

她的兄長反抗。「我不知道你在說什麼。」

「少跟我裝蒜！柴克瑞告訴我你在地下書房藏了什麼。我現在就要。」

「不管柴克瑞說了什麼，他迷糊了，」彼得說，「我不知道你在說什麼！」

「不知道？」闖入者槍口轉向凱薩琳臉上。「說不說？」

彼得眼中充滿恐懼。「你要相信我！我不知道你要什麼！」

「再說一次謊，」他說，仍然指著凱薩琳，「我發誓會要她的命。」他微笑。「據柴克瑞說，你小妹比你的全部財產還珍貴——」

「怎麼回事?!」凱薩琳的母親大喊，拿著彼得的白朗寧Citori霰彈槍走進室內，瞄準男子的胸口。闖入者轉身面對她，精力充沛的七十五歲老太太毫不浪費時間。她震耳欲聾地開了一槍。闖入者嚇退一步，往四面八方瘋狂亂射，玻璃窗破碎時他也跌倒撞破玻璃門，手槍脫手。

彼得立刻行動，去搶地上的手槍。凱薩琳跌倒，所羅門太太匆忙到她身邊跪下來。「天啊，妳受傷沒有?!」

凱薩琳搖頭，嚇得說不出話。破碎的玻璃門外，面罩男子站起來跑進樹林裡，邊跑邊摀著側腰。彼得·所羅門回頭確認他母親與妹妹的安全，認爲他們沒事，拿著手槍跑出去追闖入者。

凱薩琳的母親握著她的手發抖。「謝天謝地妳沒事。」突然老太太退開。「凱薩琳?妳在流血!有血!妳受傷了!」

凱薩琳也看到了。很多血。全身都是。但她感覺不到疼痛。

母親驚慌地搜尋凱薩琳身上的傷口。「哪裡痛?」

「媽，我不知道，我沒有感覺!」

接著凱薩琳發現了血的來源，她渾身發冷。「媽，不是我……」她指著母親的白色緞子上衣側面，血流如注，看得見一個破爛的小洞。她母親低頭，表情困惑不已。她皺眉向後倒，彷彿這時才感到疼痛。

「凱薩琳?」她的聲音冷靜，但是忽然顯出七十五歲的沉重。「請妳叫救護車。」

凱薩琳跑到客廳打電話求救。她回到溫室時，發現母親動也不動躺在血泊中。她跑過去，蹲下，把母親的身體擁入懷裡。

凱薩琳不曉得過了多久才聽見樹林遠處的槍聲。溫室的門終於打開，哥哥彼得衝進來，眼神狂亂，槍還握在手裡。他看見凱薩琳在啜泣，懷裡抱著失去生命的母親，他臉色痛苦地扭曲。溫室裡迴盪的哀號讓凱薩琳·所羅門畢生難忘。

52

馬拉克繞過大樓跑回第五區卸貨門的時候，感覺背後刺青的肌肉陣陣波動。

我必須進入她的實驗室。

凱薩琳脫逃實在出乎預料……問題大了。她不僅知道馬拉克住哪裡，也知道他的眞實身分……還有他就是十年前闖入他們住宅的人。

馬拉克也沒有忘記那晚。他只差一點就拿到金字塔，但是命運阻撓他。我還沒準備好。但是現在他準備好了。更強壯。更有影響力。準備回來的過程中忍受了難以想像的艱辛，馬拉克選了今晚來完成他最終的宿命。他確定在天亮之前，他就能看見凱薩琳．所羅門臨死的表情。

馬拉克到達卸貨門，安慰自己凱薩琳並沒有眞的脫逃；她只是延後必然的結果罷了。他擠過門縫，自信地大步越過黑暗直到他的腳踩到地毯。然後他右轉走向方塊。第五區入口的敲打聲不見了，馬拉克猜想警衛現在正試著取出先前他塞進刷卡槽癱瘓門鎖的硬幣。

馬拉克走到進入方塊的門，找出門鎖鍵盤位置，插入崔許的卡片。鍵盤亮起。他輸入崔許的密碼走進去。燈光全部亮著，他走進單調的空間，驚異地瞇眼看著壯觀的各式設備。馬拉克很熟悉科技的力量；他也在自家地下室研究自己的科學類型，昨晚終於有了一些成果。

就是眞相。

彼得．所羅門的特製監獄——單獨困在模糊地帶——逼出了他所有的祕密。我能看見他的靈魂。馬拉克知道了某些預期的祕密，以及某些意外的，包括凱薩琳實驗室的消息與她的驚人發現。**科學快要追上**

了，馬拉克發現。**我不會讓它指引那些不夠格的人。**

凱薩琳在此的工作已經利用現代科學回答古代的哲學問題。有人在**聽我們禱告嗎？死後有生命嗎？人有靈魂嗎？**眞不可思議，凱薩琳解答了這些問題，還有別的。既科學又明確。她用的方法無可反駁。即使最懷疑的人也會被她的實驗結果說服。如果這些資訊被公諸於世，人類的自覺將發生徹底的改變。**他們會開始找到方向。**在他變形之前，馬拉克今晚的最後任務就是阻止這件事。

馬拉克走過實驗室，找到了彼得告訴他的資料室。他透過厚重的玻璃牆看著兩部雷射投影資料儲存器。**就在他說的位置。**馬拉克很難想像這些小盒子的內容可以改變人類發展的途徑，但是眞相一向是最強力的催化劑。

馬拉克打量資料儲存器，拿出崔許的鑰匙卡插入門上的面板。意外的是，鍵盤沒有亮起來。顯然，崔許．鄧恩沒有權限進入這個房間。他又拿出在凱薩琳的實驗袍口袋找到的鑰匙卡。插入之後，鍵盤亮起。

馬拉克有個問題。**我不知道凱薩琳的密碼。**他試試崔許的密碼，不行。他摸摸下巴，退後打量三吋厚的樹脂玻璃門。他知道就算用斧頭也無法闖進去，取得他必須摧毀的硬碟。

不過馬拉克是有備而來。

電源室裡，正如彼得形容，馬拉克找到了放置幾個氧氣筒似的金屬圓柱的架子。圓柱上印著LH、數字2與易燃物的通用標誌。其中一個圓柱連接到實驗室的氫燃料電池。

馬拉克留著使用中的圓筒，小心地搬下一個備用圓筒放到架子旁的手推車上。他把圓筒推出電源室，穿過實驗室，到資料室的樹脂玻璃門前。雖然這個位置肯定夠近了，但他發現厚重的門有個弱點——門框與地面之間的小空隙。

在門檻處，他小心地放下圓筒橫躺著，把彈性橡皮管從門下塞進去。他花了些時間才拆掉安全鉛封看到圓筒的氣閥，成功之後，他輕輕地打開氣閥。透過玻璃，他看見透明冒泡的液體開始從管子流到資料室地板上。馬拉克看著那灘水跡擴大，徐徐流過地板，同時冒煙冒泡。氫氣只有冷卻時才保持液態，受熱之後，它會開始沸騰蒸發。碰巧，氣態比液態更加容易引燃。

勿忘興登堡事件。

馬拉克匆忙進入實驗室拿出本生燈燃料的硼矽酸玻璃罐——一種黏性、高度易燃但是不可自燃的油。他拿著回到玻璃門前，高興地看到液態氫筒還在外流，資料室內那灘沸騰液體已經覆蓋了全部地面，包圍了放置儲存器的底座。液體升起一片白霧，那是液態氫在汽化……填滿這個小房間。

馬拉克拿起玻璃罐充分潑灑在氫氣筒、橡皮管與門縫處。接著，他小心翼翼地後退離開實驗室，讓一道油漬留在地上。

處理華盛頓特區９１１電話的接線生今晚特別忙碌。**球賽、啤酒加上滿月，**想著想著又一通電話顯示在她螢幕上，來自安那科斯提亞區蘇特蘭林蔭道旁加油站的公共電話。**或許是車禍。**

「９１１，」她回答，「有何緊急狀況？」

「我剛在史密森博物館後援中心被人攻擊，」一個驚慌的女人聲音說，「請派人去！銀丘路４２１０號！」

「ＯＫ，講慢點，」接線生說，「妳必須——」

「我還需要妳派警察到卡洛拉瑪高地的一棟別墅，我哥哥可能被關在那裡！」

接線生嘆口氣。**滿月嘛。**

53

「我早告訴過你，」貝拉米對蘭登說，「這個金字塔不只是好看而已。」

顯然沒錯。蘭登必須承認放在敞開背包裡的石頭金字塔看起來更加神祕了。他解開的共濟會密碼似乎只是無意義的字母方陣。

混亂。

S O E U

A T U N

C S A S

V U N J

蘭登察看許久，尋找字裡行間任何意義的暗示——隱藏單字、變位字、任何線索——什麼也找不到。

「共濟會金字塔，」貝拉米解釋，「據說守護著許多層面紗之後的祕密。每當你掀開一層，會面對另一層。你解開了這些字母，但是除非你掀開另一層，否則沒有意義。當然，具體方法只有持有頂石的人知道。我猜想，頂石也有刻字，告訴你如何解讀金字塔。」

蘭登看看桌上的方塊包裹。根據貝拉米說法，蘭登現在發現頂石與金字塔是所謂「分割密碼」——分成好幾塊的密碼。現代密碼專家經常使用分割密碼，其實編碼原理在古希臘時代就發明了。希臘人想要保存祕密資訊時，把它刻在黏土板上然後打破，每一塊放在不同的地方。只有收集到所有碎片才可能讀取祕密。這種刻字黏土板稱作symbolon（分割密碼），就是現代英文symbol的字源。

「羅柏，」貝拉米說，「金字塔跟頂石世世代代都被分開保管，確保祕密的安全。」他的口氣變消沉。「但是今晚，兩者靠近得太危險了。不用我說你也知道……我們有義務阻止金字塔被組合起來。」

蘭登認爲貝拉米的戲劇感有點誇張了。**他是在形容頂石跟金字塔……還是引信跟核子彈？**他仍然不太相信貝拉米的說法，但這一點也不重要。「即使這是共濟會金字塔，而且這些刻字透露古代知識的地點，這份知識怎麼可能賦予傳說中的那種力量？」

「彼得總是說你很難說服——寧要證據不肯推測的學者。」

「你是說你眞的相信？」蘭登問，有點失去耐心了。「恕我直言……你是受過教育的現代人。你怎麼會相信這種東西？」

貝拉米耐心地微笑。「共濟會的技藝讓我對超越人類理解的東西深懷敬意。我學會了不要因爲一個觀念太過神奇就拒絕相信。」

54

博物館後援中心館區巡邏警衛慌張地沿著大樓外牆的碎石地奔跑。他剛接到館內警衛的通知，說第五區的門鎖被破壞了，而且保全燈號顯示第五區的卸貨門被打開了。

到底出了什麼事?!

他來到卸貨門，果然發現門打開了兩呎寬。怪了，他想。**這扇門只能從內側開啓啊**。他從腰帶取出手電筒照進館內的黑暗中。沒有動靜。他不想走進去，只來到門檻處把手電筒從門縫伸進去，向左照，再向右照——

一對強壯的手抓住他手腕把他拉進黑暗中。警衛感覺自己被一股隱形力量轉動。他聞到酒精味。手電筒脫手飛出去，他來不及理解發生了什麼事，一個堅硬的拳頭擊中他胸口。警衛倒在水泥地上痛苦呻吟……一個高大的黑色人影慢慢走開。

警衛側躺著，掙扎喘氣。他的手電筒掉在附近，光線照亮了地上一個像是金屬罐的東西。上面的標籤說它是本生燈燃油。

打火機聲音，橘色火焰照亮了一個不成人形的景象。**我的媽呀**！警衛勉強察覺他看見的是什麼，那個赤膊男子已經跪下來用火焰燒地板。

一條火焰立刻出現，離開他們，迅速燒向黑暗中。警衛疑惑地回頭，但是那個人已經從門縫溜到外面去了。

警衛掙扎著坐起來，痛得皺眉，眼睛盯著那條細細的火焰軌跡。**搞什麼鬼?!**火焰看起來小得不具危險性，但是他看到了眞正可怕的東西。火焰不只在黑暗中發亮，還一路燒到對面牆壁，照亮了一個巨大的灰泥磚造結構。警衛從來沒有獲准進過第五區，但他很清楚這個構造是什麼。

方塊。

凱薩琳．所羅門的實驗室。

火焰呈一直線直接燒向實驗室的外側門。警衛蹣跚地站起來，心知肚明那道油跡很可能從門縫下延伸進去……很快會引發裡面的火災。他轉身正想跑去求救，感覺一陣意外的熱空氣掠過他身邊。

瞬間，整個第五區亮了起來。

警衛從來沒看過氫氣火球噴向天上，衝破第五區屋頂，飛上幾百呎高空。他也沒看過鈦合金鐵絲網、電子設備與實驗室內資料儲存器融化的矽碎片像雨滴一樣從天而降。

凱薩琳．所羅門開車往北，看見照後鏡突然閃了一道亮光。夜空傳來打雷似的低鳴聲，嚇了她一跳。

煙火？她猜想。**紅人隊有中場表演嗎？**

她重新專心看路，還在想著剛才用無人加油站公共電話打給９１１的求救電話。

凱薩琳成功說服了９１１接線生派警察到後援中心去調查刺青怪客，凱薩琳祈禱，希望能找到她的助手崔許。另外，她也請求接線生去查看艾巴頓醫師在卡洛拉瑪高地的地址，她認爲彼得被關在那裡。

很不幸，凱薩琳無法取得羅柏．蘭登未登錄的手機號碼。現在沒有其他選擇，她火速趕往國會圖書館，蘭登說他會在那裡。

艾巴頓醫師的眞實身分赫然曝光改變了一切。凱薩琳再也不知道該相信什麼。她只確定多年前殺害她母親跟姪子的同一個人現在抓了她哥哥又過來殺她。**這個瘋子是誰？他想幹什麼？**她唯一想到的答案毫無道理。**金字塔？**她也想不通這個人今晚爲何來到她的實驗室。如果他想傷害她，今天下午爲何不在隱密的自宅裡動手？爲什麼特地發簡訊，冒險闖入她的實驗室？

出乎意料，照後鏡裡的煙火更亮了，起初的亮光伴隨著意外的景象——凱薩琳看見熊熊的橘色火球從樹梢上升起。**怎麼回事?!**火球之後是濃密的黑煙……位置不像是在紅人隊的FedEx球場。她猜想著樹林的另一端……在公路的東南方會是什麼公司行號。

突然，像被卡車迎面撞到，她知道了。

55

華倫．貝拉米匆忙地猛按手機按鍵，試著連絡可以幫他們的人，不管他是誰。

蘭登看著貝拉米，心裡擔心彼得，思索找到他的最佳方式。抓彼得的人命令，**解讀刻字，它會告訴你人類最大寶藏的藏匿地點……我們一起去……然後進行交換。**

貝拉米蹙眉掛斷。還是沒人接。

「有件事我不懂，」蘭登說，「即使我能勉強接受所謂隱藏智慧存在……而這個金字塔眞的指向地下埋藏處……我該找什麼？地窖？碉堡？」

貝拉米默默坐了半晌。他不情願地嘆氣，謹愼地說。「羅柏，據我多年來聽說的，金字塔指向一道螺旋階梯的入口。」

「**階梯**？」

「沒錯。通往地下的階梯……深入幾百呎。」

蘭登無法相信他的耳朵。他向前傾。

「我聽說古代智慧就埋在底下。」

羅柏．蘭登站起來踱步。**深入地下幾百呎的螺旋階梯……在華盛頓特區**。「而且從來沒人見過？」

「據說入口覆蓋著巨大的石頭。」

蘭登嘆氣。墳墓覆蓋著大石頭的概念根本是出自《聖經》對耶穌墳墓的描述。這種原型融合是所有傳說的始祖。「華倫，你相信這個神祕的地下祕密階梯存在嗎？」

「我沒有親眼看過，但是幾個共濟會前輩發誓它存在。我正在嘗試連絡其中一個。」

蘭登繼續踱步，不知道該說什麼。

「羅柏，關於這個金字塔，你讓我很爲難。」華倫．貝拉米堅定的眼光映著閱讀燈的柔和光芒。「我知道沒有方法能強迫人相信他不想要相信的事。但我希望你了解你對彼得．所羅門的責任。」

對，我有義務救他，蘭登想。

「我不需要你相信這個金字塔能揭露的力量。我也不需要你相信它指出的階梯。但我需要你相信你有道德義務去保護這個祕密……無論它是什麼。」貝拉米指著小方塊包裹。「彼得把頂石託付給你是因爲他相信你會遵從他的意願保密。現在你就必須這麼做，即使必須犧牲彼得的生命。」

蘭登愣了一下，轉過身來。「什麼？」

貝拉米仍然坐著，表情痛苦卻又堅定。「這是他的願望。你必須忘了彼得。他死了。彼得盡了他的職責，全力保護金字塔。現在確保他的努力沒有白費是**我們的**職責。」

「眞不敢相信你會說這種話！」蘭登怒罵，「即使這金字塔像你說的一樣，彼得是你的共濟會弟兄。你宣誓過保護他甚於一切，包括你的國家！」

「不，羅柏。共濟會員必須保護同儕會員甚於一切……除了一個例外──我們的組織爲全人類保護的大祕密。無論我是否相信這個失落的智慧具有歷史所暗示的潛力，我宣誓過讓它遠離凡夫俗子之手。我不會把它交給任何人……即使要交換彼得．所羅門的性命。」

「我認識很多共濟會員，」蘭登生氣地說，「包括最高階的，我很確定這些人沒有宣誓爲了一個石頭金字塔犧牲生命。我也很確定沒人相信有祕密階梯通往深埋地下的寶藏。」

「核心之內還有核心，羅柏。不是每個人都知道一切。」

蘭登呼氣，試圖控制自己的情緒。他跟旁人一樣，聽說過共濟會內部精英核心的謠言。面對眼前的狀況，那是不是眞的似乎不重要。「華倫，如果金字塔跟頂石眞的揭露共濟會的終極祕密，那麼彼得何必把我扯進來？我根本不是會員……更別說是精英核心了。」

「我知道，我猜這正是彼得選擇你來保護它的原因。以前也有人圖謀這座金字塔，甚至是爲了不良動機滲透進來的人。彼得選擇把它放在組織外面非常聰明。」

「你早就知道頂石在我手上？」蘭登問。

「不。如果彼得告訴過任何人，對象只有一個。」貝拉米掏出手機按下重撥鍵。「目前爲止，我一直連絡不上他。」他聽見語音信箱之後掛斷。「唉，羅柏，看來我們現在只能靠自己了。我們必須作個決定。」

蘭登看看他的米老鼠手錶。晚上九點四十二分。「你應該知道抓彼得的人正在等我今晚解開這座金字塔，告訴他內容。」

貝拉米皺眉。「歷史上的偉人都爲了保護古代玄祕作出重大的個人犧牲。你跟我也一樣。」他站起來。「我們該走了。遲早佐藤會查出我們在這裡。」

「凱薩琳怎麼辦?!」蘭登問，不想要離開。「我找不到她，她也沒打來。」

「顯然出事了。」

「可是我們不能丟下她不管！」

「忘了凱薩琳！」貝拉米用命令的語氣說，「忘了彼得！忘了每個人！難道你不懂，羅柏，你被託付的責任遠超過我們所有人——你、彼得、凱薩琳，還有我？」他與蘭登四目相對。「我們必須找個安全地點藏好金字塔跟頂石，遠離——」

大廳方向傳來金屬撞擊的巨響。

貝拉米轉身，眼中充滿恐懼。「動作眞快。」

蘭登轉向門口。那聲音顯然是剛才貝拉米放在梯子上擋住隧道門的鐵桶。**他們來抓我們了**。

但是，出乎意料，撞擊聲又傳來一下。

又一下。

又一下。

躺在國會圖書館前長椅上的遊民揉揉眼睛，看著眼前怪異的景象上演。

一輛白色Volvo跳上人行道，歪歪扭扭駛過無人的步道，尖叫著停在圖書館的大門口。有個黑髮美女跳下車，焦急地勘察環境，發現遊民在場，大喊「你有沒有手機？」

女士，**我連左腳鞋子都沒有**。

女子顯然也懂了，衝上大門階梯。爬上去之後，她抓住門把拚命嘗試打開三面巨大的門。

圖書館關門了，女士。

女子似乎不在乎。她抓住沉重的環狀門把往後拉，讓它大聲撞擊。她又試一遍。又一遍。又一遍。

哇，遊民心想，**她一定真的很想看書**。

56

凱薩琳．所羅門終於看見圖書館巨大的銅門在面前打開，她感覺一道情緒的水閘炸開了。今晚壓抑的所有恐懼與迷惑全部傾瀉出來。

站在大門口的人是華倫．貝拉米，她兄長的密友。但是站在貝拉米背後陰影中的人讓凱薩琳最高興見到。顯然對方也有同感。羅柏．蘭登面露欣慰之色看她衝進門內……直接撲向他懷中。

凱薩琳沉迷在老朋友撫慰的擁抱中，貝拉米關上大門。她聽見沉重的鎖被扣上，終於感到安全了。眼淚突然奪眶而出，但她極力克制。

蘭登抱著她。「沒事了，」他低聲說，「妳很安全。」

因爲你救了我，凱薩琳想對他說。**他毀了我的實驗室……全部成果。多年的研究……全部化爲烏有**。她想告訴他一切經過，但她幾乎無法呼吸。

「我們會找到彼得。」蘭登低沉的聲音在她胸口共鳴，讓她大爲安心。「我保證。」**我知道是誰幹的！**凱薩琳想大喊。**殺我母親跟姪子的同一個人！**她還來不及開口，一個突發聲音打破了圖書館的寂靜。

下方門廊的樓梯間傳出撞擊巨響的回音——像是大型金屬物體掉在磁磚地上。凱薩琳感到蘭登的肌肉立刻僵硬。貝拉米上前，神情嚴肅。「我們走吧。**快點**。」

凱薩琳迷惑地跟著建築師與蘭登匆忙穿過大廳前往聞名的閱覽室，裡面燈火通明。貝拉米迅速鎖上背後的雙層門，先是外門，然後內門。

凱薩琳茫然跟著，貝拉米催促他們往房間中央走。三人來到一張燈光下放了個皮背包的閱讀桌。背包旁邊，有個小方塊狀包裹，貝拉米拿起來放進背包，裡面還有一個——

凱薩琳愣了一下。**金字塔？**

雖然從未見過這個刻字金字塔，她感覺全身因爲熟悉感而退縮。她的直覺知道了眞相。凱薩琳．所羅門剛才親眼看見了深深傷害她人生的東西。**金字塔。**

貝拉米拉上背包拉鍊將背包交給蘭登。「別讓它離開視線。」

突來的爆炸震撼了房間的外側門。接著是碎玻璃落地聲。

「這邊！」貝拉米轉身，表情恐懼，催他們到中央借書櫃檯——八個櫃檯圍繞著一個巨大的八角型櫃子。他帶他們進入櫃檯後方，指著櫃子的一個開口。「進去裡面！」

「**裡面？**」蘭登追問，「一定會被他們找到的！」

「相信我，」貝拉米說，「不是你想的那樣。」

57

馬拉克駕著禮車往北飆向卡洛拉瑪高地。凱薩琳實驗室的爆炸規模超出他的預期，能毫髮無傷逃出來眞是幸運。湊巧地，後續的混亂讓他毫無困難就離開了現場，駕著他的禮車經過門口一個分心忙著大聲講電話的警衛。

我得離開公路，他想。就算凱薩琳還沒報警，爆炸也會吸引他們注意。**開禮車的赤膊男子太顯眼了。**

準備多年之後，馬拉克還是不敢相信今晚降臨在他身上。來到此刻的旅程漫長又艱苦。**多年前卑微開始的……今晚將以光榮結束。**

在這一切開始的那晚，他還沒取馬拉克這個名字。其實在那一晚，他根本沒有名字。37號囚犯。就像索甘利克監獄大多數受刑人，37號因爲毒品身陷囹圄。

當時他躺在水泥牢房的床鋪上，黑暗中飢寒交迫，猜想著自己會被關多久。他的新室友，二十四小時前才認識的，睡在他的上鋪。監獄主管，一個痛恨自己工作又愛拿囚犯出氣的胖子酒鬼，剛剛關掉所有燈光。

大約十點鐘時，37號囚犯聽見從通風管傳出來的對話。第一個聲音清晰無疑——監獄主管尖銳好鬥的口音，他顯然不喜歡被深夜訪客吵醒。

「是啊，是啊，你遠道而來，」他說，「但是第一個月不准會客。國家法規。沒有例外。」

回答的聲音溫柔又優雅，充滿痛苦。「我兒子安全嗎？」

「他是個毒蟲。」

「他有妥善的待遇嗎？」

「夠好了，」主管說，「這裡可不是大飯店。」

難堪的暫停。「你一定知道美國國務院會要求引渡。」

「是，是，他們向來如此。會批准的，只是文書作業可能要花上一兩週……甚至一個月……看情況。」

「看什麼情況？」

「呃，」主管說，「我們人手不足。」他停頓一下。「當然，有時像你這樣的關切人士會捐款給獄方人員，讓我們能提升效率。」

訪客沒有回答。

「所羅門先生，」主管壓低音量繼續說，「對您這樣的人，錢不是問題，總是有辦法的。我認識政府裡面的人。如果你我合作，或許能讓令郎離開這裡……明天，而且撤銷所有罪名。他甚至在母國也不會被起訴。」

對方立刻回應。「姑且不論你建議的法律後果，我拒絕教育兒子金錢能解決所有問題或者人生不用負責任，尤其像這麼嚴重的事情。」

「你要把他丟在這裡？」

「我希望跟他說話。現在。」

「我說過，我們有法律的。令郎無法見你……除非你想要協商讓他立即釋放。」

冰冷的沉默持續許久。「國務院會跟你聯絡。保護柴克瑞安全。我希望他在一週內搭上回家的飛機。晚安。」

大門猛然關上。

37號囚犯不敢相信他的耳朵。**有什麼父親會為了教訓兒子把他丟在這種人間地獄？**彼得．所羅門甚至拒絕抹消柴克瑞的前科紀錄。

當晚稍後，37號囚犯躺在床上睡不著，發現了脫逃的辦法。如果錢是囚犯與自由之間唯一的障礙，那麼37號囚犯與自由無異。彼得．所羅門或許不願意花錢，但是看過報紙的人都知道，他兒子柴克瑞也很有錢。翌日，37號囚犯私下與管理員交談，提出一個計畫——能讓兩人各取所需的大膽巧妙計策。

「柴克瑞．所羅門必須死掉才行得通，」37號囚犯說明，「但是我們都可以立即消失。你可以到希臘群島去退休，再也不用看到這個鬼地方。」

討論片刻之後，兩人握手拍板。

柴克瑞．所羅門很快就會死，37號囚犯想，微笑著暗忖這眞是太容易了。

兩天後國務院連絡所羅門家族，帶來噩耗。監獄照片顯示他們的孩子被毒打致死的屍體，蜷曲躺在他的牢房地上。他的頭被鐵棍打得凹陷，其餘部分也破碎扭曲到超出人道想像的程度。他顯然被刑求然後殺害。主嫌犯就是主管本人，他消失了，或許帶著死者的所有錢財。柴克瑞簽過文件把他的龐大資產轉移到一個私人祕密帳戶，在他死後立刻被提領一空。不曉得錢現在到哪裡去了。

彼得．所羅門搭私人飛機到土耳其帶回了孩子的棺材，埋葬在所羅門家族墓園。監獄主管一直沒有被找到。永遠不會，37號囚犯知道。那個土耳其人的肥胖屍體已經躺在馬爾瑪拉海的海底，成爲博斯普魯斯海峽來的藍蟹的飼料。屬於柴克瑞．所羅門的龐大財富全被搬到一個無法追查的祕密帳戶。37號囚犯重獲自由——而且還有大把鈔票。

希臘群島宛如天堂。陽光。海水。美女。

沒什麼是錢買不到的——新身分、新護照、新希望。他選了個希臘名字——安卓斯．達瑞歐斯——安卓斯意思是「戰士」，而達瑞歐斯意思是「富有」。獄中的黑夜嚇壞他了，安卓斯發誓再也不回去。他剃光了雜亂的頭髮，完全戒除毒癮。他展開新生活——探索前所未見的感官愉悅。獨自航行在蔚藍的愛琴海上的寧靜成爲他的新海洛英；從叉子上吸吮烤羊肉串湯汁的感官成爲他的搖頭丸；在米克諾斯島峽谷的懸崖跳傘快感成爲他的新古柯鹼。

我重生了。

安卓斯在希羅斯島上買了座寬敞的別墅，安頓在波西多尼亞鎭的俊男美女之間。這個新世界不僅是富人社區，也充滿文化與完美肉體。他的鄰居都對自己的身心狀況引以爲傲，這是有傳染性的。新來者不知不覺間也開始在沙灘慢跑，曝曬蒼白的身體，閱讀書籍。安卓斯看了荷馬的《奧德賽》，深受在島上戰鬥的強壯銅人形象吸引。隔天，他開始舉重，驚訝地發現他的胸部與雙臂迅速發達。他漸漸感覺吸引了女人的目光，崇拜感令人著迷。他渴望更加強壯。

他做到了。在積極使用類固醇與非法生長激素交互刺激之下，加上大量時間舉重，安卓斯把自己變成作夢也想不到的東西──完美的男性標本。他的身高與肌肉都有成長，長出完美的胸肌與健壯的雙腿，而且曬成完美膚色。

現在**人人**側目。

安卓斯被警告過，大量類固醇與荷爾蒙不僅改變他的身體，也改變了他的聲帶，讓他的聲音變成怪異、喘息般的低語，讓他感覺更加神祕。溫柔神祕的聲音，加上新身體、財富、拒絕談論神祕的過去，宛如貓薄荷吸引了他認識的女人。她們自願獻身，他也滿足她們每個人──從來到他島上拍照的時尚名模、度假的美國女大學生，到鄰居的寂寞怨婦，偶爾還有年輕男子。他們簡直需索無度。

我是一幅傑作。

但是經年累月，安卓斯的性冒險逐漸喪失刺激感。其餘一切都是。島上各色美食失去了滋味，書本引不起他的興趣，連家中炫目的夕陽美景也顯得無聊。**怎麼回事**？他才二十幾歲，卻感覺蒼老。**人生還有什麼東西**？他把身體雕塑成傑作；他用文化教育與培養自己的心智；他住在人間天堂；他喜歡的每個人都愛他。

但是，不可思議地，他感覺像在土耳其監獄一樣空虛。

我缺少了什麼？

幾個月後他找到了答案。安卓斯獨坐在別墅裡，三更半夜心不在焉地瀏覽電視頻道，碰巧有個節目在談共濟會的祕密。節目做得很爛，疑問多過答案，不過他迷上了關於這個組織的各種陰謀論。旁白描述了一個又一個傳說。

共濟會與新世界秩序……

美國國璽的共濟會符號……

P2共濟會會所……

共濟會失落的祕密……

共濟會金字塔……

安卓斯驚訝地坐起來。**金字塔**。旁白開始敘述一個神祕石頭金字塔的故事，它的密碼刻字據說通往失落的智慧與無窮的力量。雖然這個故事不太可信，卻激起了他遙遠的回憶……隱約想起比較黑暗的過去。安卓斯想起柴克瑞．所羅門聽他父親提起過一個神祕金字塔。

可能嗎？安卓斯努力回憶細節。

節目結束後，他走到戶外陽台，讓清涼的空氣洗滌他的思緒。他想起更多了，漸漸地，他感覺這個傳說或許不完全是空穴來風。如果這樣，那麼柴克瑞．所羅門——雖然死了很久——還有一點利用價值。

反正我怕什麼？

三週後，安卓斯小心安排時機，站在所羅門家族波多馬克豪宅的溫室外面的寒風中。透過玻璃，他看見彼得．所羅門跟妹妹凱薩琳在聊天說笑。**看來他們已經徹底遺忘了柴克瑞**，他想。

戴上滑雪面罩之前，安卓斯吸了口久違多年的古柯鹼。他感到熟悉的無畏亢奮感。他掏出手槍，用舊鑰匙打開大門，走了進去。「嗨，所羅門家族。」

很不幸，那晚事態超出安卓斯的預料。他沒有取得主要目標金字塔，還挨了子彈，穿越積雪草地逃向濃密的樹林。意外的是，後方彼得．所羅門追上來了，手裡的槍閃閃發亮。安卓斯衝進樹林中，沿著峽谷邊緣的小徑奔跑。遙遠的下方，透過寒冬的冷冽空氣傳來瀑布的回音。他經過一叢橡樹，向左轉彎。幾秒後，他在冰凍的路上打滑著停下來，差點喪命。

我的天！

他的前方幾呎，路斷了，底下就是冰冷的河水。路旁的大石頭上用小孩的拙劣字跡刻著：

柴克的橋

峽谷的對面，小徑繼續延伸。**橋到哪裡去了**?! 古柯鹼的效用沒了。**我困住了！**安卓斯驚慌起來，轉身沿路回去，迎面碰上氣喘吁吁站在前方的彼得．所羅門，手裡拿著槍。

安卓斯看著槍退後一步。背後的懸崖至少有五十呎，底下是布滿冰塊的河。上游瀑布的霧氣飄散在他們周圍，寒冷刺骨。

「柴克的橋很久以前就腐爛了，」所羅門喘息著說，「只有他會跑這麼遠。」所羅門穩穩地握著槍。「你爲什麼殺我的兒子？」

「他什麼也不是，」安卓斯回答，「只是個毒蟲。我是幫他的忙。」

所羅門走近，手槍瞄著安卓斯的胸膛。「或許我該幫你同樣的忙。」他的口氣異常兇暴。「你把我兒子活活打死。人怎麼做得出這種事？」

「人被逼急了什麼都做得出來。」

「你殺了我兒子！」

「不，」安卓斯激動地回答，「你殺了你兒子。如果有辦法救出來，哪有人會把兒子丟在監獄裡！是你殺了你兒子！不是我。」

「你什麼也不知道！」所羅門大喊，聲音充滿痛苦。

你錯了，安卓斯想。**我全都知道**。

彼得．所羅門靠近，只離五呎，水平伸出手槍。安卓斯胸口刺痛，他知道自己在流血。暖意向下流到腹部。他回頭看看懸崖。不可能。又轉頭面對所羅門。「我對你的了解多過你想像，」他低聲說，「我知道你沒辦法狠下心殺人。」

所羅門上前，瞄準他。

「我警告你，」安卓斯說，「如果你扣扳機，我會永遠陰魂不散。」

「你已經是了。」說完，所羅門開槍。

駕著黑色禮車奔回卡洛拉瑪高地，自稱馬拉克的人回想讓他在冰冷懸崖上逃過一死的奇蹟事件。他被永遠改變了。槍聲只響了一秒，但是後遺症幾十年不散。他曾經完美無瑕的身體，從那晚之後有了疤痕……他用新身分的刺青符號掩蓋住的疤痕。

我是馬拉克。

這一直都是我的宿命。

他曾經走過烈焰，被化為灰燼，然後重生……再次變形。今晚將是他漫長又壯觀的旅程最後一步。

58

被隱蔽地暱稱爲Key4的炸藥是特種部隊專門研發，用來在最小間接傷害之下炸開門鎖的。主要成分是旋風炸藥（註：cyclotrimethylenetrinitramine，三次甲基三硝基胺，又稱RDX或cyclonite。）加上二乙基己基（diethylhexyl）塑化劑，基本上是把C－4做得像紙一樣薄以便插入門縫。碰上圖書館閱覽室，這種炸藥正好派上用場。

領隊探員透納・辛金斯踏過門的殘骸，掃視巨大的八角形房間尋找任何動靜。什麼也沒有。

「關燈，」辛金斯說。

第二個探員找到牆上的開關，扳動它，室內陷入黑暗。四個人不約而同伸手拉下頭上的夜視鏡，調整鏡片角度。他們靜止不動，觀察閱覽室，室內在鏡片內側顯示成深淺不同的螢光綠色。

場景還是沒變。

沒有人在黑暗中快跑。

逃犯或許沒有武裝，但是外勤小隊還是高舉武器進入房間。黑暗中，他們的武器投射出四道嚇人的雷射光。他們的光束掃向四面八方，越過地板，爬上對面牆壁，到露台，探索黑暗。通常，在黑暗的室內看到雷射瞄準武器就能嚇得人立刻投降。

今晚顯然不同。

還是沒動靜。

辛金斯探員舉手，示意隊員進去。四個人悄悄散開。沿中央走道小心移動，辛金斯伸手打開眼鏡上的開關，啓動中情局的最新武器。感熱顯像發明許多年了，但是最近發展得輕薄短小，差別感度與雙重來源整合造就了全新世代的視力提升裝備，讓外勤探員擁有超人的視力。

我們看穿黑暗。我們看穿牆壁。現在……我們連過去都看得見。

熱顯像裝備已經對不同熱源敏感到不僅能偵測一個人的位置……還有過去的位置。追蹤過去的能力經常幫上大忙。今晚它再次發揮了價值。辛金斯探員在一張閱讀桌上發現了熱軌跡。兩張木椅在他眼鏡上發光，紅紫色，顯示這些椅子比別的溫暖。檯燈燈泡顯示橘色。顯然那兩個人曾經坐在這張桌上，問題是他們往哪裡去了。

他在房間中央包圍大木櫃的櫃檯找到了答案。有個模糊的手印，發出暗紅色。

辛金斯舉起武器，走向八角形櫃子，用雷射光線掃過表面。他繞行一圈直到看見櫃子側面有個洞口。**他們眞的笨到躲在櫃子裡？**探員掃描洞口周圍，看到另一個發光手印。顯然有人躲進去時抓過門框。

保持沉默的時候結束了。

「熱軌跡！」辛金斯指著洞口大喊，「側翼掩護！」

兩個隊員從左右兩側接近，有效包圍了八角櫃檯。

辛金斯走向開口。十呎外，他看見裡面有光源。「櫃子裡有光！」他大喊，希望聲音能夠說服貝拉米先生與蘭登先生自動舉起雙手走出來。

沒有動靜。

好吧，換別的方法。

辛金斯靠近洞口，聽見裡面傳出意外的低沉噪音。好像機器聲。他停了一下，想像會是什麼在這麼小的空間發出這種噪音。他緩緩接近，除了機器聲又聽見講話聲。就在到達洞口時，裡面的光熄滅了。

謝了，他想，調整他的夜視鏡。**優勢在我們這邊。**

他站在洞口處向內窺探。眼前是意外的景象。大櫃子不是密室，而是一道通往下面房間的陡峭樓梯的挑高天花板。探員把槍瞄準樓梯下方開始往下走。機器低鳴聲隨著腳步越來越響。

這是什麼鬼地方?

閱覽室底下的房間是個狹小的工業式空間。他聽見的低鳴確實是機器,但他不確定是因為被貝拉米與蘭登打開還是原本就全天候運轉。無論如何,顯然都一樣。逃犯在房間唯一的出口留下了露餡的熱軌跡——沉重的鋼門,上面的數字鍵盤顯示四個清楚的指紋在發亮。門的附近,些微發亮的橘色光出現在門縫下,顯示有光線從另一端透進來。

「炸掉門,」辛金斯說,「這是他們的逃脫路線。」

插入一張Key4並引爆花了八秒鐘。煙霧散去後,外勤探員們發現眼前是個稱作「書庫」的奇異地底世界。

國會圖書館有數不盡的書架,大多數在地下。無窮無盡的書架看起來像是某種用鏡子製造出來的「無限」光學幻覺。

一幅告示寫著

恆溫環境
請隨手關門。

辛金斯穿過破爛的門,感覺一陣涼風。他不禁微笑。這太容易了吧?熱軌跡在恆溫環境裡會像太陽光一樣明顯,他的眼鏡已經看到前方欄杆上有一抹紅色亮光,貝拉米或蘭登跑過去的時候被摸過。

「你盡管逃,」他喃喃自語,「躲不掉的。」

辛金斯與隊員進入書庫迷宮,他發現這個遊樂場對他太有利了,他根本不需要夜視鏡來追蹤獵物。在正常情況下，這個書架迷宮是個棘手的躲藏地點，但是國會圖書館採用動態感應燈以節約能源，逃犯的路徑像跑道似的亮著。一道狹窄的亮光向遠方延伸，顯得斷續又曲折。

所有人摘下眼鏡。外勤小組用訓練精良的雙腳衝上前，跟著光線軌跡，曲折地穿過似乎無窮盡的書本迷宮。很快地辛金斯就看見前方的黑暗中有燈光在閃爍。**我們追上了**。他更賣力快跑，直到聽見前面的腳步聲與喘氣聲。接著他看見目標。

「發現目標！」他大喊。

華倫．貝拉米的瘦長身影顯然在殿後。衣著體面的黑人蹣跚穿過書庫，喘不過氣來。**沒用的，老頭**。

「站住，貝拉米先生！」辛金斯大叫。

貝拉米繼續跑，採取連續急轉彎，進入成排的書堆裡。每次轉彎，頭上的燈光隨之亮起。

小隊逼近二十碼內，再次喝令停步，但貝拉米不理會。

「打倒他！」辛金斯下令。

攜帶鎮暴步槍的探員舉槍發射。沿著走道射出去包圍住貝拉米雙腳的是綽號噴霧彩帶的東西，但是一點也不好玩。這種軍事科技是由桑迪亞國家實驗室研發的非致命「癱瘓器」，黏稠狀聚氨酯一接觸物體就變得僵硬無比，在逃犯膝部後方形成塑膠網。對移動目標的效果就是讓它立刻停下來。對方的雙腿在跨步中被絆住，向前倒，撞在地板上。貝拉米在黑暗地板上又滑了十呎才停下來，頭上的燈光閃爍著點亮。

「我對付貝拉米，」辛金斯大喊，「你們去抓蘭登！他一定在前面——」領隊停下來，發現貝拉米前面的書庫全是一片漆黑。顯然沒有別人跑在貝拉米前面。**他只有一個人？**

貝拉米仍然俯臥著，拚命喘氣，雙腿與腳跟都被硬化塑膠纏住。探員走過去用腳把老頭子翻過身來仰躺。

「他在哪裡？」探員問。

貝拉米的嘴唇因爲跌倒在流血。「**誰啊？**」

辛金斯探員抬腳踩在貝拉米的純絲領帶上。他向前傾，稍微施壓。「相信我，貝拉米先生，你最好別跟我玩把戲。」

59

羅柏・蘭登感覺自己像具屍體。

他仰躺著，雙手疊在胸口，在完全黑暗中，困在最狹小的空間裡。雖然凱薩琳以類似姿勢躺在他頭部附近，蘭登看不見她。他閉上眼睛阻止自己看到一絲絲這麼嚇人的困境。

他身邊的空間好小。

太小了。

六十秒前，閱覽室的雙層門被炸掉，他跟凱薩琳隨著貝拉米進入八角形大櫃子裡，走下一道陡峭樓梯，進入下方意外的空間。

蘭登立刻發現他們在哪裡。**圖書館流通系統的核心**。彷彿小型的機場行李輸送中心，流通室有許多條輸送帶指向四面八方。因爲國會圖書館位於三棟不同大樓裡，閱覽室所要求的書籍經常必須靠輸送帶系統透過地下隧道網路運送一大段距離。

貝拉米立刻走到房間對面一扇鋼鐵門，插入他的鑰匙卡，按下幾個鍵，推開門。前方的空間很暗，但是門打開時，附近的動態感測燈閃爍著亮起來。

蘭登看到眼前景象，知道這是很少人看過的奇景。**國會圖書館的書庫**。他感覺貝拉米的計畫似乎可行。**還有比巨大迷宮更適合躲藏的地方嗎？**

但是貝拉米沒有帶他們進書庫。他用一本書把門推開然後轉身面對他們。「我希望能向你們多解釋一點，但是沒時間了。」他把鑰匙卡交給蘭登。「你會需要這個。」

「你不跟我們一起走嗎？」蘭登問。

貝拉米搖頭。「除非我們分散，你不可能逃得掉。最重要的是保護金字塔與頂石的安全。」

蘭登看不到其他出口，除了回到閱覽室的樓梯。「那你要去哪裡？」

「我引誘他們進書庫離開你們，」貝拉米說，「我只能這樣幫你們逃走了。」

蘭登還來不及問他跟凱薩琳會到哪裡去，貝拉米推開其中一條輸送帶上的一大箱書。「躺到輸送帶上，」貝拉米說，「手縮起來。」

蘭登盯著他。**你在開玩笑吧！**輸送帶延伸一小段就消失在牆上的黑洞中。洞口看起來可以容納書箱通過，但是大不了多少。蘭登回頭期待地看著書庫。

「別想，」貝拉米說，「動態感測燈會暴露我們的行蹤。」

「熱軌跡！」樓上有個聲音大喊。「側翼掩護！」

凱薩琳顯然嚇到了。她爬上輸送帶，頭部離牆上洞口只有幾呎，像石棺裡的木乃伊一樣雙手交疊在胸口。

蘭登呆站著。

「羅柏，」貝拉米催促，「就算不是爲了我，是爲了彼得吧。」

樓上的聲音越來越近。

宛如作夢，蘭登走向輸送帶。他把背包放上輸送帶再爬上去，頭放在凱薩琳腳邊。背後堅硬的橡膠輸送帶感覺好冷。他盯著天花板，感覺像準備送進斷層掃描儀的醫院病患。

「開著電話，」貝拉米說，「很快會有人打來……而且幫助你。相信他。」

有人會打來？蘭登知道貝拉米一直試著連絡某人，剛才留了語音留言。不久前他們走下螺旋樓梯時，貝拉米試了最後一次終於打通了，很簡短地低聲說了幾句然後掛斷。

「跟著輸送帶走到最盡頭，」貝拉米說，「在繞回頭之前趕快跳下來。用我的鑰匙卡出去。」

「出去**哪裡**?!」蘭登追問。

但貝拉米已經拉下了開關。室內所有輸送帶低鳴著動了起來。蘭登感覺自己被拖動，頭上天花板開始移動。

求上帝保佑。

蘭登接近牆上洞口時，他轉頭看見華倫·貝拉米跑進書庫裡，關上門。然後，蘭登滑入黑暗中，被圖書館吞噬……同時，舞動的紅色雷射光點從樓梯上照射下來。

60

薪資微薄的女保全員再確認一遍她通報單上的卡洛拉瑪高地地址。**就是這裡**？眼前大門深鎖的車道屬於本地最大最安寧的豪宅之一，９１１專線剛接到的緊急電話似乎很奇怪。

處理未確認來電的慣例，９１１先連絡當地的保全公司才會驚動警方。警衛經常認為他們保全公司的標語──「你的第一道防線」──可以解釋成「誤報，惡作劇，寵物走失與怪胎鄰居的投訴。」

今晚，照例，警衛抵達時並未被告知特定注意的細節。**那是上級的事**。她的職責只是開著有警示燈的車子出現，評估現場，回報異常狀況。通常，無關痛癢的東西觸動了房子的警報，她會用鑰匙重新設定系統。不過這棟房子靜悄悄的。沒有警報聲。從路上看來，一切又暗又平靜。

警衛按按大門的對講機，沒人回答。她輸入解除密碼打開大門，把車子開上車道。她讓引擎怠轉、警示燈繼續閃動，走到房子前門按門鈴。沒人回應。她看不見任何燈光與動靜。

她不情願地遵照程序，打開手電筒開始繞著房子巡視，檢查門窗是否有被侵入的跡象。繞過轉角時，一輛黑色加長型禮車駛過屋前，減速片刻然後開走。**好奇的鄰居**。

她一步一步，繞著房子，看不到任何異常的地方。房子比她想像的大，當她走到後院，已經冷得發抖。顯然沒人在家。

「總機？」她用無線電回報。「我在處理卡洛拉瑪高地那通電話。屋主不在家。沒有異常跡象。完成了外觀檢查。未發現闖入者。是誤報。」

「了解，」總機回答，「祝晚安。」

警衛把對講機放回腰帶，開始往回走，急著回到溫暖的車上。但是，她突然發現剛才忽略的東西——一團小藍光在房子後面發亮。

她疑惑地走過去，發現來源是低矮的氣窗，顯然屬於房子的地下室。窗玻璃染了色，內側似乎塗了不透明塗料。**或許是暗房？**她看到的藍光正透過窗子上一小片塗料剝落的地方散發出來。

她蹲下試著向內窺探，但是破洞太小看不見什麼。她拍拍玻璃，猜想或許有人在底下工作。

「哈囉？」她大喊。

沒人回答，但是她敲窗子時，塗料碎片突然鬆脫掉落，讓她看得更清楚。她靠近，臉幾乎貼在玻璃上查看地下室。她立刻後悔了。

那是什麼東西?!

她大吃一驚，繼續蹲了一會兒，驚恐地盯著面前的場景。終於，警衛顫抖著摸索腰間的對講機。

她沒摸到。

嘶嘶作響的一對電擊器尖針刺入她的後頸，一陣劇痛流遍全身。她肌肉緊繃，向前傾倒，連眼睛都無法閉上就一頭栽在冰冷的地上。

61

今晚不是華倫・貝拉米第一次被蒙住眼睛。如同他的共濟會弟兄們，他戴過儀式的「眼罩」才晉升到共濟會的上層。不過，那是發生在信賴的朋友之間。今晚不一樣。這些粗手粗腳的傢伙綁住他，在他頭上蓋布袋，現在押著他走過館內書庫。

探員們暴力威脅貝拉米，逼問羅柏・蘭登的下落。心知老邁的身體無法承受太多刑求，貝拉米很快編出了謊話。

「蘭登沒有跟我下來！」他喘著氣說，「我叫他上去露台躲到摩西雕像後面，但是我不知道他到哪裡去了！」說詞似乎很合理，因爲兩名探員立刻跑過去查看。現在只剩下兩個人默默押著他走過書庫。

貝拉米唯一的安慰是知道蘭登與凱薩琳正帶著金字塔到安全的地方。很快蘭登會聯絡上一個可以提供庇護的人。**相信他**。貝拉米聯繫的人很清楚共濟會金字塔與它攜帶的祕密——祕密螺旋階梯的地點，能深入地下通往多年前埋藏的強大古代智慧。逃離閱覽室的時候，貝拉米終於打通電話找到了那個人，他有信心對方一定完全了解他的簡短訊息。

現在他走在黑暗中，貝拉米想起蘭登背包裡的石頭金字塔與黃金頂石。**這兩件東西已經很多年沒出現在同一個地方了**。

貝拉米永遠忘不了那個痛苦的夜晚。**彼得的苦難的開始**。貝拉米受邀來到波多馬克的所羅門豪宅慶祝柴克瑞・所羅門的十八歲生日。柴克瑞雖然是叛逆小子，畢竟是所羅門家族，所以今晚按照家族傳統，他會收到他的繼承物。貝拉米是彼得的密友之一與共濟會弟兄，所以受邀來當見證。但他見證的不只是金錢的轉移。今晚有比金錢重要萬分的事情。

依照要求，貝拉米提早上門，在彼得的書房裡等候。精緻的老房間散發皮革、柴火與茶香味。華倫坐著看見彼得帶著兒子柴克瑞走進書房。瘦削的孩子看見貝拉米，皺起眉頭。「你在這裡幹嘛？」

「當見證，」貝拉米說，「生日快樂，柴克瑞。」

孩子咕噥一聲別過頭。

「坐下，柴克，」彼得說。

柴克瑞坐進面向父親大書桌的那張椅子。所羅門鎖上房門。貝拉米坐在側邊的椅子上。

所羅門語氣嚴肅地對柴克瑞說。「你知道爲什麼帶你來這裡嗎？」

「大概知道，」柴克瑞說。

所羅門長嘆一聲。「我知道你我已經很久沒有正眼看過對方了，柴克。我已經盡力當個好父親，幫你準備好面對這一刻。」

柴克瑞沒說話。

「你知道的，每個所羅門家小孩，在成年的時候，都會收到他的繼承物——所羅門家族財產的一部分——寄望它成爲種子……由你來照顧，讓它成長，用來協助滋養全人類。」

所羅門走到牆邊的保險箱，打開它，拿出一個黑色大檔案夾。「孩子，這個檔案夾裡有法律上轉移遺產到你名下所需的一切。」他放到桌上。「希望你用這筆錢建立一個豐富、繁盛與慈善的人生。」

柴克瑞伸手想拿。「謝謝。」

「等等，」他父親伸手壓住檔案夾說，「我還需要說明另一件事。」

柴克瑞輕蔑地看看父親，縮回椅子上。

「所羅門遺產有些方面你還不清楚。」他父親直視柴克瑞的雙眼。「你是我的長子，柴克瑞，所以你有權作一個選擇。」

年輕人坐直身子，顯得頗有興趣。

「這個選擇很可能決定你未來的方向，所以我要敦促你愼重考慮。」

「什麼選擇？」

他父親深吸一口氣。「這是……財富與智慧之間的選擇。」

柴克瑞茫然望著他。「財富與智慧？我不懂。」

所羅門站起來，又走向保險箱，抱出一座刻有共濟會符號的沉重石頭金字塔。彼得把它放在桌上的檔案夾旁邊。「這座多年以前製作的金字塔世世代代一直由我們家族保管。」

「金字塔？」柴克瑞不怎麼興奮。

「孩子，這金字塔是張地圖……透露人類最偉大的失落寶藏之一的位置。地圖的目的是有朝一日讓寶藏能重見天日。」彼得的聲音充滿自豪。「今晚，依照傳統，我可以把它交給你……但是有些條件。」

柴克瑞狐疑地打量金字塔。「是什麼寶藏？」

貝拉米看得出這個粗鄙的問題不是彼得希望聽到的。不過，他仍然保持鎭定態度。

「柴克瑞，解釋起來要提到很多背景故事。不過這份寶藏……簡單地說……是我們所謂的古代玄祕。」

柴克瑞大笑，顯然以爲父親在開玩笑。

貝拉米發現彼得的眼神越來越憂鬱。

「我很難形容，柴克。傳統上，所羅門家人滿十八歲的時候，大約是他去接受高等教育——」

「我說過了！」柴克瑞反駁，「我對大學沒興趣！」

「我不是指大學，」他父親說，聲音仍然冷靜平和。「我說的是共濟會。我說的是學習人文科學的久遠玄祕。如果你打算像我一樣加入他們組織，你會接受必要的教育來了解今晚這個決定的重要性。」

柴克瑞翻翻白眼。「共濟會那套說教就省省吧。我知道我是第一個不想加入的所羅門家人。那又怎樣？你不懂嗎？我沒興趣跟一群老頭玩扮裝遊戲！」

他父親沉默半晌，貝拉米發現彼得年輕的眼睛周圍開始出現小皺紋。

「是，我懂，」彼得終於說，「現在時代不同了。我知道共濟會或許對你很陌生，甚至無聊。但是你必須知道，如果你改變主意，大門永遠爲你敞開。」

「不用等我了，」柴克咕噥說。

「夠了！」彼得大怒站起來。「我知道你的人生一直不順遂，柴克瑞，但我不是你唯一的導引。有很多好人在等著你，他們會在共濟會迎接你，開發你眞正的潛力。」

柴克瑞竊笑著看看貝拉米。「所以你才在這裡，貝拉米先生？讓你們共濟會員聯合起來對付我？」

貝拉米沒說話，只是尊敬地望著彼得．所羅門——提醒柴克瑞誰才是這房間裡的老大。

柴克瑞轉回去面對父親。

「柴克，」彼得說，「這樣吵下去永遠沒有結果……我就跟你直說了。無論你是否理解今晚託付給你的責任，我有家族義務要詢問你的意願。」他指著金字塔。「守護這座金字塔是稀有的殊榮。這個機會我希望你多考慮幾天再作決定。」

「機會？」柴克瑞說，「照顧一塊破石頭？」

「世界上有許多玄祕之事，柴克，」彼得嘆氣說，「遠超過你想像力極限的祕密。這座金字塔保護著那些祕密。更重要的是，總有一天，或許在你有生之年，這座金字塔終究將被解開，顯現它的祕密。那將是人類一大轉變的時刻……而你有機會在那一刻扮演角色。我要你非常愼重考慮。財富很平常，但智慧才眞正稀有。」他指著資料夾再移到金字塔。「我求你記住了，沒有智慧的財富通常以災難作收。」

柴克瑞的表情像認爲他老爸瘋了。「隨你怎麼說，爸，但我不可能爲了這個放棄我的家產。」他指指金字塔。

彼得雙手交疊著在他面前。「如果你選擇接受這個責任，我會代你保管錢與金字塔直到你成功完成共濟會的教育。要花上幾年，但是你會成熟到足以接受你的錢跟這座金字塔。財富與智慧。強大的組合。」

柴克瑞抬頭。「天啊，爸！你怎麼還不死心？難道你看不出我一點也不在乎共濟會或石頭金字塔跟古代玄祕？」他伸手抄起資料夾，在父親面前揮舞。「這是我的天賦權利！在我之前的所羅門家人也都有！眞不敢相信你想用一些古代藏寶圖的爛故事騙我放棄繼承權！」他把資料夾塞到腋下，大步走過貝拉米到書房的門。

「柴克瑞，等等！」他父親追上去，柴克瑞已經踏出門外。「不管你做什麼，絕對不能提起看過這個金字塔！」彼得．所羅門的聲音沙啞。「永遠！誰也不能說！」但是柴克瑞不理他，消失在夜色中。

彼得．所羅門的灰眼珠充滿痛苦，回到他的書桌旁癱坐在皮椅上。漫長的沉默之後，他抬頭看看貝拉米，擠出哀傷的微笑。「不太順利啊。」

貝拉米嘆氣，分攤所羅門的痛苦。「彼得，我無意冒犯……不過……你相信他嗎？」

所羅門眼神茫然。

「我是說……」貝拉米追問，「不洩漏關於金字塔的事？」

所羅門面無表情。「眞不知道該怎麼說，華倫。我好像不認識他了。」

貝拉米起身，緩緩在大書桌前來回踱步。「彼得，你遵守了家族傳統，但是現在，因爲剛才發生的事，我想我們必須採取預防措施。我把頂石還給你讓你另找保管處。應該由別人保管。」

「爲什麼？」所羅門問。

「如果柴克瑞告訴別人金字塔的事……又提到我今晚在場……」

「他不知道頂石的事，而且他太幼稚無法理解金字塔的意義。我們不需要另找新家。我把金字塔放在保險箱。你還是把頂石放在原來的地方。一切照舊。」

六年後的聖誕節，全家人還在治療柴克瑞之死的傷痛，那個宣稱在獄中殺了他的大怪人闖入所羅門豪宅。闖入者想要金字塔，但他只帶走了伊莎貝爾．所羅門的命。

事發幾天後，彼得請貝拉米到他的辦公室。他鎖上門從保險箱拿出金字塔，放在兩人之間的桌上。

「我早該聽你的話。」

貝拉米知道彼得萬分愧疚。「反正不重要了。」

所羅門倦怠地深呼吸。「頂石你帶來了？」

貝拉米從口袋掏出一個小方塊狀包裹。褪色的棕色包裝紙用細繩綁著，加上了所羅門傳家戒指的蠟封。貝拉米把它放在桌上，知道今晚共濟會金字塔的兩半接近得太危險了。「找個人保管它。別告訴我是誰。」

所羅門點頭。

「我知道你可以把金字塔藏在哪哩，」貝拉米說。他告訴所羅門國會大廈地下室的事。「在華盛頓沒有更安全的地方了。」

貝拉米記得所羅門當下立刻贊同這個主意，因為把金字塔藏在我們國家的象徵核心感覺十分恰當。不愧是所羅門，貝拉米當時想。**即使遭遇危機仍然是理想主義者**。

如今，十年過去了，貝拉米被盲目推擠著走過國會圖書館，他知道今晚的危機還沒完。現在他也知道所羅門選了誰來保護頂石……他向天祈禱，希望羅柏．蘭登扛得起這個責任。

62

我在第二街底下。

蘭登仍然緊閉雙眼，隨著低鳴的輸送帶穿過黑暗前往亞當斯大樓。他盡力不去想像頭頂上的大量土石與他置身的狹小管道。他聽見在前方幾碼外凱薩琳的呼吸聲，但是迄今，她還沒說過半個字。

她嚇壞了。蘭登不太願意告訴她關於兄長被斷手的消息。**非說不可，羅柏。她必須知道。**

「凱薩琳？」蘭登終於說，不敢睜開眼睛。「妳沒事吧？」

前方一個顫抖出神的聲音回答。「羅柏，你帶的那個金字塔。是彼得的，對吧？」

「是，」蘭登回答。

漫長的沉默。「我想……那金字塔就是我媽被殺的原因。」

蘭登很清楚伊莎貝爾．所羅門十年前遭謀殺，但不知道細節，彼得也從未提起跟金字塔有關。「妳在說什麼？」

凱薩琳描述那晚的悲慘事件，刺青男子如何闖入他們家中，聲音充滿情緒。「那是很久以前，但我永遠忘不了他要求金字塔。他說他在獄中聽我姪兒柴克瑞說過金字塔……就在他殺害他之前。」

蘭登驚訝地聆聽。所羅門家族的悲劇簡直難以置信。凱薩琳繼續，告訴蘭登她一直以為闖入者在當晚就喪命了……直到今天這個人重新出現，假扮彼得的心理醫師引誘凱薩琳到他家。「他知道我哥哥的私事，我母親的死因，甚至我的工作，」她焦慮地說，「他應該是從我哥哥口中得知的。所以我相信他……這就是他混入史密森博物館後援中心的方法。」凱薩琳深呼吸，告訴蘭登她相當確定那個人今晚摧毀了她的實驗室。

蘭登震驚地聽著。他們倆一起在移動的輸送帶上默默躺了一會兒。蘭登知道他有義務告知凱薩琳今晚其他的可怕消息。他慢慢開始，盡量委婉地告訴她幾年前她哥哥如何託付他一個小包裹，今晚蘭登如何被騙帶著包裹來到華盛頓，還有最後，她哥哥的斷手在國會大廈的圓形大廳被發現。

凱薩琳的反應是強烈的沉默。

蘭登感覺出她在抽搐，他想要伸出手去安慰她，但是首尾相連躺在狹窄的黑暗中根本不可能。「彼得沒事，」他低聲說，「他還活著，我們會把他救回來。」蘭登想要給她希望。「凱薩琳，抓他的人答應我你哥哥會活著回來……只要我替他解開金字塔祕密。」

凱薩琳還是沒說話。

蘭登繼續講。他告訴她石頭金字塔、共濟會密碼、密封的頂石，當然，還有貝拉米宣稱這個金字塔就是傳說中的共濟會金字塔……指向一道深入地下的長螺旋階梯藏匿地點的地圖……深入幾百呎通往多年前埋藏在華盛頓、神祕的古代寶藏。

凱薩琳終於開口，但是聲音平淡毫無情緒。「羅柏，睜開眼睛。」

睜開眼睛？蘭登一丁點也不想實際看到周圍空間有多狹窄。

「羅柏！」凱薩琳匆忙地命令，「睜開眼睛！我們到了！」

蘭登睜開雙眼，身體剛好從類似另一端入口的洞口冒出來。凱薩琳已經爬下了輸送帶。她拿起背包，蘭登甩腿及時跳下磁磚地板，輸送帶轉個彎又循原路跑回去了。他們置身的空間很像剛才另一棟大樓的流通室。一幅小告示寫著　亞當斯大樓：流通室3。

蘭登感覺好像從某種地下產道冒出來。重生了。他立刻轉向凱薩琳。「妳沒事吧？」

她眼眶泛紅，顯然剛哭過，但她堅定壓抑地點頭。她拿起蘭登的背包一語不發走過房間，放在一張雜亂的桌上。她打開桌上的鹵素燈，拉開袋子拉鍊，折下兩側，往裡面看。

花崗岩金字塔在清澈的燈光下顯得有點寒酸。凱薩琳用手指撫摸雕刻的共濟會密碼，蘭登察覺她內心百感交集。她慢慢地伸手到袋裡，取出方塊狀包裹。她拿到燈光下，仔細檢查。

「妳也看到了，」蘭登靜靜地說，「蠟封是用彼得的共濟會戒指壓的。他說那枚戒指就是一百多年前用來密封包裹的。」

凱薩琳沒說話。

「令兄把包裹託付給我的時候，」蘭登告訴她，「他說這會帶給人從混亂中創造秩序的力量。我不太確定那是什麼意思，但我猜想頂石應該透露了什麼重要的事情，因爲彼得堅持不能讓它落入惡人之手。貝拉米先生也告訴我同樣的話，催促我藏好金字塔，別讓任何人打開包裹。」

凱薩琳生氣地轉身，「貝拉米叫你別打開包裹？」

「嗯。他很堅決。」

凱薩琳顯得不敢相信。「可是你說這塊頂石是**唯**一能解開金字塔密碼的方式，對吧？」

「或許，對。」

凱薩琳提高嗓門。「你也說對方要求你解開金字塔。這是我們唯一救回彼得的方法，是嗎？」

蘭登點頭。

「羅柏，那我們爲什麼不立刻打開包裹解讀這個玩意?!」

蘭登不知道怎麼回答。「凱薩琳，我也有同樣的反應，可是貝拉米跟我說保守金字塔的祕密比任何事都重要……包括妳哥的性命。」

凱薩琳漂亮的五官突然變嚴肅，把一撮頭髮撥到耳後。她用堅決的聲音說。「這座石頭金字塔，不管是什麼東西，害慘了我全家人。先是我姪子柴克瑞，然後是我媽，現在又是我哥。老實說吧，羅柏，如果今晚你沒有打電話來警告我……」

蘭登感覺夾在凱薩琳的邏輯與貝拉米的堅持之間，兩面不是人。

「我或許是科學家，」她說，「但我也來自聞名的共濟會家族。相信我，我聽說過關於共濟會金字塔跟某種啓發人類的大寶藏之類的所有故事。老實說，我很難想像這種東西存在。但是，如果眞的存在……或許現在就是解開的時候。」凱薩琳把一根手指插到包裹的細繩底下。

蘭登跳起來。「凱薩琳，不！等等！」

她頓了一下，手指仍然留在原處。「羅柏，我不會讓我哥哥爲了這個東西死掉。無論頂石說什麼……無論刻字透露什麼失落的寶藏……那些祕密今晚就要結束。」

語畢，凱薩琳猛扯細繩，脆弱的蠟封隨之爆開。

63

華盛頓的使館路西邊一個寧靜的社區，有座中古風格的圍牆花園，據說裡面的玫瑰樹可以追溯到十二世紀。花園的石造涼亭——俗稱影子屋——優雅地坐落於用喬治．華盛頓的私人採石場挖來的石頭鋪成的曲折小徑之間。

一個年輕人衝過木頭大門進來大喊，打破了今晚花園的沉寂。

「哈囉？」他喊著，努力在月光下看清東西。「你在裡面嗎？」

回答的聲音非常虛弱，幾乎聽不見。「在涼亭裡……只是透透氣。」

年輕人發現乾癟的長輩坐在石椅上蓋著毛毯。駝背老人個子很小，五官細微。歲月讓他折腰並且喪失視力，但他的靈魂仍然非常強悍。

年輕人喘著氣告訴他，「我剛……接了通……你朋友……華倫．貝拉米的電話。」

「喔？」老人抬頭。「什麼事？」

「他沒說，但是聽起來好像非常匆忙。他說他在你的語音信箱留了訊息，請你馬上聽。」

「他只說這樣？」

「不只。」年輕人停頓一下。「他叫我問你一個問題。」**一個非常奇怪的問題**。「他說他馬上需要你的答案。」

老人靠近他。「什麼問題？」

年輕人轉述貝拉米先生的問題，老人臉上浮現的不耐即使在月光下也清晰可見。他立刻丟掉毯子，掙扎著站起來。

「請扶我進去。趕快。」

64

別搞神祕了，凱薩琳．所羅門心想。

她面前的桌上，保持了好幾代的蠟封碎了開來。她從哥哥的貴重包裹上拆掉了褪色的包裝紙。在她身邊，蘭登明顯不安地看著。

從紙堆裡，凱薩琳抽出一個灰色石頭小盒。盒子像拋光的花崗岩方塊，沒有鉸鍊，沒有盒栓，沒有明顯的開啓方式。讓凱薩琳想起益智玩具。

「看起來像整塊實心的，」她用手指摸索邊緣說，「你確定X光片顯示是空心的嗎？頂石在裡面？」

「沒錯，」蘭登說，湊到凱薩琳身邊查看這個神祕盒子。他和凱薩琳從不同角度觀察，試著看出開啓方式。

「懂了，」凱薩琳用指甲找到盒子邊緣的隱藏縫隙說。她把盒子放到桌上，小心撬開蓋子，蓋子慢慢打開，像精緻珠寶盒似的。

蓋子掀開後，蘭登與凱薩琳都倒抽一口氣。盒子裡面似乎在發光。閃耀著一種幾乎超自然的光芒。凱薩琳從未見過這麼大的金塊，花了一會兒才發現它只是反射檯燈的光線而已。

「眞壯觀，」她低聲說。雖然被封鎖在黑暗石盒裡一百多年，頂石毫無褪色或生鏽。**純金能抗拒隨機腐壞的法則；因此古人認爲它具有魔法**。凱薩琳向前傾，感覺脈搏加速，俯瞰小小的金色頂點。「有刻字。」

蘭登靠近，兩人肩並著肩。他的藍眼珠閃爍著好奇。他告訴過凱薩琳古希臘人製作分割信物的方式——分割的密碼——還有這塊與金字塔本身長年分開的頂石如何握有解碼金字塔的關鍵。據稱，這些刻字不管說什麼，將會從混亂中創造秩序。

凱薩琳舉起小盒子對著燈光從正上方俯瞰頂石。

雖然很小，刻字清晰可見——一小撮高雅的字體刻在其中一面。凱薩琳念出這幾個簡單的單字。

她又念了一遍。

「不對！」她大聲說，「這不可能是真的訊息！」

對街，佐藤處長匆匆走過國會大廈外的長走道前往第一街的會合點。外勤小隊的回報讓她很不滿意。沒抓到蘭登，沒拿到金字塔，沒拿到頂石。貝拉米就擒了，但他不肯說實話。至少目前還沒。

我會讓他招供。

她回頭看看華盛頓的新景點——國會圓頂下方的嶄新遊客中心。打燈的圓頂只是強調了今晚事態的真正嚴重性。**危險的時代。**

佐藤聽見手機響起，看見螢幕顯示分析師的名字而鬆了口氣。

「諾拉，」佐藤回答，「查到什麼了？」

諾拉．凱伊帶來壞消息。頂石刻字的X光片太模糊無法辨識，影像提升的濾鏡也沒用。該死。佐藤咬咬嘴唇。「那十六個字母的方陣呢？」

「我還在試，」諾拉說，「但是目前我沒發現用得上的第二層編碼規則。我用了電腦重新編排方陣裡的字母，尋找可辨識的字，但是有超過二十兆種組合。」

「繼續試。再通知我。」佐藤掛斷，滿面愁容。光憑一張照片與X光片解開金字塔密碼的希望正在快速崩潰。**我需要金字塔跟頂石……而且時間不多了。**

佐藤來到第一街，一輛深色車窗的黑色Escalade休旅車怒吼著跨越雙黃線在她面前的會合點緊急煞車。一名探員走下車。

「有沒有蘭登的消息？」佐藤問。

「很有希望，」男子面無表情地說，「支援剛剛趕到。圖書館所有出口都被包圍了。連空中支援都來了。我們會用催淚瓦斯趕他們出來，他無路可逃。」

「貝拉米呢？」

「在後座綁著。」

很好。她的肩膀還在刺痛。

探員交給佐藤一個裝了手機、鑰匙與皮夾的密封塑膠袋。「貝拉米的東西。」

「沒別的了？」

「沒有，女士。金字塔跟包裹一定還在蘭登手上。」

「好吧，」佐藤說。「貝拉米是不會輕易說的。我要親自審問他。」

「是，女士。回蘭利嗎？」

佐藤深呼吸一下，在休旅車旁踱步。偵訊美國公民有嚴格的法規限制，審問貝拉米是違法的，除非在蘭利總部錄影進行，要有見證人、律師、有的沒的……「不去蘭利，」她說，考慮找個比較近，**也比較隱密的地方**。

探員沒說話，立正站在怠轉的休旅車旁，等待命令。

佐藤點了根菸，深吸一口，低頭看著貝拉米私人物品的塑膠袋。她發現，他的鑰匙圈有個電子飾品印了四個字母——USBG。佐藤當然知道指的是哪棟政府建築。那棟大樓非常近，而且在這個時間非常隱密。

她微笑著收起那個飾品。太好了。

她告訴探員打算把貝拉米押往何處，她以爲對方會驚訝，但他只是點點頭幫她打開乘客座車門，冷峻的眼神不帶任何情緒。

佐藤愛死了專業人士。

蘭登站在亞當斯大樓地下室裡，懷疑地盯著黃金頂石側面上高雅的小刻字。

就這樣？

他身邊的凱薩琳拿著頂石對著燈光搖頭。「一定還有別的，」她堅持，好像剛被騙似的。「這就是我哥哥守護了這麼多年的東西？」

蘭登必須承認他也搞不懂。據彼得與貝拉米說，這塊頂石應該能幫他們解開石頭金字塔密碼。按照他們的說法，蘭登以爲會是比較啓發性、有幫助的東西。這些字顯然沒有用。他又看一次刻在頂石側面的幾個字。

祕
密藏
在組織裡

（The
secret hides
within The Order）

祕密藏在組織裡？

乍看之下，刻字表達得很明顯——金字塔上的字母缺乏「秩序」，其祕密就在找出適當的順序。但是這樣解釋除了太淺白之外，似乎有另一個不對的理由。「The跟Order這兩個字有大寫，」蘭登說。

凱薩琳茫然點頭。「我知道。」

祕密在組織裡。蘭登只想到一個合理的暗示。「『組織』一定是指**共濟會**。」

「我同意，」凱薩琳說，「不過還是沒幫助。什麼也沒說。」

蘭登不得不同意。畢竟，整個共濟會金字塔的故事原本就圍繞著隱藏在共濟會內部的祕密。

「羅柏，我哥哥有沒有告訴你這塊頂石能給你力量，從別人眼中的**混亂**看出**秩序**？」

他沮喪地點頭。今晚第二次，羅柏．蘭登覺得自己不夠格。

65

馬拉克對付完了意外的訪客——保全公司派來的女保全員之後，開始修理她剛才偷窺他神聖工作空間的窗戶上的塗料。

他從地下室的柔和藍光中爬上來，走過一扇暗門進入他的客廳。在裡面停頓一下，欣賞奇特的三女神繪畫，享受家裡熟悉的氣味與聲音。

很快我就要永遠離開了。馬拉克知道過了今晚他就不能再回這裡來。**過了今晚，**他微笑著想，**我也不需要這個地方了。**

他猜想羅柏·蘭登不知道是否搞懂了金字塔的真正力量……或是命運選擇他扮演的角色重要性。**蘭登還沒有打來，**馬拉克檢查他的可拋式手機的訊息之後想道。現在是晚上十點零二分。**他只剩不到兩小時了。**

馬拉克上樓到義大利大理石裝潢的浴室，打開蒸汽浴讓它加熱。他有條不紊地脫掉身上的衣服，渴望著展開他的淨身儀式。

他喝下兩杯水安撫飢餓的腸胃。接著他走到落地鏡前檢查自己的裸體。禁食兩天強化了他的肌肉線條，他忍不住讚賞自己現在的樣子。**天亮之前，我會變得更加完美。**

66

「我們最好離開這裡，」蘭登對凱薩琳說，「他們遲早會找到我們。」他希望貝拉米已經順利逃脫了。

凱薩琳似乎還在研究黃金頂石，不敢相信上面的刻字這麼毫無用處。她把頂石拿出盒子，從每一面檢查過，現在正小心地把它放回盒子裡。

祕密藏在組織裡，蘭登想。**這還用說**。

蘭登不禁懷疑或許彼得資訊有誤而誤會了盒子的內容。這座金字塔跟頂石都是在彼得出生前很久製作的，彼得只是聽父祖輩的話照做，這個祕密或許對他就像對蘭登與凱薩琳一樣陌生。

我能指望什麼？蘭登想著。今晚他對共濟會金字塔的傳說知道得越多，感覺它越不可信。**我在尋找巨石覆蓋的一座祕密螺旋階梯？**蘭登直覺他是在捕風捉影。但是，解讀這座金字塔似乎是拯救彼得的最大希望。

「羅柏，一五一四年對你有意義嗎？」

一五一四？這個問題似乎毫不相關。蘭登聳肩。「沒有。怎麼了？」

凱薩琳遞給他石盒。「看。盒子上有日期。在燈光下看看。」

蘭登坐到桌邊，在燈光下研究方塊狀盒子。凱薩琳柔軟的手搭在他肩上，靠過來指出她發現刻在盒面上的小字，在其中一面的下方角落。

「一五一四A．D．，」她指著盒子說。

確實，刻字顯示出數字1514，後面是罕見組合字體的A與D。

1514 

「這個日期，」凱薩琳突然鼓起希望說，「或許是我們遺漏的環節？這個方塊看起來很像共濟會的基石，或許指向另一塊眞正的基石？或許是在一五一四年蓋的建築物？」

蘭登聽而不聞。

一五一四A．D不是日期。

這個符號，任何中世紀藝術學者都認得，是個知名的符簽——用來代替簽名的符號。許多早期哲學家、畫家與作家都用獨特的符號或花押代替名字在自己的作品上落款。這個做法讓他們的作品增添神祕氣息，萬一文章或畫作被認定違背當局規範，也能保護他們免於迫害。

以這個符簽爲例，字母A．D不是代表主後（**Anno Domini**）……是意義完全不同的德文。

蘭登立刻發現所有碎片兜起來了。幾秒之內，他確定知道該怎麼解讀金字塔了。「凱薩琳，妳成功了，」他收拾東西說，「我們就缺這個。走吧，我會在路上解釋。」

凱薩琳表情訝異。「1514A．D這個日期眞的有涵義？」

蘭登對她眨眨眼，走向門口。「凱薩琳，A．D不是日期，是人名。」

67

使館路西側，圍牆花園內的十二世紀玫瑰與影子屋涼亭又回歸寂靜。在入口道路另一邊，年輕人正扶著駝背老人走過寬廣的草坪。

他竟然讓我扶他？

通常盲眼老人拒絕幫手，在他的聖地範圍內寧可光憑記憶導向。但是今晚，他顯然急著進屋裡回覆華倫．貝拉米的電話。

「謝謝，」他們進入老人書房所在的建築物時，他說，「我從這裡可以自己走。」

「先生，我很樂意留下來幫——」

「今晚沒事了，」他放開幫手的手臂說，匆忙笨拙地走入黑暗中。「晚安。」

年輕人走出房子，越過大草坪回到他卑微的園內居所。他走進房間時，壓抑不住心中的強烈好奇。老人顯然對貝拉米先生提出的問題感到不悅……但是那個問題很奇怪，幾乎毫無意義。

沒有人幫助寡婦之子嗎？

他想破了腦袋也猜不出那是什麼意思。他疑惑地走向電腦輸入這句話，開始搜尋。

令他驚訝的是，一頁又一頁相關資料冒出來，全部引述了這個問句。他好奇地閱讀這些資訊。華倫．貝拉米似乎不是歷史上第一個這麼問的人。千百年前就有人講過同樣的話……所羅門王哀悼某位被殺的朋友時。據說至今共濟會仍然這麼說，用來當作某種求救的暗號。華倫．貝拉米似乎是在向同儕共濟會員發出求救訊號。

68

亞伯雷特．杜勒（註：Albrecht Durer，一四七一—一五二八，中世紀日耳曼畫家）？

凱薩琳努力想把碎片拼湊起來，同時匆忙跟著蘭登穿過亞當斯大樓的地下室。**A．D是指亞伯雷特．杜勒？**這位聞名的十六世紀日耳曼版畫家兼畫家是她哥哥最喜愛的大師之一，凱薩琳隱約記得他的作品。即使如此，她還是想不出杜勒此時對他們有何幫助。**何況，他已經死了四百多年了。**

「杜勒是完美的象徵，」蘭登說，帶她沿著一條標示出口燈號的小路前進。「他是終極的文藝復興天才——藝術家、哲學家、煉金術師，並且畢生學習古代玄祕。直到今天，還沒有人能完全理解隱藏在他作品中的訊息。」

「就算是吧，」她說，「不過『1514 Albrecht Durer』怎麼可能說明如何解開金字塔？」

他們來到一扇上鎖的門，蘭登用貝拉米的鑰匙卡通過。

「1514這個數字，」蘭登帶她匆匆爬上樓梯說，「指出一幅特定的杜勒作品。」他們走進一條大走廊。蘭登到處看看之後指向左邊。「這邊。」他們繼續快步走。「其實杜勒把1514這個數字藏在他最神祕的畫作中——《憂鬱》（Melencolia I）——他在一五一四年完成的。被視爲北歐文藝復興的啓發之作。」

彼得曾經讓凱薩琳看過一本古代玄學書中的《憂鬱》，但她不記得有什麼隱藏數字1514。

「妳或許知道，」蘭登興奮地說，「《憂鬱》描繪的是人類理解古代玄祕的掙扎。畫中象徵複雜到讓達文西顯得很粗淺。」

凱薩琳突然停步看著蘭登。「羅柏，《憂鬱》就在華盛頓。掛在國家藝廊裡。」

「對，」他微笑說，「直覺告訴我這不是巧合。藝廊已經關門了，但是我認識館長——」

「休想，羅柏，我知道你進了博物館會怎樣。」凱薩琳走向附近一處死角，有張書桌上面放了電腦。

蘭登跟過去，不太高興。

「我們有更簡單的方法。」眞蹟近在眼前，熱愛藝術的蘭登教授似乎不太願意使用網路。凱薩琳走到桌邊打開電腦。好不容易開機完成，她發現了另一個問題。「沒有瀏覽器的圖示。」

「這是圖書館內部網路。」蘭登指著桌面上一個圖示。「試試這個。」

凱薩琳點擊標示「數位館藏」的圖示。電腦跳出一個新視窗，蘭登又指一下。凱薩琳點擊他選的項目：微縮館藏。畫面更新。微縮館藏：搜尋。

「輸入『亞伯雷特·杜勒』。」

凱薩琳輸入名字按下搜尋鍵。幾秒鐘後，螢幕開始顯示一系列小圖示。所有圖形的風格都很類似——複雜的黑白版畫。杜勒顯然做過很多類似的作品。

凱薩琳掃描依（英文）字母排序的作品清單。

Adam and Eve（亞當與夏娃）
Betrayal of Christ（耶穌的背叛）
Four Horsemen of the Apocalypse（天啓四騎士）
Great Passion（基督受難）
Last Supper（最後的晚餐）

看到這些《聖經》標題，凱薩琳想起杜勒信仰一種所謂玄祕基督教——融合了早期基督教、煉金術、占星學與科學。

科學……

她腦中浮現自己實驗室著火的畫面。她不敢想像長遠的後果，但是目前，她關心的是她的助手崔許。**希望她逃了出來。**

蘭登正在說明杜勒版的《最後的晚餐》，但凱薩琳沒聽進去。她剛看到了《憂鬱》的鏈結。

她點擊滑鼠，頁面更新顯示出簡介資料。

《憂鬱》，一五一四年
亞伯雷特・杜勒
（簀目紙版畫）
羅森瓦收藏
國家藝廊
華盛頓特區

她向下捲動，杜勒傑作的高解析數位影像完整出現。

凱薩琳茫然盯著，忘了它有多麼古怪。

蘭登附和地苦笑一聲。「我說過了，很玄。」

《憂鬱》有個長了大翅膀、焦慮沉思的人，坐在一棟石材建築前，周圍盡是各種最突兀詭異的物體——天秤、瘦弱的狗、木匠工具、沙漏、各種幾何形狀、吊掛的鐘、小天使、刀子、梯子。

凱薩琳隱約記得哥哥告訴過她，這個長翅膀的人代表「人類天才」——以手托腮的大思想家，表情沮喪，無法達到領悟。天才身邊圍繞著各種人類智識的象徵——科學、數學、哲學、自然、幾何學，甚至木工——但還是無法爬上梯子到達眞正的啓蒙。**連人類天才都很難理解古代玄祕**。

「象徵上而言，」蘭登說，「這表示人類企圖把人類智識轉化爲神力卻失敗。用煉金術比喻，代表我們沒有能力把鉛變成黃金。」

「訊息有點令人洩氣，」凱薩琳附和，「那該怎麼用？」她沒看出蘭登說的隱藏數字１５１４。

「混亂中的秩序，」蘭登歪嘴笑道，「正如令兄所說。」他從口袋掏出剛才從共濟會密碼解譯的字母方陣。「目前，這個方陣毫無意義。」他攤開紙放在桌上。

S	O	E	U
A	T	U	N
C	S	A	S
V	U	N	J

凱薩琳看看方陣。**絕對沒有意義**。

「但是杜勒會改變它。」

「怎麼可能？」

「語言煉金術。」蘭登指著電腦螢幕，「仔細看。這幅傑作裡藏的東西會讓我們的十六個字母有意義。」

他頓一下。「看到沒有？找找數字１５１４。」

凱薩琳一點也沒心情上課。「羅柏，我什麼也看不到——球體、梯子、刀子、多面體、天秤？我投降。」

「看！在背景裡。刻在天使背後的建築物上？大鐘底下？杜勒刻了個塡滿數字的方塊。」

凱薩琳看到了那個數字構成的方塊，其中就有1514。

「凱薩琳，那個方塊就是解讀金字塔的關鍵！」

她驚訝地看看他。

「那可不是普通方塊，」蘭登笑道，「所羅門小姐，那是**魔法方塊**。」

69

他們要把我帶到哪裡去？

貝拉米仍然在休旅車後座被蒙著眼。在國會圖書館附近短暫停留之後，車子繼續前進……但只有一會兒。現在車子又停下來，只走了一條街距離。

貝拉米聽見模糊的交談聲。

「抱歉……不可能……」有個權威的聲音說，「……現在已經關門了……」

開車的男子同樣強勢地回答。「中情局查案……國家安全……」顯然他的說詞與證件很有說服力，因為對方馬上改變態度。

「是，當然了……員工入口……」有類似車庫門的吵鬧軋軋聲，當它打開時，那個聲音又說，「要我陪同嗎？你們進去之後，沒辦法通過──」

「不用。我們已經有方法了。」

或許警衛很驚訝，但是太遲了。休旅車又動了起來。前進大約五十碼然後停下。沉重的車庫門又在他們背後大聲關閉。

靜默。

貝拉米發現自己在顫抖。

砰一聲，休旅車的後門掀開。貝拉米感覺肩膀劇痛，被人抓著手臂拖出去，然後抬他站起來。有個強大的力量悶不吭聲，帶他走過寬廣的人行道。這裡有種他認不出來的怪異泥土味。有某個人跟他們一起走的腳步聲，但是此人一直沒開口。

他們停在一道門前，貝拉米聽見電子訊號聲。門自動打開。貝拉米被粗暴地推著通過幾條走道，接著發現到空氣變得比較濕暖。**或許是室內游泳池？**不對。空氣中的氣味不是氯……是比較原始的泥土味。

這到底是哪裡？!貝拉米知道這裡離國會大廈只有一兩個街區。他們又停下來，他又聽到安全門的電子嗶聲。這次是嘶一聲滑開。他們推他通過，他聞到的氣味絕對沒錯。

貝拉米現在知道他在哪裡了。**我的天！**他常來這裡，只是從未走過員工入口。這座壯觀的玻璃建築距離國會大廈只有三百碼，技術上而言算是國會建築群的一部分。**這個地方是我管的！**貝拉米忽然發現是他們是用他的鑰匙圈飾物進來的。

強壯的手臂推他通過門口，帶他走過一條熟悉的曲折步道。此地厚重潮濕的溫暖通常讓他感到舒適。但是今晚他在冒汗。

我們來這裡幹嘛？!

貝拉米突然被拉住，壓坐到長椅上。強壯的男子暫時解開他的手銬，但立即重新將他銬到他背後的長椅上。

「你們想幹什麼？」貝拉米問，心臟狂跳。

他得到的唯一回應是靴子走開、玻璃門關上的聲音。

然後是沉寂。

一片死寂。

他們要把我丟在這裡？貝拉米冒出更多汗，掙扎著想擺脫手銬。**我連眼罩都不能拿下來？**

「救命啊！」他大喊，「來人啊！」

雖然驚慌喊叫，貝拉米知道沒有人聽得見。這個巨大的玻璃房間——俗稱叢林——關上門的時候是完全隔音的。

他們把我丟在叢林裡，他想。直到明天早上才會有人發現。

這時他聽到了。

聲音很微弱，但是比貝拉米生平聽過的任何聲音都嚇人。**有東西在呼吸。非常靠近。**

長椅上還有別人。

突發的硫磺火柴嘶聲離他的臉很近，他能感覺到熱風。貝拉米退縮，本能地猛扯手銬鍊子。

然後，突如其來，一隻手伸到他臉上，摘掉他的眼罩。

面前的火焰映在井上·佐藤的黑眼珠裡，她把火柴湊近嘴邊的香菸，距離貝拉米的臉只有幾吋。

她在透過玻璃天井照進來的月光下瞪著他，似乎對他的驚恐很滿意。

「好啦，貝拉米先生，」佐藤搖熄火柴說，「我們從哪裡開始呢？」

70

魔法方塊。凱薩琳看著杜勒畫中的數字方塊點點頭。大多數人會以爲蘭登瘋了，但凱薩琳很快發現他說得對。

魔法方塊這個詞指的不是玄祕，而是數學上的東西——用來形容連續數字特殊排列組成的方陣，讓所有橫向、縱向與斜向總和都一樣。這是大約四千年前埃及與印度的數學家發明的，至今仍有人深信具有神奇力量。凱薩琳讀過報導，至今虔誠的印度人還會在他們的膜拜祭壇畫上稱作Kubera Kolam的特殊三乘三魔法方塊。不過大多數現代人已經把魔法方塊貶抑到「休閒數學」的類別，有人仍然從發現新的「魔法」排列方式獲得樂趣。**天才們的數獨**。

凱薩琳迅速分析杜勒的方塊，把幾個橫豎向的數字加起來。

16	3	2	13
5	10	11	8
9	6	7	12
4	15	14	1

「三十四，」她說，「每個方向加起來都是三十四。」

「沒錯，」蘭登說，「妳知不知道，這個魔法方塊出名的原因是杜勒完成了看似不可能之事？」他迅速指點凱薩琳，除了讓縱橫斜向加起來都是三十四，杜勒還找到方法讓四個象限、四個中央方塊甚至四個角落方塊加起來都一樣。「不過最驚人的是，杜勒竟然能把15與14一起放在最底行，顯示他完成這個奇蹟的年份！」

凱薩琳瀏覽數字，對所有組合大爲驚嘆。

蘭登的口氣越來越興奮。「奇特的是，《憂鬱》是史上第一次魔法方塊出現在歐洲藝術作品中。某些歷史學家認爲這是杜勒以密碼暗示古代玄祕已經脫離埃及神祕學派，落入歐洲的祕密結社手中。」蘭登暫停一下。「所以我們又回到……**這個**。」

他指著寫了石頭金字塔字母方陣的紙。

S	O	E	U
A	T	U	N
C	S	A	S
V	U	N	J

「我想這個格式看起來很眼熟吧？」蘭登問。

「四乘四方塊。」

蘭登拿起鉛筆小心地把杜勒的數字魔法方塊抄到那張紙上，寫在字母方塊旁邊。凱薩琳發現這實在太容易了。他靜靜站著，手拿鉛筆，但是……很奇怪，在連番熱情之後，他似乎猶豫了。

「羅柏？」

他轉向她，表情惶恐。「妳確定我們該這麼做嗎？彼得明確地說——」

「羅柏，如果你不想解開這些刻字，讓我來。」她伸出手討鉛筆。

蘭登看得出沒人攔得了她，只好勉爲其難，把注意力轉回金字塔。他小心地把魔法方塊添加在金字塔的字母方陣上，每個字母配一個數字。然後他畫出一個新方陣，把共濟會密碼的字母依照杜勒的魔法方塊中順序定義的新次序填入。

蘭登寫完後，兩人一起檢視結果。

J	E	O	V
A	S	A	N
C	T	U	S
U	N	U	S

凱薩琳立刻感到困惑。「仍然是胡言亂語。」

蘭登沉默了半晌。「其實，凱薩琳，不是胡言亂語。」他的眼神再次因爲發現的快感而發亮。「這是……拉丁文。」

漫長陰暗的走廊上，盲眼老人盡力蹣跚地走向辦公室。終於抵達後，他跌坐到椅子上，一身老骨頭暫時解除了折磨。他的答錄機在響。他按下按鍵聆聽。

「我是華倫．貝拉米，」他朋友兼共濟會弟兄壓低了聲音說，「恐怕我要帶來危急的消息……」

凱薩琳．所羅門的目光回到字母方陣，重新檢視文字。果然沒錯，有拉丁文字浮現在她眼前。

Jeova。

J E O V
A S A N
C T U S
U N U S

凱薩琳沒學過拉丁文，但是這個字因爲閱讀過古希伯來文書而非常熟悉。**Jeova**，耶和華。她的眼睛繼續往下看，像讀書一樣閱讀方塊，驚訝地發現能夠讀完整個金字塔的文字。

Jeova Sanctus Unus。

她馬上知道它的意義。這個片語在希伯來經文的現代譯本很常見。在《律法書》（註：Torah，又稱摩西五經，是古猶太人的生活規範）中，希伯來人的神有很多個名字——**Jeova**、**Jehovah**、**Jeshua**、**Yahweh**、來源、**Elohim**——但是許多羅馬譯者把混亂的命名統一爲單一拉丁詞彙：**Jeova Sanctus Unus**。

「唯一的眞神？」她喃喃自語。這個詞顯然不像能幫他們找到她哥哥。「這就是金字塔的祕密訊息？唯一的眞神？這應該是地圖才對。」

蘭登同樣困惑，眼中的興奮逐漸消失。「解碼顯然沒錯，可是……」

「抓走我哥的人想要知道一個**地點**。」她把頭髮撥到耳後，「這可無法讓他滿意。」

「凱薩琳，」蘭登嘆氣說，「我就怕這樣。整晚我都感覺我們是把一大堆迷思跟寓言當成事實。或許這些刻字是指向一個**隱喻的地點**——告訴我們人類的真正潛能只有透過唯一的真神才能發揮。」

「可是這樣沒道理！」凱薩琳回答，沮喪地緊咬下巴。「我的家族守護這個金字塔好幾代了！唯一的真神？**這就是祕密**？中情局還認爲這是國家安全問題？不是他們說謊就是我們遺漏了什麼！」

蘭登聳肩附和。

這時，他的電話響了。

在堆滿舊書的混亂辦公室裡，老人趴在書桌上，患關節炎的手緊抓著聽筒。

鈴聲一直響。

終於，有個遲疑的聲音回答。「喂？」聲音低沉但是很心虛。

老人低聲說，「我聽說你需要庇護所。」

對方似乎很驚訝。「您哪位？是不是華倫貝——」

「別說出名字，」老人說，「告訴我，你是否成功保住了託給你的地圖？」

驚訝的停頓。「是……不過我想不重要。它沒說什麼。如果這是地圖，似乎也只是個**隱喻**而非——」

「不，地圖千眞萬確，我可以保證。它指向一個很**實際**的地點。你必須保護它。不用我再強調重要性了。有人在追捕你，但如果你能隱密地到我這邊來，我會提供庇護……還有答案。」

男子猶豫，顯然拿不定主意。

「朋友，」老人又說，謹慎地措詞。「羅馬有個避難所，在台伯河北邊，裡面有來自西奈山的十塊石頭，一塊來自天上，一個路克的黑暗父親容貌。你知道我在哪裡了嗎？」

雙方沉默半晌，男子回答，「是，我知道了。」

老人微笑。**我就知道你懂，教授**。「馬上過來。注意別被跟蹤了。」

71

馬拉克裸體站在蒸汽浴室的陣陣暖流中。洗掉殘餘的酒精味之後，他再次感到純淨。桉樹味道的蒸氣瀰漫全身皮膚，他感到毛孔受熱張開。接著展開他的儀式。

他先在刺青的身體與頭皮塗上脫毛劑，去除任何體毛。**赫莉亞德斯諸島的衆神都沒有毛髮**。然後他用亞伯拉梅林油（註：Abramelin oil，多種香料植物混合製成，據傳中世巫師用於儀式）按摩柔軟放鬆的肌肉。**亞伯拉梅林是東方三賢人的聖油**。他把淋浴開關猛轉向左，水變得冰冷。他站在冰水下整整一分鐘，收縮毛孔讓熱氣與能量留在體內。寒冷讓他想起觸發這段轉變的那條冰冷河流。

他踏出淋浴間時有些顫抖，但是幾秒內，他的體內熱量散發到全身的筋肉讓他溫暖。馬拉克體內感覺像個火爐。他裸體站到鏡子前欣賞自己……或許是最後一次看到自己的凡人姿態。

他的腳是鷹的利爪。他的腿——波阿斯與雅金——是古代的智慧之柱。他的腰與腹是玄祕力量的拱道。拱門之下，他的巨大性器官上有身分符號的刺青。在前一段人生，這副血肉之軀曾經是他肉慾滿足的來源。現在不同了。

我已經淨化了。

如同神祕的清淨教派僧侶，馬拉克割除了自己的睪丸。他爲了更崇高的目標犧牲自己的肉體生殖力。**神沒有性別**。把性別這種人類缺陷與性慾誘惑一同拋棄，馬拉克變得像烏拉諾斯（註：Ouranos，希臘神話中的天神，因爲殘暴不仁遭么兒克羅諾斯設計閹割）、阿提斯（註：Attis，受女神Cybele喜愛的美少年，愛上凡間少女，女神使他發瘋自我閹割）、史波洛斯（註：Sporus，遭羅馬皇帝尼祿閹割娶爲妻子的美少年）與亞瑟王傳說中的偉大閹人魔法師。

每次心靈蛻變都要先有肉體轉變。這是所有眾神的教訓……從歐西里斯（Osiris）到塔穆茲（註：Tammuz，巴比倫神話中俊美的農業與繁殖之神），到耶穌，到濕婆，到佛陀本身。

我必須擺脫這副肉身。

馬拉克突然向上看，經過胸口的雙頭鳳凰，經過臉上各式拼湊的古代符號，來到他頭頂。他向鏡子低下頭，勉強看到等待中的那塊裸露肌膚。這個身體部位是神聖的，稱作囟門，嬰兒出生時頭顱的這個區域仍是開放的。**通往大腦的眼狀孔**。這個生理上的入口雖然誕生幾個月就會閉合，但仍舊是人體內外世界之間失落聯繫的象徵性遺跡。

馬拉克細看這塊神聖的原生皮膚，外面圍繞著一圈皇冠狀的**食尾蛇**（ouroboros，象徵循環重生）——吞噬自己尾巴的神祕大蛇。裸露的肌膚似乎也在盯著他……充滿希望地發亮。

羅柏·蘭登很快就會找到馬拉克需要的大寶藏。馬拉克拿到之後，頭頂上的空白將被填滿，最終他會準備好進行最後一次變形。

馬拉克走過臥室，從底層抽屜拿出一條白絲布。如同先前做過無數次，把它包在胯下與臀部。接著他走下樓。

辦公室裡，他的電腦收到了一封e-mail。

是他的聯絡人寄的：

> 你需要的東西即將到手。
>
> 我會在一小時內聯絡。耐心等。

馬拉克微笑。該作最後的準備了。

72

中情局外勤探員從閱覽室露台下樓時心情惡劣。**貝拉米騙我們**。探員在摩西雕像附近看不到任何熱軌跡，其他地方也沒有。

蘭登到底跑哪裡去了？

探員循原路走回他們唯一發現熱軌跡的地方——圖書館的流通室。他走下樓梯，在八角形大櫃子下走動。輸送帶的噪音眞刺耳。進入房間後，他拉下感熱鏡環顧整個房間。什麼也沒有。他看向書庫，破爛的門因爲爆炸還在發熱。除此之外，看不到任何——

我操！

意外的螢光突然飄進他的視野，探員嚇退一步。像一對鬼魂，微亮的兩個人形痕跡剛從牆上的輸送帶冒出來。**是熱軌跡**。

探員震驚地看著兩個鬼影在輸送帶上繞過房間，一頭消失在牆上的小洞裡。**他們搭輸送帶離開？眞是瘋了**。

除了驚覺他們因爲牆上的小洞追丟了羅柏·蘭登，探員還發現另一個問題。**蘭登有幫手？**

他正要開對講機聯絡領隊，領隊已經先打過來了。

「全體注意，我們在正門廣場發現一輛無人的Volvo汽車。車主資料是凱薩琳·所羅門。目擊者說她不久前才進入圖書館。我們懷疑她跟羅柏·蘭登在一起。佐藤處長命令我們立刻找到他們兩個。」

「我有他們兩個的熱軌跡！」流通室裡的探員大喊。他解釋了狀況。

「我的天！」領隊回答，「輸送帶通到哪裡去？」

探員已經看過了布告欄上的員工參考地圖。「亞當斯大樓，」他回答，「離這裡一個街區。」

「全體注意。前往亞當斯大樓！快！」

73

庇護。答案。

蘭登與凱薩琳衝出亞當斯大樓的側門進入寒冷的冬夜戶外，這兩個字迴盪在他腦中。神祕來電者用密碼傳達他的所在地，但是蘭登聽懂了。凱薩琳得知目的地之後的反應意外地樂觀：**還有更適合找到唯一眞神的地方嗎？**

現在問題是怎麼去。

蘭登原地打轉，試著辨認方向。天很黑，幸好天上沒有烏雲了。他們站在一個小庭院裡。遠處，國會大廈圓頂看來遠得出乎意料，蘭登發現這是他幾小時前抵達國會之後第一次踏出戶外。

我看演講是泡湯了。

「羅柏，看。」凱薩琳指著傑佛遜大樓的側影。

蘭登看到大樓的初步反應是驚訝他們在地下輸送帶移動了這麼遠。但是第二反應轉爲警覺。傑佛遜大樓鬧哄哄地來了大隊人馬——卡車跟轎車駛入，有人在叫喊。**那是探照燈嗎？**

蘭登抓住凱薩琳的手。「走吧。」

他們往東北方越過庭院，身影迅速消失在一棟高雅的U形大樓之後，蘭登知道這是佛格爾莎士比亞圖書館（註：Folger Shakespeare Library，美國石油大亨亨利・克雷・佛格爾於一九三二年捐獻成立）。這棟大樓今晚似乎是他們的最佳掩護，裡面有法蘭西斯・培根的《新亞特蘭提斯》原版拉丁文手稿，據說美國開國元老就根據這個烏托邦故事塑造了一個基於古代智慧的新世界。話雖如此，蘭登並沒打算停步。

我們需要計程車。

他們來到第三街跟東側國會的轉角。車輛很少，蘭登感覺不太有希望攔到車。他跟凱薩琳匆匆往北走上第三街，盡量遠離國會圖書館。直到走了整整一個街區，蘭登才終於看到一輛剛轉過來的車。他揮手，車子靠邊停了下來。

收音機在播放中東音樂，年輕的阿拉伯裔司機露出友善的微笑。「去哪裡？」他們跳上車之後司機問。

「我們要去——」

「西北區！」凱薩琳插嘴，指向遠離傑佛遜大樓的第三街。「往聯合車站走，然後左轉到麻州大道。我們會告訴你在哪裡停。」

司機聳肩，關上樹脂玻璃分隔板，又打開音樂。

凱薩琳告誡地瞄瞄蘭登，彷彿在說：「別留下痕跡。」她指著窗外，要蘭登注意一架低空漂浮的黑色直升機正在接近。糟糕。佐藤顯然非常想要奪回所羅門的金字塔。

他們看見直升機降落在傑佛遜與亞當斯大樓之間，凱薩琳轉向他，表情更加憂慮。「你的手機借我看一下好嗎？」

蘭登交給她。

「彼得跟我說你過目不忘？」她搖下車窗說，「而且記得撥過的每個電話號碼？」

「沒錯，但是——」

凱薩琳把他的手機丟出車外。蘭登在座位上轉身，眼睜睜看著手機在後方路面被車輪輾成碎片。「妳在幹嘛！」

「避免追蹤，」凱薩琳眼神凝重地說，「這座金字塔是我們找到我哥的唯一希望，我絕對不會讓中情局把它搶走。」

在前座，奧瑪．亞米拉納隨著音樂搖頭晃腦跟著哼。今晚不太走運，他很慶幸終於有一筆生意。他的車剛經過史丹頓公園，公司調度員的熟悉聲音在無線電響起。

「調度中心。國家廣場區域所有車輛注意。我們剛接到政府當局通告，有兩個逃犯在亞當斯大樓附近……」

奧瑪驚訝地聽著調度員精確地描述他後座的兩個人。他從照後鏡不安地偷瞄一眼。奧瑪必須承認，那個高個子確實有點眼熟。**我在十大通緝要犯節目看過他嗎？**

奧瑪小心翼翼拿起無線電麥克風。「中心？」他低聲對麥克風說。「這裡是一三四號車。你剛說的那兩個人——現在……就在我車上。」

調度員立刻指示奧瑪。奧瑪打給調度員交代的另一個號碼，雙手在顫抖。接聽的聲音非常簡潔有效率，好像軍人似的。

「我是中情局外勤探員透納．辛金斯，你哪位？」

「呃……我是計程車司機，」奧瑪說，「他們叫我打這個電話報告那兩個——」

「逃犯目前在你車上？回答是不是就好。」

「是。」

「他們聽得見你講話嗎？行或不行？」

「不行。隔板關上了——」

「你要載他們去哪裡？」

「麻州大道往西北區。」

「有沒有地址？」

「他們沒說。」

探員遲疑一下。「男性乘客是否帶著皮革背包？」

奧瑪瞄一下照後鏡，瞪大眼睛。「是！裡面該不會有炸彈還是——」

「仔細聽好，」探員說，「只要照我的話做就不會有危險。懂嗎？」

「是，長官。」

「你叫什麼名字？」

「奧瑪，」他冒著汗說。

「聽著，奧瑪，」男子冷靜地說，「你做得很好。我要你盡量開慢一點，等我讓我的人攔在你們前面。了解嗎？」

「是，長官。」

「還有，你的車上有沒有對講系統讓你可以跟後座交談？」

「有，長官。」

「很好。接下來我要你這麼做。」

74

眾所周知，「叢林」是國立植物園（USBG）——美國的活體博物館的核心，位於美國國會大廈旁邊。嚴格來說是一座雨林，設置在一棟高聳的溫室裡面，裡面有高大的橡膠樹、無花果樹與大膽遊客使用的天蓬步道。

平時，泥土氣味與透過玻璃天花板上蒸汽噴嘴的霧氣照進來的閃爍陽光讓華倫．貝拉米心曠神怡。但是今晚，在單薄的月光下，叢林嚇死人了。他渾身冒汗，忍著手臂的抽筋拚命掙扎，雙手仍然痛苦地銬在背後。

佐藤處長走到他面前，冷靜地呼一口菸——在這個精心維護的環境裡簡直是生態恐怖行動。頭上玻璃天井灑下來的月光加上煙霧瀰漫讓她的臉顯得幾乎像是魔鬼。

「這麼說吧，」佐藤說，「你今晚趕到國會時，發現我已經在場……你做了個決定。你向我隱瞞你的到來，悄悄進入副地下室，冒著自身極大的風險，攻擊安德遜局長和我，並且幫助蘭登帶著金字塔與頂石逃走。」她揉揉肩膀。「挺有趣的選擇。」

如果重來我還是會這麼做，貝拉米想。「彼得在哪裡？」他生氣地問。

「我怎麼知道？」佐藤說。

「妳似乎什麼都知道！」貝拉米反駁她，毫不掩飾地懷疑她就是幕後主腦。「妳知道跑來國會大廈。妳知道要找羅柏．蘭登。甚至知道用X光查蘭登的背包找到頂石。顯然，有人提供妳很多內幕消息。」

佐藤冷笑著走近他。「貝拉米先生，**所以你才攻擊我？你認爲我是敵人？**你以爲我想偷你的小金字塔？」佐藤吸口菸，從鼻孔裡呼出來。「聽清楚了。沒人比我更了解保密的重要。我跟你一樣，認為某些資訊不應該對大眾公開。但是今晚，恐怕有些你還不了解的勢力在運作。綁架彼得．所羅門的人握有強大的力量……你顯然不了解的力量。相信我，他是個活動的定時炸彈……能夠引發一系列即將徹底改變已知世界的事件。」

「我不懂。」貝拉米在長椅上變換姿勢，銬著的雙臂隱隱作痛。

「你不**必**懂。你只需要服從。目前，我避免重大災難的唯一希望是跟這個人合作……他想要什麼都給他。也就是說，你要打電話給蘭登先生，叫他帶著金字塔和頂石來投案。蘭登就擒之後，他會解開金字塔的刻字，取得對方要求的任何資訊，讓他稱心如意。」

通往古代玄祕的螺旋階梯位置？「恕難從命。我宣誓過要保密。」

佐藤發飆了。「我才不在乎你宣誓過什麼，等我把你丟進大牢裡——」

「隨便妳威脅，」貝拉米輕蔑地說，「我不能幫妳。」

佐藤深呼吸，用可怕的低語說。「貝拉米先生，你根本不曉得今晚是怎麼回事吧？」

緊繃的沉默持續了幾秒，終於被佐藤的電話鈴打斷。她急忙從口袋裡掏出來。「說吧，」她回答，專心聆聽對方的報告。「他們的計程車在哪裡？多久？ＯＫ，很好。帶他們到國立植物園來。員工入口。記得把該死的金字塔跟頂石帶過來。」

佐藤掛斷後轉頭嘲弄地微笑面對貝拉米。「哼……留著你似乎沒什麼用處了。」

75

羅柏·蘭登茫然盯著窗外，懶得催促慢吞吞的司機開快一點。身旁的凱薩琳也沒說話，因為對金字塔不夠了解而相當洩氣。他們檢討過對金字塔、頂石與今晚的怪事件所知的一切；還是想不通這金字塔怎麼可能會是什麼地圖。

唯一的眞神？祕密藏在組織裡？

他們的神祕聯絡人承諾給答案，只要他們能到特定地點見他。**羅馬的避難所，台伯河北邊**。蘭登知道開國元老們的「新羅馬」在歷史上很早就被改名華盛頓，但是他們原始夢想的痕跡還在：台伯河的河水仍然流入波多馬克河；議員仍然聚集在複製的聖彼得教堂圓頂下；瓦肯與米涅娃仍然俯看著圓形大廳下早已熄滅的火焰。

蘭登與凱薩琳尋求的答案顯然就在幾哩路前等著他們。**麻州大道西北方**。他們的目的地確實是個避難所……華盛頓的台伯溪（註：Tiber Creek，昔日注入波多馬克河的支流，曾拓寬成人工運河，又因髒臭被封閉為下水道，沿憲法大道往北到國會大廈）北邊。蘭登巴望著司機開快點。

凱薩琳突然從座位上跳起來，好像剛發現了什麼。「天啊，羅柏！」她看著他，臉色蒼白。她遲疑片刻才斷然地說。「我們走錯方向了！」

「不，這樣沒錯，」蘭登反駁，「是在麻州大道西北——」

「不！我是說我們跑錯**地方**了！」

蘭登很疑惑。他已經告訴凱薩琳他為什麼知道神祕來電者描述的位置。**有十塊西奈山的石頭，一塊來**

自天上，一塊外表像路克的黑暗父親。全世界只有一棟建築長那樣子。計程車就是要開到那裡去。

「凱薩琳，我確定這個位置正確。」

「不！」她大喊，「我們不需要去那裡了。我弄懂金字塔跟頂石了！我知道這是怎麼回事！」

蘭登很驚訝。「妳懂了？」

「對！我們得改去自由廣場！」

蘭登可迷糊了。自由廣場雖然很近，好像沒什麼關聯。

「**Jeova Sanctus Unus**！」凱薩琳說，「希伯來人的唯一眞神。希伯來人的神聖符號是猶太之星——所羅門王的印記——也是共濟會的重要符號！」她從口袋掏出一張一元鈔票。「筆給我。」

蘭登疑惑地從外套掏出一支筆。

「看。」她把鈔票攤在腿上接過他的筆，指著背面的國璽。

「如果你把所羅門王的印記疊在美國國璽上……」她在金字塔上畫出猶太之星符號。「你看結果！」

蘭登低頭看看鈔票再看看凱薩琳，以爲她瘋了。

「羅柏，再仔細看！還看不出我指的地方嗎？」

他再看看圖樣。

她到底在說什麼？蘭登以前見過這個圖案。陰謀論者很流行把它當作「證據」說共濟會對早期美國有祕密影響力。當六角星疊在美國國璽上，星星的頂點剛好就是共濟會的全能之眼……而且相當詭異，另外五個角顯然指向**M－A－S－O－N**這五個字母。

「凱薩琳，那只是巧合，而且我還是不懂這跟自由廣場有什麼

關係。」

「再看一次！」她說，好像有點生氣了。「你沒看我指的地方！就在這裡。沒看到嗎？」

瞬間，蘭登也懂了。

中情局外勤領隊透納・辛金斯站在亞當斯大樓外拿手機緊貼著耳朵，努力聆聽發生在計程車後座的對話。**有變化**。他的隊員正要登上改裝的塞考斯基UH－60直升機往西北方去設立路障，但是現在似乎狀況急轉彎。

幾秒鐘後，凱薩琳・所羅門開始堅持他們跑錯地方了。她的解釋——關於一元鈔票跟猶太之星什麼的——讓領隊完全聽不懂，羅柏・蘭登顯然也是。至少剛開始是。但是現在，蘭登似乎懂她意思了。

「天啊，妳說得對！」蘭登脫口而出，「剛才我沒看到！」

忽然辛金斯聽到拍打分隔板的聲音，隨即板子打開。「改變計畫，」凱薩琳對司機喊，「載我們去自由廣場！」

「自由廣場？」司機緊張地說，「不去麻州大道西北？」

「取消了！」凱薩琳大喊，「自由廣場！這邊左轉！這裡這裡！」

辛金斯探員聽見計程車急轉彎的尖叫聲。凱薩琳又激動地跟蘭登講話，說到出名的國璽銅版就鑲在廣場上。

「女士，確認一下，」司機插嘴，有點緊張。「你們要去賓州大道跟十三街路口的自由廣場？」

「對！」凱薩琳說，「趕快！」

「很近。兩分鐘就到。」

辛金斯微笑。**幹得好**，奧瑪。他衝向怠轉中的直升機，向隊員大喊。「找到他們了！自由廣場！走！」

76

自由廣場是張地圖。

位於賓州大道與第十三街交叉口，廣場上面積寬闊的鑲嵌石頭描繪出皮耶．朗法最初設計的華盛頓街道圖。這座廣場是熱門觀光景點，不只因爲走在大地圖上很好玩，也因爲自由廣場命名者金恩博士當年就在附近的威拉德飯店寫下了聞名的「我有一個夢」演講稿。

華府計程車司機奧瑪．亞米拉納經常載觀光客到自由廣場，但是今晚，他的兩位乘客顯然不是普通遊客。**中情局在追捕他們**？奧瑪剛停在路邊，那對男女就跳下車。

「在這裡等著！」花呢外套男子告訴奧瑪，「我們馬上回來！」

奧瑪看著兩人衝到開闊廣場的大地圖上，指來指去大呼小叫，觀察交叉路口的幾何圖形。奧瑪趁機拿儀表板上的手機。

「長官，你還在嗎？」

「在，奧瑪！」有個聲音大喊，在線路那端轟然噪音中幾乎聽不見。「他們在哪裡？」

「在外面地圖上。他們好像在找什麼東西。」

「別讓他們離開你的視線，」探員大聲說，「我快到了！」

奧瑪看著兩名逃犯迅速找到廣場上出名的國璽——世上最大的銅牌之一。他們在上面站了一會兒，很快又指著西南邊。接著男子往計程車跑回來。奧瑪趕快把手機放回儀表板上，男子喘著氣過來了。

「維吉尼亞州亞歷山卓在那個方向？」他問。

「亞歷山卓？」奧瑪指著西南方，正是這對男女指的方向。

「我就知道！」男子喘著氣低聲說。他轉身向女子大喊。「妳說得對！亞歷山卓！」

女子又指著廣場對面不遠處發亮的「地鐵」招牌。「藍線可以直接到。我們去國王街車站！」

奧瑪突然一陣驚慌。不妙。

男子轉身交給奧瑪一把遠超過車資的鈔票。「多謝。我們不用車了。」

他拿起背包跑掉了。

「等等！我可以載你們！我常去那邊！」

但是太遲了。那對男女已經跑過廣場，下樓梯進入地鐵中心車站。

奧瑪拿起他的手機。「長官！他們跑進地鐵站去了！我攔不住他們！他們要搭藍線去亞歷山卓！」

「留在那邊！」探員大喊，「我十五秒後就到！」

奧瑪低頭看看男子塞給他的那疊鈔票。最上面那張就是他們塗寫過的。美國國璽上面有個猶太之星。果然，星星的尖端指向共濟會的五個字母。

毫無預警，奧瑪感到身邊震耳欲聾的振動，好像拖拉機要撞上他的車了。他抬頭，但是街上沒人。噪音越來越大，突然一架流線型黑色直升機出現在眼前，重重降落在廣場地圖中央。

一群黑衣男子跳出來。大多數人跑下地鐵站，但有一人跑向奧瑪的車。他拉開乘客座的車門。「奧瑪？是你嗎？」

奧瑪點頭，說不出話來。

「他們有沒有說要到哪裡？」探員問。

「亞歷山卓！國王街車站，」奧瑪脫口而出，「我說要載他們去，可是——」

「有沒有說去亞歷山卓的哪裡？」

「沒有！他們看過廣場上的國璽，然後打聽亞歷山卓，付了我一大筆錢。」他把畫了怪符號的鈔票交給探員。探員檢查鈔票時，奧瑪突然想通了。**共濟會！亞歷山卓！**美國最有名的共濟會建築之一就在亞歷山卓。「對了！」他說，「喬治華盛頓共濟會紀念館！就在國王街車站對面！」

「沒錯，」探員說，顯然想到同樣的事情，此時其他探員從車站裡跑出來。

「沒看到人！」其中一人大喊，「藍線剛開走！他們不在下面！」

辛金斯探員看看錶，轉向奧瑪。「地鐵開到亞歷山卓要多久？」

「至少十分鐘。或許更久。」

「奧瑪，你做得很好。謝謝。」

「不客氣。這是怎麼回事?!」

辛金斯探員已經跑回直升機去了，邊跑邊喊。「國王街車站！我們可以比他們先到！」

奧瑪困惑地看著大黑鳥起飛。它往南急轉越過賓州大道，轟轟作響消失在夜空中。

在奧瑪的腳底下，一列地鐵車廂正加速駛離自由廣場。車上，羅柏．蘭登與凱薩琳．所羅門氣喘吁吁地坐著，一言不發，讓火車載著他們前往目的地。

77

回憶總是同樣的開始。

他在墜落……往後掉向深谷底下一條結冰的河流。上方，彼得・所羅門無情的灰眼珠在安卓斯的手槍槍管旁俯瞰著。掉落時，上面的世界急速後退，一切都消失了，他被上游瀑布飄來的洶湧霧氣包圍住。

有一瞬間，一切都變白色，好像天堂。

然後他撞到冰。

好冷。好暗。好痛。

他在顫抖……被一股巨力拖動，在冰冷的虛無中無情地撞擊岩石。他的肺窒息發痛，但他胸部肌肉冷得劇烈收縮，他根本無法吸氣。

我在冰面底下。

靠近瀑布的冰顯然因爲水流紊亂而比較薄，安卓斯直接跌穿冰面。他被沖向下游，困在透明的冰層之下。他猛抓冰層下面，想要鑽出去，但他沒有借力點。肩上彈孔的刺痛逐漸消失，霰彈槍的傷口也是；兩者都被身體麻木的激烈顫抖掩蓋過去。

水流加快，帶著他繞過一個河彎。他的身體渴求著氧氣。突然間他被樹枝勾住，掛在一棵倒在水裡的樹上。**想辦法！**他瘋狂地抓樹枝，努力往冰面移動，尋找樹枝穿過冰面的破洞。他的指尖找到樹枝周圍一小片水面，他抓著洞口，嘗試把洞挖大一點；一次，兩次，洞口越來越大，現在有幾吋寬。

他抵著樹枝往上鑽，仰頭把嘴湊近那個小洞口。灌入他肺裡的冬天空氣竟然感覺溫暖。氧氣的鼓勵讓他燃起希望。他把腳踩在樹幹上，用肩與背使勁往上頂。枯樹周圍的冰有樹枝與碎片的破洞，原本就比較脆弱，他雙腿猛踩樹幹，頭與肩膀突破冰面，暴露在冬夜的寒氣中。空氣注入他的肺。大半身浸在水下，他奮力掙扎往上，兼用腳推手拉，終於爬出水面，喘著氣倒在冰面上。

安卓斯脫掉泡濕的滑雪面罩收進口袋，回頭看上游尋找彼得．所羅門。河彎擋住了他的視線。他的胸口又灼痛起來。他靜靜地把小樹枝拉出冰面的洞口想藏起來。洞口到明天早晨又會結冰。

安卓斯踉踉蹌蹌走進樹林，開始下雪了。他不知道走了多遠，直到走出樹林來到一條小公路旁的護堤上。他既興奮又失溫。雪越下越大，遠處有一對車頭燈正在靠近。安卓斯拚命揮手，那輛小卡車立刻停下來。佛蒙特州的車牌。一個穿紅色方格襯衫的老人跳下車。

安卓斯蹣跚走向他，按著流血的胸膛。「我被獵人……射傷了！我需要……上醫院！」

老人毫不猶豫把安卓斯扶上乘客座，打開暖氣。「最近的醫院在哪裡?!」

安卓斯不知道，但他往南指。「下個出口。」**我們不能上醫院**。

佛蒙特州老人隔天被列入失蹤人口，但是沒人知道他離開佛蒙特之後在漫天暴風雪中會消失到**哪裡**去。也沒人把他的失蹤聯想到隔天另一則佔據頭條的新聞——伊莎貝爾．所羅門的驚人凶殺案。

安卓斯醒來時，躺在一家廉價汽車旅館的破爛房間裡，這裡整季都用木板封住門窗。他還記得闖進來之後撕破床單包紮傷口，然後鑽進放了一疊發霉毯子的破舊床上。他餓壞了。

他跛著走進浴室，看到水槽裡一堆沾血的霰彈。他隱約記得從胸口把彈丸挖出來。他抬頭看看骯髒的鏡子，勉力解開血腥的綳帶觀察傷勢。胸腹部的結實肌肉讓霰彈不至於鑽入太深，但是他曾經完美的身體已經被傷口毀了。彼得．所羅門射出的那發子彈顯然從肩部貫穿了，只留下血肉模糊的傷口。

更糟的是，安卓斯沒有達成遠道而來的目的。**金字塔**。他飢腸轆轆，跛著出門爬上老人的卡車，希望能找到食物。卡車上積了厚厚的雪，安卓斯不禁猜想自己在汽車旅館裡昏睡了多久。**幸好我醒來了**。安卓斯在前座找不到任何食物，但是在置物箱找到了關節止痛藥。他倒出一把，和著幾口雪呑了下去。

我需要食物。

幾小時後，從舊汽車旅館後面開出來的卡車跟兩天前的外型完全不同了。貨斗頂蓋不見了，輪軸蓋、保險桿貼紙與所有裝飾物也是。佛蒙特州牌照換成了安卓斯發現停在垃圾車旁的一輛舊維修卡車牌照，他還把屋裡所有沾血床單、彈丸跟其他證物全部丟進車上。

安卓斯並未放棄搶奪金字塔，但是眼前顯然必須等待。他必須躲藏、養傷，最重要的，吃東西。他找到一家路邊小店，狂吃了煎蛋、燻肉、洋蔥馬鈴薯煎餅跟三大杯柳橙汁。吃飽之後，他點了更多食物外帶。回程途中，安卓斯打開車上的舊收音機。自從受傷之後他就沒看過電視跟報紙，好不容易找到地方新聞頻道，報導令他大爲震驚。

「ＦＢＩ調查人員，」新聞主播說，「仍在持續搜尋兩天前在波多馬克私宅殺害伊莎貝爾·所羅門的武裝闖入者。據稱兇手掉入河中被沖到海邊。」

安卓斯愣住了。**殺害伊莎貝爾·所羅門？**他困惑又沉默地繼續開車，聽完整段報導。

該遠離這個地方了。

這戶上西區公寓能看見令人屛息的中央公園景觀。安卓斯選這裡是因爲窗外的樹海讓他想起昔日亞得里亞海岸的別墅景觀。他知道能活著就該慶幸了，但他高興不起來。空虛感揮之不去，他越來越執迷於搶走彼得·所羅門的金字塔。

安卓斯花了許多時間研究共濟會金字塔的傳說，雖然金字塔眞僞似乎尚無定論，但大家都同意它能賦予廣大的智慧與力量。**共濟會金字塔是眞的**，安卓斯告訴自己。**我的內幕消息絕對沒錯。**

命運讓金字塔自己送上安卓斯的面前，他知道忽視不拿就像擁有頭獎彩券卻不去領獎。**我是唯一知道**

金字塔存在又活著的非共濟會會員……也知道保管者的身分。

幾個月過去，雖然身體已經痊癒，安卓斯再也不是昔日希臘那個驕傲的樣板。他停止健身，也不再站到鏡子前欣賞自己的裸體。他感覺身體好像開始出現老化的跡象。曾經完美的皮膚現在成了疤痕的補靪，讓他更加沮喪。他仍然依賴讓他撐過復元過程的止痛藥，他覺得自己正在退回當初害他入獄的糜爛生活方式。他不在乎。**身體會怎樣就怎樣吧**。

某天晚上他在格林威治村買藥，對方的手臂上刺了一道修長鋸齒狀的閃電。安卓斯問他爲什麼刺青，他說是爲了遮蓋車禍留下的疤痕。「每天看到疤痕就讓我想起車禍，」藥頭說，「所以我在上面刺了個人權力的符號。取回主控權。」

當晚，安卓斯嗑新藥嗑茫了，晃到附近的刺青店脫掉上衣。「我想遮住這些疤痕，」他說。**我要取回主控權**。

「遮住？」刺青師打量他的胸膛。「用什麼？」

「刺青。」

「對……我是說什麼圖案？」

安卓斯聳肩，只想要遮住過去的醜陋痕跡。「我不知道。你選吧。」

師傅搖搖頭，交給安卓斯一本描述刺青古老又神聖的傳統的小冊。「等你準備好再來。」

安卓斯在紐約公共圖書館找到五十三本關於刺青的書，幾週之內，他全部看完。重新找回閱讀的熱情後，他開始整袋整袋地揹書往返住所與圖書館，在家裡狼吞虎嚥地一面讀書一面俯瞰中央公園。

這些刺青書開啟了安卓斯前所未見的一個奇異世界——符號、玄學、神話與魔法的世界。看越多書，他越了解自己的無知。他開始寫下他的想法，他的素描與他的怪夢。當圖書館再也找不到他想要的東西，他找上珍本書商幫他收購一些世上最深奧的文本。

《惡魔論》（*De Praestigiis Daemonum*）……《所羅門次鑰》（*Lemegeton*）……《降神之書》（*Ars Almadel*）……《眞實之書》（*Grimorium Verum*）……《聖導之書》（*Ars Notoria*）……不勝枚舉。他全部看完，越來越確定世界上還有很多寶藏等待他發掘。**外頭有些祕密超出人類的理解能力**。

然後他發現了阿萊斯特．克勞利（Aleister Crowley）的著作——一九〇〇年代初期的神祕學家，被教會稱作「史上最邪惡的人」。**偉人總是遭凡人忌恨**。安卓斯學習儀式與咒語的力量。他學到神聖的文字如果唸對了就能打開通往其他世界的門戶。**除了已知的宇宙之外還有一個影子宇宙……我可以從它吸收力量**。**雖然安卓斯渴望掌握那些力量**，他知道必須先遵照規則完成一些任務。

變成神聖的東西，克勞利寫道。**讓你自己神聖**。

「神聖化」的古老儀式曾經主宰世界。從早期希伯來人在神殿焚燒獻祭，到馬雅人在奇欽伊札的金字塔上砍人頭，到在十字架上犧牲肉身的耶穌基督，古人很瞭解神對於犧牲的要求。**獻祭**（sacrifice）正是人類爭取神明眷顧讓自己神聖的原始儀式。

字首Sacra—神聖。

字尾Face—使變化。

雖然人類很久以前就放棄了獻祭儀式，它的力量仍然存在。有一小撮現代神祕學家，包括阿萊斯特．克勞利，施行這種技藝，持續改良，逐漸讓他們自己超凡入聖。安卓斯渴望像他們一樣改變自己。但他知道必須跨過一座危險的橋樑才做得到。

鮮血是光明與黑暗的唯一區隔。

某個晚上，有隻烏鴉飛過安卓斯打開的浴室窗戶被困在他家。安卓斯看著牠到處飛了一陣子然後停下來，顯然已接受自己無法逃脫的事實。安卓斯憑所學知道這是個徵兆。**有人在鼓勵我前進**。

他一手抓住這隻鳥，站在廚房的代用祭壇前舉起一把利刃，大聲背誦他記得的咒語。

「Camiach、Eomiahe、Emial、Macbal、Emoii、Zazean……以亞薩麥安書中最神聖的天使名諱，我召喚汝等以唯一眞神之名幫助我進行此儀式。」

安卓斯放下刀子小心地刺穿烏鴉右翅膀上的大血管。烏鴉開始流血。他看著紅色液體向下流到他用來承接的金屬杯裡，感到空氣中一股意外的寒意。不過，他還是繼續。

「全能的Adonai、Arathron、Ashai、Elohim、Elohi、Elion、Asher Eheieh、Shaddai……請協助我，讓此血液具有我此時祈求的，以及我要求的所有力量與效果。」

那天晚上，他夢見鳥類……一隻巨大鳳凰從烈焰中升起。隔天早上他醒來，感覺自從童年以來從未感受過的精力充沛。他到公園去跑步，超乎想像地越跑越快。當他跑不動時，就停下來做伏地挺身和仰臥起坐。重複了無數次。他仍然有體力。

那天晚上，他又夢到了鳳凰。

秋天再度降臨中央公園，野生動物跑來跑去尋找過冬的食物。安卓斯討厭寒冷，但是他小心隱藏的陷阱現在擠滿了活老鼠與麻雀。他把獵物放在背包裡帶回家，執行越來越複雜的儀式。

Emanual、Massiach、Yod、He、Vaud……請眷顧我。

血祭儀式增強了他的精力。安卓斯每天都感覺自己變年輕。他持續夜以繼日的閱讀——古代玄學文本、中古史詩、早期哲學家——他對事物的本質學到越多，越發現人類沒有希望。**他們太盲目了……漫無目標在他們永遠無法了解的世界裡遊蕩。**

安卓斯仍是個凡人，但他感覺正在進化成別的東西。更偉大。更神聖。他的強健體格從休眠中醒來，比以往更加強壯。他終於了解眞正的用途。**我的身體只是最重要寶藏——我的心靈——的容器。**

安卓斯知道自己的眞正潛力尚待發掘，他深入鑽研。**我的宿命是什麼？**所有古籍都提到善與惡……以及人類必須選擇立場。**我很早以前就選了**，他知道，但他毫無悔恨。**邪惡不就是自然法則嗎？**黑暗伴隨光明。混亂伴隨秩序。隨機才是基礎。任何事物都會腐朽。完美排列的結晶終究會化爲雜亂的塵土微粒。

有創造者……就有毀滅者。

直到安卓斯讀過約翰．米爾頓的《失樂園》才眞正認清自己的宿命。他看到偉大的墮天使……對抗光明的魔鬼戰士……英勇無比……名叫莫洛克（Moloch，希伯來文原意爲「王」（king），原是外族異教的火神，據稱孩童被燒死向他獻祭，後被假借醜化爲墮天使名號之二）的天使。

莫洛克像神一樣行在地上。安卓斯後來得知，這個天使的名字翻譯成古文，就是馬拉克。

我也要效法。

如同所有重大轉變，這次也必須以獻祭開始……但不是用老鼠，或鳥類。不行，這次轉變需要**眞正的犧牲**。

只有一種眞正夠格的犧牲。

突然他感到生平未有的豁然開朗。他的整個宿命浮現眼前。他連續三天在一大張紙上塗畫。完成後，他完成了自己想要化身的模樣藍圖。

他把大圖掛在牆上，像照鏡子一樣看著它。

我是一幅傑作。

隔天，他帶著他的圖畫去刺青店。

他準備好了。

78

喬治．華盛頓共濟會紀念館聳立在維吉尼亞州亞歷山卓的舒特山上。由下往上採用三種越來越複雜的建築風格——多立克、愛奧尼克與科林斯——整體結構象徵著人類智識提升的階段。這棟建築物靈感源自埃及亞歷山卓的古代法洛斯燈塔，最頂端是附有火焰形裝飾的埃及金字塔。

壯觀的大理石玄關裡面擺設了身穿共濟會禮服、巨大的喬治華盛頓銅像，還有當年他用來爲國會大廈奠基的鏟子。玄關上方，九個不同層次標示著「洞穴」、「墓室」與「聖殿騎士教堂」等名稱。館內珍貴的收藏品包括兩萬多冊共濟會文獻，炫目的十誡法櫃複製品，還有所羅門王聖殿寶座室的縮尺模型。

中情局的辛金斯探員看看錶，改裝的UH-60直升機正低空掠過波多馬克河。**他們的列車還有六分鐘才到**。他呼口氣盯著窗外地平線上發亮的共濟會紀念館。他必須承認，這座美麗閃亮的尖塔絲毫不比國家廣場上的任何建築遜色。辛金斯從來沒進去過，今晚也一樣。如果進行順利，羅柏．蘭登和凱薩琳．所羅門絕對走不出地鐵站。

「那邊！」辛金斯向駕駛員大喊，指著下方紀念館對面的國王街地鐵站。駕駛員轉向把飛機降落在舒特山下一塊草地上。

路人驚訝地看著辛金斯與隊員衝出來，過了街，跑下地鐵站裡。樓梯間裡，幾個出站的乘客匆忙讓路，貼在牆上讓這群黑衣武裝男子呼嘯而過。

國王街車站比辛金斯預期的大，顯然有幾條路線交會——藍線、黃線與國鐵。他跑向牆上的地鐵路線圖，找到自由廣場與唯一到此的直達線。

「藍線，南側月台！」辛金斯大喊，「下去把所有人趕出來！」隊員聽命快跑進去。

辛金斯跑到售票亭，亮出證件，對裡面的女人大聲說。「從地鐵中心站來的下一班車——什麼時候到?!」

女售票員似乎被嚇到了。「我不確定。藍線每十一分鐘一班。沒有固定時刻表。」

「上一班車走了多久?」

「或許……五六分鐘吧?不會超過。」

透納算一下。太好了。下一班車上一定是蘭登。

疾馳的地鐵車廂裡，凱薩琳．所羅門在堅硬的塑膠椅上不安地變換姿勢。頭上的螢光燈好刺眼，她忍住闔眼的衝動，一秒也不行。空曠車廂裡，蘭登坐在她旁邊，茫然盯著腳邊的背包。他的眼皮也很沉重，彷彿車廂的規律搖晃正在催眠他進入恍惚狀態。

凱薩琳想著蘭登背包裡的怪東西。中情局爲什麼想要這座金字塔?貝拉米說過或許佐藤追逐金字塔是因爲她知道它的眞正潛力。但是即使金字塔眞的透露什麼古代祕密的藏匿處，凱薩琳也很難相信它的原始玄祕知識會讓中情局感興趣。

話說回來，她提醒自己，中情局好幾次被踢爆進行根據古代魔法與玄學的超心理學或特異功能研究計畫。一九九五年，「星門／遙觀者」醜聞揭露了一種稱作遙視的中情局機密科技——某種精神遙感能力，可以讓「觀看者」的心之眼移動到地球上任何地方窺探，不需本人實際到場。當然，這種技術不是什麼新鮮事。玄學家稱之爲靈體投射，瑜伽修行者稱之爲靈魂出竅。不幸的是，驚嚇的美國納稅人大罵荒謬，計畫被終止。至少表面上如此。

諷刺的是，凱薩琳認爲中情局的失敗計畫跟她自己在知性科學的突破大有關聯。

凱薩琳很想打電話問警方是否在卡洛拉瑪高地發現了什麼，但她和蘭登現在沒有電話，而且連絡當局或許會鑄成大錯；天曉得佐藤的影響力有多大。

耐心，凱薩琳。幾分鐘內，他們就會抵達安全的地方，有人向他們保證可以說明一切。凱薩琳希望無論他的答案是什麼，能夠幫助她救出兄長。

「羅柏？」她抬頭看著地鐵圖低聲說，「下一站就到了。」

蘭登慢慢從恍惚中醒來。「喔，謝謝。」火車轟然駛向車站，他拿起背包遲疑地看看凱薩琳。「希望我們能平安抵達。」

透納．辛金斯跑去跟隊員會合時，月台上已經完全淨空，隊員正在散開，站到月台上各個柱子後面。月台另一頭的隧道中發出遙遠的低鳴回音，越來越大聲，辛金斯感到沉滯的熱氣撲面襲來。

無路可逃了，蘭登先生。

辛金斯轉向月台上兩名奉命跟著他的探員。「拿出證件跟武器。這些火車無人駕駛，但是有負責開門的隨車員。去找他。」

列車的頭燈出現在隧道裡，煞車尖叫聲劃破寂靜。列車進站開始減速，辛金斯和兩名探員俯身到鐵軌上，揮舞中情局識別證，在車門打開之前努力尋找隨車員。

列車迅速靠近。在第三車廂，辛金斯終於找到驚訝的隨車員，他顯然搞不清楚爲什麼有三個黑衣人向他揮舞證件。辛金斯跑向幾乎已經完全靜止的車廂。

「中情局！」辛金斯舉起證件大喊，「不要開門！」列車緩緩滑過面前，他走向隨車員對他大喊，「不要開車門！聽到沒有?!不要開門！」

列車停了下來，瞠目結舌的隨車員猛點頭。「怎麼回事？」他從側窗問道。

「不要啓動列車，」辛金斯說，「也不要開門。」

「OK。」

「能打開第一節的車門讓我們進去嗎？」

隨車員點頭。他一臉驚慌，踏出車廂，隨即關上門。他陪著辛金斯與手下走到第一車廂，用手動打開車門。

「我們進去之後鎖上，」辛金斯掏出槍說。辛金斯帶著人迅速進入第一車廂蒼白的燈光下。隨車員跟著上了鎖。

第一車廂只有四名乘客——三個青少年跟一個老太太——全部驚訝地看著三個武裝男子進來。辛金斯舉起證件。「沒事。大家坐在原位別動。」

辛金斯與隊員開始地毯式搜索，在封鎖的列車上逐一向後推進——他在農場受訓時稱之爲「擠牙膏」。這班車的乘客很少，推進到一半，探員們還是沒看見任何稍微符合羅柏．蘭登和凱薩琳．所羅門描述的嫌犯。但是辛金斯很有信心。地鐵列車上絕對無處可躲。沒有廁所，沒有儲藏室，沒有別的出口。即使目標看見他們上了車逃到最後節，還是出不去。撬開車門幾乎不可能，況且辛金斯在列車兩側的月台上都有人在監視。

耐心。

但是辛金斯來到倒數第二節車廂時，感覺緊張起來。這裡只有一個乘客，是個華人。辛金斯帶人走過去，搜尋任何藏匿處。沒有。

「最後一節，」辛金斯舉起槍說，三人走向末節車廂的門檻。他們踏進最後一節，瞬間三人全部目瞪口呆。

搞什麼鬼……?!辛金斯衝向後端，檢查所有座位後面。他氣炸了，轉身面對手下。「他們跑哪裡去了?!」

79

維吉尼亞州亞歷山卓北方八哩處，羅柏・蘭登與凱薩琳・所羅門冷靜地大步走過一片布滿露珠的草坪。

「妳可以去拍電影了，」蘭登說，非常佩服凱薩琳的敏捷思路與臨機應變技巧。

「你也不差啊。」她對他微笑。

起初，蘭登完全不懂凱薩琳在計程車上突發的怪行爲。突如其來，她根據猶太之星與美國國璽的靈感改口主張應該去自由廣場。她在一元鈔票上畫出聞名的陰謀論圖像，然後堅持蘭登仔細看她指的地方。

終於，蘭登發現凱薩琳指的不是鈔票而是司機座椅背後的小燈號。燈泡積滿污垢，他根本沒注意到。但是他向前靠近，看見燈泡亮著，發出微弱的紅光。他也看見燈泡下幾個模糊的字。

——對講機開啓——

蘭登驚訝地回頭看凱薩琳，她驚恐的眼神在暗示他看前座。他照做，小心地透過分隔板偷瞄一下。司機的手機放在儀表板上，掀開著，發亮，面向對講機喇叭。瞬間，蘭登懂凱薩琳的意思了。

他們知道我們在這輛車上……他們在竊聽。

蘭登不知道再過多久他跟凱薩琳會被攔下來包圍住，但他知道必須趕快行動。他立刻配合演戲，知道凱薩琳想去自由廣場與金字塔完全無關，而是那裡有個大站——地鐵中心——他們可以搭紅線、藍線或橘線前往六個不同的方向。

他們在自由廣場跳下車，蘭登接手，即興發揮表演一番，故意提到亞歷山卓的共濟會紀念館，然後與凱薩琳跑下地鐵站，經過藍線月台前往紅線，搭上反方向的列車。

往北六站來到特雷鎮，他們孤伶伶出現在一個安靜的高級社區。他們的目的地，方圓幾哩內最高的建築，在地平線上清晰可見，就在麻州大道旁一大片精心修剪的草坪上。

照凱薩琳的說法，現在已經「擺脫跟蹤」，兩人走過濕潤的草地。他們右邊是一座中世紀風格花園，以古老玫瑰叢與影子屋涼亭聞名。他們經過花園，直接走向那棟他們被召喚而前來的宏偉建築。**有十塊西奈山的石頭，一塊來自天上，還有路克的黑暗父親面容的避難所。**

「我沒有在晚上來過，」凱薩琳說，抬頭看著燈光照亮的尖塔。「真壯觀。」

蘭登同意，他忘了這個地方其實有多壯觀。後哥德式建築傑作矗立在使館路最北端。自從幫兒童雜誌寫了篇相關文章，希望激勵年輕世代來看看這座驚人的地標，他已經很多年沒來了。他的文章——〈摩西、月球岩石與星際大戰〉——被旅遊文學引用了好幾年。

華盛頓國家大教堂，蘭登想，經過這些年後舊地重遊竟然有點期待。**還有哪裡更適合打聽唯一的真神？**

「這座教堂真的有十塊西奈山的石頭？」凱薩琳問，抬頭看著兩座鐘塔。

蘭登點頭。「在主祭壇附近。象徵在西奈山上交給摩西的十誡。」

「還有一塊月球岩石？」

來自天上的石頭。「對。有扇彩繪玻璃窗戶叫做太空窗，上面鑲了一塊月球岩石的碎片。」

「OK，不過最後一點絕對是開玩笑的。」凱薩琳左顧右盼，漂亮的眼睛充滿懷疑。「達斯·維德的雕像……？」

蘭登乾笑。「路克天行者的黑暗父親？如假包換。維德是國家大教堂最紅的特殊景點之一。」他指著西邊的鐘塔上。「晚上看不太清楚，不過他就在那邊。」

「達斯・維德怎麼會跑到華盛頓國家大教堂裡？」

「有個甄選活動請孩子們雕塑描繪邪惡臉孔的怪物飾像。達斯被選上了。」

他們來到正門的大階梯，通往上面令人屏息的玫瑰窗下八十呎高的拱門。他們開始往上爬，蘭登的心思飄到那個神祕來電者。**別說出名字……告訴我，你是否成功保住了託付給你的地圖？**蘭登揹著沉重金字塔的肩膀還在發痛，很想把它放下來。**庇護與答案**。

他們爬上了階梯，眼前是一對氣派的木門。「直接敲門嗎？」凱薩琳問。

蘭登也在想同樣的問題，不過這時門突然軋軋打開。

「是誰？」虛弱的聲音說。一個乾癟老人的臉出現在門口。他穿著牧師袍，眼神呆滯。他的雙眼是混濁的白色，似乎是白內障。

「我是羅柏・蘭登，」他回答，「凱薩琳・所羅門跟我在尋求庇護。」

盲眼老人如釋重負地嘆氣。「感謝上帝。我一直在等你們。」

80

華倫·貝拉米感到一絲希望。

叢林裡，佐藤局長剛接到一通外勤探員的電話，立刻怒不可遏。「哼，你們最好給我賣力找！」她對電話大吼，「我們沒時間了！」她掛斷之後在貝拉米面前來回踱步，像在思索接下來怎麼辦。

終於，她停在他正前方然後轉身。「貝拉米先生，我再問你最後一次。」她盯著他的眼睛。「你知不知道羅柏·蘭登可能跑到哪裡去？」

貝拉米想到好幾個地方，但他搖搖頭。「不知道。」

佐藤銳利的眼神一直盯著他眼睛。「很不巧，我的職責正是分辨說謊的人。」

貝拉米移開目光。「抱歉，我不能幫妳。」

「貝拉米建築師，」佐藤說，「今晚七點左右，你在城外的餐廳吃晚飯，突然接到某人電話通知說他綁架了彼得·所羅門。」

貝拉米渾身發冷，看著她眼睛。**妳怎麼會知道?!**

「那個人告訴你，」佐藤繼續說，「他派羅柏·蘭登去了國會大廈，給蘭登一件任務去完成……這個任務需要你的幫助。他警告萬一蘭登失敗，你朋友彼得·所羅門就會死。驚慌之下，你打了彼得的所有號碼但是聯絡不上。可想而知，你連忙趕到國會。」

貝拉米無法想像佐藤怎麼會知道這通電話。

「逃離國會途中，」佐藤在菸頭的煙霧中說，「你發簡訊給綁架所羅門的人，向他保證你跟蘭登已經成功拿到了共濟會金字塔。」

她的消息是打哪來的？貝拉米猜想著。**連蘭登都不知道我發過那則簡訊。**一進入通往國會圖書館的隧道，貝拉米走進電力室打開工程用燈光。在獨處的片刻，他決定發簡訊給抓所羅門的人，告訴他佐藤介入了，但是保證他——貝拉米——和蘭登已經拿到共濟會金字塔，會合作完成他的要求。當然，那是謊話，但是貝拉米希望用簡訊爭取時間，爲了彼得．所羅門，也爲了藏匿金字塔。

「誰告訴妳我發了簡訊？」貝拉米問。

佐藤把貝拉米的手機丟在他身邊的長椅上。「一點都不難。」

貝拉米這才想起他的手機跟鑰匙被抓他的那群探員拿走了。

「至於我其餘的內幕消息，」佐藤說，「愛國者法案賦予我權限竊聽我認定對國家安全有威脅的任何人電話。我認爲彼得．所羅門就是這個威脅，昨晚我採取了行動。」

貝拉米差點聽不懂她說的話。「妳竊聽了彼得．所羅門的電話？」

「對。所以我知道綁架犯打電話到餐廳給你。你打了彼得的手機，留下焦慮的語音訊息說明剛才發生的事。」

貝拉米發現她說得對。

「我們也攔截到一通羅柏．蘭登的電話，他在國會大廈裡，困惑地發現他被人設計騙到那裡去。我立刻趕去國會大廈，比你先到，因爲我比較近。至於我爲何知道查看蘭登的背包X光片……我一發現蘭登涉及這整件事，就叫我的人過濾今天清晨一通蘭登與彼得．所羅門手機之間似乎無關的電話，當時綁架犯假扮所羅門的助理，說服蘭登來演講，順便把彼得託給他的小包裹帶來。蘭登對我隱瞞他帶著包裹的事，我就調閱他包包的X光片。」

貝拉米無法思考。無可否認，佐藤說的都很合理，但是有一點兜不攏。「可是……妳怎麼會認爲彼得．所羅門會威脅國家安全？」

「相信我，彼得．所羅門是嚴重的國安威脅，」她生氣了，「老實說，貝拉米先生，你也是。」

貝拉米坐直身子，手銬讓他手腕發痛。「妳說什麼?!」

她擠出微笑。「你們共濟會是在玩火。你們有個非常非常危險的祕密。」

她是指古代玄祕嗎？

「幸好，你們一向成功保守你們的祕密。不巧的是，最近你們不太小心，今晚你們最危險的祕密即將被公諸於世。除非我們能阻止它，我敢保證結果絕對是大災難。」

貝拉米困惑地盯著她。

「如果你沒有攻擊我，」佐藤說，「你就會知道我們是站在同一邊的。」

同一邊。這幾個字讓貝拉米想起一個幾乎不可能的念頭。**佐藤是東方之星的人嗎？**東方之星會——通常被視爲共濟會的姊妹組織——也尊奉慈善、祕密智慧與精神開明的類似玄祕哲學。**同一邊？我被銬住了啊！她還竊聽彼得的電話！**

「你必須幫我阻止這個人，」佐藤說，「他有能力引發一場大災難，讓這個國家永遠無法復原。」她面無表情。

「你們怎麼不去追蹤他？」

佐藤表情相當驚訝。「你以爲我沒試過嗎？追蹤所羅門的手機，每次鎖定位置前就斷訊。他的其餘號碼似乎是可拋式電話——幾乎不可能追蹤。私人飛機公司告訴我們蘭登的航班是所羅門的助理用所羅門的手機跟航空會員卡訂的。毫無痕跡。反正不重要了。即使查出他在哪裡，我也不可能冒險過去抓他。」

「爲什麼不行?!」

「這點我寧可保留，因爲這是機密，」佐藤說，顯然沒耐心了。「這件事請你相信我。」

上。

「呃，辦不到！」

佐藤眼神寒冷如冰。她突然轉身對叢林外大喊。「哈特曼探員！請把手提箱拿來。」

貝拉米聽見電動門打開，一名探員走進叢林。他提著一個簡潔的鈦合金手提箱，放在處長旁邊的地上。

「你出去，」佐藤說。

探員離開，門又發出嘶一聲，周圍恢復寂靜。

佐藤拿起金屬箱，放在大腿上，打開扣鎖。她緩緩抬頭看著貝拉米。「我很不想這麼做，但是我們沒時間了，你讓我別無選擇。」

貝拉米打量這個怪箱子，感到強烈的恐懼。**她要刑求我嗎？**他又拉扯手銬。「箱子裡是什麼東西?!」

佐藤陰沉地微笑。「能夠說服你跟我有同感的東西。我敢保證。」

81

馬拉克進行儀式的地下空間隱匿得非常巧妙。他家的地下室，對訪客來說，顯得很普通——有鍋爐、保險絲配線箱、柴火堆與各種備用品大雜燴的典型地窖。但是這個顯性的地窖只是馬拉克家地下空間的一部分。有一大塊區域用牆隔開讓他進行祕密計畫。

馬拉克的私人工作空間是一系列小房間的組合，各有特定用途。密室唯一入口是從他客廳進入的陡坡，因此幾乎不可能發現這個區域。

今晚，馬拉克走下斜坡時，他肌肉上的刺青符號與標誌似乎因爲地下室特殊照明的天藍色亮光而活了起來。他走進藍色煙霧中，經過幾扇關閉的門，直接走向走道末端最大的房間。

馬拉克喜歡稱之爲「至聖所」（sanctum sanctorum），是個十二呎見方的正方形。黃道有十二宮，白天有十二個小時，天堂有十二個門。房間中央有張石桌，邊長七呎的方塊。〈啓示錄〉有七個封印，聖殿有七段台階。桌子中央上方掛著精心設計的光源，會按照預設的顏色光譜循環，根據神聖的行星運行時刻表每六小時循環一遍。**Yanor的小時是藍色**。**Nasnia的小時是紅色**。**Salam的小時是白色**。

現在是Caerra的小時，所以室內燈光設定成柔和的紫色。只穿著絲質兜襠布纏在他臀部與閹割的性器上，馬拉克開始他的準備。

他細心調製燻蒸化學藥品以便稍後點燃淨化空氣。然後他摺疊最終將穿上取代兜襠布的新絲袍。最後，他淨化燒瓶裡的水用來塗抹他的祭品。完成後，他把所有準備好的物品放到旁邊桌上。

接著他到架子前取出一個象牙小盒，帶到側桌上與其他物品放一起。雖然還沒準備好用它，但他忍不住打開蓋子欣賞這件寶物。

刀子。

象牙盒內，躺在黑絨布上，馬拉克專爲今晚保留的獻祭用刀子在發亮。他去年在中東古董黑市花了一百六十萬美元買的。

歷史上最有名的刀子。

這把珍貴刀子老舊到無法想像，公認已經失落，是鐵製的，裝在獸骨握把上。歷史上，它曾經屬於無數權勢龐大的人。但是近幾十年，它消失了，淪落在祕密私人收藏中。馬拉克費了許多工夫才弄到手。他懷疑這把刀已經幾十年……或許幾百年沒有見血了。今晚，它將再次嘗到原始用途的獻祭的力量。

馬拉克輕輕從盒裡拿起刀子，用浸了淨水的絲布虔誠地擦拭刀鋒。自從在紐約的初步原始實驗以來，他的技巧進步不少。馬拉克修習的黑暗技藝在不同語言裡有不同名稱，但無論用什麼名字，都是精確的科學。這種原始科技曾經掌握權力入口的鑰匙，但很久以前就被廢棄，打入神祕主義與魔法的陰影中。少數仍在修練此技藝的人被視爲瘋子，但是馬拉克心裡有數。**這不適合資質愚鈍的人。**古代的黑暗技藝，如同現代科學，是關於精確配方、明確材料與精密計算時間的學問。

這個技藝不是現代的軟弱黑魔法，那通常只是好奇的人半吊子亂學罷了。這個技藝，像核子物理學，有可能釋放出巨大的力量。警告非常嚴厲：**學藝不精的人有可能遭逆流襲擊而喪命。**

馬拉克欣賞完了刀子，注意力轉到躺在面前桌上的一長條厚羔皮紙。是他親自用羔羊皮做的。依照規矩，羔羊是純淨，尚未達到性成熟。羔皮紙旁是他用烏鴉羽毛做的羽毛筆，一個銀盤，三支閃亮的蠟燭圍繞著一個黃銅碗。碗裡有一吋深的暗紅色濃稠液體。

液體是彼得．所羅門的血。

血是永恆的顏色。

馬拉克拿起羽毛筆，左手放在羔皮紙上，筆尖浸入血中，小心地描出自己張開手掌的外緣。完成之後，他再加上古代玄祕的五個符號，圖中每個指尖畫一個。

皇冠……代表我即將變成的王者。

星星……代表安排我命運的天意。

太陽……代表我靈魂的光芒。

燈籠……代表人類理解力的微弱光芒。

還有鑰匙……代表缺少的要素，今晚我就會拿到。

馬拉克完成他的血繪圖，拿起羔皮紙，在燭光中欣賞他的作品。他等到血乾了再把羔皮紙摺疊三次。輕聲吟唱古代咒語，馬拉克把紙送到第三根蠟燭上，它立刻著火。他把燃燒的羔皮紙放到銀盤上讓它繼續燒。此時，動物皮革中的碳融化爲粉狀黑渣。火焰熄滅後，馬拉克小心地把灰渣倒入銅碗的血液中。然後用烏鴉羽毛攪拌。

液體顏色變得更深，接近黑色。

雙手捧著碗，馬拉克高舉過頭感謝，吟誦古人血祭的感謝之詞。接著他小心把黑色混合液倒入小玻璃瓶裡用木塞封口。這就是馬拉克即將用來描畫頭頂上未刺青皮膚，完成他的傑作用的墨水。

82

華盛頓國家大教堂是世界第六大教堂，高度超過三十層的摩天大廈。這座哥德式建築傑作裝飾有兩百多扇彩繪玻璃窗，五十三口鐘的編鐘，一座一〇六四七根管子的管風琴，可以容納三千多名信徒。

但是今晚，大教堂空無一人。

柯林．蓋洛威牧師——座堂主任牧師——看起來年紀很大了。他駝背又乾癟，穿著簡單的黑色法袍，一聲不吭，腳步沉重地盲目前進。蘭登和凱薩琳默默跟著穿過黑暗大殿裡四百呎長的中央走道，它稍微向左彎以製造柔和的視覺幻覺。當他們來到走道岔口，牧師帶他們穿過聖像布幕——公共空間與內部聖地的象徵性分隔。

聖壇上的空氣瀰漫著乳香的氣味。這個神聖空間很暗，只有頭上葉片裝飾圓頂反射的間接照明。唱詩班座位上方掛著五十州的州旗，裝飾著幾幅描繪《聖經》事件的精緻雕刻畫。蓋洛威牧師繼續走，顯然熟得不需看路。有一瞬間，蘭登以為他們要走向高祭壇，鑲有十顆西奈山石頭的地方，但是老牧師終於左轉，摸索著穿過一扇暗門進入行政管理區。

他們走過一小段走廊來到辦公室門口，門上的銅牌寫著：

柯林．蓋洛威牧師
座堂主任牧師

蓋洛威開門打開電燈，顯然習慣了記住爲客人著想。他示意他們進來然後關上門。

牧師的辦公室窄小但是優雅，有高大的書架、一張書桌、一個雕花大衣櫥與私人衛浴。牆上掛著十六世紀掛毯與幾張宗教畫。老牧師指著桌子正對面的兩張皮椅。蘭登跟凱薩琳坐下，非常慶幸終於能夠放下沉重的背包到腳邊的地上。

庇護與答案，蘭登想，坐進舒適的椅子裡。

老人在桌子後面東摸西摸，坐到高背椅上。接著他輕嘆一聲，抬頭用混濁的眼睛茫然地盯著他們。他開口時，聲音意外地清晰又堅定。

「我想我們素昧平生，」老人說，「但我感覺認識你們兩位。」他拿出手帕擦擦嘴。「蘭登教授，我很熟悉你的著作，包括那篇本教堂符號表現的妙文。還有，所羅門小姐，令兄彼得跟我是許多年的共濟會弟兄。」

「彼得遇上大麻煩了，」凱薩琳說。

「我聽說了。」老人嘆道，「我會盡一切力量幫你們。」

蘭登在牧師手指上沒看見共濟會戒指，但他知道許多共濟會員，尤其神職人員，寧可對他們的認同保持低調。

他們開始交談，原來蓋洛威牧師已經從華倫·貝拉米的電話訊息得知今晚的一部分事件。蘭登和凱薩琳向他補充說明，牧師表情越來越憂慮。

「這個抓走彼得的人，」牧師說，「他堅持要你解開金字塔去交換彼得的命？」

「對，」蘭登說，「他認爲那是地圖，能帶他找到古代玄祕的藏匿地點。」

牧師轉過詭異混濁的眼睛看著蘭登。「聽起來你好像不相信這種事。」

蘭登不想浪費時間爭論。「我相不相信並不重要。我們必須救彼得。很不幸，我們解開了金字塔，它什麼也沒說。」

老人坐直身子。「你們解開了金字塔？」

凱薩琳插嘴，迅速解釋了雖然貝拉米警告過，她哥哥也要求蘭登不要拆開包裹，但她這麼做了，因爲當務之急是用任何方法救她哥哥。她告訴牧師黃金頂石、亞伯雷特．杜勒的魔法方塊，還有它如何解開十六個字母的共濟會密碼變成 **Jeova Sanctus Unus** 這個詞彙。

「只有這樣？」牧師問，「唯一的眞神？」

「是，先生，」蘭登回答，「顯然金字塔比較像**隱喻**的而非地理上的地圖。」

牧師伸出雙手。「讓我摸摸。」

蘭登打開背包拿出金字塔，小心地捧到桌上，放在牧師正前方。

蘭登和凱薩琳看著老人脆弱的雙手檢查石頭的每一吋——刻字面，平坦的底面與頂上的平面。他摸完之後，又伸出雙手。

「頂石呢？」

蘭登取出小石盒放在桌上，打開蓋子。接著他拿出頂石放進老人等待的雙手。牧師進行了類似的檢查，摸遍每一吋，在頂石的刻字停留一下，顯然看不清楚細小優雅的字體。

「『祕密藏在組織裡』（The secret hides with The Order）」蘭登說明，「**the** 跟 **order**（組織）這兩個字大寫。」

老人面無表情把頂石放到金字塔頂上，用觸覺對齊。他暫停片刻，像是在禱告，然後崇敬地伸手撫摸完整的金字塔好幾次。他又伸手摸到方塊盒子，拿在手上，小心摸索，用手指摸遍裡裡外外。

完成之後，他放下盒子靠回椅子上。「告訴我，」他突然用嚴峻的口氣問，「你們爲什麼來找我？」

這個問題讓蘭登毫無提防。「先生，我們來是因爲你**叫**我們來。而且貝拉米先生說我們可以相信你。」

「但是你不相信**他**？」

「你說什麼?」

牧師的白眼睛視線彷彿穿過蘭登。「裝頂石的包裹是密封的。貝拉米先生叫你**別**打開，你打開了。此外，彼得·所羅門親自交代你別打開。你還是開了。」

「先生，」凱薩琳插嘴，「我們只是想救我哥哥。抓他的人要求我們解開——」

「我能理解，」牧師大聲說，「可是你們**打開**包裹之後做到了什麼?沒有。抓彼得的人在找一個**地點**，他可不會滿意**唯一的眞神**這個答案。」

「我同意，」蘭登說，「可是偏偏金字塔就是這麼說。我提過，地圖似乎只是個**比喻**——」

「你錯了，教授，」牧師說，「共濟會金字塔是**眞的**地圖。它指向**眞實的**地點。你不了解，因爲你還沒有完全解開金字塔。差得遠了。」

蘭登和凱薩琳驚訝地面面相覷。

牧師的雙手放回金字塔上，像在撫摸。「這張地圖，像古代玄祕本身，有很多層意義。眞正的祕密仍未揭露。」

「蓋洛威牧師，」蘭登說，「我們檢查過金字塔跟頂石的每一吋，沒有別的東西了。」

「以現在這個狀態，沒有。但是物體會改變。」

「什麼?」

「教授，如你所知，這座金字塔號稱具有神奇的改變能力。傳說認爲這金字塔能夠變形……改變物質形式以顯露祕密。就像那塊知名的石頭把神劍艾克斯卡利柏（Excalibur）交到亞瑟王手中，共濟會金字塔願意的話就能變形……對夠格的人透露祕密。」

蘭登感覺老人的年齡或許讓他腦筋糊塗了。「抱歉，先生。你是說這座金字塔能進行眞的物理變形?」

「教授，如果我能伸手讓這金字塔在你眼前變形，你會相信你看到的嗎？」

蘭登不知該如何回答。「我猜我沒有選擇。」

「很好，那麼。等一下，我就會示範。」他又擦擦嘴。「容我提醒你曾經有個時代連最聰明的人都認爲地球是平的。因爲如果是圓的，海水一定會灑掉。如果你宣稱『世界不僅是圓的，還有無形的神祕力量把一切固定在地表上』，想想看他們會怎麼嘲笑你！」

「重力的存在……跟用手觸摸讓物體變形的能力，」蘭登說，「是有差別的。」

「有嗎？或許我們仍活在黑暗時代，仍然嘲弄我們看不見或無法理解的『玄祕』力量概念。如果歷史教過我們什麼，那就是今天受嘲弄的怪主意可能成爲明天我們擁護的事實。我宣稱我能用手指觸摸讓這金字塔變形，你還以爲我瘋了。我以爲歷史家會聰明一點呢。歷史上充滿了偉人宣揚同一件事……他們都堅持人類擁有本身不知道的神祕能力。」

蘭登知道牧師說得對。聞名的隱修教派格言——**汝等豈不知你們是神？**——是古代玄祕的主幹之一。**如上，實下……人以上帝的形象被創造……神化**。這種人類自有神性的持續訊息——隱藏的潛能——是無數傳統古籍中一再出現的主題。連《聖經》也在〈詩篇〉第八十二章六節大聲宣稱：**你們是神！**

「教授，」老人說，「我了解你是受過教育的人，活在兩個世界的夾縫中——一腳在精神，一腳在物質。你的情感想要相信……但是你的智識拒絕允許。身爲學者，你最好向歷史上的偉人學習。」他停下來清清喉嚨，「如果我沒記錯，有個偉人曾經說過：『令人費解的事物確實存在。在大自然的祕密背後存在著微妙，難以捉摸又無法解釋的東西。敬畏這個力量遠超過我們能理解的範圍，就是我的宗教。』」

「誰說的？」蘭登說，「甘地？」

「不，」凱薩琳插嘴，「愛因斯坦。」

凱薩琳．所羅門讀過愛因斯坦的所有著作，非常驚訝他對玄祕事物深懷敬意，還有他預言有朝一日大眾也會有同感。**未來的宗教**，愛因斯坦預言，**將是共通的宗教。超越個人認知的神並且迴避教義與神學**。

羅柏．蘭登似乎不太相信這個觀念。凱薩琳察覺他對這個聖公會老牧師越來越失望，她能理解。畢竟，他們是到此尋求答案，卻發現一個盲人宣稱他能以手觸摸讓物體變形。即使如此，老人對玄祕力量的高昂熱情讓凱薩琳想起她兄長。

「蓋洛威神父，」凱薩琳說，「彼得有麻煩。中情局在追我們。華倫．貝拉米讓我們來向你求助。我不知道這金字塔說什麼或指向哪裡，但如果解開它就能救出彼得，我們必須這麼做。貝拉米先生或許寧願犧牲我哥哥的命來保護金字塔，但我的家族為了它受盡苦難。無論它有什麼祕密，今晚就要了結。」

「妳說得對，」老人鬱悶地回答，「今晚**就會**結束。是妳促成的。」他嘆氣。「所羅門小姐，當妳打開盒子的蠟封，就引發了一連串無法逆轉的事件。今晚有些妳還無法理解的力量在運作。沒有回頭路了。」

凱薩琳目瞪口呆盯著牧師。他的口氣好像世界末日似的，好像在談〈啓示錄〉的七道封印或潘朵拉之盒。

「恕我直言，先生，」蘭登插嘴，「我無法想像石頭金字塔能引發任何事。」

「你當然不能，教授。」老人茫然望著他們。「你還沒有眼睛能看。」

83

在叢林的溼氣中，國會建築師感覺自己汗流浹背。被銬住的手腕發痛，但他所有注意力仍停留在佐藤剛在長凳上打開的那個不祥的鈦合金手提箱。

箱子的內容，佐藤告訴他，**會說服你跟我有同感。我保證。**

這個嬌小的亞洲女人在貝拉米視線外打開金屬箱的扣鎖，他看不見內容，但是他已經滿腦子想像。佐藤的手在裡面做了什麼，貝拉米幾乎預期她拿出一大堆閃閃發亮、剃刀般鋒利的刑具。

突然箱裡的光源在閃爍，越來越亮，從下方照亮了佐藤的臉。她的手繼續動作，光亮改變了顏色。過了半晌，她收回雙手，抓著整個箱子，轉向貝拉米讓他看清楚裡面。

貝拉米不禁瞇起眼看著光亮中好像是未來筆電的東西，有手持話筒，兩根天線，雙層鍵盤。他起初的放心很快變成疑惑。

螢幕上有中情局徽章跟字樣：

安全登入

使用者：井上佐藤

安全等級：第5級

筆電的登入視窗下方，一個進度圖示正在旋轉：

請稍候……

檔案解碼中……

貝拉米的目光回到佐藤身上，她也在盯著他。「我本來不想讓你看的，」她說。「但是你讓我沒有選擇。」

螢幕又閃爍起來，貝拉米低頭看著檔案打開，內容佔滿整個LCD螢幕。

貝拉米盯著螢幕許久，試圖理解他看到的東西。漸漸地，他開始懂了，變得面無血色。他驚恐地盯著，無法移開目光。「可是這……**不可能啊**！」他驚呼，「這……怎麼會！」

佐藤臉色凝重。「問你呀，貝拉米先生。這該問你。」

國會建築師開始完全理解他所見事物的後果，只感覺全世界在災難邊緣天旋地轉。

我的天……我犯了可怕的大錯了！

84

蓋洛威牧師感覺自己充滿活力。

如同所有凡人，他知道自己擺脫肉身軀殼的時候快到了，但是今晚還不是。他的心臟仍然跳得又穩又快……而且心智敏銳。有工作要完成。

當他用關節炎的雙手摸過金字塔的光滑表面，不敢相信自己真的摸到了。**我作夢也沒想到會活著見證這一刻。**世世代代，這兩塊分割密碼地圖一直被分開妥善保管。現在它們終於組合了。蓋洛威猜想這會不會是預言所指的時刻。

怪的是，命運選擇了兩個非共濟會會員的人來組合金字塔。不知何故，感覺挺恰當的。**玄祕就要移出內部核心……離開黑暗……進入光明。**

「教授，」他轉頭往蘭登呼吸的方向說，「彼得有沒有告訴你爲什麼要找你保管小包裹？」

「他說很有權勢的人想要從他手上搶走，」蘭登回答。

牧師點頭。「嗯，彼得也跟我說同樣的話。」

「是嗎？」左邊的凱薩琳突然說，「你跟我哥談過這座金字塔？」

「當然，」蓋洛威說，「令兄跟我談過許多事情。我曾經是聖殿大樓的祭祀師，有時候他會向我尋求指點。大約一年前他來找我，非常憂慮。他就坐在你們現在的位子，問我是否相信超自然的預兆。」

「預兆？」凱薩琳顯得很擔心，「你是說像……幻視？」

「不盡然。比較像是本能預感。彼得說他感覺人生中有股黑暗力量正在茁壯。他感覺有人在監視他……等待著……打算對他不利。」

「顯然他沒說錯，」凱薩琳說，「因爲當初殺我母親跟彼得兒子的人來到華盛頓，成了彼得的共濟會弟兄。」

「沒錯，」蘭登說，「但還是無法解釋中情局爲何插手。」

蓋洛威不太確定。「有權力的人總是渴望更大的權力。」

「可是……中情局耶？」蘭登質疑，「還有玄祕的祕密？總是有點不太對勁。」

「並不會，」凱薩琳說，「中情局靠科技進展崛起，向來致力玄祕科學的實驗——超感官知覺、遙視、感官剝奪、藥物引發的精神亢奮狀態。都是同一碼事——探測人心未知的潛能。如果我從彼得那兒學到什麼，那就是：科學與玄學關係密切，只是方法不同。它們有共同的目標……但是不同的手段。」

「彼得告訴我，」蓋洛威說，「妳的研究領域是某種現代的玄祕科學？」

「知性科學，」凱薩琳點頭說，「它證明了人類有超乎想像的力量。」她指著一扇描繪熟悉圖像「發光的耶穌」的彩繪玻璃，耶穌的頭部與雙手有光束射出來。「其實，我用過冷光源電荷耦合裝置拍攝信仰治療師工作中的雙手。照片看起來很像你們玻璃窗上的耶穌形象……能量流從治療師的指尖散發出來。」

訓練有素的心智，蓋洛威忍著笑意想。**不然妳以爲耶穌是怎麼治病的？**

「我了解，」凱薩琳說，「現代醫學瞧不起治療師跟巫醫，但我是親眼看見的。我的ＣＣＤ攝影機清楚拍到了那個人從他的指尖散發出強大的力場……而且改變了病患的細胞結構。如果**那**不叫神力，我不知道什麼才算。」

蓋洛威牧師不禁微笑。凱薩琳像她哥哥一樣充滿熱情。「彼得曾經把知性科學比喻成早期探險家，因爲擁抱圓形地球的異端概念而飽受嘲弄。但幾乎一夜之間，這些探險家從傻子變成英雄，發現了新世界，拓展了世界上每個人的視野。彼得認爲妳也做得到。他對妳的期望很高。畢竟，歷史上每個觀念轉變起初都只是個大膽的主意。」

當然，蓋洛威知道人們不需要去實驗室目睹這個大膽新觀念的證據，亦即人的未知潛能。這座教堂就有爲病人舉辦治療禱告會，一再見證了奇蹟式結果，醫學紀錄上的肉體轉變。問題不是上帝是否賦予人類偉大的力量……而是我們該如何釋放這些力量。

老牧師崇敬地把手放在共濟會金字塔兩側，靜靜地說。「我的朋友，我不知道這金字塔指向**哪裡**……但我知道一**點**。有個精神的大寶藏就埋在外面某處……耐心地在黑暗中等待了幾個世代。我相信它是能夠改變世界的催化劑。」他又摸摸頂石的黃金尖端。「現在金字塔組合起來了……時候正快速逼近。有何不可？自古至今一直有人預言啓蒙的大轉變。」

「神父，」蘭登懷疑地說，「我們都很熟悉聖約翰的啓示跟〈啓示錄〉的字面意義，但是聖經預言似乎不太──」

「喔，天啊，〈啓示錄〉眞是一塌糊塗！」牧師說，「沒人懂得如何解讀。我說的可是頭腦**清楚**的人用白話寫的文章──聖奧古斯丁、法蘭西斯．培根、牛頓、愛因斯坦的預言，講都講不完，全部預期一個改變性的啓蒙時刻。連耶穌本人也說，『掩蓋的事，沒有不露出來的；隱藏的事，沒有不被人知道的』。」

「這樣預言很安全，」蘭登說，「知識發展突飛猛進。我們知道越多，學習能力越強，知識就拓展得**越快**。」

「對，」凱薩琳補充，「科學發展向來如此。我們發明的每個新科技都變成發明其他新科技的工具……像滾雪球。所以科學在近五年內的進展超過先前五千年的總和。等比級數成長。數學上，隨著時間推進，進步的等比曲線會變成幾乎垂直，新發展會快得不可思議。」

牧師的辦公室裡一陣沉默，蓋洛威發覺這兩位客人還是不知道這座金字塔可以怎麼幫他們揭露更多事。**所以命運把你們帶到我面前**，他想。**我有角色要扮演**。

多年來，柯林．蓋洛威牧師與他的共濟會弟兄一直扮演守門人的角色。現在全改變了。

我不再是守門人……我是嚮導。

「蘭登教授？」蓋洛威伸手越過桌面說，「請牽著我的手。」

羅柏．蘭登懷疑地盯著蓋洛威牧師伸出來的手。

現在是要禱告嗎？

蘭登禮貌地伸出右手放在牧師乾癟的手裡。老人穩穩抓住但是沒有開始禱告。他反而抓著蘭登的食指往下伸進裝黃金頂石的石盒裡。

「你的眼睛蒙蔽了你，」牧師說，「如果你像我一樣用指尖看東西，你會發現這個石盒還有東西可以教你。」

蘭登乖乖地用指尖摸過盒子內壁，什麼感覺也沒有。內側是完美的平面。

「繼續找，」蓋洛威催促。

終於，蘭登的指尖摸到了東西——凸起的一小圈——盒底中央有個小點。他抽出手往裡面看。肉眼幾乎看不見小圈圈。

那是什麼？

「你認得這個符號嗎？」蓋洛威問。

「符號？」蘭登回答，「我幾乎看不見任何東西。」

「按下去。」

蘭登照做，指尖往下按到小點上。**他以爲會怎樣？**

「手指向下，」牧師說，「用力。」

蘭登瞄一下凱薩琳，她也疑惑地看著，同時把一撮頭髮撥到耳後。幾秒鐘過去，老牧師終於點頭。

「OK，手拿開。煉金術完成了。」

煉金術？羅柏．蘭登從石盒抽出手，疑惑地默默坐著。根本沒有動靜。盒子只是擺在桌上而已。

「沒變化，」蘭登說。

「看看你的指尖，」牧師回答。「應該會看到轉變。」

蘭登看看手指，唯一的轉變是皮膚上有個環狀突起造成的凹陷——圓圈中央有個點。

「現在認得這個符號了？」牧師問。

雖然蘭登認得這個符號，但他更佩服的是牧師竟然能摸得出細節。用指尖看東西顯然是需要練習的技巧。

「是煉金術，」凱薩琳拉近椅子檢查蘭登的手指說，「是黃金的古代符號。」

「確實是。」牧師微笑拍拍盒子，「教授，恭喜。你剛達成了歷史上每個煉金術士奮鬥的目標。從賤價的物質中，你創造了黃金。」

蘭登皺眉，一點也不好笑。這種閒聊把戲似乎完全沒幫助。「有趣的想法，先生，但是恐怕這個符號——圓圈中央一個點——有幾十種意義。這叫做圓心點（circumpunct），是歷史上最常用的符號之一。」

「你在說什麼？」牧師問，口氣很懷疑。

蘭登很驚訝共濟會員竟然不熟悉這個符號在心靈上的重要性。「先生，圓心點有數不清的意義。在古埃及，這是太陽神拉的象徵，現代天文學仍然用它來代表太陽。在東方哲學中，這代表第三隻眼的心靈洞察，神聖的玫瑰，還有光明的象徵。喀巴拉教派用來代表皇冠——生命之樹的最高境界與『所有祕密中的最祕密』。早期玄學家稱爲神之眼，是國璽上全能之眼的由來。畢達哥拉斯學派用圓心點當作單一體（Monad）的符號——至高的眞理，本始智慧，心與靈的合一，還有——」

「夠了！」蓋洛威牧師笑了起來，「教授，謝謝。當然，你說的都沒錯。」

蘭登這才發現他被耍了。**他全都知道**。

「圓心點，」蓋洛威說，仍然在發笑，「基本上是古代玄祕的象徵。因此，我會主張它出現在盒子裡絕非巧合。傳說指出地圖的祕密藏在最小的細節裡。」

「好吧，」凱薩琳說，「就算這符號是故意刻上去的，還是無法幫我們解開地圖，不是嗎？」

「妳稍早提到妳打破的蠟封上面印著彼得的戒指？」

「沒錯。」

「妳還說戒指在妳手上？」

「在我這裡。」蘭登伸手到口袋，找到戒指，從塑膠袋拿出來，放在牧師面前的桌上。

蓋洛威拿起戒指開始摸它表面。「這個特殊戒指是跟共濟會金字塔同時製作的，傳統上，由負責保護金字塔的共濟會員佩戴。今晚，當我摸到石盒底的圓心點，我發現戒指其實也是分割密碼的一部分。」

「是嗎？」

「我很確定。彼得是我的密友，他戴這枚戒指很多年了。我很熟悉。」他把戒指交給蘭登。「你自己看。」

蘭登接過戒指檢查，用手指摸過雙頭鳳凰，數字33，ORDO AB CHAO（混亂中創造秩序）字樣，還有「第三十三級沒有祕密」字樣。摸不出什麼有用的。接著當他的手指摸到戒環外側，他愣了一下。他驚訝地把戒指翻過來，看戒環的底部。

「找到沒有?」蓋洛威說。

「我想有吧,對!」蘭登說。

凱薩琳把椅子拉近。「什麼?」

「戒環上的刻度,」蘭登說,指給她看。「小到肉眼幾乎看不出來,但如果用摸的,可以感覺到有凹痕——像個微小的環狀雕刻。」刻度符號在戒環底的中點……看起來跟方塊底部的突起像是同樣的大小。

「是同樣大小嗎?」凱薩琳再靠近,語氣很興奮。

「只有一個方法確認。」他拿著戒指放進盒裡,對齊兩個小圓圈。當他向下壓,盒子突出的圓圈滑進戒指的洞口,有個微弱但明確的喀啦聲。

大家都嚇了一跳。

蘭登等著,什麼也沒發生。

「那是什麼聲音?!」牧師說。

「沒事,」凱薩琳回答。「戒指卡住了……可是沒有別的動靜。」

「沒有大變形?」蓋洛威表情疑惑。

還沒完,蘭登發現,低頭盯著戒面的圖案——雙頭鳳凰與數字33。第三十三級沒有祕密。他想起畢達哥拉斯、神聖幾何學與角度;他懷疑或許**degrees**有**數學上**的意義。

他心跳加快,慢慢地伸手到盒裡抓住固定在底部的戒指。然後,慢慢地,他開始往右轉動戒指。第三十三級沒有祕密。

他把戒指轉動十度……二十度……三十度——

接著發生的事,蘭登永遠猜不到。

85

變形。

蓋洛威牧師**聽到了**，所以不需要親眼看見。

在他的桌子對面，蘭登和凱薩琳鴉雀無聲，無疑正驚訝地盯著石頭方塊，它剛才在眾目睽睽之下大聲變了形。

蓋洛威不禁微笑。他預料到了，雖然還是不知道這個發展最終對解開金字塔之謎有何幫助，但他享受著教導哈佛教授學符號的難得機會。

「教授，」牧師說，「很少人知道共濟會尊崇方塊——我們稱之爲方石（ashlar）——因爲它是另一個符號的三次元重現……更古老的二次元符號。」蓋洛威不需要問教授是否認得現在躺在面前桌上的古老符號。那是全世界最有名的符號之一。

羅柏·蘭登思緒紊亂地盯著桌上變形的盒子。**眞想不到啊……**

剛才，他伸手到石盒裡，抓著共濟會戒指慢慢轉動。轉到三十三度的時候，方塊突然在眼前變形。隱形鉸鏈鬆開，構成盒子側面的方形板子互相鬆脫。盒子立刻崩潰，側面與蓋子向外掉落，大聲拍打桌面。

方塊變成了十字，蘭登想。**符號煉金術**。

凱薩琳困惑地看著崩潰的方塊。「共濟會金字塔跟……基督教有關？」

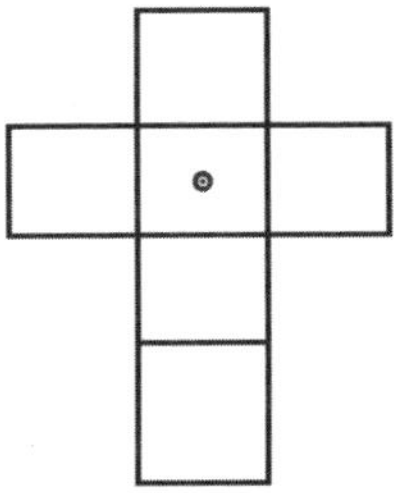

有一瞬間，蘭登也想到同樣的事。畢竟，基督教十字架在共濟會內也是受尊敬的符號，而且肯定有許多共濟會員是基督徒。但是，共濟會也有猶太人、穆斯林、佛教徒、印度教徒，與其他沒有名字的神靈信徒。出現基督徒特有的符號似乎是自我設限。接著他想到了這符號的眞正意義。

「這不是十字架，」蘭登站起來說，中央有圓心點的十字是複合符號——**兩個符號融合成一個**。」

「你在說什麼？」凱薩琳的目光跟著他在房裡踱步。

「十字，」蘭登說，「直到四世紀才成爲基督教的符號。在那之前很久，被埃及人用來代表兩個次元的交會——人與神。如上，實下。這是人神合一的視覺表現。」

「是喔。」

「圓心點，」蘭登說，「我們已經知道有很多意義——其中比較晦澀的就是**玫瑰**，代表完美的煉金術符號。但是，把玫瑰放到十字的中央，就是另一個完全不同的符號——玫瑰十字。」

蓋洛威微笑著靠到椅背上。「好，好。你講到重點了。」

凱薩琳也站了起來。「我遺漏了什麼？」

「玫瑰十字，」蘭登解釋，「是常見的共濟會符號。其實，蘇格蘭禮拜會有個階級就叫做『玫瑰十字騎士』，紀念對共濟會玄祕哲學有貢獻的早期玫瑰十字會員。彼得或許向妳提過玫瑰十字會。會員有好幾十個偉大科學家——約翰·迪（John Dee，十六世紀英國數學家）、伊里亞·艾許摩（Elias Ashmole，十七世紀英國律師兼收藏家）、羅柏·佛洛德（Robert Fludd，英國醫師）——」

「當然有，」凱薩琳說，「我研究時讀過玫瑰十字會的所有宣言。」

每個科學家都該看，蘭登想。玫瑰十字會——正式名稱「古代玄祕玫瑰十字會」——來歷神祕，與古代玄祕的傳說同樣深刻影響了科學……擁有祕密智慧的早期聖賢代代相傳，只有最聰明的人能夠學習。無可否認，歷史上的知名玫瑰十字會員形同歐洲文藝復興的名人錄：帕拉塞爾蘇斯（Paracelsus，一四九三—一五四一年，毒物學之父）、培根、佛洛德、笛卡兒、帕斯卡、史賓諾沙、牛頓、萊布尼茨。

根據玫瑰十字會教義，該組織「建立於遠古的玄祕眞理」，此眞理必須「隱匿遠離凡夫俗子」，號稱可以讓人洞察「心靈的領域」。這個兄弟會的符號經年累月演變成精緻十字架上有朵盛開的玫瑰，但是一開始只是簡單的十字架上有個圓心點——最簡單的玫瑰加上最簡單的十字表現。

「彼得跟我常討論玫瑰十字會的哲學，」蓋洛威告訴凱薩琳。

牧師開始描述共濟會與玫瑰十字會的關係，蘭登的注意力不知不覺回到整晚讓他不安的念頭。Jeova Sanctus Unus（唯一的眞神）。**這個詞彙似乎跟煉金術有關**。他還是想不起來彼得跟他說過關於這個詞彙的事，但是不知何故，提到玫瑰十字會似乎重新激發了這個想法。快想，羅柏！

「玫瑰十字會創辦人，」蓋洛威說，「據稱是個叫做克里斯丁·羅森克魯茲的日耳曼玄學家——顯然是假名，或許是法蘭西斯·培根，有些歷史學家認爲他獨自創立了這個團體，雖然沒有證據——」

「假名！」蘭登突然大聲說，連自己都嚇了一跳。「對了！**Jeova Sanctus Unus**！這是假名！」

「你在說什麼？」凱薩琳問。

蘭登脈搏加速。「整晚我一直在回想彼得告訴過我關於Jeova Sanctus Unus，還有它與煉金術的關係。我終於想起來了！重點不是煉金術而是煉金術士！一個很有名的煉金術士！」

蓋洛威竊笑。「也該是時候了，教授。我提了兩次他的名字，還有**假名**這個字。」

蘭登盯著老牧師。「你早就知道？」

「呃，當你告訴我刻字說**Jeova Sanctus Unus**，而且是用杜勒的魔法方塊解開的，我就起疑了，但是你又發現玫瑰十字，我就確定了。你或許知道，這個科學家的私人文件包括一份備受爭議的玫瑰十字會宣言。」

「誰？」凱薩琳問。

「世界最偉大的科學家之一！」蘭登回答，「他是煉金術士，倫敦皇家學會會員，玫瑰十字會員，而且在某些最祕密的科學論文上面簽假名——**Jeova Sanctus Unus**！」

「唯一的眞神？」凱薩琳說，「好謙虛的傢伙。」

「應該說是聰明，」蓋洛威糾正，「他那樣簽是因爲，如同古代聖賢，他了解自己的神性。此外，也因爲**Jeova Sanctus Unus**的十六個字母可以重新編排拼出他的拉丁文名字，所以是完美的假名。」

凱薩琳一臉疑惑。「**Jeova Sanctus Unus**是知名煉金術士拉丁名字的變位字？」

蘭登從牧師桌上抓起紙筆，邊寫邊說。「拉丁文字母的J與I跟V與U是互通的，也就是Jeova Sanctus Unus眞的可以完美拼出他的名字。」

蘭登寫了十六個字母：**Isaacus Neutonuus**。

他把紙張交給凱薩琳說，「我想妳聽說過他。」

「以撒克．牛頓？」凱薩琳看著紙問，「那就是金字塔刻字想要告訴我們的話！」

有一瞬間，蘭登彷彿回到西敏寺，站在牛頓的金字塔形墓前，體驗類似的頓悟。今晚，這位大科學家又出現了。當然，絕非巧合……金字塔、玄祕、科學、隱密知識……全部交織在一起。牛頓的名號向來是追求祕密知識者的長久路標。

「牛頓，」蓋洛威說，「一定跟如何解開金字塔的意義有關。我想像不出是怎樣，但是——」

「天才！」凱薩琳瞪著眼睛大叫，「那就是讓金字塔變形的方法！」

「妳懂了？」蘭登說。

「對！」她說，「眞不敢相信我們沒發現！答案一直就在我們眼前。簡單的煉金術程序。我可以用基礎科學讓金字塔變形！牛頓的科學！」

蘭登拚命想理解。

「蓋洛威牧師，」凱薩琳說，「如果你看得見戒指，上面說——」

「停！」老牧師突然豎起手指示意安靜。他微微向側面抬頭，像在聆聽什麼。片刻之後，他突然站起來。「朋友們，這座金字塔顯然還有祕密等著解開。我不知道所羅門小姐想到什麼，但如果她知道下一步，那麼我的角色就完成了。收拾你們的東西，別再跟我說話。讓我留在黑暗中吧。萬一我們的客人強迫我說，我寧可什麼都不知道。」

「客人？」凱薩琳傾聽著說，「我沒聽到有人啊。」

「妳**會**的，」蓋洛威走向門口說，「快走。」

城市另一邊，手機基地台正在嘗試連絡一支躺在麻州大道上的破碎手機。線路找不到訊號，於是轉到語音信箱。

「羅柏！」華倫．貝拉米恐慌的聲音大喊，「你在哪裡?!快打給我！可怕的事情發生了！」

86

在地下室的水藍色燈光下，馬拉克站在石桌前繼續他的準備工作。同時，他的空腹發出怒吼。他毫不在意。淪爲肉體需求奴隸的日子已經過去了。

轉變需要犧牲。

如同歷史上許多心靈高度進化的人，馬拉克做出最高貴的肉體犧牲踏上他的道路。閹割沒有他想像的痛苦。而且他後來得知，這其實相當普遍。每年有幾千人進行外科手術——這個程序稱作睪丸切除術——他們的動機從變性、戒除性癮到堅強的精神信仰不等。對馬拉克而言，理由是最崇高的。如同神話中自我閹割的阿提斯，馬拉克知道追求不朽需要徹底擺脫男與女的物質世界。

雌雄同體是合一的。

現在，太監被廢除了，不過古人理解這個質變犧牲的潛在力量。連早期基督徒也聽耶穌本人在〈馬太福音〉第十九章十二節讚揚過它的美德：「**因爲有生來是閹人，也有被人閹的，並有爲天國的緣故自閹的；這話誰能領受，就可以領受**。」

彼得．所羅門作了肉體犧牲，一隻手在整個計畫中算是小代價。不過今晚結束前，所羅門將犧牲更多更多。

爲了創造，我必須毀滅。

這是物極必反的道理。

當然，今晚等待彼得．所羅門的命運是應得的。這是個適當的結局。很久以前，他在馬拉克的俗世人生道路扮演了關鍵角色。因此，彼得被選來在馬拉克的大轉變扮演同樣角色。這人即將承受的所有驚恐與痛苦都是自找的。彼得・所羅門並不像世人所認知的那樣。

他犧牲了自己的兒子。

彼得・所羅門曾經逼他的兒子柴克瑞作不可能的選擇——財富或智慧。**柴克瑞選錯了**。這小子的決定引發了一連串事件，最終導致他落入地獄深淵。**索甘利克監獄**。柴克瑞・所羅門死在那座土耳其監獄裡。全世界都曉得這個故事……但他們不知道彼得・所羅門其實有機會救他的兒子。

我在場，馬拉克想。**我全聽到了**。

馬拉克從未忘記那一晚。所羅門的殘酷決定注定了兒子柴克的末路，但也是馬拉克的誕生。

有些人必須死，讓其他人活下去。

馬拉克頭上的燈光又開始變色，他發現時間很晚了。他完成了準備，走回斜坡上。該處理俗世的事務了。

87

第三十三級沒有祕密，凱薩琳邊跑邊想。**我知道怎麼讓金字塔變形**！答案整晚都在他們眼前。

凱薩琳和蘭登落單了，衝過教堂的附屬建築，跟著「花園」的路標指示。現在，正如牧師所說，他們衝出教堂進入了一座廣大、有圍牆的庭院。

教堂花園是迴廊式五角型，有後現代的銅製噴泉。凱薩琳很驚訝噴泉流水的噪音似乎在整座庭院裡迴盪。接著她發現聽見的不是水聲。

「直升機！」一道光束從上方射穿夜空，她大喊，「躲到門廊底下！」

探照燈的刺眼光芒淹沒花園時，蘭登和凱薩琳已到達另一端，溜過哥德式拱門進入一條通往外面草坪的隧道。他們等著，在隧道裡縮著身子，直升機飛過頭頂開始以大弧度在教堂上盤旋。

「我想蓋洛威聽見有訪客果然沒說錯，」凱薩琳佩服地說。**瞎眼的人聽力好**。她自己的耳朵裡也充滿脈搏加速的規律撞擊聲。

「這邊，」蘭登說，抓緊背包沿著走道前進。

蓋洛威牧師給了他們一把鑰匙與明確的方向指示。不幸地，當他們來到短隧道末端，發現自己跟目標之間還隔著一大片草坪，而草坪目前被頭頂上的直升機照亮了。

「我們過不去，」凱薩琳說。

「等等……妳看。」蘭登指著左方草坪上浮現的黑影。影子剛開始只是一團不規則形狀，但是迅速變大，往他們的方向移動，越來越清楚，越來越快，伸展著，終於變成頂端有兩個高塔的黑色巨大矩形。

「教堂正面擋住了探照燈，」蘭登說。

「他們要降落在前面！」

蘭登抓住凱薩琳的手。「快跑！」

教堂裡，蓋洛威牧師感覺到久違多年的步伐輕快。他走過十字走道岔口，經過大殿走向前廊與正門。他聽見直升機在教堂前盤旋的聲音，想像著它的光線從前面的玫瑰窗照進來，在教堂裡映出壯觀的色彩。他想起眼睛還看得見色彩的日子。諷刺的是，陷入黑暗空虛的世界之後，反而幫他照亮了許多事情。**我比以前看得更清楚了**。

蓋洛威年輕時就受到天主召喚，畢生熱愛教會。如同許多為上帝誠心奉獻生命的同僚，蓋洛威累了。他畢生都努力在無知的喧囂中盡量發聲。

我指望什麼？

從十字軍、宗教審判，到美國政壇——耶穌的名號在各種權力鬥爭中被綁架為盟友。自古以來，無知者總是叫得最大聲，驅使毫無戒心的民眾，強迫大家照他們的意思做。他們引述自己也不了解的經文捍衛他們的世俗欲望。他們宣揚自己的毫不容忍當作信念的證據。如今，這麼多年過去，人類終於完全摧毀了耶穌曾經代表的一切美好。

今晚，遇見玫瑰十字的符號讓他又激發了希望，回想起寫在玫瑰十字會宣言中的預言，蓋洛威讀過無數次了，現在還記得。

第一章：耶和華將揭露先前只保留給少數獲選者的祕密，救贖全人類。

第四章：全世界將變成像一本書，科學與神學的所有矛盾將會化解。

第七章：世界末日之前，神會創造心靈啓蒙的大洪水，解除人類的苦難。

第八章：在啓示實現之前，世人必須沉睡度過充斥神學藤蔓的毒酒所帶來的迷醉。

蓋洛威知道教會很久以前就迷失了方向，所以他畢生致力於修正教會的道路。現在他發現，關鍵時刻正快速逼近。

黎明前總是最黑暗。

中情局外勤探員透納．辛金斯蹲在塞考斯基直升機的起落架上，降落在溼潤的草地。他跳下來，帶著手下，立刻揮手讓直升機重新升空去監視所有出口。

沒有人能離開這棟建築。

直升機重回夜空中，辛金斯與手下跑上教堂正門的階梯。他來不及決定該敲六扇門的哪一扇，門已經打開了。

「什麼事？」陰影中一個冷靜的聲音說。

辛金斯看不太清楚穿法袍的駝背人影。「你是柯林．蓋洛威牧師嗎？」

「我是，」老人回答。

「我在找羅柏．蘭登。你有看到他嗎？」

老人上前，用詭異茫然的眼睛盯著辛金斯。「如果我看得見，那倒是奇蹟了。」

88

時間不多了。

安全分析師諾拉．凱伊已經夠緊張了，她正在喝的第三杯咖啡開始像電流般循環全身。

佐藤還是沒有消息。

終於，她的電話響了，諾拉立刻接起來。「保安處，」她回答，「我是諾拉。」

「諾拉，我是系統安全部的瑞克．帕瑞許。」

諾拉垮了下來。**不是佐藤**。「嗨，瑞克。有什麼事嗎？」

「我要通知妳一件事——我們部門可能有關於今晚妳工作內容的資訊。」

諾拉放下咖啡。**你怎麼會知道我今晚在幹什麼？**「你說什麼？」

「抱歉，是我們在測試新的ＣＩ程式，」帕瑞許說，「它一直跳出妳的工作站號碼。」

諾拉這才懂他在說什麼。局裡正在執行一套新的「協同整合」軟體，當有人碰巧在處理相關資料領域的時候，用來提供各部門即時通知。在分秒必爭的恐怖威脅時代，阻止災難的關鍵經常只是有人通知你另一個部門有個傢伙正在分析你需要的資料。在諾拉看來，ＣＩ軟體造成分心遠超過眞正有用——她戲稱爲經常打擾軟體。

「喔，我忘了，」諾拉說，「你有什麼資料？」她確定整棟樓裡沒有別人知道這個危機，更別說動手處理了。諾拉今晚的唯一電腦工作就是幫佐藤做共濟會玄祕主題的歷史研究。不過，她是被迫參加的。

「呃，或許沒事，」帕瑞許說，「不過我們今晚攔到了一個駭客，ＣＩ程式一直建議我告訴妳這件事。」

駭客？諾拉啜口咖啡。「我在聽。」

「大約一小時前，」帕瑞許說，「我們逮到一個叫佐班尼斯的傢伙想要存取內部資料庫的某個檔案。這傢伙宣稱是受僱於人，絲毫不知道**爲什麼**要讀取這個檔案，也不知道是存在中情局伺服器上。」

「嗯哼。」

「我們盤問過了，他沒問題。怪的是——他找的**那個**檔案今晚稍早也被內部搜尋引擎碰過。看來好像有人潛入我們的系統，跑了個特定關鍵字的搜尋，產生了一個簡略檔案。而且，他們用的**關鍵字**很奇怪。其中一個被ＣＩ標示爲高度機密——對我們兩邊的資料組都很奇特。」他停頓一下，「妳知道什麼叫……**分割信物**嗎？」

諾拉跳起來，咖啡灑了滿桌。

「其餘關鍵字也很罕見，」帕瑞許又說，「**金字塔，入口**——」

「快過來，」諾拉命令他，一面擦桌子。「帶著你所有的資料！」

「這些字對妳真的**有意義**？」

「**快點**！」

89

教堂大學是座高雅的城堡式建築，位於國家大教堂旁邊。華盛頓的第一任聖公會主教原本規劃稱作傳教士大學，宗旨是提供上任之後的神職人員一個永續教育的機會。如今，大學提供神學、全球司法、治療與心靈等等廣泛的課程。

蘭登和凱薩琳衝過草坪，用蓋洛威的鑰匙溜了進去，同時直升機飛回教堂上空，用燈光把夜晚變回白天。他們氣喘吁吁站在玄關裡，觀察周圍環境。窗戶提供了足夠的光線，蘭登不想冒險開燈，對天上的直升機暴露行蹤。兩人走過中央走道，經過一連串會議廳，教室與休息室。內部裝潢讓蘭登想起耶魯大學的新哥德式建築——外觀氣派，但是室內意外地實用，時代的優雅感經過翻修以符合人來人往的需求。

「在這邊，」凱薩琳指著走道遠端說。

凱薩琳還沒有告訴蘭登關於金字塔的新靈感，但顯然是提起牛頓才想到的。兩人越過草坪時，她只說可以用簡單科學讓金字塔變形。她認爲，需要的一切或許都能在這棟大樓裡找到。蘭登不知道她需要什麼或打算怎麼讓整塊花崗岩或黃金變形，但是他剛才目睹了方塊變成玫瑰十字會的十字，他願意抱持信心。

他們到達走廊末端，凱薩琳皺眉，顯然沒發現她要的東西。「你說這棟大樓有附設宿舍？」

「對，給跨夜研討會的來賓住宿用。」

「所以這裡一定有個廚房，對吧？」

「妳餓啦？」

她回頭對他皺眉。「不，我需要實驗室。」

當然了。蘭登發現一道向下的階梯，有個很有希望的符號。**美國人最喜愛的象形文字**。

地下室廚房採工業式設計——很多不鏽鋼跟大碗——顯然用來提供團體伙食。廚房沒有窗戶。凱薩琳關上門打開電燈。抽風機也自動啓動。

她開始翻箱倒櫃尋找她要的東西。「羅柏，」她指示他，「請把金字塔放到料理台上。」

蘭登感覺像菜鳥廚師聽到丹尼爾·波拉德（Daniel Boulud，紐約頂級名廚）命令，乖乖照做，從背包裡取出金字塔，再放上黃金頂石。完成之後，凱薩琳正忙著在一具大鍋裡裝熱水。

「幫我抬到爐子上好嗎？」

蘭登把嘩啦作響的鍋子抬到爐子上，凱薩琳打開瓦斯爐，調整到最大火焰。

「我們要煮龍蝦嗎？」他充滿希望地問。

「眞好笑。不，我們要玩煉金術。而且我要說清楚，這是**義大利麵鍋**，不是龍蝦鍋。」她指著剛從鍋裡拿出來的嵌入式粗濾器，放在料理台上的金字塔旁邊。

我眞傻。「煮義大利麵可以幫我們解讀金字塔？」

凱薩琳不理他，語氣變嚴肅。「我想你一定知道，共濟會選擇三十三當作他們最高階級是有歷史與符號上的理由。」

「當然，」蘭登說。在畢達哥拉斯的時代，耶穌出生之前六世紀，**數字占卜**的傳統認爲33是所有卓越數字之首。它是最神聖的數字，象徵無上的眞理。這個傳統殘留在共濟會裡……還有別的地方。基督徒普遍認定耶穌在三十三歲被釘死並非巧合，雖然沒有歷史證據能夠佐證。據說約瑟夫三十三歲那年娶了處女瑪麗，耶穌施行了三十三次神蹟，上帝的名號在創世紀被提到三十三次，或是在伊斯蘭教義，天堂的所有居民永遠是三十三歲，這些都不是巧合。

「三十三，」凱薩琳說，「在許多玄祕傳統中是個神聖的數字。」

「沒錯。」蘭登還是不懂這跟義大利麵鍋有什麼關係。

「所以即使有個像牛頓這種早期煉金術士、玫瑰十字會員兼玄學家也認爲三十三很特殊，你應該不會驚訝。」

「我確定他是，」蘭登回答，「牛頓很迷數字占卜、預言跟占星術，可是那又有——」

「第三十三級沒有祕密。」

蘭登從口袋掏出彼得的戒指，看上面的雕刻。接著再看看那鍋水。「抱歉，我不懂。」

「羅柏，今晚稍早，我們都假設『三十三級』是指共濟會的階級，但是你把戒指轉動三十三度，讓方塊變形露出了十字。那一刻，我們發現了degree這個字有另外的用法。」

「對。夾角的角度。」

「正是。但是degree還有第三個意義。」

蘭登看著爐子上的熱水。「溫度。」

「答對了！」她說，「整晚就在我們面前。『第三十三級沒有祕密。』如果我們把這金字塔的溫度變到三十三度……或許可以顯示出什麼。」

蘭登知道凱薩琳．所羅門聰明過人，但她似乎遺漏了一個明顯的事實。「如果我沒記錯，三十三度幾乎是冰點了。那不是該把金字塔放進冰箱嗎？」

凱薩琳微笑。「如果要依照喜歡簽名自稱唯一的眞神、偉大的煉金術士與玫瑰十字會玄學家所寫的食譜，那就不行。」

牛頓寫過食譜？

「羅柏，溫度是最基本的煉金術觸媒，而且未必是以華氏跟攝氏來衡量。有些更古老的溫度指標，其中一種是牛頓發明的——」

「牛頓溫標！」蘭登說，發現她說得對。

「對！以撒克．牛頓發明了完全根據自然現象量化計測溫度的整套系統。融冰的溫度是牛頓的基準點，他稱之爲『第零度』。」她暫停一下。「我想你猜得出他指定的沸水溫度——所有煉金程序之王，是幾度？」

「三十三。」

「對，三十三！第三十三級。在牛頓溫標上，沸水的溫度是三十三度。我記得問過我哥爲什麼牛頓選這個數字。我是說，似乎是隨便選的。煮開水是最基本的煉金術程序，他卻選三十三？爲什麼不是一百？爲什麼不是比較優雅的數字？彼得解釋說，對牛頓這種玄學家，沒有比三十三更優雅的數字了。」

第三十三級沒有祕密。蘭登看看那鍋熱水再看看金字塔。

「凱薩琳，金字塔是整塊花崗岩跟純金做的。妳眞的認爲沸水足以讓它變形？」

她臉上的微笑告訴蘭登，凱薩琳知道他不知道的事。她自信滿滿地走向料理台，拿起黃金頂石與花崗岩金字塔，放進粗濾器裡。接著她小心地放進冒泡的水裡。「我們來試試看吧？」

國家大教堂上空，中情局駕駛員把直升機鎖定自動盤旋模式，觀察建築物周圍的地面。**沒有動靜**。他的熱顯像儀無法穿透教堂的石頭，所以看不見小隊在裡面幹什麼，但如果有人想溜出來，儀器一定會發現。

六十秒後熱感應器發出叫聲。原理跟家用保全系統一樣，感應器辨認出一個強烈溫差。通常這表示有

89 364/365

人影走過寒冷的空間，但是螢幕上顯示的像是一團雲霧，一股熱空氣飄過草坪。駕駛員找到了來源，教堂大學側面有個轉動的排氣風扇。

或許沒什麼，他想。這種情況他見多了。**有人在燒菜或是洗衣服**。他正要轉頭，發現一個怪事。停車場上沒有車，整棟大樓也沒有燈光。

他察看UH-60的顯像系統好一陣子，然後用無線電聯絡地面的隊長。

「辛金斯，或許沒什麼，不過……」

「白熱溫標！」蘭登必須承認，眞高明。

「簡單的科學，」凱薩琳說，「不同的物質在不同的溫度達到白熱化。我們稱作熱指標。科學經常運用這些指標。」

蘭登低頭看看泡在水中的金字塔和頂石。冒泡的水面開始升起幾縷蒸氣，只是他不覺得有什麼希望。他看看錶，不禁心跳加速：晚上十一點四十五分。「妳認爲加熱之後有什麼東西會發光？」

「不是發光，羅柏。是白熱化。兩者差很多。白熱化是由熱能造成，在特定溫度發生。例如，煉鋼廠製造鋼樑的時候，他們利用在特定目標溫度白熱化的透明塗層灑上去，這樣就知道什麼時候鋼樑做好了。很像心情戒指，戴到手指上，就會隨著體熱變色。」

「凱薩琳，這金字塔是十九世紀做的！我可以理解工匠做得出石盒裡的隱形鉸鍊，可是利用某種透明感熱塗料未免太誇張吧？」

「完全可信，」她說，滿懷希望地看看水裡的金字塔。「早期煉金術士經常使用有機黃磷當作熱指標。中國人會做彩色的煙火，連埃及人也——」凱薩琳突然住口，專心地看著滾水。

「什麼？」蘭登跟著她看向滾動的水，什麼也沒看見。

凱薩琳靠近，更專心盯著水裡。突然她轉身跑過廚房往門口去。

「妳要去哪裡？」蘭登喊。

她在電燈開關前停下腳步，把它關掉。光線與抽風機同時停止，室內一片沉默的黑暗。蘭登回頭面向金字塔，透過蒸氣看水面下的頂石。凱薩琳回到他身邊時，他驚訝得合不攏嘴。

正如凱薩琳預料，黃金頂石有一小塊在水面下開始發亮。字母開始浮現，隨著水溫越來越亮。

「有字！」凱薩琳低聲說。

蘭登目瞪口呆地點頭。發亮的字就在頂石刻字的下方。看起來只有三個字，雖然蘭登還看不清楚說什麼，他懷疑這樣就能揭露今晚他們尋找的一切。**金字塔是真的地圖**，蓋洛威告訴過他，**指向真實的地點**。

文字變得更亮，凱薩琳關掉瓦斯，水慢慢地停止翻滾。頂石在平靜的水面下逐漸聚焦。三個發亮的字清晰可見。

90

在教堂大學廚房的昏暗光線中，蘭登和凱薩琳站在一鍋熱水旁盯著水面下變形的頂石。黃金頂石的側面，有個白熱化的訊息正在發亮。

蘭登看了發亮的文字，不敢相信自己的眼睛。他知道謠傳金字塔能透露一個特定**地點**……但從來沒想過會**這麼**明確。

富蘭克林廣場八號

「是地址，」他震驚地低聲說。

凱薩琳同樣驚訝。「我不清楚那邊是什麼機構，你知道嗎？」

蘭登搖頭。他知道富蘭克林廣場算是華盛頓的舊市區，但他不熟悉這個地址。他看看頂石尖端，往下讀，吸收整段文字。

祕
密藏
在組織裡
富蘭克林廣場八號

富蘭克林廣場上有什麼組織嗎？

那邊某棟建築藏有地下螺旋階梯的入口嗎？

那個地址是否眞的埋了什麼，蘭登不知道。此時最重要的是他和凱薩琳解開了金字塔祕密，現在握有談判釋放彼得所需的資訊。

時間掐得剛剛好。

蘭登米老鼠手錶上的發光指針顯示他們剩不到十分鐘了。

「打電話，」凱薩琳指著廚房牆上的電話說，「快！」

這個時刻突然來臨讓蘭登驚訝，他不禁猶豫起來。

「我們確定要這麼做嗎？」

「這還用問。」

「除非確定彼得平安，否則我什麼也不告訴他。」

「當然。你還記得號碼吧？」

蘭登點頭，走向廚房電話。他拿起話筒撥了那個人的手機號碼。凱薩琳過來把頭湊上去聽。鈴聲開始響，蘭登準備聽見今晚稍早騙他那個人的詭異低語。

終於，線路接通了。

但是沒有答覆語。完全無聲。另一頭只有呼吸聲。蘭登等了一下，終於開口。「我有你要的資訊，但如果你要，必須把彼得交出來。」

「你是誰？」一個女性聲音回答。

蘭登嚇了一跳。「羅柏・蘭登，」他本能地說，「你哪位？」有一瞬間他以爲一定是打錯了。

「**你就是蘭登？**」女子似乎很驚訝，「這裡有人要找你。」

什麼？「抱歉，**您哪位？**」

「優先保全公司的佩姬．蒙哥馬利。」她的聲音有點發抖。「或許你可以幫忙說明一下。大約一小時前，我的搭檔來卡洛拉瑪高地處理911通報……可能是人質狀況。接著她失去聯絡，我呼叫支援來檢查這個地方。我們發現我搭檔死在後院。屋主不見了，於是我們強行進入。玄關桌上有個手機在響，我就──」

「妳在屋裡？」蘭登問。

「對，那通911電話……是真的，」女子結巴地說，「抱歉我的聲音有點不穩，可是我搭檔死了，我們發現有個人被囚禁在這裡。他狀況不好，我們正在急救他。他一直在找兩個人──叫做蘭登跟凱薩琳的。」

「那是我哥哥！」凱薩琳脫口對話筒說，頭更貼近蘭登。「911是我打的！他還好嗎？！」

「其實，女士，他……」女子的聲音沙啞。「他真的不妙。他的右手不見了……」

「拜託，」凱薩琳急了，「我要跟他說話！」

「現在他們正在急救。他一直醒來又昏迷。如果你們在附近，最好快過來。他顯然想見你們。」

「我們在六分鐘車程外！」凱薩琳說。

「那我建議你們趕快。」背景有模糊的講話聲，女子又回到線上。「抱歉，他們好像需要我。等你們到了再說吧。」

線路掛斷了。

91

教堂大學裡，蘭登和凱薩琳跑上地下室階梯，匆忙走過陰暗的走道尋找正面出口。上空直升機旋翼的聲音不見了，蘭登感覺或許有機會偷偷溜出去，設法到卡洛拉瑪高地去見彼得。

他們找到他了。他還活著。

三十秒前，他們掛斷女保全員的電話，凱薩琳匆忙從水裡拿起滾燙的金字塔和頂石。金字塔還在滴水，被她放進蘭登的皮背包裡。現在他還感覺得到透過皮革傳過來的熱氣。

找到彼得的興奮讓他們暫時無暇進一步思索頂石的發光訊息——**富蘭克林廣場八號**——但是等見到彼得之後會有時間。

他們繞過樓梯頂端的轉角，凱薩琳愣了一下，指著走道對面一個休息室。透過小窗，蘭登看見一架黑色流線形直升機靜靜停在外面草坪上。有個駕駛員站在旁邊，背對他們正在講無線電。還有一輛深色車窗的黑色休旅車停在附近。

蘭登和凱薩琳留在陰影中，走向休息室，從窗子向外窺探有沒有其他的探員。謝天謝地，國家教堂外的大草坪空無一人。

「他們一定在教堂裡，」蘭登說。

「錯了，」背後一個低沉的聲音說。

蘭登和凱薩琳轉身看誰在講話。在休息室門口，兩個黑衣人用雷射瞄準步槍指著他們。蘭登看見一個紅色光點在胸口跳動。

「很高興又見面了，教授，」熟悉的刺耳聲音說。探員們讓開，佐藤處長嬌小的身影輕鬆地穿過，越過休息室直接停在蘭登面前。「你今晚可犯了不少錯啊。」

「警方找到彼得．所羅門了，」蘭登強硬地說，「他狀況不好，但是死不了。事情結束了。」即使佐藤驚訝彼得被找到了，她也沒顯露出來。她毫不眨眼地走向蘭登，停在僅僅幾吋之外。「教授，我可以保證，這事情要結束還早得很。現在連警方也扯進來了，只會變得更嚴重。我今晚稍早就跟你說過，這是極端敏感的狀況。你不該帶著金字塔跑掉的。」

「女士，」凱薩琳脫口而出，「我必須去看我哥哥。你可以拿走金字塔，但是你必須讓──」

「我必須？」佐藤轉身面對凱薩琳問，「所羅門小姐是吧？」她瞪著凱薩琳的眼睛像要噴出火來，然後回頭面對蘭登。「把背包放到桌上。」

蘭登低頭看看胸口的兩個雷射光點，乖乖把背包放在咖啡桌上。一名探員小心地過來，拉開包包拉鍊，掰開袋口。一小團受困的蒸氣從袋裡飄出來。他把手電筒照進去，疑惑地盯了半晌，向佐藤點頭。

佐藤走過來往背包裡看。潮濕的金字塔和頂石在手電筒光芒下發亮。佐藤蹲下，仔細查看黃金頂石，蘭登知道她只看過X光片。

「這些刻字，」佐藤問道，「對你有意義嗎？『祕密藏在組織裡』？」

「我們不確定，女士。」

「金字塔爲什麼這麼燙？」

「我們把它泡在開水裡，」凱薩琳毫不遲疑地說，「這是解碼程序的一部分。我們什麼都告訴妳，可是請讓我們去看我哥。他受了不少罪──」

「你們煮了金字塔？」佐藤問。

「關掉手電筒，」凱薩琳說，「看看頂石。或許還看得見。」

探員關掉燈光，佐藤跪在頂石前面。即使從蘭登站的位置，仍然看得見頂石上的文字還在微微發亮。

「富蘭克林廣場八號？」佐藤訝異地說。

「對，女士。這些文字是用白熱性漆料之類寫的。三十三級其實是——」

「這個地址呢？」佐藤問，「就是那個傢伙想要的東西？」

「對，」蘭登說，「他認爲金字塔是地圖，能告訴他大寶藏的位置——解開古代玄祕的關鍵。」

佐藤又看看頂石，表情狐疑。「告訴我，」她說，聲音逐漸帶著恐懼，「你聯絡了這個人沒有？已經把這個地址給他了嗎？」

「我們試過。」蘭登解釋他們打給那個人手機時發生的事。

佐藤聽著，在蘭登講話時用舌頭舔著黃牙。雖然看起來隨時要發飆的樣子，但她轉向一名探員，自制地低聲說。「派他去。他在休旅車上。」

探員點頭，對著隨身麥克風說話。

「派誰去？」蘭登說。

「唯一有希望收拾你今晚捅出來這個該死紕漏的人！」

「什麼紕漏？」蘭登反駁。「現在彼得安全了，一切都——」

「你搞清楚！」佐藤發飆了，「重點不是彼得！我在國會大廈就告訴過你，教授，但是你選擇跟我唱反調而非協助我！現在你捅出無法收拾的大紕漏了！當你毀掉你的手機，附帶一提，我們確實在追蹤，你就切斷了跟那個人的聯繫。你發現的這個地址——不管是什麼玩意——是我們逮到這瘋子的一個機會。我需要你照他的話做，把地址告訴他，這樣我們才知道去哪裡抓他！」

蘭登來不及回答，佐藤繼續對凱薩琳出氣。

「還有妳，所羅門小姐！妳知道這瘋子住哪裡？爲什麼不告訴我？妳派保全人員去這個人的家？妳知不知道妳毀了我們上門逮到他的機會？我很高興令兄平安，但是我要告訴妳，我們今晚面對的危機後果遠超過妳的家人安危。全世界都會受影響。抓你哥哥的人擁有龐大的力量，我們必須立刻逮到他。」

她發飆完畢後，華倫．貝拉米高大優雅的身影從陰影中出現走進休息室。他看起來很邋遢，瘀青，又恍惚……好像吃了不少苦頭。

「華倫！」蘭登站起來，「你沒事吧？」

「不，」他回答，「不太好。」

「你聽說了嗎？彼得安全了！」

貝拉米點頭，表情茫然，好像什麼都不重要了。「是，我剛聽到了你們的談話。我很高興。」

「華倫，這到底是怎麼回事？」

佐藤插嘴。「你們倆可以晚點再聊。現在，貝拉米先生要主動聯絡這個瘋子。就像他整晚都在幹的事情。」

蘭登聽不懂。「貝拉米今晚沒有跟那個人**聯絡**！那傢伙根本不知道貝拉米也捲進來了！」

佐藤轉向貝拉米抬起眉毛。

貝拉米嘆氣。「羅柏，恐怕我今晚沒有對你完全坦白。」

蘭登目瞪口呆。

「我以為我在做對的事……」貝拉米恐懼地說。

「哼，」佐藤說，「**現在**你才要做對的事……我們最好向老天祈禱行得通。」彷彿附和佐藤不祥的語氣，壁爐上的鐘開始整點報時。佐藤拿出一個封口塑膠袋丟給貝拉米。「這是你的東西。你的手機能拍照嗎？」

「可以，女士。」

「很好。拿起頂石。」

馬拉克剛收到的簡訊來自他的聯絡人——華倫・貝拉米——今晚稍早他派到國會大廈去協助羅柏・蘭登的共濟會會員。貝拉米跟蘭登一樣希望彼得・所羅門活著回來，向馬拉克保證他會盡力幫蘭登取得並解開金字塔祕密。整晚，馬拉克一直收到e-mail報告，被自動轉接到他的手機上。

這次有趣了，馬拉克心想，打開簡訊。

From：華倫・貝拉米

跟蘭登走失了

但是終於拿到你要的資訊。

證據如附件。

打來問缺少的部分。——wb

——一個附件（jpeg）——

打來問缺少的部分？馬拉克猜想著，打開附件。

附件是張照片。

馬拉克一看到，大聲驚叫出來，興奮得心跳加速。他看著這個小黃金金字塔的特寫。**傳說中的頂石！**表面上精緻的刻字帶來一個鼓舞的訊息：**祕密藏在組織裡**。

刻字的下方，馬拉克看見令他震驚的東西。頂石似乎在發光。他懷疑地盯著微微發亮的字，發現傳說完全正確：**共濟會金字塔會變形，向夠格的人顯露它的祕密。**

這個神奇的變形如何發生，馬拉克不清楚，他也不在乎。發亮的文字顯然指向華府一個特定的地點，如同預言。**富蘭克林廣場**。很不幸，頂石的照片也拍到了華倫·貝拉米的食指，故意放在頂石上擋住了最重要的資訊。

祕

密藏

在組織裡

富蘭克林廣場[redacted]

打來問缺少的部分。馬拉克現在懂貝拉米的意思了。

國會建築師整晚都很合作，但現在他選擇玩一場非常危險的遊戲。

92

在幾名武裝中情局探員的監視下，蘭登、凱薩琳與貝拉米陪著佐藤在教堂大學的休息室裡等待。他們面前的咖啡桌上，蘭登的皮背包仍然開著，露出黃金頂石的尖端。**富蘭克林廣場八號**的字樣已經消失，毫無曾經存在的痕跡。

凱薩琳懇求佐藤讓她去見哥哥，但佐藤乾脆地拒絕，眼睛盯著貝拉米的手機。它放在咖啡桌上，隨時會響。

貝拉米爲什麼不告訴我實話？蘭登猜想。顯然，建築師整晚都在聯絡抓彼得的人，安撫他蘭登正在逐步解開金字塔祕密。那是吹牛，企圖爲彼得爭取時間。其實，貝拉米拚命阻止任何可能解開金字塔祕密的人。但是現在，貝拉米似乎改變立場了。他和佐藤準備冒險用金字塔的祕密抓到這個人。

「不要碰我！」走道上一個老人的聲音大叫。「我只是瞎，沒有癡呆！我認得整個學校的路！」蓋洛威牧師還在大聲抗議，一名中情局探員粗魯地推他進入休息室，強迫他坐在椅子上。

「誰在這兒？」蓋洛威問，茫然的眼睛盯著前方。「聽起來有很多個。看管一個老頭子需要多少人？我說眞的！」

「這裡有七個人，」佐藤大聲說，「包括羅柏·蘭登、凱薩琳·所羅門，以及你的共濟會弟兄華倫·貝拉米。」

蓋洛威癱軟，氣勢全沒了。

「我們沒事，」蘭登說，「我們剛聽說彼得安全了。他狀況不好，但是警方在保護他。」

「謝天謝地，」蓋洛威說，「那麼——」

大震動聲讓房裡每個人都嚇了一跳。是貝拉米的手機在咖啡桌上震動。眾人鴉雀無聲。

「OK，貝拉米先生，」佐藤說，「別搞砸了。你知道後果。」

貝拉米深呼吸一下。然後他伸手按下廣播鍵，接通了線路。

「我是貝拉米，」他大聲向桌上的手機說。

透過喇叭雜訊傳回的聲音很熟悉，輕柔的低語。聽起來像是用車內的免持聽筒系統打來的。「午夜已經過了，貝拉米先生。我正要結束彼得的苦難。」

室內一陣不安的沉默。「讓我跟他說話。」

「不可能，」男子回答，「我們在開車。他被綁在行李廂裡。」

蘭登和凱薩琳交換眼神，對在場每個人搖頭。**他在唬人！彼得不在他手上！**

佐藤示意貝拉米繼續施壓。

「我要彼得活著的**證據**，」貝拉米說，「否則我不會給你其餘——」

「你們的祭祀師需要醫師。別浪費時間討價還價。告訴我富蘭克林廣場的街道地址，我會把彼得送還你們。」

「我說過，我要——」

「快說！」男子生氣了，「否則我就停車，彼得．所羅門現在就會死！」

「你給我聽著，」貝拉米強硬地說。「如果你要其餘的地址，就照**我的**規矩來。到富蘭克林廣場見我。你交出活著的彼得，我就告訴你建築物門牌號碼。」

「我怎麼知道你不會帶政府的人來？」

「因爲我不能冒險出賣你。彼得的命**不是**你唯一的王牌。我知道今晚眞正的嚴重性。」

「你一定明白，」電話中的男子說，「如果我在富蘭克林廣場察覺一丁點有其他人的跡象，我會開車離開，你永遠不會再聽見彼得．所羅門的下落。當然……那還是你最不需要擔心的事。」

「我會單獨去，」貝拉米陰沉地回答。「等你交出彼得，我會給你需要的一切。」

「廣場中央，」男子說，「我至少要花二十分鐘才能到。我建議你乖乖等到我來。」

線路切斷了。

室內立刻恢復生氣。佐藤開始大聲下令。幾名外勤探員拿著無線電走向門口。「走！走！」

混亂中，蘭登看看貝拉米，尋求今晚事態真相的解釋，但是他已經匆匆出門去了。

「我必須去看我哥哥！」凱薩琳大喊，「妳一定要讓我們去！」

佐藤走向凱薩琳。「我什麼也不必做，所羅門小姐。聽懂了嗎？」

凱薩琳堅持立場，哀求地看著佐藤的小眼睛。

「所羅門小姐，我的優先要務是去富蘭克林廣場抓到那個人，妳得跟我的人坐在這裡直到我完成任務。然後，我們再處理令兄的事。」

「妳沒抓到重點，」凱薩琳說，「我知道這個人住哪裡！只有五分鐘車程的卡洛拉瑪高地上，那裡會有能夠幫妳的證據！況且，妳說過妳要保持低調。誰知道彼得一旦狀況穩定下來之後會跟警方說什麼。」

佐藤嘟起嘴，顯然在考慮凱薩琳的主張。外頭，直升機葉片已經開始轉動。

佐藤皺眉然後轉向一名手下。「哈特曼，你開休旅車帶所羅門小姐跟蘭登先生去卡洛拉瑪高地。彼得．所羅門不能跟任何人交談。懂了嗎？」

「是，女士，」探員說。

「到了以後通知我。告訴我發現了什麼。別讓這兩個人離開你的視線。」

哈特曼探員簡短點頭，掏出車鑰匙，走向門口。

凱薩琳跟在他後面。

佐藤轉向蘭登。「待會見，教授。我知道你把我當敵人，但是我可以向你保證並非如此。快去見彼得吧。這事還沒完。」

蘭登的身邊，蓋洛威牧師靜靜坐在咖啡桌旁。他的雙手摸到了仍然放在面前桌上蘭登背包裡的石頭金字塔。老人用手撫摸石頭溫暖的表面。

蘭登說，「神父，你要來見彼得嗎？」

「我只會耽誤你們。」蓋洛威收回雙手，拉上背包拉鍊遮住金字塔。

「我留在這裡爲彼得的康復祈禱。我們可以晚點再談。但是你讓彼得看金字塔的時候，可以幫我轉達一句話嗎？」

「當然。」蘭登把背包扛上肩頭。

「告訴他。」蓋洛威清清喉嚨，「共濟會金字塔……一直**誠懇地**保守它的祕密。」

「我不懂。」

老人眨眨眼。「跟彼得說就對了。他會懂的。」

語畢，蓋洛威牧師低下頭開始禱告。

蘭登困惑地離開他匆匆出門。凱薩琳已經坐在前座向探員指路了。蘭登爬上後座剛關上車門，巨大的車子像火箭般衝過草坪，射向北方的卡洛拉瑪高地。

93

富蘭克林廣場位於華盛頓市中心的西北象限，K街與十三街交叉口。那裡有許多歷史建築，最出名的是富蘭克林學校，一八八〇年貝爾就在此地發出世界第一則無線電通訊。

廣場上的高空，一架UH－60直升機迅速從西方接近，幾分鐘內就從國家大教堂飛到此處。**時間充裕**，佐藤想，低頭看看下方的廣場。她知道必須在目標抵達之前讓手下探員悄悄占據有利位置。

他說他至少要二十分鐘才能趕到。

依佐藤的命令，駕駛員在附近最高大樓的屋頂上表演了一招「蜻蜓點水」——出名的富蘭克林廣場一號——有兩座金色尖塔、高聳氣派的辦公大樓。這麼做當然是非法的，但是直升機只停留了幾秒鐘，起落架只輕輕碰到碎石屋頂。每個人跳出來之後，駕駛員立刻升空，往東傾斜，爬升到「無聲高度」，在上面提供隱形的支援。

佐藤等著她的外勤小組收拾裝備，幫貝拉米準備他的任務。建築師看過佐藤的保密筆電檔案之後仍然有點恍惚。**我早說了……是國家安全問題**。貝拉米很快就懂了佐藤的意思，現在完全配合。

「都好了，女士，」辛金斯探員說。

佐藤一聲令下，探員們帶著貝拉米越過屋頂消失在樓梯間，前往一樓去部署他們的位置。

佐藤走到大樓邊緣俯瞰現場。下方的矩形森林公園占滿了一個街區。**掩護很多**。佐藤的小隊非常清楚奇襲攔截的重要性。萬一目標在此察覺不對勁，決定逃走……處長連想都不敢想。

這裡的風勢又強又冷。佐藤雙手抱胸，站穩腳步以免被風吹落邊緣。從這個制高點，富蘭克林廣場看起來比她印象中略小，建築物也比較少。她猜想著哪棟大樓是富蘭克林廣場八號。她已經要求分析師諾拉查這項資訊，等著她隨時回報。

貝拉米跟探員出現了，像螞蟻一樣呈扇形散開在樹林區域的黑暗中。辛金斯把貝拉米安排在無人公園中央附近的一片空地。然後辛金斯跟隊員躲進大自然掩護中，不見蹤影。幾秒鐘內，貝拉米落單了，在公園中央的街燈下踱步發抖。

佐藤毫不同情。

她點燃香菸深吸一口，享受著溫暖滲入肺部。她很滿意下面一切就緒，從屋簷邊緣走回來等待著她的兩通電話——來自她的分析師諾拉，還有她派往卡洛拉瑪高地的哈特曼探員。

94

慢一點！蘭登在休旅車飛過一處轉彎時抓緊後座，車子的兩個輪胎差點離地翹起。中情局探員哈特曼要不是想對凱薩琳炫耀駕駛技術，就是奉命在彼得．所羅門夠清醒而對地方當局說出不該說的話之前找到他。

使館路上的高速闖紅燈遊戲實在讓人捏把冷汗，幸好現在他們快速駛進了卡洛拉瑪高地的蜿蜒住宅區。凱薩琳沿途大聲指路，因爲今天下午她剛去過那個人的家。

每次轉彎，蘭登腳邊的背包就前後搖晃，蘭登聽見頂石碰撞的聲音，顯然它已經從金字塔上脫落，在袋底擠來擠去。擔心頂石受損，他伸手到袋中摸索找到它。餘溫猶在，但是發亮的文字已經褪色消失，變回原本的刻字：

祕密藏在組織裡。

蘭登正要把頂石放進口袋時，發現它素雅的表面上覆蓋著某種白色小黏塊。他疑惑地想要擦掉，但是黏塊卡得很緊、摸起來很粗糙……好像塑膠。**怎麼搞的？**他又看見石頭金字塔表面也覆蓋著小白點。蘭登用指甲摳下一塊，在手指間搓揉。

「蠟？」他不禁說。

凱薩琳回頭看他。「什麼？」

「金字塔跟頂石上面都是小塊的蠟。我不懂。那是從哪裡來的？」

「或許是你袋子裡的什麼東西？」

「我想不是。」

他們又轉個彎，凱薩琳指著擋風玻璃前面轉向哈特曼探員。「就是它！我們到了。」

蘭登抬頭看見停在前方車道的一輛保全車上旋轉的警示燈。車道門被拉開了，探員直接開著車衝進去。

這房子是一棟壯觀的豪宅。屋內燈火通明，正門大大地敞開。五六輛車雜亂地停在車道跟草坪上，顯然是匆忙趕到。某些車子還在怠轉，車頭燈亮著，多數照向房子，但有一輛歪著，他們駛進去時車頭的強光差點刺瞎他們的眼睛。

哈特曼探員減速停在草坪上，旁邊的白色四門房車上有顏色鮮豔的標誌：優先保全。旋轉警示燈跟車頭燈的強光讓他們看不太清楚。

凱薩琳立刻跳出來跑向房子。蘭登沒時間拉上拉鍊就扛起背包。他慢跑跟著凱薩琳越過草坪接近打開的正門。裡面傳出講話聲。蘭登背後，哈特曼探員嗶一聲鎖上車子，匆忙跟上。

凱薩琳奔上門廊的階梯，穿過正門，消失在玄關裡。蘭登在她後面跨過門檻，看見凱薩琳已經經過玄關沿著走道跑向講話聲的地方。在她前方的走道末端，可以看見一個穿保全制服的女人背對他們坐在餐桌旁。

「警官！」凱薩琳邊跑邊叫，「彼得．所羅門在哪裡？」

蘭登快步跟上，但是忽然，一個意外動靜吸引了他的目光。在他左方，透過客廳窗戶，他看見車道門被關上了。眞怪。他又發現別的事……開車進來時的警示燈與強光讓他一時沒發現。車道上雜亂停放的五六台車看起來不像蘭登以爲的警車跟救護車。

賓士？……悍馬？……名牌跑車？

在這瞬間，蘭登也發現他聽見的屋內聲音只是電視對著餐廳方向發出的音效。

宛如慢動作轉身，蘭登對著走道大喊。「凱薩琳，等等！」

但他轉過來後，看見凱薩琳．所羅門並沒有在跑步。

她飛上了空中。

95

凱薩琳．所羅門知道她在墜落……但是想不通爲什麼。

她剛才沿著走道往餐廳裡的保全員奔跑，突然她的腳被隱形障礙物絆到，全身向前彎曲，就飛上了空中。

現在她回到了地球上……應該說，硬木地板上。

凱薩琳腹部重重著地，肺裡空氣都擠出來了。在她上方，一座沉重的樹狀衣架危險地搖晃然後翻倒，差點壓到她。她抬起頭，努力喘氣，疑惑地看見椅子上的女保全員一動也沒動。更怪的是，翻倒的衣架底部似乎有條細線，延伸越過走道。

怎麼會有人……？

「凱薩琳！」蘭登大聲叫她，凱薩琳翻身側躺著回頭看他，感覺渾身血液冰冷。**羅柏！小心後面！**她想大叫，但是喘不過氣來。她只能驚恐地看著蘭登像慢動作般衝過走道來救她，完全不知道在他背後，哈特曼探員正抓著喉嚨蹣跚跨過門檻。他抓著刺穿他咽喉的長螺絲起子握柄，血從他的雙手冒出來。

探員向前倒下，攻擊他的人赫然出現。

我的天……糟了！

魁梧的人影除了像是兜襠布的怪內衣之外全身赤裸，顯然一直躲在玄關裡。他健壯的身體從頭到腳布滿了怪刺青。正門被關上，他沿著走道衝向蘭登。

哈特曼探員頹然倒地時正門剛好關上。蘭登驚訝地轉身，但是刺青男子已經追上，猛力把某種裝置戳到他背上。閃電的亮光與尖銳的電流嘶聲，凱薩琳看到蘭登一動也不動。蘭登睜大雙眼，向前彎腰，癱倒在地上。他壓到了自己的背包，金字塔掉出來落在地板上。

刺青男子看也不看地上的獵物，跨過蘭登直接走向凱薩琳。她已經向後爬進餐廳，撞到一把椅子。原先被放在椅子上的女保全員搖晃著掉到地上落在她身邊。這個女人死亡的表情充滿驚恐，嘴裡塞著一塊布。

凱薩琳來不及反應，魁梧男子已經趕上她。他用強大力氣抓住她兩肩。他的臉上沒有化妝，看了令人驚駭無比。他的肌肉抖動，她感到自己像玩偶似的被翻過身俯臥。沉重的膝蓋壓到她背上，有一瞬間，她以為自己要折成兩截了。他抓住她雙手往後拉。

凱薩琳轉頭到側面，臉頰貼著地毯，看到了蘭登，他的身體還在抽搐，面向別處。更遠處，哈特曼探員動也不動躺在玄關裡。

冰冷的金屬夾住了凱薩琳的手腕，她發現被電線綁住了。她驚恐地試圖抽手，但是雙手感到一陣劇痛。

「如果亂動會被電線割傷，」男子綁好她的雙手說，以驚人的效率移動到她的腳踝。

凱薩琳踢他，他一下重拳打在她右大腿背面，癱瘓她的腿。幾秒內，她的腳跟也被綁住了。

「羅柏！」她鼓起力氣喊。

蘭登在走道地板上呻吟。他蜷縮在背包上，石頭金字塔側躺在他頭部附近。凱薩琳發現金字塔是她最後的希望。

「我們解開了金字塔！」她告訴兇手，「我什麼都告訴你！」

「才怪。」說完，他掏出死亡女子嘴裡的布，用力塞進凱薩琳嘴裡。

有死亡的味道。

羅柏·蘭登的身體不聽使喚。他躺著，麻木無法動彈，臉頰貼著硬木地板。他聽過的夠多，知道電擊槍能暫時讓神經系統超載而癱瘓受害人。它的作用稱作電流肌肉破壞，就像雷擊一樣強大。劇烈的疼痛似乎能滲透他全身的每一個分子。現在他雖然意識清楚，肌肉卻拒絕服從他發出的命令。

快起來！

蘭登俯臥癱瘓在地上，呼吸急促，幾乎無法吸氣。他沒看見攻擊他的人，但他看見哈特曼探員躺在一大灘血泊中。蘭登剛聽到凱薩琳掙扎爭辯聲，但是她的聲音又變模糊，那個人好像塞了什麼在她嘴裡。

起來，羅柏！你一定要救她！

蘭登的雙腿開始刺痛，感官劇烈又痛苦地恢復，但還是拒絕合作。**快動！**他的雙臂抽動，感官開始回復，臉和脖子上的感覺也是。他使盡力氣轉過頭，臉頰沉重地摩擦著木頭地板，看著餐廳的方向。

蘭登的視線被石頭金字塔擋住了，它掉出袋子側翻在地上，底部距離他的臉只有幾吋。

有一瞬間，蘭登不懂他看到了什麼。面前的石頭方塊顯然是金字塔底部，但是看起來不一樣。很不一樣。它仍然是方形，仍然是石頭……但不再是光滑的平面。金字塔底下布滿了雕刻的記號。**這怎麼可能？**

他盯了幾秒鐘，懷疑自己是不是眼花了。**金字塔底部我看過十幾次了……原本沒有記號啊！**

蘭登突然懂了。

他的呼吸本能迅速恢復，他猛吸一口氣，發現共濟會金字塔還有其他的祕密。**我又目睹了一次變形。**

電光石火間，蘭登了解蓋洛威最後一個要求的意思了。**告訴彼得：共濟會金字塔一直……誠懇地守住它的祕密。**這個字眼當時似乎很奇怪，但現在蘭登知道蓋洛威牧師是在對彼得發出密碼。諷刺的是，這個密碼在蘭登幾年前讀過的驚悚小說情節裡用過。

誠懇（Sin-cere）。

打從米開朗基羅的時代，雕塑家就用熱蠟塗抹塡補裂縫然後敷上石粉，掩飾他們作品的缺陷。這種手段被視爲作弊，於是，任何「不加蠟」——字面寫成sine cera——的作品才被視爲「誠懇」的藝術作品。這個詞彙流傳至今。直到今天我們寫信還會署名「sincerely」以示保證我們「不加蠟」，寫的都是眞話。

金字塔底部的刻字也是用同樣的手法隱藏。當凱薩琳遵照頂石的指示煮沸這座金字塔，蠟融化了，露出底部的記號。蓋洛威在休息室裡用手摸過金字塔，顯然摸到了底部暴露出來的記號。

有那麼一瞬間，蘭登忘了他和凱薩琳面臨的所有危險。他盯著金字塔底部不可思議的符號陣列。他不知道這是什麼意思……或最終會透露什麼，但有一點是確定的。**共濟會金字塔還有祕密沒說完。富蘭克林廣場八號不是最終的答案。**

是這個發現或只是因爲多躺了一會兒讓他大爲振作，蘭登不知道，但是他突然感覺身體恢復行動力。

他痛苦地伸出一隻手到側面，推開擋住餐廳方向視線的背包。

他驚恐地看見凱薩琳被綁住，嘴裡還塞了一大塊布。蘭登動動肌肉，想要爬起來，但是片刻之後，他嚇呆了。餐廳入口剛出現一個駭人的景象——有個蘭登前所未見的人形。

天啊，那是什麼……?!

蘭登翻身，猛踢雙腿想要後退，但是魁梧的刺青男子抓住他，把他翻身仰躺，跨坐在他胸口。他的雙膝壓住蘭登的上臂二頭肌，把蘭登痛苦地釘在地面。男子的胸膛有隻栩栩如生的雙頭鳳凰。他的脖子、臉孔與光頭布滿了令人眼花的各種罕見複雜符號——符咒，蘭登認得——用在黑魔法儀式的。

蘭登來不及多作思索，魁梧男子用雙手夾住蘭登的雙耳，抬起他的腦袋離開地板，然後用無法想像的蠻力，把他砸到地板上。

眼前一片漆黑。

96

馬拉克站在門口環顧身邊的遍地狼藉。他家看起來像是戰場。

昏迷的羅柏・蘭登躺在他腳下。

凱薩琳・所羅門被綁著塞住嘴巴躺在餐廳地上。

女保全員的屍體從擺放的椅子上跌落，蜷縮著躺在附近。她爲了保命，聽從了馬拉克的命令。被刀子架在脖子上，她接聽了馬拉克的手機，說謊騙蘭登和凱薩琳急忙趕來。**她沒有搭檔，彼得・所羅門當然也沒獲救**。女人表演完畢之後，馬拉克安靜地勒死了她。

爲了完成馬拉克不在家的幻覺，他用自己車子上的免手持系統打給貝拉米。**我在路上**，他告訴貝拉米還有在旁邊監聽的人。彼得在我的行李廂裡。其實，馬拉克只是從車庫開到前院罷了，他在庭院雜亂地停著幾輛自己的車，打開頭燈，讓引擎怠轉。

完美地騙倒了所有人。

幾乎。

唯一的波折是脖子上插著螺絲起子躺在玄關那個該死的黑衣人。馬拉克搜過他的身，發現高科技麥克風跟印有中情局徽章的手機時不禁苦笑。**似乎連他們也知道我的力量了**。他取出電池，用沉重的銅製門擋砸爛這兩個裝置。

馬拉克知道現在必須加快動作，尤其是中情局已經插手了。他走回蘭登身邊。教授看起來還會繼續昏迷一陣子。馬拉克的目光顫抖著移向地上躺在教授背包旁邊的石頭金字塔。他屏住呼吸，心跳加快。

我等了好多年……

他彎腰伸出微微顫抖的雙手撿起共濟會金字塔。他用手指緩緩撫摸刻字，驚嘆著它的能力。在太過出神之前，他把金字塔放回蘭登的背包跟頂石在一起，拉上拉鍊。

我很快就會組合金字塔……在其他安全的地方。

他把蘭登的包包甩到肩上，試著抬起蘭登的身體，但是身材健康的教授比預料的重得多。馬拉克只好抓住他腋下拖著他越過地板。他一定不會喜歡自己的下場，馬拉克想。

他拖走蘭登時，廚房的電視還在大聲播放。電視的講話聲也是欺敵的一部分，馬拉克還沒關掉它。頻道正在播映一個電視布道家帶領他的信徒唸主禱文。馬拉克猜想著那些被催眠的觀眾有沒有人知道這段禱告詞眞正的來歷是什麼。

「……行在地上如同行在天上……」眾人念著。

對，馬拉克想。**如上，實下**。

「……不叫我們遇見試探……」

幫我們了解肉體的軟弱。

「……救我們脫離兇惡……」大家同聲懇求。

馬拉克微笑。**這倒有點困難。黑暗正在壯大**。即使如此，他還是讚許他們願意努力。向隱形力量說話求助的人在現代世界簡直是瀕臨絕種的動物。

馬拉克拖著蘭登穿過客廳時，信徒正好大喊，「阿門！」

應該是**阿蒙**（**Amon**），馬拉克暗自糾正。**埃及是你們宗教的搖籃**。阿蒙是宙斯的原型……後來變成朱彼特……以及神在現代世界上的每個臉孔。直到今天，世界上每個宗教還是會呼喚祂名字的各種版本。

Amen！Amin（伊斯蘭教用語，意同基督教的阿門，願主准我所求）！**Aum**（出自梵文，印度教、錫克教、佛教中的神聖音節或神名，漢字寫作「唵」）！

布道家開始引述《聖經》經文描述統治天堂與地獄的天使、魔鬼與聖靈階級。「保護你的靈魂遠離邪惡力量！」他警告大家，「誠心禱告！上帝與祂的天使會聽見你的聲音！」

他說得對，馬拉克知道。**但是魔鬼也會聽見**。

馬拉克很久以前就學到，透過適當運用的「技藝」，修習者可以打開通往靈界的入口。無形力量存在於那裡，就像人類本身，有很多種形式，有善有惡。光明的力量可以治療、保護，爲宇宙帶來秩序。黑暗的力量則是相反……帶來毀滅與混亂。

如果適當召喚，無形力量可以被說服在地球上幫助修習者……賦予他似乎超自然的能力。幫助召喚者的代價是，這些力量要求祭品——光明的要求禱告或讚美……黑暗的要求流血。

獻祭越大，獲得的力量越大。馬拉克起初是用無關緊要的動物之血來練習。但是隨著時光推移，他選擇的獻祭品越來越大膽。**今晚，我要踏出最後一步**。

「小心！」布道家大喊，警告著即將來臨的末日。「爭奪人類靈魂的最終大戰即將展開！」

沒錯，馬拉克想。**而且我會成爲最強大的戰士**。

當然，戰爭在很久很久以前就開始了。在古埃及，技藝精湛的人成爲歷史上的啓蒙者（Adepts），超越大眾進化成眞正的光明修習者。他們像神一樣在世上來去自如。他們建立教化的大神殿，讓來自世界各地的新信徒分享這份智慧。神人的種族興起。曾有短暫的一陣子，人類似乎決心自我提升，超越俗世的羈絆。

那是古代玄祕的黃金時代。

但是肉身欲望的人類很容易犯下狂妄、仇恨、急躁與貪婪的罪孽。日積月累，出現了腐化技藝的人，扭曲並濫用其力量以謀取私利。他們開始利用這個扭曲的版本召喚黑暗力量。演化出一種不同的技藝……

更強大、更迅速、更令人著迷。

就是我的技藝。

也是我的偉大作品。

開悟的啓蒙者跟他們的祕密組織見證了邪惡崛起，眼見人類並沒有利用新發現的知識造福同儕。於是他們隱藏他們的智慧避開凡庸之輩。最終，在歷史上銷聲匿跡。

然後是人類的大墮落。

以及長久的黑暗。

直到今天，啓蒙者的高貴後裔仍繼續奮鬥，盲目地捕捉光明，想要尋回昔日喪失的力量，想要壓制黑暗。他們就是世界上各種宗教的教堂、寺廟、神壇裡的男女祭司。時間抹消了記憶……讓他們脫離過去。他們再也不認得從前傳授強大智慧的來源。當他們被問起前輩的神聖玄祕，信仰的新守護者叫囂地否認他們，斥之爲異端邪說。

他們眞的忘了嗎？馬拉克懷疑。

古代記憶的回音仍然激盪在地球的每個角落，從猶太教的喀巴拉教派到神祕的伊斯蘭蘇菲教派。痕跡仍殘留在基督教的神祕儀式中，領聖餐象徵吃神的血肉，聖徒、天使與魔鬼有階級，唱詩念咒，聖曆的占星術涵義，獻祭的法袍，還有宣揚永生的概念。即使現在，牧師仍然甩動冒煙的香爐驅魔，敲響神聖的鐘，灑聖水。基督徒仍然施行超自然的驅魔儀式——在古代他們的信仰不僅需要驅魔能力，也要能夠召喚。

可是他們卻看不見過去？

教會的神祕歷史最顯眼的莫過於它的核心。在梵蒂岡，聖彼得廣場的中心，豎立著埃及方尖碑。耶穌降生前一千三百年雕成的——這根神祕石柱非常突兀，跟現代基督教毫無淵源。可是它擺在那兒。在耶穌的教會核心。一座石頭標誌，渴望著被理解。讓人想起極少數還記得源頭的賢人。這個教會從古代玄祕孕育而生，仍然傳承了它的儀式與符號。

尤其其中一個。

裝飾在祭壇、法衣、尖塔與《聖經》中的是基督教的獨特形象——一個珍貴的、被犧牲的人類。基督教遠比任何其他信仰更了解犧牲的改變能力。即使現在，爲了榮耀耶穌所作的犧牲，他的信徒仍自願進行他們自己卑微的個人犧牲……禁食、四旬齋、繳十一稅。

當然，這些奉獻都太渺小。沒有血……就不算眞正的犧牲。

黑暗力量向來喜愛血祭儀式，因爲這麼做，他們壯大到良善的力量幾乎無法壓制。不久光明就會被完全吞噬，黑暗的修習者將會透過人類心智自由行動。

97

「一定有富蘭克林廣場八號，」佐藤堅持，「再查一遍！」

諾拉．凱伊坐在桌前調整她的耳機。「女士，到處都查過了……華府沒有那個地址。」

「可是我就在富蘭克林廣場一**號**屋頂上，」佐藤說，「一定有個**八號**！」

佐藤處長在屋頂上？「等等。」諾拉開始跑一次新搜尋。她考慮要不要告訴處長駭客入侵的事，但佐藤此刻似乎只關心富蘭克林廣場八號。況且，諾拉的資訊還沒有齊全。**那個該死的系統安全人員跑哪去了？**

「OK，」諾拉看著螢幕說，「我知道問題了。富蘭克林廣場一號是大樓的名字……不是地址。眞正地址是K街1301號。」

處長聽了似乎很疑惑。「諾拉，我沒時間解釋——金字塔明確地指出富蘭克林廣場八號這個地址。」

諾拉坐直身子。**金字塔指出特定位置？**

「刻字是說，」佐藤又說，「祕密在組織裡——富蘭克林廣場八號。」

諾拉無法想像。「**組織**是指……共濟會或兄弟會那種？」

「我猜是，」佐藤回答。

諾拉想了一下，然後又開始打字。「女士，或許這麼多年來廣場周邊的地址改編過？我是說，如果這金字塔像傳說中那麼古老，或許金字塔製作時富蘭克林廣場的地址不一樣？我正在跑一個沒有八號的搜尋……呃……『組織』……『富蘭克林廣場』……跟『華盛頓特區』……這樣，我們或許可以知道是不是有——」搜尋結果出現時她突然住口。

「妳查到什麼?」佐藤問。

諾拉盯著表列的第一個結果——埃及大金字塔的壯觀圖片——以它爲主題背景的網頁是在談論富蘭克林廣場上的一棟建築。它跟廣場上其他建築都不同。

其實，跟整個城市都不同。

讓諾拉楞住的不是建築的怪異風格，而是關於用途的描述。根據網站說法，這棟罕見大樓是用來當作一個神聖的神殿，設計者……跟使用者……是一個古老的祕密組織。

98

羅柏·蘭登恢復意識時頭痛欲裂。

這是哪裡？

無論什麼地方，這裡很暗。像洞穴深處，而且一片死寂。

他仰躺著雙手放在體側。他困惑地試著動動手指腳趾，放心地發現可以自由動作沒有問題。**怎麼回事？**除了頭痛與深沉的黑暗，一切似乎比較正常了。

幾乎一切。

蘭登發現他躺在感覺特別光滑的硬地板上，像一片玻璃。更怪的是，他感覺到光滑表面直接接觸他裸露的肌膚……兩肩，背後，屁股，大腿，小腿。**我是裸體嗎？**他疑惑地伸手摸摸身上。**天啊！我的衣服跑哪裡去了？**

黑暗中，胡思亂想開始浮現，蘭登看到回憶的畫面……嚇人的照片……死掉的中情局探員……刺青野獸的臉……蘭登的頭砸到地上。畫面越來越快……他想起了凱薩琳·所羅門在餐廳地上被綑綁塞嘴的恐怖景象。

我的天！

蘭登猛坐起身，突然，他的額頭撞到懸在上方僅僅幾吋的東西。疼痛在腦袋上爆開，他躺回去，幾乎暈厥。他頭昏眼花往上伸手，在黑暗中摸索障礙物。他的發現完全不合理。這個房間的天花板似乎離他不到一呎。**搞什麼鬼？**他向兩旁張開手試圖翻身，兩手都撞到了牆。

他頓悟了眞相。羅柏・蘭登根本不在房間裡。

我在箱子裡！

狹小似棺材般容器的黑暗中，蘭登開始用拳頭猛捶。他拚命呼救。隨著一分一秒過去，籠罩他的恐懼越來越深，直到無法忍受。

我被活埋了。

即使驚慌地用盡手腳的全力往上推，蘭登的怪棺材的蓋子文風不動。這個箱子，目前看來，是用厚重的玻璃纖維做的。氣密。隔音。不透光。無法逃脫。

我會在這箱子裡孤獨窒息而死。

他想起小時候掉進去的深井，還有他孤單地在黑暗的無底深淵裡踩水的那個可怕夜晚。那次經歷讓蘭登留下了心理創傷，讓他有了嚴重的幽閉恐懼症。

今晚被活埋，羅柏・蘭登又體驗了他的終極噩夢。

凱薩琳・所羅門默默地在馬拉克的餐廳地上顫抖。綁住她手腳的銳利電線已經割傷了她，即使最輕微的動作也似乎只會加緊她的束縛。

刺青男子兇殘地打暈蘭登，在地上拖著他癱瘓的身體，連同背包與石頭金字塔。凱薩琳不知道他們去哪裡了。陪他們來的探員死了。她好幾分鐘沒聽到半點聲音，懷疑刺青男子與蘭登是否還在屋裡。她想要呼救，但是每次嘗試，嘴裡的布就越靠近她的氣管。

現在她感覺地上有腳步聲接近，她掉頭，希望是有人來救她。俘虜她的人其巨大身影出現在走道上。凱薩琳退縮，回想起他十年前站在她家裡的景象。

他殺了我的家人。

他走向她。蘭登不見蹤影。男子蹲下來抱住她的腰，粗魯地抬起她放到肩上。電線割入她手腕，塞嘴的布也令她疼痛不已。他帶她經過走道到客廳，今天稍早，他們兩人曾經在此一起平靜地喝茶。

他要帶我去哪裡?!

他帶著凱薩琳橫過客廳停在她今天下午看過的一幅三女神的大型油畫前面。

「妳說過喜歡這幅畫，」男子低聲說，嘴唇幾乎碰到她耳朵。「我很高興。這或許是妳見到最後一樣美麗的東西。」

說完，他伸手用手掌按巨大畫框的右側。凱薩琳嚇了一跳，油畫旋轉縮進牆裡，像旋轉門一樣繞著中心軸轉動。**一道暗門**。

凱薩琳想要掙脫，但是男子緊抓著她，帶她穿過畫布後的開口。三女神在他們背後轉動關上，她看見畫布背後有厚重的絕緣體。顯然是不想讓外面聽見這裡發生的任何聲音。

油畫後方的空間狹小，不像房間倒像走道。男子扛著她到盡頭打開一扇沉重的門，進門來到一個小平台。凱薩琳看見一道窄斜坡深入地下室。她吸氣想叫，但是被布噎住了。

斜面又陡又窄。兩側是水泥牆，映出似乎從下方透出來的藍色光線。飄上來的空氣溫暖又刺鼻，充滿各種怪異的氣味……化學物的刺鼻味，焚香的柔和味，人類的汗臭味，最濃厚的，是一股明顯的獸性恐懼氣氛。

「妳的科學很令人佩服，」走到斜坡底端時男子低聲說，「希望**我的**也能讓妳滿意。」

99

中情局外勤探員透納．辛金斯蹲在富蘭克林公園的黑暗中，一直盯著華倫．貝拉米。沒有人上鉤，不過時候還早。

辛金斯的耳機發出叫聲，他打開，希望是他的隊員發現了什麼。不過卻是佐藤。她有新消息。

辛金斯聽完之後同意她的顧慮。「等等，」他說，「我試試能不能看見。」他爬出藏身的矮樹叢，回頭看看他進入廣場的方向。思考之後，他終於清出了視線。

我操。

眼前是一棟看起來像舊大陸清真寺的建築。夾在兩棟超高大樓之間，摩爾風格門面是用發亮的赤褐土磁磚排列成精緻的彩色圖案。三面巨大的門上方，兩排尖拱形窗戶看起來好像隨時會有阿拉伯弓箭手出現向任何不速之客射擊。

「我看到了，」辛金斯說。

「有沒有人活動？」

「沒有。」

「很好。我要你換個位置小心監視。它叫做阿瑪斯神殿，是一個神祕組織的總部。」

辛金斯在華府地區工作了很多年，卻不熟悉這棟建築或總部在富蘭克林廣場上的古代神祕組織。

「這棟大樓，」佐藤說，「屬於一個叫做慈壇社（註：the Ancient Arabic Order of Nobles of the Mystic Shrine，一八七〇年成立於美國的祕密結社）的團體。」

「從來沒聽過。」

「你應該有，」佐藤說，「他們是共濟會的外圍組織，一般通稱爲聖地兄弟會（Shriners）。」

辛金斯懷疑地看看這棟精緻的建築。**聖地兄弟會？那些幫小孩子蓋醫院的傢伙？**他想不出有什麼「組織」比這些喜歡戴紅氈小帽參加遊行的慈善人士更無害。

即使如此，佐藤的顧慮還是有道理。「女士，如果我們的目標知道這棟建築其實就是富蘭克林廣場上的『組織』，他就不需要地址。他會略過會合點直接去正確的地方。」

「我也是這麼想。注意看著入口。」

「是，女士。」

「卡洛拉瑪高地的哈特曼探員有沒有消息？」

「沒有，女士。妳叫他直接向妳報告的。」

「呃，他沒有。」

怪了，辛金斯想，看看手錶。**他晚了**。

100

羅柏．蘭登躺著發抖，單獨裸體在漆黑中。他嚇得動彈不得，不再拍打或呼叫。現在他閉上雙眼，極力控制自己猛烈的心跳與驚慌的呼吸。

你正躺在寬闊的夜空下，他試著說服自己。**你頭上有的就是開闊的空間**。

這種視覺想像安撫是他最近被送進狹窄密閉的斷層掃描儀時想出來的唯一辦法……加上三倍劑量的鎮靜劑。但是今晚，想像畫面完全無效。

凱薩琳．所羅門嘴裡的布越來越深入，差點噎死她。綁架者帶她走下窄斜坡進入一條黑暗的地下室走廊。走道末端，她瞥見一個發出詭異紫紅光線的房間，但是他們沒走那麼遠。男子停在一個側面小房間，帶她進去，把她放在木椅上。他把她綁住的雙手放在椅背後面讓她無法動彈。

凱薩琳感覺手腕上的電線扎得更深了。疼痛僅次於她因無法呼吸而越來越強的恐慌。她嘴裡的布越來越深入喉嚨，她本能地反胃欲嘔。她的視野開始收縮。

刺青男子關上她背後唯一的房門，打開電燈。凱薩琳雙眼猛流眼淚，已經無法分辨周圍的事物。全部變得一團模糊。

眼前出現彩色肌膚的扭曲視野，凱薩琳感覺雙眼猛眨，在昏迷邊緣掙扎。一隻天平覆蓋的手臂伸出來拔掉她嘴裡的布。

凱薩琳喘一口氣，深呼吸幾下，又咳又嗆地讓肺裡吸飽珍貴的空氣。她的視線慢慢恢復，發現眼前是一張惡魔的臉。幾乎看不出人樣。他的脖子、臉孔與光頭上布滿了驚人的各種怪異刺青符號。除了頭頂上一小片空白，他全身每吋肌膚似乎都有圖案。胸膛上巨大的雙頭鳳凰像貪婪的兀鷹透過乳頭的雙眼瞪著她，耐心地等待她死亡。

「張嘴，」男子低聲說。

凱薩琳厭惡萬分地盯著這個怪物。**什麼**？

「張開嘴，」男子重複，「否則我就把布塞回去。」

凱薩琳顫抖著張嘴。男子伸出粗壯刺青的食指，插入她雙唇之間。他摸到她的舌頭，凱薩琳以爲自己要吐出來了。他抽出潮濕的手指舉到光頭上。閉著眼睛，把她的唾液塗到他那塊沒刺青的皮膚上。

凱薩琳作嘔地掉頭。

她所在的房間似乎是鍋爐室——牆上有管路，呼嚕的聲音，螢光燈。但她來不及觀察環境，眼光就停在腳邊地上的東西。一堆衣物——高領毛衣、花呢外套、懶人鞋、米老鼠手錶。

「天啊！」她轉頭去看面前的刺青野獸，「你把羅柏怎樣了？」

「噓，」男子低聲說，「不然他會聽見妳。」他走到一旁指著背後。

蘭登不在那裡。凱薩琳只看到一個黑色玻璃纖維的大箱子。形狀很像陣亡屍體運回國內用的沉重大箱子，令人不安。兩個巨大的扣鎖穩穩地鎖住箱子。

「他在**裡面**?!」凱薩琳脫口而出，「可是……他會悶死的！」

「不，不會，」男子說，指著一組從牆上通到箱子底部的透明管子。「他會寧可**希望**他可以悶死。」

完全黑暗中，蘭登仔細聽著外面傳來的模糊震動聲。**講話聲**？他開始敲箱子，扯開嗓門大喊。「救命啊！有沒有人聽見?!」

遠處，一個微弱的聲音也在喊。「羅柏！天啊，不！不要！」

他認得這個聲音。是凱薩琳，聽起來嚇壞了。即使如此，他仍然樂意聽到。蘭登吸氣想對她大喊，但是愣住，脖子後面有種意外的感覺。箱底似乎散發出微風。**怎麼可能？**他靜止躺著，觀察狀況。**對，沒有錯**。他感到後頸的汗毛被流動的空氣拂過。

蘭登本能地開始摸索箱子的地板，尋找空氣的來源。一下子就找到了。**有個小通風口！**鑿穿的小洞口感覺像水槽或浴缸的排水孔，只是現在冒出溫和穩定的微風。

他在輸送空氣。他不想讓我悶死。

蘭登並沒有放心太久。通風口又傳出一個駭人的聲音。無疑是液體流動的咕嚕聲……往他這裡接近。

凱薩琳不敢置信地盯著透明液體從其中一條管子向下流進蘭登的箱子裡。場面看起來活像魔術師的舞台表演。

他要灌水到箱子裡？！

凱薩琳用力掙扎，無視電線造成的手腕刺痛。她只能驚慌地眼睜睜看著。她聽見蘭登著急的拍打聲，但是水流進箱底之後，拍打聲停止了。一陣嚇人的寂靜。接著出現更驚慌的拍打聲。

「放他出來！」凱薩琳乞求，「拜託！你不能這麼做！」

「妳也知道，溺水是很痛苦的死法。」男子冷靜地說，繞著她踱步。「妳的助手崔許可以作證。」

凱薩琳聽見他的話，但是差點沒聽懂。

「妳或許還記得我也曾經差點淹死，」男子低聲說，「就在府上的波多馬克別墅。令兄開槍打我，我在柴克的橋附近掉入結冰的河裡。」

凱薩琳瞪著他，充滿憎恨。**那一晚你殺了我母親**。

「那晚是神明保佑，」他說。「他們指點我一條出路……變成他們的一分子。」

蘭登的腦後感覺咕嚕咕嚕地流進箱裡的水是暖的……接近體溫。水已經積了幾吋，完全淹沒他裸體的後半部。當它開始爬上胸膛，蘭登感覺到殘酷的現實迅速逼近。

我快死了。

驚慌之下，他又舉起手開始瘋狂敲打。

101

「求求你讓他出來！」凱薩琳哭著哀求，「我們全都聽你的！」她聽見水流進容器時蘭登更加驚慌拍打的聲音。

刺青男子只是微笑。「妳比彼得軟弱多了。爲了讓彼得說出他的祕密，我花了不少工夫……」

「他在哪裡?!」她追問，「彼得在哪裡?!告訴我！我們照你的要求做了！我們解開了金字塔祕密而且——」

「不，你們沒有金字塔。你們玩把戲。你們隱匿資訊又把政府探員帶到我家。我不可能獎勵這種行爲。」

「我們沒有選擇，」她忍著眼淚回答，「中情局在找你。他們要我們跟探員一起過來。我什麼都告訴你。快放羅柏出來！」凱薩琳聽見蘭登在箱子裡的喊叫敲打聲，也看見水從管子流過。她知道他時間不多了。

在她面前，刺青男子摸著下巴冷靜地說，「我猜富蘭克林廣場上有探員在等我吧？」

凱薩琳沒說話，男子把兩隻大手放在她肩上，慢慢拉她向前傾。雙手被綁在椅背後面，她的兩肩繃緊，開始刺痛，像是要脫臼了。

「對！」凱薩琳說，「他們在富蘭克林廣場！」

他更用力拉。「頂石上的地址是什麼？」

手腕和肩膀上的疼痛越來越難忍受，但凱薩琳不說。

「現在告訴我，凱薩琳，否則我打斷妳手臂之後再問。」

「**八號**！」她痛得叫出來，「缺少的號碼是**八號**！頂石記載：『祕密在組織裡——富蘭克林廣場八號！』我發誓。我只知道這些了！富蘭克林廣場**八號**！」

男子還是沒有放開她肩膀。

「我只知道這些！」凱薩琳說，「那就是地址！放開我！把羅柏放出來！」

「我**會**……」男子說，「但是有個問題。我去富蘭克林廣場八號肯定被抓。告訴我，那個地址有什麼？」

「我不知道！」

「金字塔底部的符號呢？就在下面？妳知道什麼意思嗎？」

「**什麼**底部符號？」凱薩琳不懂他在說什麼。「底下沒有符號。是平面空白的石頭！」

顯然對棺材箱子裡發出的模糊呼救聲免疫，刺青男子冷靜地走向蘭登的背包，拿出石頭金字塔。接著他轉向凱薩琳舉到她眼前，讓她看見底面。

凱薩琳看見雕刻符號時，驚訝地叫出來。

這……不**可能啊**！

金字塔底部完全覆蓋著精細的雕刻。之前明明沒有**啊**！**我確定**！她不知道這些符號是什麼意思。似乎跨越每一種玄學傳統，包括許多她見都沒見過的。

一團混亂。

「我……不知道這是什麼意思，」她說。

「我也是，」男子說，「幸好我們這裡有個專家。」他看看箱子。「不如我們問問他吧？」他拿著金字塔走向箱子。

短暫瞬間的希望中，凱薩琳以爲他要打開蓋子。但是，他冷靜地坐在箱子上，伸手推開一小塊板子，露出蓋子上的樹脂玻璃小窗。

光線！

蘭登遮住眼睛，瞇起眼看向從上方透進來的光線。眼睛適應之後，希望轉變爲困惑。他透過箱子上像窗子的開口往上看。窗外，他看到白色天花板與螢光燈。

突如其來，刺青臉孔出現在他頭上，俯瞰著他。

「凱薩琳在哪裡?!」蘭登大喊，「放我出去！」

男子微笑。「你的朋友凱薩琳跟我都在這裡，」男子說，「我有權力饒她一命。還有你的命。但是你們時間有限，所以我建議你仔細聽。」

蘭登隔著玻璃聽不太清楚，上漲的水面已經漫到他胸口了。

「你知不知道，」男子問，「金字塔底下有符號？」

「知道！」蘭登大喊，金字塔躺在樓上地板上的時候他見過這些密集排列符號。「可是我不知道是什麼意思！你必須去富蘭克林廣場八號！答案在那邊！頂石是這麼說——」

「教授，你我都清楚中情局在那裡等我。我不打算自投羅網。況且，我不需要街道地址。廣場上只有一棟建築可能扯得上關係——阿瑪斯神殿。」他暫停，低頭注視蘭登。「慈壇社。」

蘭登糊塗了。他很熟悉阿瑪斯神殿，但他忘了就在富蘭克林廣場上。**聖地兄弟會就是……「組織」？他們的神殿在一座祕密階梯上？**毫無任何歷史根據，但是蘭登現在沒心情辯論歷史。「對！」他大喊，「一定沒錯！祕密藏在組織裡！」

「那棟大樓你很熟？」

「當然！」蘭登努力抬頭讓耳朵保持在高漲的水面上。「我可以幫你！放我出去！」

「所以你可以告訴我這座神殿跟金字塔底部的符號有什麼關係？」

「對！讓我看看那些符號！」

「那，好吧。我們看看你能想到什麼。」

快點！溫暖的液體淹到身上，蘭登往上推蓋子，催促男子打開。**拜託！快點！**但是蓋子沒有打開。金字塔底面突然出現，停留在樹脂玻璃窗外。

蘭登驚慌地往上看。

「我想這樣對你夠近了吧？」男子用刺青的雙手拿著金字塔，「想快一點，教授。我猜你剩不到六十秒了。」

102

羅柏·蘭登時常聽說，動物走投無路時，能夠發揮出奇蹟似的力量。然而，當他在箱子裡使盡全力推，一切仍然文風不動。在他周圍的液體持續穩定上升。只剩不到六吋呼吸空間了，蘭登抬起頭停留在剩餘的空氣中。現在他面對著樹脂玻璃窗，眼睛距離石頭金字塔底面只有幾吋，難以理解的雕刻漂浮在他上方。

我看不懂這是什麼意思。

一百多年來隱藏在蠟與石粉的硬化混合物底下，共濟會金字塔的最終銘刻如今裸露在眼前。雕刻是來自各種文化傳統的符號組成正方形陣列——煉金術、占星學、紋章、天使學、魔法、數字、符咒、希臘文、拉丁文。整體而言，這是符號的無政府狀態——材料出自十幾種不同語言、文化與時代的一碗字母雜燴湯。

一團混亂。

符號學者羅柏·蘭登，即使發揮極致的學術解說想像力，也無法理解這個符號方陣解碼之後能夠有什麼意義。**混亂中創造秩序？不可能。**

水面現在淹上了他的喉結，蘭登感到自己的恐懼程度隨

之上升。他繼續拍打水槽。金字塔嘲弄般地盯著他。

慌亂之餘，蘭登鼓起所有殘餘的心智能量專心看這個符號棋盤。**這會是什麼意思？**很不幸，種類似乎太過分歧，他甚至無法想像從哪裡開始。**這些根本不是出自同一個歷史年代啊！**

水箱外，凱薩琳模糊的聲音隱約可聞，聽得出她在哭著哀求放蘭登出來。雖然無法找出對策，死亡的威脅似乎激勵了他身上每一個細胞振作起來。他感覺神志異常地清明，完全超出以往的任何經歷。**快想！**他專心掃視方陣，尋找線索——某種模式、隱藏字、特殊記號，什麼都好——但他只看到互不相干的符號方陣。**混亂**。

每過一秒，蘭登開始感到全身陷入一種詭異的麻木。彷彿肉體在保護他的心智免於死亡的痛苦。水已經快灌進他耳朵裡了，他拚命抬起頭，貼著箱頂蓋子。恐怖的景象開始在眼前閃現。新英格蘭的小男孩在黑暗的井底踩水。男子在羅馬跟骷髏一起困在翻倒的棺材裡。

凱薩琳的叫聲越來越激動。在蘭登聽起來，她是試圖跟瘋子**講道理**——堅持蘭登必須去阿瑪斯神殿才有希望解開金字塔密碼。「那棟大樓顯然握有這個謎題中缺少的碎片！羅柏沒有完整資訊怎麼可能解開金字塔?!」

蘭登感激她的努力，但是他確信「富蘭克林廣場八號」不是指阿瑪斯神殿。**時間順序完全不對！**根據傳說，共濟會金字塔是在十九世紀中葉製作的，比聖地兄弟會成立早了幾十年。其實，蘭登發現，或許當時那個廣場還沒被稱作富蘭克林廣場。頂石不可能指向一個不存在的地址上尚未興建的大樓。不管「富蘭克林廣場八號」指的是什麼……在一八五〇年一定**已經**存在。

不幸的是，蘭登腦中一片空白。

他搜尋記憶資料庫裡可能符合那個時代的東西。**富蘭克林廣場八號？一八五〇年就存在的東西？**蘭登什麼也想不起來。液體已經滴進他耳朵裡。壓抑著自己的驚恐，他盯緊玻璃上的符號方陣。**我看不懂關**

聯！僵化的狂亂中，他的心思飄向各種可能產生的穿鑿附會。

富蘭克林廣場八號……方塊……這個符號方陣也是個方塊……方塊與羅盤是共濟會的符號……共濟會的祭壇是方的……方塊是九十度角。水一直上漲，但是蘭登不理它。富蘭克林八號……八號……這個方塊是八乘八……富蘭克林由八個字母組成……「**The Order**」也有八個字母……8橫著看就是無限的符號……八在數字占卜中代表毀滅……

蘭登想不出來。

水槽外，凱薩琳還在哀求，但是蘭登的聽覺因爲水淹到頭部變得斷斷續續。

「……不知道就不可能……頂石的訊息明白地……祕密藏在裡面——」

後面聽不見了。

水灌進蘭登的耳朵，擋住了凱薩琳最後的聲音。他突然被子宮似的寂靜吞沒，蘭登發現他眞的快死了。

祕密藏在裡面——

凱薩琳最後的聲音迴盪在這墳墓般的死寂中。

祕密藏在裡面……

怪的是，蘭登發現這幾個字他聽過很多次。

祕密藏在……裡面。

即使現在，古代玄祕似乎仍在捉弄他。「祕密藏在裡面」是玄祕的核心信條，鼓勵人類神不在遙遠的天上……而是在自己內心。**祕密藏在裡面**。這是所有玄學大師的訊息。

神的國就在你們裡面，耶穌基督說。

了解你自己，畢達哥拉斯說。

難道你們不知道你們是神，赫密斯·特利斯美吉斯忒斯說。

說都說不完……

歷代所有的玄學教誨都試圖傳達這個概念。**祕密藏在人心**。即使如此，人類還是仰望天空尋找神的面容。這個領悟，對蘭登而言，成爲終極的諷刺。現在，就像先前的許多盲目凡人一樣看著天空，羅柏·蘭登突然看見了光明。

就像五雷轟頂一般。

祕
密藏
在組織裡
富蘭克林廣場八號

一瞬間他全懂了。

頂石的訊息豁然開朗。意義整晚都擺在他面前。頂石的文字，就像共濟會金字塔本身，是個分割密碼——分拆多片的密碼——分開記載的訊息。頂石的意義掩飾得如此簡單，蘭登不敢相信他跟凱薩琳竟然沒發現。

更驚人的是，蘭登現在發現頂石的訊息**確實**透露出如何解讀金字塔底下的符號方陣。實在太簡單了。正如彼得·所羅門說的，黃金頂石是有能力從混亂中創造秩序的強大護身符。

蘭登敲打蓋子大喊，「我知道了！我知道了！」

在他頭上，石頭金字塔向上飄走。刺青臉孔重新出現，令人膽寒的容貌透過小窗盯著他。

「我解開了！」蘭登大喊，「放我出來！」

刺青男子說話時，蘭登被淹沒的耳朵什麼也沒聽見。但是他的眼睛看到嘴唇說出兩個字。「**說吧**。」

「我會的！」蘭登大叫，水幾乎淹到眼睛。「放我出去！我會說明一切！」太簡單了。

男子的嘴唇又動了。「現在說……否則等死。」

水位升上最後一吋的空間，蘭登向後仰頭讓嘴露出水面。這時，溫水淹到他雙眼，模糊了他的視野。他拱著背，嘴貼著樹脂玻璃窗。

然後，利用最後幾秒的空氣，羅柏．蘭登說出了解讀共濟會金字塔的祕訣。

說完之後，液體淹到他嘴邊。蘭登本能地深吸一口氣再閉上嘴巴。瞬間後，液體完全淹沒了他，到達他的墳墓頂端碰觸玻璃窗。

他成功了，馬拉克發現。蘭登想出了如何解讀金字塔。

答案太簡單，太明顯了。

窗戶之下，羅柏．蘭登被淹沒的臉孔用絕望懇求的眼神盯著他。

馬拉克對他搖搖頭，緩緩用唇形說：「謝謝，教授。祝來生愉快。」

103

身為游泳愛好者，羅柏・蘭登經常猜想溺水會是什麼感覺。現在他知道要親身體驗了。雖然他閉氣時間可以超過一般人，但他已經感覺到身體出現缺氧反應。二氧化碳累積在他血液中，帶來強烈本能的吸氣欲望。不要呼吸！吸氣的欲望隨著時間越來越強。蘭登知道很快他就會到達所謂的閉氣臨界點——人再也無法憑自主意識閉氣的關鍵時刻。

打開蓋子！蘭登的本能想要敲打掙扎，但他知道最好別浪費寶貴的氧氣。他只能盯著上方模糊的水面同時抱著希望。外面的世界變成只是玻璃窗外的一小塊光亮。他的體內肌肉開始灼痛，他知道缺氧症來襲了。

突然一個美麗又朦朧的臉孔出現，低頭注視著他。是凱薩琳，她柔和的五官透過水幕看來幾乎像天使。兩人隔著樹脂玻璃窗相望，有一瞬間，蘭登以為自己得救了。**凱薩琳！**然後他聽見她驚恐模糊的哭泣聲，發現她是被綁架者押著。刺青怪物強迫她目睹即將發生的事。

凱薩琳，對不起……

在這個怪異陰暗的地方，困在水中，蘭登痛苦地了解這將是他生命的最後一刻。他很快就會消失……他曾經扮演的角色……或做過……或可能完成的事……都要終結。當他的大腦死亡，灰白質裡的所有記憶，以及他獲得的所有知識，將在一連串化學反應中蒸發消逝。

此刻，羅柏・蘭登真正體會到他在宇宙間的渺小。是一種前所未有的孤獨與謙卑感。幾乎像是解脫，他感覺閉氣臨界點逼近。

他的時辰到了。

蘭登的肺強制排出裡面的廢氣，在吸氣的壓力下崩潰。他還是多撐了一下。最後的一秒鐘。然後，像是無法握住熾熱火爐的人，他把自己交給命運。

本能壓倒了理智。

他的嘴唇張開。

他的肺部擴張。

液體灌了進去。

充滿胸腔的疼痛比蘭登想像的劇烈。液體刺痛著注入他肺裡。瞬間，疼痛向上傳遞到腦中，他感覺頭部像被老虎鉗夾碎。耳中轟然雷鳴，這段過程中，凱薩琳．所羅門在哀嚎。

一道炫目的亮光。

接著是黑暗。

羅柏．蘭登死了。

104

結束了。

凱薩琳．所羅門停止哀號。剛才目睹的溺水讓她情緒緊繃，幾乎因爲震驚與絕望而癱瘓。

樹脂玻璃窗下，蘭登死亡的眼神穿過她凝視著虛無的空間。僵硬的表情充滿痛苦與悔恨。最後幾個小氣泡從他的嘴裡冒出來，然後，彷彿同意放棄他的靈魂，哈佛教授開始慢慢地沉到水槽底……消失在陰影中。

他死了。凱薩琳感覺麻木。

刺青男子向下伸手，無情果斷地關上小窗，把蘭登的屍體封閉在裡面。

然後他對她微笑。「來吧？」

凱薩琳還來不及反應，他將她悲痛的身體扛到肩上，關燈，帶著她走出房間。走了幾步，把她帶到走廊末端，進入似乎沐浴在紫紅色光線中的大房間。房裡有焚香味道。他帶著她來到房間中央的方桌前，粗魯地把她扔在桌上，差點把她撞暈。桌面摸起來粗糙又冰冷。**是石頭嗎？**

凱薩琳剛認清楚方位，男子隨即解開她手腳上的電線。她本能地想要擊退他，但是抽筋的手腳難以回應。他又開始用厚皮帶把她綁在桌上，一條跨過兩膝，第二條跨過腰部，把雙手固定在體側。接著他把最後一條跨過她胸口乳房上方。

一切發生得很快，凱薩琳又無法動彈了。她的手腳因爲血液恢復循環而脹痛。

「張嘴，」男子舔著自己刺青的嘴唇低聲說。

凱薩琳厭惡地咬緊牙關。

男子再次伸出食指緩緩撫摸她的嘴唇，讓她起雞皮疙瘩。她更咬緊牙齒。刺青男子竊笑，用另一隻手找到她脖子上的穴道用力擠壓。凱薩琳的下巴立刻打開。她感覺他的指頭進入嘴裡摸過她的舌頭。她作嘔想要咬它，但是手指已經抽走了。他還在咧嘴笑，舉起潮溼的指尖到她眼前。接著他閉上眼睛，又一遍，把她的唾液塗抹在他頭頂的空白肌膚上。

男子嘆氣，然後緩緩睜開雙眼。忽然，他詭異又冷靜地轉身走出房間。

突來的寂靜中，凱薩琳感覺自己心臟狂跳。在她正上方，一連串罕見的燈組似乎設定成從紫紅到深紅，照亮著房間低矮的天花板。當她看見天花板，也只能盯著而已。每一吋平面都覆蓋著繪畫。頭上的惱人拼貼似乎在描繪天體。恆星、行星與星座混合著占星符號、表格與方程式。有些箭頭預測橢圓形軌道，幾何符號顯示出天體上升的角度，各種星座生物俯瞰著她。看起來活像哪個瘋狂科學家改造了西斯汀教堂。

凱薩琳轉頭看別的地方，但她左邊的牆壁也好不到哪裡去。一系列中世紀風格燭臺上的蠟燭在牆上映出閃爍的光芒，牆面貼滿了一頁頁的文字、照片與繪畫。某些紙張看起來像古書上撕下來的莎草紙或羔皮紙；其餘的顯然來自較新的文本；混合了照片、繪圖、地圖與公式；這些東西全部像是精心設計黏到牆上的。大頭釘牽著細線像蜘蛛網般互相連接各物件，營造出無限混亂的可能性。

凱薩琳再轉頭，看往另一個方向。

很不幸，這是最嚇人的景象。

她被綁著的石桌旁邊放著一個小檯子，讓她立即聯想起醫院手術室的儀器桌。檯子上放著許多東西——其中包括針筒、裝暗色液體的試管……與一把獸骨握柄的大刀子，刀鋒閃著粗鐵被磨得異常發亮的光芒。

天啊……他想對我做什麼？

105

中情局系統安全專家瑞克·帕瑞許終於跑進諾拉·凱伊的辦公室，拿著一張紙。

「怎麼耽誤了那麼久?!」諾拉問。**我叫你立刻過來的!**

「抱歉，」他說，推推大鼻子上的厚眼鏡。「我想幫妳多收集一些資料，可是——」

「你有什麼就先拿來。」

帕瑞許交給她列印稿。「只是省略版，但是妳看得出重點。」

諾拉驚奇地閱讀這張紙。

「我還在查駭客是怎麼混進來的，」帕瑞許說，「不過看起來好像傀儡搜尋程式綁架了我們的搜尋——」

「**那不重要!**」諾拉脫口而出，從紙上抬頭看他。「中情局怎麼會扯上有金字塔、古代入口跟刻字密碼的機密檔案?」

「所以我才花了這麼久。我想看駭客的目標是**什麼**文件，所以追蹤檔案路徑。」帕瑞許停頓一下，清清喉嚨。「原來這個文件是指名給……中情局局長本人的。」

諾拉轉身，懷疑地盯著他。**佐藤的上司有個關於共濟會金字塔的檔案?**她知道現任局長，加上許多其他中情局高階主管，是共濟會高層幹部，但諾拉無法想像他們會把共濟會的祕密存在中情局電腦上。

話說回來，想想她二十四小時以來看到的東西，沒什麼不可能的事。

辛金斯探員俯臥著，躲在富蘭克林廣場的樹叢裡。他的眼睛盯著阿瑪斯神殿的柱廊式入口。**沒有動**

靜。裡面沒有燈光，也沒有人接近門口。他轉頭看看貝拉米。他正獨自在公園中央踱步，看起來很冷。**眞的**很冷。辛金斯看得出他在搖晃發抖。

他的電話震動起來。是佐藤。

「我們的目標遲到了多久？」她問。

辛金斯看他的錶。「目標說二十分鐘。現在過了快四十分鐘了。不太對勁。」

「他不會來了，」佐藤說，「結束了。」

辛金斯知道她是對的。「哈特曼有沒有消息？」

「沒有，他去卡洛拉瑪高地之後就沒有回報。我聯絡不上他。」

辛金斯全身僵硬。如果是眞的，**絕對**是出事了。

「我剛找了外勤支援，」佐藤說，「他們也找不到他。」

完了。「他們有沒有車子的ＧＰＳ定位？」

「有。卡洛拉瑪高地的住宅區地址，」佐藤說，「召集你的人。我們要撤了。」

佐藤掛斷電話，眺望著國家首都的壯觀天際線。一陣寒風吹過她輕薄的外套，她雙手抱胸盡力保暖。井上佐藤處長不是經常感覺冷……或恐懼的女人。但是此刻，兩者她都感受到了。

106

馬拉克只穿著絲質兜襠布衝上斜坡，經過鋼鐵門，出了畫框進入他的客廳。**我必須快點準備**。他看看玄關裡的中情局探員屍體。**這個家已經不安全了**。

一手抱著石頭金字塔，馬拉克直接走上二樓書房，坐在筆記電腦前面。他登入時，想到樓下的蘭登，猜想著不曉得經過多少天甚至多少星期，祕密地下室的泡水屍體才會被發現。反正沒差別。到時候馬拉克早就走了。

蘭登的角色扮演得……非常完美。

蘭登不僅重新組合了兩塊共濟會金字塔，還想出了如何解讀底面的神祕符號方陣。乍看之下，這些符號似乎無法解讀……但是答案很簡單……就在他們面前。

馬拉克的電腦恢復機能，螢幕顯示著他稍早收到的同一封e-mail——發亮頂石的照片，被華倫·貝拉米的手指遮住一部分。

祕

密藏

在組織裡

富蘭克林廣場[redacted]

富蘭克林廣場……**八號**，凱薩琳告訴過馬拉克。她也承認中情局探員正在富蘭克林廣場盯梢，希望活捉馬拉克並查出頂石指的是**哪個**組織。共濟會？聖地兄弟會？玫瑰十字會？

以上皆非，馬拉克現在知道。**蘭登看到了眞相**。

十分鐘前，被水淹到臉上，哈佛教授想出了解讀金字塔的關鍵。「富蘭克林八號方塊！」他眼神驚恐地大喊，「祕密藏在富蘭克林八號方塊裡！」

起先，馬拉克不懂他的意思。

「那不是地址！」蘭登的嘴巴貼著樹脂玻璃窗大喊，「富蘭克林八號方塊！是**魔**法方塊！」然後他說到什麼亞伯雷特．杜勒……還有金字塔的第一道密碼是解開最後一道的線索。

馬拉克很熟悉魔法方塊——早期玄學家稱之爲kameas。古籍《奧祕哲學》（*De Occulta Philosophia*）詳細描述過魔法方塊的神祕力量與根據數字的魔法方塊設計強力符咒的方法。現在蘭登又告訴他魔法方塊就是解開金字塔底部密碼的關鍵？

「你需要八乘八的魔法方塊！」教授用全身唯一露出水面的嘴唇大喊，「魔法方塊是用**號**（order）來分類！三乘三方塊就是『三號』！四乘四方塊就是『四號』！你需要一個『八號』！」

液體快要完全吞沒蘭登了，教授匆忙吸了最後一口氣，大喊著有個出名的共濟會會員……美國開國元動……科學家、玄學家、數學家、發明家……還創作了至今仍以他命名的神祕kamea。

富蘭克林。

靈光一閃，馬拉克知道蘭登說得對。

馬拉克充滿期待地屏住呼吸，上樓坐在電腦前。他迅速地跑了個網路搜尋，收到幾十個鏈結，點選一個，開始閱讀。

富蘭克林八號方塊

歷史上最知名的魔法方塊之一就是一七六九年美國科學家班哲明・富蘭克林發表的八號方塊，因為包含前所未見的「扭曲斜向加總」而聞名。富蘭克林對這個玄祕技藝的執迷多半因為他認識當時許多偉大的煉金術士與玄學家，以及他對占星學的信仰，據此衍生出他在《窮理查年鑑》（*Poor Richard's Almanack*）中的預言。

52	61	4	13	20	29	36	45
14	3	62	51	46	35	30	19
53	60	5	12	21	28	37	44
11	6	59	54	43	38	27	22
55	58	7	10	23	26	39	42
9	8	57	56	41	40	25	24
50	63	2	15	18	31	34	47
16	1	64	49	48	33	32	17

馬拉克研究富蘭克林的聞名創作——數字1到64精心安排——每一行、一列跟斜角加起來都是同樣的神奇數字。**祕密藏在富蘭克林八號方塊裡。**

馬拉克微笑。他興奮得顫抖，拿起石頭金字塔翻過來，查看底面。

這六十四個符號必須重新組織排列成不同的順序，順序定義就是富蘭克林的魔法方塊。雖然馬拉克無法想像這個混亂的符號方陣換個順序就會突然有什麼意義，但他對古人的說法有信心。

Ordo ab chao。

他心跳加快，拿出一張紙迅速畫出空白的八乘八方格。然後他開始依照新定義的位置逐一填入符號。令他驚訝的是，這個方陣幾乎立刻顯出了意義。

混亂中的秩序！

他完成了整個解碼，懷疑地盯著面前的答案。規律的圖像浮現了。混亂的方陣變形了……重新組織……馬拉克雖然無法掌握**整個**訊息的意義，但他了解得夠了……足以知道他前進的方向。

金字塔會指出道路。

方塊指向世界上最神祕的地點之一。真不可思議，正是馬拉克向來幻想他會完成旅程的同一個地點。

這是命運。

107

凱薩琳．所羅門背後的石桌感覺好冷。

羅柏死亡的駭人影像持續在她心裡翻騰，還有關於她哥哥的念頭。**彼得也死了嗎？**附近桌上的怪刀子一直讓她想起自己也可能面臨的下場。

眞的萬事皆休了？

眞奇怪，她的思緒突然轉到她的研究……知性科學……以及她最近的突破。**全沒了……化爲雲煙**。她永遠無法跟全世界分享她發現的一切了。她最驚人的發現就在幾個月前，結果有可能重新定義人類對死亡的觀念。不知何故，現在想起那個實驗……帶給她一種意外的安慰。

小時候，凱薩琳．所羅門經常猜想死後有沒有生命。**天堂存在嗎？我們死後會怎樣？**年齡漸長，她研習的科學很快抹滅了對天堂、地獄或來生的浪漫幻想。她漸漸接受，「死後的生命」概念是人類虛構的……用來掩飾我們生命有限這個嚇人事實的童話故事。

至少我相信如此……

一年前，凱薩琳和她哥哥討論過一個哲學上最恆久的問題——人類靈魂是否存在——尤其是人類是否擁有某種能在肉體**之外**存在的意識。

兩人都覺得人類靈魂**可能**存在。大多數古代哲學都同意。佛教與婆羅門教的智慧都支持輪迴轉世——靈魂在死後轉變成一個新的實體；柏拉圖信徒把身體定義成靈魂逃離的「牢籠」；而斯多噶學派把靈魂稱作 apospasma tou theu——「神的微粒」——認爲死後就會被神召回。

凱薩琳失望地認爲，人類靈魂的存在或許是永遠無法以科學驗證的概念。證實死後意識存在於肉體之外，就像呼出一口煙希望在幾年後找到它。

討論之後，凱薩琳有個怪想法。她哥哥提到《舊約．創世紀》把靈魂描述爲Neshemah——某種不同於身體、精神上的「智識」。凱薩琳想到智識這個字暗示著有思想存在。知性科學明確暗示思想是有質量的，所以可以合理推測，人類靈魂也是有質量的。

我能秤出靈魂的重量嗎？

當然，這個念頭不可能實現……連考慮都不用考慮。

三天後凱薩琳突然從沉睡中醒來，在床上坐直身子。她跳起來，開車到實驗室，立刻動手設計一個簡單得驚人……又大膽得嚇人的實驗。

她不知道能否行得通，她決定在工作完成之前不告訴彼得這個想法。花了四個月，但凱薩琳終於把哥哥帶到了實驗室。她推出來一直藏在後面儲藏室的一件大型儀器。

「我自己設計建造的，」她說，讓彼得看她的發明。「猜猜看？」

她哥哥盯著這部怪機器。「早產兒保溫箱？」

凱薩琳大笑著搖頭，這倒是個合理的猜測。機器看起來確實有些像醫院常見的早產兒透明保溫箱。不過這部機器是成人尺寸——長形、氣密、透明塑膠艙，像是未來的人工冬眠艙。底下是一個大型電子儀器。

「看看這樣你能不能猜得到，」凱薩琳說，把新發明插上電源。機器上的數位顯示幕亮起，她小心地調整一些開關時，數字跳來跳去。

完成之後，螢幕上顯示著：

0.00000000000 公斤

「是秤？」彼得疑惑地問。

「可不是普通秤。」凱薩琳從附近桌上拿了一小張紙輕輕放在密閉艙上。顯示數字又跳了一會兒，然後停在新的讀數。

0.0008194325 公斤

「高精密度微量天平，」她說，「可以精密到幾毫克。」

彼得還是不懂。「妳造了個精密的秤來……秤人？」

「沒錯。」她掀起機器上的透明艙蓋。「如果我把一個人放進這個艙關起蓋子，這個人就在密閉的系統裡。沒有任何東西能進出。氣體，液體，灰塵微粒都不行。沒有東西能逃出去——此人呼出的空氣，蒸發的汗水，體液，什麼都不行。」

彼得伸手摸摸頭上濃密的灰髮，凱薩琳知道那是他緊張時的動作。「嗯……顯然人關在那裡面很快就會死掉。」

她點頭。「六分鐘左右，看他們的呼吸速度而定。」

他轉向她。「我不懂。」

她微笑道。「你會的。」

凱薩琳丟下機器，帶彼得進入方塊的控制室，讓他坐在電漿螢幕牆前面。她開始打字叫出儲存在雷射硬碟上的許多影片檔案。牆上螢幕亮起，他們眼前的畫面看起來像家用攝影機影片。鏡頭橫移拉過一個簡單的臥室，有張凌亂的床、藥罐子、人工呼吸器、心電儀。彼得疑惑地看著鏡頭移動，終於在房間中央，拍到凱薩琳的新發明。

彼得瞪大雙眼。「這是……？」

透明的艙蓋開著，一個戴氧氣罩的老人躺在裡面。他的老婆跟一名慈善義工站在睡眠艙邊。老人的呼吸沉重，雙眼緊閉著。

「艙裡的人是我在耶魯的科學老師，」凱薩琳說，「他跟我一直都有聯絡。他生了重病。他老是說他要捐贈遺體給科學實驗，所以我向他解釋了這個實驗的概念，他立刻同意參加。」

彼得顯然驚訝得說不出話，只是盯著面前的景象推演。

慈善義工轉向他妻子說。「時候到了。他準備好了。」

老太太擦擦淚濕的雙眼，堅定冷靜地點頭。「ＯＫ。」

義工非常溫柔地伸手到艙內，摘掉老人的氧氣罩。老人微微發抖，但是雙眼仍然閉著。義工把呼吸器跟其他裝備推開到一旁，讓艙內的老人完全隔離在房間中央。

垂死老人的妻子走向透明艙，彎腰低頭，輕吻她丈夫的額頭。老人沒有睜眼，但是嘴唇微動，非常輕微，露出微弱慈愛的微笑。

沒有氧氣罩，老人的呼吸迅速變得更加吃力。他顯然快死了。憑著令人讚嘆的力量與冷靜，老人的妻子慢慢放下透明艙蓋密封，如同凱薩琳教她的做法。

彼得緊張地後退。「凱薩琳，這是在幹什麼?!」

「沒問題的，」凱薩琳低聲說，「艙裡有很多空氣。」這段影片她看過幾十次了，但還是讓她脈搏加快。

她指著老人密閉艙下面的秤。電子數字顯示：

51.4534644公斤

「那是他的體重，」凱薩琳說。

老人的呼吸更加急促，彼得向前傾，一動也不動。

「這是他的願望，」凱薩琳低聲說，「注意看。」

老人的妻子退後坐到床上，與慈善義工默默看著。

接下來六十秒，老人呼吸越來越急促，直到突然間，彷彿他自己選了時刻，他呼出最後一口氣。一切都停止。

結束了。

妻子與義工默默地互相勸慰。

沒有別的動靜。

幾秒後，彼得不解地看看凱薩琳。

等等，她想著，把彼得的視線導回密閉艙的數位畫面，它還在默默發光，顯示著死人的重量。

然後就發生了。

彼得看到時嚇得倒退，幾乎跌下椅子。「可是……那……」他震驚地捂著嘴。「我……」

偉大的彼得·所羅門很少有詞窮的時候。凱薩琳前幾次看到的反應也跟他類似。

老人死後片刻，秤上的數字突然減少。老人死後馬上變輕了。改變的重量很微小，但可以測量出來……其中暗示令人非常驚愕。

凱薩琳還記得當時用顫抖的手寫下她的實驗日誌：「似乎有一種隱形的『物質』在死亡的時刻離開人體。它具有不受肉體障礙的可量化質量。我不得不假設它跑到另一個我無法認知的次元去了。」

從兄長臉上震驚的表情，凱薩琳知道他懂得其中暗示。「凱薩琳……」他結巴地說，猛眨灰眼睛像在確認自己不是作夢。「我想妳剛秤出了靈魂的重量。」

兩人默默相對許久。

凱薩琳察覺哥哥正在試著理解一切嚴肅又神奇的後果。**這需要時間**。如果他們剛目睹的事確實像看起來一樣——也就是，生命力的靈魂或意識可以移出體外的證據——那麼無數玄學問題都獲得了驚人的新解釋：輪迴轉生、宇宙意識、瀕死經驗、靈體投射、遙視、清晰的夢境，不勝枚舉。醫學期刊充滿了病患死在手術檯上，從上空看見自己的身體，然後又被救活的故事。

彼得默不作聲，凱薩琳看見他眼中含淚。她了解。她也哭過。彼得和凱薩琳都失去過關愛的人，對任何經歷類似的人，即使人類靈魂死後不滅的最輕微暗示也能帶來一絲希望。

他在想柴克瑞，凱薩琳想，認出她哥哥眼中深沉的憂鬱。多年來彼得一直背負著害死兒子的責任。他告訴過凱薩琳許多次，把柴克瑞留在獄中是他畢生最大的錯誤，他永遠沒有辦法原諒自己。

摔門聲吸引了凱薩琳的注意，突然她又回到了地下室，躺在冰冷的石桌上。斜坡頂端的金屬門大聲關上，刺青男子又回來了。她聽見他進入走道旁一個房間，在裡面做了什麼，然後繼續往她所在的房間走來。他進門時，她看見他身前推著什麼東西。沉重……有輪子的東西。當他走進光線中，她不敢置信地盯著。刺青男子推著輪椅上的一個人。

理智上，凱薩琳的腦子認得椅子上那個人。但是情感上，她的心簡直無法接受她看到的景象。

彼得？

她不知道該因為哥哥仍然活著而感到喜悅……或是驚恐。彼得全身上下被剃得光溜溜。他濃密的銀髮全沒了，眉毛也是，光溜溜的皮膚像是抹了油似的發亮。他穿著黑絲袍。他原本右手所在的位置空了，包著乾淨嶄新的繃帶。她哥哥痛苦的雙眼望著她，充滿悔恨與哀傷。

「彼得！」她的聲音沙啞。

他想講話，但是只發出模糊的悶哼聲。凱薩琳這才發現他被綁在輪椅上而且塞著嘴巴。

刺青男子伸手輕輕撫摸彼得的光頭。「我爲令兄保留了一份莫大的榮耀。他今晚有個角色要扮演。」

凱薩琳全身僵硬。不要……

「彼得跟我很快就要離開，但是我想妳會想要道別。」

「你要帶他去哪裡？」她虛弱地說。

他微笑。「彼得跟我必須去一座聖山。寶藏就在那邊。共濟會金字塔已經透露了位置。妳朋友羅柏・蘭登幫上了大忙。」

凱薩琳看著她哥哥的眼睛。「他殺了……羅柏。」

她哥哥的表情痛苦地扭曲，猛烈搖頭，像是無法承受更多痛苦了。

「小心，小心，彼得，」男子又摸著彼得的頭皮說，「別讓這件事搞壞了氣氛。向你妹妹說再見吧。這是你最後的家庭聚會。」

凱薩琳感覺她的心智焦急萬分。「你爲什麼要這樣?!」她對他大吼，「我們哪裡得罪你了?!你爲什麼這麼恨我們全家?!」

刺青男子過來把嘴湊到她耳邊。「我有我的理由，凱薩琳。」

接著他走到一旁桌子，拾起那把怪刀子，拿到她面前用發亮的刀鋒摸過她臉頰。「這可能是歷史上最有名的一把刀。」

凱薩琳不認得什麼有名的刀，但是它看起來不祥又古老。刀鋒像剃刀一般銳利。

「別擔心，」他說，「我不打算把它的力量浪費在妳身上。我要保留到一個更神聖的地方……給另一件更重要的犧牲。」他轉向她哥哥。「彼得，你一定認得這把刀吧？」

她哥哥恐懼又懷疑地睜大雙眼。

「對，彼得，這件古代聖物仍然存在。我花了不少錢才弄到手……特地留給你用的。終於，你我可以一起完成這段痛苦的旅程了。」

語畢，他小心地用一塊布包住刀子與其他東西——香料，裝液體的試管，白色絲緞與其他儀式用品。然後把包裹放進羅柏．蘭登的皮背包，跟共濟會金字塔與頂石一起。凱薩琳無助地看著男子拉上蘭登背包的拉鍊，轉向她哥哥。

「彼得，幫我拿著好嗎？」他把沉重的背包放在彼得大腿上。

接著，男子走向一個抽屜開始翻找。她聽見小金屬物品碰撞聲。當他回來，他抓住她右臂，穩住。凱薩琳看不見他在做什麼，但彼得顯然可以，他又開始劇烈掙扎。

凱薩琳突然感到臂彎右肘一陣劇痛，一股詭異的暖流流下來。彼得發出痛苦鬱悶的聲音，徒勞地想要從輪椅上站起來。凱薩琳感到一陣冰冷的麻木蔓延到手肘下的整個前臂跟指尖。

當男子走開，凱薩琳才發現為什麼她哥哥這麼驚恐。刺青男子用針頭插入她的血管，像捐血似的。但是針頭沒有連接到管子。她的血只是源源不絕地冒出來……流過手肘與前臂，流到了石桌上。

「人體沙漏，」男子轉向彼得說，「再過不久，當我要求你扮演你的角色，我要你想著凱薩琳……孤獨死在這裡的黑暗中。」

彼得的表情痛苦至極。

「她會活著，」男子說，「大約一小時。如果你乖乖合作，我會有足夠時間回來救她。當然，如果你有任何抗拒……你妹妹就會獨自死在黑暗中。」

彼得隔著塞嘴布發出模糊的怒吼。

「我知道，我知道，」刺青男子一手按著彼得的肩膀說，「這對你很困難。其實不用。畢竟，這不是你第一次拋棄家人了。」他暫停一下，彎腰在彼得耳邊說。「當然，我說的是你在索甘利克監獄的兒子柴克瑞。」

彼得又在捆綁下掙扎，隔著嘴裡的布發出模糊的叫聲。

「住手！」凱薩琳大喊。

「那晚我記得很清楚，」男子邊收拾邊嘲弄他，「我全都聽見了。典獄長提議釋放你兒子，但你選擇給柴克瑞一個教訓……拋棄了他。你兒子可真的學到教訓了，不是嗎？」男子微笑。「他的損失……是我的收穫。」

男子又拿出一塊亞麻布塞進凱薩琳嘴裡。「死亡，」他對她低語，「應該是件安靜的事。」

彼得拚命掙扎。刺青男子一言不發，慢慢推著彼得的輪椅退出房間，讓彼得看他妹妹最後一眼。

凱薩琳和彼得最後一次四目交投。

然後他走了。

凱薩琳聽見他們走上斜坡經過金屬門。他們出去之後，她聽見刺青男子鎖上金屬門，繼續走過三女神油畫。幾分鐘後，她聽見汽車發動聲。

然後屋裡一片寂靜。

孤伶伶在黑暗中，凱薩琳躺著流血。

108

羅柏·蘭登的心智漂浮在無底的深淵中。
沒有光線。沒有聲音。沒有感覺。
只有無窮寂靜的空虛。
柔軟。
無重力。
他的肉體釋放了他。他無拘無束。
物質世界不再存在。時間也不存在。
現在他是純粹的意識……懸浮在廣大宇宙的虛空中，一個沒有肉體的知覺。

109

改裝的UH-60低空掠過卡洛拉瑪高地一大片屋頂上空，呼嘯前往支援團隊提供的座標位置。辛金斯探員第一個看見隨意停在別墅前草坪上那輛黑色休旅車。車道的大門關著，屋裡又黑又安靜。

佐藤示意降落。

直升機重重降落在前院草坪的車輛之間……其中一輛保全車的警示燈還在閃動。

辛金斯與隊員跳出來，掏出武器，衝上門廊。發現前門鎖著，辛金斯圈起雙手從窗戶往裡面窺探。玄關很暗，但辛金斯看見地板上有個模糊的人影。

「我操，」他低聲說，「是哈特曼。」

一名探員抓起門廊上的椅子砸破門上的小窗。玻璃破裂聲在後方直升機引擎噪音下幾乎聽不見。幾秒後，他們都進去了。辛金斯衝到玄關跪下來查看哈特曼的脈搏。完全沒有。到處都是血。接著他看見插在哈特曼喉嚨的螺絲起子。

天啊。他站起來向手下示意開始全面搜查。

探員們散開去搜索一樓，雷射瞄準器照著豪華別墅裡的黑暗。

在客廳與書房沒有發現，但是他們很驚訝地在餐廳裡發現了被勒斃的女保全員。辛金斯很快放棄了羅柏・蘭登與凱薩琳・所羅門生還的希望。這個殘暴的兇手顯然設下了陷阱，如果他能幹掉中情局探員跟武裝的保全警衛，那教授跟科學家似乎是沒指望了。

一樓肅清之後，辛金斯派兩個人去搜樓上。同時，他在廚房發現一道通往地下室的階梯。他走下樓梯，打開電燈。地下室寬敞又乾淨，像是很少使用。鍋爐，裸露的水泥牆，幾個箱子。這裡沒東西。辛金斯走回廚房，同時他的手下也從二樓下來。大家都搖搖頭。

房子被丟棄了。

沒人在家。也沒有其他屍體。

辛金斯用無線電報告佐藤清查完畢與不幸的消息。

當他走到玄關，佐藤已經爬上了門廊階梯。華倫．貝拉米在她後方，單獨茫然地坐在直升機上，佐藤的鈦合金手提箱放在他腳邊。保安處長的安全筆電可以讓她透過加密衛星連線存取全球中情局電腦系統。今晚稍早，她用這台電腦讓貝拉米看了某些資訊，嚇得他全力配合。辛金斯不曉得貝拉米看到什麼，不管是什麼，此後建築師就一副嚇呆的樣子。

佐藤走進玄關，停頓片刻，低頭看看哈特曼的屍體。然後，她抬頭看著辛金斯。「沒找到蘭登跟凱薩琳？或是彼得．所羅門？」

辛金斯搖頭。「如果他們還活著，一定被他帶走了。」

「屋裡有沒有看到電腦？」

「有，女士。在辦公室裡。」

「帶我去。」

辛金斯帶著佐藤離開玄關進入客廳。華麗的地毯灑滿了被砸破的窗玻璃。他們走過壁爐、一大幅油畫跟幾座書架來到辦公室門口。辦公室有木材裝潢，古董書桌上擺著大型電腦螢幕。佐藤走到書桌後方看看螢幕，立刻繃起臉。

「可惡，」她低聲說。

辛金斯也繞過來看螢幕。是空白的。「有什麼不對？」

佐藤指著桌上一個空的連接埠。「他是用筆電。被他帶走了。」

辛金斯沒聽懂。「他有妳想看的資訊嗎？」

「不，」佐藤口氣凝重地回答，「他有的資訊我不希望任何人看到。」

樓下的祕密地下室裡，凱薩琳．所羅門聽見直升機聲音與隨後的玻璃破碎聲、沉重的靴子踩在她頭上的地板。她想呼救，但是嘴被塞住叫不出來。她幾乎發不出聲音。越用力嘗試，血從手肘流得越快。

她感覺喘不過氣，有點暈眩。

凱薩琳知道必須冷靜。**快動腦**，凱薩琳。集中全部注意力，她讓自己進入冥想狀態。

羅柏．蘭登的心智飄浮在空蕩蕩的空間裡。他凝視無盡的虛空，尋找任何參考點。什麼也沒看見。

完全黑暗。完全沉默。完全平靜。

甚至沒有地心引力告訴他那邊是上面。

他的身體不見了。

我一定是死了。

時間似乎重疊在一起，伸展又收縮，好像在這個地方失去了方向。他完全不清楚經過了多久。

十秒？十分鐘？十天？

但是突然，好像遙遠的銀河系發生了大爆炸，記憶開始浮現，像連串震波越過廣大的空虛湧向蘭登。

突然，羅柏．蘭登開始想起來了。影像穿過他……清晰又可怕。他抬頭盯著一張佈滿刺青的臉。一雙強壯的手抬起他的頭砸在地板上。

疼痛爆發……然後一片漆黑。

灰色光線。

脹痛。

一絲絲的記憶。蘭登半暈半醒，被人拖著，下沉，下沉，下沉。抓他的人正在念念有詞。

Verbum significatium……**Verbum omnificum**……**Verbum perdo**……

110

佐藤處長獨自站在書房裡，等著中情局衛星顯像部門處理她的要求。在首都圈工作的好處之一就是有大量衛星覆蓋。幸運的話，其中一枚可能今晚碰巧拍到這棟房子……或許捕捉到半個小時內車子離開的畫面。

「抱歉，女士，」衛星技師說，「今晚沒有涵蓋那些座標。您要提出改道需求嗎？」

「謝謝，不用。太遲了。」她掛斷電話。

佐藤嘆氣，現在不知道該怎麼查出目標跑到哪裡去了。她走出來到了玄關，手下正把哈特曼探員的屍體裝袋，扛到直升機上。佐藤已經命令辛金斯探員召集人手準備回蘭利，但是辛金斯四肢著地趴在客廳裡。看起來好像身體不適。

「你沒事吧？」

他抬頭，露出怪異的表情。「妳看到沒有？」他指著客廳地面。

佐藤走過來低頭看地毯。她搖搖頭，什麼也沒發現。

「蹲下來，」辛金斯說，「看地毯的絨毛。」

她照做。片刻之後她看到了。地毯的纖維好像被剪短了……沿著兩條直線倒下，彷彿什麼沉重物品的輪子曾經滾過室內。

「怪的是，」辛金斯說，「痕跡通往的位置。」他指著。

佐藤的眼光跟著微弱的平行線痕跡越過客廳地毯。痕跡似乎消失在一幅掛在壁爐旁邊、地板到天花板的大型油畫底下。**怎麼回事？**

辛金斯走到油畫前試著從牆上取下來。文風不動。「固定住了，」他說，用手指沿著邊緣摸索。「等等，下面有東西……」他的手指摸到底緣一個小把手，發出喀啦一聲。

佐藤上前，辛金斯推開畫框，整幅畫繞著中軸緩緩旋轉，好像旋轉門。

他舉起手電筒照進裡面的黑暗空間。

佐藤瞇起眼睛。有線索了。

在短走道的盡頭有扇厚重的金屬門。

蘭登心中透過黑暗湧來的回憶來了又去。緊接而來，一串紅熱的火花在旋轉，還有同樣詭異遙遠的低語。

Verbum significatium……Verbum omnificum……Verbum perdo。

吟唱聲持續不斷，像中世紀單調低沉的頌歌。

Verbum significatium……Verbum omnificum。這些字眼迴盪在虛空中，清晰的聲音在他周圍回響。

啓示……富蘭克林……啓示……文字……啓示……

突如其來，遠處傳出一個哀傷的鐘聲。鐘一直響，越來越大聲，越來越急促，彷彿希望蘭登能夠理解，催促著他的心智跟隨。

111

鐘塔的鐘聲整整響了三分鐘，懸在蘭登頭上的水晶吊燈隨之叮噹作響。幾十年前，他也在菲利浦・埃克塞特學院這座備受喜愛的集會廳聽過演講。但是今天，他是來聽一位老朋友向學生演講。燈光滅暗之後，蘭登坐在最後一排座位，歷任校長畫像底下。

聽眾鴉雀無聲。

黑暗中，一個高大陰暗的身影走過舞台站到講壇後。「早安，」沒有臉孔的聲音低聲向麥克風說。大家坐直身子，努力想看清楚是誰在說話。

一部幻燈片投影機亮起來，映出一張褪色的深褐色照片——有紅色砂岩門面、高聳方塔與哥德式裝飾的壯觀城堡。

陰影又說。「誰能告訴我這是哪裡？」

「英國！」一個女生在黑暗中大聲說，「這個門面融合了早期哥德式與晚期羅馬式風格，造就了典型的**諾曼式**城堡，大約是在十二世紀的英格蘭。」

「哇，」無臉聲音回答，「有人很熟悉建築史喔。」

底下竊竊私語。

「很可惜，」陰影補充，「位置差了三千哩，時代也差了五百年。」

全場抬頭觀望。

投影機又秀出一張相同建築、不同角度的現代全彩照片。城堡的塞內加溪砂岩高塔占據了前景，但是在背景中，近得驚人之處，豎立著美國國會大廈壯麗的白色柱子圓頂。

「等等！」女生大叫，「在華府有諾曼式城堡？」

「從一八五五年開始，」聲音回答，「就是下一張照片拍攝的時候。」

新的幻燈片出現——黑白室內照片，描繪出巨大的圓頂宴會廳，裡面擺設了動物骨架、科學展示櫃、裝生物標本的玻璃罐、考古學發掘物與史前爬蟲類的塑膠模型。

「這座美麗的城堡，」聲音說，「是美國第一座眞正的科學博物館。某個有錢的英國科學家送給美國的禮物，就像我們的開國元勳，他認爲我們這個新生的國家可能成爲啓蒙之地。他留給我們開國元老一大筆錢，請他們在國家的中心建立『一座培養與傳遞知識的設施』。」他停頓半晌。「有誰知道這位慷慨的科學家是誰？」

前排一個羞怯的聲音說，「詹姆士．史密森？」

聽眾傳出恍然大悟的低語。

「確實是史密森，」舞台上的人回答。彼得．所羅門走進燈光下，灰眼珠閃著戲謔的光芒。「早安。我是彼得．所羅門，**史密森機構**的祕書長。」

學生們爆出熱烈掌聲。

在陰影中，蘭登敬佩地看著彼得用史密森學會早期歷史的照片導覽擄獲年輕人的心。一開始是史密森城堡，地下實驗室，排列各式展覽品的走廊，充滿軟體動物的展示室，自稱「介殼類監護人」的科學家，甚至城堡內最受歡迎的昔日居民——一對叫做傳遞與培養的貓頭鷹舊照片。半小時幻燈秀的最後一張是壯觀的國家廣場衛星照片，現在排列著巨大的史密森機構旗下博物館。

「正如我一開始說的，」所羅門的結論說，「詹姆士．史密森和我們的開國元老規劃我們偉大的國家成爲啓蒙之地。我相信今天他們會引以爲傲。偉大的史密森機構已經成爲美國核心的科學與知識象徵。它是對開國元老們的美國夢最活生生、永不停息的致敬——建立在知識、智慧與科學原則上的國家。」

所羅門關掉投影機，又一陣熱烈掌聲。大燈亮起，還有幾十隻手舉起來想要發問。

所羅門點出中央一個紅髮小男生。

「所羅門先生？」男生有點疑惑地說，「你說我們的開國元老逃離歐洲的宗教迫害，建立了一個基於促進科學之原則的國家。」

「沒錯。」

「可是……在我印象中，開國元老們都是虔誠的人，把美國建立為基督教國家。」

所羅門微笑。「小朋友，不要誤會，開國元老們都是很虔誠的人，但他們是自然神論者——相信上帝，但是以共通與開明的方式。他們提倡的唯一宗教理想就是宗教自由。」他拔出講壇上的麥克風走到舞台邊緣。「美國開國元老們期望建立一個心靈啓蒙的烏托邦，思想自由、教育普及跟科學進展將會取代過時的宗教迷信帶來的黑暗。」

後排一個金髮女生舉手。

「是？」

「先生，」女生舉起她的手機說，「我在網路上研究過你，維基百科說你是有名的共濟會成員。」

所羅門舉起他的共濟會戒指。「我可以幫你省一點傳輸費的。」

學生們大笑。

「呃，那麼，」女生有點遲疑地說，「你剛提到『過時的宗教迷信』，我覺得如果有人在提倡過時的迷信……似乎就是共濟會。」

所羅門似乎毫不驚訝。「哦？怎麼說？」

「呃，我讀過很多共濟會的資料，我知道你們有很多奇怪的古老儀式跟信仰。這篇網路文章還說共濟會相信某種古代神奇智慧的力量……可以讓人提升到神的領域？」

所有人轉頭盯著小女生，以爲她發瘋了。

「其實，」所羅門說，「她說的沒錯。」

孩子們回頭面向前方，瞪大眼睛。

所羅門忍住笑意問這個女生，「維基百科的智慧有沒有說那是怎樣的神奇知識？」

女生顯得有點不安，但她開始念出網站內容。「『爲了確保這份強大的智慧不被俗人利用，早期智者用密碼寫下他們的知識……把重大事實蒙上符號、神話與寓言的隱喻式語言。直到今天，**編碼**的智慧仍充滿我們身邊……在我們的歷代神話、藝術與深奧的文本中。很不幸，現代人已經喪失解讀這個複雜符號網絡的能力……偉大的事實永遠失落了。』」

所羅門等待一下。「就這樣？」

女生在座位上換個姿勢。「其實，還有一些。」

「我想也是。請告訴大家。」

女生有點猶豫，但還是清清喉嚨繼續念。「『根據傳說，遠古解開古代玄祕的聖賢留下了某種**鑰匙**……可以用來解開編碼祕密的**密語**。這個神奇密語稱作 **verbum significatium**，據說具有照亮黑暗、解開古代玄祕、公開讓全人類了解的能力。』」

所羅門沉思地微笑。「喔，是啊……**verbum significatium**。」他仰望空中片刻，然後低頭看著金髮女生。「這個神奇密語現在到哪裡去了？」

女生有點憂慮，顯然後悔挑戰這位演講來賓。她繼續念完。「『傳說主張 **verbum significatium** 被深埋在地下，耐心地等待歷史上的關鍵時刻……人類必須仰賴歷代的眞理、知識與智慧才能生存的一刻。在這個黑暗的十字路口，人類終將發掘這個字，展開一個美好的新啓蒙時代。』」

女生關掉手機縮回她的座位。

沉默半晌之後，另一個男生舉手。「所羅門先生，你不會真的相信這些事吧？」

所羅門微笑。「為什麼不？我們的神話中向來有能夠提供智慧與神力的魔法咒語。直到今天，孩子們還會大喊『abracadabra』希望能變出什麼東西。當然，我們都忘了這個字不是玩具；它源自古代阿拉姆語玄學的 **Avrah KaDabra**，意思是『我說話時創造』。」

一片沉默。

「可是，先生，」學生追問，「你一定不會相信一個字詞……這個 **verbum significatium**……無論是什麼……有力量解開古代智慧……帶來全世界的啟蒙吧？」

彼得．所羅門面無表情。「我自己的信仰應該與各位無關。你們該關心的是這個未來啟蒙的預言幾乎在世界上每個信仰與哲學傳統都獲得呼應。印度教徒稱之為黃金時代，占星學家稱之為水瓶時代，猶太人形容為彌賽亞降臨，通靈學者稱之為新世紀，宇宙論者稱之為和諧趨同而且預測了特定日期。」

「二〇一二年十二月廿一日！」有人大聲說。

「對，快得令人不安……如果你相信馬雅數學的話。」

蘭登竊笑，想起所羅門十年前正確預言了目前電視一窩蜂製作特別節目預言二〇一二年將是世界末日的風潮。

「姑且不論時機，」所羅門說，「我認為很神奇的是縱觀歷史，人類所有五花八門的哲學都同意一件事——大啟蒙即將來臨。在每一個文化，每一個時代，世界的每一個角落，人類夢想都集中在同樣的概念——人類即將來臨的神化……人類心智即將轉變發揮出真正的潛能。」他微笑道。「有什麼能夠解釋這樣的信仰同步性？」

「**真理**，」人群中一個小聲音說。

所羅門轉頭。「誰說的？」

舉手的是一個亞洲男生，柔和的五官顯示他可能是尼泊爾人或西藏人。「或許有個共通的眞理深植在每個人靈魂中。或許我們都有同樣的故事藏在心中，就像我們DNA共通的定性。或許這個集體眞理造成了我們所有說法的雷同。」

所羅門眉飛色舞地雙手合抱，謙虛地向男孩鞠躬。「謝謝。」

所有人安靜下來。

「眞理，」所羅門向全場說，「眞理具有力量。如果我們都趨向類似的想法，或許是因爲這些想法是**正確的**……寫在我們內心深處。當我們聽見眞理，即使我們不懂，還是會感覺眞理與我們共鳴……跟我們的潛意識智慧共鳴。或許眞理不是**學習**而來，而是叫回來……想起來……重新認出來……它已經在我們心裡。」

全場完全沉默。

所羅門故意等了許久，然後靜靜地說，「總結而言，我必須警告各位：揭開眞理向來不容易。整個歷史上，每次啓蒙時期總是伴隨著黑暗，推向相反的方向。這是自然與平衡的法則。如果我們看看現在世界上蔓延的黑暗，我們必須了解也有同樣的光明在成長。我們正面臨一個眞正偉大的光明時代，我們所有人——就是**你們**——都非常幸運能體驗這個歷史的關鍵時刻。比起曾經存在過的人，歷史上的所有時代……我們所處的時代狹縫中將會見證人類的終極文藝復興。幾千年的黑暗之後，我們將會看到我們的科學、心智，甚至宗教，揭開眞理。」

所羅門正要受到熱烈掌聲，但他舉手示意安靜。「小姐？」他指著後排拿手機的好辯金髮女生。「我知道你我有很多看法不同，但我要謝謝你。你的熱情是未來改變的重要觸媒。冷漠是黑暗的動力……而信念是我們最強的解藥。繼續研究你們的信仰。研讀《聖經》。」他微笑道。「尤其最後一段。」

「〈啓示錄〉？」她說。

「沒錯。〈啓示錄〉是我們共通**眞理**的鮮明例子。《聖經》的最後一章說的是跟其他無數傳統相同的故事。大家都預言即將揭露的偉大智慧。」

另一個人說，「〈啓示錄〉不是講世界末日的事嗎？你知道的，反基督、末日戰場、善惡大決戰？」

所羅門乾笑一聲。「你們誰學過希臘文？」

有幾個人舉手。

「apocalypse這個字的字面意義是什麼？」

「意思是，」一個學生開口，彷彿驚訝地停頓一下。「Apocalypse意思是『揭露』……或『顯現』。」

所羅門對男孩嘉許地點點頭。「正是。〈啓示錄〉就是字面上說的啓示。《聖經》中的〈啓示錄〉預言了揭露偉大的眞理與超乎想像的智慧。〈啓示錄〉不是世界末日，應該說是我們目前所知的世界終結。〈啓示錄〉的預言只是《聖經》裡被扭曲的美好訊息之一。」所羅門走到舞台前方。「相信我，啓示將會到來……而且不是像我們學過的那樣。」

他的頭頂上，下課鐘響了。

學生們爆出如雷的掌聲。

112

凱薩琳．所羅門正在昏迷邊緣掙扎，忽然被震耳欲聾的大爆炸震波嚇了一跳。

隨後，她聞到了煙味。

她耳鳴不止。

有模糊的講話聲。遙遠。喊叫。腳步聲。忽然她的呼吸順暢多了。有人拔掉了她嘴裡的布。

「妳安全了，」男性的聲音低聲說，「振作一點。」

她預期男子拔掉她手上的針，但他只是大聲發號施令。「把急救箱拿過來……針頭接上靜脈注射……注入乳酸林格氏溶液……幫我量血壓。」男子開始檢查她的生命跡象說，「所羅門小姐，害妳的人……到哪裡去了？」

凱薩琳想說話，但是沒力氣。

「所羅門小姐？」聲音又問，「他去哪裡了？」

凱薩琳想要睜開眼，但是感覺越來越虛弱。

「我們必須知道他去**哪裡**了，」男子催促她。

凱薩琳低聲回答兩個字，只是她知道沒什麼幫助。「聖……山……。」

佐藤處長走過變形的鋼鐵門，步下木材斜坡進入祕密地下室。

一名探員在底下迎接她。

「處長，我想妳最好看一下。」

佐藤跟著探員進入窄走道遠端的小房間。房裡空曠又明亮，只有一疊衣服在地上。她認出了羅柏·蘭登的花呢外套跟懶人鞋。

探員指著對面靠牆的一個棺材狀大型容器。

什麼玩意？

佐藤走向容器，發現從牆上有透明塑膠管通到裡面。

她小心翼翼地接近水槽。

她又看見上面有個小滑門。她伸手把滑門推開，露出一個小窗口。

佐藤嚇退一步。

樹脂玻璃底下……浮著羅柏·蘭登教授泡水而茫然的面孔。

光線！

蘭登漂浮的無限虛空突然充滿了炫目的光線。白熱的光線劃破黑暗空間，燒灼著他的意識。到處都是光線。

突然，在他面前的放射狀雲霧中，出現一個美麗的人影。是一張臉……模糊不清……兩眼透過虛空盯著他。光線圍繞著這張臉，蘭登懷疑他是否看到了上帝的面容。

佐藤俯瞰水槽，猜想著蘭登教授是否知道發生了什麼事。她很懷疑。畢竟，這種科技的目的就是令人精神混亂。

感官剝奪水槽從五〇年代就有了，至今仍是有錢的新世紀實驗者常見的遁世工具。一般俗稱爲「漂浮」，提供一種重回子宮的玄妙體驗……去除所有感官輸入——光線、聲音、觸摸，甚至重力，以抑制大腦活動的某種冥想輔助器材。在傳統水槽裡，人會仰躺漂浮在超高浮力的鹽水溶液中，讓他的臉可以浮出水面呼吸。

但是近年來，這類水槽有了飛躍性的進步。

溶氧性全氟化碳。

這項新科技——稱作全液態呼吸術（Total Liquid Ventilation，TLV）——因爲太違反常理，很少人相信它存在。

可呼吸液體。

液態呼吸從一九六六年就實現了，當時李蘭．克拉克（Leland C. Clark）成功讓浸泡在溶氧性全氟化碳的老鼠活了幾個小時。一九八九年，TLV技術戲劇性地出現在電影《無底洞》，只是很少觀眾知道他們看到的是眞實的科技。

全液態呼吸術衍生自現代醫學試圖讓早產兒回到子宮的充滿液體狀態，幫助他們呼吸。人類肺臟在子宮裡待了九個月，對充滿液體狀態並不陌生。全氟化碳曾經因黏性太強無法完全用來呼吸，但是現代科技已經做出了密度幾乎像水一樣的可呼吸液體。

中情局的科學暨技術委員會——情報圈內稱之爲「蘭利的魔法師」——密集研究過溶氧性全氟化碳以研發美國軍方使用的科技。海軍精銳的深海潛水小組認爲用溶氧性液體呼吸，取代傳統的氦氧或氦氧氮混合氣，能讓他們潛到更深的深度而且沒有壓力症的風險。同樣地，航太總署與空軍也發現裝備了液態呼吸器而非傳統氧氣筒的駕駛員，可以承受比平時更高的G力，因爲液體比氣體更能把G力平均散布到體內。

佐藤聽說現在還有「極限體驗實驗室」可以讓人嘗試全液態呼吸水槽——他們稱作「冥想機器」。這種水槽或許是用於物主的私人實驗，不過加裝了厚重的扣鎖讓佐藤深信它也被用在比較黑暗的用途……某種中情局很熟悉的審問技巧。

惡名昭彰的水刑（註：waterboarding，把犯人綁成腳上頭下的姿勢，臉部蓋上毛巾然後淋水在犯人臉上）審問技巧非常有效，因爲受害者眞的相信自己會溺斃。佐藤知道有幾次機密任務用上了這種感官剝奪水槽，把幻覺提升到駭人的新階段。泡在可呼吸液體中的受害人可以眞的感受到「溺斃」。溺水體驗帶來的驚慌通常讓被害人無法察覺他呼吸的液體比水稍微黏一點。當液體灌進他的肺，通常會嚇得暈厥，然後在終極的「單獨監禁」中醒來。

局部痲醉藥、癱瘓藥與迷幻劑被混入溫暖的溶氧液體中，讓犯人感覺他與肉體完全分離。當他的心智發出命令移動手腳，沒有任何反應。「死亡」狀態本身已經夠可怕了，但是眞正的迷亂來自「重生」過程，在強光、寒冷與強烈噪音輔助下，可以造成極度的創傷與痛苦。一連串重生與溺斃的循環後，囚犯會迷亂到分不清楚自己是死是活……然後什麼話都招供出來。

佐藤考慮是否應該等醫療小組來把蘭登撈出來，但她知道她沒時間了。**我必須問出他知道的事。**

「關燈，」她說，「幫我找些毯子來。」

炫目的太陽消失了。

那張臉也消失了。

黑暗回來了，但蘭登聽見幾光年的虛空外傳來遙遠的低語。模糊的聲音……聽不清楚的話。有些震動感……好像全世界要裂成碎片了。

然後發生了。

突如其來，宇宙裂成兩半。一個巨大的斷層在虛空中張開……彷彿縫隙中的空間本身碎裂了。灰色雲霧從縫隙中灌進來，蘭登看見一個嚇人的景象。沒有身體的雙手突然伸過來拉他，抓住他的身體，想要把他拉出他的世界。

不要！他想要反抗，但是他沒有手……沒有拳頭。**或許有？**突然他感覺身體在他的意識周圍凝聚成形。他的肉體回來了，而且被強壯的手抓住往上拉。**不要！拜託！**

但是太遲了。

那對怪手把他拉出洞口時，疼痛撕裂他的胸膛。他的肺感覺像被裝滿了沙子。**我不能呼吸了！**他突然仰躺在一個想像中最冷最硬的表面。有東西在壓他胸口，一遍又一遍，又猛又痛。他把暖流吐了出來。

我要回去。

他感覺像從子宮被生出來的胎兒。

他在痙攣，嘴裡咳出液體。他感覺胸頸部疼痛。煎熬的劇痛。喉嚨像是著火了。有人在交談，盡力壓低音量，但是聽起來震耳欲聾。他的視野模糊，只能看見柔和的形體。他的皮膚發麻，像死掉的獸皮。

他的胸腔感覺更加沉重……壓力。**我無法呼吸！**

他咳出更多液體。強烈的嘔吐本能發作，他用力吸氣。冷空氣灌進他的肺，他感覺像新生兒吸到世界上第一口氣。這個世界太痛苦了。蘭登只想要回到子宮裡。

羅柏·蘭登不知道經過了多久。現在他感覺到自己側躺著，在硬地板上裹著毛巾跟毯子。一張熟悉的臉孔俯瞰著他……但是燦爛的光芒不見了。遙遠的吟唱聲還在腦中揮之不去。

Verbum significatium……Verbum omnificum……

「蘭登教授，」有人低聲說，「你知道這是哪裡嗎？」

蘭登虛弱地點頭，還在咳嗽。更重要的，他開始了解今晚是怎麼回事了。

113

蘭登裹著羊毛毯子，雙腿顫抖地站著俯瞰打開的水槽。他的身體回來了，只是他寧可希望不要。他的喉嚨與肺部灼痛。這個世界感覺辛苦又殘酷。

佐藤剛解釋過感官剝奪水槽……還說如果不拉他出來，他會餓死在裡面，或者更慘。蘭登毫不懷疑彼得也忍受過類似的經歷。**彼得在模糊地帶**，今晚稍早刺青男子對他說過。**他在煉獄裡……哈米斯塔干**。如果彼得經歷過不止一次這樣的出生過程，就算彼得告訴綁架者任何他想知道的事，蘭登也不會驚訝。

佐藤示意蘭登跟著她，他照做，腳步沉重地緩緩走過通道，深入這個現在才第一次看見的詭異巢穴。他們進入一個有石桌與怪異彩色燈光的方形房間。凱薩琳在這裡，蘭登鬆了一口氣。即使如此，場面還是令人擔憂。

凱薩琳仰躺在石桌上。地上有沾滿血的毛巾。有個中情局探員舉著點滴罐在她身邊，管子連接到她手臂上。

她正在哽咽。

「凱薩琳？」蘭登聲音沙啞，幾乎說不出話來。

她轉過頭，表情恍惚又迷惑。「羅柏?!」她驚訝地瞪大雙眼，然後轉為喜悅。「可是我……看到你淹死了！」

他走向石桌。

凱薩琳坐起來，不顧掛著點滴與探員的勸阻。蘭登走到桌邊，凱薩琳也伸出手，雙手抱住他裹著毯子的身體，用力抱緊。「感謝上帝，」她低聲說，吻他的臉頰。她又吻他一下，緊抱著他好像不相信他是真的。「我不懂……怎麼會……」

佐藤開始說明感官剝奪水槽跟溶氧全氟化碳的事，但凱薩琳顯然沒在聽。她只是緊抱著蘭登。

「羅柏，」她說，「彼得還活著。」她用顫抖的聲音描述她與彼得駭人的重逢。她形容他的身體狀況——坐輪椅，怪刀子，關於某種「犧牲」的暗示，還有她被當作人體沙漏丟在這裡流血，以說服彼得迅速合作。

蘭登說不出話來。「妳……知不知道他們……去哪裡了?!」

「他說他要帶彼得去聖山。」

蘭登退後看著她。

凱薩琳眼眶含淚。「他說他解開了金字塔底下的方塊，金字塔告訴他要到聖山去。」

「教授，」佐藤追問，「你懂是什麼意思嗎?」

蘭登搖頭。「完全不懂。」不過，他還是感到一股希望。「如果他看得出金字塔底下的資訊，我們也能。」**是我教他怎麼破解的。**

佐藤搖頭。「金字塔不見了。我們找過，被他帶走了。」

蘭登沉默片刻，閉上眼睛試著回憶金字塔底面的影像。符號方陣是他溺水前看到的最後影像，創傷能夠把記憶深深烙印在腦中。他還記得某些符號，絕對不是全部，但或許夠了?

他轉向佐藤匆忙說，「我或許記得夠多，但我需要妳在網路上查些東西。」

她掏出黑莓機。

「搜尋一下『富蘭克林八號方塊』。」

佐藤驚訝地看他一眼，但是毫無遲疑開始打字。

蘭登的視線仍然很模糊，他到現在才開始觀察這個怪異的環境。他發現他們靠著的石桌上布滿舊血跡，右邊牆上貼滿了文字、照片、繪畫，地圖與細線互相連接的巨大蜘蛛網。

我的天。

蘭登抓著身上的毯子走向怪異的拼貼。牆上盡是各種怪異的資訊——從黑魔法到基督教《聖經》的各種古書殘頁、符號與符咒的繪畫、陰謀論網站的頁面，還有華盛頓的衛星空照圖，塗寫著註記跟問號。其中一張是許多種語言的長串文字。他認出一部分是神聖的共濟會密語，其餘是古代魔咒，還有儀式用的誦經。

他就是在找這個？

一個字？

真的這麼簡單？

蘭登對共濟會金字塔長久抱持的懷疑論大半是根據它據稱揭露的東西——古代玄祕的地點。這個發現想必是一個巨大地窖，裝滿了成千上萬本從早已失落的各處遠古圖書館流傳至今的書籍。似乎不太可能。**有那麼大的地窖嗎？在華府地下？**但是現在，他想起彼得在學校的那場演講，加上這些魔法文字，開啓了另一個驚人的可能性。

蘭登絕對不相信魔咒的力量……但是刺青男子顯然相信。他的脈搏加速，再次掃描凌亂的筆記、地圖、文字、列印稿，還有互相連接的細線與便利貼。

果然，有個重複出現的主題。

我的天，他在找 verbum significatium……失落的文字。蘭登的概念逐漸成形，想起彼得演講的片段。**他就是在找失落的字！他認爲就埋在華盛頓。**

佐藤走到他身邊。「你需要的是這個嗎？」她遞給他黑莓機。

蘭登看著螢幕上八乘八的數字方塊。「沒錯。」他抓了一張紙。「我需要筆。」

佐藤從口袋掏出筆給他。「請趕快。」

科學暨技術委員會的地下辦公室裡，諾拉・凱伊再次研究系統安全部瑞克・帕瑞許拿給她的簡略文件。**堂堂中情局局長怎麼會扯上有古代金字塔跟地下祕密地點的檔案？**

她抓起電話撥號。

佐藤立刻接聽，口氣很緊張。「諾拉，我正要打給妳。」

「我有新資訊，」諾拉說。「我不確定有沒有用，但是我發現有個省略的——」

「不管是什麼，別理它，」佐藤插嘴。「我們沒時間了。我們沒逮到目標，我有充分理由相信他即將實現他的威脅。」

諾拉全身發冷。

「好消息是我們知道他要去哪裡。」佐藤深呼吸一下，「壞消息是他隨身帶著**輕型筆電**。」

114

不到十哩外，馬拉克把毯子包在彼得．所羅門身上，推著他越過月光下的停車場進入一棟大樓的陰影走向怪異的拼貼。它的外表結構剛好有三十三根柱子……每根剛好三十三呎高。龐大的結構在此刻空無一人，沒有人會看見他們。就算看見也沒關係。遠處看起來，沒有人會懷疑慈眉善目、穿黑色風衣的高個子推著禿頭殘障人士出來散步。

他們來到後門，馬拉克推著彼得靠近保全鍵盤。彼得抗拒地盯著它，顯然不打算輸入密碼。

馬拉克大笑。「你以為你是來幫我開門的？你這麼快就忘了我是你的會友嗎？」他伸手輸入在升上三十三級之後獲得的開門密碼。

沉重的門喀啦一聲打開。

彼得呻吟，開始在輪椅上掙扎。

「彼得，彼得，」馬拉克哄他，「想想凱薩琳。合作一點，她就能活命。你可以救她。我保證。」

馬拉克推著他的俘虜進去，重新鎖上門，心跳因充滿期待而加快。他推著彼得穿過幾條走道來到一座電梯，按下呼叫鈕。電梯門打開，馬拉克倒退進去，隨身拉著輪椅。接著，確認彼得看不見他在做什麼之後，他伸手按下最頂上的鈕。

彼得痛苦的臉上浮現越來越深的驚恐。

「噓……」馬拉克低聲說，電梯門打開時溫柔地撫摸彼得的光頭。「你很清楚……怎麼死是祕密。」

我想不起全部的符號！

蘭登閉上眼睛，極力回想石頭金字塔底面符號的正確位置，但即使過人的記性也無法完全想起來。他寫下幾個記得的符號，依照富蘭克林魔法方塊的指示逐一填入位置。

但是目前，他還看不出任何意義。

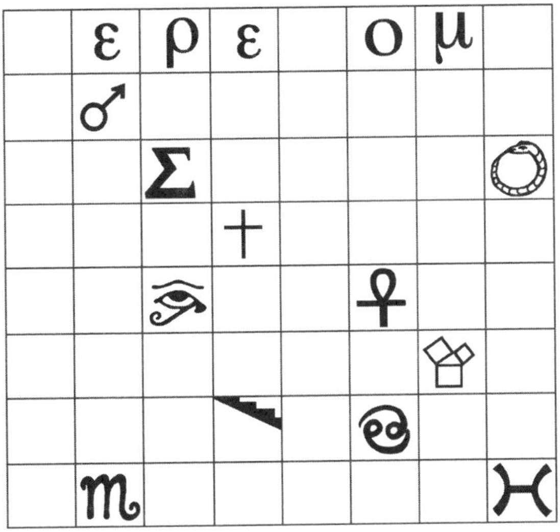

「看！」凱薩琳提醒，「你的方向一定沒錯。第一行都是希臘字母——同類的符號排在一塊了！」

蘭登也注意到了，但他想不出任何符合字母與空格配置的希臘字。**我需要第一個字母。**他再看看魔法方塊，試著回想在接近左下角一號位置的字母。快想！他閉上眼睛，想像著金字塔底面。**最下排……左側角落的旁邊……是什麼字母？**

有一瞬間，蘭登又回到水槽裡，驚恐萬分，抬頭透過樹脂玻璃看著金字塔底面。

突然間，他看見了。他張開眼睛，呼吸沉重。

「第一個字母是H！」

蘭登轉回方格上寫下第一個字母。字還是不完整，但他已經知道了。他突然發現這個字可能是什麼。

Ηερεδομ！

蘭登脈搏狂跳，在黑莓機輸入新搜尋。他輸入這個出名希臘單字的英文版。第一筆顯然是百科全書的條目。他看完之後知道一定沒錯。

HEREDOM 名詞。「高階」共濟會的重要字彙，源自法國玫瑰十字會儀式，指的是蘇格蘭一座神祕山峰，傳說中第一次集會的場所。亦即衍生自Hieros-domos的希臘文Ηερεδομ，意為神聖的房子。

「就是它！」蘭登不敢置信地大叫，「他們就是去了那裡！」

佐藤站在他背後也看到了，一臉狐疑。「到蘇格蘭的神祕山峰上?!」

蘭登搖頭。「不，是去華盛頓一棟代號叫做Heredom的大樓。」

115

聖殿大樓——會員們稱作Heredom——向來是共濟會蘇格蘭祈禱會美國支部的至寶。陡坡構成金字塔式屋頂，這棟大樓以一座想像的蘇格蘭山峰爲名。但是馬拉克知道，藏在這裡的寶藏絕對不是想像。

就是這裡，他知道。**共濟會金字塔指出了方向**。

舊電梯緩緩爬向三樓，馬拉克拿出他用富蘭克林方塊重新排列符號的那張紙。所有希臘字母都變到第一行……加上一個簡單符號。

Η	ε	ρ	ε	δ	ο	μ	↓

訊息再清楚不過了。

在聖殿大樓下面。

Heredom→

失落的文字就在這裡……**某個地方**。

雖然馬拉克不知道該怎麼找，但他有信心答案就在方塊上其餘的符號裡。幸好，說到解開共濟會金字塔與這棟建築的祕密，沒人比彼得．所羅門更有用處了。**主祭師本人**。

彼得仍然在輪椅上掙扎，透過塞嘴布發出模糊的聲音。

「我知道你擔心凱薩琳，」馬拉克說，「不過快結束了。」

對馬拉克來說，結局好像來得很突然。這麼多年的痛苦與計畫、等待與尋找之後……時候終於到了。

電梯開始減速，他感到興奮無比。

電梯車廂抖了一下停止。

銅門滑開，馬拉克抬頭看著面前華麗的房間。巨大的方形房間裝飾著符號，沐浴在月光下，月光正透過頭上天花板最頂端的眼形孔照進來。

我繞了一大圈，馬拉克想。

聖殿室正是當初彼得．所羅門與同僚愚蠢地把馬拉克升上最高階的地方。如今共濟會最崇高的祕密——大多數會員根本不相信存在的東西——即將被揭露。

「他什麼也找不到，」蘭登說，仍然感覺腳步虛浮又恍惚，跟著佐藤與其他人走上斜坡離開地下室。「沒有具體的字。一切都是隱喻——古代玄祕的**象徵**。」

凱薩琳跟著，兩名探員扶著她虛弱的身體上斜坡。

一行人小心地通過鋼鐵門的殘骸，通過旋轉油畫，進入客廳時，蘭登向佐藤解釋失落的文字是共濟會最悠久的符號之一——單單一個字，用人類已無法解讀的晦澀語言寫成。這個字像玄祕本身，號稱能向獲得啓蒙足以解碼的人揭開隱藏的力量。「據說，」蘭登總結，「如果你能擁有並看得**懂**失落的文字……也就能夠領會古代玄祕。」

佐藤瞄他一眼。「所以你認爲這個人在找一個字？」

蘭登必須承認表面上聽起來很荒謬，但是回答了很多疑問。「呃，我不是儀式魔法的專家，」他說，「但是從他地下室牆上的文件……還有凱薩琳對他頭頂上無刺青皮膚的描述看來……我想他是希望找到失落的文字然後刻在他的身上。」

佐藤帶著大家到餐廳。屋外，直升機正在暖機，葉片旋轉越來越大聲。

蘭登繼續說，大聲思考。「如果這傢伙眞的認爲他會解開古代玄祕的力量，他心目中沒有比失落的文字更強大的符號了。如果他能找到並且寫在自己頭頂上——那本身就是個神聖的部位——那麼他無疑會認爲自己在儀式上已經完全準備好……」他停下來，看見凱薩琳想起彼得即將到來的命運而臉色蒼白。

「可是，羅柏，」她虛弱地說，聲音在直升機噪音中幾乎聽不見。「這算好消息對吧？如果他想把失落的字寫在頭頂上然後拿彼得獻祭，那我們還有時間。他在找到字之前不會殺彼得。況且，如果根本沒這個字……」

探員扶凱薩琳坐到椅子上，蘭登盡力表現樂觀一點。「不幸的是，彼得仍然以爲妳在失血而死。他相信唯一救妳的辦法是跟這個瘋子合作……或許幫他找到失落的字。」

「那又怎樣？」她堅持，「如果那個字不存在——」

「凱薩琳，」蘭登凝視她的眼睛說，「如果**我**以爲妳快死了，如果有人答應我找到失落的字就能救妳，我就會找個字給他——隨便什麼字——然後對天祈禱他遵守承諾。」

「佐藤處長！」一名探員在隔壁房間喊，「你最好來看一下！」

佐藤匆忙走出餐廳，看見一名探員從臥室走下樓。他拿著一頂金色假髮。**怎麼回事**？

「男性假髮，」他遞給她說，「在更衣室找到的。請仔細看。」

金色假髮比佐藤預料的重多了。頭頂上似乎抹了厚厚的一層凝膠。怪的是，假髮內側有一根電線穿透出來。

「緊貼頭皮的凝膠電池，」探員說。「驅動一個藏在頭髮裡的光纖針孔攝影機。」

「什麼？」佐藤用手指到處摸索，直到發現隱藏在金色鬢角裡的一個微型鏡頭。「這玩意是隱形攝影機？」

「**視訊**攝影機，」探員說，「影片儲存在這個固態小卡片裡。」他指著鑲在頭皮裡一個郵票大小的矽晶方塊。「或許是動態觸動的。」

天啊，她想。**原來他是這麼做的**。

這個精簡版「衣領上的花」祕密攝影機在她今晚面臨的危機扮演了關鍵角色。她又瞪了一會兒才交還給探員。

「繼續搜這棟房子，」她說，「我要找出關於這傢伙的每一滴資訊。我們知道他的筆電不見了，我要知道他在移動中打算怎麼跟外界聯繫。到他的書房去找使用手冊、電纜，任何可能讓他操縱硬體的機關。」

「是，女士。」探員匆匆離開。

該走了。佐藤聽見直升機葉片全速旋轉的聲音。她匆匆回到餐廳，辛金斯已經把華倫·貝拉米從飛機上叫進屋裡，正在蒐集目標可能前往的那棟大樓的情報。

聖殿大樓。

「前門從裡面鎖住，」貝拉米說，因為在富蘭克林廣場逗留太久，仍然裹著毯子明顯地發抖。「你們可以從後門進去。門鎖鍵盤的密碼只有會員弟兄們知道。」

「什麼號碼？」辛金斯問，準備記下來。

貝拉米坐下，似乎脆弱得站不穩。從打顫的牙縫中，他背出密碼然後補充，「地址是第十六街1733號，不過你們要走聯絡道跟停車場，在大樓後面。有點難找，但是——」

「我知道在哪裡，」蘭登說，「到了以後我指給你們看。」

辛金斯搖頭。「你不能來，教授。這是軍方——」

「開什麼玩笑！」蘭登反駁，「彼得在裡面！而且那棟建築是迷宮！如果沒人帶路，你們光找到聖殿室就要花十分鐘！」

「他說得對，」貝拉米說，「那是迷宮。有部電梯，但是又舊又吵，一打開就能看見整個聖殿室。如果你們希望悄悄進去，必須徒步走上去。」

「你們絕對找不到路，」蘭登警告，「從後門，你們會經過王權廳、榮譽廳、中繼平台、中庭、大階梯——」

「夠了，」佐藤說，「帶蘭登去。」

116

能量正在增強。

馬拉克推著彼得．所羅門前往祭壇時，感覺到體內的鼓動流遍全身上下。**我離開這棟大樓時會比進來時強大無限倍**。現在只剩找出最後的材料了。

「**Verbum significatium**，」他喃喃自語，「**Verbum omnificum**。」

馬拉克把彼得的輪椅停在祭壇邊，繞過來拉開彼得大腿上沉重背包的拉鍊。他伸手進去，拿出石頭金字塔高舉在月光下，就在彼得面前，讓他看見刻在底面的符號方陣。「這麼多年來，」他嘲笑道，「你一直不知道金字塔如何保守它的祕密。」馬拉克小心把金字塔放在祭壇角落，回到背包。「而這個護身符，」他又拿出黃金頂石說，「正如預言，確實從混亂中創造秩序。」他把黃金頂石小心地放到金字塔上，退後讓彼得看清楚。「看啊，你的分割密碼完成了。」

彼得臉色扭曲，徒勞地想要說話。

「很好。看得出你有話想告訴我。」馬拉克粗魯地拉掉塞嘴布。

彼得．所羅門咳嗽喘氣了一陣子，終於能夠講話。「凱薩琳……」

「凱薩琳時間不多。如果你要救她，我建議你照我說的做。」馬拉克懷疑她已經死亡，即使還沒也差不多了。反正沒差。她能活到跟哥哥道別就算幸運了。

「求求你，」彼得沙啞的聲音乞求，「派救護車去救她……」

「我會的。但是首先你必須告訴我祕密階梯在哪裡。」

彼得的表情非常驚訝。「什麼?!」

「階梯。共濟會傳說提到深入幾百呎通到失落文字祕密埋藏處的階梯。」

彼得驚慌起來。

「你很清楚傳說，」馬拉克誘導他。「藏在巨石下的祕密階梯。」他指著中央祭壇——大塊花崗岩上用鍍金字體刻著希伯來文：神說，「要有光」於是就有了光。「顯然，這是正確的地方。階梯入口一定藏在我們下面某一層樓。」

「這棟大樓裡沒有祕密階梯！」彼得大喊。

馬拉克耐心地微笑，指著上面。「這棟大樓造型像座金字塔。」他指著四邊形上升到中央眼形孔的圓頂天花板。

「對，聖殿大樓是座金字塔，那又有什麼——」

「彼得，我可以整晚慢慢來。」馬拉克整理一下完美身體上的白絲袍。「但是凱薩琳不行。如果你要她活，就告訴我階梯入口在哪裡。」

「我已經說了，」他大聲說，「這棟大樓裡沒有祕密階梯！」

「沒有?」馬拉克冷靜地拿出他從金字塔底面重新組合符號方陣的那張紙。「這是共濟會金字塔的最終訊息。你的朋友羅柏・蘭登幫我解開了。」

馬拉克舉起那張紙到彼得面前。祭祀師看了倒抽一口氣。六十四個符號不僅排列成明顯有意義的族群……而且眞的從混亂中浮現出**圖像**。

階梯的圖像……就在金字塔底下。

彼得・所羅門不敢置信地盯著眼前的符號方陣。共濟會金字塔的祕密保守了幾個世代。現在突然被揭開了，他感覺腹中有股不祥的冰冷感。

金字塔的最終密碼。

乍看之下，這些符號的眞正意義對彼得仍是祕密，但是他立刻能夠理解爲什麼刺青男子堅持他相信的事。

他認爲在稱作Heredom的金字塔底下有祕密階梯。

他誤解了這些符號。

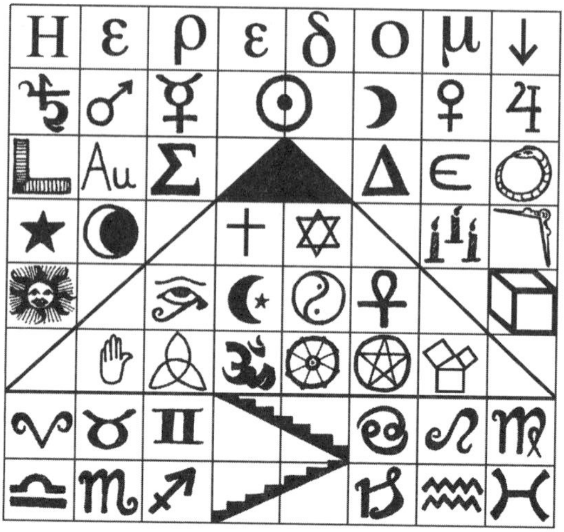

「在哪裡？」刺青男子問，「告訴我怎麼找到階梯，我就會救凱薩琳。」

希望我能夠，彼得想。**但是階梯不是眞的**。階梯的迷思完全是象徵意義……共濟會的偉大寓言之一。世間所認知的螺旋階梯，出現在第二級的tracing board。它象徵人類智識攀向神聖的眞理。就像雅各的天梯，螺旋階梯是通往天國道路的象徵……從人到神的旅程……俗世與心靈領域之間的聯繫。每個階段代表心智的各種德行。

他應該知道的，彼得想。**他經歷過所有的升級儀式。**

每個共濟會晉升會員都從象徵性階梯學到他可以提升，讓他能夠「分享人文科學的奧祕」。共濟會，如同知性科學與古代玄祕，尊崇人心的未開發潛能，許多共濟會符號都跟人類生理學有關。

心智像黃金頂石一樣高居肉體之上。賢者之石。透過

脊椎的階梯，能量上升下降，循環流動，聯繫神聖的心智與肉體。

彼得知道脊椎有三十三個骨節並非巧合。**三十三也是共濟會的階級數目**。脊椎的底端，又稱薦骨，字面意義是「神聖的骨頭」。**身體確實是座神殿**。共濟會尊崇的人文科學就是古人對神殿如何運用在最強大與崇高用途的理解。

不幸的是，向這個人解釋眞相一點也幫不上凱薩琳。彼得看完符號方陣，挫折地嘆口氣。「你說得對，」他說謊，「這棟大樓底下確實有祕密階梯。只要你派人去救凱薩琳，我會帶你去。」

刺青男子只是盯著他。

所羅門也強硬地瞪回去。「不是救我妹妹然後知道眞相……就是殺了我們兩個然後永遠無知！」

男子默默地放下紙張搖搖頭。「我對你眞失望，彼得。你的考驗失敗了。你還是把我當傻子。你眞的認爲我不了解我尋求的是什麼？你認爲我還沒掌握眞正的潛能？」

說完，男子轉身脫下他的長袍。白絲袍飄落地面，彼得第一次看見男子脊椎上的修長刺青。

我的天啊……

從他的白色兜襠布蜿蜒而上，一道優雅的螺旋階梯延伸到強壯背部的中央。每一級都位在不同的骨節上。彼得啞口無言，目光隨著階梯上升，直到男子的頭骨底下。

彼得只能目瞪口呆。

刺青男子又低頭前傾，露出那塊頭顱頂上裸露的肌膚。這塊原生皮膚周圍是一條蛇，繞成圓圈，自食其尾。

合一。

男子緩慢地低頭，面向彼得。他胸膛上的巨大雙頭鳳凰透過死亡之眼盯著他。

「我要找失落的文字，」男子說。「你要幫我……還是跟你妹妹一起死？」

你知道怎麼找，馬拉克想。**你有事情瞞著我。**

彼得．所羅門在逼供下透露了一些現在可能不記得的事。反覆進出水槽讓他變得迷亂而服從。不可思議，當他傾囊相授，他告訴馬拉克的一切都符合失落文字的傳說。

失落的文字不是隱喻……是眞的。文字用古代語言寫成……被藏匿了很久。文字能帶給眞正了解其意義的人深不可測的力量。文字直到今天還隱藏著……而共濟會金字塔有能力揭露它。

「彼得，」馬拉克盯著俘虜的眼睛說，「當你看到符號方塊……你看到了東西。你獲得了啓示。這個方塊對你有**意義**。告訴我。」

「除非你救凱薩琳，我什麼也不會說！」

馬拉克對他微笑。「相信我，失去妹妹是你眼前最不需要擔心的事。」他不再說話，轉向蘭登的背包開始拿出他在地下室打包的物品。然後開始仔細地排列在祭壇上。

摺疊的絲布。純白色。

白銀香爐。埃及沒藥。

一小瓶彼得的血。混著灰燼。

黑烏鴉的羽毛。他的神聖羽毛筆。

獻祭刀。在迦南沙漠中用隕鐵鑄成。

「你以爲我怕死？」彼得大叫，聲音充滿痛苦。「如果凱薩琳死了，我什麼都沒有了！你殺了我全家！你奪走了我的一切！」

「不盡然，」馬拉克回答，「還沒有。」他伸手到袋裡拿出他書房的筆電，打開電腦再看看他的俘虜。「恐怕你還沒眞正了解你現在的處境。」

117

中情局直升機飛離草坪時蘭登覺得內臟一沉，飛機猛轉方向，加速到超出他想像性能的速度。凱薩琳留下跟貝拉米一起休養，還有一名中情局探員搜過別墅之後等待支援前來。

蘭登臨走前，她吻他臉頰低聲說，「小心，羅柏。」

現在蘭登抓穩保持平衡，軍用直升機終於恢復水平，飛向聖殿大樓。

坐在旁邊的佐藤對駕駛員大叫。「到杜邦圓環！」她在轟然的噪音中大喊。「我們在那邊下機！」

蘭登驚訝地轉向她。「杜邦?!離聖殿大樓還有好幾條街！我們可以降落在聖殿的停車場！」

佐藤搖頭。「我們必須匿蹤進入大樓。如果目標聽見我們來了——」

「我們沒時間了！」蘭登反駁，「這個瘋子要殺彼得！或許直升機聲音能嚇得他住手！」

佐藤冰冷的眼神盯著他。「我跟你說過，彼得．所羅門的安危不是我的優先目標。我想我說得夠清楚了。」

蘭登沒心情再聽她國家安全那一套。「聽著，我是這裡唯一認得大樓內部格局的人——」

「小心，教授，」處長警告，「你在這裡就是我的團隊一員，我要求你完全合作。」她停頓片刻又說，「其實，或許讓你完全了解今晚危機的嚴重性比較好。」

佐藤從座位底下拉出一個簡潔的鈦合金手提箱，打開之後露出一部看來異常複雜的電腦。她打開電源，浮現出中情局徽章跟一個登入提示。

佐藤登入時問道，「教授，還記得我們在他家裡發現的金色假髮嗎？」

「是。」

「呃，假髮裡藏了個光纖微攝影機……藏在鬢角裡。」

「隱藏攝影機？我不懂。」

佐藤臉色凝重。「看了就知道。」她打開筆電上的一個檔案。

請稍候……

檔案解碼中……

一個視窗跳出來，占滿整個螢幕。佐藤拿起手提箱放在蘭登大腿上，讓他看清楚。

螢幕浮現一個異常影像。

蘭登嚇得倒退。**搞什麼?!**

影片模糊又陰暗，是個戴眼罩的人。他穿著中世紀異端被送上絞刑台的囚衣——脖子上掛著套索，左褲腳捲到膝蓋，右袖捲到手肘，上衣敞開露出胸口。

蘭登不敢置信地看著。他讀過夠多共濟會儀式資料，認得出看到的是什麼。

共濟會晉升儀式……準備進入第一級。

此人非常高大強壯，有熟悉的金色假髮與黝黑肌膚。蘭登立刻認出他的特徵。此人的刺青顯然被銅色化妝遮蔽了。

他站在長鏡子前藉著假髮中的攝影機錄下他的倒影。

可是……**爲什麼**？

螢幕慢慢變黑。

新影片出現。一個窄小、燈光昏暗的矩形房間。誇張的黑白磁磚地板。低矮的木頭祭壇，三面牆都是柱子，柱子上閃爍著燭光。

蘭登突然懂了。

我的天啊。

像業餘家庭影片般拍得搖搖晃晃，鏡頭拉到房間周圍露出一小群觀看儀式的男子。這些人穿著共濟會儀式禮服。黑暗中，蘭登看不清他們的臉，但他很確定是在**哪裡**拍的。

這個會所的傳統布置跟全世界其他地方一樣，但是主持人椅子上方粉藍色三角形人字牆透露出這是華府最古老的共濟會支部——波多馬克五號會所——爲白宮與國會大廈奠基的喬治．華盛頓與共濟會元老之家。

這個會所至今還在營運。

彼得．所羅門除了掌管聖殿大樓，也是當地會所的主人。共濟會新人的旅程總是在這樣的會所開始……在此認證前三級的共濟會員。

「弟兄，」彼得熟悉的聲音宣佈，「以宇宙的偉大設計師之名，我開放這個會所供第一級共濟會會員使用！」

木槌大聲敲響。

蘭登驚訝地看著影片迅速推進一連串片段，主要是彼得．所羅門主持儀式中比較嚴肅的部分。

閃亮的匕首抵住晉升者裸露的胸膛……威脅會員如果「不當洩漏共濟會機密」會遭制裁……敘述黑白磁磚地板代表「生者與亡者」……說明包括「割喉，拔舌，在海邊活埋……」的懲罰。

蘭登看著。**我沒眼花吧？**共濟會晉升儀式幾世紀以來一向是機密。唯一外洩的描述是出自幾個退會的弟兄。蘭登當然看過那些文章，但是親眼目睹儀式……完全是另一回事。

尤其是這樣剪接。蘭登已經看得出這支影片是偏頗的宣傳，省略了儀式的所有崇高面向，只強調最令人不安的部分。如果這支影片流出，蘭登知道一夜之間就會成爲網路話題。**反共濟會的陰謀論者會像鯊魚**

一樣蜂擁而至。共濟會組織，尤其彼得．所羅門，將陷入爭議與損害控制的風暴……即使儀式完全無害，純屬象徵。

怪的是，這支影片提到《聖經》的人命獻祭……「**亞伯拉罕奉獻長子以撒給上帝**。」蘭登想起彼得，希望直升機飛快一點。

影片又變了。

同一個房間。不同的夜晚。比較多共濟會會員在旁觀。彼得．所羅門從主持人座位上看著。這是第二級。比較緊湊。**跪在祭壇前**……發誓「**永遠保守存在共濟會內部的祕密**」……同意「**剖開胸膛，挖出心臟，棄於地面餵食野獸**」的刑罰……

影片又變了，蘭登的心臟狂跳。另一個晚上。更多觀眾。棺材狀的「tracing board」放在地上。

第三級。

這是死亡儀式——所有階級中最嚴肅的——此刻晉升者被迫「面對個人消逝的最終挑戰」。這個折磨人的過程其實是慣用語「**對人逼供**」（give someone the third degree）的由來。雖然蘭登很熟悉學術方面的描述，卻一點也沒有心理準備看到這些。

謀殺。

在迅速、狂暴的剪接中，影片顯示一起令人膽寒、被害人視角的殘酷謀殺。有人模擬攻擊他的頭，包括用共濟會的石槌。同時，一名助祭哀傷地敘述「寡婦之子」的故事——希拉姆．阿畢夫（註：Hiram Abiff，傳說因為拒絕透露藏在聖殿結構中的神諭祕密而被工人們殺害，死後復活，被尊為共濟會始祖）——所羅門王聖殿的主建築師，寧死也不肯透露他擁有的祕密智慧。

當然，攻擊只是模擬，但是看起來的效果令人毛骨悚然。致命一擊之後，晉升者——「前半生已經死了」——被放進象徵的棺材裡，閉著眼睛，像屍體一樣雙手交疊。共濟會弟兄們起身繞行他的屍體哀悼，同時管風琴演奏送葬曲。

陰森的場面令人惴惴不安。

而且越來越糟。

男士們聚集在被殺的弟兄身邊，隱藏攝影機清楚地拍出他們的臉。蘭登現在發現所羅門不是在場唯一的名人。有個低頭看著棺材中屍體的人幾乎天天上電視。

顯赫的美國參議員。

天啊……

場景又變了。是戶外……晚上……同樣令人不安的影片……男子走在城市街道上……幾縷金髮被吹到鏡頭前……轉彎……鏡頭角度放低照著男子手上的東西……一元鈔票……國璽的特寫……全能之眼……未完成的金字塔……然後突然拉開顯示出遠處類似的形狀……一座巨大金字塔形建築……側面斜坡上升到頂端的平面。

聖殿大樓。

他的靈魂深處越來越恐懼。

影片繼續跑……男子匆忙走向大樓……爬上幾段階梯……前往巨大的銅門……在兩座十七噸重的獅身人面像之間。晉升者走進儀式的金字塔內。

一片黑暗。遠處的管風琴大聲演奏……新的影像浮現。

聖殿室。

蘭登猛吞口水。

螢幕上，洞穴狀空間裡充滿張力。眼形孔下方，黑色大理石祭壇映著月光發亮。一群嚴肅的傑出三十三級共濟會會員聚集在周圍，坐在手工豬皮椅上等待，出席作見證。鏡頭故意緩慢地拉過他們的臉孔。

蘭登驚恐地盯著。

雖然沒有心理準備，但他看見的內容其實非常合理。最高階最傑出的共濟會會員在全世界最有權力的城市集會，當然會包括許多有影響力的名人。可想而知，坐在祭壇周圍，穿戴絲質長手套、共濟會圍裙與發亮的珠寶，都是國內最有權勢的人。

兩名最高法院法官……

國防部長……

眾議院議長……

鏡頭繼續拉過出席者的面孔，蘭登很不舒服。

三位知名參議員……**包括多數黨領袖**……

國土安全部長……

還有……

中情局局長……

蘭登很想掉頭，但是做不到。場面太誘人了，即使他也有警覺。瞬間，他了解佐藤的焦慮與擔憂從何而來了。

螢幕上，鏡頭移到一個驚人的畫面。

人頭骷髏……裝了暗紅色液體。彼得．所羅門修長的雙手遞出聞名的**死人頭**給晉升者，黃金共濟會戒指在燭光中發亮。紅色液體是葡萄酒……但是像血一樣閃亮。視覺效果很嚇人。

第五祭奠，蘭登認得，他在亞當斯的《共濟會書信集》看過這個儀式。即使如此，親眼目睹……冷靜地由美國最有權勢的人見證……這是蘭登見過最吸引人的景象。

晉升者雙手接過骷髏……臉孔映在平靜的酒面。「**若我故意或自願違背我的誓言**……，」他大聲說，

「願我現在喝的酒化爲致命毒藥。」

顯然，這個晉升者打算違反誓言，超出所有人想像。

蘭登忍不住想著這些影片如果被公布之後會怎樣。**沒有人會懂的**。政府會陷入騷亂。媒體會充滿反共濟會團體、基本教義派與陰謀論者散布仇恨與恐懼的聲音，重新發動清教徒的獵巫運動。

眞相會被扭曲，蘭登知道。**對共濟會一向如此**。**眞相是**，這個組織強調死亡其實是讚美生命的大膽方式。共濟會儀式是設計來喚醒內心沉睡的人，從無知的黑暗棺材中解救他，提升他進入光明，給他眼睛去看。人只有透過**死亡**經驗才能完全了解**生命**經驗。唯有認清自己在世上的歲月有限，才能掌握以榮譽、正直與服務世人度過此生的重要性。

共濟會晉升儀式很嚇人，因爲用意就在令人轉變。共濟會誓言很嚴厲，因爲要喚醒人心的榮譽感，在世上唯一能留下的就是他的「話」。共濟會的教誨很神祕，因爲希望能有共通性……透過常見的符號隱喻語言教化，超越宗教、文化與種族……創造出統一的、博愛的「世界意識」。

有一瞬間，蘭登感到一絲希望。他試著安慰自己，如果影片外流，民眾會以開放心胸包容它，了解所有心靈儀式如果抽離來看都包括看似嚇人的層面——釘刑重演、猶太人割禮、摩門教的死者洗禮、天主教的驅魔、伊斯蘭教的女性面紗、巫醫的催眠治療、猶太教的卡帕洛（註：Kaparot，將一隻活雞舉在頭頂繞三圈，把人的罪孽轉移到雞身上，表示贖罪）儀式，甚至象徵性吃掉基督的血肉。

我在作夢，蘭登知道。**這支影片會製造混亂**。他可以想像如果俄羅斯或伊斯蘭世界的領袖人物出現在影片中，用刀抵著別人胸口，說出暴力的誓言，表演模擬的謀殺，躺在象徵的棺材裡，用人頭骷髏喝酒，會發生什麼事。全球的怒吼會又快又激烈。

天主保佑……螢幕上，晉升者把骷髏舉到嘴邊。向後傾倒……喝光血紅的酒……念出誓詞。接著他放下骷髏環顧周圍的人。美國最權貴、最受信賴的人滿意地點頭接受。

「歡迎，弟兄，」彼得．所羅門說。

影像漸暗到漆黑，蘭登發現自己屏住呼吸。

佐藤一言不發，伸手過來關上手提箱，從他腿上拿走。蘭登轉向她想要講話，但是不知該說什麼。這不重要。他的臉色已經完全理解了。佐藤說得對。今晚是國家安全的危機……規模超乎想像。

118

馬拉克圍著兜襠布，在彼得．所羅門的輪椅前來回踱步。「彼得，」他低聲說，享受著俘虜驚恐的每一刻，「你忘了你有第二個家庭……你的共濟會弟兄。我也會毀滅他們……除非你幫我。」

所羅門在大腿上的筆記電腦光線照耀下顯得有點緊張。「拜託，」他終於抬頭結巴地說，「如果這些影片外洩……」

「如果？」馬拉克大笑，「如果外洩？」他指著插在電腦側面的小型無線數據機。「我要跟全世界連線。」

「你不會……」

我會，馬拉克想，欣賞著所羅門的恐懼。「你可以阻止我，」他說，「而且救你妹妹。但你必須說出我想知道的。失落文字就藏在這裡，彼得，我知道這個方塊透露了在哪裡。」

彼得又瞄一眼符號方塊，不動聲色。

「或許這個可以幫你想起來。」馬拉克從彼得背後伸手按下電腦的幾個鍵。螢幕上出現e-mail程式，彼得明顯變僵硬。螢幕又出現一封馬拉克今晚稍早製作的e-mail——向一長串大型媒體發言的影片檔。

馬拉克微笑。「我想該是分享的時候了，對吧？」

「不要！」

馬拉克伸手按下程式的傳送鍵。彼得掙扎起來，徒勞地想把電腦摔到地上。

「放鬆，彼得，」馬拉克低語，「檔案很大。要花幾分鐘才傳得完。」他指著進度表：

傳送訊息：完成2%

「如果你告訴我，我就阻止e-mail，再也沒有人會看到。」

彼得蒼白地看著橫棒慢慢前進。

傳送訊息：完成4%

馬拉克從彼得腿上拿起電腦，放在附近的皮椅上，轉過螢幕讓他看見進度。他又走回彼得身邊把符號圖紙放在他腿上。「傳說指出共濟會金字塔會揭露失落文字。這是金字塔最後的密碼。我相信你看得懂。」

馬拉克瞄一下電腦。

傳送訊息：完成8%

馬拉克回來看彼得。所羅門也盯著他，灰眼中充滿仇恨。

恨我吧，馬拉克想。**情緒越強，儀式完成時釋放的能量越大。**

在蘭利，諾拉．凱伊把聽筒貼著耳朵，在直升機噪音中幾乎聽不見佐藤的聲音。

「他們說不可能阻止檔案傳輸！」諾拉大喊，「關閉本地的ＩＳＰ至少要花一小時，如果他用無線網路，封鎖地面網路也無法阻止他傳出去。」

最近，阻止數位資訊流通變得幾乎不可能。網路有太多存取管道了。有網路專線，Wi-Fi熱點，手機數據機，衛星電話，超級電話與e-mail功能的ＰＤＡ，唯一阻止資料外洩的方法是摧毀來源主機。

「我調出了你那架ＵＨ－60的性能表，」諾拉說，「你們好像有電磁脈衝（ＥＭＰ）設備。」

電磁脈衝槍在現代執法單位很常見，主要用於在安全距離外阻止飛車追逐。發射高能量的電磁波脈衝，可以有效燒毀目標的任何電子裝置——汽車，手機，電腦。根據諾拉的性能表，UH-60的底盤裝有雷射瞄準、六千兆赫茲磁控管跟五十倍放大天線，能放出百億瓦的脈衝。直接對準筆電，脈衝會燒掉主機板並且洗掉硬碟內容。

「EMP沒用，」佐藤大聲回答，「目標在石材建築裡。看不見又有電磁屏障。妳有沒有發現檔案傳出的跡象？」

諾拉瞄一下第二螢幕，上面正在持續搜尋關於共濟會的突發新聞。「還沒，女士。如果公開了，我們幾秒內就會知道。」

「保持聯絡。」佐藤掛斷。

直升機在杜邦圓環從天而降，蘭登屏住呼吸。幾名路人散開，飛機從樹林空隙重重降落在出名的雙層噴泉南邊草坪上，其設計師正是創造林肯紀念堂的人。

三十秒後，蘭登坐在強徵來的Lexus休旅車上飛馳，沿著新罕布夏大道奔向聖殿大樓。

彼得．所羅門拚命想辦法。他滿腦子都是凱薩琳在地下室流血的畫面……還有他剛目睹的影片。他慢慢轉頭看著幾碼外椅子上的電腦。進度棒幾乎到三分之一了。

傳送訊息：完成29%

刺青男子正在繞著方形祭壇踱步，揮舞點燃的香爐念念有詞。白色濃煙飄向天窗。男子睜大雙眼，似乎處在邪惡的恍惚狀態。彼得看到鋪在祭壇的白絲布上那把古老刀子在等待。

彼得．所羅門毫不懷疑今晚他會死在這神殿裡。問題是怎麼死。他會找出辦法救妹妹與弟兄……或是含恨而去？

他低頭看符號方塊。當他第一眼看到方塊，瞬間的震驚讓他盲目……無法看穿混亂的面紗……而窺見驚人的事實。但是現在，這些符號的眞實意義變得對他清晰無比。他看出了符號的新面向。

彼得．所羅門知道他該怎麼做。

他深吸一口氣，抬頭透過眼形孔看著月亮。然後他開始講話。

所有重大眞理都很簡單。

馬拉克很久以前就學到了。

彼得．所羅門現在解釋的答案優美純粹到馬拉克確信一定是眞的。眞不可思議，金字塔最終密碼的答案遠比他想像的簡單。

失落的文字就在我眼前。

瞬間，一道強光刺穿了歷史與迷思圍繞著失落文字的模糊。如同傳說，失落文字確實是用古代語言寫的，具有人類所知每個哲學、宗教與科學的神祕力量。**煉金術**、**占星學**、**喀巴拉**、**基督教**、**佛教**、**玫瑰十字教派**、**共濟會**、**天文學**、**物理**、**知性科學**……

如今站在聖殿大樓大金字塔頂上的晉升室，馬拉克看著多年來他追尋的寶藏，知道他的準備完美無缺。

很快我就會完整。

失落的文字找到了。

在卡洛拉瑪高地，一名中情局探員站在他從車庫垃圾桶倒出來的遍地垃圾中。

「凱伊小姐？」他對電話中佐藤的分析師說，「搜他的垃圾果然是好主意。我想我找到東西了。」

屋裡，凱薩琳．所羅門隨著時間漸漸恢復元氣。點滴注射成功地提高血壓，抑制了她的強烈頭痛。她坐在餐廳裡休息，被命令不要亂跑。她感覺神經緊張，而且越來越焦急地等候哥哥的消息。

大家都到哪裡去了？中情局的鑑識小組還沒到，留守的探員還在屋外到處搜索。貝拉米剛才陪她坐在餐廳裡，仍然裹著保溫毯，但他也走來走去，尋找能幫中情局救出彼得的任何線索。

凱薩琳坐不住了，搖搖晃晃地站起來，緩緩走向客廳。她發現貝拉米在書房裡。建築師站在一個打開的抽屜前，背對著她，顯然正對內容物出神，沒聽見她進來。

她走到他背後。「華倫？」

老人驚醒轉身，迅速用臀部關上抽屜。他的臉上充滿震驚與哀傷，臉頰帶淚。

「怎麼了?!」她低頭看看抽屜，「那是什麼？」

貝拉米似乎說不出話。表情好像剛看見了寧可不看的東西。

「抽屜裡是什麼？」她問。

貝拉米濕潤哀傷的眼睛悠悠地望著她。終於他說，「先前我們都想不通……這個人爲什麼如此痛恨你的家族。」

凱薩琳蹙眉。「嗯？」

「呃……」貝拉米聲音哽咽，「我剛找到答案了。」

119

聖殿大樓頂端的房間裡，自稱馬拉克的人站在大祭壇前輕輕按摩頭頂上的天然皮膚。**Verbum significatium**，他不斷吟誦作準備。**Verbum omnificum**。終於找到最後的材料了。

最珍貴的寶藏往往最簡單。

祭壇上方，幾縷芳香的煙霧在盤旋，從香爐冒出來。煙霧在月光中升騰，往上清出一條被釋放的靈魂可以自由行動的通道。

時候到了。

馬拉克取出那瓶彼得的發黑血液並將其打開。在俘虜注視中，他把烏鴉羽毛浸入暗紅墨水中，舉到頭頂上的神聖空白肌膚。他暫停片刻……想起等了多久才有今晚。他的大轉變就在眼前了。**當失落的文字被寫上人類的心裡，他已經準備好接受超乎想像的力量**。如同古代傳說中的神化。至今，人類一直無法了解那個傳說，馬拉克也盡力維持現狀。

馬拉克用穩定的手，把羽毛尖端碰到皮膚。他不需要鏡子，不需要幫手，只靠他的觸覺，還有內心之眼。緩慢地，細心地，他開始在頭皮食尾蛇圖案內寫下失落的文字。

彼得．所羅門驚恐地看著。

馬拉克完成後，閉上眼睛，放下羽毛筆，完全呼出肺中的空氣。生平第一次，他感到一種前所未有的快感。

我完成了。

我合一了。

馬拉克努力多年雕塑他的身體，現在，當他接近最終變形的時刻，他感到全身肌肉每個線條在悸動。**我是眞正的傑作。**完美又完整。

「我給你想要的東西了。」彼得打斷他，「快找人去救凱薩琳。停止那個檔案。」

馬拉克睜開眼微笑。「我們的事還沒完呢。」他轉向祭壇拿起獻祭刀，手指撫過平滑的刀鋒。「這把古代刀子是上帝所賜，」他說，「用在活人獻祭。剛才你一定認得，是吧？」

所羅門的灰眼像石頭似的。「很特殊，我聽說過傳聞。」

「傳聞？這件事可是《聖經》記載的。你不相信是眞的？」

彼得只是瞪著他。

馬拉克花了不少錢尋找並取得這件工具。稱做阿凱達之刀（Akedah，希伯來語，原意爲「以撒的捆綁」，典出《創世紀》第廿二章），三千多年前用天降的隕鐵鑄造。**早期玄學家稱之爲來自天上的鐵。**據信它就是亞伯拉罕用在阿凱達的刀——在摩利亞山上差點殺了親生兒子以撒——如同《創世紀》描述。刀子驚人的來歷包括被許多教皇、納粹玄學家、歐洲煉金術士與私人收藏家珍藏。

他們都只是保護與欣賞，馬拉克想，**但沒人敢用在眞正的用途釋放它眞正的力量。**今晚，阿凱達之刀會完成它的宿命。

阿凱達在共濟會儀式中向來很神聖。在第一級時，共濟會會員都念過「**獻給神最莊嚴的禮物……亞伯拉罕服從至高無上的意志獻出以撒，他的長子……**」

刀的重量在馬拉克手裡令人興奮，他蹲下來用剛磨好的刀子割斷把彼得綁在輪椅上的繩索。繩子掉到地上。

彼得．所羅門痛得皺眉，試著移動抽筋的手腳。「你爲什麼要這麼做？你以爲這樣能達成什麼？」

「你應該最了解，」馬拉克回答，「你研究古代習俗。你知道玄祕的力量仰賴**犧牲**……把人的靈魂從身體釋放出來。打從一開始就是如此。」

「你一點也不懂犧牲，」彼得說，聲音充滿痛苦與怨恨。

很好，馬拉克想。**培養你的仇恨。這樣只會更容易。**

馬拉克走過俘虜面前，空腹咕嚕作響。「人類流血有強大的力量。每個人都懂，從古埃及人，到塞爾特人德魯伊教派，到中國人，到阿茲提克人。人命犧牲有魔力，但是現代人變軟弱了，怕得不敢做眞正的犧牲，軟弱得不願放棄心靈轉變所需的生命。不過古書寫得很清楚。唯有獻出最神聖的，人才可以取得最終極的力量。」

「你認爲我是神聖的祭品？」

馬拉克大聲笑了起來。「你眞的不懂，是吧？」

彼得詫異地看他。

「你知道我家爲什麼有感官剝奪水槽嗎？」馬拉克雙手扠腰，伸展精心裝飾的身體，全身仍然只有兜襠布。「我一直在練習……準備……期待我只有心智的時刻……當我從肉身被釋放出來……當我在獻祭中把這副美麗的身體獻給眾神。**我**才是珍寶！**我**是純白羔羊！」

彼得張嘴但是說不出話來。

「對，彼得，人必須獻出他最重視的東西給神。他最純淨的白鴿……他最珍貴最有價值的祭品。你對我並不珍貴。你不是有價值的祭品。」馬拉克瞪著他。「你不懂嗎？你不是犧牲品，彼得……**我**才是。我的肉體是祭品。我就是禮物。看看我。我準備過，讓我自己配得上最終的旅程。**我就是禮物！**」

彼得依舊無言。

「**怎麼**死是祕密，」馬拉克又說，「共濟會會員都懂。」他指著祭壇。「你們尊崇古代眞理，但你們是懦夫。你們了解犧牲的力量，卻跟死亡保持距離，表演你們的模擬謀殺跟不見血的死亡儀式。今晚，你們的象徵祭壇會見證它眞正的力量……與眞正的用途。」

馬拉克伸手抓住彼得·所羅門的左手，把阿凱達之刀的握柄塞進他手裡。左手**服侍黑暗**。這也是計畫好的。這件事彼得沒有選擇。馬拉克想不出更有力更具象徵性的獻祭了，就在這座祭壇上，由這個人，用這把刀，插入肉體用一層玄祕符號包裝得像禮物的祭品的心臟。

以這個**自我**獻祭，馬拉克會建立他在群魔階級中的地位。眞正的力量在黑暗與血腥。古人都知道，證道者都選擇符合個人本性的一邊。馬拉克選對了邊。混亂才是宇宙的自然法則。冷漠是混亂的動力。人的冷漠是惡魔照顧他們種子的沃土。

我服侍了他們，他們會接受我爲神。

彼得沒有動作，只是低頭盯著手裡握的古老刀子。

「你不敢嗎，」馬拉克罵道，「我是自願的犧牲品。你的最終角色已經注定了。你會改變我。你會釋放我的靈魂。你必須這麼做，否則你會失去妹妹與弟兄。你會眞正孤獨。」他暫停一下，低頭對俘虜微笑。「把這當作你最後的懲罰吧。」

彼得慢慢抬頭看著馬拉克。「殺**你**？**懲罰**？你以爲我會猶豫？你殺了我兒子。我母親。我全家。」

「不！」馬拉克爆發的力道連他自己也驚訝。「你錯了！我沒有殺你的家人！是**你**！是**你**選擇把柴克瑞留在監獄裡！從那裡開始，命運之輪就轉動了！**你**殺了你的家人，彼得，不是我！」

彼得的指節發白，憤怒地握緊刀子。「你不懂我爲什麼把柴克瑞留在監獄裡。」

「我什麼都知道！」馬拉克反駁，「我也在場。你宣稱你是想**幫**他。當你逼他選擇財富或智慧，你是在**幫**他嗎？當你下最後通牒逼他加入共濟會，你是在**幫**他嗎？哪有父親讓孩子選擇『財富或智慧』還指望他知道怎麼做！哪有父親讓親生兒子坐牢卻不把他平安帶回家！」馬拉克走到彼得面前蹲下，刺青臉孔距離他只有幾吋。「但是最重要的……哪有父親可以當面看著兒子的眼睛……即使經過這麼多年……還認不出來！」

馬拉克的話在石室裡迴盪了幾秒鐘。

一陣死寂。

在突然的靜止中，彼得．所羅門似乎從恍惚中驚醒過來。他臉上浮現不敢置信的表情。

對，父親。是我。馬拉克等這一刻等了許多年……爲了報復拋棄他的人……看著他的灰眼睛說出被埋葬多年的事實。現在時候到了，他慢慢地說，希望看到他沉重的話逐漸壓垮彼得．所羅門的靈魂。「你該開心點，父親。你的敗家子回來了。」

彼得的臉色像死人一樣蒼白。

馬拉克享受著每一刻。「我自己的父親決定把我丟在監獄……在那瞬間，我發誓那是他最後一次拒絕我。我不再是他的兒子。柴克瑞．所羅門已經死了。」

他父親的眼睛突然冒出兩滴發亮的淚水，馬拉克感覺那是他見過最美的東西。

彼得忍住淚水，像是初次見面般盯著馬拉克的臉。

「典獄長要的只是錢，」馬拉克說，「但你拒絕了。而你從來沒想到，我的錢跟你一樣管用。典獄長不在乎是誰付他錢，拿到就好。當我提議給他一大筆錢，他選了個跟我身材相似的生病囚犯，穿上我的衣服，把他打得不成人形。你看到的照片……你埋葬的密封棺材……都不是我。那是個陌生人。」

彼得淚濕的臉孔痛苦又驚訝地扭曲。「我的天啊……柴克瑞。」

「已經不是了。當柴克瑞走出監獄，他被改變了。」

他的年輕身體大量使用實驗性成長激素與類固醇，昔日的瘦弱體型與娃娃臉已經嚴重變形。連聲帶也受損了，把稚氣的聲音永遠變成低語。

柴克瑞變成安卓斯。

安卓斯變成馬拉克。

而今晚……馬拉克會變成他最偉大的化身。

此時在卡洛拉瑪高地，凱薩琳．所羅門站在打開的書桌抽屜旁，低頭看著只能說是戀物狂收集的舊剪報與照片。

「我不懂，」她轉向貝拉米說，「這個瘋子顯然迷上了我的家族，可是——」

「繼續看……」貝拉米說，仍然非常激動地坐下來。

凱薩琳細看剪報，每一篇都跟所羅門家族有關——彼得的豐功偉業，凱薩琳的研究，他們母親伊莎貝爾的悲劇謀殺，柴克瑞．所羅門嗑藥、入獄與在土耳其獄中慘遭殺害的報導。

此人對所羅門家族的執念簡直是狂熱，但凱薩琳還是看不出理由。

然後他看到了照片。第一張顯示柴克瑞在點綴著白色粉刷房屋的沙灘上站在及膝海水中。希臘？她猜想，這張照片應該是柴克在歐洲嗑藥的荒唐歲月中拍的。不過奇怪的是，柴克看起來比八卦媒體照片中狂歡作樂的憔悴小孩健康多了。他看起來比較瘦，壯了一點，更成熟。凱薩琳不記得看過他這麼健康的樣子。

她疑惑地檢查照片上的日期。

可是這……不可能。

日期是柴克瑞死在獄中將近一年後。

凱薩琳突然快速翻閱這疊照片。全是柴克瑞．所羅門的照片……越來越年長。照片似乎像某種圖像傳記，記錄著緩慢的轉變。翻到後面，凱薩琳看到突發的激烈變化。她驚恐地看著柴克瑞的身體開始變形，肌肉隆起，五官顯然因爲濫用類固醇而扭曲。他的體型似乎變成兩倍大，眼神出現嚇人的凶暴。

我根本不認識這個人！

他看起來一點也不像凱薩琳印象中的小姪子。

她翻到一張他剃光頭的照片，感覺膝蓋開始發抖。然後她看到他裸體的照片……身上開始出現刺青。

她的心跳幾乎停止。「我的天啊……」

120

「右轉！」蘭登在強徵來的Lexus休旅車後座大喊。

辛金斯轉進S街，飆過一個樹木茂密的住宅區。他們靠近第十六街轉角，聖殿大樓在右方像座山一樣浮現。辛金斯仰望這座巨大的建築。看起來好像在羅馬萬神殿頂上蓋了個金字塔。他準備右轉到第十六街前往大樓正面。

「別轉！」蘭登下令，「直走！留在S街！」

辛金斯照辦，沿著大樓東側行駛。

「在第十五街，」蘭登說，「右轉！」

辛金斯遵照他的導航，片刻之後，蘭登指出聖殿大樓後方一條幾乎隱形、穿越庭園又沒鋪柏油的小路。辛金斯轉進去駛向大樓後方。

「看！」蘭登指著停在後門附近唯一的一輛車說。是大廂型車。「他們在這裡。」

辛金斯停好車子然後熄火。大家悄悄下車，準備進去。辛金斯仰望巨大的結構。「你說聖殿室在頂樓？」

蘭登點頭，指著建築物頂端。「金字塔頂上的平面其實是天窗。」

辛金斯看看蘭登。「聖殿室有天窗？」

蘭登詫異地看他。「當然。通往天堂的眼形孔……就在祭壇正上方。」

UH－60在杜邦圓環上急轉。

乘客座上的佐藤在咬指甲，等候部下回報。

終於，無線電傳出辛金斯斷續的聲音。「處長？」

「我是佐藤，」她大喊。

「我們要進去了，但是我有補充偵查報告。」

「請講。」

「蘭登先生剛才告訴我，目標最可能在的房間有個很大的天窗。」

佐藤考慮了幾秒鐘。「了解。謝謝。」

辛金斯掛斷。

佐藤吐出一塊指甲屑，轉向駕駛員。「起飛。」

121

如同所有失去孩子的父母，彼得．所羅門經常想像他兒子現在應該幾歲了……會是什麼長相……變成怎樣的人。

彼得．所羅門現在知道答案了。

眼前魁梧的刺青怪物剛出生也是嬌小寶貴的嬰兒……柴克寶寶蜷縮在柳條編織的搖籃裡……在彼得的書房裡蹣跚學步……牙牙學語。邪惡可以出自一個關愛家庭中的純眞孩子，這件事仍是人類靈魂最大的矛盾之一。彼得早已被迫接受雖然兒子體內流著他的血液，那顆心卻有它自己的想法。獨一無二……彷彿從宇宙中隨機挑選的。

我兒子……他殺了我的母親、我朋友羅柏．蘭登，或許還有我妹妹。

彼得心中充滿冰冷的麻木，在兒子眼中尋找任何關聯性……任何熟悉的感覺。然而對方的眼睛雖然跟彼得一樣灰，卻全然是個陌生人，充滿彷彿鬼魅般的仇恨與報復。

「你夠堅強嗎？」他的兒子罵道，看看彼得手裡的刀子。「你能完成多年前引發的事嗎？」

「孩子……」所羅門幾乎認不出自己的聲音。「我……我愛……你啊。」

「你兩次想殺我。你把我遺棄在監獄，又在柴克的橋開槍打我。快動手吧！」

有一瞬間，所羅門感覺飄浮在身體外。他不認得自己了。他少了一隻手，頭上全禿，穿著黑袍，坐在輪椅上，還握著古代的刀子。

「快動手！」男子又大喊，胸膛上的刺青抖動著。「殺我是唯一能救凱薩琳的辦法……還有你的組織弟兄！」

所羅門的目光移到豬皮椅上的電腦跟數據機。

傳送訊息：完成92%

他無法擺脫腦中凱薩琳失血而死的景象……還有他的共濟會弟兄。

「還有時間，」男子低聲說，「你知道這是唯一選擇。從肉體軀殼釋放我。」

「求求你，」所羅門說，「不要……」

「是你自找的！」男子反駁，「你強迫你的孩子作不可能的選擇！你記得那一晚嗎？財富或智慧？那晚你把我永遠推開。但是我回來了，父親……今晚輪到你選擇。柴克瑞或凱薩琳？救哪一個？你會殺兒子救你的妹妹？你會殺兒子救你的弟兄？你的國家？或是會拖到一切都太遲？直到凱薩琳死亡……直到影片公開……直到你必須抱著毀恨度過餘生。時間不多了。你知道該怎麼做。」

彼得的心絞痛。**你不是柴克瑞**，他告訴自己。**柴克瑞很久以前就死了。無論你是什麼……從哪裡來……你跟我無關**。雖然彼得．所羅門不敢相信自己的話，他知道必須作選擇。

他沒時間了。

找到大階梯！

羅柏．蘭登衝過陰暗的走廊，循路前往大樓中央。透納．辛金斯緊跟著他。如同蘭登的期望，他來到了大樓的中庭。

八根多立克式綠色花崗岩柱子圍繞，中庭看來像個融合的地下墓室——希臘羅馬埃及混合——有黑色大理石雕像，碗狀吊燈，條頓十字徽章，雙頭鳳凰徽章，擺放赫密斯頭像的壁面凹陷。

蘭登轉身跑向中庭對面的寬廣大理石階梯。「這可以直接通到聖殿室，」他低聲說，兩人盡力快速安靜地爬上去。

在第一個平台，蘭登看見一座共濟會名人亞伯特·派克的銅製胸像，還有他的名言鐫刻：我們為自己做的事將隨我們逝去；我們為他人與世界做的事將永垂不朽。

馬拉克察覺聖殿室的氣氛明顯改變，彷彿彼得·所羅門感受的所有挫折與痛苦都沸騰到表面……像雷射一樣瞄準馬拉克。

對……時候到了。

彼得·所羅門從輪椅上站了起來，面向祭壇，握著刀子。

「救凱薩琳，」馬拉克哄他，引誘他走向祭壇，一面後退，最後躺到他準備的白布上。「做你該做的事。」

彷彿在噩夢中摸索，彼得寸步前進。

馬拉克仰臥著，透過眼形孔凝視荒涼的月亮。**怎麼死是祕密。**這是最完美的一刻了。**裝飾著古代的失落文字，我用親生父親的左手獻上我自己。**

馬拉克深呼吸。

接受我，魔鬼們，這是我的身體，奉獻給你們。

彼得·所羅門顫抖著站在馬拉克身邊。他淚濕的雙眼閃爍著絕望、遲疑、痛苦。他最後一次看看室內遠處電腦的方向。

「快選擇，」馬拉克低聲說，「從我的肉體釋放我。這是神的旨意。你也是。」他雙手貼在體側挺起胸膛，鼓起壯觀的雙頭鳳凰刺青。**幫我擺脫這個蒙蔽靈魂的身體。**

彼得淚濕的眼神似乎穿過馬拉克，根本沒看他。

「我殺了你母親！」馬拉克低聲說，「我殺了羅柏．蘭登！你妹妹正在死去！你的兄弟會也快毀了！做你該做的事！」

彼得．所羅門的表情扭曲成極度哀傷與悔恨。他痛苦地仰天長嘯，舉起刀子。

羅柏．蘭登與辛金斯探員氣喘吁吁地趕到聖殿室門外，裡面爆出一聲毛骨悚然的大叫。是彼得的聲音。蘭登很確定。

彼得的叫聲痛苦至極。

我來晚了！

蘭登不理辛金斯，抓住門把猛力拉開門。眼前駭人的場景證實了它最大的恐懼。在昏暗房間的中央，一名光頭男子的身影站在大祭壇邊。他穿著黑袍，手上握著一把大刀子。

蘭登來不及動作，男子已經把刀向下刺進躺在祭壇上的那具軀體。

馬拉克閉上了眼睛。

多麼美麗。多麼完美。

古代的阿凱達之刀在月光下閃亮著。香煙裊裊向上盤旋，爲他即將被釋放的靈魂開路。刀子落下時，執刀者痛苦絕望的叫聲仍然在神聖的空間裡激盪。

我沾滿了人命獻祭之血與父母的眼淚。

馬拉克準備接受關鍵的衝擊。

他變形的時刻來了。

不可思議，他感覺不到疼痛。

他體內充滿雷鳴般的震動，又響又深。房間開始搖晃，上方射來一道白光令他目眩。天堂怒吼了。

馬拉克知道事成了。

正如他的計畫。

直升機出現在頭上時，蘭登不記得衝向祭壇。他也不記得伸出雙臂跳過去……撲向黑袍男子……拚命試圖在刀子第二次落下之前撲倒他。

兩人身體撞擊，蘭登看見透過眼形孔的一道強光照亮了祭壇。他預期看到彼得．所羅門的血腥身體躺在上面，但是在光線中發亮的胸膛上根本沒有血……只有大片刺青。刀尖斷在他身邊，顯然因爲刺到了石頭祭壇而非肉體。

他與黑袍男子一起跌落堅硬的石材地板，蘭登看見對方右手位置有一團繃帶，驚訝地發現他撲倒的是彼得．所羅門。

他們一起滑過地板，直升機探照燈從上方射下來。飛機大聲低空盤旋，起落架幾乎碰到大片玻璃牆。

直升機前端，一支奇形怪狀的槍在旋轉，透過玻璃向下瞄準。雷射瞄準鏡的紅光穿過天窗在地板上跳動，直接指向蘭登與所羅門。

糟了！

但是沒有砲火射下來……只有直升機旋翼聲。

蘭登只感覺到一股詭異的能量波動穿透他的細胞。在他身後，椅子上的筆電發出怪異的嘶聲。他回頭剛好看見它的螢幕變成一片黑。很不幸，最後瞬間看見的訊息很清楚。

傳送訊息：完成100%

拉高！該死！拉高！

UH－60駕駛員猛催旋翼油門，避免讓他的起落架碰到大玻璃天窗任何地方。他知道旋翼的六千磅向下推力已經讓玻璃逼近破裂臨界點。很不巧，直升機下方的金字塔斜度往側面有效分散了升力，讓他拉不起來。

起來！快點！

他向前壓低機鼻，想要飄開，但是左起落架撞到了玻璃中央。只有一瞬間，但是那樣就夠了。

聖殿室巨大的眼形孔爆炸成爲一陣玻璃碎片風暴……大量銳利碎片灑向下方的房間。

群星從天上墜落。

馬拉克仰望美麗的白光，一大片閃亮的寶石往他灑下來……越來越快……彷彿急欲把他包裹在燦爛光芒中。

突然有疼痛感。

到處都是。

刺穿。撕裂。割破。無數銳利的刀片穿透柔軟的肌膚。胸膛，脖子，大腿，臉上。他的身體突然僵硬，倒退。疼痛從恍惚中撕裂他，他充滿血液的嘴裡發出哀嚎。上空的白光變形了，突然間，宛如魔法，一架黑色直升機飄浮在他頭上，怒吼的旋翼把冰冷的寒風吹進聖殿室，讓馬拉克寒徹心肺，也把香煙吹散到房間的各角落。

馬拉克轉頭看見撞擊到花崗岩祭壇而折斷的阿凱達之刀躺在身邊，祭壇上鋪滿碎玻璃。**即使我對他做**

了這麼多事……彼得．所羅門還是下不了手。他拒絕讓我流血。

馬拉克驚恐起來，抬頭查看自己的身體。這件活生生的傑作應該是他的偉大祭品。但它現在破爛不堪。他全身沾滿了血……大塊玻璃碎片從各個方向刺穿他的肌膚。

馬拉克虛弱地放下頭躺回花崗岩祭壇，仰望屋頂。直升機不見了，原來的位置又出現寂靜、寒冷的月亮。

馬拉克瞪大眼睛，獨自在大祭壇上躺著喘氣……

122

怎麼死是祕密。

馬拉克知道全都不對了。沒有璀璨的光芒。沒有美好的迎接。只有黑暗與煎熬的疼痛。連眼睛都痛。他什麼也看不見，但感覺到周圍有動靜。有講話聲……人類的聲音……怪的是，其中一個是羅柏·蘭登。**怎麼可能？**

「她沒事，」蘭登一直說，「凱薩琳安全了，彼得。你妹妹沒事了。」

不，馬拉克想。**凱薩琳死了。她非死不可。**

馬拉克看不見，也分不清自己眼睛是否睜開，但他聽見直升機離開了。聖殿室突然又恢復寂靜。馬拉克感覺地面平順的韻律變得不均勻……像海洋的自然潮汐被醞釀中的風暴干擾。**秩序中的混亂**。

有陌生的聲音在喊叫，急促地跟蘭登談到電腦與影片檔案。**太遲了**，馬拉克知道。**損害已經造成**。現在影片已經像野火一樣蔓延到震驚世界的每個角落，摧毀這個組織的未來。**最能傳播智慧的人必須被毀滅**。人類的無知才能幫助混亂產生。世上沒有光明，才能滋養等待著馬拉克的黑暗。**我做了大事，很快我會被接納為王者**。

馬拉克察覺有個人默默地接近。他知道是誰。他聞得出塗抹在父親光頭上的聖油氣味。

「我不知道你能否聽見，」彼得·所羅門在他耳邊低聲說，「但我要你知道一些事。」他伸出手指摸摸馬拉克頭頂上的神聖部位。「你寫在這裡的……」他停頓一下。「不是失落的文字。」

才怪，馬拉克想。**是你讓我深信不疑**。

根據傳說，失落的文字是用古老神祕到人類早已遺忘的語言寫成。這種神祕語言，彼得透露，其實是地球上最早的語言。

符號的語言。

在符號學的慣例，有個符號高居所有符號之首。這個最古老最通用的符號融入了所有古老傳統，以單一圖形代表埃及太陽神的光芒，煉金術黃金的珍貴，賢者之石的智慧，玫瑰十字會的純淨，創世的時刻，所有一切，占星學太陽的支配，甚至飄浮在未完成金字塔頂上的全能之眼。

圓心點。來源的符號。萬物的根源。

這就是剛才彼得告訴他的。馬拉克起初不信，但他再看看符號方陣，發現金字塔圖形**直接**指向唯一的圓心點符號——圓圈裡面有個中心點。**共濟會金字塔是地圖**，他想，回憶起**指向失落文字**的傳說。他父親似乎說的是實話沒錯。

所有重大眞理都很簡單。

失落的文字不是一個字……而是符號。

馬拉克急切地把這個偉大符號畫到頭皮上。過程中，他感到泉湧而來的力量與滿足。**我的傑作與獻祭完成了**。黑暗的力量在等待他。他會爲他的努力獲得獎賞。這應該是他最榮耀的一刻……

但是在最後瞬間，一切都錯得離譜了。

彼得仍然在他身邊，說著馬拉克聽不太懂的話。「我是說謊的，」他說，「你讓我毫無選擇。即使我向你透露眞正的失落文字，你也不會相信，更不會懂。」

失落的文字……不是圓心點？

「眞相是，」彼得說，「所有人都知道失落的文字……但很少人認得。」

這句話迴盪在馬拉克心裡。

「你仍然未完成，」彼得說，輕輕把手掌放在馬拉克頭上。「你的工作沒有完成。但無論你要到哪裡去，請記得……你是有人關愛的。」

不知何故，父親手掌的溫柔觸摸感覺灼熱，像強力觸媒引發了馬拉克體內的化學反應。突如其來，他感到一陣強烈的能量流過他的身體，彷彿體內每個細胞都在融解。

瞬間，他所有的世俗痛苦蒸發了。

轉變。真的發生了。

我在俯瞰我自己，神聖的祭壇上那具殘破血腥的肉體。父親跪在我身邊，用剩下的那隻手捧著我的頭。

我感到強烈的忿怒……還有迷惑。

這不是同情的時候……應該是報復、轉變的時候……但我父親還是拒絕屈服，拒絕完成他的角色，拒絕把他的痛苦與憤怒透過刀鋒轉移到我心裡。

我被困在這裡，飄浮著……拴在我的軀殼邊。

我父親輕輕地用柔軟手掌摸過我的臉，闔上我虛弱的眼睛。

我感覺繩子鬆開了。

我身邊出現洶湧的薄霧，越來越濃，遮住光線，看不見外面的世界。

時間突然加速，我掉入一個超乎任何想像的黑暗深淵。在這空曠的虛無中，我聽見低語……我感到一股蓄積的力量。它越來越強，速度驚人，包圍著我。不祥又強大。黑暗又威嚴。

這裡有別人在。

這是我的勝利，我的盛大迎接。但是，不知何故，我並未感到喜悅，而是無邊的恐懼。

這跟我預料的不一樣。

力量在翻攪，在我身邊強烈地旋轉，彷彿即將撕裂我。突然，出乎預料，黑暗像大型史前野獸自我聚積，在我面前豎立。

我面對著所有先我而去的黑暗靈魂。

我在無限恐懼中大叫……黑暗整個吞噬了我。

123

國家大教堂裡，蓋洛威牧師察覺空氣中奇怪的改變。他不確定原因，但他感覺像是有個鬼魅陰影蒸發了……如釋重負……又遙遠又逼近。

他獨自坐在書桌前深思。不曉得經過了多久，他的電話響起。是華倫·貝拉米。

「彼得還活著，」他的共濟會弟兄說，「我剛聽到消息。我想你一定希望盡快知道。他會沒事的。」

「感謝上帝。」蓋洛威嘆道，「他在哪裡？」

蓋洛威聽著貝拉米描述他們離開教堂大學之後發生的一連串曲折故事。

「但是你們全部平安？」

「正在復原，對，」貝拉米說，「對了，還有一件事。」他停頓一下。

「嗯？」

「共濟會金字塔……我想蘭登可能解開了。」

蓋洛威不禁微笑。他居然不驚訝。「告訴我，蘭登是否發現金字塔遵守了它的承諾？它有沒有透露傳說中宣稱的東西？」

「我還不清楚。」

它會的，蓋洛威想。「你需要休息。」

「你也是。」

不，我必須禱告。

124

電梯門打開時，聖殿室裡的燈光全部亮著。

凱薩琳．所羅門匆忙進去找她的哥哥，雙腳仍然感覺沉重。巨大房間裡的冷空氣帶著焚香的氣味。眼前的場面嚇得她停下腳步。在壯觀的房間中央，低矮的石頭祭壇上，躺著一具血肉模糊的刺青屍體，被尖銳碎玻璃刺得遍體鱗傷。上方，天花板上一個大洞開向天空。

我的天。凱薩琳立刻掉頭，目光搜尋彼得。她發現哥哥坐在房間另一頭，正接受醫護人員治療，同時跟蘭登與佐藤處長交談。

「彼得！」凱薩琳喊著跑過來，「彼得！」

她哥哥抬頭，表情非常欣慰。他立刻站起來，走向她。他穿著簡單的白襯衫與黑褲，或許有人從樓下他的辦公室拿來的。他的右臂掛在吊袋上，看起來很彆扭，但凱薩琳並不在意。當哥哥擁抱她的時候，熟悉的安慰感像繭一樣包圍她，如同慣例，即使在小的時候，也是如此。

他們靜靜地擁抱。

凱薩琳終於低聲說，「你沒事吧？我是說……眞的？」她放開他，低頭看著他右手部位的吊袋與繃帶。眼眶又湧出淚水。「我眞的……很抱歉。」

彼得像無所謂似的聳肩。「臭皮囊罷了。身體總會腐朽。重要的是妳平安。」

彼得輕鬆的反應勾動了她的情緒，想起敬愛他的所有理由。她撫摸他的頭，感受切不斷的家人親情……在他們血管裡流動的共同血液。

很不幸地，她知道今晚現場還有第三個所羅門家人。祭壇上的屍體吸引了她的目光，凱薩琳深深顫抖，想要忘掉她看過的照片。

她轉頭，眼光又找到了羅柏．蘭登。充滿同情，深沉又體諒，彷彿蘭登知道她在想什麼。彼得知道了。凱薩琳陷入強烈情緒——安心，同情，絕望。她感覺哥哥的身體像小孩子在顫抖。她一輩子沒有碰過這種情況。

「忘了吧，」她低聲說，「沒事的。忘了吧。」

彼得顫抖得更厲害了。

她又抱著他，撫摸他的後腦。「彼得，你一向比我堅強……一向是你照顧我。以後我會照顧你。沒事了。我在這裡。」

凱薩琳讓他的頭輕輕靠上她肩膀……偉大的彼得．所羅門崩潰在她懷中哭泣。

佐藤處長走開去接電話。

是諾拉．凱伊。這次，她帶來了好消息。

「仍然沒有散布的跡象，女士。」她聽起來很振奮，「否則我相信現在應該已經有消息了。看起來被妳攔住了。」

是妳的功勞，諾拉，佐藤想，低頭看看筆電，剛才蘭登看到它完成了傳輸。眞是千鈞一髮。

照諾拉的建議，探員搜索別墅時檢查了垃圾筒，發現新買的無線數據機包裝。有了正確的型號，諾拉得以交叉比對相容的載具、頻寬與服務網路，找出這部筆電最可能存取的節點——第十六街與柯克蘭街路口的小基地台——距離聖殿三條街。

諾拉迅速轉告直升機上的佐藤這個消息。前往聖殿大樓途中，駕駛員低空飛過用電磁脈衝波摧毀了轉接點，在筆電完成傳輸前幾秒鐘讓它斷線。

「今晚幹得好，」佐藤說，「去睡吧。妳辛苦了。」

「謝謝，女士。」諾拉有點猶豫。

「還有別的事嗎？」

諾拉沉默半晌，顯然在考慮該不該說。「還是明天早上再說吧，女士。晚安。」

125

聖殿大樓一樓的優雅浴室的沉默中，羅柏．蘭登往洗臉槽裡放熱水，看看鏡中的自己。即使在柔和燈光下，他看起來還是感覺……筋疲力盡。

他的背包又回到他肩上，現在輕多了……只剩他的私人物品跟一些皺巴巴的演講小抄。他不禁苦笑。今晚他來華府演講，結果比他預期的更辛苦一點。

不過，蘭登還是很慶幸許多事情。

彼得還活著。

影片沒傳出去。

蘭登捧著熱水往臉上潑，漸漸感覺恢復了精力。一切都還很模糊，但是體內的腎上腺素終於退去……他感覺恢復了正常。擦乾手之後，他看看米老鼠手錶。

天啊，好晚了。

蘭登走出浴室，沿著榮譽廳的曲線牆壁走路——這條優雅弧線的走道上，排列著傑出共濟會會員的畫像……美國總統、慈善家、名流與其他有影響力的美國人。他停在亨利．杜魯門的油畫前，想像他進行成爲共濟會會員所需的禮拜、儀式與冥想。

在我們所見的世界背後還有個隱藏的世界。所有人皆然。

「你溜走了，」走道遠處一個聲音說。

蘭登轉身。

是凱薩琳。她今晚吃足了苦頭，但她突然顯得容光煥發……宛如回復青春。

蘭登疲倦地微笑。「他還好吧？」

凱薩琳走過來溫暖地擁抱他。「我該怎麼謝你呢？」

他笑了。「妳知道我什麼也沒做，是吧？」

凱薩琳抱著他許久。「彼得會沒事的……」她放開手凝視蘭登的眼睛。「他剛告訴我一件不可思議的事……很棒的事。」她的聲音充滿期待而顫抖。「我得親自去看看。我馬上回來。」

「什麼？妳要去哪裡？」

「不會太久。現在，彼得想要私下跟你談……。他在圖書館等你。」

「有沒有說是什麼事？」

凱薩琳竊笑著搖頭。「你知道彼得一向神祕兮兮。」

「可是——」

「晚點見。」

說完她就走了。

蘭登長嘆一聲。他感覺今晚知道的祕密夠多了。當然，有些問題還是沒答案——例如共濟會金字塔跟失落的文字——但他覺得即使有答案，也不是他該知道的。他不是共濟會會員。

蘭登鼓起最後的精力，走向共濟會圖書館。到達的時候，彼得正單獨坐在一張桌子邊，石頭金字塔擺在面前。

「羅柏？」彼得微笑揮手叫他進來。「我想談一下。」

蘭登擠出笑容。「對，我聽說你知道很多。」

126

聖殿大樓的圖書館是華府最古老的公共閱覽室。優雅的書庫發展成超過二十五萬冊藏書，包括一本稀有的《*Ahiman Rezon*》，**會內弟兄的祕密規約**。此外，館內展示珍貴的共濟會珠寶，儀式器具，甚至一冊富蘭克林親手印製的珍本書。

但是蘭登最喜愛的那件寶物，很少人注意到。

《幻覺》。

所羅門很久以前帶他看過，從適當的制高點俯瞰，館內的閱覽桌跟金色檯燈會產生一個明確的視覺幻覺……金字塔與發亮的黃金頂石。所羅門說他總是認爲這個幻覺在默默提醒他，只要從適當的角度，每個人都看得見共濟會的祕密。

但是今晚，共濟會的祕密就攤開在眼前。蘭登坐在祭祀師彼得．所羅門與共濟會金字塔對面。彼得在微笑。「你提到的『文字』，羅柏，並不是傳說。那是**眞的**。」

蘭登盯著他，終於開口。「可是……我不懂。這怎麼可能？」

「有什麼難以接受的？」

全部！蘭登想這麼說，在老友眼神中尋找任何常識的線索。「你是說你相信失落的文字是**眞的**……而且眞的有**力量**？」

「巨大的力量，」彼得說，「能夠解開古代玄祕而改變人類。」

「憑一個字？」蘭登質疑，「彼得，我不可能相信一個字——」

「你會**相信**的，」彼得冷靜地說。

蘭登默默盯著他。

「你也知道，」所羅門又說，站起來在桌邊踱步，「長久以來一直有預言說總有一天失落的文字會被重新發現……全部被發掘出來……人類會再次擁有被遺忘的力量。」

蘭登回想彼得關於〈啟示錄〉的演說。雖然很多人誤解啟示錄是災難式的世界末日，那個字的字面意義其實是「揭露」，古人預言就是揭露大智慧。**即將來臨的啟蒙時代**。即使如此，蘭登無法想像這麼重大的改變只憑……一個字引發。

彼得指著桌上的石頭金字塔，旁邊就是黃金頂石。「共濟會金字塔，」他說，「傳說中的分割密碼。今晚它被組合起來……完整了。」他崇敬地捧起黃金頂石放到金字塔上。沉重的金塊發出輕響。

「今晚，我的朋友，你做了前所未有的創舉。你組合了共濟會金字塔，解開了它所有密碼，最後，揭露了……這個。」

所羅門拿出一張紙放在桌上。蘭登認得用富蘭克林八號方塊重新排列的符號方陣。他在聖殿室簡短地看過。彼得說，「我很好奇你能否看懂這些符號陣列。畢竟你是專家。」

蘭登看看方塊。

Heredom、圓心點、金字塔、階梯……

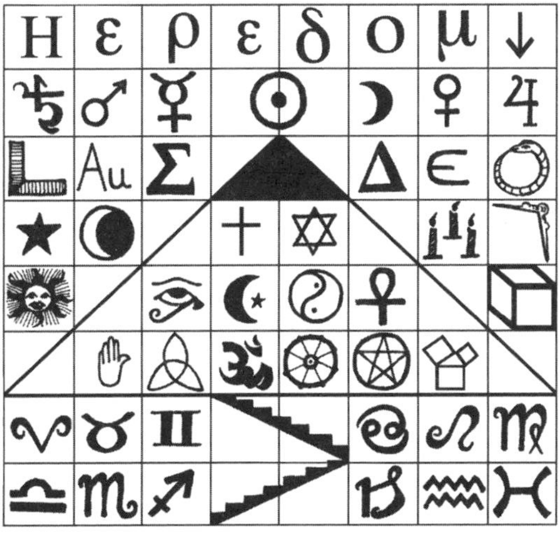

蘭登嘆氣。「唉，彼得，你或許也看得出來，這是寓言的象形文字。它的語言顯然是隱喻象徵性成分遠超過文字。」

所羅門輕笑一聲。「我只是問個簡單問題啊……好吧，告訴我你看到什麼。」

彼得眞的想知道？蘭登把紙拿到面前。「呃，我剛才看了一下，簡單來說，我覺得這個方陣是張圖畫……描繪天堂與人間。」

彼得抬起眉毛，有點驚訝。「哦？」

「當然。圖畫的頂上，有**Heredom**這個字——『神聖的房子』——我解釋爲上帝……或天堂的房子。」

「OK。」

「**Heredom**後面的向下箭頭表示其餘象形文字顯然是在天堂以下的領域……也就是……人間。」蘭登的目光又移到方塊底下。「最底下兩行，金字塔底下，代表地球本身——堅實的大地（terra firma）——最低的領域。恰如其分，最低的領域包含了十二個古代占星符號，代表先民的原始宗教，他們仰望天空，在星辰移動中看到了上帝之手。」

所羅門拉近椅子，研究方塊。「OK，還有呢？」

「以占星學爲基礎，」蘭登繼續說，「大金字塔從地面聳立……往天上延伸……失落智慧的一貫符號。裡面塡滿了歷史上各大哲學與宗教……埃及人、畢達哥拉斯、佛教、印度教、伊斯蘭教、猶太教與基督教，諸如此類……全部向上流動，融合在一起，向上自我彙集透過金字塔的轉變通道……最終結合成一個統一的人類哲學。」他停頓一下。「單一共通的意識……全球共享的神明形象……由飄浮在頂石上的古老符號來代表。」

「圓心點，」彼得說，「神的共通符號。」

「對。縱觀歷史，圓心點向來是個萬用符號——是太陽神拉、煉金術的黃金、全能之眼、大霹靂之前的奇點，還有——」

「宇宙的偉大建築師。」

蘭登點頭，感覺這或許是彼得在聖殿室使用的論點，主張圓心點就是失落的文字。

「最後呢？」彼得問，「階梯怎麼說？」

蘭登低頭看金字塔底下的階梯圖形。「彼得，我相信你跟任何人一樣清楚，這象徵共濟會的螺旋階梯……從俗世的黑暗向上進入光明……就像雅各的天梯爬上天堂……或是連接人類肉體與永恆心智的多階段脊椎。」他停頓一下。「至於其餘的符號，似乎是各種天體的混合，共濟會的，科學的，全部支撐著古代玄祕。」

所羅門摸摸下巴。「高貴的詮釋，教授。當然，我同意這個方陣可以解讀爲寓言，不過……」他的眼中閃著深沉的神祕。「這個符號集錦也訴說了另一個故事。更加有啓發性的故事。」

「哦？」

所羅門開始繞著桌子踱步。「今晚稍早在聖殿室裡，我以爲我快死了，我看著這個方塊，不知何故我看**穿**了隱喻，看**穿**了寓言，進入這些符號想告訴我們的核心。」他暫停，突然轉向蘭登。「這個方塊透露出失落文字埋藏的**精確**地點。」

「你說什麼？」蘭登不安地在座位上換姿勢，忽然擔心今晚的創傷是否讓彼得的腦子糊塗了。

「羅柏，傳說一向形容共濟會金字塔是地圖——非常**明確**的地圖——能夠指引夠資格的人前往失落文字的祕密位置。」所羅門指指蘭登面前的符號方塊。「我敢保證，這些符號正如傳說形容的那樣……是**地圖**。透露能找到通往失落文字的階梯所在地的明確圖解。」

蘭登不安地笑笑，小心地踱步。「即使我相信共濟會金字塔的傳說，這個符號方陣也不可能是地圖。你看看。一點兒也不像地圖。」

所羅門微笑。「有時候只需要稍微轉換一下角度，就能從熟悉的東西看出全新的內容。」

蘭登又看一下，卻毫無發現。

「我問你，」彼得說。「共濟會舉行奠基儀式時，你知道他們爲什麼都放在建築物的東北角嗎？」

「當然，因爲東北角是每天最早被陽光照到的地方。象徵建築物爬出地面迎向光明的能力。」

「對，」彼得說，「那麼或許你該從**那裡**尋找第一個線索。」他指著方陣。「在東北角。」

蘭登的目光回到紙上，看向右上方或是東北角。那個角落的符號是→。

「向下箭頭，」蘭登說，試著了解所羅門的意思。「意思是……在Heredom**底下**。」

「不，羅柏，不是**底下**，」所羅門回答，「動動腦。這個方陣不是隱喻迷宮。它是**地圖**。在地圖上，指向**下面**的方位是——」

「南方，」蘭登驚訝地說。

「正是！」所羅門興奮地笑著回答，「正南方！在地圖上，**下面**就是南方。而且在地圖上，**Heredom**這個字不是天堂的隱喻，而是一個地理位置的名稱。」

「聖殿大樓？你是說這張地圖指向……這棟大樓的正南方？」

「讚美主！」所羅門笑說，「你終於懂了。」

蘭登研究方陣。「可是，彼得……就算你說對了，這棟大樓的正南方在超過兩萬四千哩長的緯度上可能是**任何地方**。」

「不，羅柏。你忘了傳說，它宣稱失落的文字就埋在華府。這樣範圍就小多了。此外，傳說**也**宣稱階梯入口頂上有一塊大石頭……而這塊石頭上雕刻著古代語言的**訊息**……讓夠格的人可以找到的某種標記。」

蘭登實在很難把這些話當眞，他對華府還沒有熟悉到能夠想像他們現在位置的正南方有什麼，但他相當確定沒有刻字的大石頭壓在埋藏的階梯上。

「刻在石頭上的訊息，」彼得說，「就在我們眼前。」他指指蘭登面前方陣的第三行。「這就是刻字，羅柏！你解開了謎題！」

蘭登目瞪口呆，研究這七個符號。

解開？蘭登根本想不出這七個互不相干的符號會有什麼意義，而且他很確定首都的任何地方都**沒有**刻這些字……尤其在什麼階梯上的大石頭。

「彼得，」他說，「我完全看不出這個有什麼意思。我沒聽說華府有什麼石頭刻了這些……訊息。」

所羅門拍拍他的肩膀。「你肯定曾經走過但是沒看見。我們**都**一樣。它就在眾人可見之處，像古代玄祕本身。今晚，當我看到這七個符號，我立刻發現傳說是眞的。失落的文字就埋在華府……而且**確實**就在刻字巨石底下，一大段階梯的底部。」

蘭登大惑不解，一言不發。

「羅柏，今晚我認爲你贏得了獲知眞相的權利。」

蘭登盯著彼得，想要理解剛聽見的話。「你要**告訴**我失落的文字埋在哪裡？」

「不，」所羅門微笑著站起來說，「我要指給你看。」

五分鐘後，蘭登坐上休旅車後座，彼得．所羅門旁邊。辛金斯爬進駕駛座時，佐藤穿越停車場走過來。

「所羅門先生？」處長說，走到之後點了根菸。「我剛打了你要求的電話。」

「結果呢？」彼得從打開的車窗問。

「我命令他們讓你們進去。只能一下子而已。」

「謝謝。」

佐藤好奇地看著他，「老實說，眞是罕見的要求。」

所羅門神祕地聳肩。

佐藤不再追究，繞到蘭登的窗邊用指關節敲窗子。

蘭登搖下車窗。

「教授，」她冷冰冰地說，「今晚你的協助雖然不太甘願，對我們的成功卻很重要……因此，我要謝謝你。」她深吸一口菸往旁邊呼出來。「但是，最後一個忠告。下次有中情局高級主管告訴你她有國家安全危機……」她的黑眼睛發亮。「別把劍橋那套屁話拿出來。」

蘭登張嘴欲言，但井上．佐藤處長已經轉身走向等待的直升機了。

辛金斯回頭看看他們，面無表情。「兩位準備好了嗎？」

「其實，」所羅門說，「請等一下。」他拿出一小塊摺疊的黑布交給蘭登。「羅柏，出發之前我希望你戴上這個。」

蘭登疑惑地檢查。是黑絲絨。他打開來看，發現是個共濟會眼罩——第一級入會者使用的傳統眼罩。

搞什麼鬼？

彼得說，「我寧可你別知道我們去哪裡。」

蘭登轉向彼得。「你要我一路**戴著眼罩**？」

所羅門咧嘴笑道。「我的祕密。照我的規矩。」

127

蘭利中情局總部外面的微風有些冷。諾拉．凱伊顫抖著跟隨系統安全部的瑞克．帕瑞許走過月光下的中央庭院。

瑞克要帶我去哪裡？

共濟會影片危機已經解除，謝天謝地，但諾拉還是很不安。中情局局長那個簡略檔案仍然是謎，讓她無法釋懷。她和佐藤明天早上要報告，諾拉想要知道全部事實。最後，她打電話給瑞克．帕瑞許，請他幫忙。

現在，她跟著瑞克到外面某個不明地點，諾拉無法忘記腦中那些怪詞彙：

地下的祕密地點……在華盛頓某處，座標……發現古代入口通往……警告金字塔握有危險的……破解刻字的分割密碼以揭露……

「你我都同意，」帕瑞許邊走邊說，「搜尋這些關鍵字的駭客絕對是在找關於共濟會金字塔的資訊。」

太明顯了，諾拉想。

「不過結果是，我想駭客誤打誤撞發現了預料之外的一部分共濟會祕密。」

「什麼意思？」

「諾拉，妳知道中情局局長有贊助一個員工專屬的內部論壇，讓大家分享對於各種事物的想法嗎？」

「當然。」論壇提供局內員工一個網路上天馬行空聊天的安全場所，讓局長某個程度上可以跟員工直接交流。

「局長的論壇是以個人名義舉行，但是爲了讓各種安全等級的員工都能使用，是放在局長的機密防火牆以外。」

「你想說什麼？」她問道，兩人繞過靠近中情局附設咖啡店的轉角。

「簡單說……」帕瑞許指著黑暗中，「就是那個。」

諾拉抬頭看。前方廣場對面有個巨大的金屬雕塑品在月光下發亮。

局裡號稱擁有五百多件藝術品原件，這個雕塑稱作Kryptos，是其中最有名的。Kryptos是希臘文「隱藏」之意，美國藝術家詹姆士·桑柏恩（James Sanborn）的作品，已經成爲中情局的傳說。

這件作品是一大片S形銅板，像彎曲的金屬牆一樣豎立。寬廣的牆面上鐫刻著將近兩千個字母……構成一個令人迷惑的密碼。彷彿這樣還不夠神祕，有許多其他雕塑元素被細心佈置在S形牆周圍區域——角度怪異的花崗岩塊，羅盤玫瑰，天然磁石，甚至有摩斯密碼寫的訊息提到「清晰的記憶」與「陰影力量」。大多數粉絲相信這些物品是透露如何解讀雕塑密碼的線索。

Kryptos是藝術品……但也是個謎。

中情局內外的密碼學者都執著地企圖破解密碼中的祕密。終於在幾年前，有一部分密碼被解開了，成爲全國性大新聞。雖然Kryptos的大多數密碼至今依然無解，解開的部分也詭異得讓雕塑顯得更加神祕。它提到地下的祕密地點，通往古墓的入口，經度與緯度……

諾拉還記得一部分已破解的片段：**資訊聚集並傳送到地下的不明地點……完全隱形……如何可能……他們利用地球磁場……**

諾拉從未仔細注意這件雕塑，或在乎它有沒有被完全破解。但是此刻，她想要答案。「爲什麼帶我來看Kryptos？」

帕瑞許對她神祕兮兮地微笑，誇張地從口袋抽出一張摺疊的紙。

「看，妳關心的那個神祕簡略檔案。我弄到全文了。」

諾拉跳起來。「你竊取局長的機密檔案？」

「不。這是我先前查到的。妳看看。」他把檔案交給她。

諾拉接過紙張打開。當她在頁面頂端看見標準的中情局標頭，驚訝地抬頭。

這份文件不是密件。差得遠了。

員工討論區：KRYPTOS

壓縮存檔：討論串 #2456282.5

諾拉看到一連串貼文被壓縮成一頁以便有效儲存。

「妳的關鍵字文件，」瑞克說，「是有個密碼狂在講Kryptos的事。」

諾拉掃描文件直到發現含有一串熟悉關鍵字的句子。

吉姆，雕塑說它被傳送到資訊藏匿的一個祕密地下地點。

「這些文字出自局長的網路Kryptos論壇，」瑞克解釋，「論壇存在好多年了。有好幾千筆貼文。其中一篇碰巧含有所有關鍵字我也不會驚訝。」

諾拉繼續往下看，直到發現另一個含有關鍵字的貼文。

雖然馬克說密碼的經度／緯度是在華盛頓某處，他用的座標誤差了一度——基本上Kryptos是指著自己。

帕瑞許走向雕塑，伸手摸過神祕的字海。「這些密碼有很多尚未破解，有很多人認爲其中訊息可能眞的跟古代共濟會祕密有關。」

諾拉想起了關於共濟會／Kryptos關聯的謠傳，但是她通常不在乎瘋子的瘋話。話說回來，看看廣場上分布的各種雕塑，她發現那是分割多處的密碼——分割信物——就像共濟會金字塔。

眞怪。

有一瞬間，諾拉幾乎把Kryptos當成現代的共濟會金字塔——分拆多片的密碼，由不同材料製作，各自有其角色。「你認爲Kryptos可能跟共濟會金字塔藏有相同的祕密嗎？」

「誰曉得？」帕瑞許喪氣地看看Kryptos。「我猜我們永遠看不到完整的訊息。呃，除非有人能說服局長打開他的保險箱，讓他偷看一下答案。」

諾拉點頭。現在她全部想起來了。安裝Kryptos的時候，附有一個裝了雕塑密碼完整解答的密封信封。密封的答案交給了當時的中情局局長威廉．韋伯斯特，他鎖在辦公室保險箱裡。據說文件還在裡面，這些年來由歷代局長交接下來。

怪的是，諾拉一想到威廉．韋伯斯特就觸發了回憶，想起另一部分Kryptos已被破解的文字：

就埋在外面某處。
誰知道確實的地點？
只有WW。

雖然沒人知道埋在外面的是什麼，大多數人相信WW指的是威廉．韋伯斯特。諾拉聽過謠傳，說它指的其實是威廉·惠斯頓（William Whiston）——皇家學會的神學家——只是她從來沒有想太多。

瑞克又說了。「我必須承認，我不太喜歡藝術家，但我認為桑柏恩這傢伙眞是天才。我剛在網路上看到他的西里爾投影機（Cyrillic Projector）計畫？把出自ＫＧＢ一份心靈控制研究文件的巨大俄文字母投射到地上。眞詭異。」

諾拉沒在聽。她在專心看紙張，又找到另一則貼文有第三個關鍵字。

> 對，那整段是逐字引述某位有名考古學家的日記，提到他挖掘發現通往圖坦卡門王墳墓的古代入口那一刻。

Kryptos引述的考古學家，諾拉知道，其實是知名埃及學家霍華·卡特。下一則貼文直接指出他的名字。

> 我剛瀏覽了網路上卡特其餘的現場筆記，聽起來好像他發現了一個灰泥膠囊警告說金字塔對任何打擾法老安眠的人造成危險的後果。就是詛咒！我們該擔心嗎？☺

諾拉皺眉。「瑞克，拜託，這白癡的金字塔引述根本不對。圖坦卡門不是埋葬在金字塔裡，他是埋在帝王谷。解碼專家都不看探索頻道嗎？」

帕瑞許聳肩。「科技阿宅嘛。」

諾拉看到了最後的關鍵字。

各位，你們都知道我不是陰謀論者，但是吉姆與大衛最好在二〇一二年世界末日之前破解這個刻字的分割密碼，揭露它的最終祕密……再見。

「總之，」帕瑞許說，「我想在妳指控中情局局長暗藏古代共濟會傳說的機密記載之前，妳最好看看Kryptos論壇。無論如何，我懷疑像中情局局長這麼有權力的人有時間關心那種事情。」

諾拉想起共濟會影片中許多權勢人物參加古代儀式的影像。**如果瑞克有什麼想法的話……**

到頭來，她知道，不管Kryptos透露出什麼，其訊息絕對有神祕的潛在意義。她抬頭看看這件發亮的藝術品——默默豎立在國家最大情報機構中心的三度空間密碼——猜想著它會不會被破解出最終的祕密。

她和瑞克走回室內時，諾拉不禁微笑。

就埋在外面某處。

128

這太誇張了。

羅柏・蘭登被蒙著眼什麼也看不見，休旅車往南沿著無人的街道疾馳。在他身邊的彼得・所羅門保持沉默。

他要帶我去哪裡？

蘭登的好奇心混合著興趣與不安，想像力拚命試圖把碎片拼在一起。彼得仍然非常冷靜。

失落的文字？埋在刻字巨石底下的階梯底端？實在不太可能。

傳說中的石上刻字仍然烙印在蘭登的記憶中……但是那七個符號，就他所知，毫無任何意義。

共濟會的矩尺：誠實與「眞誠」的符號。

字母**Au**：金元素的化學簡稱。

Sigma：希臘字母**S**，代表所有總和的數學符號。

金字塔：人類往天上發展的埃及符號。

Delta：希臘字母**D**，代表改變的數學符號。

汞：最古老的煉金術符號。

食尾蛇：完整與合一的符號。

所羅門仍然堅持這七個符號是個「訊息」。但如果是真的，蘭登也不知道該如何解讀。

休旅車突然減速往右急轉，駛上不同的路面，很像住宅車道或聯絡道。蘭登抬頭，注意聆聽此地位置的線索。他們開了不到十分鐘，雖然蘭登試圖在心裡推測，很快就迷失了方位。就他所知，他們又回到了聖殿大樓。

休旅車停下來，蘭登聽見車窗放下的聲音。

「辛金斯探員，中情局，」司機大聲說，「你們應該接到通知了。」

「是，長官，」一個尖銳的軍人聲音回答，「佐藤處長打過電話來。請等我移開路障。」

蘭登越聽越迷惑，感覺像是進了軍營。車子又開始前進，沿著一條異常平坦的路面，他盲目地轉向所羅門。

「這是哪裡，彼得？」他問。

「不要取下眼罩。」彼得的聲音很堅持。

車子行駛了一小段路，再次減速停下來。辛金斯熄火。更多講話聲。軍人。有人查問辛金斯的身分。探員下車跟他們快速交談。

蘭登的車門突然打開，強壯的手扶他下了車。空氣很冷。風很大。

所羅門在他身邊。「羅柏，讓辛金斯探員帶你進去。」

蘭登聽見金屬鑰匙開鎖聲……然後是沉重鐵門推開的輾軋聲。聽起來像古老的船艙壁。**他們到底帶我來哪裡?!**

辛金斯伸手牽著蘭登前往鐵門方向。他們停在門檻處。「往前直走，教授。」

突然安靜下來。死寂。毫無人聲。裡面的空氣聞起來凝滯又特殊。

辛金斯和所羅門左右扶持著蘭登，帶他走過一條有回音的走廊。懶人鞋底下的地面感覺像石頭。

在他們背後，金屬門大聲關上，蘭登嚇了一跳。門鎖鎖上。他在眼罩底下開始冒汗。他只想摘下眼罩。

三人停下腳步。

辛金斯放開蘭登的手臂，前方一串電子嗶聲然後是意外的隆隆聲，蘭登想像一定是自動安全門滑開。

「所羅門先生，你跟蘭登先生自己進去吧。我在這裡等你們，」辛金斯說，「用我的手電筒。」

「謝謝，」所羅門說，「我們不會太久。」

手電筒?! 蘭登的心臟狂跳。

彼得牽著蘭登的手臂緩步前進。「跟我走，羅柏。」

他們一起慢慢走過另一道門檻，背後的安全門自動關上。

彼得停了下來。「有什麼問題嗎？」

蘭登突然感覺作嘔站不穩。「我想我需要拿掉眼罩。」

「還不行，我們快到了。」

「快到**哪裡**？」蘭登感覺腸胃越來越沉重。

「我說過了──我要帶你看向下通往失落文字的階梯。」

「彼得，這樣不好笑！」

「我**無意開**玩笑。這是要打開你的心胸，羅柏。是在提醒你世界上有些祕密連你也沒見過。在我們繼續走之前，我要你幫我一個忙。我要你**相信**……只要一下子就好……相信傳說。相信你即將俯瞰一座深入幾百呎的螺旋階梯，通往人類最大的失落寶藏。」

蘭登頭暈眼花。他很想要相信他的摯友，但是做不到。「還很遠嗎？」他的絲絨眼罩已經被汗水浸濕了。

「不。其實只剩幾步路了。通過最後一道門。我現在就打開。」

所羅門放開他片刻，這時，蘭登搖搖晃晃，感覺頭重腳輕。他伸手想尋求支撐，彼得很快又回到他身邊。前方有沉重的自動門滑開的聲音。彼得牽著蘭登的手臂繼續前進。

「這邊。」

他們慢步跨過另一個門檻，背後的門滑動關上。

好安靜。好冷。

蘭登立刻察覺這個空間，不管是哪裡，跟門外的世界似乎完全無關。空氣又濕又冷，像墓穴。音響效果感覺沉滯又擁擠。他感到一陣不理性的強烈幽閉恐懼症。

「再走幾步。」所羅門帶著他盲目繞過一個轉角，讓他站到特定位置。他終於說，「拿掉眼罩吧。」

蘭登抓住眼罩一把從臉上扯掉，看看周圍辨認置身之處，但他還是盲目。他揉揉眼睛。什麼也看不見。「彼得，這裡一片漆黑！」

「對，我知道。往前面伸手。有扶手，抓著它。」

蘭登在黑暗中摸索，發現了鐵扶手。

「現在看著。」他聽見彼得在摸索東西，突然一道手電筒強光射穿黑暗，指向地板，蘭登還來不及觀察環境，所羅門已經移動光束照向正下方。

蘭登突然看到一個無底洞……一道深入地下的無限螺旋階梯。**我的天！**他的膝蓋差點癱軟，連忙抓緊扶手撐住。階梯是傳統的方形螺旋，在光線完全消失之前，他看到至少三十個平台深入下方。**我連底都看不到！**

「彼得……」他結巴說，「這是什麼地方！」

「我會帶你到底下去，但是在此之前，你必須看看別的東西。」

蘭登嚇得無法抗議，讓彼得帶他離開階梯穿過一個奇怪的小房間。彼得一直照著腳下的磨損石地，蘭登看不清楚周圍的空間……除了很窄之外。

一個小石室。

他們迅速走到房間對面牆邊，牆上鑲了塊小玻璃。蘭登想或許是通往另一個房間的窗子，但是從他站的位置，只看到另一邊是黑暗。

「去啊，」彼得說，「去看看。」

「裡面是什麼？」蘭登有一瞬間想起國會大廈地下的沉思室，他曾經以爲那裡眞的有個入口通到某個巨大的地下洞穴。

「看就是了，羅柏。」所羅門輕推他向前，「要有心理準備，景觀很嚇人的。」

蘭登一點也猜不出來，走向玻璃。他靠近洞口時，彼得關掉手電筒，小房間陷入完全黑暗。

眼睛適應之後，蘭登向前摸索，雙手找到牆壁，找到玻璃窗，把臉湊上去。

前方還是只有黑暗。

他再靠近……臉貼著玻璃。

他看見了。

震驚與迷向的感覺深深滲透蘭登的體內，把他的生物羅盤完全打亂。他幾乎仰天跌倒，心裡努力接受面前完全意想不到的景觀。羅柏．蘭登作夢也想不到玻璃對面的景象。

一個壯觀的景象。

在黑暗中，一個炫目白光像珠寶似的發亮。

蘭登現在全懂了——連絡道的路障……門口的衛兵……外頭沉重的鐵門……自動開閉的門……他的腸胃沉重感……頭暈的感覺……還有這個小石室。

「羅柏，」彼得在他背後低聲說，「有時只需改變觀點就能看到光明。」

蘭登啞口無言，盯著窗外。他的目光穿越黑暗的夜空，橫過一哩多的空間，向下……向下……穿過黑暗……直到看見美國國會大廈燈光燦爛的純白圓頂。

蘭登從來沒有從這個角度看過國會──飄浮在美國最大方尖碑頂端的五五五呎高度。今晚生平頭一遭，他搭乘電梯上到了小展望室……就在華盛頓紀念碑頂端。

129

羅柏·蘭登如痴如醉站在玻璃窗前，吸收著下方景觀的震撼力。他不知不覺間爬升了幾百呎，現在欣賞著生平所見最壯觀的景色。

美國國會閃亮的圓頂像座山一樣在國家廣場東端聳立。在它的兩側，兩條光亮的平行線向他延伸過來……是史密森博物館群的門面燈光……藝術、歷史、科學、文化的燈塔。

蘭登現在驚訝地發現彼得所宣稱的大半是眞的……**一點也沒錯。確實有道螺旋階梯……在巨石下方深入幾百呎。**這座方尖碑的巨大頂石就在他頭頂上，蘭登突然想起一個遺忘的小知識，似乎有點詭異的關聯：華盛頓紀念碑的頂石重量剛好是三千三百磅。

又是數字33。

但是，更驚人的是在這塊頂石的最尖端，整座方尖碑的頂點，是一小塊亮面的鋁——在那個時代跟黃金一樣貴重的金屬。華盛頓紀念碑的閃亮尖頂只有大約一呎高，跟共濟會金字塔同樣大小。不可思議，這座小小的金屬金字塔上面有個聞名的鐫刻——**Laus Deo**——蘭登突然懂了。**這就是石頭金字塔底面的眞正訊息。**

那七個符號就是字形直譯！

最簡單的密碼。

符號就是字母。

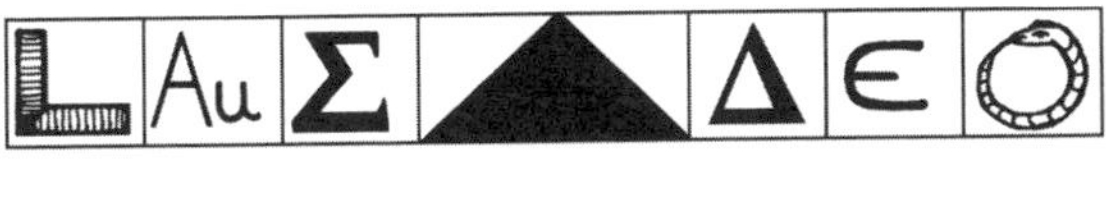

共濟會的矩尺——L
金元素——AU
希臘文Sigma——S
希臘文Delta——D
煉金術的汞——E
食尾蛇——O

「**Laus Deo**，」蘭登低聲說。這個知名的拉丁文片語——意爲「讚美上帝」——用只有一吋大的書寫體刻在華盛頓紀念碑頂端。**在衆目睽睽之下……但是沒人看得見。**

讚美上帝。

「讚美上帝，」彼得在他背後說，打開房裡的小燈。「共濟會金字塔的最終密碼。」

蘭登轉身。他的朋友正在咧嘴微笑，蘭登想起剛才彼得在共濟會圖書館裡其實就說過「讚美上帝」。

我還是沒聽懂。

蘭登渾身起雞皮疙瘩，發現冥冥中是傳說的共濟會金字塔帶領他來到這裡……美國最大的方尖碑——古代玄祕智慧的象徵——在國家的核心聳立天際。

蘭登驚嘆不已，在小石室內逆時鐘方向移動到另一面觀景窗前。

北方。

透過這扇面北的窗子，蘭登俯瞰著正前方熟悉的白宮輪廓。他舉目往地平線看去，第十六街的直線往正北方通到聖殿大樓。

我在Heredom正南方。

他繼續繞到下一面窗子。往西看，蘭登的目光沿著長方形水池來到林肯紀念堂，古典希臘風格仿自雅典的帕德嫩神殿，雅典娜的神殿——英雄事業的女神。

Annuit coeptis，蘭登想。**天佑吾儕事業**。

來到最後一扇窗，蘭登往南眺望潮汐湖的黑暗湖水對面，傑佛遜紀念堂在黑夜中發亮。坡度柔和的圓頂，蘭登知道，是仿自萬神殿，神話中偉大的羅馬眾神最初的家。

看完四個方向之後，蘭登想起他看過的國家廣場空照圖——四條手臂從華盛頓紀念碑向羅盤的四個基本方位延伸。**我正站在美國的十字路口**。

蘭登繼續走回彼得所在的位置。他的導師正在燦爛微笑。「嗯，羅柏，就這樣了。失落的文字。**這就是它的埋藏處**。共濟會金字塔帶我們來到**這裡**。」

蘭登愣了一下。他完全忘了失落文字的事情。

「羅柏，我不認識比你更值得信賴的人了。經過今晚的事件之後，我想你有資格知道這是怎麼回事。如同傳說描述，失落的文字確實埋在螺旋階梯底下。」他指著紀念碑的階梯入口。

蘭登的雙腳終於不再發軟，但他現在很迷惑。

彼得伸手進口袋掏出一個小東西。「還記得這個嗎？」

蘭登接過彼得很久以前託付給他的方塊狀盒子。「是……不過我恐怕沒有善盡保護之責。」

所羅門輕笑。「或許是它重見天日的時候到了。」

蘭登打量小方塊，猜想爲什麼彼得要交給他。

「你覺得這看起來像什麼？」彼得問。

蘭登看著1514字樣，回想起凱薩琳剛拆開包裹時他的第一印象。

「基石。」

「沒錯，」彼得回答，「不過，關於基石的某些事你可能不知道。首先，埋設基石的概念出自《舊約聖經》。」

蘭登點頭。「〈詩篇〉。」

「正確。而且眞正的基石永遠埋在地下——象徵建築物最初的一步，從土地往天上的光明延伸。」

蘭登往外看看國會，想起它的基石因爲埋藏得很深，至今考古挖掘還是無法找到。

「最後一點，」所羅門說，「就像你手裡的石盒，很多基石其實是小盒子……挖空的空間可以收藏寶藏……你可以稱之爲護身符——象徵對這座建築物未來的希望。」

蘭登也很清楚這個傳統。即使現在，共濟會的基石仍然會暗藏有意義的東西——時空膠囊、照片、宣言，甚至重要人物的骨灰。

「我告訴你這些事的用意，」所羅門說，看看樓梯間，「應該很清楚。」

「你認爲失落的文字埋在華盛頓紀念碑的基石裡面？」

「不是認爲，羅柏。我很確定。一八四八年七月四日，失落的文字在一場共濟會儀式中埋在這座紀念碑的基石裡。」

蘭登盯著他。「我們的共濟會開國元老眞的埋了個字?!」

彼得點頭。「一點也沒錯。他們了解埋藏之物的眞正力量。」

整晚，蘭登一直想要迴避鬆散、虛無縹緲的概念……古代玄祕，失落的文字，歷代的祕密。他想要具體的東西，雖然彼得宣稱所有關鍵就埋在下方五五五呎處的基石裡，蘭登還是很難接受。很多人畢生研究玄祕，還是無法得到傳說中的隱藏力量。蘭登想起杜勒的《憂鬱》——受挫聖賢的形象，被無法解開煉金術祕密的各種工具所包圍。如果祕密眞的能解開，也不會在同一個地方！

蘭登向來認爲，答案分散在全世界成千上萬的古籍之中……編碼成爲畢達哥拉斯、赫密斯、赫拉克利特、帕拉塞爾蘇斯與其餘幾百人的著作。答案應該在積滿灰塵、被人遺忘的煉金術、玄學、魔法與哲學書籍中。答案藏在亞歷山卓的古代圖書館，蘇美人的泥碑與埃及的象形文字裡。

「彼得，很抱歉，」蘭登搖頭低聲說，「要了解古代玄祕是長達一輩子的過程。我無法想像關鍵怎麼可能只有一個字。」

彼得伸手拍蘭登的肩膀。「羅柏，失落的文字不是一個『字』。」他露出睿智的微笑。「我們稱之為『字』只是因為……在一開始，古人這麼稱呼它。」

130

在一開始就有這個字。

蓋洛威牧師跪在國家大教堂的十字走道交叉口爲美國祈禱。他祈禱他熱愛的國家能夠很快掌握這個字的眞正力量——所有古代大師書面智慧的綜合紀錄——偉大聖賢教導的心靈眞理。

人類歷史上很幸運地擁有最睿智的導師，對心靈與精神玄祕的理解遠超過世人、深受啓發的靈魂。這些聖賢的珍貴教誨——佛陀、耶穌、穆罕默德、瑣羅亞斯德與無數人物——以最古老最珍貴的形式透過歷史流傳下來。

書籍。

世界上每個文化都有自己的神聖經典——自己的「文字」——各不相同又互相貫通。對基督徒而言，這個字就是《聖經》，對穆斯林是《可蘭經》，對猶太人是《律法書》，對印度教徒則是《吠陀經》，不勝枚舉。

文字會照亮方向。

對美國的共濟會開國元老們，那個字就是《聖經》。**但是歷史上很少人了解它的眞正訊息。**

今晚，蓋洛威獨自跪在大教堂裡，雙手放在這個文字上——他那本翻到破爛的共濟會版《聖經》。這本珍藏的書，像所有共濟會經典，包括《舊約》、《新約》與共濟會哲學文獻的彙整。

雖然蓋洛威的眼睛再也無法閱讀，前言他記得滾瓜爛熟。全世界操各種語言的幾百萬名弟兄都讀過這篇偉大的訊息。

內容是：

時間是一條河流……而書籍是船隻。許多書籍順流而下，但是在途中損毀而失落泥沙中不復記憶。只有少數，非常少數，能通過歲月的考驗，留下來祝福未來的時代。

這些書能流傳下來而其他書消滅是有理由的。身爲信仰的學者，蓋洛威牧師向來很驚訝這本古老的心靈文本——世上最多人研讀的書——其實也是世人最不了解的書。

在那些書頁中，隱藏著一個神奇的祕密。

有一天黎明將會來臨，人類終究會開始掌握古老教誨中簡單卻能引發轉變的眞理……了解自身偉大的本質而獲得飛躍性的進步。

131

沿著華盛頓紀念碑向下的螺旋階梯共有八百九十六級石階，繞著開放式電梯井排列。蘭登和所羅門正在往下走，蘭登心裡仍然迴盪著彼得剛才告訴他的驚人事實：**羅柏，在這座紀念碑的空心基石裡，我們的開國元老放了一份文字——《聖經》——在這道階梯的底端黑暗中默默地等待。**

途中，彼得突然停在一個平台上，手電筒燈光照向鑲在牆上的一大塊石牌。

怎麼回事?!蘭登看到雕刻時嚇了一跳。

牌子上描繪一個恐怖的斗篷人影拿著大鐮刀跪在沙漏旁。人影舉起手臂，食指直接指向一大本打開的《聖經》，彷彿在說：「答案就在裡面！」

蘭登凝視雕刻然後轉向彼得。

彼得眼中閃著神祕光芒。「我想要你思考一件事，羅柏。」他的聲音迴盪在空曠的樓梯間裡。「你想《聖經》**為什麼**能在幾千年動亂的歷史中流傳下來?為什麼還在?是因為它的故事引人入勝嗎?當然不是……但是有個**理由**。基督教僧侶窮盡畢生試圖解讀《聖經》有**理由**。猶太玄學家與喀巴拉教派仔細研究《舊約》有**理由**。而這個**理由**，羅柏，就是這本古書字裡行間藏有強大的祕密……等著被發掘的各種潛在智慧的集合體。」

蘭登很熟悉《聖經》含有第二層祕密意義的理論，包裹在寓言、符號與格言裡的祕密訊息。

「先知警告我們，」彼得繼續說，「用來分享他們祕密智慧的是一種密碼語言。〈馬可福音〉告訴我們，『神國的奧祕，只叫你們知道……若是對外人講，凡事就用比喻。』〈箴言〉提醒我們，智慧的話語都是

『謎』，而〈哥林多書〉也提到過『隱藏的智慧』。〈約翰福音〉警告過：『我是用比喻對你們說的……而且使用曖昧語。』」

曖昧語（dark sayings），蘭登發笑，知道這個怪詞彙在〈箴言〉與〈詩篇〉七十八章出現過許多次。**我將用比喻跟昔日的曖昧語來說**。「曖昧語」的概念，蘭登後來得知，意思不是那些話「邪惡」，而是眞正的意義並未明白顯現出來。

「如果你有任何懷疑，」彼得說，「〈哥林多書〉公開告訴我們，比喻有兩層意義：『我是用奶餵你們，沒有用飯餵你們』——牛奶是給初學者的稀釋學習，而飯是眞實的訊息，只有成熟的心智能懂。」

彼得舉起手電筒，再次照亮雕刻上指著《聖經》的斗篷人影。「我知道你是懷疑論者，羅柏，但是想想看。如果《聖經》沒有隱藏的意義，爲什麼歷史上這麼多傑出人物——包括皇家學會的天才科學家——如此執迷研究？牛頓爵士寫過一百多萬字企圖解讀《聖經》的眞實意義，包括一七〇四年有篇手稿宣稱他從《聖經》中看出了隱藏的科學資訊！」

蘭登知道這是眞的。

「法蘭西斯·培根爵士，」彼得又說，「受僱於詹姆斯一世，幾乎創作了欽定本《聖經》的學者，完全相信他寫的《聖經》裡含有神祕的意義，至今還有人在研究！當然，你也知道，培根是玫瑰十字會員，寫過《古人的智慧》。」彼得微笑。「連反對崇拜聖像的詩人威廉·布萊克也暗示我們應該注意絃外之音。」

蘭登很熟悉這段話：

同樣日夜鑽研《聖經》，
汝見到黑，我見到白。

「不只歐洲名人如此，」彼得說，加快腳步。「在**此地**，羅柏，年輕的美國核心，我們最聰明的開國元老——約翰．亞當斯，班．富蘭克林，湯瑪斯．潘恩——都警告過以字面解釋《聖經》會有莫大的危險。事實上，湯瑪斯．傑佛遜因爲深信《聖經》眞實的訊息被**掩蓋**了，他曾經拆解《聖經》的字句重新編輯全書，以他的話形容，試圖『去除所有人工材料，恢復眞正的教義』。」

蘭登很清楚這件怪事。傑佛遜版《聖經》至今仍在發行，包含他的許多爭議性重編，例如刪除了處女生子與復活的部分。不可思議的是，傑佛遜版《聖經》在十九世紀前半曾被發送給每個新進的國會議員。

「彼得，你知道我認爲這個主題很有趣，也能理解它可能**引誘**聰明人去想像《聖經》含有隱藏意義，但是我看不出任何邏輯道理。任何有技巧的教授**都會說**教育不是靠密碼進行的。」

「再說一遍？」

「老師是**教書**的，彼得。我們**公開**說明。先知們——歷史上的偉大教師——爲什麼要用**曖昧**方式說話？如果他們希望改變世界，幹嘛用密碼講話？何不用白話表達讓全世界可以理解？」

彼得邊走邊回頭，對這個問題似乎很驚訝。「羅柏，《聖經》不用白話直述的理由跟古代神祕學派保持隱匿一樣……如同初學者必須接受啓發才能學習歷代的祕密教誨……如同無形學院的科學家拒絕與別人分享他們的知識。因爲資訊**太強大了**，羅柏。古代玄祕不能站在屋頂上大聲嚷嚷。祕密像燃燒的火把，在大師的手上，可以照亮道路，但是在狂人的手上，可能毀滅地球。」

蘭登愣了一下。**他在胡說什麼？**「彼得，我說的是《聖經》。你爲什麼扯到**古代玄祕**？」

彼得轉身。「羅柏，你還不懂嗎？古代玄祕跟《聖經》是同一回事。」

蘭登困惑地盯著他。

彼得沉默了幾秒鐘，等候這個概念消化。「《聖經》是古代玄祕在歷史上傳遞下來的書籍之一。裡面迫不及待想要告訴我們祕密。你不懂嗎？《聖經》裡的『曖昧語』就是古人的耳語，悄悄地跟我們分享他們所有的祕密智慧。」

蘭登沒說話。古代玄祕，就他的理解，是某種控制人心潛在力量的操作手冊……個人神化的祕訣。他向來無法接受玄祕的力量，當然也包括認為《聖經》藏有通往玄祕的關鍵，這未免過度引申了。

「彼得，《聖經》和古代玄祕完全**相反**。玄祕談的是**內在的**神性……人就是神。《聖經》談的是神**高於**人……人類只是無力的罪人。」

「對！沒錯！你指出了問題的重點！人類**背離**上帝的那一刻，《聖經》的真正意義就失落了。古代大師的聲音被淹沒了，失落在自稱只有他們了解經文的修習者的混亂叫囂中……他們認為失落文字只用他們的語言寫成，別的都是假。」

彼得繼續走下階梯。

「羅柏，你我都知道如果古人看到他們的教誨被如何扭曲會有多麼震驚……宗教變成了通往天堂的收費站……戰士們相信神站在他們那邊而踏上戰場。我們喪失了那個文字，但是它真正的意義仍然可以理解，就在我們眼前。它存在於所有古籍之中，從《聖經》到《薄伽梵歌》到《可蘭經》等等。所有這些文本在共濟會祭壇上都受到尊崇，因為共濟會了解世人似乎遺忘的事……每一種經典，以獨特的方式，都在默默訴說**同樣的**訊息。」彼得的聲音充滿情感。「『你們難道不知道你們是神？』」

蘭登很驚訝這句聞名古諺今晚不斷出現。他跟蓋洛威交談時，還有在國會大廈嘗試解釋《華盛頓的神化》時，都思考過這句話。

彼得的音量降低到耳語。「佛陀說『你自己就是佛』，耶穌教我們『神的國就在你們裡面』，甚至承諾我們『我所作的事，**信我的人**也能作……並且要作比這更大的事。』即使第一個偽教宗——羅馬的希波托斯（Hippolytus，西元三世紀的羅馬主教）——也引用同樣的訊息，知性導師莫諾繆（Monoimus）說過的：『放棄**追尋**神……反過來，從你自己開始。』」

蘭登想起聖殿大樓，共濟會會所主管的椅背上就刻了幾個字的教誨：認識你自己。

「有位智者對我說過，」彼得說，聲音有點模糊，「你和神的唯一差別在於你忘記了自己的神聖。」

「彼得，我懂你的意思——**眞的**。我也想相信我們都是神，但我從來沒看過在俗世的神。連超人也沒有。你可以指出《聖經》或任何其他宗教經典中宣稱的神蹟，但那都只是人類捏造出來的老故事，隨著時代逐漸被誇大。」

「或許吧，」彼得說，「也可能我們只是需要讓科學趕上古人的智慧。」他停頓一下。「有趣的是……我相信凱薩琳的研究或許能做到這一點。」

蘭登忽然想起剛才凱薩琳匆匆離開聖殿大樓。「對了，她到哪裡去了？」

「她很快就會過來，」彼得笑說，「她去證實一件很幸運的好事。」

在紀念碑底部的戶外，彼得．所羅門呼吸著寒冷的夜晚空氣，感覺精神一振。他趣味盎然地看著蘭登仔細盯著地面，一面搔頭一面到處尋找。

「教授，」彼得開玩笑說，「裝了《聖經》的基石在地底下。你沒辦法**親眼看見**，但是我保證它就在下面。」

「我相信你，」蘭登若有所思地說，「只是……我注意到一點。」

蘭登退後，觀察華盛頓紀念碑矗立的大廣場。圓形廣場完全用白石鋪成……除了兩圈裝飾的黑石頭，圍繞紀念碑構成兩個同心圓。

「核心裡的核心，」蘭登說，「我從來沒發現華盛頓紀念碑位於核心裡的核心。」

彼得不禁大笑。**他什麼都不放過**。「對，偉大的圓心點……神的共通符號……就在美國的交叉口。」

他靦腆地聳肩。「我確定這只是巧合。」

蘭登似乎在出神，盯著天上，目光爬上發亮的尖頂，在黑暗的冬夜中發出白光。彼得發覺蘭登開始體會到這個作品眞正的意義……古代智慧的沉默紀念物……在偉大國家核心的偉人象徵。雖然彼得看不見頂上的小鋁塊，他知道就在上面，如同人類啓蒙的心智努力往天堂靠近。

讚美上帝。

「彼得？」蘭登走過來，表情好像受到了什麼神祕啓示。「我差點忘了，」他說，伸手到口袋裡掏出彼得的共濟會金戒指。「我整晚一直想要還給你。」

「謝謝，羅柏。」彼得伸出左手接過戒指，慢慢欣賞。「你知道的，關於這個戒指跟共濟會金字塔的所有祕密……對我的人生有很大的影響。年輕時代，金字塔交給我的時候號稱藏有玄妙的祕密。它光是存在就讓我相信世界上有偉大的玄祕。它激發了我的好奇心，加強了我的求知欲，啓發我開放心胸接受古代玄祕。」他默默微笑把戒指收進口袋。「我現在知道共濟會金字塔的眞正目的不是揭露答案，而是用答案啓發人的意志。」

兩人在紀念碑腳下默默佇立良久。

蘭登終於開口，語氣很嚴肅。「以朋友的立場，彼得……我想請你幫個忙。」

「當然。什麼都行。」

蘭登提出他的要求……非常堅定。

所羅門點頭，知道他是對的。「我會的。」

「馬上，」蘭登指著等候的車子說。

「好吧……但是下不爲例。」

蘭登翻翻白眼，竊笑。「向來總是你說了算。」

「對，最後有個東西我希望你跟凱薩琳看看。」

「三更半夜這時候？」蘭登看看錶。

所羅門親切地向老友微笑。「這是華盛頓最壯觀的寶藏……而且很少很少人看過。」

132

凱薩琳．所羅門心情雀躍，匆忙上山趕往華盛頓紀念碑的腳下。她今晚經歷了震驚與悲劇，但她已經重新振作精神，即使只是暫時，專注在彼得稍早告訴她的好消息……她剛剛親眼證實的消息。

我的研究安全了。全部沒事。

她實驗室的雷射投影資料硬碟今晚被毀了，但是稍早在聖殿大樓，彼得告訴她其實他一直偷偷留了研究備份存在史密森博物館後援中心的主管辦公室裡。**妳知道我對妳的成果很有興趣**，他解釋說，**我希望不必打擾妳就能追蹤妳的進度**。

「凱薩琳？」一個低沉的聲音喊道。

她抬頭。

一個人影站在燈火通明的紀念碑腳下。

「羅柏！」她快步過來擁抱他。

「我聽說好消息了，」蘭登低聲說，「妳一定鬆了口氣。」

她激動得聲音沙啞。「不可思議。」彼得挽救的研究是科學上的壯舉——各種實驗的龐大紀錄，證明人類思想在這個世界上是具體可測量的力量。凱薩琳的實驗顯示出人類思想對冰結晶、隨機事件產生器到次原子微粒運動等一切事物的效果。結果明確而無從反駁，可能讓懷疑者信服，引發全球大規模的集體意識。「一切都會改變，羅柏。**全部一切**。」

「彼得當然相信。」

凱薩琳左顧右盼尋找兄長。

「在醫院，」蘭登說。「我堅持他給我面子去一趟。」

凱薩琳嘆氣，放鬆下來。「謝謝。」

「他叫我在這裡等妳。」

凱薩琳點頭，目光移向發亮的白色方尖碑頂上。「他說他帶你來這裡了。好像有關『**Laus Deo**』（讚美上帝）？他沒有仔細說。」

蘭登疲倦地乾笑。「我自己也不確定完全了解。」他抬頭看看紀念碑頂端。「妳哥哥今晚說了一些讓我很難忘的事。」

「我猜猜看，」凱薩琳說，「古代玄祕、科學跟《聖經》？」

「答對了。」

「這就是我的經驗。」她眨眼說，「彼得很久以前就啓發過我了。對我的研究很有幫助。」

「直覺上，他說的某些話挺有道理。」蘭登搖搖頭。「不過智識上……」

凱薩琳微笑伸手攬住他。「你知道，羅柏，我或許可以幫你相信。」

國會大廈深處，華倫．貝拉米建築師正走過一條無人通道。

今晚只剩這件事了，他想。

他走到他的辦公室，從辦公桌抽屜拿出一把舊鑰匙。鑰匙是黑鐵製，細細長長，有褪色的標記。他收進口袋裡，準備迎接他的客人。

羅柏．蘭登和凱薩琳．所羅門正在趕來國會的路上。應彼得要求，貝拉米要給他們一個非常難得的機會——親眼目睹這棟大樓最壯觀的祕密……只有建築師能夠透露。

133

國會圓形大廳的高空中，羅柏．蘭登緊張地緩步沿著圓頂天花板下緣的圓形走道前進。他專心盯著扶手上方，因高度而暈眩，仍然不敢相信距離彼得的手出現在下方中央的地板上還不到十小時。

在同一片地板上，國會建築師變成下方一百八十呎的一個小黑點，正走過圓形大廳然後消失。貝拉米陪同蘭登與凱薩琳上來這座露台，作了明確指示之後讓他們單獨留在這裡。

彼得的指示。

蘭登打量貝拉米交給他的舊鑰匙。再看看從這一層向上爬的狹窄樓梯間……越爬越高。上帝保佑。根據建築師說法，這道窄樓梯向上通到一扇金屬小門，可以用蘭登手裡的鑰匙打開。

門外就是彼得堅持要蘭登和凱薩琳看的東西。彼得沒有詳細說明，但是留下了何時打開這扇門的嚴格指示。**我們必須等著打開這扇門？爲什麼？**

蘭登再看看錶嘆了一聲。

他把鑰匙收進口袋，眺望面前寬廣的空間與對面的露台。凱薩琳已經大膽地走在前面，顯然毫不懼高。她已經走到圓周的一半，仔細欣賞著布魯米迪的《華盛頓的神化》，就在他們頭頂上。從這個罕見的制高點，裝飾著國會圓頂將近五千平方呎的十五呎高人像細節看起來格外清晰。

蘭登背對著凱薩琳，面向外牆，壓低聲音說：「凱薩琳，妳的良心在說話。妳爲什麼丟下羅柏？」

凱薩琳顯然很熟悉圓頂的驚人聽覺效果……因爲牆壁傳來回音。「因爲羅柏是膽小鬼。他應該跟我來這邊。我們在允許打開門之前還有很多時間。」

蘭登知道她說得對，不甘願地繞過露台，邊走邊貼著牆壁。

「這個天花板太神奇了，」凱薩琳嘆道，仰著脖子觀賞頭頂上繪畫的宏偉規模。「神話中的眾神混雜著科學發明家跟他們的作品？而且這還是在我們國會中心的圖案。」

蘭登舉目向上仰望富蘭克林、富爾頓與摩斯身影跟他們的科技發明。一道閃亮的彩虹從這些人像升起，把他的視線導向雲朵上升天的喬治．華盛頓。**人變成神的偉大傳說**。

凱薩琳說，「彷彿古代玄祕的所有精華都飄浮在圓形大廳上空。」

蘭登必須承認，世界上融合科學發明、眾神與人類神化的壁畫並不多。這面天花板上各種壯觀的圖像**確實**是古代玄祕的訊息，放在這裡是有理由的。開國元老們想像美國是一面空白畫布，祕密可以播種成長的沃土。如今，這個高聳的圖像——國父升天——默默高掛在我們的議員、領袖與總統頭上……大膽的紀念，未來的藍圖，鼓勵眾人終有一天人類能夠進化達到心靈的完全成熟。

「羅柏，」凱薩琳低聲說，目光仍然黏在米涅娃身邊的美國偉大發明家身上。「這是預言，眞的。現在，人類最先進的發明被用來研究人類最古老的概念。知性科學或許很新，但它其實是世上最古老的科學——人類思想的研究。」她轉向他，眼中充滿驚嘆。「我們學到了其實古人對思想的理解比我們更深刻。」

「有道理，」蘭登回答，「人類心智是古人唯一能運用的科技。難怪早期哲學家都勤奮地研究它。」

「對！古代典籍都執著於人心的力量。《吠陀經》描述心智能量的流動。《比斯提蘇菲亞書》(*Pistis Sophia*) 描述共通的意識。《光明篇》探索人類心靈的本質。薩滿教文本以遠距離治療方式預言了愛因斯坦的『遠距影響』。全都在裡面！我還沒說到《聖經》呢。」

「妳也信？」蘭登苦笑說，「妳哥哥想要說服我《聖經》藏有科學資訊。」

「當然有，」她說，「如果你不相信彼得，去看牛頓關於《聖經》的神祕文章。當你開始了解《聖經》裡的神祕比喻，羅柏，你就會發現它是對人心的研究。」

蘭登聳肩。「我想我最好回去重讀一遍。」

「我問你個問題，」她說，顯然不喜歡他的懷疑論。「當《聖經》叫我們『建造我們的神殿』……這座神殿必須『不用工具也不發出噪音』，你認為它指的是什麼**神殿**？」

「呃，經文裡有說身體就是神殿。」

「對，〈哥林多前書〉第三章十六節，**你們**是神的殿。」她對他微笑。「〈約翰福音〉也說了相同的話。羅柏，《聖經》很清楚我們體內潛在的力量，鼓勵我們運用這份力量……鼓勵我們建造**心智**的神殿。」

「很不幸，我想大多數宗教界都在等待實體的神殿被重建。這是〈彌賽亞預言〉的一部分。」

「對，但是忽略了一個重點。救主再臨是指**人**的再臨——人類終於建立起心靈神殿的時刻。」

「我不確定，」蘭登摸摸下巴說，「我不是《聖經》學者，但我很確定經文詳細描述了一座必須重建的**實體**神殿。結構據說有兩部分——外部神殿叫做聖所，內部神殿叫做至聖所。兩個部分用一面薄紗隔開。」

凱薩琳笑道。「你這懷疑論者倒是記得挺清楚。對了，你有沒有看過眞的人腦？它有兩個部分——外側稱作硬膜，內側稱作軟脊膜。兩者被蛛網膜隔開——一層像蜘蛛網的組織。」

蘭登驚訝地抬頭。

她溫柔地伸手，摸摸蘭登的太陽穴。「這個部位叫做**temple**是有原因的，羅柏。」

蘭登試著理解凱薩琳說的話，意外地想起諾斯提教派的〈瑪麗福音〉：**心在哪裡，寶藏就在哪裡**。

「或許你聽說過，」凱薩琳溫柔地說，「瑜伽修行者冥想時接受大腦掃描的事？人類大腦在極度專注狀態下，**松果腺**會製造一種似蠟的物質。這種腦的分泌物跟人體其他東西都不同，有不可思議的治療效果，可以再生細胞，或許正是瑜伽大師長壽的原因之一。這是眞的**科學**，羅柏。這個物質有難以理解的特性，只有經過練習達到高度專注的心智能產生。」

「我記得幾年前讀過那篇報導。」

「嗯，關於這個主題，你很熟悉《聖經》提到的『天上的嗎哪』吧？」

蘭登看不出關聯。「妳是說從天而降可以滋養飢民的神奇物質？」

「正是。這種物質據說可以治病，讓人長生不死，而且最奇怪的，吃了之後不會排泄。」凱薩琳暫停，像在等他慢慢理解。「羅柏？」她問，「從天而降的某種滋養？」她敲敲她的太陽穴，「神奇治病？不會造成排泄？你不懂嗎？那都是**密碼語言**，羅柏！**神殿**就是『身體』。天上就是『心智』。**雅各的天梯**就是人的脊椎。**嗎哪**就是罕見的大腦分泌物。當你看見《聖經》裡這些密碼語言，注意了。它們通常代表了藏在表面之下，比較深奧的意義。」

接著凱薩琳的話像連珠炮滔滔不絕，解釋這種神奇物質如何出現在古代玄祕中：眾神的甘露、生命之水、青春之泉、賢者之石、神糧、露珠、元氣（ojas，印度概念中的活力來源），蘇摩（soma，能令人沉醉的植物液汁）。她又開始解釋大腦的松果腺代表神的全能之眼。「〈馬太福音〉第六章二十二節，」她興奮地說：「『你的眼睛若瞭亮，全身就光明』。這個概念也表現在額輪與印度教徒額頭上的點，它——」

凱薩琳突然住口，有點尷尬。「抱歉……我知道我在嘮叨。我只是覺得這太令人興奮了。多年來我研究古人宣稱的人類強大精神力，現在**科學**又告訴我們**取得**這個能力是眞實的肉體過程。我們的腦如果運用得當，可以召喚出形同超人的力量。《聖經》就像許多古籍，是史上最先進的機器——**人心**——的詳細說明書。」她嘆道。「眞不可思議，科學還沒碰到人心完整潛能的皮毛呢。」

「聽起來好像妳的研究會有大躍進。」

「或**倒退**，」她說，「古人已經知道許多我們正在重新發現的科學眞相。幾年內，現代人就會被迫接受目前無法想像之事：我們的心智可以產生能夠**改變**物質的能量。」她停頓一下。「微粒會回應我們的思想……也就是我們的思想能夠改變世界。」

蘭登溫柔地微笑。

「我的研究讓我相信的是，」凱薩琳說，「上帝非常眞實——遍及一切的精神能量。而我們身爲人類，是以**那個**形象被創造出來——」

「什麼？」蘭登插嘴，「精神能量的形象……？」

「正是。我們的肉體隨著時代演化，但是我們的心智是以上帝的形象創造。我們太拘泥《聖經》的字句了。我們學到上帝以祂的形象造人，但是像神的不是我們**肉體**，而是**心智**。」

蘭登不發一語，陷入沉思。

「這是偉大的天賦，羅柏，上帝希望我們了解。全世界的人都在仰望天上，等待**上帝**……從來不了解上帝在等**我們**。」凱薩琳暫停，等蘭登理解。「**我們是創造者**，但是我們天眞地扮演『**被創造**』的角色。我們自認是無助的羔羊，被創造我們的神擺布。我們像驚嚇的孩子下跪，乞求幫助、寬恕與好運。但我們一旦發現我們眞的是以造物主的形象被創造，我們會開始了解，我們**也**必須成爲創造者。當我們了解這個事實，人類潛能的大門就會敞開。」

蘭登經常想起哲學家霍爾（Manly P. Hall）著作中的一段話：**如果神不希望人類有智慧，祂不會賦予我們知識的能力**。蘭登再次仰望《華盛頓的神化》——由人變神的象徵過程。**被創造者……變成創造者**。

「最神奇的是，」凱薩琳說，「只要我們人類開始掌握眞正的力量，我們會對這個世界有強大的控制力。我們將可以**創造**事實而非只是被動反應。」

蘭登移開目光。「這聽起來……很危險。」

凱薩琳面露驚訝……與佩服。「對，沒錯！如果思想能影響世界，那我們必須小心我們的思考**方式**。毀滅性的想法也有影響力，而我們都知道毀滅比創造容易多了。」

蘭登想起傳說中主張必須保護古代智慧遠離不夠格的人，只跟受到啓發的人分享。他想起無形學院，偉大科學家以撒克．牛頓要求羅柏．波以耳對他們的祕密研究保持「高度沉默」。不能到處張揚，牛頓在一六七六年寫道，**否則將對世界造成大災難**。

「這裡是個有趣的轉折，」凱薩琳說，「反諷在於，世界上所有宗教自古以來都鼓勵他們的信徒接受**信心與信仰**的概念。自古以來把宗教斥為迷信的科學，現在必須承認它的下一個未知領域正是**信心與信仰**的科學……專注信念與意圖的力量。侵蝕我們對奇蹟信念的科學，現在正在建立橋樑，跨越當初它創造出來的斷層。」

蘭登思索她的話許久。他慢慢抬起頭再看著《華盛頓的神化》。「我有個疑問，」他回頭看著凱薩琳說，「即使我能接受，只是一瞬間，那我就有用心智改變物質的力量，而且幾乎心想事成……恐怕我這輩子不會看到令我相信這種力量的事情。」

她聳肩，「那是你沒有注意看。」

「少來，我要眞的答案。那是**教士**的答案。我要**科學家**的答案。」

「你要眞的答案？這就是了。如果我給你一把小提琴，說你有能力用它演奏美妙的音樂，我沒有說謊。你**確實**有能力，但是你需要大量的練習才能掌握它。這跟學習運用心智沒有兩樣，羅柏。良好導引的思想是學習而來的技巧。實現一個意圖需要雷射般精準的專注，完全的感官具現，還有深刻的信仰。我們在實驗室證明過了。就像拉小提琴，有些人顯現出超越常人的天賦。看看歷史。看看那些創造奇蹟事業的偉大靈魂的故事。」

「凱薩琳，別跟我說妳眞的相信奇蹟。我是說，眞的……把水變成酒，用手觸摸治療病人？」

凱薩琳深吸口氣，緩緩吐出來。「我目睹過有人光憑意念把癌細胞變成健康細胞。我目睹過人心以無數方式影響物質世界。你一旦目睹，羅柏，這些事一旦成為你的現實，那麼你讀到的某些奇蹟也只是程度上的問題。」

蘭登沉思。「這倒是個看世界的正面方式，凱薩琳，但是對我而言，感覺只是盲目的信仰而已。妳知道的，我一向不輕易相信。」

「那就別把它當信仰。當作只是改變你的觀點，承認這世界不完全像你想的那樣。歷史上，每個重大科學突破最初都只是一個可能顛覆我們所有信念的簡單概念。『地球是圓的』這個簡單陳述被斥爲完全不可能，因爲大多數人認爲海洋的水會跑掉。地動說被稱作異端。平庸的心智向來排斥他們無法理解之事。有人創造……也有人毀滅。恆久以來就是如此。但是創造者終究會找到信徒，信徒數量達到一個臨界質量，突然世界就變成圓的了，或是太陽系變成日心說。認知被改變，新的現實就誕生了。」

蘭登點頭，思緒開始亂飄。

「你的表情很奇怪，」她說。

「喔，我不知道。不知何故，我剛想起我從前喜歡三更半夜划獨木舟到湖心，躺在星空下，思考這種事情。」

她理解地點頭。「我想我們都有類似的經驗。躺著仰望天空……開啓我們的心胸。」她瞄瞄天花板之後說，「把你的外套給我。」

「幹嘛？」他脫下來交給她。

她把外套折兩次放在走道上，像個長枕頭。「躺下。」

蘭登躺下來，凱薩琳調整他的頭部位置躺在外套的一側，然後躺到他旁邊——像兩個孩子，並肩躺在狹窄的走道上，仰望著布魯米迪的巨大壁畫。

「OK，」她低聲說，「調整你的心態……躺在戶外獨木舟裡的小孩……仰望星星……心胸開放，充滿好奇。」

蘭登試著照做，只是在當下，躺得很舒服，他突然感覺一陣筋疲力盡。當他的視線模糊，發現頭上一個模糊的形狀，立刻驚醒。怎麼可能？他不敢相信先前沒有注意到，但是《華盛頓的神化》中的人形顯然是排列成兩個同心圓——核心內的核心。《神化》**也是個圓心點**？蘭登懷疑今晚他還遺漏了什麼。

「我有重要的事要告訴你，羅柏。這些事還有另一個碎片……我相信那是我的研究中最驚人的面向。」

還有啊？

凱薩琳用手肘撐起身子。「我敢保證……如果我們人類能眞正掌握這個簡單的事實……世界會一夕改變。」

他洗耳恭聽。

「我應該先說，」她說，「提醒你共濟會的箴言說『聚集分散的』……『從混亂中創造秩序』……尋求『合一』。」

「繼續說。」蘭登很有興趣。

凱薩琳對他微笑。「我們在科學上證明了人類思想的力量會隨著同樣想法的人數增加而大幅增強。」

蘭登保持沉默，猜想她接下來要說什麼。

「我的意思是……兩個人強過一個人……不是**強**兩倍，而是很多**很多倍**。協同運作的複數心智會放大思想的效果……**呈等比級數**。這就是禱告團體、治療團體、合唱團與集體膜拜的先天力量。宇宙共同意識的概念不是虛無的新世紀概念。這是實實在在的科學事實……掌握它就有可能改變世界。這是知性科學的首要發現。而且，眼前就在發生。你的周圍到處感覺得到。科技以超乎想像的方式把我們連接起來：推特、谷歌、維基百科，諸如此類——全部加起來創造了一個互相連接的心智網。」她大笑。「我敢保證，只要我發表了我的成果，推特用戶全都會傳送短訊說，『**快看看知性科學**』，對這門學問的興趣會爆炸性成長。」

蘭登的眼皮感覺沉重無比。「妳知道的，我還沒學會怎麼用退特。」

「是推特，」她笑著糾正。

「什麼?」

「算了。閉上眼睛。時間到了我會叫你。」

蘭登發現他完全忘了建築師交給他們的舊鑰匙……還有他們爲什麼爬上來。又一波倦意吞噬他，蘭登閉上眼睛。在心智的黑暗中，他不禁想起**宇宙共同意識**……柏拉圖關於「世界之心」與「聚集之神」的著作……榮格的「集體潛意識」。這個概念既簡單又驚人。

神就在集體人類的心中……而不是唯一的眞神。

「Elohim，」蘭登突然說，想到一件意外的事而睜開眼睛。

「你說什麼?」凱薩琳還在低頭看他。

「Elohim，」他重複一遍，「《舊約》中希伯來文的上帝！我一直想不通。」

凱薩琳會心地微笑。「對。那個字是**複數**。」（註：此字原意是「來自天空的人們」）

沒錯！蘭登一直不懂爲什麼《聖經》一開始提到的上帝是**複數**存在。**Elohim**。創世紀中的全能上帝不是被描繪成一個……而是很多個。

「神是複數，」凱薩琳低聲說，「因爲人心是複數。」

蘭登的思緒開始旋轉……夢境，回憶，希望，恐懼，啓示……全部在頭上的圓形大廳圓頂中旋轉。他又開始閉上眼睛，發現眼前有三個拉丁文字，就在《華盛頓的神化》裡面。

E PLURIBUS UNUM。

「合衆爲一。」他想著，逐漸睡去。

終曲

羅柏．蘭登緩緩醒來。

幾張臉在低頭看他。**這是哪裡**？

稍後，他想起這是哪裡了。他慢慢在《華盛頓的神化》底下坐起身來。因為躺在堅硬走道上而背痛。

凱薩琳在哪裡？

蘭登看看米老鼠手錶。**時候快到了**。他站起來，小心地從欄杆邊俯瞰下方的廣大空間。

「凱薩琳？」他大喊。

聲音在寂靜無人的圓形大廳中迴盪。

他撿起地上的花呢外套，拍掉灰塵再穿上。他摸摸口袋。建築師給他的鑰匙不見了。

蘭登從走道繞回來，朝向建築師告訴他們的洞口……陡峭的金屬階梯上升到狹窄的黑暗中。他開始爬上去，越爬越高。

階梯越來越窄也越陡。蘭登還是繼續爬。

只差一**點**了。

斜度幾乎變成垂直，通道又窄得嚇人。階梯終於到了盡頭，蘭登踏上一個小平台。面前是一扇厚金屬門。鐵鑰匙在鎖孔裡，門虛掩著。他推一下，門軋軋地打開。外面的空氣很冷。蘭登跨過門檻進入模糊的黑暗中，他發現自己置身戶外。

「我正要來找你，」凱薩琳對他微笑說，「時候快到了。」

蘭登看清楚周圍環境，驚訝地抽一口氣。他正站在一條環繞國會圓頂尖端的小通道上。正上方，自由女神銅像正在眺望沉睡的首都。她面向東方，地平線上已經出現黎明的第一抹紅光。

凱薩琳帶著蘭登繞過露台直到面向西方，正好面對國家廣場。遠處，華盛頓紀念碑的輪廓豎立在晨曦中。

從這個制高點，高聳的方尖碑看起來比印象中更壯觀。

「當初建造時，」凱薩琳低聲說，「它是全世界最高的建築物。」

蘭登想起共濟會會員在鷹架上的老照片，高懸空中五百多呎，徒手砌上每塊石頭，一塊接一塊。

我們是建造者，他想。**我們是創造者**。

自古以來，人類就察覺自己有些特殊之處……超出平凡。

人類渴望他沒有的力量。人類夢想著飛行、治療，用想得到的各種方式改變自己的世界。

而且我們做到了。

如今，紀念人類成就的神殿排列在國家廣場上。史密森博物館裡充滿了我們的發明、我們的藝術、我們的科學，還有偉大思想家的觀念。它們訴說著人類作爲創造者的歷史——從美洲原住民歷史博物館的石器，到國家航太博物館的噴射機與火箭。

如果祖先看見今天的我們，一定會以爲我們是神。

蘭登透過黎明前的霧靄，眺望著眼前幾何狀排列的博物館與紀念碑，目光移到華盛頓紀念碑。他想像著埋藏在基石裡的《聖經》，想起神的話語其實也是人的話語。

他想起偉大的圓心點，被鑲嵌在美國的十字路口，紀念碑下的圓形廣場上。蘭登忽然想到彼得託付給他的小石盒。他現在懂了，那個方塊鬆開鉸鏈之後伸展成爲同樣的幾何圖形——中央有圓心點的十字。蘭登不禁笑了。**連那個小盒子也暗示這個十字路口。**

「羅柏，你看！」凱薩琳指著紀念碑頂端。

蘭登抬頭但是什麼也沒看見。

再仔細看看，他瞥到了。

廣場對面，一小塊金色陽光正從高聳方尖碑的頂端反射回來。閃亮的針尖越來越亮，越來越擴散，頂石上的鋁塊光彩奪目。蘭登驚奇地看著光線變成漂浮在陰影城市上空的燈塔光束。他想像著朝東的鋁塊上微小的刻字，驚訝地發現照在首都的第一道陽光，日復一日，照亮了幾個字：

Laus Deo（讚美上帝）。

「羅柏，」凱薩琳低聲說，「沒有人在日出時來過這上面。這就是彼得要我們看的。」

蘭登感覺隨著紀念碑頂的光芒增強而脈搏加速。

「他說他認爲這就是開國元老把紀念碑蓋這麼高的原因。我不知道是不是眞的，但是我知道——有個很古老的法律規定，在首都**永遠**不准建造高過紀念碑的東西。」

太陽爬上他們背後的地平線，光線從頂石往下延伸。蘭登看著，幾乎可以感覺到，在他周圍，宇宙天體正在虛無的太空中循著永恆的軌道運轉。他想起宇宙的偉大設計師，以及彼得明確地說過他要蘭登看的寶藏只有設計師能夠提供。蘭登以爲他指的是華倫·貝拉米。**想錯人了**。

陽光漸強，金色光芒吞沒了整塊三千三百磅的頂石。**人類的心智……接受啓發**。然後紀念碑上的光線開始向下移動，進行每天早晨相同的動作。**天堂往地面移動……神與人的聯繫**。蘭登發現，這個過程會在傍晚逆轉。當太陽西下，光線會從地面往上爬回天堂……爲新的一天作準備。

身邊，凱薩琳發抖著挨近他。蘭登伸手攬住。兩人默默並肩佇立，蘭登想著今晚學到的所有事情。想起凱薩琳一切即將改變的信心。又想起彼得啓蒙時代即將來臨的信心。想起某位偉大預言家曾經大膽宣告：**掩蓋的事，沒有不露出來的；隱藏的事，沒有不被人知道的**。

太陽爬上華盛頓上空，蘭登仰望天上，最後幾顆夜星正在消逝。他想到科學，想到信仰，想到人類。他想著每一個時代、每一個國家、每一個文化，有件事是共通的。我們都有造物主。我們使用不同的名字、不同的面貌、不同的禱告，但是神是人類恆久共通的。神是我們共享的符號……象徵我們無法理解的所有人生奧祕。古人讚美神是我們無限潛能的象徵，但是這個古老符號在歲月中失落了。直到現在。

此刻，站在國會頂上，溫暖的陽光灑在他身上，羅柏·蘭登感到體內深處湧現強烈的感覺。他畢生從來沒有感受過這麼深刻的情緒。

希望。

藍小說126

失落的符號

作　者—丹・布朗
譯　者—李建興
副總編輯—葉美瑤
主　編—丘　光
編　輯—黃嬿羽
美術設計—聶永真
企　劃—黃千芳
校　對—陳錦生

總編輯—余宜芳
董事長—趙政岷
出版者—時報文化出版企業股份有限公司
108019台北市和平西路三段二四〇號三樓
發行專線—（〇二）二三〇六—六八四二
讀者服務專線—〇八〇〇—二三一—七〇五
（〇二）二三〇四—七一〇三
讀者服務傳真—（〇二）二三〇四—六八五八
郵撥—一九三四四七二四時報文化出版公司
信箱—一〇八九九臺北華江橋郵局第九九信箱
時報悅讀網—http://www.readingtimes.com.tw
電子郵件信箱—liter@readingtimes.com.tw
法律顧問—理律法律事務所　陳長文律師、李念祖律師
印　刷—勁達印刷有限公司
初版一刷—二〇一〇年一月十八日
初版二十四刷—二〇二四年五月二十九日
定　價—新台幣三九九元
（缺頁或破損的書，請寄回更換）

時報文化出版公司成立於一九七五年，
並於一九九九年股票上櫃公開發行，於二〇〇八年脫離中時集團非屬旺中，
以「尊重智慧與創意的文化事業」為信念。

失落的符號 / 丹・布朗（Dan Brown）著；李建興譯. -- 初版. -- 臺北
市：時報文化, 2010. 01
面；　公分. --（藍小說；126）
譯自：The lost symbol
ISBN 978-957-13-5148-3（平裝）

874.57　　98024775

ISBN 978-957-13-5148-3
Printed in Taiwan

【時報悅讀俱樂部】會員邀請書

☑要！我要加入【時報悅讀俱樂部】

＊選書方式：任選時報出版單書定價600元以下好書

＊相同書籍限2本，每次至少選2本以上（含）

＊信用卡請款通過後，立即免運費寄出贈品及選書

＊免費宅配或郵寄到府

以下是我的個人基本資料：

□輕鬆卡（入會）＄2800　　□VIP（入會）＄4800

□輕鬆卡（續會）＄2500　　□VIP（續會）＄4500

姓名：________________

性別：□男　□女　婚姻狀況：□已婚　□未婚　生日：民國___年___月___日（必填）

身分證字號：________________（會員辨識用，請務必填寫）

寄書地址：□□□ ________________

聯絡電話：（O）________（H）________ 手機：________

e-mail：________________

（我們將藉此通知您最新的重要選書訊息，請填寫能夠確定收到信函的信箱地址）

閱讀偏好（請填1.2.3順序）：□文學□歷史哲學□知識百科/自然探索□流行/語文□漫畫
□生活/健康/心理勵志□商業

※我選擇的付款方式：

1. □劃撥付款　劃撥帳號：19344724　戶名：時報文化出版公司

（請直接至郵局填寫劃撥單，並在劃撥單上註明您要加入的會員卡別、金額、贈品及個人資料，包括：姓名、地址、聯絡電話、生日、身分證字號）

2. □信用卡付款

信用卡別 □VISA　□MASTER　□JCB　□聯合信用卡

信用卡卡號：________________有效期限西元 ___ 年 ___ 月

持卡人簽名：________________（須與信用卡簽名同字樣）

統一編號：________________

※如何回覆

傳真回覆：填妥此單後，放大傳真至（02）2304-6858 時報悅讀俱樂部24小時傳真專線

●時報悅讀俱樂部讀者服務專線：（02）**2304-7103**

週一至週五AM9:00~12:00　PM1:30~5:00